ジャン・パウル中短編集 Ⅰ

恒吉法海　訳

九州大学出版会

目次

『ピエンロートのフィーベル』の著者
フィーベルの生涯

教理問答の十戒の下の木版画の説明

第一の歓喜の版画 …… 三四〇
版画の説明――ある紳士の手紙
第二の、そして最後の歓喜の版画 …… 三四五
夢と誕生日と命日と終幕の錬金術的近さ

ジャン・パウルの手紙とこれから先の履歴

序　言 …… 三五七
最初の手紙　教区監督《シュペツィアル》ツァイトマン夫人宛 …… 三六〇
朝食のダンス・パーティーへの招待――少女達の読書について
追伸、私の娘達への略式遺言
第二の手紙　マリエッタ・ツァイトマン宛 …… 三六八
花を持つ唖――鉄の花園
追伸、日中の月
第三の手紙　ヴィクトル博士宛 …… 三七二
通りの乞食と通り――私の新しい知り合い――帽子教団――高齢に対する今日の敬意――クーシュナッペルの社会――グレームスへのピクニックについてのより詳しい報告
追伸、ドイツの帽子同盟への請願書

第四の手紙　ベニグナ宛……三八七
少女達と夫人達の辛抱について
追伸、改心の二重の誓い――ある不幸な男の除夜
第五の手紙　通信員フィッシュ宛……三九六
新聞を読むことについて
追伸、1　運行するオーロラ、　2　夢見について
第六の手紙　ヴィクトル博士宛……四一一
クーシュナッペル人の訪問の序曲――昼の花火――踊りの障害――嫉妬――じゃがいも――
現今の文学の丁重さ――精神的骨髄穿刺針――クーシュナッペルの卓話――俳優――
学校ドラマ――桜桃狩――天候と天気予報――聖書の人物――悲歌の終わり
追伸、私の長男ハンス・パウル宛の哲学についての書簡

推定伝記

第一の詩的書簡……四五五
私の小荘園ミッテルシュピッツ
第二の詩的書簡……四五九
年輩の独身男達とのいさかい――電気的愛の告白――骨壺――ロジネッテへの封入物

『ビエンロートのフィーベル』の著者

フィーベルの生涯

序　言

この小品ほど――夙に一八〇六年十一月十六日には初めて――しばしば開始され中断された作品はない。このことから私が書中で己が年ごとの改良と向上とを時折書き加え、追加払いしたことだろうと推定されるかもしれない（そう思われる）。そしてこの小品に幾らか期待されるという不運を私は有するかもしれない。それで勘違いした読者が安楽椅子に座ったままこの小品の中でかつて存在したことのないような最大の天上的、地上的理想主義と昵懇になるとか――巨大な山上での巨大な蛇に対する巨大な戦いと――情熱の引きさらうような地獄の河と――ロマンチックな愛の悩みの十字砲火で一杯の地獄の後庭と――女性的大天使や男性的大悪魔と――いや竜の頭として国家組織の上で涙の雨樋によって雨を雨だれに変える頭目達と昵懇になると思ってこの小品を手にするならば、――そのように思って好意的に読者が私の本を手にするならば、読み終わった後、そのようなことが本当に書かれている別な本を手にするまで待つがいいのである。実際この小品には何も書かれていず――若干のわずかな無邪気な、無垢な、パッとしない、光沢のない人々が同様な運命と共にその八つ折判の小書物を過ごしており――全体は静かな静物画で――安逸のための大人の読者の揺り籠で――物静かな灰色の生暖かい夕方の雨で、それを浴びると花の代わりに見栄えのしない大地といったものが香るのであり、更にはせいぜい指幅の夕焼けと三光線の宵の明星が加わるであろうものである。

それ以上のものはこの本の中にはない。

もとよりこの静かな小海から岸辺の所で振り返り、陸地の現今の時代と政治の騒がしい営みに、それに付随する人々共々目を向けてみれば、この種の騒がしく走り回る人々の違いや輝きに驚いて、直にこの人々を所謂山の精と比べることだろう、この精は鉱夫の傍らで異例に働くもので、横坑に行き、ハンマーを使用し、鉱石を切り出し、鉱山の桶を空にし、ウィンチを巻き上げるのである――

勿論――この山の精は元々何もしない、この行為はむしろ聴覚上のもの視覚上のものであって、横たわる鉱夫が立派な鉱石を得ているのである。このような物静かな人間が、声高な人間よりも深く、少なくとも成果を上げて未来に対して行動してきている。(1) 国内の物静かな者達にとってしばしば空間と時間は言語のドームで、これがこの者達を国外で声高な者達にしてきた。

かくてこの全紙の白い小さな雲が、文学上の星輝く天体のドームやあるいは店のドームを通過することは許して欲しい、このうろこ雲は稲光もしないし雷鳴も轟かず、打ち殺すことも、溺死させることもないけれども。私個人としては喜んで告白するが、私がちょうど今ここで世間に紹介するこのような小品は、第三者から得ていたならば、私にとって儲けもので、私は元気付いたことだろう。というのは私はそれを正しいやり方で読むであろうからで、つまり十一月の末に（十一月は四月や悪魔同様にいつも汚して立ち去るもので）、あるいは他の強い吹雪や風がぴゅうぴゅううなるときに――このような晩にいつもより多くの薪を燃えさせて、長靴を脱ぎ、更には政治新聞を一日中ほっておいて、あるいは読まないまま下げさせることだろう――私はお茶に向かうどの客馬車にも同情して、単に一つのグラスと幼年時代からの分別ある夕食を注文し、朝食には半ロットのコーヒーを残しておくことだろう、前もって私はこのような立派な静かな本によって（それ故、著者には永遠の感謝あれ）、自らの輝かしい本のために集中するにははなはだ虚ろになってしまっていると分かっているであろうからである。……

そのように私はこの小品を読むことだろう。しかし残念ながら私自身がそれを以前に仕上げているのである。

バイロイト、一八一一年一月十七日

ジャン・パウル・Fr. リヒター

前史あるいは前章

「勘定板を雄山羊［仕立屋］が支える」というのが知識界の著者［フィーベル］の呼びかけた[*1]七つの最後の言葉[1]である。ここでこれを私自身は信じない別なふうに解すれば、彼の言は正しい。

さてこの、すべての学問の要素、つまりAbcdef等々と共に同時に手短な宗教の教義や韻を踏んだ詩文、それに多彩な動物画や人物画、ささやかな静物画、ちょっとした博物誌や職人の歴史を表現している作品の著者は、しかしながら、ドイツの国では私以外には誰とも面識がないのである。ザクセン、フォークトラント、フランケン等々の国中でこの作品は数百万人の読者を得ただけでなく、それ以前に読者を育てたのである。――私でさえこの作品に後々の学的栄光の最初の月の弦の恩恵を蒙っている男達の一人であって、私はこの作品から文字を習ったばかりでなく、判読の仕方、ごく多様な読書の今なお続いている読み方を習ったのである。

それだけに、それでも多くの学的結社が、無学な結社も含めて、ライプツィヒのドイツ語結社、イエナのラテン語結社、バイロイトのバイロイト結社[2]が、それどころか多くの大学やそれ以上の数の文学者や故人追悼家の長い彗星の尾が――例えばエッヒァー、ヨルデンス、モイゼル[3]等々が――彼のことを月男のこと以上には知らずに、同様にこの名前も、この子供のいないアダム、我々に間近の重要な衛星全体の宇宙の君主がいかに大事な人物であれ、猫一匹に知られていず、いわんや人間には知られていないということは一層不可解なことである。少なくとも『著名人の筆跡。クリストフェルス・テオフィルス・デ・ムルの収蔵品より送られた十二枚のうちの一つ。ヴァイマルにて。俗語で国の産業事務所と称される新しい書肆の出資で一八〇四年刊行。大二つ折判』で具体的なことが分かると思ったが、しかし空しかった。

　確かに（私には不可解であるが）当世の小本『ビエンロート[*2]のＡＢＣ本の象形文字の解明[4]。アルンシュタット。クリューガーの委任による。一八〇七年』ではヴェルニゲローデの副校長とかのビエンロートが著者とされている。この善良なる副校長が存在したか（いずれにせよ今ではもう死去しているだろうが）、私は調べようとは思わない。しかしこの人物がＡＢＣの本を書いていないことは、私の本を読みさえすれば分かることである。私の本はフィーベルが書いたことを史的に明らかにしている。それ故、実際後にはすべてのＡＢＣの本にフィーベルの名称が付いたのである。ラファエロ風な絵画をラファエロと呼ぶようなものである。ただ残念なことに今なお学者界全体が無知のせいで著者についてフィーベル［入門書］と述べ、（ほとんど滑稽すぎることだが）それをフィーブラ［留め金］に由来するものとみている。同じような間違いを我々若者は以前、功績のある立派なエアランゲンの教会長老のザイラー[5]に対して犯している。つまりこの辺境伯の宗教局は――さながら王立ジェンナー協会[6]で――その作品の幾つかを、教理問答集や聖書からの僧正の抜粋、ラテン語の教義をバイロイトとアンスバッハの領民達に、つまりそこの子供達に接種していたので、我々被接種者は、どこの学校に通っていようとも、いつかは何か印刷されたものを手に有することになり、それを我々はザイラーと呼んでいた。さて一度我々が放課後本バンドの中にザイラーを収めて駅舎の前を通り過ぎ、そこにザイラーがいて郵便馬車を予約していると耳にしたとき、印刷物のザイラーが生きていて、精神を有することに誰一人として合点がいかず、そこで全員が、この印刷されていない当人が出てきて本当に乗り込むまで待機する次第となった。

　私は、聖書やホメロスよりも早くから読んだフィーベルのような男と知り合いになるために、そして知り合いになろうと大いに努めたが成果はなかった。それ故、学的文通をしても従前同様に成果はなかった。――公的図書館も入ったときと同様に空しく後にすることになった。――フィーベルの本について読み方を教えたザクセンの何人かの少年少女のための教師達も私より更にお手上げの状態であった――学者のニコライ[7]は自分は何でも知っているが、これだけは別だと言っていた――フォン・ムル[8]についてはすでに言及した――シュレージエンのレッシングの兄弟は、自分の兄弟が知っていたこと、つまりこのことについては知らないと請け合った――いや私はそれどころかライプツィヒで先の『文芸報知[9]』の二人の編集者に、この者どもを私は空っぽの頭（一人は報知紙上で私に対して吠えており、もう一人は不満の声を上げていた）と思っていたが、学的訪問を行ったのであった。空虚な、はらわたのない魂はしばしば最も良く、埋葬された宝物や名前を明るみに出すこと、空虚な樽が、沈んだ船の荷に結ばれるとこれを海から引き上げるようなものであると期待してのことであった。しかしこの者どもは単細胞故にこの質問を冗談であり、捻じ曲がったものであると見なして、いつものゆっくりしたやり方で私を階段の下まで案内しようとはほとんどしなかった。

この件は別様に始めなければ、つまり続けられなければならなかった。

私は学的旅行をする決意を固めた――おそらくは学的滞在であったろうが――そしてホーフ、ライプツィヒ、ヴァイマル、マイニンゲン、コーブルク、バイロイト[10]に他の住民同様に滞在した。私の推定はこうだった。商人というものは単に本の小売商であるばかりでなく、手稿の小売商でもある。その天蓋《ドーム》は印刷された本の負傷者の病院であり、魅力的な書類の集まる採石場である。本の取り引きが現在ほどほとんどすべての細かい取り引きと絡み合っているのはかつてないことで、これは何にでも風袋をかぶせて、何でもない題材の原料にまずは衣服をかけずにはおかない状態である。この取り引きは細々した本屋からあらゆる種類の立派な商業の天蓋《ドーム》へと進んだので、以前は出版者が嘆いたことに買い主よりも読者の方が多かった一冊の本が、今ではばらばらの冊子になって、読まれるどころかむしろ買われる方が多いという状況なのは不思議なことではない。

かくて商人は店の顧客に毎日英知と技術を――あるいは発光材料と発熱材料を――つまり最大の当たり籤を引かせているが、それは多くの者がほぼ印刷物の益よりも有り難がる胃の品の富籤賞金を添えることによってである。より高貴なものの友人はここでベルギー人、イギリス人、ドイツ人[11]を喜んで見いだすことだろうが、これらは現世的なものから天上的なものを生み出し、すべての神的なものに一片の肉[12]を生じさせる民族の三つ子である。同様に古代人についても（この三つ子の先駆けであるが）ヘルクラネウム[*3]で日時計が知られているが、これは豚の後足の形（豚の尻尾が時刻を示していた）を取っていたのである。

さて私がフィーベルの手稿や印刷物を求めに行った商業の町に戻ることにする。取り引きのはなはだ盛んなホーフで原料取り引きの学的収穫を得たいと私は願っていた。しかしライプツィヒでさえ、ウィーンのものはともかく、フィーベルの書類を見つけることは容易でなかった。当然マイニンゲンやコーブルク、バイロイトでは、商業と、従ってまた学問的反古は栄えることがはなはだ少なく、収穫は更に少なく、この反古はむしろ書籍商本人の許で探さなければならなかった。

幸い私は旅の途次村の教師と話し合わずに通り過ぎることはなかった、（しばしば骨の折れることではあったけれども、というのは夏のある時、四分の一マイルほど追い求めて、ようやくある教師が豚の間にいるのを見いだしたからで、彼はその家畜番だったのである）――そしてそのたびに冬教材にしたＡＢＣの本を見せてもらった。この時しばしば私は金色のＡＢＣ本の厚表紙の内側に、あるときはフィーベルの語が、あるときはハイリゲングートと記されているのに気付いた。それはギリシア語であったり、ヘブライ語やシリア語であったりした。――いやある時にはアラビア語でフィーベル、ハイリゲングートと記されていた。典拠を引用すると――彼らはこれらの本をその部下と共に今なお使っているのであるが、――つまりミュンヒベルクやホーフ、シュライツ、プラウエン、ポセックの教師殿であり、同様に昔のザクセン選帝侯領の多くの教師である。しかし私はまだ何も気付かず、不思議に思っていた。

とうとうマークグラーフェンルストの辺境伯領を通過中に同じ名前の首都で私はある洗礼を受けたユダヤ人の手に落ちることになった――彼はこれまで効果はなかったけれども、十五回洗礼を受けて、洗礼水の量と再三の悪魔祓いとで身の証を立てようとしたのだが――ちょうど禁じられた本の競売をしていたのであった。その競売は最初あらゆる判型と学問の百三十五巻の本から成り立っていたが、しかしすべて（表題によれば）フィーベルという名前の一人の著者によって書かれていた。私のような四十代の作家はこのような多作家について全く無知でいたことにどんなに驚いても十分ではない。ほとんど憤激にかられて私は夕方まだ入手できるものを購入したが、しかし単に次のものだけであった。[14]
一　フィーベル作『今日の帝国騎士階級のこれまで疑問視されてきた真の起源についての偶発的思索』一七五三年。
二　フィーベル作『当世の詐欺師文書、リストから抜き出された詐欺師、殺害者等についてのアルファベット式索引と記述』二つ折判。シュトゥットガルト。一七四六年。
三　フィーベル作『ブリュリアン図書館索引』二つ折判。ドレスデン。一七五〇年。
四『アウグスト三世治下のザクセン宮廷の概要』フィーベルによる。一七三四年。
五　フィーベル作『エアランゲンの学術報知』一七四九年。
六　フィーベル作『ハンガリーとボヘミア並びに大公領オーストリアに対する選帝侯バイエルンに帰属する継承権とその他の諸権利についての徹底検証』二つ折判。ミュンヘン。一七四一年。
七　フィーベル作『現在のヨーロッパの平穏、ユトレヒトの和平から一七二六年までの最新のヨーロッパの講和条約締結を収集して記述』コーブルク。一七二六年。
八　フィーベル作『所領貴族について』クルムバッハ。一七二二年。
九　フィーベル作『聖書』トンデルン。一七三七年。
十　フィーベル作『トルコの文字』アムステルダム。一七五〇年。

二日前はこのユダヤ人キリスト教徒は製本屋に単に中身のない巻にのみ値を付けさせていた、さながら新しい大市の詰め物のために空のパイの外皮に値を付けさせるが如く。一日後には原料の小売商達に対して、彼らにとっては高価な大理石色の巻よりも内容（書類）が大事で、これのみが競売されることになった。

ユダヤ人の再・洗礼者は、自分はこれらの作品を新品〔最初の手〕としてではなく、中古〔最後の手〕として買ったと私に述べたが、私はこの言葉を——彼の手が最後の手であったので、彼はこれらを盗賊の神メルクリウスの神的加護によって得たものと解した。しかし彼は、自分は荷車を持ってフランス人落伍兵の後を追って村々へ行き、フランス人の制服を着たまま――自分は外見を内面や宗教同様に容易に変えるので――略奪兵が使用するというよりは破壊してしまいがちな物を市民的軍隊価格でこれらの兵達から買い上げようとしたと説明した。彼は受動的な略奪の巣の一つにたまたまハイリゲングートを挙げた。何ということか。フィーベルとハイリゲングートはすでにホーフやシュライツのＡＢＣの本でもアラビア語で記載されていた。百三十五の作品の著者は百三十六番目の作品、ＡＢＣの著者でもなかろうか。――ユダヤ人に更にフィーベルの残りのものを見せてもらうことになった。しかし見せるべきものとしては宮廷製本家のために取っておいた高価な中身のない巻の皮、本の皮しか残っていなかった。それでも私はそれを調べた。すると私は第一巻に残余の一枚半の紙を見いだしたばかりでなく、この紙の間にとても驚いたことに次のような表題紙も見つけた。『著名なゴットヘルフ・フィーベル氏、マークグラーフェンルストとフランケン、フォークトラント、選帝侯領ザクセンの新しいＡＢＣ本の著者の奇妙にして不思議な伝記、神学に造詣の深いヨアヒム・ペルツの並々ならぬ熱意により収集され、明るみに出されたもの。第一巻、母胎内での同氏の運命[15]をも含む』。

すべての当代の文学者達よ、我を忘れるがいい。――

――その上更に、生誕後の彼の生涯の一部に触れた、しばしば二全紙から二・五全紙残っている全部で三十九巻の本があった。「この本の残りの部分はどの行商人が求めたのか」と私は尋ねた。「誰もいない」とユダヤ人は言った。というのは、あろうことか、略奪兵達が伝記、この我々皆にとって素晴らしい史実の典拠を引きちぎって、窓から投げ棄て、最良のメモに対して他にひどい仕打ちをしたのであったからである。しかし我々皆にとって幸いなことに（ユダヤ人の陳述によれば）善良なハイリゲングートの人々はすべての残っていた典拠を拾い集め、それらを紙の窓や、案山子、一切のものに切りそろえたそうである。――それからは必ず何かが作成可能であった――少なくとも四十人からの一冊の本が可能で、これは四十人のフランスの徴税請負人から蒸留することは容易ではなく、アカデミー会員の四十人の精神的請負人から蒸留することも必ずしも可能ではないのであった。

私はユダヤ人キリスト教徒から容易に小売価格で、それらの諸作品から印刷物を引き抜いていい、つまり装丁を大事にしさえすれば、引きちぎっていいという許可を得た。かくて私は、次の伝記の中で各章を、つまり引き抜かれた紙葉から引き抜かれた各章を、一つの章にユダの章を設けることによって、さながらユダヤ人の誓いや文書をもってするように証明することができるようになった。即ちユダとは我々の再洗礼者風のユダヤ人キリスト教徒の名前であった。というのは彼は裏切り者のイスカリオテの用いていた以前のユダヤ人的名前ユダをキリスト教徒の名前ユダと取り替えていたからである。後者は周知のように新約聖書にその短い聖ユダの書簡と共に使徒として載っているのである。ただおそらくこの名前の連想あるいは乳兄弟関係のせいで、想像以上にこの正直なユダは絶えず新たに洗礼水を求めるようになったと思われる。というのは彼は洗礼盤から飛び起きて、乾いてしまうや、再び二名のユダの並列教会に迷い込み、統一商会として新旧同盟の夫婦共産制をなそうと欲したからである。かくて彼は改宗に飽きない次第となった。

今やフィーベルの伝記作家の私にとって、ポケットに史実の典拠の瓦礫を持ったまま至急フィーベルの生誕の村に出掛けて、少なくとも、あらゆる伝記的書類の屑から巧みにかの気球を継ぎはぎ細工するに必要なだけの準備をするために当地で取りかかることの他にこの世で重要なことはなかったであろう。この気球は私が火を添えれば、十分に膨らんで丸くなり、下の方に吊り下げられた主人公のフィーベルを（パリ[16]ではまず雄鶏だけが周知の絵本《フィーベル》の雄鶏に似て昇ったのであるが）大地から空の高みに運ぶことになるものである。

私がハイリゲングートで降りたとき、早速村の少年達に向かい、その中の豚や羊や鵞鳥の牧童達を指名していき、村に散在している典拠の編集者たるにふさわしい者どもを通じて枢要な典拠を集めさせたということは極めて重要なことであった。私は実際幸運で、こうした巡察の外交団全体を募集、獲得できて——その際小銭で一杯の紙袋を使うことは気に留めることではなく、——それで私は有能な裸足の収集者達を、松毛虫やこふきこがねを求めるのではなく、コーヒーの紙袋や鰊の紙、その他の立派な（ハイリゲングートの）紙を求める山番のように送り出すことができた。数週間すると私は現在の伝記あるいは本を始めることができるようになった——かくも尋常ならざるほどに私は裸のロンドン市内郵便の支援をフィーベルの伝記の紙こよりや、椅子カバー、紙凧、その他のびらを通じて受けた（多くの反古がしばしば一章に値した）、これらは毎日少年の鉱員一同が私に持参するもので、かくて私は早速開始し、持参された紙の蛇腹飾りに従って、十分に章名を付けることができた。それで例えばすでに第三の帽子型紙の章と第四の胴部型紙の章が名付けられている。

かくてまた多くの者達の共同作業を通じて、作品と呼ばれるものが生ずることになろう、少年達と、二人の記述者、主人公本人による一つの伝記である。いや、ことによると私は一身で小規模ながら登録の大アカデミーを体現することになろう――少年達がその通信の構成員であり、私が現時の会長にして常時の書記、あるいは記録官であるのだから。――あるいは私がこれを欲しないのであれば、オシアンの遺物を集め、調べているエディンバラのかの結社(17)を体現することになろう。

従って次の本はキリスト教徒ユダと私の使徒達の断片的四十巻からの忠実な抜粋であり、ハイリゲングート村は投げ込まれた紙の切り屑で一杯の伝記的仕立屋の屑籠に昇格することになる。

私は最後に告白しておきたいが、しばしば極めて珍しいが、しかし極めて有りそうもない（少年達から伝えられた）特徴、詩人ならば思い付きそうにない特徴を記述し、脚色しながら、自分が全体を自分の創作であると称しなかったことをほとんど後悔したくなるような反道徳的時間を有したのである。なぜなら私はこう自問したからである。誰が私を剽窃者（思想の泥棒、あるいは精神の盗賊）と叱責できようか、寄稿者は読むことができないのだし――いわんや書くことはできないのだから、つまり少年達はそれらができないのだから、と。

その他に私がまだ言うべきことは、存念の及ぶかぎり知らない。

バイロイト、一八〇八年六月七日(18)

ジャン・パウル・Fr. リヒター

＊1　作品そのものあるいはＡＢＣの本はこの小本の後に付録として添えられる［ＡＢＣの本は小本の最初に置かれる予定であった］。

＊2　ビエンロートという名前には実際幾分か真実がある。しかしこの伝記そのものが、今なお続く誤解全体がどうして生じたか最も良く示していると思われる。

＊3　シュトルベルクの『紀行』第三巻。(13)

第一　ユダの章

生誕

　ようやく生まれいづるがいい、親愛なるフィーベルよ、[1]今まだとても小さく無名のままであるとしても。きっとおまえは時とともに、我々皆と同様に、四・五か五・五フィートの背丈になり、十分に知られ、名を挙げられることだろう。新しく生まれた矮小生児はいつも、後に山々を天国や地獄に投げる目に見えない巨人の最初の外皮である。――ようやくこの世の生を享けよという胎児の作家に対する私の呼びかけは、十ヵ月前まではまだ姿、形がなかったということを皆目知らない読者達にのみ不要に思えることだろう。

　ようやくある日彼の父は、貧しい捕鳥者にして傷病兵のこの父は、窓から突き出させたアトリの罠の背後に立っていて、ぴょんぴょん飛ぶアトリを罠のフォークに誘おうと待ち伏せていたが、ちょうどそのとき産婆が陣痛の部屋から、元気な子供が生まれたという嬉しい知らせを彼にもたらした。このため彼は頭をゆっくりと回転させて、「静かに」と小声で言った。しかしまさに彼がアトリを罠の木に誘い込んだとき、すでに産婆はフィーベルを両腕にかかえて彼の前に立っていて、彼にフィーベルを差し出した。彼は単に（フィーベルとアトリは情けない声で、それぞれ別様に叫んだ）自分についての言葉を発しただけで――鳥をつかみ、子供を見つめた。――「わしが得たのはこれか」。

第二　ユダの章

子供時代の四季

人間の黄金の世紀、つまり最初の子供時代は後年になってさえその金箔をまとうもので、それは我らの小さなゴットヘルフにとって好ましく、金色に輝くものとなった。ゴットヘルフというのは、あるライプツィヒの大学総長、母方の遠縁の男系親[(1)]（父親の親戚）の洗礼名であって、この男を老いた捕鳥者は産婦に頼まれて容易に名付親にし得たが、それは洗礼盤への招待は棺の費用同様に断るわけにいかないからであった。総長は依頼を愛想よく受け入れて、今や喜んで彼の最良のもの、彼の洗礼名ゴットヘルフ［神の御加護を］を分かち与えた、いつも乞食する者やくしゃみする者すべてにそうしているように。

幼いゴットヘルフは素敵な子供時代を得ていた。希望に酔った季節、春に、老捕鳥者はいつも彼とおとりのアトリを連れて、何かを捕まえようと薄暗い森へでかけた。罠を仕掛けられたアトリの雄が嫉妬した雄達を自らのもとに引き寄せる様をこの老父が見守っている間、少年もまた一緒に見つめていて、一羽がさえずるこの捕吏、あるいは生きた白鳥[*1]の首のもとで捕らえられたとき、初めて駆け寄っていった。しかし時折彼は明るい森の条《すじ》をたどって行き、数インチの丈の小木を引き抜き、それをまた数歩離れた所に見栄えのしない植え方をして小さな庭を作ろうとした。あるときはまた木の根を切り取って、木を蠟引き布の帽子に可愛い花束として挿して、後で母親の胸に、花や苺の代わりに留めようとした。時に彼は厚い唐檜の樹皮を折り畳みナイフで切り取り、この樹皮の台から雌牛や鳥や人間をかたどり、切り抜いて、コルク細工[(2)]を披露する術を心得ていた。長い曙光ですっかり照らし出された魂を抱いて、彼は独語をひっきりなしに漏らしながら、黙った父親の後を付いていった、父親はすべての言語の中で人間の言葉を遣うことが最も少なかったが、その代わり、自らは生来の猟獣と鳥類の叫び声であった。彼がその母語で口笛を吹いて話すことができないような鳥は森にはわずかしかいなかった。そもそも話すことよりも口笛を吹くことを好む市民は多い。

父親の前、すでに四アッカーの所でゴットヘルフは母親の首に両腕と贈り物とですがっていた。さて、エンゲルトルートは（そう母親は言った）頭痛を有しようと、ふさぎこんでいようと、彼女はいつでも片手を空けて、それで彼の頬を撫でた。――別な季節はまたゴットヘルフに別な喜びをもたらした、つまり別な鳥とそれを捕らえる別な方法である。夏には巣が一杯掛かっていて、それらはどのハインリヒ捕鳥王にとっても、空にしていいのであれば、インドの巣といえた。その上一つの巣も作らないうちに捕らえてしまう鶫が加わるのである。――夢想的な青年にとってオシアンたるもの、つまり魔術的な秋の風景、これは秋が全くそうで、画家同様に、老捕鳥者にとってそうであり、殊に晩秋がそうであった。彼の晩夏は春の名残、初夏であり、一年の豊饒な送別会であった。彼の耳には春の優しい白鳥の歌のように渡り鳥の舞い納めの鳴き声が聞こえた。――そして彼の息子はいつでもそばに立っていて、鳥のおとり場であれ、鳥もちの木であれ、多くの鳥が捕らえられると、一緒に家に持って帰った。

勿論彼にとって冬が最も豊かに花咲いた、どの時間もが彼にとって花売り娘であったが、それはつまり寒さが十分に酷いほどであり、雪が十分に深く、天候が十分に荒れているときがそうであった。静かに口笛を吹いて捕らえる善良な鳥刺しの生活そのものがすでに静かな週と揺り籠に満ちており、眠れる村々の上の月光の虹といったものである。さてこの静かな冬、この自然の午睡、とりわけ更に捕鳥者の部屋での冬を考えてみると、すべては納得がいく。私は彼の家を考えてみる――起き上がろうと思えば、それを覗くことさえ私にはできよう。――一階には一部屋と家畜小屋がある――床と壁はくうくう鳴く鳥達におおわれ、鳥達が止まっている――春全体が鳴き交わしている、そして鳥刺しがその間に対立コーラスとして歌い、口笛のレッスンを行う――そして外の雪の中に［上下に引かれる］網と四十雀のおとり箱が仕掛けられ、小鳥の音楽堂を更に強化しようとされる。鶫用網を編むこと、鳥籠やカナリアの巣を編み込むこと――去勢されていない歌い手への餌やり（父と息子は動物達の料理人で、母は人間達の料理人であった）、こうしたことのため短い日々は一層短くなった。さて更にカナリアアトリに彩色[3]が施され、トルコ風に塗られたり、椋鳥に散文的な文体論が講義されたり、鷽《うそ》に音楽院で私的な歌のレッスンが行われたりすると、こうしたことは若いゴットヘルフに真の結果の影響を及ぼし、この結果がまた影響を及ぼした。それ故、容易にペルッ（最初の伝記作家）に賛成できよう、彼は小鳥達の下での人生というこうした最初の幼年時の喜び、即興詩が若者の心の中でフィーベルのABC本の動物画への最初のカルトン［下絵］、草案を形成していないか、この本の中ではわずかに五人の人間しか――僧侶、ユダヤ人、鳥刺し、尼僧、クサンティッペしか登場しないが、動物は十五[4]を数えると尋ねているのである。私自身はこの件を肯う。温かい一滴は幼年時の固い種子が萌え出て、青葉を出すようにすることができる、一方大きくなった木の葉は雨がひとしきり降っても、わずかしか変えられないし、実りももたらさない。

＊1　狐罠の名前。

第三　帽子型紙の章

音楽的な夫婦仲［セレナーデ］

彼の両親の結婚生活は連結された諾・否であったが、辺境伯領内で最も穏やかなものであった。鳥刺しは、年老いた背の高いやせた兵士で――従軍から解雇と今なお身体内に有する一つの弾だけを持って家に帰ってきたが、

——時に自分相手にしゃべるものの、他人にはめったに話さず、話すときはせいぜい中国風、つまり一音節だけであった。透明な氷の宮殿[1]に住んでいるかのように、彼は静かにクールに外部の吹雪が自らの周りに舞うのを見ていて、言った。「こんなものだ」。そして何ものによっても変えられなかった、妻によってすら変えられなかった。これには彼女は大いに不服だった。彼女は幸福な結婚生活を夢見ていて、自分は結婚生活では、他の妻達同様に、きちんと不平を言い、泣くことができるものと期待していた。しかし老いた夫は期待を裏切り、すべてに諾を言って[2]、くだくだと述べず、単に自分の好きなようにした。「またもいいと言うの」と彼女はしばしば我を忘れて彼にかみついた。それに対して彼はいいとうなずいた。エンゲルトルートは卑俗な出身で（ドレスデン近郊の村の生まれで）あったけれども、肌と体つきに何か繊細なもの、華奢なもの、長患いのものを、心に何かとても柔和で温かいものを、頭に気まぐれなものを有していて——こうしたケースはそもそも卑俗な身分のもとでは、一般に信じられているよりも多くて、——それでヴィーラント[3]は、彼がクサンティッペを、彼自身彼女の女房としての名声形成に一役買っているが、高貴な身分の出身としたとき、恐らくは単に史実的根拠に基づいていたにすぎなかったのである。というのは田舎にも愛らしい気まぐれ、女らしい変種、それに関する活発なソクラテス的対話は見られるからである。

学生のペルッツは現在の帽子型紙の中で、多分にそのことを証するある話を伝えている。あるときエンゲルトルートが歯痛でたまらず、顎に包帯をまいて長いこと歩き回り、そばで鳥刺しがあたかも自身歯痛に見舞われているかのように、絶えず冷静に振る舞っていたとき、とうとう爆発して、彼にかみついた、彼は自分のようにはほんの感情の焦慮も見せず、ましてや涙も見せずに氷柱《つらら》のようにそばに突っ立っているだけである、と。しかしながら涙は、とりわけ男性の涙はしばしば、それがあると一年間乾いていた輪虫類がまた目覚め、陽気に脈打って跳ねる水滴である。「辛抱しろ、トルート」と彼は言った、「明日外科医が巡回してくる、やつが退治してくれるさ」。——「そう、そう、明日ね、痛みがきれいさっぱりとなくなったときにね——冷たい人だこと」と彼女は答えた。彼は返事の代わりに、いつも全く馬鹿げたことには怒りを半ば交えてするように、ただアトリの所謂鋭いワインの歌を口笛で吹いた[4]、これは一般に猟師の組合が次のような歌詞を付けているものである。フリッツ、フリッツ、一緒にワインを飲みに行くかい。——ところでジークヴァルトは（彼の洗礼名である）笑いや、怒りや、侮辱や、忘却へのさまざまな刺激を感ずるたびに、さまざまなアトリの変奏を見せたが、その中で彼が吹いて見せた最もお好みのものは恐らく寄せ料理風、大きなごろごろ、小さなごろごろ風、マスケット銃風、雌牛泥棒風、シュパルバレツィア[5]［アトリの一種］風であろう。しかしまれにははなはだ怒って、我を忘れてしまい、それでアトリを忘れて、小夜啼鳥になってしまい、しばらく憤慨して愛らしいフルートのような音を出す場合があった。

　これに対してエンゲルトルートは彼から苦しみを受けるのと同様に彼と共に苦しみを受けたかった。しかし彼は嘆きを訴えなかった。彼女の意志を——これを彼女は大抵少しも欲しなかったが——彼は実際認めた。それで彼女がこう嘆いたのももっともである。「うちの人が一度残酷で粗野になって、他の男同様に人を痛めつけたらいいのに。そうしたら扱い方が分かるのに」。結婚生活の香気ともいえる嫉妬でこの結婚生活が味わい深いものになることすらなかった。せめてこの草花の球根の薬味をちょっと味わおうと思って妻が時折、彼が卵やゼンメルを自分の鳥だけに与えているのを見て、こう質問したことがあった。「椋鳥の方が女より可愛いの」。いつものように彼は彼女の言葉を肯って、うなずいた。

　彼の欠点は恐らく——帽子の型紙を信じてよければ——彼の名前ジークヴァルトで、これが彼に泣いたり嘆いたりすることをすべて禁じた。というのはジークヴァルトはグアルト、ヴェルトに由来し、守護者の謂であるからで、それ故エトヴァルト、ブルクヴァルト、ジーヴァルト、ヴェロミア、ヴェルナーそして（縮小の意味で）ヴェルンライン[6]があるのである。

　その上彼は妻にとって悪習を有し、聖なる三つの祝日に決して家にいず、鳥を売りさばき、教会を避けるために出掛けるのであった。不幸にも彼はいつも少年を連れ出して、母と息子がお互い相手を憧れることになるようにした。

　村の少年達が持ってきた帽子の型紙はすべて、彼は子供が自分がそうであった者——新兵になるようにしたと証している。ゴットヘルフは立派な黄金の身体の伸びを示したので――募集者と侯爵は、磁石に似て、背丈［経度］の他何を求めようか、――手長猿とこれに似たアルタクセルクセス[7]は彼には腕でしか及ばなかった。さて彼を兵士にするために、いや将校にするために、父は彼に何も学ばせようとしなかった――母親と教会を宮廷のように禁じて――彼をほとんど鞭刑のように殴って――強いられた行進へと強いた――競争や直立不動、発汗、歯闘［歯をガチガチいわせること］、寒気鍛錬、暑気鍛錬を少年は彼によればどんなに積んでも十分ではないのであった、この少年は将来のザクセンのＡＢＣ本の著者となる定めだったのであるが。

どんなにましであったことか。ヘルフは後に自分の本を書き、私はここで彼の本に関する私の本を書いている。

第四　胴部型紙

クリスマス

ゴットヘルフはあるときこの世で最も素敵なクリスマスを体験することになった。それはこんな具合であった。

エンゲルトルートはおめでたの状況になった。ジークヴァルトはそのことでほとんど忌々しい状況に陥った。彼女は欲求と嫌悪とで一杯になり、ヒポクラテスによれば子宮が生み出すという六百もの病気のために、その六百もの陰と共に彼の人生はいくらか灰色のものになった。まず最初に普段ワインや酢漬けキャベツに対して抱くよりも、――両者がしばしば他人の足で踏みつけられるからであるが、夫に対して大きな嫌悪を抱いた。それから彼の有するすべての鳥がいまわしくなった、彼の小雉鳩は彼女のバシリスクであった。村は彼女にとっては鳥小屋のための汚い下皿となり、いたるところで開かれたパンドラの箱となった。神そのものさえ彼女にとって最後には沈んでしまったが、ただゴットヘルフだけは別であった。彼女はあるとき三日間泣き続け、理由が分からずに、慰めようのない状態であったが、幸いヘルフが庭の塀に馬乗りになって、落下して肢体を幾つか捻挫してしまった。このため彼女はまた元気になった。

勿論彼女は妊娠中の太守夫人、侯爵夫人となれたことだろう。単に、雲雀の首筋を焼くとか、ただ卵白と殻のない卵を食わんがために一羽の雌鶏を料理するとか、村のビールのように白墨で中和されるといった願いとは全く異なる何という願いを彼女は抱けたことだろう。彼女は侯爵夫人として、例えばみそさざいのスープや象の骨髄のスープを献上するようにとか――柔らかな、表皮のかぶった鹿の角をその生えた地そのもの、鹿の頭の上に熟させて、つまり焼いて差し出すようにと要求出来なかっただろうか。――彼女は、小間使いのために髭の毛でできたソファーを、自分の大きな絵の枠として市門を、入場路のための撒き散らした花の代わりに振りかけ砂糖を、そして更に強力な贈り物を、例えば単なる司教外套からのおむつを、引き裂いた羊飼いの服からの襁褓紐、六頭の馬でパリから取り寄せた化粧箱を、赤ん坊のためには王笏を細かく割って細工し、枝を付けたクリスマスツリーと王座の権標からなるクリスマスの贈り物を要求出来なかったであろうか。このような空想は汲み尽くしたと思われても、上述の国母の更なる要求が考えられよう、例えば劣悪な書割画家や天井画装飾画家を自ら臙脂虫挽き器で挽いて色彩粒や色彩滴の粉にしたいとか――上品な囚人達を（砂糖）水と（砂糖）パンとで接待したいとか――ある一団を別な一団に、官房の一団を司法の一団に等々といった具合に、例えば水を溶鉱の銅に、あるいは油を水に、あるいは水をたぎる油にといった具合に注ぎたいという要求である。

幾つかの民族ではそれ故、父親達は、妊娠によるそれまでの母親の苦しみや父親の苦しみの疲れを癒すために子供のベッドに入る。老鳥刺しはその陶工疝痛を――彼は胎児の陶工なので適切な比喩であるが――単に通常の旅をして癒そうとした。しかし苦しむ妻にその寵児を娯楽頭として残した。

何というクリスマスがその小さな家では祝われたことか。彼が村から出て行くとすぐに母親の教育あるいは反対教育が始まった。まずヘルフはすべての鳥に自ら餌を与えることが許された。それで彼はもりひばりに多くのごみむしだましの幼虫を投げ与えたので、鳥は三日目の祝日にくたばってしまった。その後、彼は台所女中たることが許され、祝日の焼き菓子のために多くのアーモンドの実を切る加勢をし、その実を飲み込んだ。陽気にざわめく春の水のように聖なる夕べの間ずっと息子と母親の快活なおしゃべりが居間と寝室の中を流れた。彼女は彼にドレスデンの上品な紳士淑女の足引きお辞儀と手の甲への接吻を教えた。彼は母親に対して絶えず足を引き、接吻した。彼女は彼のそばで昔からの頭痛に耐えていたが、しかしそれに気付いてはいなかった。

少年は小さな人格化された凱旋の教会、浄福者の踊る本部であったが、それは単に一日中何も恐れることがなかったからであり、自分を殴るものが何もなかったからである。数少ない母親の打擲の前には通常前もって長い警告と戦争築城とがあり、彼はその間に逃げられた。これに対して鳥刺しは通例長い凪と青い空として立っていて、そこからいつの間にか父親のこぶしが稲光のように腋の骨に当たるのであった。

この聖なる宵にはヘルフは変容した若者であり、エンゲルトルートは変容した超現世的な妊婦であった。何という享受の継続か。昼には焼き上げる楽しみのために全く食事にならなかった。すでに三時には――史実によると――すべての掃除は済み、祝日のケーキが焼き上がって家の中に湯気を出した。ヘルフは自らの燭台の前に座って、五つの新しい恣意的なアルファベットを発明し、それで誰もが読めない、自分でもアルファベットを見抜かなければ読めない多くのことを試みに書いてみた。夕方至福の気持ちで食事をした、母親がおいしいと言ったからである。しかし母親がおいしかったのは、息子がおいしいと言ったからであった。彼女の夫との聖体に関する、あるいは秘蹟に関する諍い事[1]は消えていた。というのは食事が塩辛すぎたり、焼け焦げていたときに、それを称賛する必要もなければ、非の打ちどころがないときに、それを貶める必要もなかったからである。

子供達は、パリ人と同様に長く起きていることを好む。母親はそうして良いと許した。そしてこの静かな黄金の時間に彼はほとんどすべての自分のアルファベットを使って何か不要のことを書いた――母親は座ったままま どろみの前兆を、夜の眠りには毒であったが、楽しんだ――牧師館からはクリスマスツリーの黄金の花火が煌いていた(百姓達は朝になってようやく互いに贈り物をした)――どの星も明るく間近に見え、高い天が窓辺に近寄ってきた

――ゴットヘルフは母親を起こさないよう、はなはだこっそりとペン先で引っかきながら書いた――ようやく彼は、学的仕事に疲れて、自ら頭を机に置いた。すると母親が目覚めて、起こし――クリスマスの贈り物と就寝とを思い出させ――この聖なる夜に一緒に跪いて、神にすべてを頼むように、特に自分が決して鳥刺しにはならず、彼女の祖父の名親殿と同様に総長になることを頼むように命じた。彼は喜んでそうした。同様にラーヴァーターは神に自分の宿題を訂正するよう頼んでおり、同じくリヒテンベルクは紙片上の自分の学的質問に返事するよう頼んでいる。この点に関してはどの依頼者も正しい。無限の者の前では一つの世界を請うことも、一切れのパンを請うことも依頼者の虚栄心の違いでしかない。無限の者は諸恒星と髪の毛を数えるか、あるいは両方ともしないかどちらかである。

祈りの後、彼女は彼を夫のベッドに寝かせた、単にまた朝ベッドをしつらえるためであった。それは自らベッドをしつらえる老ジークヴァルトが彼女から毎日奪った喜びであった。彼は女性達には自らの生誕と子供達の他には負い目を負いたくないのであった。「お父さんはどうしているかな、ヘルフちゃん」（と彼女は言った）「夕べのお祈りにお父さんも含めなさい」。その後、彼女は息子を祝福し、彼の両手を自ら一晩中、どんな幽霊からも守るよう組み合わせた。――エンゲルトルートがジークヴァルトの現存を強く願ったのは彼の不在のときを措いてなかった。愛にとっては結婚生活でも距離が妨げとなることは少ない。夫ははなはだ凹面鏡と同じくその溶かそうと思う対象からまず焦点距離だけ離されなければならない。

朝方にはヘルフにとって二個のクリスマスの贈り物のために残りは消えてしまうことになった。マルチパンの白と赤模様の小本と母のラッカーを塗られた縫い物の本である。これらのそれ自体空の本から――しかし大抵の本はより高度の本のカバー以外の何ものであろうか――彼は私が多くの詰まった本から汲み出すよりも多くの精神的養分を汲み出した。

田舎の女達は最初の祝日には台所よりもむしろ教会を後回しにする。しかしながら彼は母の許には留まらず、午前中の礼拝を行った。彼女はこれを長ったらしい説教に対する彼の趣味のせいにした。しかし学生ペルッはこう付け加えている。彼は教会で座席に着くときには、所謂祭具管理人が寄付金袋の棒（この水平の寄付箱、ヘラー貨幣の占い棒、玉突きポケットの付いたキュー）をもって来たとき、彼がこの男から棒を、棒は教会のベンチの長さに足りなかったから、取り上げて、そうして自分や他人が寄付すべきものを袋に入れることが出来るような具合になるよう配慮した、と。こうした教会の下級徴税官の役目が、食事中自分が母に語って聞かせる説教の構成や説教の部分同様に彼を教会へ引きさらった。

しかし午後にも、彼は無料で感動するだけであったが、母と並んで両手に黒い小型のマフを置いてまた喜んでやってきた。そして入るとき親しげに神殿全体を見渡して、自分が先にも来たことを示そうとした。すでに以前逆さまに持った歌の本から大きな声で偉大な歌声に和していたとすれば、今や本を正しく持ち、たどたどしく読んでいるとき、それはいかに勝ったことか。更に人目を惹いたのは、合唱隊席の上の黒板に歌の頁数が白く掲げられたとき、さっと母親に歌の本の中のその必要な歌を開いて見せたときの彼の素早さであった。

それから帰宅して、村々での黄金の時間、夕刻の教会の後での時間が始まると、彼は村で最も素晴らしい時間を有することになった、これは牧師自身を含めての話である。鰊の紙が、それを描くべく控えている。

第五　鰊の紙

諸研究

ヘルフは読んだ。鳥刺しの眼前では夕刻の一時でも反古の本に取り掛かって座っていることは許されなかった。今や彼は一切を、香料雑貨商店、つまり彼の巡回図書館から得た詩的、法学的、化学的印刷物の一切を読むことが出来た、そして読みながら別のことを考えたり、得がたい副次的夢想に耽ったり、頁ごとに菓子や林檎を、さながら自分の反古のきれいに彫られた装飾画、銅版画、楽譜としてかじることができた。反古は必ずしもどの学者にとっても、店での価格は安いとはいえ、読書たりえない。表題紙が欠けるために、また叙事詩と同じく、中程で始まったり、殿《しんがり》で始まったりして、そこから何も引用できず、知識を惨めな具合に吸収して、引用を添えてそこから一滴だけでも搾り出すということができない。しかし様々な名前を通じてやっと一つの名前［名声］が得られるのである。

これに対して反古は第二の『一般ドイツ文庫』[1]の如く素敵にフィーベルの人生に流入してきて、『一般ドイツ文庫』の代わりとなった。これが彼を――彼は香料雑貨商人からあらゆる領域の袋を得たので――かの博識家へと形成したが、これは彼がABC本の中でいつでも動物学や教育学、倫理学、詩と散文を通じて体現しているものである。同様にニコライの文庫から当世の博識家、博識すぎる者が出現したのかもしれないが、それは単に彼らがあらゆる余所の領域からの批評をだてに買ったのではなく、読んだのだと主張しているからにすぎない。

このクリスマス以来、しかし、ゴットヘルフは読書に馴染んで、誰からも引き離せられなくなった。一冊の本が一人の人間であること、一人の人間が一冊の本であること以上であるそういう幸福な人間がいる――例えば彼本人である、――こうした人間は実際フランス人のマルタン氏の錯誤を真似るのであって、同氏はドゥ・ボズ氏の図書目録の中でゲドルックト［印刷された］の単語を作家としてゲドルックト氏の項目の下に引用し、続けているのである。上述のゲドルックト氏がすべての地上州［郡］、天上州の中で最高の郡長といえないような、話し合うべき唯一の男、世界の新しいアダム――すべての男達と時代の増殖屋［抱卵雄[2]］、絶対的自我といえないような文学者は私はほとんど知らない。申し上げるが、ほとんど知らない。

学者の卵フィーベルが上述の著者ゲドルックトに関して入手できるもの、それらで彼は自宅の本の収集の強化を図った、校正紙や――古いカレンダーや――珍しい小型カレンダーや――一篇の本の目録や――索引の半全紙や――その他の一切である。牧師の娘が名前の植字工として洗濯物に印刷した最初の活字を彼は真のインキュナブラ

［古版本］として驚いて手にした。彼は長いこと、村を抜けていく印刷工［捺染工］を憧れて見送ったが、彼はある――キャラコ工場で働いているのであった。次のような逸話が知られている、彼はすでに幼いとき、学的ペン［羽毛］を欲しがっていたが、学的ペンから多くの本が流れ出るとしばしば読んでいて、ジークヴァルトが学的知的な鳥と説明していた椋鳥の尾から若干誤解して何本かの羽毛を引き抜いたのであった。その後――逸話の続きによれば――鳥刺しは、椋鳥の尻の被害に気付くと、学的空籤を単純に引いたことに対し息子に更にある賞金を与えたが、それは、周知のように、当たるを幸い静かに手で肢体に分配されたのであった。母はこぶに酢漬けキャベツを置いた。

最も彼を惹き付けたのは古い辺境伯の宮廷人名録、職員録であった。そして彼はそれを四十回読んだ。他の者達がカントを四回[3]、バルディリ[4]を五回読んだように。支配の一門は確かに引き離されていた。しかしその中には相変わらず身分の高い将校や監督、代理が十分に含まれていて、彼を没我状態にした。最も彼が驚き、享受したのは、彼の村と牧師とが、極めて卑俗な付近の部落の名前と一緒に印刷されているということだった。いやはや、いかに彼はその際、最も卑小なことにも最も偉大なことにも介入する奉仕団が用意されている国家の立派にかみ合わされた時計仕掛け、精神的意味でのボネ式動物[5]の等級を賛嘆したことか。彼はぼんやりと国家よりも正当なもの、賢明なもの、より良く管理されたものは何もないと感じた。現筆者も自分の少年時代から今なお憧れを抱いてこの甘い感情を思い出す。

人名簿――国家行政のこの精神的抵当登記簿――において国家の厳かに恭しくつながった歓呼の鎖、髭や鬘《かつら》や制服、刀剣のこの馬具室、道具部屋を、素敵な見せかけの額面通りに見るということは知られざる少年時代の喜びの一つである。内容面でこの青春の喜びに欠けているものは、持続を除いて何があろうか。――そしてこの思い出はしばしば冷たい国の役人、後年国家を当たりの鷲や山鶉の人民を射るための射手のギルドと見なしたり、国家たる樫の木の上で行列して進む青虫の巣と見なしたりする役人をさわやかに目覚めさせるのではないか。――いや偏見にとらわれない者ならば、さながら自分の昔の見解を巧みに映す更に多くの動きをもっと豊かに国家の肢体に見いだしさえするだろう。そしてそれをかの煙草愛好者[*1]と比較することだろう、この者は、卒中に見舞われても、十五分おきに規則的に煙草を吸っているかのような動きをし、その後誰もがそうするようにきちんと鼻をこすったのである。

＊1　ライルの『熱病学』第四巻。

第六　ユダの章

大学総長

復活祭前の受難週になると、再びジークヴァルトは家人を避けて鳥と共に去った、軍とは違って、行軍日と休憩日とを同時に有したいためであった。女達が前祭に焼き上げることは、二度焼きの菓子を焼き上げることや城塞の食糧準備の如く戦争が間近いことの印というよりは戦争の原因である。祭日そのものがやってきてしまうと、エンゲルトルートのような女性達は、彼女達はいつも幾らか、汗か涙を流したいと思っていて、仕事の代わりに休息の泣き顔を有することになった。軍船では真水の大樽が空になるたびにまた、均衡が保たれるように海水が注入されるようなものである。彼は彼女に再びゴットヘルフを残しておいた。彼女はまだ身重の状態であった。

しかし彼女の息子はクリスマス以来何と名声、名声欲が高じていたことだろう。彼女がもし彼の精神的金鉱脈や水脈の占い棒を手に有していたならば、少年の多くの偉い特徴や子供っぽさから、ザクセンの入門書《フィーベル》を書くことになるフィーベルをこの時点ですでに推し当てていたことだろう。邪魔っけな鳥刺しは彼の上に単に墓石としてあった、これは芽を押しつぶさない、芽はその周りを折れ曲がって出てくるのである。この時ほどフィーベルが偉くなりたいと思ったことがあろうか。彼の父は彼にとって大したものではなかった、彼は人名簿に載っていなかった。彼の母がましであった。というのはエンゲルトルートは古いザクセン選帝侯の宮廷人名録、職員録からその薔薇の頰の青春時代に印刷された紙片を一枚保有していたが、それには所謂「女官付きの臨時女中」としてその洗礼名と姓(旧姓ベップレ)が記載されていたのである。村の名士達にはつとにこの番外の紙片は知られており、ジークヴァルトには青春の特許、女性の後光として早くに呈示されていた。

しかし我々は復活祭を一緒に祝い、フィーベルが世の前でなすことを見てみよう。……

ハイリゲングートを通じて街道が伸びていて、従って多くの民衆が行き交っていた。どれほど一本の街道、諸都市の銀鉱艦隊で貧しい小村を抜けていく街道が、何かが馬車で通り過ぎていくとき、小窓から頭を突き出す少年を啓発し、結実させ、研磨するものであることか——そしてこの影響がいかに大きくて、しばしば上品な旅行者達は旅行そのものより十倍も教育するものであり——そして赤い馬車の車輪やモールで飾られた帽子のそれぞれが、フィーベルのように通り過ぎていく人すべてにいつかなりたいと思い、喜んでリボンで飾られてどの馬車の荷箱の背後であれ立ちたい、あるいは金ぴかの状態でその上に座っていたいと思う哀れな村の奴《やっこ》をいかに高揚させるものであることか、このことはまだ余り教育者達には知られていない。

史実に従おうとするならば——過去については更に誰を信じたらいいだろうか、——三日目の復活祭の午前中に何人かの学生が予兆として騎行してきて、牧師館の中庭で下馬して、牧師に父親の兄弟、国の大学の総長の到着を知らせた。かつて大学総長という長い単語が発せられることもないまま燃え尽きてしまうかもしれない小さな村々がある。このたびはこの貴重な響きが卑俗な家畜の名のように流布した。そして、このような大学の指揮官、司令官はいかほどの人物か、支配者の背後で大学総長としていかに間近で支配しているか、いかにしばしば侯爵の子息本人がこのポストに(唯一の市民階級のポストに)就くか喋々された。

フィーベルは大学総長を大体聖三位一体のようなもの、流出する聖霊で一杯のものと想像していた。彼はこのような偉大な男は早速総長の外套を着、手には笏を持って生まれると考えた。――母親は自分の祖父を描くことで若干激しい頭痛に見舞われた。

フィーベルは忍び込み、家宅侵入して、その男を覗いてみる決心をした、後に自分の流儀で自分がその本人であると数時間夢見たいならば、その男のイメージを有しなければならないからであった。しかし母親は自分はドレスデンにいたことがあり、祖父を有していたことを示した。彼女はゴットヘルフに、一緒に総長殿のところに行って、彼の入学手続きをしたいと言った。「そしたらすぐに学生になりおおせるよ。祖父さんの許ではそうだったね」。

運命は別なことを欲していた。長い弁髪の召使が入ってきて、鳥刺しのこと、総長殿への仕込まれた椋鳥のことを尋ねた。彼女は喜びの余り返事をごちゃごちゃにし、椋鳥を自分でつかんで欲しいと頼み――夫がいないと請け合い――自分が手ずから鳥を差し上げたいと言い――そして即刻着物を着て、鳥を渡すと結んだ。ちょっとした二重の身づくろいの後、つまり彼女は最も分厚い衣服に身を包み、ヘルフを籐の杖の長い革のバンドにつなぐと、両者は――椋鳥はフィーベルが小袋に入れて運んだ――牧師の客間に入った。

学者達、牧師と総長は長いことABC節の賛美歌(1)について極めて専門的な、語彙豊かな議論をしていて、やっと二人が立っていて待っていることに気付いた――ヘルフは後に母親に対して出来るだけ（ラテン語を解しなかったので）その会話を翻訳して、それはABC本と詩篇についてであったと知らせた。しかし我らの両人は総長の荘重さに何と驚いたことか、両人は単なる学的明かりの代わりに立派な箒星を崇拝することになったのである。

つまり総長は三つの結び目のある髪の房の鬘《かつら》をかぶっていた。

他の立派な鬘、弁髪鬘や小袋鬘、いや背中に長く垂れる鬘はハイリゲングートではつとに知られていた、しかし両腋から胸骨にまで垂れる鬘はまだ知られていなかった。

幸い椋鳥が（袋の中で退屈となり、息苦しくなり、中にいることが忌々しくなって）総長にその所持者を紹介し、式部官長となって、袋の中で、その言語訓練を（ただの呼格で）披露するために総長に呼びかけた。悪漢よ、田舎者よ等々。――「椋鳥を連れて来た鳥刺しの家の者達だ」と牧師は言って、拝謁するよう合図した。

今や母親は足を踏み入れて、喜びに震えながら総長の右手に接吻した、その後息子が泣きながら左手に接吻して、鳥を持っていたので、籐の杖を離した。「ここの坊やが椋鳥を持っているのかい」と総長は尋ねた。「そうなんです。私の息子ですよ」と母親は答えた。袋に入れられていた鳥は出されて、前学長の太った輝く手に置かれた。この手の上で椋鳥はその悪徳の語彙そのもので語りかけた。「残念だけど」、と母親は言った、「夫には時間が十分なかったのです、椋鳥は総長殿に全く別な罵り方をするはずだったのです、夫は十戒に従ってやろうとしていました」。——「彼の教えたもので」、とミューズの女王蜂は言った、「満足できよう」——「いいえ」と妻は言った、「夫は罰当たりなことを次々に集めて、それを椋鳥に仕込んでいます、でもこの二人はようやく淫売と盗みのところです」。

「私はしばしば」と前学長は、自分の縁者の牧師の方を向きながら言った、「鳥達に見られる神の英知を称えてきた。ほぼ鳥達のみがすべての動物の中で語るように見えるものです、四つ足の動物、例えば驢馬が我々に形姿や歩行の点ではるかに近いかもしれないけれども。しかし目につくことは、鳥達が侮辱や恥辱の言葉しか言わない点です。これは人間が鳥達にこのようなことをまず教えているということを無視しているわけではないのです。そうではなくて、私が考えたのは、鳥達の教師は子供達の教師同様かなり厳しい監督下にあるので、教師はいつも自分達の言葉に誹謗を加えているということです。この点にまさにまた全能者の秘かな英知が見られます。石が叫び、子供や道化、鳥が真実を語ります。それ故に例えばこの椋鳥が先ほど発した真の罵りの言葉があります。それでこのような鳥は、仕立屋や織工を説教壇上で盗人としかる[*1]牧師同様に、あるいはバラムの驢馬[2]同様に侮辱を加えているのではない。——いやはや、神はしばしば最も偉大なことを最も卑小なことの中に収めています、いわば最大の英知を最大の愚行の中に収めているのです。召使よ、私の顕微鏡を荷解きして、こちらに持って来ておくれ」。

というのは先の世紀の当初には偉人よりも拡大鏡や数学が珍しかったからである。勿論それは単純な簡単な顕微鏡でしかなく、今では子供に贈るようなものであった。しかし大学総長はそれから多くを取り出し——それで多くを語った。

彼は自分の体という樽に瓶を注ぐにつれ、一層強く神を称えて、様々な取るに足りないものを持ち出したが、それは彫りこまれたり、下に置かれた王座の家畜といった按配にこれまで出版屋が神の王座を飾ったり、称えたりするときに利用したものであった。彼はまだダーラム[3]の天文神学を読んでいなかったので、神々しい王座についてのより卑俗な証明や賛美、紋章の一対の動物に落ち着くことがなく、例えばメンツィウスと共に蛙[4]に――マイヤーと共に蜘蛛に――スロウンと共に胃に――シュテンゲルと共に不具者に――シュヴァルツと共に悪魔に行き着くことはなかった。――――彼は別なもの、四脳室の人間の自我に間近な自我――虱に落ち着いた。

簡単な拡大鏡がもたらされると、彼は――奉納者のように――拡大すべき対象を探した。「坊や」と彼は言った、「虱を差し出してくれたら、皆にとってお手本となるけどな、数匹でもいい」。ゴットヘルフは何も返事する準備をしないで、彼の顔を見た。「坊や」、と彼は続けた、「頭を見せておくれ」。坊やは彼の前で頭を垂れた。「可愛いぞ」――と目的論者は叫んだ――「何かつかんだぞ、さながら自然の本の中での神の書の小さなドイツ文字だ、人間の上のホムンクルス、偉大な永遠のちっぽけな小型カレンダーだ」。さて彼は繊細な針にさされたホムンクルスを拡大鏡の前に持っていくと、一同にこの小動物とこの小動物から導かれる連結推理を考えるよう頼んだ――更にまさに最小のものが矮樹に似て最大の果実をもたらすことに気付かせ――それから、ホムンクルス、虱は透明であり、大きくなったり小さくなったりする胃の他には何も固いものを有しないことに気付いて欲しいと述べた――そして最後に、更に神々しい指示、あるいは人差し指を見逃さないよう、つまりモール人は黒い虱を有し、褐色の髪の者は褐色の虱を、ブロンドの髪の者はブロンドの虱を有するという指示を見逃さないよう頼んだ。というのはまず第一に創造者が野獣と大地の同様な色によって、例えば兎や、青虫や、山鶉の場合に、大地の色との紛らわしさによる安全を配慮している、従ってここでもそうであるとしても、この生物は人間そのものの上に座っているのであるから、更にもっとそのことについて熟慮されなければならないからである。というのは人間にとって（ドイツ人にとっても同様に）、人間にまさに最も間近で最も似ているものほど反吐を催す忌まわしいものはないように思われるということを考えれば――（ここで彼は臭いや、虱、親戚、猿等々を引き合いに出した）――それもなぜ忌まわしいかといえば、創造者が我々の情けなさを知らしめたいからであるが、創造者がこのような鏡像物を眺めることを頭部と同じ色を与えて免除していることは創造者の慈悲といえるからである、かくて神は眼前のブロンドの子供の頭部にも、褐色の虱は頭部には置かず、容易に紛れやすいブロンドの虱を置くということによって、自らの好意をお示しになっている、とのことであった。

椋鳥が「泥棒よ」と言ったとき、ようやく彼は我に帰って、この諷刺鳥の値段を尋ねた。——「あら」と鳥刺しの妻は答えた、「閣下がお召しになればそれでいいのです。——ただ息子のためにちょっとお願いがあります、つまり学生への登録手続きをして欲しいのです」。——総長が長い誤解の後、彼女が今すでに手続きを欲していることを理解すると、彼はワインに酔っていて実際名前のところだけが空欄になっていた印刷されたラテン語の登録手続用紙を広げて、それをヘルフに自分の名前を記入するよう、あるいは登録するよう命じた。フィーベルは元気に印刷されたラテン語の間に記入した。総長は何も署名せず、ただ熱心にすべての学術的言語、研究に励むよう述べた。牧師は彼にその紙片を上手に翻訳して読んで聞かせた。

母親と息子は記念柱そのもの、生きた戴冠式の服となって家に帰った。彼らは互いに抱擁するために帰宅を願った。「有り難や」、と母親は泣きながら言った、「学生様を生んだことになった」。——「僕は」と彼は叫んだ、「喜びの余り夕べの鐘を鳴らしたいところだ、百姓達を呼び集めて、僕の登録を読んでもらうためにね。ドイツ語でそれを読んでやってもいい。この件はとんと分からないだろうから」。

「でも猟区監督官夫人には三十分後には知ってもらおう」。

この件は続けて説明すれば、合点がいこう。つまり彼の父の猟の森にはひっそりとした猟師の家があったが、そこには男やもめの猟師が唯一人の娘と一緒に住んでいた、この娘を人々は、年若い年齢であったけれども、すでにこのとき猟区監督官夫人と呼んでいた。彼女は猟師にとって主婦であり、家庭教師掛りであり、参議団であり、そして安らかに射たり、いびきをかいたりするために必要とする一切の者であったからである。この猟区監督官夫人——ドロッタ——はすでに子供時分に、ヘルフの父親が森でアトリを接着黐《もち》捕獲によって捕らえていたとき、より素敵な方法でヘルフを自分のプシュケの翼にくっつけていたが、彼がいつも彼女のもとに飛び込んできたからであった。しかし彼女は若いジークヴァルト［ヘルフ］を頻繁に殴るという長い間続く欠点を有していた、これは彼の趣味にあわないもので、そこで彼は仕舞にはただ森の頂[*2]に出掛け、そこから彼はまっすぐ猟師の家の窓や遊び場を眺め、心に翼や炎を与えてくれる一切を見いだすことができた。しかし彼は極めて柔軟であって決して愛から離れることはなかった。活字と人間とに彼は本気でほれ込んでいて、人間のなかでも特にドロッタにはほれ込んでいた。悪魔が彼をアルファベットから、天使やドロッタの恋人が彼を愛から引き離すことはなかった。

——「僕は学生なのだ。今晩は」、と彼は森の中で復活祭の衣装を着てひっそりと繕いをしているドロッタに呼びかけて、彼女に登録用紙を広げてみせた。彼女は印刷されたラテン語の活字の宮廷の中に本当に彼の記入された名前が躍っているのを見て、言った。「おやま」——「聞いておくれ」と彼は続けた。そして彼女に格別韻律を付けずにすべてのラテン語の学生特許状をゆっくりと読み上げた。「立派ね」と彼女は言った、「ちょっとしたものなんでしょう」。彼は彼女にラテン語を通訳［フェルドルメッチェン］した（優しい響きだ）——というのは彼自身解しなかったからで——それは牧師の翻訳に従って、逐一、記憶通りであって、訳すたびにテキストのラテン語の行を読み添えたが、ただ自分のそれ自体正しい翻訳に決して読み上げた行が合うことはなく、早すぎるか遅すぎるかであった。しかし彼が学生からは、手品人間［何でも真実に見せかける人間］からのように、欲するかぎりのあらゆる高貴なものが通例生まれるのだと説明したとき、何という言葉をこの娘は吐かなければならなかったであろうか。——実は何も言わなかった。彼女は信じ込むのには時間がかかったが、行いは素早かった。——「あんたがそんなものになるなんて誰も想像できなかったわ。でもだからといって、昔からの友達を忘れちゃだめよ」。——彼女はいつになく真面目に彼と別れた。ひょっとしたら彼女がこの晩ちょうど十四歳と三ヵ月[5]になったからかもしれない。

しかしフィーベルはいかにこの復活祭にすべての古い墓穴から再生し、幾つかの天国へと前もって昇ったことか。今やすべてを学ばなくてはならないぞ、という牧師の冗談が彼にとっては香油となった。大学への用紙と、ピーター・ビンダー[6][*3]がある英雄詩のアキレス、アエネウスとした寄生動物とが彼を一人の英雄へと持ち上げた。第一週に彼はギリシア語の作品の読み方を学んだ（牧師から彼はそのための文法書を借りた）。——二ヵ月目に彼はヘブライ語を学び、原語で旧約聖書を読んだ。——三ヵ月目にシリア語を、——四ヵ月、五ヵ月目にアラビア語を学んだ。すべての語学書を冗談っぽくて親切な牧師から借り出すことができた。これらの四ヵ国語で、彼は家中の人が驚いたことに、彼に差し出されたすべての本を読むことができた。いや一度牧師は公然とこの件を保証した。勿論彼は自分の読み上げる本の一語も理解していなかった。しかし内容は、詩人にとってそうであるように、彼には関係なくて、形式だけが肝要であった。それだけ一層純粋に彼はオリエントの言語を堪能したが、これらの文字の形式、母音の台座[7]がこれらの言語をすべての近世語よりもはるか上位に置いていたからである。また彼は諸単語の知識においてさえ遅れを取りたくなく、ある者の立派な作品、私自身若い頃、益もないのに読んだ作品から、七週間でメキシコ語、アラビア語、アイスランド語、英語、デンマーク語、グリーンランド語、フランス語の主の祈りを暗記した。それからそれ以降の各週にまた別の言語の、要するに言語学的主の祈りを覚えた。かくて彼は『ミトリダテース』のアーデルング[8]以前に同じ言語研究をしていたのである。このようにして彼は食前にあるときはホッテントットとして、あるときはトルコ人として、あるときはフランス人として祈りを捧げることができた。すべての言語を理解し、聞き取る天そのものにとっては、何語でもよかったのであろう。フィーベルは今やそもそも全く別人であった。

　突然、試練の退屈な広い砂漠から自分を目的地に投げ込み、終生後ろから照らし出す、夢中にさせる精神に十分早くから出合う少年は幸せである。それは預言者がその民をそうするように、揺れる青年の心を強めてくれる。幸運の車輪が回るのは青年時代だけで、後年には鋤の車輪がぎいぎい鳴る、そして籤壺が豊かに出すものを溝はかろうじてゆっくりと与える。

　けれども運命は今はまだ、フィーベルが後年になるもの、つまり新しいアルファベットの体系の建築士を、彼から作るために、準備万端整えて用意しているようには見えなかった。

＊1　ヘルムシュタットの学部はこのような叱責に侮辱は含まれないとしている。Leyser. sp. 548.『学説彙纂省察』七。
＊2　私が窓から見るかぎり、それは森の中程から隆起している丸い山頂である。
＊3　『虱伝』において。

第七　撚り糸巻き

エメラルド

老鳥刺しは誰であれ放任した、従って彼の息子も放任した。人はなるようにしかなれない、と彼は言った。やむにやまれぬ者、それが卵を孵す、そして自分の卵で暮らすがいい、と。それに彼は、下々の者が皆そうであるように、書かれたもの、主に読めないものに崇敬の念を抱いていた。——「それに兵士が沢山知っていて、タタール語の主の祈りを知っていても、何ら害はない」。

しかしその代わり、彼には別の心配事があった。彼の妻はこれまで長男の後いつも更に強い係累の後衛を、生命を持たずにこの世に生まれたので名前なしにこの世を去った者達を産んだので、そしてあるときは双子を、それからまたあるときは三つ子を産んで埋葬したので、ジークヴァルトは特に現在のつわりの後では四つ子を覚悟していた——それは一度に四つの最後の物［死、審判、天国、地獄］で、自分を高みよりは深みに引き込みやすい四頭立ての郵便馬車であった。これらが洗礼を受けなかったのは軽い代償であった。それでもこれらは生粋のキリスト教徒同様に立派に埋葬されなければならなかった。

実際一面では、まさに貧乏人が——医者や自然科学者のあらゆる観察によれば——多くの子供を次々に得るばかりでなく、一度に得るというのは苛酷なことである——殊にみすぼらしい揺り籠や、襁褓紐、乳や金庫を考えてみるとそうで、それらが今や期待に反して四つの部分や教え子に分割するのである。しかし他面では、まさにここでは、かの法則、これによれば動物界では迫害され、最も臆病な動物達、例えば魚や兎が最も多産であるという法則が人間的に反復されていて、それで同様に人間界では家臣達が上層部よりも増えていくというのはまことに理にかなっている。

　エンゲルトルートの分娩が始まったとき、ジークヴァルトは二人の死んだ双生児をいわば前兆として、これが後に続くことを見てとった、そして幼い亡骸を避けて森に行った、そこは彼の魂の避難所で、そして聖式謝礼を考えた。

　——これが撚り糸巻きにはっきりと記載されていないのであれば、世間にこの珍しいことを報告するのを恥ずかしく思うことだろう。しかしこのたび、主婦がその糸玉をまきつけて撚り合わす糸巻き［紙］は、記述者が地球の花崗岩地殻とする自然哲学的書簡用箋に似ている［文象花崗岩のことか］。この件は次の通り真実である。

　つまりこれまで自ら作った子供達の他には何ら異常なことを体験したことのなかった哀れな鳥刺しが思いに耽って座っていたとき、上の青空で人間的な、ただし外国人風な言葉で、掏摸、死刑執行人、悪魔野郎等々と呼びかけられるのを耳にした。そして同時に、黄金の指輪が両足の前に落ちてきた。彼はそれを拾い上げ、上の方を見た。——緑色の鳥が、鸚鵡ほどの大きさであったが（おそらく鸚鵡であったろう）彼の上を越えて行き、掏摸という挨拶と共に去っていった。しかし多分この鳥そのものが、よく二つの隣接する戒律、第八と第七の戒律を同時に越えていくかささぎや、こくまるからす、その他の言語能力のある鳥同様に、その指輪の盗人であったろう。しかしどこで盗んだかは分からない。ジークヴァルトが指輪をもっとよく見てみると、そこには自分の虚しい将来の魔法の指輪、漁夫の指輪［教皇の印］となり得るかもしれないものを見いだした、つまり小さな切り子に収められた得がたいエメラルドで、勿論二十八と四分の三ポンドのライヘナウ修道院のもの[*1]には及ばないものであった。びっくりする余り彼は鳥がまださえずっていたものを聞き違いした。全体にそれは全く多様な鳥の鳴き声の不規則に跳ねる混乱したさえずりに聞こえた。

　この賢者の緑の宝石を持って彼は十五分ほど森の中をあちこち歩き、その宝石の［薬品］使用説明書を考えた。これは不使用説明書に落ち着いた。彼は妻に一言も話さないことにし——フィーベルを金の肥料なしに新兵にあるいは書記に成長させることにし、この世ではもはや鳥の他には何も気にとめないことにした。ただ一つの消費はしたかった。鸚鵡を、語る鳥の下級クラスの先詠者として、あるいはスコットランドの親方［フリーメーソンの第四の位］、教師として求めたかった。

冷静に彼は将来の芝居の劇場切符売場を蓋付きのパイプの火皿に収めて家に運んだ。しかし彼の目の炎は灰色の灰となっていたので——それは彼にあっては憤怒が発火の印で、——それで四人の亡骸の疲れた母親は彼のことを察知して、どうしたのかと尋ねた。「何でもない」と彼は答えた。

人はしばしば我々伝記作者がそうするように、黄金の将来の黄金の溝に落ちたときの人間の最初の時間に忍び寄ることができたらいい。大いなる幸運は人間の火の神明裁判であり、大いなる不幸は単に水裁判にすぎない。幸運は未来を開けるのに対し、不運は単に閉ざすからである。従って幸運だけがより大胆な心をより多くのより自由な動きの中に示す。

ジークヴァルトは平方根を大地に下ろすと、（亡骸の四つ子を）さながら叙爵書の中で市民階級の者に保証される四人の先祖のように下ろすと、黄金の指輪をより詳しく調べてみた。年号の一六六六は読むことができたが、銘文の「わが神とわが愛しき女《ひと》への愛のために、Ph. Ch. Th.」は読めなかった。彼は黄金から宝石を（鉱夫が石から黄金を取り出すように）取り出した、指輪の銘文をその全部の所有者と名乗りでかねないどこかの悪漢に見せずに宝石を鑑定させたかったからである。数週間後に——彼が家に一人っきりでいたとき——呉服商のユダヤ人が、若干の襤褸を買い入れるために、その古着店の買い物袋を家に運び込んだ。ジークヴァルトは彼を三階に案内して、商人を宝石の春の輝きではなはだびっくりさせた。ユダヤ人は彼が宝石を盗んだものと期待したので、自分も盗みに加わろうと思い、二ターラーを申し出——ジークヴァルトが笑ったので早速倍にし——それから三倍にし、自分は単にその宝石を慢性の胃痙攣に対する薬として服用したいので申し出ているだけだと誓った。「もう一つ、最後のターラーだ」と彼は叫んで、唖然としている鳥刺しの前で宝石を飲み込んだ。[1]

ジークヴァルトはさしあたりまずユダヤ人の右側と左側をつかみ、生気のない灰色の眼差しで鋭く角張った彼の顔を見た。それから彼ののどを締め上げて、患者が喪服の留め金のように黒ずむ間に、自分が宝石を取り戻すまでは、叫んだり、静かにしていなかったら、彼を絞殺するか、首をへし折るつもりであると言った。黙したユダヤ人は、はいと言うために、エンゲル教授[2]の身振り狂言で知っているかぎりのことを行ってみた。その後ジークヴァルトは妻の歌の本から美しい孔雀の羽［読書のしおり］を取り出して──大きな卓上に銀の柄の孔雀の羽が同じ使用目的のために用意されているものだが、──彼の口を強く自然の限界以上に左右にこじあけ、その柔らかな羽毛で穏やかに乞食ユダヤ人の舌乳頭を、喉頭蓋を、その咽頭をこすり、引っかいて、その胃を反転させ、重要な文書の出版へと刺激しようとした。ユダヤ人は激しくもがいたが、しかし何も出なかった。彼の胃は指輪のようにうまく宝石を収めていて、エメラルドは売れそうにない店晒しとなった。とうとうユダヤ人は、昨日から舌に一口も載せていないし、胃には小さな宝石しかないのであるから、仕方ないだろうと言った。そこで鳥刺しは衣装簞笥の上に手近にあったシュテティーンの林檎と、数週間前から極上の花が活けられていた純然たる水を一口彼に渡した。宝石を飲み込んだ男が処刑前の食事を終えると、鳥刺しは再び羽毛をかけて、その食事を再び取り出し、同時に港の最重要の関税も取り戻そうとした。遂に羽毛は、外交の羽毛［ペン］同様に胃の盗賊の巣窟から譲渡条約を強いることに成功した。青白い顔をし、冷汗と胃痙攣と共にユダヤ人はそこから去った。

＊1　カール五世より贈られた。カイスラーの『紀行』。

第八　ユダの章

辺境伯

大きなピットのダイヤモンド[1]をポケットに有しない、あるいは耳たぶや薬指に有しない者はそのことを神に感謝すべきだ。どの瞬間にもポケットや耳から一王国を失うかもしれないと案じなければならない人生というものは恐らく絞首台の梯子を登る人生であろうからである。乞食ユダヤ人は近隣のユダヤ人達を鳥刺しの首にけしかけた。宮廷ユダヤ人はユダヤ人の行進を鶉買いの名目で決めた。新奇なことは哀訴よりも容易に、哀訴はめったに新奇なことではないので、侯爵の耳に入るので、辺境伯もそのことを聞きつけた。彼は鳥刺しを呼び寄せた。エンゲルトルートは、彼は宮廷で車裂きの刑にあうと信じた。ゴットヘルフはしかし、父を貴族に叙するのであろうと信じた。ただジークヴァルトだけは宝石が望まれていると推察した。彼は方伯や帝国伯爵に対して度胸があった。辺境伯だって、わし同様に尻を持っているのだ[2]、と彼は言った。――しかし当世の論理学者によれば、彼はそこから誤謬連結推理を行っている。――私が単に、時が経つにつれ謬見よりは諸謬見が増え、諸誤謬推理よりは誤謬の諸連結推理が増えると言っても、ここでは誰の邪魔をしたことにもならないと主張したい。

辺境伯は陽気な若い領主[3]であった。「親愛なる戦友よ、私が耳にしていることによれば、……」。即座にこの戦友は指輪を取り出して言った。「指輪はここにあります」。侯爵〔領主〕は兵士の大胆さと、生きた死者がまず物事の様子をさぐるとき隠れ蓑にしようとする卑小な棺の蓋が見られないことを喜んだ。「そちは、親愛なる伍長よ、宝石には用がないだろう、ひょっとしたらどこかの宮廷で所有者が見つかるかもしれない。一言で言って幾ら欲しい」。

――「一年の日数ほどのソブリン金貨をお願いします」、とジークヴァルトは言った、「つまり半ソブリン金貨で、夜と昼［日］とは区別すべきでしょうから」。――「それでも多い」と侯爵は言った。――「私の申し上げますのは」（と、この男は言った）「閏年に従った三百六十六日のことです、いつが閏年か分かりませんから」。

侯爵は取り寄せ、笑いながら自ら彼の手に三百六十六の半ソブリン金貨の黄金の丘を置いた、そして鳥刺しにまた会おうと言った。

鳥刺しは途中ただ閏日の半ソブリン金貨を取り出して、それを家では侯爵の自由意志租税として見せ、かくて宝と成り行きを隠すことにした。――村そのものの中では大して効果はなかった。極めて高い家々では、祭具室や塔から羊飼いの小屋に至るまで、数週間、辺境伯が彼に命と一枚の半ソブリン金貨を賜ったということが話題にされた。

第九　胡椒袋

老ジークヴァルト

運命が私に鳥刺しの黄金の下地をまさに胡椒袋で送ってきているのは運命が寓意的に私と戯れたいからであろうか。村の少年達に罪はないのだから。

実際彼は今や胡椒の木の植え込みに巣くっていた。三百六十五の半ソブリン金貨の金鉱を彼は自らまた埋めていた。これで何が始められ、片付けられるか、極めて珍しい鳥の市場である自由港ですらこの答えを彼には出せなかった。というのはこうした鳥やその販売価格について今や金持ちの彼は以前ほど求めなくなったからである。

最後に彼は、月並みの表現に従えば、メランコリックになった。黄金による金属の注射は彼の生気ある血管を押しつぶした。彼は老ジークヴァルトからほとんど一七七五年に印刷された長編小説の『ジークヴァルト』[1]に変わった。——彼には今や自分が彼の最良の鳥の一羽のように大いに話す日々や、ゴットヘルフのメキシコ語での主の祈りに耳を傾ける日々が見られた。——彼は聖なる祭日に村々の代わりに教会を訪ねて、そこで大いに眠った。——息子に兵士になれと押し付けず、この餓鬼は好きな者になるがいいと言った。要するに戦争の終止以来体を巡っていた昔の鉛の弾は、彼の頭の中を巡る金塊によって独特の具合に圧倒されたのであった。すみやかな貧困という鉛の疝痛はすみやかな財産という金の疝痛ほど多くの諸力を消耗することはない。このような変化から——この変化は吝嗇家が贈り物をし始めるとき体験するもの、あるいは狂人がまた正気に返るときに体験するものに似ているが——世間は彼の死が間近であると判断できた。我々現世の者の地上の衣装を剝ぎ取ったり、取り払ったりする異国の天使は、その接近が遠くにあってさえ内部の人間を変えてしまうというのは特異なことである。天使が死の床の間近に、あるいはその後に、立ち会ったら、いかばかり天使は引き裂き、改造することであろう。

　彼が侯爵の金を持って家に帰ってきたときの晩に見た夢を誰に語ったのか——彼の妻はその夢を知らなかったのだから——そのことは定かではない。「黒い鸚鵡がくちばしに指輪を持って自分の方へ飛んできて尋ねた、わしを知っているか。わしは死霊の鳥なのだ。おまえが生きる日数は、わしがおまえにこのごろ侯爵の金貨を渡した分だ。身辺を整理するがいい」。

　彼は身辺を整理せずに、言った。心配は各自がすればいい、助言者の出来ること、それは別の阿呆でも出来る。しかし三百六十五の半ソブリン金貨あるいは日数が続かないうちに、彼はすみやかな疲労で最後のその前日の枕につくことになった。

　患いの夜の後、彼は無理矢理、しかし死人のように青ざめて、また起き上がり、馴染みの捕鳥の森へさまよい出た、おそらく埋めたソブリン金貨を取り出すためであった。このことは、彼が村をふらつきながら、埋葬に必要な従者達すべてに、牧師から担い手に至るまで前払いして、後に家の二人に騒ぎがおきて、葬儀葬祭の妨げを受けないようにしたということを知ればはるかに信憑性が強まる。

その後彼はその夜のために一つの棺を注文した。単なる木目のもので、そこに描かれた人生の最後の飾り模様、夜景のないものであった。自分は棺の中に寝たい、棺をかぎたくないと彼は言った。彼はとても疲れて帰宅したので、三階から薔薇の木を寝室の壁の小戸棚に下ろすことがほとんどできないほどであった。その後すぐに予約していた学校教師が公証人として遺言の証人達と一緒にやって来た。彼らの前で彼は遺言して誓った、まずは何も書き留めなくてよろしい――というのはすべては、当然と言っていいように、自分の妻のものだからであり、――して欲しいのはただ壁の小戸棚を立派な封蠟で封印することだ、と。――その後彼は、彼らがそうしようとしたとき、再び呼び寄せられた妻に、哀れな薔薇の木にまず水をたっぷりやって、水がまた上下に行き渡るようにして欲しいと命じたが、彼女はこのことをあふれる温かい涙と共に立派に行った。しかし彼は最後にペンによる遺言書を起草させたが、これは壁の小戸棚以前に封を開いてはならない、つまりゴットヘルフが十六歳になったとき（今日はまだ十五歳になっていなかった）、初めてそうしてよろしいと定めた。

遺言の封印の保管者が去ると鳥刺しは、ポケットを探って、七つの（半）ソブリン金貨を取り出し、それを七つのパンのように二人の家人に、これできっと、仕事をすれば、壁の小戸棚を開けるまで足りるだろうと述べながら渡した。その際、彼は更に黙って泣きくずれている息子から、達筆故に筆耕者［多作家］となる約束を取り付けたが、ゴットヘルフはひょっとしたら実際筆耕者を作家と取り違えることなく約束したのかもしれない。というのは人間は去っていく者達には――大地の中へ旅するのであろうと、地球を一周するのであろうと――根を下ろした隣人に対するよりも率直に約束する。これは去った者達は何も要求せず、非難しないだろうと予期しているからではなく、彼らの神々しい像を前にしてそれだけ一層彼らの名において自らに要求するからである。

今やすでにエンゲルトルートは雨雲のように泣いていた。しかし人間達の指物師が極小の家を持ってくると、豪雨のように泣き出した――この家の中で人は、成金のように、日々より大きな家を作るのであるが、それは日々細かくなる塵埃化によってその家を虫という新しい客人のためにより広くするからである。――鳥刺しは指物師に棺の価格の三分の一を――描かれなかった絵の代金を――指物師や皆が驚いたことにまけさせたが[2]、それでも更に、まさに生きた棺の住人、［密室教皇選挙の］枢機卿の随員が何か値切れないものか調査がなされた。彼は軍服を着せてもらい、その服を着て、余りに狭く短い棺の中に（指物師の盗人は何の感覚もない一人の男を当てにしていた）詰めてもらった。その際彼に対して、湯灌婆に彼の体を触らせない、それ自身清潔でない若干の虫のために彼の体を洗わせることなどないよう誓いがなされなければならなかった。現筆者はすでに他の箇所[3]で、大抵の男達が湯灌婆（死体を洗う女）と産婆に対して抱く嫌悪を記したことがあると記憶している、これはひょっとしたら男達は人生へ導く女と人生から連れ出す女の両人の中間領域において自分達の男性としての全権を従属させたくないからかもしれない。というのは死体洗條者とお産援助者に対しては打つ手がないであろうからである。

民衆がたとえ最後の晩餐［聖餐］を、遺言書同様に死への自己証書とみなそうとも、しかし彼の涙にくれる妻は、彼に無料賄い、最後の晩餐を説得しないでは、彼がこの自由な住まいに横たわっているのを見ていることが出来なかった。しかし彼は長いことそれを欲せず、ようやくしぶしぶ言った。牧師を呼んでもいいが、その前に自分を三十分ほど一人にして欲しい、その間に自分はその最後の家庭薬、治療薬、強壮剤を試みてみる、と。

エンゲルトルートは彼がこの薬を試みる間、こっそりと鍵穴から覗き、聞き耳を立てていた。……

――ザクセンの検閲官[4]は――たとえ大市の御者が途中での劣悪な天気に対して発する言葉にいかに寛容であろうとも――鳥刺しが棺の中で発した呪いの言葉をほんの一頁にでも私が書き連ねたら、御者達が私の本を大市に運ぶのを許さないことだろう。彼は自分が血気盛んに他ならぬ狭隘な戦場の地に、それも伍長として部下の前に立っているとまざまざと想像したので、彼は極めて長い腕を振りながら、そして極めて干からびたこぶしを固めながら、すさまじい呪いを発し、罵った。呪いのハリケーンで自分は幾らか元気になるとそう彼は期待した。しかし昔からの熱い、普段は鉄を含むこの噴水は、このたびは単に若干の往時の燻し金を振りまいただけで、彼はより弱々しくなって、狭隘な家に沈み込むことになった。彼は戦争にはもっと団結がある、共同の戦闘――勝利――死亡それに一緒に折り重なった腐敗があると感じた。

エンゲルトルートは彼の秘蹟化〔罵り〕で一層必要になった聴罪司祭を祭具と共に連れてきた。――聖餐の後、彼は言った。「夜にわしは逝く、その前に食べるがいい」。――「お父さん」とヘルフは言った。――「それではわしにキリスト教徒らしい好意を見せてくれ」と彼は言った。彼は自分のお抱えの鳥を（ただのカナリアの雄を）胸に載せてもらった――それから妻が世俗の余興の歌かあるいは宗教的な賛美歌を歌うことになり、息子は時々陣太鼓を叩いて、彼の鳥がすべて一度にさえずり始めるようにすることになった。依頼の後、彼は自ら骨折って縁なし帽を目の上から口のところまで引き下ろして言った。「じゃあな」。

息子が太鼓を叩き、母親が賛美歌を歌うと、啼き鳥達が調子の市をすべて広げて、物言う鳥達はハーモニーの競争の中に人間のすべての悪態を投げ入れた、そしてカナリアは去りゆく胸の上であちこち跳ねた。「こんなものだ」とジークヴァルトは縁なし帽の下でつぶやいた。母親は歌い続けた、しかしそれで自ら激しく動揺して、更に父親の手を息子の顔に固く押し付けずにはおれなかった。息子は太鼓の打棒のために手がままならなかった。「こんなものだ」と鳥刺しは言った、しかし最前とは全く別な調子だった。人間を飲み込む肉食魚が到来するときの波が彼の耳にさらに声高にざわめいた。しかし戦争の青年時の夢が光輝を帯びて死の海を照らし出した。そして彼は「いざ行け」と叫んで、胸のカナリアを握り潰した。「ピューと鳴るぞ」と彼は最後に言った。これが彼の最後の言葉だった。――しかし彼が彼の小夜啼鳥のことを言っていたのか、それとも戦場の弾のことを言っていたのかは誰にも分からなかった。その直後彼は静かになり、亡くなった。

妻は最初に気付いて、彼の上に苦痛の声をほとばしらせながら身を投げた。息子は太鼓を叩き続けた、開いた目のせいで彼をまだ生きていると思ったからである。彼の母はそれを閉じさせると、泣くために暗闇の自分の小部屋に入った。今やゴットヘルフは静かになった兵士に、以前は許してもらえなかった何年分もの憧れの接吻をしていいことになった。そして満ち足りぬ愛の思いで最後の接吻をした。その後彼は――父親が母親に命じていたことなので、食事のために――台所に行って、臨終のために消えていた火を再びかき立てて、そしてこのような状況下で卵を（それが夕食だった）ゆでた、それは、聾の鳥刺しの部屋ですべての彼のお抱えの鳥達が威勢良くトランペットを吹き続け、その五月や六月、七月を歌い、子供の心は張り裂けていたということを考えるならば、十分に上手なものであった。

以前は我々にとって老兵士は大して問題ではなかったが――例えば［紙の］窓ガラスの章(5)ではそうであったが、――しかし今や我々は彼に関心を寄せているような按配である。人生に対して死は何と短いことか。しかしまさにこの短さが重みを与えている。二回、地上の子は誰でもすべての観客の前で際立つことになる。その一つは地上に来たときで、その二は地上を去るときである。それに死去の際の流行というものもない、誰もが独自に死ぬ。

しかし今やこの老男性は木と草とで覆われるがよかろう。たまたま歌う兵士達の一分隊が村を通って、それで幾らか軍隊風な埋葬を彼に追加してくれたことは、私にとってはなはだ心休まることである。

父親が全く未知の男として数フィート深く大地に沈み、そして息子が、あたかもこの男は地球の半分ほどの深さに沈められたようなものだ、殊にこの男は地上で刻み込まれた名前を残さなかったのだから、つまりハイリゲングートの人名簿に名を残さなかったのだからと考えると、彼は自分ばかりでなく、世間の人すべてが永久に一人の父親を失ったかのような気がした。そしてそのことは彼をとても苦しめた。そこで彼は一杯に詰まった墓地で今一度遺言の誓い、もとよりジークヴァルトは別様に解した誓いを誓った、「神かけて、自分は作家［筆耕者］になり」、そしてただ自分の学的筆により自分の哀れな父親が広く世間に知られるようにするために、時に父親本人のことを書くことにする、と。

第十　ユダの章

静物画

——一家族が一ダースの涙の甕の分一杯に泣いてしまったら、家族の上に一本の幾らか太く長い王笏を司っていた家長が家族から別れてしまうと、常に早速最初の数日の後、独自の快活さが悲しみの一族の間に漂うことになろう。一族は今や自ら残された王笏を手に逍遥できるからである。歩くたびに喜びに、つまりもはや禁じられていない歩みにぶつかることになる。

ジークヴァルトの家全体の中をこうした新鮮な五月の風が吹き抜けた。

勿論半ソブリン金貨が吹き抜ける西からの微風《そよ》に多くの異国風な花の香りを添えた。——しかしここで私に善良な読者からのちょっとした快適さを賜りたいが、それはつまり、さもないとこの言葉を多くの章の中で退屈してうんざりするほどしばしば書かなくてはならなくなるであろうからで、将来はどの章においても、私がソブリン金貨と書いたら、それはいつも単に半ソブリン金貨のことと解してよろしいということである。テュンメル(1)でさえ生きたソブリン［主権者］達に対して多くの官房書記達の利便のために同様な称号の短縮を提案しているのである。

埋葬の後ではすぐ家政の面で、どこでもそうであるように、きちんとした家長や夫の立場となる誰かがいなくてはならなくなった。ヘルフはこのような者の立場になることを、自分の学問の妨げとならない範囲で、約束した。それ故、彼は直にジークヴァルトの革の縁なし帽を［王家の代々の］冠として被り、薪を割り、それも鳥刺しよりも細かく割り、——毎晩小作の苗床から夕食の馬鈴薯を取ってきて、夕方にはしばしば玄関のところに立って、真面目に村の方を眺めた。毎晩彼は母親と一緒に壁の小戸棚とその紙の門、封印の錠を用心のために見た。彼は家長としていつも――さもないと教育のない人間となっていただろう――必要なターラー貨幣を家政に用意することを考えなければならなかったので、彼は時々町へ行って、ソブリン金貨を、ちょうど古い金貨の退位の後支配に就く金貨を両替した。新しい金貨を彼は立派に豚の膀胱に保管した――これが田舎では男達の財布で、木製のねじり蓋付き金箱が女達の財布であった。――彼は町で乞食ユダヤ人(2)のユダの許で――エメラルドを、痙攣を鎮める薬として服用しようとした、かの患者であるが――金貨を微小な銀貨にくずした、銀貨をユダは喜んで渡したが、この若者がまことに膨らんだ財布を携帯するのを喜ぶと知っていたからである。そしてユダは自発的に民衆の代表たるソブリン金貨を多くの小貨幣の平民にくずした。――家でヘルフは膀胱から高いクロイツァー貨幣の山を注いだ――侯爵という者は四ターラー、四グロッシェン半、三ペニヒがいかほどのものか知らない、しかしハイリゲングート人なら知っているだろう。つまりほとんど測りがたい額である。金貨の支配就任の最初の日々は黄金の時代である。それから銀の時代、鉄の時代、紙の時代が新しいソブリン金貨の換金を告げる。ただ女性と青年に特有な希望の力のみが、七枚のソブリン金貨の次第に死に絶えていく七人の支配者の下にあって、まだ自分達には謎の壁の小戸棚を信ずるということのような暢気なその日暮らしを説明するものである。それが恵まれればいいが。

彼の十五歳の誕生日は幸いちょうど、彼らが両替されたソブリン金貨の残りをもはや有しない時期に当たった。誕生日は重要だった――彼の十六歳の誕生日には未来の覗き箱、壁の小戸棚が開けられる予定だったので、――彼は前日金貨を持って、自分に贈り物と、自分と母とに誕生日の焼肉を買ってくるようにとの依頼を受けて町へ行った。「田舎では」と母親は言った、「百姓達は慣れていないから誕生日なんかしない。でもドレスデンの宮廷では誰もが考えられないほど豪華な誕生日を得ていて、信じられないほどだよ」。

町では彼は一度に三、四回幸せになった。ユダヤ人のユダは彼に一着の擦り切れたフラシテンのズボンを贈った、それは周知の前面に二つの、背後に一つのはげがあるもので、それに（当時は新奇なものであったが）二つの時計入れポケットが付いていたが、彼は金を受け取ろうとせず、値段を言わず、ヘルフが次の誕生日まで着損じればばいいと言った。

周知のようにユダヤ人は町の内部のことを警部そのものよりも諳んじている。産婆が女性全部の将来を諳んじているようなものである。些少な告解料で告解の席に着くユダヤ人達はすべての家政の本来の偵察軍である。彼らは家庭史の詰まった真のラフォンテーヌ達[3]であるが、それは決して家庭史を中傷するためではなく、これらの町や田舎の歴史家達は単に実利的、実用的でありたいだけなのである。ズボンを借りたため幸せなヘルフは自分に贈り物をする金の余裕が出来て、立派な作品、三冊の四六判の所謂『新たに開かれた騎士の席』[4]を購入した、この本で彼はすべての学問を見渡すことが出来た。どの学問の作家となったらいいかまだ未定であったからである。

更に幸運だったのは、辺境伯の皇太后がその誕生日の前日に卒中で倒れたことであった、それで宮中喪が生じて、半ば焼けたクッキーや肉の宮中の晩餐が平民達に競売に出されることになった。日雇いの誰もが、宮中の食卓に列席などおぼつかない指物師が金を出せば競り落とせるのであった。ヘルフは自分自身の誕生日の料理のために、今まで明かさなかったが、どの言語でも同一の言葉で呼ばれるもの、つまりドイツ語でも同じで、即ち一つの――袋を持参してきていた。この中には沢山入った。彼は、自分のためよりは母親のために――ポケットに『騎士の席』を有する人間は宮中の台所からの食事にはそれほど気にかけないもので、――立派な晩餐を落札した、つまり若干のビスケットの所謂パリパリクリーム――王女パイと兎クーヘンを数切れ――ウィーン風焼き串のクラッペン――小粋な小型クーヘン――大公風マルチパン[*1]であった。

圧巻は薬品の小さなグラスに入れたもので、それは彼が森の愛する人、ドロッタのために詰めさせた極上のすぐりのアイスクリームであったが、それを彼は清潔なトルコの紙に包んだ。

彼の母、ドレスデンの臨時女中に、宮廷料理を袋に入れて運ぶことは喜ばしい風の吹く考えで、実際、自分に夢の中で強い追い風が田畑越しに吹き付けてくるかのように思われた――杖を彼は水平に持った（町では垂直であった）、そしてただうまく飛ぼうと、決して『騎士の席』を読まなかった。

「これらを」――彼が袋を開けると、母親が言った、「私が見たことがないと思うかい。ほれ、これはパリパリクリーム、これは大公風マルチパンだよ。すべて立派なものだ」。このとき彼は恋人のためのアイスクリームの詰まった薬瓶を見せた。しかしそれは水に溶けていた。「これでは食べさせるわけにいかない、飲めるだけだ、凍える時期まで待たないとすれば」と彼は述べた。

両人は夕方ほとんど半ば死にそうなくらい町について話した、それでも高揚したヘルフは大方の学問、例えば天文学や馬術等々の載った『騎士の席』の一頁を、読まずに広げて眺めた、そして眠っている母親のスリッパの向きをベッドから変えて、朝起きたら足の指を入れさえすればいいようにすることも忘れなかった。

最も明るい朝が現れた。彼はこのたびは主の祈りを単に母国語で捧げた。母親は彼がまだベッドに背を起こして座っているとき、彼を祝福して、彼のことを自分のステッキ、杖と呼んだ――彼女は立派な一年を意味する昨夜の夢のことを話しながら、黒っぽい目をして彼のベッドの抜け出た羽毛を後から詰めようと拾い集めた。

この日の主人公は新鮮な朝の空気を吸うと、村の中を、時計入れポケットに両手をつっこみ、フラシテンのズボンに両股を入れて歩き、どの子供にも挨拶し、田畑へ急いでいる背後の若干の人々にも挨拶した。家に帰るとすでにすべてが読書のために片付けられ、清められていた――母親はエプロンの代わりに白いハンカチを前に結んで家政を執っており、十一月の太陽の長く暖かい陽光が小奇麗な部屋に射し込んでいた。今日は指一本動かしてはいけない、ナポリ人のように怠け者のあだ名を頂戴し、ずっと机のもとに座っていなさいと母親は要求した。彼は実際『新たに開かれた騎士の席』から出られなかった。彼はこの朝その本の中の紋章学の騎士に、古銭学の騎士に、歴史的な騎士に、学的な騎士団すべてに、更に自分の読むものに与した。しかしある事情があって、そのため彼は――いつもは牧師のすべての本と小売商の本の半分を通じてすべての学問に通暁しているとはいえ――本を生み出す年齢だと高揚して、もはや子供ではないとはいえ――遺言と性癖とで刺激されているとはいえ――そしてすでに老成した独学者であるとはいえ――申し上げるとある事情があって、彼が自分のペンで自分の派手な文学的九柱戯の柱［オベリスク］を（まだオベリスクは横たわったままであった）世間の前ですっかり打ち立てようとするたびに、いつも自分の手を差し押さえるのであった。この邪悪な事情のために、彼がペンを自分の好みのどの学問に向けようとしても、彼はすぐに二、三全紙で書き終えて、打ち切らざるを得なくなり、自分の意見を意志に反してすでに申し分なく十分に述べ、記述し尽くしたことになってしまうのであった――その件は汲み尽くされてしまうか、彼が汲み尽くされるかであり――本そのものは体裁をなさなかった――半全紙を更に追加することは彗星の尾を梳るような不可能なことであった。しかるに彼の恥ずかしく思ったことに周囲の世界はすべてのことについて記載された大型の二つ折判で一杯であった。

しかしフィーベルには慰めがあった。彼は、パルナッソスはウィーンのように[*2]待たれることを欲する、いや更に長く欲する、ウィーンそのもの[5]がなおパルナッソスを待っているのだからと知っていた。いや彼が牧師から借りた学者の中には、文学的卵巣を巣よりも腹の中で長く温めていて、髪が白くなったときに初めて卵管から何か長いもの、大型二つ折判を引き出したものがいなかっただろうか。「ひょっとしたら僕は冬の薪を小さく割る以前に」と彼は両手をこすりながら言った、「何か長いものの尾をつかむかもしれない。そうしたら馬車馬のように働いて、それを完成させよう」。

ここに、年老いた作家達が若者の作家達に見習うべき点がある。つまり彼らは自分達の名声を維持するために(名声が彼らを維持する代わりに)、若者達が名声を得るために努力しているその半分の努力をするべきなのである。というのは最初ただ劣等に、大衆のために書くという特権を行使する若者はいたって少ないからである、これは例えば立派に研がれた石臼の上ではまず(落下する砂粒のために)ただ家畜のためだけに挽かれて、後にようやく我々のために挽かれるようなものである。

『新たに開かれた騎士の席』からヘルフは一歩進むだけで食卓に着いた、食卓にはパリパリクリームや大公風マルチパン、兎のクーヘンや小粋なクーヘンが、即ちデザートが食前のものとして食された。それは胃のための食事というよりは、魂のための食事であった。――母親はそれで自分の華やかな昔の時代、ドレスデンの宮廷に戻った――老ジークヴァルトが新鮮に恋人として新兵の帽子を被って彼女の前に歩み出て、彼女をごく品のいいところに案内して、煙草を吸った。「あんたのようないい男はもういないよ」と彼女は言った。夫婦の顔に最も素晴らしい光を投げかけるのは婚礼の松明なのか葬儀の松明なのか知らない。しかし数十年にわたる最も長いテッツェルの免罪符商人たるのは死の方である。墓は内的銀婚式の婚礼の祭壇である。鳥刺しは上述のテッツェルのお蔭で立派な免罪符を得ていて、母親と息子は彼に対し、お互いに対し、そして静かな喜びで一杯の一日に対し心優しくなって泣いた。

食卓の祈りのとき、母親は鏡の中に背の高い祈っているゴットヘルフを見たとき、あたかもそこに年老いた父親がいるかのように思われ、不思議な気がした。しかし彼女がそのことを、多くのことで興奮している息子に話すと、息子は感激したかのように爪先で立って、彼女の両手を握って言った。「お母さん、お母さん、僕がいるから年をとってからは心配いらないよ、亡きお父さんがまだ生きていると思っていい――鏡の中の顔は誕生日には意味深だ。僕にはよく分かっているから」。しかし彼はペンの収穫を言っているのだった。

突然彼は母親の長編小説やあらゆる感動から自分の長編小説へ一っ飛びして言った。「夕方は猟区監督官夫人の許に行く」。他人の後すぐに自分のことを考えるのは失礼なことに思える。しかし子供達や、未開人、卑俗な身分の者どもをうらやむがいい、彼らは心がまだ昔の愛の矢に刺さっているのに、屈託なく別な側を開けて、すぐに自他の感動から全くどうでもいいことに飛び移るのである。我々上品な身分の許では、これに対し（全く別様にはいかなくて）感動の間欠泉はただ次第に滴ってなくなる他ない。温かい言葉の後ではある種の猶予時間が必要で、然る後に、冷静な言葉が上手に持ち出せる。しかししばしばその冷静な言葉は混乱させる。私はまだよく覚えているが、あるとき私は多感な哲学的副牧師の、ミットライターと名乗る者と一緒に、彼は後に『帝国新報』で七人の支払いを受けなかった宿の亭主から追跡を受けたが、ライプツィヒの薔薇の谷《ローゼンタール》で情緒的に逍遥したことがあったが、その前に私どもは、私が彼を不道徳な偽善者と不当にも（つまり一年間早まって）非難したことがあったので、脇の藪の中で互いに心をぶちまけ、和解し、抱擁したのであった。ミットライターは、手を私の腕の中に置いて、押し付け、ずっと黙っていた。感情の低音弦はゆっくりと鳴り止むように見えるはずであった。私も（特に侮辱者として礼儀正しく）優しい感情を抱かなければならず、彼と一緒にゆっくりと鳴り止むのに遅れを取ってはならなかった。これは惨めな遊びで歩行虫［オサムシ］から引きちぎったその足は誰のが最も長くばたついているか競う子供達の遊びに似ていた。それでも私の腕の上、その感情の鍵盤の上で何をしたらいいか分からない状態であったというのは事実であった。私は全く、談論という何か確固としたものに憧れた。今や私は勿論諸宮廷や読者界の前で打ち明けることを恥ずかしく思うのであるが、私は心情の過労で自棄になって子供っぽい技法を選んだ、つまり私は落とし格子のように突然（あたかも突き飛ばされたかのように）尻餅をついて、着座し、上の方に微笑みかけたのである。ミットライターは私を引き上げると、早速この上なく活発な会話が始まった。

我々はまたヘルフの部屋のドアを開けることにしよう。自分は夕方猟区監督官夫人の許に行く、と彼は率直に言った。彼とこの女性は性質がはなはだ違ったけれども、十六歳のこの女性ははっきりとこの本の虫の彼には家政の小人しか住んでいないと見ていたけれども、そしてヘルフにすらこの永遠に飛んで巣作りする働き蜂は自分の病気がちの華奢な母親、腕の仕事よりは指先の仕事に向いている母親とは違うということがしっかり見てとれたけれども、しかしこうしたこと一切は私がこれから述べることに対しては何の効き目もなかった、つまり二人は一種の好意にゆっくりとしかし着実に襲われた、それは例えば曙光が見ている間にいつのまにかしかしより輝かしく最も遠方の灰色の小雲に射し込むような按配であったということである。しかしすべてが説明されるその基の太陽は両者にとってまだ視界の奥深くにあった。

しばしば彼の母親は、息子がミューズの山に深く入り込むのを見ると、こっそりと、一言も言わず孤独な猟区監督官夫人の許に出掛けて、夕方ただ思いがけずヘルフに彼女のことを話題にするのだった。エンゲルトルートは自分の愛する者達を愛する人をすべて愛するよう仕向けられていた。同様にすべての誠実な心の者達に、この者達や自分にとって楽しいことをすべて話すように仕向けられていた。それで彼女はしばしば何度もドロッタの前で、ゴットヘルフの前でするように、自分の心を大きく開いて（他人の心を閉じ込める手段であるが）、打ち明けた。「私はよく亡き夫の壁の小戸棚の前で、聖なる約櫃［ユダヤ人が律法を納めた］の前でするように、祈りを捧げるんだよ。私の息子や私の考えている親切な神様がその中に何かを恵んで下さればいいのだけど。若い猟区監督官夫人さん、私の息子や私の考えていることはお分かりだろう。でもすべては神様の思し召しだ」。――するとドロッタは少しも赤くならずにただ瞼を少しばかり下げた。しかし彼女は猟銃と犬の他には何も有しない自分の父親は自分の空の手をただ一杯の［裕福な］手にのみ任せるということを承知していた。

　ゴットヘルフは自分の誕生日の午後を満足して凪の状態で、森の中への昇天など控えていないかのように無為に座って過ごした。自分の周りには母親が落ち着いて、裁縫用の糸をつむぎだす撚り糸を首にかけて、そして話すよりもすみやかに紡ぐ地区の教師夫人と一緒に、両人とも手にコーヒー皿を持っているのを見た。学長代理の交替あるいは支配者［ソブリン金貨］の交替のたびに一ロットのコーヒーでお祝いがなされたからで、これは先の世紀の初頭[6]には現在の世紀の初頭よりも小さくない出費であったかもしれない。ヘルフ自身は小声でギリシアの作家を読んでいったが、単語がやはり分からなかったのだけは残念であった。教師夫人は客人であったけれども、母親が「学生」のためにクリームの膜を外すのを全く正しいと思った。三人の頭はますます温かく熱せられた。コーヒーはアラブ人を作るが、紅茶は中国人しか作らないとかつて私は言ったことがある、そして最初の黒い時間には黒箔の鏡同様に他の無色の箔の鏡よりもすべてが生き生きと映しだされる。ヘルフは、森へ憧れながら、なお熱心にドイツ語の全紙をヘブライ語の文字に移した。しばしば彼は、紙を見ないで長いこと書き続けたが、それは器用さを見せるためではなく、暗闇で書くはめになったときの器用さを身に付けるためであった。

　とうとうこの学者はおしゃべりのサークルから別れた。大学を町から移すような按配であった。

＊1　これらを自分のキッチンで作りたい者は、『若い女性のための新しい啓発的雑誌、料理のすべて等々』にレシピが載っている。カールスルーエ、一七七〇年、マクロート社、二巻本。

＊2　Vienna vult expectari.

第十一　ユダの章

森の歩行

言いようもなく自分と人生とに満足して、自らと風景を眺めながら、垣根や丘にうんざりすることもなく、彼は時計の代わりに脈打つ指を時計入れポケットに入れて、馴染みの猟師の家の前に着いた、そこの木製の鹿の頭の上の本物の枝角を彼は隅々まで記憶していた。すべては開けっ放しになっていた、しかし二、三匹の犬の他には家には誰もいなかった。犬は立ち上がらないまま単に尾を振っていた。誰もいないことは彼には少し慣れたことであった。老猟区監督官は、日中は銃を負わされ、夕方はジョッキを負わされて、娘に――この娘をそれ故、彼は最良の鳥猟犬並に高く評価していたが――家と日中を任せていた。しばしば彼女は長い冬の夕方を、ただ暗い嵐とざわざわという森とに囲まれて、動物達の間に一人で過ごしていて、ただ朝の余分な働きを通じて暗い夜に至るまでささやかな休み時間を得ていた。ようやく彼女の父親が凍えて赤く、また飲んで赤くなって鼻息荒く入ってくると、春と朝焼けとが部屋に射し込むことになって、すべての犬が跳ねた。彼の報告はすべて彼女にとっては貸出図書館の長編小説であり、罵りの言葉はすべて、単に彼女の楽器を黙らせるトリックであった。孤独な女性にとっては、彼女が一日中自分の歌声の他には何の人間の言葉も聞かず、自分の顔の他には誰の顔も見ないとき、一人の人間は夕方何という穏やかさをもたらすことだろう。――それ故、我々が互いに狼や蜘蛛よりはるかに情愛こまやかに愛することがないということは不思議なことではない、我々皆がまったく贅沢に過剰な人間に恵まれていて、中都市の人間は一万人の愛すべき人を有し、首都の別の人間は五万人も有し、パリの野郎ときたら全くどれほどかと考えてみれば納得がいく。しかしパリの利己的人間をほんの三ヵ月間孤独な城内の牢獄やただの燈台に投げ込んで、それからまた開け放ってやって、この男を見てみればいい、彼は優しい人間の友として出現しないだろうか。

待っているゴットヘルフが開いた窓辺に座って、犬をもてなしていたとき、ある手が外から彼の髪をつかんだ——全体薔薇色のドロッタがその大きな眉毛の下から覗き込んでいて言った。「一緒に鳥罠に実をつけない。——今晩は」。そしてつぐみの鳥罠のためのななかまどの実で一杯の手を上に差し出した。

彼は早速準備にかかって外に出た。彼は彼女に今日は何の日か推測させた。「ペテロの日」、と彼女は言った。「他にまだある」と彼は言った。自分の緑色のフラシテンのズボンを見てと彼女に頼んだ——彼女に一ロットの挽いたコーヒーを渡した——彼女は何も察しなかった。苺のアイスクリームを飲ませてみた——彼女は一向に分からなかった。とうとう彼は一、二、三と言って十五まで数えた。「どうしたの」と彼女は答えた——「でもあんたが誕生日のことを言っているのなら、それはお母さんがもう一昨日言ったわ。神様がきっとあんたのことを、今年ばかりでなく、次の年もずっとお守り下さいますように、心から祈っているわ」。——彼女は素早くななかまどの実の三分の一を、急ぐよう頼んで、渡した、家で一緒に落ち着いて座り、話すことができるようにするためであった。彼が森で道に迷わないように、彼女は賛美歌を歌うことを提案した、自分が一つの節を、それから彼が一つの節を歌う段取りであった。彼女は夕べの歌[1]「愛しい太陽の光と輝き」を選んだ。しかし彼らは直に歌いながら離れてしまった、彼が（ひょっとしたら単純さ故に）彼女のように離れると共に自分の声を倍にすることをしなかったので、彼は相手の歌声は間近であると思ったからであった。アトリ達が、これらはより暖かい土地の方へ、彼自身がこの世にやって来た、より寒いまさにその月に飛び立ち、この月の誕生日には故ジークヴァルトが一羽のアトリを人質として捕らえたことがあったのだが、すでにそのいつもは静かな秋の森の中でさえずったり、鳴いたりしていた。同じことを交啄《いすか》もしていて、ちょうど彼がこの月に生まれたときの按配であった。そもそも森中がはるかに生気のある音に満ちていて、他の何より春のことが思われた。とうとう夕陽が幾つかの箇所で小さな森の火事を演出することになって、多くの幹が根から梢に至るまで燃え上がった。

彼の内面は甘く重苦しくなった、何故かは分からなかった――そして目に見えないところで浸水した船の中の水に似て彼の胸は次第に一杯になってきた。彼は大方の実をドロッタが歌う間罠の外に置いた。彼女がまた近付いてきた、彼女は数多い二十の罠にえさを仕掛けていて、頭を振りながら彼の罠を直した。

彼は彼女の顔の何滴かの滴を仕事の汗と思った。彼女は、彼の歌声が遠くでは亡き母親の歌声のように聞こえたので、泣かざるを得なかったと言った。「ゴットヘルフ」と彼女は付け加えた、「まだお母さんがいる人は幸せよ」。ここで彼は自分の母を流暢に賛美して、母はどの人をも世話し、看護すると言った。「お母さんに対して」と彼女は言った、「喜んでそうするのは娘だと思うわ、そんなものだわ」。しかし彼は、愛で優しくなって、核心に迫ることが出来ず、彼女と彼の母とは互いにこの上なく幸せにできようといったことを述べることができなかった。彼はいずれにせよドロッタが彼の声の反響は墓地の母親からのものと請合ったことと、そもそも二人の立派な母親についての会話全体とで同時に感動し、混乱していた――というのは男は母親に対する愛に特別な敬意を抱いているからである。――彼は彼女の手を握った。「あんたの手は私のと比べたら何とも柔らかいわね」と彼女は言った。「学問をしているから」と彼は言った。「僕には何でもちくちくする」。

彼女が暗い部屋に明かりを点す間に、彼は溜め息をつくはめになった。「十六歳になるといいんだが」。――早速また彼の村からの遠くの祈りの鐘が彼を妨げて、その間両人は黙って両手を合わせて、声高に言った。「アーメン」。彼女が犬と猟区監督官のための夕食のパンを切って、自分とヘルフのためにコーヒーを入れているとき、その彼女の仕事の間に話の糸を紡ぎ、撚り合わすことは彼にとってより容易であった。彼は最新の知らせを話題にした――ちなみにこれは読書界や後世にとってさえ最古のものであったが。――「後わずか一年だ、そうしたら小戸棚が開けられる」。――「でも中に何もなかったら」と彼女は言った。「そうしたら僕は打ちのめされる」、と彼は答えた。「僕はただ僕のペンで僕と母親を養おうと思う、印刷物で知っている最も偉い学者達の例に倣って。でもそれだけでは僕と母親には大した助けとはならない」。――「そうね」と彼女は悲しげに言った。この言葉の後では砕いたパンの入れられたコーヒー鉢から一緒に食事をすることは、彼女にどんなに茶碗を、つまりスプーンを勧められてもできなかった。彼は考えこまざるを得なかった。人間とはそうしたものである。人間の幸運に対する数百もの疑念が魂をよぎってもそれは影のない小雲のようなものである。人間は陽光の前でほとんどそれに気付かない。しかし今他人が同じ疑念を若干口にしてみるといい、すぐに人間の天国は閉ざされてしまう。

「食べなさいよ」――と彼女は言った――「仕方ないわ。私の父親を知っているでしょう。この一年は仲良くできないし、何も考えられないわ」。彼は壁の鹿の枝角を見た、それらは湿った目には生気があって刺すように見えた。彼女は自身の目を拭いて、優しく彼の腋からペンを握る手まで撫でて、付け加えた。「お母さんだけはいつも寄越してね。――一年なんてすぐよ」。

この温かい現在が疑念の冷たい像に勝った。コーヒーの命題からはより優美な予言が導かれた。しばしば人間にとって小さな太陽、天国の庭は何という陽光の中の塵埃に乗って飛来することか、そして根付くことか。今や彼はこのようにひらひら飛ぶ塵埃に住みついて、そこから見下ろした。

彼女が蠟燭の芯を切って、一緒にお供してより短い材木用の道を通って暗い森を案内しようと言ったとき、この塵埃は一層大きなものになった。彼女は暗がりの中で彼の手を取り、柔らかな指を一本ずつ感じ取った。両人がようやく森から出て、下に広がる、月光の中に輝く風景の前に出ると、その山腹の下の方に彼の明るい小村が横たわっていたが、彼女は再び間近の畦と小道を通って案内した。この夜はひょっとしたら、晩夏の中の短い晩夏を携えてくる十一月の中で最後の素晴らしい生暖かい夜であったかもしれない。月はその秋の習わしに従って思いがけず早めに空に現れていた――将来の春の苗床の緑と広葉樹の赤い葉の輝きとが色褪せた夜と季節とをより生気あるものに色づけていた――呼びかけながら空では冬の鳥が飛来し、夏の鳥が飛び去った、そして雲からなる銀色の山脈の上には、夏の客人達が休んでいて、将来の国々を眺めているに相違ないと思われた――そしてまだ照らし出された小村へ至る風景の、下の方へ輝く傾斜全体が魂を願望と幸福とで満たした。

長いことドロッタは月光の中で輝く低い教会の塔を見つめていた。それから彼女は急いで言った。「お休み」、しかし彼の手を握っていた。彼もそう言い、彼女の別の手を握った。

「お休みと私はもう言ったよね、ヘルフ」と彼女は別の声で言った。月が彼女を照らし出して、彼女の目の輝きと、顔のすべての明らかな薔薇色を見せていた。「一年の間ずっとお休みなのかい」と彼は尋ねて、涙を抑えることができないでいた。すると彼らは、どうしてかは分からないうちに互いに最初の接吻に沈んだ。ドロッタの唇は彼女の本性のすべての熱情、力、大胆さをさながら彼の唇に押し付けようとしていて、この接吻している彼女は話している彼女とははなはだ異なっていた。「明日お母さんを寄越して」と彼女は言って、去った。

彼は彼女が森に飲み込まれてしまうまで、見るともなしに見送った。それから背中に翼が付いたように山腹を跳んで下りた。どの塚も垣根も彼は軽く、的確に飛び越えた。——村と彼の小さな家に着くと、あたかも長いこと去っていたかのように、多くの明かりに驚いた。——苦しい姿勢で折り曲がってまどろんでいた母親を優しく起こすと、この寝ぼけている女性をベッドに連れていって、自分は寝たい、明日きっとすべてを話すことにすると彼女に言った。

しかし彼は長いこと外の月光を眺めていた——風景と魂とが奇妙に甘美に互いに織り込まれた——彼は微光と共に沃野に流れ出た、すると微光はまた彼の心に移ってきて、すべての思念の上で輝いた。彼がようやく両眼を閉じると、ただ一つの、一つの声が絶えず聞こえてきた、そして愛の涙が閉ざされた瞼から熱くこぼれてきた。

死すべき者達には青春と夢とを恵むがいい。彼らは花咲いている間だけ眠っているかの花々にそっくりである。咲き終わると、彼らは冷たく濡れた長い夜に直面することになる。青年や乙女はまどろんでいる、それ故彼らは夢見るのである。眠りを奪ってしまえば、夢を奪うことになり、将来の華奢な芽から覆いを奪うことになる。

第十二　コーヒー袋

後陣痛の代わりの後歓喜

困窮時の愛は裕福時の結婚生活よりも多く差し出すので、それは葉のない枝では鳴くけれども、秋の実のなる枝では黙っている鳥達に似ているので、ゴットヘルフは喜ばしい数十年に満ちた一年を目前にすることになった。というのはその素晴らしい接吻を誰も彼から奪えなかったからである。そして彼の結婚指輪が取り出され鍛えられることになる黄金のオフルとペルー[1]が彼のために壁の小戸棚にしっかりと保管されていた。それ故、自分がドロッタの許で一度、あるいは二、三度嘆いてしまう状態になったことが不思議でならなかった。しかし誕生祝いによる多くの感動ということで誰にも説明できよう。今や彼は接吻の四つの種類、季節の中で最良の接吻によって、つまり春の接吻によってまことにのんびりと暮らし、生きていた。

　私は、すべての読者にこの分類が私同様に周知のものであるかどうか知らない。この件そのものは古いもので、知らない人がいるとは思われない。しかし知らない人のために、若干の言葉を費やすことにする。

　最良の、別れの、あるいはいとまごいの、あるいは結末の接吻で――というのは誰でも別様に名付けられるからで、――誰もが始める、フィーベルと同じである。つまり青二才の男は長いこと、優しく温かく話した後、自分の唇を別様に使う自信がなく――実際できない。別れの際、その前に、以上終わりの接吻を必要と見なし、大胆すぎるとは思わなくなってから、彼は飛び去る。趣味がいいというよりは機知がある学校教師ならこれを四つの中の第一接合［変化］と名付けるであろう。

第二の、あるいは中間の、あるいは教導の接吻とは杖や帽子のない接吻のことに他ならない。つまり若い人々がひっきりなしに話している中で、愛する余りということもあって、なされる接吻である。勿論しばしば接吻の方が話よりも長く続く。

第三のは——ここでは思いつきなどはなくて——新郎新婦がなす。これは二人っきり、あるいは二十人きりのとき入って来たとき、何の思慮もなく行われる。これはすでに第四の接吻の前奏曲を奏しており、その目に著《しる》き先駆けである。

四重奏からのこの四番目の、あるいは冷たい季節については何も言うことはない——この接吻の方は至るところでなされる、喧嘩の前、あるいは後に、あるいは離婚後に。

しかし結婚前に固いドロッタによって表明された一年間の離婚にゴットヘルフはどういう手段で耐えたか。というのは愛に対してたとえ冬が春を前もって描き、春がその楽園を描き、そして楽園が自らまた愛を反映しようと、愛には十分ということがなくて、人は互いに目で捉え、手でつかもうとするからである。母親といえどもすっかり恋人の代理者、あるいは反映というわけにはいかなかった(母親は両人の間の梭としてあちこち移り、家では恋人を持ち上げ、森では息子を持ち上げて、両有徳者にあれこれ知らせて、愛を更に強固に織り上げていたけれども)。というのは憧れをどんなに強く刺激しても、憧れを鎮めることに関してはほとんど効果がないからである。しかしヘルフは幸せ者で——と村でその隣人のどんな些細なことでも知っているような男なら言うことだろう、——まさに日曜日教会で教会への晴れ着を着ている猟区監督官夫人を目にしなかっただろうか。そして週の六日は襤褸の装丁姿である中間あるいは低層階級の日曜日の上薬や透明顔料は、さえない装いをしたことのない、ただ他人の目のために着て、自分の手仕事のためには着ることのないレディーのあらゆる豪華な装いよりも深い印象を与えるのではないか。それに——とこの男は続けることだろう、——ヘルフが二日目の聖霊降臨祭に聖堂内陣の白樺の背後に立って、金の鯉へと盛装したドロッタの敬虔な顔を絶えず——というのは田舎では二日目の祭日は若い者達の衣装の展覧会であるからで——絶えずこっそりと見て、それで彼が一部は青く繁る教会の五月の香りにより、一部は見守ることにより、二重の酩酊を招いたことは誰も知らないことであろうか。最後に――と村の男は結ぶことだろう――周知のように彼は実際次のような楽しい出来事を否認できない、つまり猟区監督官と鳥刺しの肺病の親戚が埋葬されることになって、ヘルフはドロッタと一緒に、村の風習に従って埋葬の酒を飲んで、そして彼は彼女が、愛の宵の明星のように、素晴らしい夜、喪服を着ている姿を眺め、いやテーブル越しに彼女の声を聞いたのだった。何としばしば田舎では死の守護神が、単にアモールとして飛び交うために自らの目に覆いをかけることか、このことはよく町では知られている。

しかしハイリゲングートの者が何と言おうと、例えば、ヘルフのように一度唇に春の接吻を経験した者は、大事な接吻相手から離れたら、身も世もあらぬことになるだろう――彼は、胸に炎のナフタの源泉を有していて、一年も続く砂漠の中では、それだけ容易に渇くことになるだろう――彼ははなはだヴェルターに似て、従って火薬、これが準備される製粉機そのものを爆破してしまう火薬に似ることだろう――彼はこのことを、私がここでようやく第十二章を書いているのと同様に確実になすことだろう、仮に雲そのものの中から一本の腕[2]が手に最良の薬指を有して差し出されないならば――仮にそこから突然このような痛みに対して火傷用軟膏と香油が雨となって注がれないならば――仮にこの者が思いがけず第二の福引の籤壺に当たらないのであれば――仮に運命がその祝日に全く思いがけない謝肉祭を用意しないのであれば。――――しかしヘルフは上述の指――上述の香油――福引――籤壺――謝肉祭を受け継いだ。――誰からか。

自らからであった。彼は古いザクセンの、あるいはビエンロートのＡＢＣ本を考案した。

第十三　凧

ザクセンのＡＢＣの発明、創作

ユダの本からの第十三章が引きちぎられているのを知った最初の時間の私ほどに熱情に駆られているように見える者はいなかったであろう、しかし次の時間の私自身は例外になるだろう、そのとき私は、遊ぶ騎士の侍臣、稚児が（私の伝記用の者達ではなかった）その章を私の窓辺に凧として揚げてくれたお蔭でその章を得たのであった。可愛い運命の合図である。これはこう言いたいのであろう。このように我々著者は紙で我々全員を十分高く揚げる（ひょっとしたら我々の謙譲が認めようとするよりも高くに）。凬（これは読者のこと）が上に揚げ続ける。綱で凧を少年は支える（これは芸術批評家であろう）、少年は手綱で凧に美的高さを指示する。

全く新しいＡＢＣ本の発明のような場合には、それを読むすべての国々にとって、その生誕の際に母親や産婆として周りにあった些事はいずれもかなり重要である。つまり運命のいたずらで、フィーベルはある晩、学校教師の壊れた窓ガラスの前を通りかかったが、そこにはガラスの代わりに所謂ＡＢＣの雄鶏が貼り付けてあった、この動物画はちょっと昔のＡＢＣの本の結びに、棒に鉤爪をかけて描かれていたものである。しかしこの窓ガラスの雄鶏はフィーベルの最初のまどろみを孕ませたある夢、後に強力にすべての学校のベンチ、新入生を揺さぶったある夢によってはるかに重要なものとなるのである。

彼の父のすべての鳥が――と彼は夢に見た――互いに羽ばたき、ぶつかり、互いに接合して、遂には一羽の雄鶏となった。この雄鶏は頭をフィーベルの太股の間に入れて進み、フィーベルはその首に跨らざるを得なくなった、顔を尾の方に向けて。彼の後ろでこの動物は絶えず鳴き返した、あたかもペトロに乗られているかのように。彼は長く苦労して雄鶏のドイツ語を人間のドイツ語に翻訳したが、遂にようやくハー、ハーと鳴いていると分かった。これの意味するものは――とすでに彼は眠っているときに気付いたが――雄鶏［ハーン］の名の発音ではなく（ンがなかった）、ましてや笑いとか、当時まだ考案されていなかった公園の溝(1)を前にしてのかの賛嘆の爆発といったものが暗示されているのではなく、アルファベットの単なるhaと思われた、このhは勿論雄鶏がbのベーのように、ヘーと称してもよく、あるいはqのクーのようにフーとも、あるいはvのファウのようにハウと、あるいはxのイクスのようにihと称してもよかった。フィーベルは背後の十五の学校ベンチの上でＡＢＣが暗誦される声を耳にした、しかしそのたびにhが跳ねた。とうとう乗っていた雄鶏がベンチの下に行った、すると彼らは一様に笑わずにハーハー等々叫んだ。ヘルフは今や、それぞれのベンチが彫り込まれた絵で一杯のＡＢＣの本であること――例えばＡでは尻を、Ｂでは尻のための白樺の鞭を表しているが、――ただＨに関しては何も描かれていず、雄鶏《ハーン》が実物として文字を表していて、雌鶏《ヘンネ》はenだということに気付いた。

そのときヘルフに対してある声が雄鶏の喉からというよりは天から叫ばれた。「降りよ、学生、そして雄鶏の尻尾の羽を引き抜いて、それで本の中の本、あらゆる読書母［発音符代用文字］、読書父で一杯の、最も偉大な精神であれ、五歳にもならないうちにもう学ばなければならない本に取り掛かるがいい、つまり最も長いタイトルの極めて重要な作品で、多くの人間が縮めて単にＡＢＣの本と名付けているけれども、アーベーツェーデーエーエフゲーハーイーカーエルエムエンオーペークーエルエスエステーテーウーファウヴェーイクスユプシロンツェット本と名付けていい本だ。そのようなものを、我がフィーベルよ、書くがいい、すると世間の人が読む」。

そのために彼は――おそらく初歩の作家は誰でもそうだろうが――目覚めて、ベッドの上に身を起こした。夢は熱く彼の胸をよぎった、そしてその中に新しい人生全体を前もって打ち立てた。ヘルフはこの件を自分の裡でどんなに話しても十分ではなかった。自分は驚かざるを得ない――およそ彼の自己問答を翻訳してみるとこうなる――自分はこれまで沢山外国のアルファベットを勉強してきたけれども、自分の国のアルファベットではＡＢＣのためにまだ少しも手を付けていない、あたかもきらびやかな知ったかぶりを演じたいという欲求にたぶらかされているようなものだ。——自分は古いＡＢＣ本を新しいのと取り替えるのに十分な才能と時間を有するであろう、単に、すべての黒い文字の側に赤い文字を描くことだけで成功しよう、赤か黒かの賭けだ、この賭けでは昔のＡＢＣの生徒は皆負けてしまうだろう。——自分は更に進めて、すべての文字に二つの韻文の小詩を添えて、文字を脳皮質に刻み付けることができないだろうか。——それどころか動物や道具の全体で同一の文字を名付け、始めることができないだろうか、例えばＥは驢馬［エーゼル］とエレ尺、あるいはＦは蛙［フロッシュ］と殻竿［フレーゲル］で。——いや自分は（というのは作家たる者の発案の炎はとてつもなく大きくなるからで）韻文の上にその件の木版画を印刷させることができるのではないか。いやはや。それらには着色することもできるのではないか。

ここで目撃されるのは、いかにとてつもなく作家の裡ではすべてが成長するものであるか、いかに小さな虫が、羽毛ほどもないものが、作家がまだ安楽椅子から立ち上がらないうちに、竜[*1]へと伸長し、肥大するものであるかということである。マホメットには鳩が一分間に十八万の啓示を記述させたそうである。[*2]しかしこの鳩は頭から本の発案を受けるどの肩の上にも止まっていて、更に多くのことを耳にささやくのである。

フィーベルはベッドから飛び起きた、掛け布団をベッドの柱の外へ押しやりながら。彼は人間の見ることができる最も美しい薄明を体験した。というのは自分がまさに創作しようと計画している本の中には人生の半分とその上定かならぬ未来とが詰まっているからである。明かりがなくて、こっそりとあちこち歩き回っていると、彼の頭の中には改善点や拡張点が雨となって降ってきた。十二月六日、あるいは聖母マリアの受胎の日であったからである。現筆者もここで告白するが、私自身も毎日新しい本の計画に没頭するという至福に恵まれるような天国の前庭が大いに気に入っている、これに対して罰として単に荷造りするような、本を包み紙に、手紙を封筒に、すべてを旅行箱に収めるような煉獄は忌々しい。

今や、我々は勿論出来上がったＡＢＣ本を眼前にしているので[*3]、我々はこれがすでにフィーベルの脳にも出来上がっていて、それで彼は脳から考えて引き出しさえすればいいと思ってしまう。しかし著者の脳の子宮を調べてみさえすれば分かることだが、何という多くの残された本の肢体が、いや双子の片割れそのものがそこには蓄えられていることだろう。

朝、彼は母親の前で夜の捕獲物についてしゃべった、しかししゃべりながら、彼はますます舌鼓を打っていった。彼は取り掛かり、ペンを執ることが待ちきれない思いであった。

すでに最初の一頁が――それはいつもは著者にとって遊び場やキャンプ場ではなくて、ただ最良の考えを始めたいが故に、演習場、闘技場となり、従って削除する多くの思念の処刑場となるのであるが――すでに最初の頁がヘルフにとっては素敵なトゥスクラヌム、[2]ユートピアであった。彼は小さなＡＢＣを美しい官庁式書体で一文字も線を引いて消さず、いわんや一単語も消さず、楽しく、邪魔されずに書いていった。すべての黒い文字の間に彼は一般的な注意を引くために赤い文字を挿入した。それ故、大抵のドイツの子供達は黒い文字から赤く煮られた文字をゆでられた蟹のように釣り上げて楽しんだときの喜びを今なお思い出すのである。

いずれにせよ夙に長いこと赤で書いていた男は――というのはフィーベルはその上青や緑も試みたからで、――勿論自分の作品の顔に赤を塗る際に、ローマの最後の皇帝達よりも赤く喜んで立っていたに相違ない、この皇帝達は自分達だけが、当世学校教師がドナトゥス文法違反に対して行うように、ほとんど単に国家の誤謬を記すためであったが、赤いインクを使う権利を有したのである。

そもそも一種類以上のインクで書く人間達は秘かに幸せな変人達で、自分の裡で内省するたびにすでに食卓の用意が出来ていて、陽気な仲間がいるのを見いだす。フィーベルは変人の一人であった。彼は赤いインクで印刷物を書くと、ほとんど昔のルブリク記載者達と隊伍を組んで進むことになった、この記載者達は以前文字を赤く塗って、そもそもすべての黒い文字にその赤の印象を残そうとしたのである。

純粋なアルファベット、あるいは最初の頁の楽しみを彼は自他のために後の頁ごとの印刷線の上の方にきまって確保したが、[*4]しかしこのことからＡＢＣの新入生一同は格別新しい利益を引き出せなかった。というのは作品の中ではいずれにせよ他のどの作品とも同じく十分に文字はあったからである。

しかし彼は線の上のこのような文字[*5]に飽きることがなかった、これらはこの上なく整然と隊伍を組んで、つまりアルファベット順に並んでいた、まだ個別の単語に跳ね飛ばされたり、移されたりされずに。線の下には単に文字の応用学があった、しかし上は純粋学であった。

誓って。何という天国の住人に地上の住人は生まれることができることだろう——少なくとも神々の食物や飲み物で溺れるような天国の住人に生まれることだろう、——仮に天がフィーベルのような人間を中国人の間で育てようと思うならばの話であるが、この中国人達は八万の言語表記を有して、従って彼らには数巻の二つ折判のＡＢＣ本〔入門書〕が与えられることになろう。いやはや。そのようになったら——しかし彼はこのような蜜の下では窒息してしまうことだろう、そして何も残らないだろう。それだけに我々の有するわずかな文字は彼にとって重要であるに相違なく、二十四の鉛の文字はかの二十三の黄金の文字、それぞれが一ツェントナーの重さであった文字に匹敵するものであろう、この黄金の文字については誰かの旅行案内記で一度私は読んだことがある。

彼の歓喜の天になお含まれるべきことであるが、彼は亀の甲文字や官庁式書体ばかりでなく——これらは印刷書体に近いものである、——またインクでも書いた、これはグーテンベルクが最初（シュレックによれば）印刷用黒インクの代わりに使用したものである。ヘルフはすでに半分印刷されているようなものであった。見回してみて、壁の小戸棚の中に何かあるならば、すっかり印刷されるのであった。

さて彼は——無数の新入生のお供を後に従えて——Ab-Eb-Ib へと移って行った。これは彼が本全体を通じて止《や》めることのなかった、彼の死後[3]の当世の光彩陸離たる方法でさえ敵わなかった文字記述の方法である。彼は紙上ではある音節から次の音節へ二つへ互いにまたがる分割の横線（例えば横一線[*6]）を橋のように用いて行かずには、一歩も進まなかった。しかしまさにこのような方法で発案者達の長い道化の綱、賢者の綱に与することになった、つまり——ダッシュ〔思索棒〕の発案者としてであって、ダッシュは当今の代替物の十年[4]では最も適切な思索の代替物となっている。この発明の当世の用益権者達は勿論平行なダッシュを二つ並べて、いやしばしば三つ並べているが、ひょっとするとそれは単に——————紙上にもっと空間を多くして、財布に多く詰めるためかもしれない。

それ故このような男、筆記者が後に手厳しい敵を見いだしたこと、ハイニッケ[5]のような人は彼の記述方法にマルサス[6]が過剰な人口に対して見たように大きな災いを見たのは不思議なことではない。彼らは彼の執筆の腕を、仕事をしている最中の彼をつかまえたら、切り落としていただろうと私は思う。

彼は単に極めて宗教的事柄、例えば主の祈りとか朝の祈り、夕べの祈りを綴り字の対象とした——ドイツ人が最初聖書を、フランス人はしかし古典作家を、印刷したようなものである。——ただ彼は最初書き物机で戸惑ったが、それは例えば、自分が主の祈りと朝夕の祈りを音節ごとに書いていくとき、同時に祈りを捧げるべきか——これははなはだうんざりすること退屈なことに思われたが、——それとも祈禱を、もっと早く終わる、より適切な時間に取っておくべきかということであった。自分が明るい昼のときに書き上げる夕べの祈りの文のときにきちんと敬虔に振る舞おうとして、まだ明るいうちから一日の終わりに対して半ば滑稽なことに感謝しようとしたら、まだ鐘も鳴っていないことなので、それだけ一層取っておくことの方が好ましかった。いやはや。朝の祈りに従って次のように書くばかりでなく、[*7]「それ－から－喜び－と－共に、汝－の－務め－に－取り－かかり、十戒－あるいは－その－他－の－敬虔な－祈り－の－類－の－歌－を－唱える－べし」——更にまた夕べの祈りに次のような行を記すとき、「それ－から－すみやかに－喜んで－眠り－込む－べし」、この執筆の羽幹によっていかに人生の蒸気や煙が吹き飛ばされてしまったに相違ないことか。

精神的な生産の際の物質的なことでさえ彼の喜びに変換された、例えば彼は静かな余暇のときに、何本かの羽根ペンを前もって削って、それらを熱い思いで握り締めるようにした——インク壺やインクポットをあらゆる塵から守るようにした、これは筆記の後のペンの掃除同様に我々の多くが怠っていることである。——いや彼は自らのインク製造人となって（そのことから彼は、不当なことではなかったが、黄金製造人たらんと欲した）、雨が降ったり、雪が降ったりすると、村で最良のインクを調製し、その黒インクがより読み易いものとなるように、時間ごとに調べなかっただろうか。——そして彼は最後にソブリン金貨両替のとき一本の羽根ペンを、翼全体や羽根帚ほどの値段のものを家に持ち帰り、母親に率直に言わなかっただろうか、この海鰓は——周知のようにこれは海生動物であるが、彼はオランダ製羽根ペンと言うつもりであった——一バッツェンで鵞ペンを求めるほどには安くない、と。

「しかし今は」と彼は決然と付け加えた、「今は考えられるかぎりで最も壮大な韻文が問題だ、そのためには最も実直な海鰓が必要だ。ただ賛美歌集にあるような韻文でなくてはならない、そして全体とても素敵なものにならなくてはならない」。

彼は韻文を始めた、そして呼びかけ雄鶏の呼びかけに従った。

周知のように、彼はその作品の中ではいつも何か生命のあるものの隣りに何か死んだもの、果実とか道具を置いた、例えば鵞鳥の隣りにフォークを、雌豚の隣りに王笏を、猿の隣りに林檎を置いた。素敵な交替で、後にこれをフランス人達が彼らの革命暦に借用し、うまく模倣しており、日々を守護聖人に従ってではなく、むしろ守護動物、守護道具に従って名付けている。

しかし三つのことが著者達の人生を酸っぱいものにしている。第一が冒頭である、入口のところですぐに雲や宝石と共に読者の前で稲光りしたいからである。——第二が豊かさの中での選択である、世界の大半について話し、支配したいとき、例えば現今の極めておぞましい出来事の記述者がそうである。——第三がほとんど何もない、あるいは全くないときの選択である。例えば今パリで広まっている神秘家や第一級のキリスト教徒の人名辞典を書こうとしているのに、これについて（当地の無神論者の辞典編纂者[7]とは違って）それぞれの複母音に対して一人の男をほとんど見いだせないときである。

こうした三つの苦しみ、あるいは贖罪の部分をフィーベルも耐えた。周知のように猿と林檎が載っている最初の頁を彼は正面としてできるかぎり厳かにラファエロの絨毯[8]で一杯に飾る必要があった、読者や綴り方の生徒に最初から、中の教室、画廊で何を楽しみにすることになるか、前もって味見させるためである。その上最初の頁は、その頁はそれだけであって——次の頁はどれも（最後の頁を除き）常に隣りの頁が開かれているのに——そんなわけで対照の妙を欠いていたので、その地位にふさわしく見せるには、独自の美点で武装しなければならなかった。

それに世間は――慧眼でなくても予見されたが――その目をまずもって三つの主要像、三つの添加像の最初の頁に釘付けにするに違いなかった、その名称の最初の文字は同時に彼の文書の表題の最初の文字であって、つまりＡＢＣであったからである。

次のことは私がこの伝記を執筆しているときに味わう多くの著者としての喜びの一つであるが、フィーベルはこう始めたと私の村の書類の中から全く知られざる逸話を――ゲッティンゲンの図書館[9]では知られていることだが――記すことが出来るのである。

　　アダムの姿は全く滑稽である、
　　ことに彼が林檎を喰らうとき。

私の知り合いの何人かのドイツ人は、彼のベルトゥーフ[10]以前の絵本が人類同様にアダムのＡで始まるようそのままにしていたら良かったのにと思っている。運命と彼自身は別なふうに欲した。林檎をかじるときには毛皮を身に付けていず、多分その後で身に着けたであろう裸のアダムは、裸でＡＢＣの絵本と長い人間の列を率いることになって、極めて礼儀正しい式部長官とは彼には思えなかった。その上ＢｅとＣｅがまだ埋まっていなかった。

すでに述べたように、運命もまた別様に欲していて、彼を猿［Affen］と熊［Bären］とらくだ［Camel］とで惨めな氷海から岸辺へ引き上げてくれた。つまり一人の熊使いが、これらと共に見世物として村を過ぎて、さながら不滅の多彩な影を第一頁に投げかけることによって先引きの馬の役目を果たしたのであった。かくて我らのフィーベルは三体のゲルヨン[11]に乗って木版画の作品に登場し、それにやがて祖国の、しかし愚かな動物達の四重奏が加わることになった、穴熊［Dachs］、驢馬［Esel］、蛙［Frosch］、鵞鳥［Gans］、それに兎［Hase］である。

我々人間はこの熊使いに対して、彼が巡回してきたので、我らの古い祖先、嫡男のアダムが、我らの上品なアダムが、継《まま》人間、戯画人間の猿に変わったという代理のシステムに感謝する多くの謂れを有することになる。この猿という似而非人間は逆の擬人観によって好きなだけ林檎を喰らえる。その際猿は、アダムが堕落の後にようやく着たのとは違って、すでに生来動物の皮を上品にまとっている。そもそも代理者はその領主のすべての長所を有することは出来ないとはいえ、猿はアダム、真正なる人間の国王の代理使節として利用するにまことにふさわしい、猿はその被代理者のより高度な特性をすべては表せないけれども、その性質のより低劣な特性は信任状を得ているかのように立派に証明するからで、その中でも猿は意地悪な気まぐれや、好色、おどけ、馴致のし難さをおそらくは自惚れもなく見せていいことになっている。

著者の有する第二の上述した苦しみ、つまり過剰の中の選択を、フィーベルは文字のS、周知の辞書における巨人、いや巨大な山脈、その終わりそうに見えない長さで、それ故無遠慮に全紙から全紙へと続く山脈で経験し悩んだ、これに対しXとかZはほとんど見えないのである。単語の飛来で刺されたフィーベルは更に彼が通常すべての項目の名詞を、例えばSの名詞を（すでに私のでもSは連続している）調べるときの辞書で迫害された。彼は多くのS、エス動物を前にして、領主が猪猟［Saujagd］で援軍をもって彼に加勢しなければ、どうしていいか途方にくれたことだろう。早速彼は次の詩を得た。

Ｓｓ猪――Ｓｓ王笏
猪は汚物の中をはなはだころがる、
王笏は名声と栄誉をもたらす。

彼はSでさながらびしょぬれになった、というのは王笏でさえ猪狩り用槍に（この文だけで四つのSが見られる）鍛えなおすことが出来たからである。ある繊細な機転が働いて、彼は自分の耳に馴染み、自分の口蓋にはそれ以上に馴染みのある豚を採用しなかった、より高度な狩りからの猪、所謂騎士的動物、その牙で王座と王笏にはるかに近しい動物を採用した。

著者の陥る第三の苦しみは、自分の言うべきことを知らないときである。これはqu、x、y、zの文字のときヘルフにははなはだこたえた。このようなドイツ的ではない文字は誠実な生粋のドイツ人の書き手の指に責め具を置くものである。彼が半ば気違いじみて見える仕儀になったことは仕方ないことで、彼の愛想のいい客あしらいに対するこのような外国人からのつれない謝辞であった。実際この話の将来の章で、これらの文字についてもっと耳にすることがあろう。

かくてフィーベルは果てしない苦労と歓喜と共にすべての二十四の文字にささやかな意味の詩を付した、これはこの時間に至るまで人口に膾炙しているものである。彼のやすりかけの推敲は強力なものであった。彼は長柄やすりや細目やすりで一杯の——除草ナイフ——調律槌——篩——飼料用の箕——艶出し器で一杯のあらゆる手を有していた。このことから勿論彼が今ではまれな純粋さを有する詩脚や韻を我々に贈っていることの説明がつこう。例えば、である〔イスト〕、食べる〔フリスト〕——熊〔ベーア〕、こちらへ〔ヘーア〕——重荷〔ラスト〕、客〔ガスト〕——犬〔フント〕、知る〔クント〕——袋〔ゼック〕、離れて〔ヴェック〕——夜〔ナハト〕、作る〔マハト〕等々である。——その上更に彼は、ビュフォンのように（ネケル夫人によれば[12]）午前中名詞を、午後に形容詞を紙に記すのではなく、まさに逆にして、朝には形容詞だけを、もっと時間のある午後や夕方にようやくはるかに重要な名詞を考えて、記したのであった。同様にこれは後からの技巧であったが、彼は常に第二の詩を第一の詩よりも先に仕上げるというボワローの以前の技巧を同じく巧みに逆転させて、いつも第一の詩をまず書いて、別な詩は未来から取り寄せたのであった。しかしこのことがまた彼の詩にある魅力、当世のすべての吟遊詩人振りの継ぎ接ぎの音[13]——例えばゼーレ、デーメ、ツォーレン等々からの立派な浄化を与えており、それで我らの最大のドイツの詩人達が、どこか他の詩人達よりも、ホメロス自身をも含めて、早く彼を読み研究したとしても、私は不思議に思わない。

にもかかわらず我らの最新の詩人達のように推敲を凝らした完成を望むことは不当であろう、彼らがこのポリュクレイトス[14]の基準を遠くから手本にすれば十分なのであるから。

ABC本のフィーベルの規範性は、とソネット作者は言えるだろう、二行と一つの韻の歌で達成されよう。しかし一つのソネットのような多くの韻という大作品の中でその規範性を得られるよう試みてみるがいい。一つ以上の詩脚で直に致命的なアキレスとヘラクレスの踵を見せることになろう。

フィーベルの詩のかのダイヤモンドのように密な、ダイヤモンドのように明るい意味と内容でさえ、[*8]私は余り厳しく我々の詩人達に要求しない。むしろそれはまさに彼らにあっては、彼らが日輪〔フェーブス〕から（我々がアポロンのことをそう呼んでいるように、これはフランス人には駄法螺のことだが）さほど遠く離れていないことの印である。ちょうど彗星の場合も、彗星が太陽と同じく核をきれいに揮発させて透明になり、全く〔ガンツ〕、尾〔シュヴァンツ〕となると、これはここで類音と韻を意味するが、太陽の間近にいる印となるようなものである。

しかしながらこの二十年間の詩人達には、大胆にフィーベルと競っていい点が十分に残っている――それに技巧よりは天分に恵まれた鳥刺しの少年一人がすべての神秘派、ロマン派に凌駕し、打ち負かすとしたら、それも不可解なことだろう。――つまり特にある種の、フィーベルでははなはだ渇いた、高貴な意味での水っぽさである。これを指摘しよう、そして我々は宝石商が宝石をそうするように、幾つかの我々の詩的な宝石をその透明な白い純度〔水〕に従って評価し、売り出すことができよう。我々は第一純度、第二、第三純度の詩人を有する。そしてロスドルフの『詩人の庭』⑮では第十純度の詩人が輝き、沸き立っている。

＊1　これは博物誌によれば合体した虫の縦隊からできている。
＊2　デュヴァルの『自伝』参照［Jamerai Duval（一六九五－一七七五）］。
＊3　付録参照。
＊4　私は最初の文学的乳母としておそらくどの図書館にも欠かせないであろうこの作品そのものを引き合いにだす、これはギリシア人やオリエントの人々がいつもその肉体上の乳母を家族に含めていたようなものである。私はそれ故この本にそれを添えた。そしていつも参照している。
＊5　付録参照［ジャン・パウルの『フィーベル』の付録にはこの線の上の文字は欠けている］。
＊6　付録参照。
＊7　付録参照。
＊8　例えば、鵞鳥の肉はとてもおいしい、
　　　フォークで肉を取り分けることになる。
　　あるいは、焼かれた兎は意地悪ではない、等々。

そしてほとんどすべてが多かれ少なかれギリシア的彫塑的でリアルで明瞭である。

第十四　ユダの章

壁の小戸棚を開くまでのフィーベルのアントレ［魚と肉との間の料理］

作品は建てられ、仕上がった、そして棟の上での落成演説をフィーベルはすでに最初の壁ができて以来何度も自分に対して行っていた。――その上更に印刷する文字、着色された動物も加わった、かくてハイリゲングートには教会の塔が建って以来誰も見たことがないようなものが出来上がった。村中に学生がすべての子供のための、それに外国人の子供のための新しいＡＢＣの本を仕上げたという噂が広まった。――勿論土地の学校教師、長いこと掃き溜めの入門書雄鶏として得意で、ちやほやされていた教師は、馬鹿げた法螺話の試みと評した。

若い著者は――まだ最後の半ソブリン金貨の治下にもう著述で金をもうけたと喜んで――そのＡＢＣ像を、これで、チェスの像で王と女王をカバーするように、自分と母親をカバーしようと思って、町の印刷工場に持っていき、そして印刷所の主人に草稿を見せて、穏やかに尋ねた。「これで幾らになりますか」。フィーベルは自分自身印刷物でいくら得るか尋ねたつもりであった。しかし印刷所の主人は勿論、自分がそのインク代と仕事代として幾ら貰うかと理解して、それ故答えた。「部数が多いほど、それだけ支払いは多くなりますぞ」。――「それでは」とゴットヘルフは言った、「とてつもない量にして、すぐ金を支払って貰いたい」。後の文を聞いてさえ印刷所の主人はまだ誤解が解けなかった。フィーベルの新たな申し出でようやく遠慮のない哄笑にはじけて、これに職人や徒弟の笑いが加わった。今やこの作家に書籍商の制度が説明された、この際彼は、勿論息子のせいでギムナジウムの祭典のラテン語の演説の最中に座っている言語を解しない母親のように見えながら耳を傾ける羽目になった。

かくて彼は出版物を町の出版者に持参して、それを処分して金にしようと思った。しかし男はそれを断った。後にザクセンとフランケンの数千の製本工が衣食の糧とした作品を断った書籍商の名前を私が黙っているのは真の思いやりである。更に彼がほとんど意地悪なことに若い作家に自費出版、自費印刷を勧め、そして彼に小さな手動の印刷機を見せて購入するよう申し出たと私が記すとき、名を秘すのは私には更に難しいことである。「この活字があれば」と彼は付け加えた、「どんな分野の作品も、極上の作品でさえ印刷できるぞ」。ヘルフは手打ちして、後生だからと半ば跪いて、その印刷機を自分が遺産を貰うまで、十一月の末まで残しておくようにと懇願した。よろしいと言われた。

彼はポケットに最良の小型印刷機の一つを持っているかのように喜んで家に帰った。しかし母親は苦境の最中でも彼の希望を信じた、彼が彼女に決して抗弁しなかったからである。かくて両人は十一月を過ごすことになった。大人はその味気ない生活を若干甘美なものにするためにいかほどのものを必要とするか考えることに慣れていさえすれば——例えば塊状赤砂糖、荒目砂糖の半分、大きな粗糖、小さな粗糖、極上精糖、氷砂糖、ばらの砂糖漬、それに鉛糖であるが、我らの両人がいかに気の抜けた砂糖水で済ませたか、勿論驚くに足る、これには日々多くの水が注ぎ足され、この飲み物は上質な水同様に何の味もしなくなったのであった。両人の史実に証拠の見られることであるが、彼らはある晩ただ一つの馬鈴薯の他には食するものがなく、しかしとても巨大なもので、これを喜んで腹一杯食べたので、客人がいればいいという願いの他は何も残らなかった。しかしすべての窮乏をかくも易しいものに思わせたのは何か。壁の小戸棚であった。誰でも喜んで銀貨の部屋のドアの前では、それが数日後には開けられると分かっているとき、窮乏し、餓え、渇しておれる。——そして——動物のように愚かな恐怖を振り払えば——我々の誰もがこのような部屋のドアのところに座っているのではないか。

フィーベルはそもそも犬に似ている多くの者達とは異なる数少ない人間達の一人であった。犬の鼻と鼻口に何か犬の嫌いなものを塗ってみるといい、犬はそれでも他の美味しいもののときと同様にこれを舐め、遂にはすべてきれいに片付けてしまう。同様に大抵の人間は甘いものより、置かれた厭わしいものをかみ砕き、一つずつ飲み込んで、遂には苦い後味にひたすら呪いを発しながらそれを処理してしまう。しかし軽薄なフィーベルは単に蜜の味のものを口中にしっかり収めて、他のものはどこへなりと胃から出してしまう。誰でも希望と不安についての記録、賭博表を記して、年末にどれほど無限に多くの――不安が的中しなかったか見てみるといい。しかし人間は昔の希望よりも昔の恐怖を忘れやすい、人間はまさに未来の脅威ではなく、未来、つまり世界精神の約束を前提としているからである。

もはや夫婦の戦争に入ることのないフィーベルの母親でさえ、息子の胃が年と共に大きくなることを案ずることはなかった。しかるに他の母親達は子供の歯の多さと活力には大して喜びを見せない、以前は一本一本の歯が初めて生えてくると大変な喜びようを見せていたのに。――老母のエンゲルトルートよ、汝が汝の息子の記述していく人生、希望を抱く人生に無用の臆病を見せて惨めなものにしなかったことに対し、汝の墓塚に今なお感謝の捧げられんことを。

勿論フィーベルの家の周りには他に全く別様な小さな楽園があった。ここで言っているのは母親の郵便ではない――彼女は毎週自ら、卵の殻から孵って、新たな韻と動物が出来るたびに、猟区監督官夫人のところに出掛けて、あるときは狩猟角笛と韻とを持参して、「狩猟角笛は陽気で楽しい」と言ったが――これとは別に、望遠鏡と山のことである。この本の先の章で多くの人に周知のことであるが、森の山の西側にちょうど猟師の家の窓を見ることができた。彼は牧師から古い望遠鏡を喜んで貸して貰っていた、「だって」と牧師は言った、「彼は望遠鏡と発音できたからな、これは我らの間では教師でさえ言えないことで、ましてや百姓はできない」。さてこの天への梯子を彼はひどいピューピュー吹く冬の日に借りてきて、夕陽が山を輝く赤色で染めるとき、目に当てるのだった。すると遠くの冷たく吹きすさぶ山頂が彼の鼻先の窓の前に掛かり、彼は、全身温かい部屋という浴室にいながら、快適に遠くの雪の上へと横たわり、そして極めて温かい視線を緑の猟師の家へ投げ下ろすことができた、そこにはドロッタ一人見つかることもあれば、更に母親が見つかることもあった、母親の方は容易に予想がつくことであった。

光学的アルプス人の夏の楽しみは冬の楽しみとは異なっていた。彼は夕方すっかり遅くに――手と目に長い伸縮自在の蝸牛の触角を持って――夕陽で赤い山をその光学的魔法の杖で村の真ん中に移して、それからこの神々しいタボルの山にいながら以前寄せ集めてベンチのようにした石積みに腰を下ろして、それから大胆に身をそびえ立たせて、眺め続けた――その後太陽は山を陽気な老人にするようにその最後の薔薇の花輪をかぶせると、遂には山をそのままにして沈んでしまうのであったが、しかし自らの代わりに、金箔を置くためにこの上なく素晴らしい黄昏を後に残すのであった。そしてそれからフィーベルが部屋の中で遠くの山頂の山の中ほどに座ることになって、鐘の音の間に猟区監督官の家を見下ろし、望遠鏡越しに森の鳥のすべての鳴き声やドロッタの夕べの歌を聞き取り、その際いずれにせよ正確に孤独なこの女性が家を切り盛りして、働いて回る様を見守っていると、――このような状況下では、彼が、自分の目ではなく望遠鏡が曇っていると間違って思って望遠鏡を用もないのに拭いたとしても、勿論それは不思議なことではなかった。

人間の心の精通者なら半分ずつ、従ってすべてをこう説明するに違いない、つまり彼は、自分のＡＢＣの作品がほぼ完成し、書き上がると、森に隠された自分の恋人への愛をほとんど苦痛まじりに感じて、身も世もあらぬ思いであったろう、と。私は上述の精通者が例えば、韻と動物とで一杯のそれぞれの紙がまさにさながら立派な厚い熱よけ衝立、日傘として、自分の子供っぽい心にとってとても温かく思われる形姿の前に推敲の間置かれていたのだと述べるならば、この精通者達に賛成である。今や彼のＡＢＣ、彼の母親、彼の愛の運命を大きく決する月が間近に迫っていた、冬の月、十一月で、壁の小戸棚が、周知のように、遺言書に従って開けられなければならない月であった。勿論ひょっとしたら小戸棚には一文もなく、何かの冗談であるのかもしれなかった。それ故この話の主人公に悪口を言って欲しくないことであるが、彼はこの偉大な日が近付くと――この日は次章で明らかになるが――自分の望遠鏡、自分のほとんど乾ききった人生のこれまでの樹液導管であり、井戸吸水管であったもの、あるいは自分の揺れる人生のバランス棒であったものを、もはや目にも手にも持たずに、むしろ何の希望も持たずに待ったのである、早速次章で来るものを。

第十五　案山子

小戸棚と遺言の開封

このはかない人生においては余り多くのことが重要であって欲しくない、百万あるいは数百万の事柄から大したことは生ぜず、静かに横になれたらと願う。しかし誓って。何と噛みあわない分秒を、しばしば全世紀の分銅や打錘が引き上げられたり、切り取られたりする分秒を、最大の諸王国は例えば会戦の日に耐えなければならないことか。かくてこれは下々の個人にまで及び、しばしば個人は自分にとって判決や――試験や――国会や――壁紙を貼ったドアや――自らの体〔便通〕が――あるいは遺言が開示される時間を待つことになる。

我々は皆今、父の遺言が開かれるフィーベルによってこの最後の場合に立ち会っている。まことに、第十五章の、長いこと案山子として掛けられていて、鳥のくちばしをことごとく撥ねつけている章がようやくハイリゲングートの子供達によってもたらされた著者にとって、その内容は田畑の紙がそうであったように容易におっかないものである。すでに最初から不安になる。

つまり母親はこの余りに重要な日のために、息子の誕生日であって遺産の日であるこの日のために寝室や台所や階段をきれいに掃除したばかりでなく、三人の開錠者殿のために多くの食べ物、飲み物を用意した。――さて鳥刺しが庭の戸棚に何も残さなかったのであれば、三人の開封者の去った後には、磨かれた部屋と希望のない荒れた小家屋全体とがかくも希望に満ちていた過去の厭わしい遺産として残るのであった。しかしこうした冒頭で無闇に、巡回図書館の極貧の読者の人生であれ、酸っぱいものにしてはならないだろう、冷静に読まれ続けられるべきであろう。

さて学校教師のフレグラーが村の公証人として二人の証人と共に現れた。法律家は不幸同様一人では来ないからで、いや学部は判決の著者を幾層にも重ねて送るからで、しばしば交尾期には四匹の蛙が重なり合って座っているようなもの、ペアで蝸牛が送られるようなものであった。フレグラーは言った、今日は、自分が登場し、故遺言者の全権委任に従って遺言執行人としてすべての然るべき通常の証人と共に本当に出現する当日であると言った。この言葉と自らの存在をその後彼は然るべく文書にした。

エンゲルトルートは泣いた、自分の前で神々しい鳥刺しがさながら棺の中で、塵とはなっていても半ば身を上げて、この半再生の中で、あたかも下の方で親切になったかのように、きちんと手を差し出したからである。

彼の息子は鋭く万事を見つめていて、主に母親とＡＢＣのことを考えていた。

「今や極めて重要なことは」――とフレグラーは言った――「すべて法則に則って壁戸棚の検分と開封に着手し、たとえ金も金目のものもなくても、戸棚を遺産に加えることである。――今日の日付の文書がきちんと記録されなければならないのだから」。五人はきちんと寝室に入った――学校教師はまず寝室を見、それからもっと詳しく封印を見た――それから何か記されていないかとドアの上の鉄の帯としての紙テープを見――それから注意深く封印のテープを切り離して――ようやく開けた。

中には枯れた薔薇の木が鉢にあった。その他は空であった。――証人達がすべてを調べたが、空のままであった。「それでも」と学校教師は言った、「鉢は文書に記入されなければならない、なあ学生くん」。そしてヘルフの肩を叩いた、急いで前後に頭を振りながら。彼は他人の十字架を、他人がそれで磔になると知っているとき、シモンが救世主［キリスト］にそうしたように、喜んで後から運ぶような好意的人間の一人であった。

フレグラーは部屋の文書机に向かった、しかしすぐに寝室に声をかけて、鉢を裁判文書の横に置くように命じた。半ば硬直した母親は、凍えた両手を動かすことができなかった。しかし学生は鉢に手をかけて――これが重すぎたため、あるいは自分の心が重苦しすぎたため――鉢を執筆用指から滑らせた、植木鉢は数百の破片に砕けた。

しかし土の中から――それ以外にはそもそも考えられないが――金貨が出てきた。三百の（半）ソブリン金貨に造幣局長のゴットヘルフは軽く手で触れて刻印をした。寝室は（つまりその中の四人の学部は）黄金の星座の出現に喜びの余り叫んだ。「遺産が出た、遺産が出た」。執筆を中断されたフレグラーは寝室に入って、まず愚かに驚いて、怒って尋ねた。「誰が金貨を密輸入したのか」――このような質問が好きでないような、あるいは金貨密輸の手品師が好きでないような国を旅することは今では少ない。学校教師は早速自らの愚かさから抜け出して、自分は文書に記載しなければならないので、決して金貨は遺産から横領されてはならない、とはっきり言明した。勿論誰もその量を知らなかったので、見える限りのものがそのすべてであった。機械仕掛けの神同様に機械仕掛けの悪魔がいる。フレグラーはフィーベルの人生劇場での悪魔の方でありたかったことであろう。しかし彼は金貨の下で、ちょうど金属を求める雷雨に当たった仕事場の金細工師のように、忌々しげに仕事を続けた。

彼は去るがいい。――

しかし私は、他のハイリゲングートの別様に関与する人達も夫人と息子とをその互いの祝福、歓喜と感謝の余りの涕泣に残しておいて欲しいと思う。エンゲルトルートはこの日二度目のジークヴァルトの花嫁、褒賞の妻となった、そして彼女の人生劇場はローマの円形劇場のように軸の上で回転し、未来から過去へと向きを変えた。しかしヘルフの方は耳や目に至るまで深くひたすら未来に浸っていた。彼はただABCと花嫁だけを見ていた。後になって、彼らの幸福を祝う者や呪う者が敷居から出て、遠ざかって初めて、母親の頭に再びゴットヘルフの誕生日が何か新しいことのように入って来て、彼に一緒に跪いて、神様にすべてのことに対し感謝しなさいと言った。彼は喜んでそうして、彼女の横に跪いて、神に感謝したが、しかし自分が人間として生まれたことよりも相続人になったことの方に多く感謝した、一方母親の方は彼の相続よりも誕生の方を考えていた。

さて今や母親にとって、出かけて、この件を世間に報告する時期であった。大きな痛みの方が大きな喜びよりも心の奥底に仕舞いこみやすい――外面人、つまり人間は大きな痛みの方により大きな関与を示すけれども。――しかし人は数百もの理由からしゃべりだす。例えば、それでももっと多くの関与を前提としてしまうからであり、またそれが欠けてもたいして問題としないからであり――歓喜の自由の中では束縛がなくてすべてを愛するからであり――他人の冷たい耳や心でさえ自身の恍惚の炎は消せないからであり――確かに過度の痛みは心を次第に砕いてしまうけれども、過度の喜びは心を一気に弾けさせてしまうからであり、また計画の引きさらう楽園の流れには失敗の逆行する地獄の流れによりも気楽に身をまかすからであり、それ故歓喜の嵐のときにはまず肺、つまり言葉によって心に一息つかせる必要があるからであり――最後に、エンゲルトルートはまずともあれ猟区監督官夫人の許に行ったからである。

これに対してゴットヘルフは自分の喜びを書類で発散させた、そして韻文から愚にもつかないものを陽気に外していった。というのは今や――黄金の円盤は文学的小凱旋車の車輪としてすでに控えていて、ただ穴をあけられ、ねじで留められるのを待っていた――彼が乗り込み、世間と不滅の栄誉に進んでいく時が小凱旋車と共にますます近付いていたからである。彼は小型印刷機をすでにポケットに有するも同然であった。遺書の黄金のＡＢＣで本の鉛のＡＢＣは買え、植字できた。それほどに最大の作家といえども、さながら現在のヨーロッパのように、金属［鉱山労働者］へと、古代ローマの奴隷同様、判決を受けていて、彼らは金属的諸関係の銀器使用人、黄金の息子［愛息］といえるが、しかし領主の銀貨保管室の銀器保管人とか母親の心室の愛息とは異なる意味である。かくてフィーベルは喜んで書き続け、世間周知の、しかし印刷されなければ決して知られないであろう韻文を幸せに生み落とした。

彼は自分のＡＢＣの詩をびくびくと篩い分け、濾していったが、しかし大してうまくいかなかった。というのは［馬尾製］細目篩、フィルター、あるいは媚薬《フィルター》にはいつも猟区監督官夫人が座っていて、批評の穴を埋めてしまったからである。最後に彼は疲れて散歩に出掛け、ほとんどドロッタの柵のところまで来ていて、壁の小戸棚が森でいったいどんな効果をもたらしたか、母親に早く会い情報を貰おうとした。彼自身は、恋人の諾か否かの返事をほとんど強要するために、恋人の許への最初の財産の使者となることはできなかった――彼女を赤くさせるか、それとも自ら青ざめるか、これは彼の心の力に余ることであった。

母親は、私には腑に落ちない喜び様で（というのは私は父親の同意についてはっきりしたことを何も耳にしていないからで）、老猟師がすでに家にいたこと、十もの短い悪態で亡き親友の分別に対する自分の喜びを表したこと、——そして猟区監督官夫人が早速極めて利発に自分と共にこのような資本の投資と保管について語ったことの知らせをもたらした。「母さん」とヘルフは叫んだ、「これから家は活気付くよ。母さんには安楽に暮らして欲しい」。勿論彼はそれから身軽な婚約や小型印刷、執筆活動について以前よりもはっきり語った。

第十六ではなく第十七の刑法の章

楽園の五月柱

私は村中の人を証人として立てて言うが、私は村のすべての少年を使っても第十六章を見つけだせなかった。いや、世間は、私が少なくとも得がたい十七章、愛について多くのことが起こる章を、カール五世の古い刑事裁判所規則の覆い、あるいは封筒として見つけだしたことを幸運だと言っていいだろう。かくて十分先の章との関連が見いだせる。私は今書いているこの章で、すでにヘルフは五月を経験しているが、まだ結婚していない、しかし大いに恋の告白をしていることを知る。更に私は私が書くであろうものの中に、彼が小型印刷機を買ったが、しかしまだ(ことによると印刷について不案内なために) ＡＢＣと世間のためには使っていないことのほのめかしを見いだす。最後に私は私が早速語る事柄から容易に、息子と母親は多くのことに耐え、多くの汚い雪を踏み分けてきて、ようやく我々が読み続けるところまで来たことを見てとることができる。

私が他に、一冬中続くこの隙間を単なる作り話で埋めようとするならば、出来ないことではないだろう。二人の屈託のない、罪のない人間を十一月からヨハネの祝日〔夏至〕まで続く拷問椅子に張りつけるために、早速多くの悲哀や困窮を用意できないようでは、私は何のために生きてきて、読んできたかということになろう。誓って。二重の歓喜の両人の獲得された牧人の小国は何と容易に、この上なく冷たい著者によってさえ、厚い雪で覆われてしまうことだろう。――そして読者には涙が大事であるならば、そして読者は対の涙脈管からどんなに汲み出しても十分でないのであれば、読者の前にはいつだってハイデルベルクの戦争の涙樽が置かれているのであって、そこからサイフォンで好きなだけ悲哀を取り出せるのである。

しかしこの際私は自他共にくつろいでいきたい。むしろ第十六のヨブの章を失ったことにお祝いを述べることにしよう。私が早速ここそこに撒き散らしたいと思うあらゆるほのめかしから自ずと推測されることは、老山番が頑固さから両恋人の婚礼馬車に妨害の鎖、歯止めとして割り込んできたということである。私も、壁の小戸棚からこれらの人々の広い緑の楽園が引き出されたとき、そのことを自分に対して言っていた。「このままでは済まない。二、三の陰鬱な雲の影、いや霰で一杯の若干の手を天はおそらく投げかけることだろう」。――まさにその通りである。六つの梯子の段、つまり六ヵ月が、主人公達や読者の鼻先に置かれた天国への梯子から折り取られた。

その件の次第はこうである。

猟区監督官はすべての孤独な者や森の人間同様に、――森では村よりも人口が少ないので――自己刻印のメダルの一つ〔一人〕、禁猟のときでも祭日用に狩り立てる所謂祭日兎の仲間であった。彼は自分をすべての兎や野呂鹿、猪、猟師の小僧よりも賢い、従って全世界よりも賢いとみなしていた、というのは全世界というのは彼にとっては単に先に述べたもの達から成り立っていたからである。山番が自分をその一人に見なしているこのように最高度の分別を持った人間はどの命令をも――誰も自分に根拠を挙げて反論しないとみるや――容易に撤回する。彼らは一日中ポケットに自己解錠鍵を有しており、少なくとも、否定の後に肯定を言ったり、それを逆にしたりするとき、自己を正当化できるからである。にもかかわらず、その森の政令、国事勅令[1]、郡権限の結論、永久有効条例は不易のもの、不動のものであって、彼自身の他には誰も変えられないのであって、まさにそれ故に、他人よりは自分の気に入るよう、絶えず変えているのである。――かくて彼はあるとき、ヨハネ祭のすぐ前に半ば喜びに酔い、半ばビールに酔って家に帰ってきて、娘にいつになく優しい言葉をかけたが、しかし娘はただ射撃のことをただ推測しただけであった。

とうとう彼の心は砕けて、自分が心を有することを示し、こう述べた。「ヨハネ祭のための樅の木を（五月柱のため）みごとに叩き売ったぞ、三ターラー分高くな。特に言っておくが、いよいよおまえもあの学生と結婚してよい、これは小僧どもが五月柱を立てるほどに確かなことだ」。――娘はこう言い始めた。「お父様、あなたが実の母親ならば、なさらないと思うことですが、そのような」。……しかし彼は彼女の返事に頓着しないで言い続けた。「わしもよく考えてみたのだ、猟師の小僧が一人家におれば、おまえがいるも同然だ、わしはおまえの幸せを邪魔する気はない、とにかくあやつは口に狩猟球[*1]を持っているからな」。

しかし彼ははっきりと言明した、ヨハネ祭の前夜、五月柱が立てられるまでは彼女は、「自分の旦那」に結婚を申し込んではならない、それも彼が飲食店から号角を三度続けざまに鳴らして、両人に「狩人らしく」吹きつける瞬間より前であってはならない、と。その翌朝彼は言った。「わしは昨日言ったことを覚えている、変わりはないからな」。

ドロッタの喜びにはじける心をしっかりと理解するには、消えた章を読んでおく必要があったであろう。彼女は大いに悩み、わずかしか語らなかったに違いない。彼女には自分の愛の延期は、財宝の日以前には容易に耐えられても、財宝の告知以降にはとても辛いものに思えたに違いない。彼女は強く、勤勉であったけれども、青ざめて見えた。しかし愛の痛みは精神や肉体、男性の力や女性の力をかみ砕く。そして痛みは更に熱くむさぼる。人間は誰にも他の苦しみのときのように、苦しいと言えないからである、というのは、それが言えるのは、自分が話すことを禁じられているか、共に苦しんでいる相手に対してだけであるのだから。

ヨハネ祭前の午後、彼女は父親と共にハイリゲングートの飲食店に着いたが、そのとき若い小僧達が、帽子にリボンを付けて、首に長い多彩な絹のスカーフを巻いて、五月柱の赤い旗のために何か類似のものを集めていた。ドロッタは──他には有しなかったので──赤いタフタのリボンの買ったばかりの一巻きを木の長い勝利の旗とすべく渡した、木は新しい未来の帆柱、彼女の願いの凱旋記念柱となっていた。ようやくこの歓喜の夕べの白く滑らかな、一杯に飾られた自由の木が大地に差し込まれ、村の若者達の梃子や支え綱がそれを、陽気な叫び声や指示する掛け声と共に夕焼けの空に持ち上げた、そして色とりどりの梢の飾りが翻った、長く赤いリボンは戯れながらその木の半ばまで垂れ下がっていた。

　ゴットヘルフも晴れ着を着て、共に持ち上げたが、しかし全く無器用で、そして飲食店の方を見ていた。［エジプトの］セソストリス[2]が諸侯を前につなぐよりも十倍多くのソブリン金貨［君主］をつなげる男は、手を貸してくれるだけでも村では大したことに見なされた。それに彼は学生であった。喜びの木に楔が打ち込まれると、バイオリンと踊りが始まった。夜の涼しさが踊りに誘った──明るい昼の踊りはタラントゥラ［舞踏蜘蛛］の一刺しであるが。──くつろいだ小僧達は明日のヨハネ祭の試食、軽食を摂ろうと欲して、そうした。猟区監督官夫人が──女友達はそのヤコブの梯子の段であった──内気なヘルフに近付いてきた、彼はこれまで視線で彼女の後を追っていただけであった。父親が近くにいるというのに、彼女が率直に好意的であるのを見て、彼は深く考えて当惑することはなく、酔って夢中になった。喜びの盃あるいはタンブラーからの一気飲みで酔いが頭に上がり、彼はすべてが回るのを感じ、自ら回る決心をした。彼は早速何も気にかけなくなった、たとえドロッタの数百人の父親が飲食店にいるとしても、そして彼女の手を握って、巡回する天体のシステムに飛び込んだ、少し前の天文学的システム、つまり彼自身の体の一切の螺旋状の進行を見せながら。バイオリンの渦は彼にとってデカルトの渦[3]となった──恋人の青ざめた顔には全く優美すぎる赤い花が染められていた──彼には彼女が目を伏せるたびに、彼女が実際木の巡回をするには高貴すぎるように思われた──しかし彼女の手のちょっとした強調部は彼の幸福の絵画に強力な明かりを与えた──広く赤いリボンが空に、踊り手の上にはためいた、人生の自由の旗のように、すべてを結ぶ愛の絆のように──ゴットヘルフは木の周りを回る［ヨハネ祭の］火の輪の中の振られた炎そのものとなった──踊る男性が踊る女性を初めて疲れさせた。

ABCは彼の頭の奥底に沈んでいた。彼自身が広げた立派な翼を持つABCの雄鶏であった。

彼女はとうとう座ることを頼んだ。飲食店には桜の木が荒れた植え込みと共にあったが、そこの小さな木製のベンチに座って人目から隠れて祭りの雑踏を眺めることができた。村々では温かいカップルは好きなところに出掛けて、腰掛けることが許される。邪推が生じて、姿を消すことが禁じられたり、嫌われたりすることはない。しかし町では観客から遠ざかるたびに、貞節からの遠ざかりと思われて、立派な女性の心は森や畑や部屋のどこでも、がみがみ言う数百の守衛長や夜警の、アディソン[4]の『観客』や守護女神等々の儀杖衛兵［純潔の番人］なしには十分に安全で隠されているとは信じてもらえず、それで身分ある女性の心、それにそもそも都市のレディーはその優美さと純粋さ故に途方もない価値のものと評価され、ために彼女達は全体芸術作品、例えばカサノヴァ[5]や他の秀でた芸術家の品位ある彫像に匹敵するものとされている、これらの彫像には傷付けられないよう昼夜番人が置かれているのである。

最初恋人両人は遠くの丸い雑踏を至福の思いで見守りながら座っていた。子供達が目覚め、走り出てきて、肌着のまま轅で体を揺すり、男達は飲食店から出、女達は部屋から出て、皆が大いに喜んでいた。「今日はとても踊りたい気分だ、乙女の猟区監督官夫人」、とヘルフは言った。「ある星から別な星へ飛び移れるような気分、それらは互いに近すぎて、飛び越すかもしれない。とても親切にして頂き、有り難い、愛しい猟区監督官夫人」。――彼女は彼の手をはなはだ優しく、強く握った。しかし審判員は誰もこれを父親に対する盟約違反とは見なさないだろう、山番は舌や猟銃の言葉以外他の言葉を知らず、前提としていず、それ故、指の言葉や目の言葉、ましてや心の言葉は知らないということを考慮すればいい。

しかし跳ねる人間の戯れを見ているとき間近の愛がこのように吹き寄せると、突然間近のフィーベルは変わってしまった、彼は憧れの化身した神［キューピッド］として座っていた。彼は、森の山を見やると、今や遺産のすべてが、それにABCの本が少しも嬉しくないと言い、嘆いた。彼女は、しかし、楽しげな調子でただちょっと辛抱して欲しいと頼んだ、半年とかからないのだから、と。この言葉が憧れの化身した神に再び多くの清涼剤を注ぎ、彼は全く喜んで叫んだ。「今日はなんときれいに桜が咲いていて、匂うことだろう」。ドロッタは笑い始めた、彼が息づく花々と共に伸びていく忍冬《すいかずら》を桜の花と見ていたからである。

このように両人は遅く真夜中過ぎまで座っていた。老猟師は角型杯にかまけて号角を忘れていた。陽気な五月柱の周りは人気がなくなり、更にすいてきた。恋人達は次々に至福の思いで家に帰った。娘の長く空に翻る緋色のリボン、月光の雪で一杯の森の山、遠くの星々から流れ落ちる惑星の星［流星］、白く花咲く青豌豆畑の照り返し、少しも塔の風信旗から飛び去ろうとしない長くて、太くて、白い猛鳥、それに小さな森の梢同士の優しい触れ合い――――こうしたことが彼と、最後には娘をも、ますます憂鬱な気分にした。このような幸福の前で零落者として座っていることは、彼にとって辛いことであった、そして彼女にとって、間近の慰めを隠さなければならない愛しい絶望者を自分の横に見ていることは、更に一層辛いことだった。

最後に、彼はもはや我慢出来なくなって、立ち上がって言った。「もういい。神様の思し召しに従うことにしよう。いつまでも本当にご機嫌よう、乙女の猟区監督官夫人。私と私の母は今から永遠に二人っきりで過ごすことになろう」。彼は彼女の手を取り、握って、それを離そうとした。……――――そのとき突然快活な山番が陽気に飲食店の窓から号角を吹き鳴らし、娘に承諾の合図を与えた。

しかしドロッタは心が一杯になって話せず、ただ彼の手を一層強く握って、別の手で窓を指して、泣き始めた。彼もそうし始めた。今や彼女には吹き出された父親の承諾を説明することは全く不可能だった。それ故、彼女は不安げに叫んだ。「お父さん、お父さん」。――彼は号角を持って出て来た。彼女は彼の胸に倒れて、言った。「まだ何も言ってないの、言って頂戴」。――「しからば、学ある学生殿」と彼は始めた、「一週間後にはそなたはわしの義理の息子だ」、そして手をつかんで彼を自分の接吻の口許に引き寄せた。

――世の中には多くの歓喜がある――多くの素晴らしい真夜中過ぎと森の山が――多くの赤い、解かれて朝焼けの中に舞うリボンがあり、多くの猟区監督官がいる――しかしこの真夜中過ぎとすべての添え物はこの学生一人のものである。彼は恋人の絶えざる接吻の中に沈んだ、そして猟師は再び昔の歌を、単に何かをし、伴奏するために吹いた。何と別様に今や星々と豌豆畑の花の雪は輝いたことか――何とリボンはさながら東から西へと翻ろうとしたことか、そして何と香る春の風は喜びの木のあらゆる色彩の布やリボンと共に戯れたことか。何と二人の人間は喜んでいたことか。――

彼女が飲食店の中へ父親に従って行かなければならなかったのは結構なことであった。というのは人間はこのような十分間に十年を浪費するからである。それ故このような数分の間に若干の時間と日数を挿入することは良いことである。

猟師は早速両人の天国と共に母親の寝室に侵入しようとした。しかし娘は彼のために居酒屋で温かい飲み物を準備した。彼が真夜中過ぎにまだ猟をしようとしていたからである。彼女は巧みに時間をかけて調理したので、父親は病身の姑の最も素晴らしい朝の眠りを妨げるに至らなかった。然る後に皆は――父親は号角で先に立って祝いながら――朝焼けをちょうど顔に受けて――頭上には雲雀の声を聞いて――新鮮な朝の風を感じながら――母親の小さな家に向かって行った。そしてドロッタが穏やかに起こした。

母親にとって普段泣くことは喜びの花の蕚を輝かしく見せ、満たす露であったけれども、彼女は最初迎えたとき涙を見せずに立っていて、微笑みながら当惑したように見回していた。彼女の喜びは余りにも大きく広かった。

猟師は枢要なことを語った後は直に動物達に従って出ていった。ドロッタは父親に頼んで一日中小さな家に残ることになった、母親から少しばかり住まいのしつらえ方を習いたいからということであった。彼女は家の中では半ば花嫁で、半ば主婦であった。母親は半ば泣きながら、半ば微笑みながら見守っているだけで、ほとんど何も果たせなかった。太陽と春の香りが開け放たれた部屋を満たした。フィーベル本人は格別分別を持たずに家の中をうろうろしていた。というのは夜は眠りを奪われても、夢は奪われず、夢を後の支配者、最後の［月］の弦として明るい昼間全体の中に送り込むからである。

彼は少しばかり結婚式の花輪や、狩猟用角笛[*2]とか他のものの推敲をしようとした。しかし塔の風信旗を磨くも同然であった。喜びの余り進捗しなかった。それ故、彼は至福の白昼夢と共に台所に散歩をし、それから村の牧師館まで旅行をし、再び急いで帰還し、家で数――――分後に何か新しいことが生じているか見ようとした。その後もっと落ち着いてハイリゲングートを通ってもっと長い旅をする決心をした。彼はそれに踏み出した。村中が彼の祝いに合わせるために、新しく建て替えられたかのように、そして微笑んでいるかのように見えた。いずれにせよヨハネ祭であった。――自負し、勝ち誇りながら、そしてリボンで一杯の赤化した旗を周りに投げかけながら、五月柱は村に彼の人生の勝利の棕櫚として、記念柱として立っていた。皆がすでに前もって陽気になっていて、幾人かの少女達が鵞鳥を晴れ着のまま共同牧場で放牧していた。彼には多くのことが気に入り、草刈人の作る弓形さえも、そしてその後の可愛く置かれた干草の壇も気に入った。彼は学校教師のフレグラーに「失礼申し上げます」と言い、フレグラーは「忝い」と答えたが、しかし彼はその言葉にすっかり満足していた。牧師館では高貴な紳士、淑女で一杯の客馬車が皆を吐き出していた、彼は余所の人皆に挨拶をし、更にとりわけ形容しがたいほど薔薇色に花咲く美しい淑女の顔に心奪われたが、単に赤い扇が顔を緋色の反射で照らしていることに気付いていないからであった。――普段なら彼の願望のすべてに凌駕し、すべてを暗くする、客を迎えた牧師館の歓喜の輝きに対して、彼は静かな同意を喜んで与えたが、家に帰ればその反復が用意されていると知っていたからであった。――そして最後に更に何人かの共に乗ってきた町の子供達が、子供達用のテキストはなくて、ＡＢＣＤ等々を陽気に歌っていた(6)、彼は自分の未来を前もって聞く思いがした。

彼は家に帰った、そして昼食のテーブルに明るい日光に満ちた、快活な形姿の詰まった胸全体を持ち帰った。饗宴のとき彼の視線は恋人から母親に、母親から恋人に移った。ドロッタ一人が最も落ち着いて、最も男性的に見えた、ただ彼女には珍しい感動の特別な面影が顔全体に見られたが、しかし顔のこの面影は他人の心を涙で一杯の目よりも強くとらえた。彼女は息子に対するよりもはるかに母親のために行動し、配慮した。しかし息子にとってはまさにこの嫁らしさがはなはだ嬉しかった、というのは誰かが自分の母親を本当に心から愛しているのを目にすると、彼は愛の余り震えて、惚れこむことになったからである。それでも彼は花嫁に母親の目の前で接吻する勇気はなかった。母親が出ていくまで、接吻を控えた。

仮に地上で重たい金婚式、銀婚式の少し前にエーテル婚式があるのであれば、この日フィーベルはきっとエーテル婚式での婚礼客に違いなかった。しかしこれは有り難い運命である、運命はいつもは多くの点で必ずしも最も豊かな持参金を彼につけていないのだから、彼の若干の不滅性と自足といったものを除けば。自足は彼の中でほとんど強すぎるほど支配していた。人生のループレヒトを彼は嬰児《みどりご》キリストと結婚させていた。彼はすでに麦藁拾いを歓喜の落穂拾いと見なしていた、そして空しい黒字の本が彼にはすでに金箔を張られた本であった。運命はすきなだけ結構なものを彼に渡すがいい。彼はいつも目に良い拡大鏡を用意していて、それで容易に桜桃を桃に、木の実を林檎に膨らませた。

ただ自分の不滅性に関しては彼は何も誇張しなかった、自分に対してホメロスほどに続く不滅性、つまり自分のと同様に単に今日まで続く不滅性を約束した。というのは明日の日は不滅性を更に広げる者、例えば我々自身が、まだ体験していないからである。

私は満足して容易に察知するが、いかにも情愛深い世間は、このような［祭日前の］徹夜の祈りが前もって飛来していて、どのようなものになるか、ましてやそれを越えるものなど想像もつかないと（正当にも世間の）言う結婚式を楽しみにし、こっそり窺っていることであろう。

＊1　卵ほどの大きさの球、多くの栄養分を持って焼き上げられるので、これがあると猟師や馬は長いこと空腹に対処できる。
＊2　つまり次の行。「花輪は婚礼の客を飾る」――そして「狩猟用角笛は陽気で楽しい」。

第十八　ユダの章

結婚式――そしてペルッ

ワルシャワでは毎週三日の日曜日が次々に祝われる。ユダヤ人はキリスト教徒の日曜日前に自分の日曜日を祝い、トルコ人はユダヤ人の日曜日前、つまり金曜日に自分の日曜日を祝う、そしてただキリスト教徒だけが自分の日曜日を週の最初にずらす。

フィーベルは自分の日曜日を土曜日の前に、天国を天国の前庭の前で祝っていた。要するに彼の結婚式の日は――たとえそれが、子羊が群れで、薬味がツェントナーで、瓶が樽で飲み込まれる古代領主風の床入りの儀に釣り合いの点で遅れをとっていないとしても――過ぎし婚約の日には及ばなかった、婚約の日には部屋の空気はまさしく空色のエーテルとなり、陽光の中の塵埃は諸太陽としてその中で戯れたのであり、その日は買い手がいるならば、ここで二度目の描写をしていいと私の思う日であった。

要するに文月(1)に彼は結婚し、指輪を交わし、ドロッタは名前を変えた。

一日中彼は、自分のようなただ一人の人間のために、かくも多くのものが動員されることが理解できなかった、牧師が――学校教師が――鐘が――オルガンが――共に歌う人々が――舅が――客人達が。そして彼は謙虚に、かつ、おめかししてそれに臨んだ。しかし、いやはや、自分が更にもっと高く持ち上げられなければならないということになり、その上重い勲章の首飾りや重い大型十字架といったものを胸に引きずる羽目になると、何とも言いようがない。しかしながらこうした弱さを、村中から（今日初めてであって）一度に注目を浴びることはめったになかった男に対して私は大目に見る。それ故、別の、栄誉の中で育った幸運の寵児は、彼が格別の謙虚の徳を見せずに（これは現著者もいつもしてきたことで）、最大の君主に似て、昔の甲冑ほどに重い戴冠式の服を軽々と容易に着て、上に三つの王冠を有する枢機卿の帽子を被ることができる――その際、名誉のサーベルよりも重い一つの王笏を持ち――上着のボタンの代わりに大きなパリスの林檎を――脱腸帯として前にガーター勲章を、そして後ろの尻にはこの上なく大きなメダルを付けることができると感ずるとしても、それを大層なものに思って欲しくない。勿論侯爵達は、すでに揺り籠の中でただ忠誠の歌を聞かされて、万歳の声で目覚まされており、これ以上のことができる。彼らは手品師よろしく胸を金敷としてぶら下げており、そこで上手に重い国が鍛えられる。そして曲芸師が手の上にグループの人間を運ぶように、その王笏上で民衆のバランスを取る。いや著名な作家達でさえ見る見るうちに顕彰に対して力強く鍛えられて、最後にはどのような最大の称賛にも、どんな些細な非難に対するよりも楽々と耐えている。――

新郎のフィーベルは結婚の家で、すでに花嫁のうちに見いだしていた者とは別のある幸運の女神、娯楽の大家を得ることになった。特別駅逓馬車のラッパが吹き鳴らされた。一時間後飲食店の息子が赤の他人のマギステル「学士」のペルツの訪問を取り次いできた、この者は、彼が言うには、百姓達の訴訟のどんな些細な点も空で述べて、百姓達で一杯の居酒屋を啞然とさせているとのことであった。早速ペルツ本人が入ってきたが、まだローマ人風の語り方によれば、生きのいい若者で、つまり四十五歳、長い稽古用試合刀を持ち、帽子を被り、決然たる顔には大きな刀の傷痕があり、長すぎるが、しかし斜めに切り取られた鼻をしていて、フィーベル氏のことを尋ねた。「自分は」と彼は言った、「フィーベル氏が小型印刷機を買い上げた印刷工[2]の従兄弟である。――この印刷工が、同氏はＡＢＣの新しい立派な作品をペンで書いているが、まだ印刷していないと自分に語ったので、ここに仕事を申し出る次第である、自分は一学期間ずっと印刷工の職工長をしていたと申し添える。それ故、見本として若干の刷り紙をお見せすることにする」。――フィーベルはドイツ語、ラテン語、ギリシア語の刷り紙を結婚式の酩酊の最中ではあったが、表面的に調べず、鋭く、冷静に調べた、そしてそれらをすべて認可せざるを得なかった。勿論恐らくペルッは見本の刷り紙を気楽に本ごとに引きちぎって来たのかもしれなかった。しかしフィーベルは一瞥するとすぐ秘かに自らに語った。「これを見るとこの男が約束を守る男と分かる。この者はすぐに実行にかかる。しかしどうしたら他に信用できるか分かろう」。

「印刷用インクを」——とペルッは刷り紙を調べる間付け加えた——「私ほど黒く煮る学者はいないでしょう。しかしこれは難しい仕事です。鏡を鋳型で鋳造することも、釜で印刷用インクを煮ることも同じコツが要ります。空気が肝心ですから、これは誰でも分かるわけではありません」。

「ペルッ学士殿」——とようやく新郎は答えた——「あなたのお力添えが必要と思います、こちらにいて下さるなら、一緒に仕事を始められましょう。金と原稿と印刷機は間に合っているのですから」。

「私は構いません」とペルッは言った。花嫁はしかし彼をはなはだ鋭く見つめた（彼も彼女に対してそうした）、そして何も言わなかった。彼女はひょっとしたら蜜月の崇高な日、日輪［曜］の日に将来の夫にまだ逆らいたくなかったのかもしれない。

今や学士は稽古用試合刀を置き、一杯のワインを請うて、付け加えた。「時に学者は不運な目に遭います。しかし自活していきます。私は大学では味方を必要とする者のために決闘してきました、そして年取ってきて、今では飽きて、もう十分です。——いいですか、御令嬢」と彼は花嫁に向かって続けた、「三、四回斜めに鼻を斬られることは愉快なものではありません、特に大きな鼻の場合はそうです。私はかつてこのような鼻で戦争に行こうとしました。しかしどこにも分別ある戦争はなかったのです。——実際、無給講師にとっては、いろんな頭脳を頼りに大学で生きていこうとするとき、容易ではありません、多くの人間の頭脳を明るくし、そこをパイプ掃除機として片付けるということであれ、あるいは私がしたように海泡石製の頭［パイプの火皿］を褐色に燻して、これらを愛好者に上手に売りつけることであれ、容易ではありません。そこで私は本の印刷工の私の従兄弟の許にでかけて、彼の手助けをしよう、特に私自身を助けようとしました。そもそも本の印刷というのは何か驚くほど高貴なことでして、国々がすべてその発明の栄誉を賭けて、諍い、つかみ合っています。パリ人はそれをニコラ・グナソン(3)のお蔭にしていますし――ローマ人はウルリコ・ガルロの――ハールレム人はローレンツ・ヤンセのお蔭にしています。すべての町の人が、シュトラースブルクのヨーハン・メンテリンが本当にまず最初にそれを発明し、マインツのグーテンベルクははるかに遅れを取っていると知っているであろうのにそういう次第です。これが私が雀の頭[4]を立派な小袋に詰めていることの唯一の理由でして（あたかも私はいつでもただいろんな頭〔脳〕を頼りに生きていく定めにあるかのごとくでありますが）、それは単に村から村へと露命をつなぐためでして、役人に渡さなければならない百姓達にその頭を売りさばいているのです。――かくて私は無事こちらに着きまして、自分の頭の他にはもはや頭を有しません」。

「この方は」と花嫁は言った、「頭で一杯の立派な袋をお持ちだったことでしょう、特別郵便馬車は高価ですから」。――「御令嬢」と彼は答えた（そして木の葉を取り出した）、「これが私の郵便馬車ラッパです。これを御者のように響かせるのです。勿論車輪や馬が欠けますが」。

ヘルフは男の率直さに全く我を忘れた。彼は婚礼客の間を回っては、特別にどの客にも彼のことを褒めた、最も強く褒めたのは猟区監督官に対してであった。ペルツは彼に原稿を請うた。ヘルフは四、五枚の清書した同一の作品の原稿を上下に重ねて持って来た。というのは紛失の危険に対しては（彼は容易に悟ったが）どんなに頻繁に清書しても十分でなかったからである。学士はそれらすべてに興味津々と目を通し、それと気付かずに絶えず飲んでいた。それから立ち上がり、フィーベルの手をつかみ、握手して、若干の休憩の後言った。「熟達した著者の見本だ。この作品がこれまでになかったもの、それに優秀なものの一つでないとしたら、私は今日一釜の印刷用インクを飲んでみせよう。まことにこの原稿には」（と彼はここで一口飲んで中断した）「心奪われます」。フィーベルは真っ赤になって、喜びの余りほとんど泣きそうになった。この率直なペルツの称賛は、後にザクセンやフォークトラント、フランケン地方が作品そのものを導入して単により一層強力にこの称賛を繰り返すことになったが、勿論フィーベルにとっては最初に耳にした称賛であって、臍野猪〔麝香猪〕からの得がたい、しかし麻痺するような麝香袋であった。しかし、嗚呼、我々著者は皆、我々が得た最初の賛美の全能の力を思い出してみて（この点の私自身の記憶はそれほど昔のものではない)、フィーベルの慰めとなる麻痺を分かち合おうではないか。最初の称賛はしばしば、それが時に最後の称賛となるが故に、すでに最も素晴らしいものである。というのは天上的な、しかし殊に独自な記述はくしゃみに似ているからである。最初のくしゃみのときには部屋の誰もが身をかがめたり、あるいはくわばら、くわばら「ゴットヘルフ」とまで叫ぶ。しかしある男が鼻かぜからくしゃみし続けて、数百回繰り返すと、誰もこの鼻に注意を払わなくなる。それ故どの作家にとってもその最初の称賛者は忘れがたいものであるが、しかし後の二十回目、百回目、百万回目の称賛者はことによると(仮に私自身を基に判断するならば)数秒間も頭に残ることはほとんどないであろう。

ペルッは勿論フィーベルの炎を猛烈に吹き起こした。というのは彼はそれぞれの動物と道具についてのABC本の韻文を原稿で読むと、新郎に的確な質問をしたからである。何故、彼は例えばこの行、

猿は全く滑稽である、
殊に林檎をかじるとき。

これの上に動物そのものを木版画にして、それに林檎を添えて、かくてすべてを全部目に見えるものにしないのか、と。

「木版を彫ることはできる」(と喜びに酔ってフィーベルは吃って言った)「すでに彫ったことがある——そのことはすぐ最初に思いついた」。——長い薔薇の庭園の門の扉をペルッは彼の前で開き放っていた。

「でしたら貴方は例えば生き物を彫ったらいい、私は幾らかそちらは苦手ですので、動かないものの方に精出しましょう。例えば貴方が驢馬を作り、私はエレ尺[*1]——貴方が蛙を作り、私は殻竿——貴方が鵞鳥、私はフォーク——貴方が兎、私はハンマー」と学士は熱烈に続けた。

フィーベルは薔薇の花冠を戴き、サービススプーンからシロップを食べることになった。「素晴らしすぎる、学士殿」と彼は言った。

「いや」――と学士はあおり続けた――「作品は、手を抜かずに、絵の具箱を用意して、動物と道具のそれぞれを子供達のために可愛く色を付け、着色したら、とてつもなく重要なものとなりましょう」。

「何ともはや、ペルツ殿、結構です。何と申していいか分かりません」、とフィーベルは答えた。薔薇油の一釜が彼の上に注がれ、薔薇の楽園の香りが立ち込めた。

「それで私は」、とペルツは答えた、「ある種の最終的、基本的序言を差し当たり控えるのが、上策かと思われます。これは最良のもので、貴方がそれで戦勝の祝砲を打ち上げることができて、かくて男どもが次々に拍手喝采して貴方にぞっこん惚れこむ具合になるものです」。――「それは有り難い」とヘルフは叫んで、一人っきりで、手持ちぶさたに立っていたフレグラー夫人との踊りに移って、彼女と共に四手のための踊りのソナタを演じた。勿論彼はペルツと踊りたかったことだろう。――「だって」――と彼はペルツに続けながら言った、「私にはまだ基本的な助言が控えているのだから」。――「でも今日ではありません」、とペルツは言った。――「何とそれは立派なものに聞こえることだろう」、とフィーベルは叫んだ。

しかし何という晩か。著作と結婚の二つの楽園の川は何と入り組んで流れたことだろう。――彼は自分が背の低く痩せた母親と大柄の無器用な舞踏会の女王、自分の花嫁に幸運をもっと詳しく話せるようになる十五分間が待ちきれない思いであった、彼はその幸運を金の面でも月桂冠の面でも両人と分割しようと思っていて、自分はせいぜいその三分の一を受け取ることにしていた。

ようやくすべての客人達がゆっくりと去った後、母親と花嫁だけを目の前に有し、何という蜜の週、蜜の年が三人皆の前に控えていることか告げる幸運に恵まれた。両人の前だけでのみ、彼は自分の心を打ち明けられた。彼が母親にお休みの接吻をしたとき、彼女は自分の銀婚式の祝いをしているかのような思いがした。というのは彼女は二人のＡＢＣ制作者の言葉をすべて信じたからである。花嫁は一方の立ち去った、自分には疑わしいＡＢＣ制作者のことは気にもかけなかったので、もう一人の家に留まったＡＢＣ制作者の許で自分を十分に幸せだと思った。母親と娘と息子は自分達の互いの接吻からほとんど離れることができなかった。

——かくて結局のところ三人の無垢の者達は運命から奪われることはなくて、贈り物を受けることになった。——私は、婚約を結婚式よりも上に置こうとしたこのユダの章の私の冒頭を嘘だととがめたいところである。しかし各人は自ら調べてみるがよかろう。

＊1　つまり次の韻文に対して、
　　驢馬は重い袋を運ぶ、
　　小売商はエレ尺で計る。
　同様にABCの本の他の韻文に対して。

第十九　ユダの章

蜜月

未来の薔薇色の朝の門が開かれた、そしてフィーベルはペルツの腕にすがって通って行った。数日後にペルツは偉大な世界のインク、印刷用インクを煮て——その後新しい作品の最初の頁を熟練の植字工として組版して——それからそれを熟練の印刷工として印刷し——それを熟練の校正者としての著者に渡すことができた。

フィーベルよ、汝の最初の印刷の頁であったのか。作家どものこの菓子の皿を——紙の上のこの最も美しい眺望を——長く立派な執筆生活のこのエーヴァディンゲ風[1]の前景を——数千の希望のこの遊山のキャンプを汝は手にしたのか。そしてどのような気持ちがしたか。話し給え、将来の作品の新進の作家よ。——いや、いい。我々著者自身はつとにこうした天国を前もって感じている。しかし少なくとも一つあるいは二、三の死亡広告を弔慰辞退文付きで出したことのない読者にとっては、このようなことはどのような描写によっても描写され得ない。

さて更に木版画も彫られた――フィーベルによってＡＢＣの人間と家畜とが、ペルツによってただ事物が――二十四の木版画が彫られた。的確に似通って、木版あるいは型木から、最良の見本のこの孵化板、栽培地から早速猿と林檎が立派に紙に上がってきた。

しかしこうしたことすべては、フィーベルがその三つの無比の色彩、――赤と黄と緑を手にして、それで刷られた木版画にゆっくりと華麗に着色し、入れ墨を加えたとき、何の話題になったろう。彼が色彩の化粧を他の動物達に施し、さながら雨模様の木版画に多彩な虹をゆっくりと架けたとき、問題となったか。――彼がこうしたことすべてをなし、実際に描かれたものを知ったとき、それ以外のものが問題となったか。いや勿論、立派に彼の着色の喜びと張り合うことのできる何ものかがまだあった。それは三声の魂の楽節の（夫、妻、母の）一緒の喜び、共鳴であった。変人のペルツでさえ食事に自分の話芸で多彩な粉砂糖を振りまいた。更に彼の母は暮らしが楽になって、嫁にちやほやと大切にされて、彼女にないものといえば――仕事だけであった。ドロッタの愛情表現を彼女は渇したように吸い込んだ、その逞しさ全体が実直なジークヴァルトを彷彿させたからである。ただ夫との一つの類似点が彼女の気に入らなかったが、それはドロッタが無言の鳥刺し同様に女達とおしゃべりするのを好まなかったという点である。――学士［マギステル］はしばしば遠くから――この大学の巨人《ゴリアト》、撃剣家ははなはだ優しい風情に変わって、――あたかも未亡人のエンゲルトルートと――結婚するふうであるかのように見せかけた。これは未決定のまま、その場に、つまり両人の住むことになる別世界に留めて置かざるを得なかったことである。この世界では問題にならなかったからである。

フィーベルは、夫となったけれども、しかしあたかも年は取らなかったかのように、母に仕えていた。しかしドロッタは義務心から彼を一片の父親、猟区監督官と見なしていた。彼女はどんな些細なことであれ、彼の意向を尋ねた、彼はより高度な学的仕事に没頭していて、すべてを彼女の意向に任すことを知っていたけれども。というのは「夫たる人は権限を持たなければならない」と彼女は言っていたからである。かくて彼の人生の樹には一杯多彩な花や果実やさえずる鳥が見られた。この鳥の一つがとりわけ妻の韻律的リズム的精神で、彼女は——時に少しばかり混沌とした母親とは違って——すべてを適切な時間、適切な場所、適切な量に定めていた。これはすでに彼女が夕方には朝必要となり楽しむことになるもの、水、牛乳、ビールその他のすべてを準備したということから後世の者も推察できることであろう。

　ただこの毛綿鴨の綿毛の婚姻ベッドからほとんど尖った羽毛が一本幾らかはみ出してきて、刺すことがあった。この羽茎はペルッであった。蜜月の最初は明るい猟区監督官夫人は学士の行動や演説をただ大目に見て、見守っていた、いつも月曜日には日曜日よりもそれは気に入らず、水曜日には火曜日よりも気に入らなかったけれども。しかしこの黙って大目に見ることは蜜月から生じたのであれ、あるいはそもそも父の手から夫の手への新たな移行から生じたのであれ、若い妻は多くの娘らしい、乙女らしい従順さを妻の従順さとして結婚生活に持参するものである。いや、この無垢の子供は両親の、従って夫らしい者の権力から自由になるや（解放されるや）いなや、この子供自身が更にもっと無垢な子供を心臓の下に有することになって、かくて一度に二つの鼓動する心臓が夫を打ち負かすと共に夫に対して高鳴ると主張することができよう。

　こうした解放はドロッタには生じなかったけれども、しかし彼女は、ペルッをどう考えたらいいか分からないと夫に述べる自由を確保した。彼は法螺吹きだと多分暗示したかったのであろう。あるいは彼は家でフィーベルの側では、聖なる約櫃の中の神与の食物の側のアロンの杖[2]に相当する者であると言いたかったのであろう。フィーベルは顔中で微笑んで、頭を振った、この件では彼は強情であった。「万事はすべて」と彼は言った、「すでに法外に立派に進んでいないか。それに彼は最終的な基本的助言を私に約束していないか、それは三部見本が印刷されさえすれば即座に教えてくれるのだ。——無分別な男、著者と呼ばれたくなければ、誰でもこの基本的助言を待たなくちゃいけない」。

　要するに普段はおとなしい夫がここでは譲らなかった。完璧な奴隷も、完璧な独裁者も少ないように、夫といえども、少なくとも一つか二つの関節を自由にできないほどのかかあ天下というコルク靴の足枷に収まっていることはない。私は、弱さからではなく、力と愛からいつも自分の妻の意向に従っていた立派な夫を知っている。しかし妻はこの夫がやめようとしない御しにくい欠点を苦く嘆かなければならなかった――つまり朝方、単に寝室に背を向ける代わりに、ベッドから壁につばを吐く欠点である。ABCを作ることはフィーベルにとってこのつば吐きであった。彼は立派な息子、立派な夫、立派な人間であった、しかし彼は一人の著者であり続けた。多くの気球乗りと同様に彼はバラストとして携帯した金を投げ棄てて、より高くより身軽に上がろうとした。彼は日中ペンを持つときに、夜羽根布団［ペン］にくるまれるときと同様に温かく暮らしていた。

しかしドロッタがペルツに対する疑念によって、天国のパンのための学問をしている彼の邪魔を時にしたとしても、この件に真の関心を寄せる者は皆、彼女が自分の痩せた、森の苔の中で育った身分に従って、結婚生活では接吻を鳩の所謂くちばしの触れ合いと解していて、これはベヒシュタイン[(3)][*1]が接吻ではなく、交互の餌のやり取りであると証明したものであるということを考慮して欲しい。私としては、彼女に大いに関心を寄せていて、このことを真っ先に考慮する。そうすべきであろう。

しかしフィーベルは学士のかつての返事にこだわっていた。「三部印刷されたら、基本的助言を申しましょう、そして結果を見ましょう」。

まさに次章で我々はすべてをフィーベル同様に経験することになる。

＊1　彼の鳥についての博物学において。

第二十　あるいは接ぎ枝［ペルッ］の章

最終的、基本的助言

この章全体は接ぎ木、接ぎ枝庭園の草むらで見つかった、接ぎ枝の傷口の包帯の役をしていたものと思われる、これはその気になれば容易に洗練された寓意的意味に解することができよう。

ペルッは最後に厳かにその最終的基本的助言を与えた。「フィーベルは即ち辺境伯にその本を口頭で捧げ、三部を三人の幼い辺境伯子息に皇太子利用版として恭しく、いやこの上なく恭しく呈上したらいい」——フィーベルの戦慄を描くことは私の力に余る。そこで私は早速、言葉を続けているペルッの言葉を続ける。——「それからまずもって殿下に、この本を辺境伯領のすべての民衆の子供達の読み書きのために使用すべしという正当なＡＢＣ勅令、あるいは立派な特権を請願しなければならない。それから更に必要なものは何か」。——フィーベルの戦慄を、しかもより甘美な戦慄を描くことは、先よりも更に私の手に余ることであろう、しかし学士がすぐにこう添えてくれる。

「勿論我々には更に貴重なもの、つまり三部のＡＢＣの本を製本し、外面の厚い表紙すべてに金鍍金をする、文字並びに表紙と小口に金鍍金をする男が必要です——この男はすでに首都にいまして、ポンピエと言いますが、［フランス人］亡命者で、金鍍金の術を心得ています」。

この言葉を聞いてフィーベルはある温かい軽やかな天国に溶けた、そして彼の希望はその中の太陽として浮かんだ。彼は言った。「すぐにこのポンピエを呼び寄せよう、ペルッ殿」。

彼はすぐにつかまった。鬘《かつら》を被った善良な、細長い、しみだらけの小男で——彼の絹の服の蝶の羽の鱗翅は時の手でこすり落とされていたが、しかし彼の紙のカフスはその色彩をとどめていた——彼は廉恥心を、少なくとも体の表面には有していた——それぞれの肢体がソロの踊り手で、その所有者はどんな他人を相手にしても巧みに曲馬をした。ヘルフはすでにその生涯で多くの丁重さを経験していた。しかしかくも仰々しい丁重さはまだ知らなかった。当時フランス人は這いつくばる者と呼ばれていた、しかしこれは中世に勇敢な竜を虫と呼んでいたように不適切なものである。

ポンピエは、自分は辺境伯閣下とフィーベル殿に自分の金泥書き[*1]によって若干注目を受けることが許され欣快に耐えないと言った。

——「金泥書き《クリゾグラフィー》」。勿論、女達や称号を除いてフランス人は以前から殊の外ギリシア語を愛好してきた。それにこのような外国語を弄ぶギリシア語愛好家［いかさま師］は我々ドイツ人よりも大したものだ。我々はラテン語から借用できる、しかし自国語ではラテン語をすでに過剰に得ているフランス人は、ラテン語発生の源の祖母のギリシア語にむしろ向かう。しかしこのフランス人のギリシア語愛好家を全く正当化しているのは、フランス人達は残っていて消えたトロヤ人の子孫であり、彼らはすでにフィリップやアレクサンダーの治下にギリシア人達に対して仕えていたという二つの古い伝説[*2]である。というのはいずれにせよそれはギリシア人に対する彼らの古くからの（それにその他にも保持された）反感を証明しているからで、彼らはかくて正当に嘲笑とパロディーの意味でギリシア人の言葉をしっかりと模し、猿真似しているのである。

ポンピエは最初の丁重さを済ませると——最後の丁重さでは決してなかったが、——少なくとも自分自身とは対照的に、粗野な振る舞いに出た。彼は、自分の仕事の取り分はいくらか聞き出したのである。丁重なあるいは引きつける極と利己的なあるいは反撥する極とのこうしたフランス人的対極化は、その間にある人間に対する無関心に気付かない人にのみ不可解に思えるであろう。

しかしドロッタにはこの人間全体が厭わしかった、ただそれ以上に学士は厭わしかった、というのは、枕元で彼女が嘆いたように、学士は大喰らいを次々と招き入れたからである。――しかしフィーベルは死後の名声にこだわった。――すぐにこのフランス人は、ぐずぐずと利己的に引き延ばさず、製本と金鍍金を完成させ、三冊の最初の豪華本を将来恭しく呈上すべく呈上した。この件全体の重々しさにもっと執着していたポンピエにとって、フィーベルに豪華本を呈上するとき平伏を勧めたのは、心の重大事であった。自分の書であれば、どんなに喜んで彼は侯爵の足許にひれ伏したかったことだろう。「何故私は」、と彼は自分の耳元に自らささやいた、「不幸にもこの阿呆のように幸せではなくて、王座に代わりに登って、王座の最後の段の手前でひれ伏して、身を起こす目に恵まれないのだろう。――田舎者のフィーベルは辺境伯に私の半分だけでも追従が言えるだろうか――それは本当に興味津々だ」。

さて宮廷訪問は一家の関心事となった。家の父親、本の父親が宮廷に参上するに必要なものはどんなに些細なものであれ、縫い合わされ、購入され、ブラシをかけられ、梳られ、収められた。

徒歩で単に国の人々の卑俗な人道を通って領主の許に出向くのは敬意に欠けるとヘルフは思ったので、彼は前日に町へ行って、客馬車を予約し、これが彼を三冊の献呈のＡＢＣ本と共に翌朝（彼はその前の夕方間に合うよう帰って来た）村から運び出すことになった。

彼の凱旋の行列は（その知らせは里の辺鄙な家々まで伝わった）私の後の伝記作者の筆のために取っておこう。もう十分である。途中彼は、馬車のクッションの上に半ば王冠を戴いて座っていて、素早く進んだり、誰かが通り過ぎたりするたびに、にこやかに微笑んだ。私が居合わせたら、彼と一緒に微笑んだことだろう。彼がその馬車の天蓋の下、このような状況にあり、三冊の本と共にいて自らを皇子の家庭教師と、それに御上からかつてＡＢＣ本の一般的な導入が命じられている以上、領主を辺境伯領の先生と、ホメロスがスミルナの教師であったようにシラクサの教師であった国王ディオニシウス[1]と見なさなかったならば、彼はどうかしていたであろう。勿論フィーベルには、自分がペスタロッチのように新しい教育方法を最初ただ乞食の子供にだけ試すのとは違って、ちょうど逆に侯爵の子息という試金石で自分の本を試そうとしていることを考えると、自分が顕微鏡的に拡大されて見えた。教科書は本には慣れていない高貴な皇子さえ教化するのであれば、その千倍も、働くことが第二の天性である底辺の広大な庶民の子供を作り変えるに違いない（と彼は推測することが許された）からである。そして自分の父親がどんなに豊かになってこの冗談好きの殿下の許から去ったのか思い出してみると、まさに強壮剤や気付け香料を浴びる思いがした。

ただ彼が宮殿の窓の並びや若干のバルコニーというものまで眺めると、そしてがらがらと音を立てて宮殿橋のルビコン河を渡り、まだ閉じている馬車の扉のアルプスをよじ登っていくと、外の宮殿の舗石に降りる際には多くのカエサル的なもの、ハンニバル的なものが彼の中から去っていった、この両者から乗り込む際には多くを受け取り、これを抱いて馬車に重々しく座っていたのであるが。——侯爵は近付くにつれますます巨大なものに思われ、人間の大きさを越えていった。覆われた肢体、肩とか脛骨、臍、内臓を有する侯爵を彼はもはや考えることができず、できたのはただ対の両手と顔だけであった。

さて古い巨大な家、宮殿の中で、中央が踏まれて窪んだ、長く延びた石の階段を登っていくと、段のたびに一片の心臓が落下して、最上階では心臓はもはや残っていなかった。

遂には長い廊下ですべての黄金の一族の肖像画が彼の前でささげ銃をすることになり、彼は降伏し、ただ弱々しい辺境伯の家臣、従僕として残ることになった、その卵形の顔は輝かしい王冠の顔と比較すると——比喩は許されないことと思うが——太陽の円盤に対する膝蓋骨のようなもの、あるいはキリストの頭に対する雨樋の先のようなものであった。人間は神を高い天に求める、あたかも天は低いところ、その水平な両端にはないかのようである。フィーベルは同じく高貴さと高さの測定を取り違えて、自分の神のごとき辺境伯を探した。そして多くの階段を登っていったので、最後には屋根裏の［貧乏］学者を見いだし、びっくりさせることができたことだろう。高さと高貴さの滑稽な混同で、この伝でいけば偉大な皇帝は単にバベルの塔とかケスティウスのピラミッド[*3]に探さなければならなくなるであろう。

その上彼はほとんどどの段でも間違った平伏をすることになって、いわば、他の廷臣同様に、ひたすら跪きながら登っていった。四人あるいは五人の偽りの、仮の辺境伯がその黄金のモールやレースを付けて、彼にぶつかったからである、――ほぼかつて推定された偽りのネロ(2)の数である。というのは後にまた立派な正直な品質のネロ達が見いだされたからである。――その上彼は、縁を付けられた護衛軽騎兵が背後にいるのを耳にしたとき、階段全部を落ちて平伏しそうな危険な目に遭った。――このように彼は広大な宮殿の中で迷っていたが、紛らわしい辺境伯達がまさに食事時間で彼よりも全くもっと美味しい品をただちに届けなければならなかったのである。このとき彼の帽子ほどに被害を受けたものはなかった、帽子を彼は理髪師の儀式に従って通常拾い子として高貴なドアを開けるたびにそのドアの前に置いた。それは最も新しい、最も立派な、しかし最も狭い帽子の一つで、これが彼の額に――彼は帽子を途中力一杯押し込んだ、より簡単に脱げるよう広くしたかったからである――可愛い聖なる輪、あるいは赤いすじの縁取りを付けた。この王侯らしい頭の包帯はまあまあ彼に似合っていた。

食事時間が終わってようやく彼は腹をすかせたまま図書室に着いた、そこには一人の年取った男が何のモールもレースも付けずに昼寝をしているのに出会った。自ら跪かずに、彼は起こそうとその男に触れた、彼から侯爵について若干情報を得たかったからである。「余の最良の眠りの邪魔をするとは何という野郎だ。――そちの入室を許したのは一体誰だ」、と辺境伯は叫んだ。このようにフィーベルは真の宮廷人として主君よりは従者に重きを置いていた、ちょうど音楽家が主要音よりも装飾音にもっと表現の重きを置くようなものである。ここで彼は、畏敬の念よりは驚きの余り、六度目の平伏をして、両手をABC本を求めてバッグに入れた。しかしはなはだ当惑したまま無言で額に輪を付けて跪き続けていて、卒中者のように単に両手をバッグから出すことも、ましてや手で何かを取り出すこともできないでいた。しかしとうとう侯爵は目覚めの最初の弾け点火紙の後、跪いている滑稽な、額に郵便局長からのように赤く宛名を記された人間を見ると、跳ね起きて、磊落に笑った。陽気な老君主であった。

それ自体平伏は侯爵の足許では滑稽ではない、サムーン(3)［砂嵐］のときや稲光のときのように、何か類似のものを避けようと平伏する場合であれ、ブケファロスのようにアレクサンダー大王といった人に奉仕し、従う場合であれ、あるいは教皇の前のローマ人のように祝福を受ける場合であれ、立派な適切なものである。

経験心理学者[4]ならば、フィーベルが辺境伯の哄笑によって突然幾らか高められたことについて、あたかも、笑う神の場合と同じで、哄笑で侯爵が人間達により間近に思われるかのようであったと大いに記すかもしれない。彼は話しかけるに至って、三冊の本を取り出しながら言った。「御陛下」。もっとはっきりと説明するために、彼は付け加えた、自分はこの自分自身によって記述され着色された本を三人の小さな辺境伯皇子閣下に恭しく捧げたかったのであります、この皇子殿下がすみやかに読み方を学ばれますように、と。

後に諸国中がしたことを、侯爵はより早く、より容易に行った。フィーベルが滑稽すぎる者に思えたからである。彼はそのいずれにせよ立派な本を認可した。まずその一冊に目を通して、彼はそう判断した。彼は早速三人の小さな皇子をその東方の国から呼んで、三冊の贈り物を渡した、彼らはその三人分［席］を持って喜んで飛び跳ねた。

「どのような恵みを所望か」と侯爵は言った。さてすべての侯爵の問いでこれほど返事の難しい問いはないであろう、この問いは一度に願望のすべての貯蔵壺、籤壺、エジプトの饗宴、快楽のすべての砂糖入れ、砂糖島、光輝の銀器用戸棚、銀鉱山を長い列に開け放ったまま並べるもので、それで本来人が手にすべきものは、自身の手の他にはなく、その手で素早く思いつくかぎりのすべての最も好ましいものを手にすればいいのである。――「これだ」、とフィーベルは知っていた。というのは彼の返事は侯爵の問いよりも数日古かったからである。彼はペルツの助言に従って答えた。自分は自分の作品が全く古いＡＢＣの本の代わりに陛下のすべての地方や国々に導入され販売されるという恩恵を願い出る、と。極めて迅速に、かつ冗談ぽく、淡々と侯爵はその場で決定した。フィーベルは必要なだけそれを印刷してよい、自分は彼のためにハイリゲングートの古い宮殿の使用していない三室の利用を許す、そして宗教局に命じて、回状を回して改訂ＡＢＣ本を国のすべての学校で使用するように定める、と。

――ちなみに。一つの国全体を一人の多作な頭脳の捨て子養育院へとしてしまう宗教局は、例えばバイロイトの宗教局がつとにザイラー博士[5]の宗教文書のために見本として行っているように、実際よりももっと頻繁に、記述する頭のお寒い聖職者のためにこのような搬入命令を設けるべきではないだろうか。これはいわば真の強制的読者の借用であり、この借用を実際頭のお寒い者は、自ら搬入され支払いを受ける頭の豊かな者よりも必要としているのである。

――フィーベルのこれに対する驚きはことによったらアダムの堕落以降最大の驚きであったかもしれない、楽園のアダムの驚きよりは大きくなかったにせよ。というのは彼は昇ったが、アダムはそうではなかったのだから。――しかしながら国あるいはそれどころか三人の辺境伯皇子の改作に対する彼の自負は許されないほど大きなものではなかった。これにはひょっとしたら臣下の謙虚さが関与していたのかもしれない、ひょっとしたらまた、いずれにせよ通常以前から見られた次のような考察が関与していたのかもしれない。つまり王座の高さ、王座の舞台は常に下々から、中等の身分から照らし出される、ちょうど劇場が（しばしば最大の王達によって占められるが）ただ下からの照明によって照らされるようなもの、あるいは底に座っている助言者、吹き込む人（プロンプター）によって教えられるようなものであるという考察である。

フィーベルの歓喜の宙返り、エーテル返りに対する心地良さから、あるいは彼の飛翔する未来の孵化し終わっていない卵の間での無器用な卵ダンスに対する心地良さから侯爵は彼を自分の夕食に招待した、これは侯爵が通常レディーや位の高い者は入れずに、ただ愉快な仲間と楽しむもので、この中には彼の首都の大学の総長もいた。ちなみに彼は陽気で、人が良くて、決してある者が別の一緒に食事する者を滑稽な目に遭わせるのを許さなかった、この者が自ら滑稽さを披露する場合は別として。かくてまさしくフィーベルは自らを純粋に表現し、発声し、そして無垢な謙虚な乙女のように自惚れることなく全身で喜ぶ自由を得た。彼は（そう要請されて）来し方を領主に話すことができたが、自分がこのことで領主と部屋の何人かの帝国の偉人とを何という愉快な気分に陥れたか気付いていなかった。

しかしこのように多くの喜びを人間が味わうことには悪魔には我慢ならない。ここでも悪魔は古い本性に従っていた、これによれば悪魔は喜びのウィーンのアポロンの部屋のそれぞれに、喜びの小さな刑務所、死体安置所を作り、すべての喜びの神殿の隣りに埋葬の礼拝堂を作るのである。つまり当時はまだ辺境伯や公爵達、その他の身分の高い人物達、並びに大学総長達が煙草を吸う時代であった。領主はそれ故、学生に大学総長同様にパイプの火皿を差し出した。今やフィーベルにとって、自分がこれまで煙草を吸ったことがないということは何の助けにもならなかった。というのは、彼がそれでもパイプの火皿を十分快活に使い始めるや——それというのも自分の領主とその例に従わず、煙草を吸わないことは不敬罪と思われたので、——十回か十二回吸ったかと思うと、自分の頭の中、自分の心臓の中、自分の胃の中に異物が生じ、起き出したからで、これは私が有名な宝石研究家、美術研究家のシュトッシュ[6]のかの周知の［胃の］大変動と比べるとしても、はなはだぼんやりと曖昧に記すことになるものである。つまりこれはシュトッシュが真の美術愛好家としてパリの大きな美術陳列室で有名なミケランジェロの印章を、他の者がゲーテを飲み込むというよりはヨハネ[7]が本を飲み込むように、実際本当に、比喩ではなく飲み込んだとき、この芸術家に、申し上げるが、丁重な優しい陳列室の管理人から（彼は元気な様子に見えなかったので、と隣人と印章を愛するこの男は語っている）催吐剤がきちんと押し込まれたとき、この研究家の身に生じたもので、そのため彼と彼の胃とが負担し、そこから取り除かれたものはただ——印章だけで、この印章はかくて彼にとってはカットされた宝石から身を切るような［カットする］宝石となったのであった。——しかし私はシュトッシュとフィーベルとを比べない。

立派な辺境伯は、顔の熟練の観察者で、殊に彼らが、炎を吐く火山のように煙草を吸うときそうであったが、ただ単にフィーベルに、もっと別の煙草に慣れているのかと質問した。喫煙の生徒は請け合った。自分はこれより上等のものを知らない、と。

なおしばらく煙草の一同は彼の顔に表情［地雷］の戦闘がますます激しく映るのを見ていた。彼はその闘いを通じて——しかし他の人よりは礼儀正しく——自分の顔色を保とうとしていたが、遂に侯爵は護衛軽騎兵に合図して、勇敢な顔色の剣闘士を隣りの図書館に連れて行かせた。——フィーベルは侯爵に従った、ましてや侯爵の従者には従い、早速付いて行った。

この近くの図書館で護衛軽騎兵は寝室用便器を指示した、かつては紙のあった最大の二つ折判の一つを示しながら。このように偉い人は砲台や自分や、公園の美観を、壁紙を張った戸で陳列室の美観をカムフラージュするばかりでなく、またすべてをカムフラージュする。しかしフィーベルは蟹の歩行〔後ずさり〕の自分の胃によっても、デカルトの渦[8]の自分の頭によっても、軽騎兵の思惑通りにはならずに、彼は全く別なことを考え、こう思っていた。「二つ折判がひょっとしてこれまで書かれた中で最大のものであるとしたら――もっと大きいこれはいかほどのものであろう」。彼がその立派な背表紙の表題を読むと、『学的事柄の簡略、簡便文庫、目録』、彼は恐らく理性的人間としてこう想像したことだろう、この二つ折判はすべての二つ折判の敵である――それに多くの不滅性が座礁する浅瀬であり――最も寛大な書評の控訴裁判所であり――神学的並びに哲学的骨格のパパンの機械〔骨をゼリーに変える〕――文書のユダヤ人墓地――急報の仕立屋の穴〔余った布切れを入れる〕であり――要するにこの大きな二つ折判、ポリュフェモス〔一つ目の巨人〕は単により小さな『一般ドイツ文庫』、『上部ドイツの文芸新聞[9]』であり、ただオデュッセウス同行者達を飲み込むものであるというものであった。これは（と彼は仮定せざるを得なかった）雄山羊を周囲の本の、すべての彼のABC本さえも含めて、園丁に任命することではなかろうか。

　遂に軽騎兵はフィーベルが吐き出そうとしないのを見ると、彼に二つ折判の理解のために必要なことを打ち明けると、自分自身の物思いに耽っている彼をそのままにしておいて、出て行った。

　冷静に、軽やかに、しかし下界の幽霊に出会ったかのように青ざめて、フィーベルは快活な部屋に戻ってきた、そして新鮮に力強くパイプを吸い切ってしまった。ちなみに彼はその晩ずっと如才ない男を演じて、――客人は主人の苦労をすべて軽減しなければならないと承知していたので――熱心に蠟燭の芯切りをした。しかしフィーベルが夕方のとき世慣れた男を大いに装って、彼に難ずべき点はせいぜい革袋に似ている村の住民という点だけで、この革袋に入れてスペインでは極上のアルコール度の最も高いワインを保存するが、この革袋のせいで若干の革の味が残るものであるとしても、つまり彼がかように優雅に振る舞ったとしても、これは彼への称賛の誇張とはならないであろう。実際如才ない男の役は、侯爵に何か求めなくてはならない他の者達にとってよりも、彼には容易であった。すでにそれは見いだしていたからである。彼にとって侯爵は素敵な将来の進行を司る時計のぜんまいであって、囚人が鎖を切るとき使う時計のぜんまいではなかった。

最後に侯爵が彼に旧宮殿の三部屋への指示文書に封をして署名して渡すと、彼は――これは事実である、というのはどの馬であれ彼には蝸牛に思われたからで――徒歩で家に走って帰った。何という［ギリシア伝説の］浄福の島と［ライプツィヒ近郊の］薔薇の谷を家で広げることになったか、夜の三時というのに見てとることができた。かくて遅くまで家は明かりが点されていて、至る所、居間も寝室も蠟燭が燃えていた、それぞれの部屋に一本ずつ――ペルツとポンピエは互いに花嫁のメヌエットを踊った、そしてペルツは、明日更に何事かを言うと言った。――母親は喜んで埋葬された夫のことを泣いた、夫はもっと以前に辺境伯に会っていたからである――そしてドロッタは宮殿の管理人への命令の封印を見ていた。ただフィーベルだけは正気だった、これは勿論このような状況のとき彼の取り得る最も単純な立場、人柄であった。

＊1　金泥書きをする人とは普通、本の中の最初の文字を金で描く記述者のことである。
＊2　ライプニッツはこの伝説を、反駁しながらであるが、フランス人の起源についての試論の中で引いている。
＊3　ローマではその周りに周知のようにドイツ人プロテスタントが埋葬される。

第二十一　ユダの章

大いなる仕事［大便］

先の章の後数ヵ月して爪先立ちして、窓から承認されたＡＢＣ本の宮殿の仕事部屋を覗き込んだ者なら、四人の男が目一杯仕事をしているのを、見いだしたであろう。フィーベルは手に絵筆を持って、ペルツは印刷紙に記入するためのペンを持って、ポンピエは製本機と製本用金箔を一杯持って——そして四人目の、我々にはまだ紹介のないフーアマンという名の男が印刷機を持って仕事をしていた。

最後の、半ば飢えた、そして四分の一は喉の渇いた植字工は、ペルツが、今や仕事が大掛かりになって、すべての国々と時間が活字箱の干草架あるいは飼料台から養われることになったので、手刷り印刷機の引き柄の肝心の時計振り子役に提案したのであった。頼まれたフーアマンは町から正確にやって来て、頭部に誠実な仕事熱心な顔を持参して来た、その顔には、自分の人生の書はこれまで長い商用の手紙であった、あるいは自分の人生は引き延ばされた平日であったと記載されていた。立派な種類の人間で、この人間には暇な日曜日ですら、特に前後して続く三日の祭日は都合が悪いのであった。彼が尋ねた最初のことは、印刷物のことであって、彼は「印刷所の主人（フィーベル）は午後の仕事も自分には許して欲しい」と願い出た。——

村の少年達が放牧する代わりに、放牧されるために、もはや牧場ではなく、学校に行く教会暦年の最初に、明文化された辺境伯の命令により最新のＡＢＣ本の必要な部数の完成品が、すべての国内の学校教師の許に割り当てられて、揃う必要があった。

しかし彼らは皆すでに三週間前に仕上げて、それで後に部数がかなり余って、すべての外国人の両親達に対しても余裕ができて、この両親達はクリスマスに子供達への贈り物としてこれを望むことが出来た。公平な史実はこの点でフーアマンに花輪を被せている。というのは彼の残業［仕事後の仕事］はとてつもないもので、彼に追いつく職工長［仕事前の仕事］はいなかったからである。彼は通信人（と彼はペルツを呼んでいた）や各人を納入に追いたて、フィーベルが自分の利益よりは他人の利益を心にかけ、事象や人々の成り行きに任せると、フィーベルに対してほとんど粗野な［肉太の］印刷字体で接した。

これら三人の仕事仲間あるいは巨人ゲルヨンの三つの体（フィーベルはこの巨人の魂であった）は宮殿の三室で働いた、いわば［三峰の］聖トリニダード島で働くようなものだった。それ故、下の方の人の住む村の階も次第にフィーベル工房と呼ばれるようになり、更にフィーベル工房の人々、フィーベル工房の犬等々が加わった。筆者はイエナで、人々が文芸新聞を作る大きなシュッツ[1]の家を文芸と呼び、これに倣って文芸女中、文芸下僕、文芸犬、文芸厩舎等々を作っていたのを耳にしたことをまだよく覚えている。それ自体無邪気な表現であるが、しかし上部ドイツ文芸新聞について使うと、比喩的に理解されるおそれがないとはいえないであろう。

　数百もの豪華なＡＢＣ本が国内に搬入されて、生誕の村そのものにさえ必要な部数が揃うと、大きなバイロイトやフォークトラントやザクセンの町の、例えばバイロイトやミュンヒベルク、ホーフ、プラウエン、シュライツの最も声望ある製本屋がかなりの注文を寄越して、それで、印刷工のフーアマンが一杯に積んだ手押し車で出発し、作品を通信の諸都市に押していくとしても、どんなに急いで印刷しても十分ではなかった。本運び人という名前は（ニコライによれば）当時、そして後にも（バイエルンで）このような精神的料理馬車、あるいは料理手押し車が（本運び人あるいは本押し人は自ら後衛の馬であった）芸術で一杯の一輪のテスピス[2]の馬車のように帝国を巡回し、荷を降ろしたことから来ている。軍隊にもしばしばこの博識の動産が後押しされることがあった。

　本運び人は空の軍需品手押し車に法外な宝を載せて持ち帰った、ペルー［銀山］の半ばで、クロイツァー貨幣ではなく、バッツェン貨幣であった。これは家全体に、いや我らの小さなヴォルテールの［晩年の地］フェルネに強すぎる印象を与えた、彼は今やこの地で広範に知られ、求められた。牧師は彼によろしくと伝えた。

　しかし彼にとってはパンの木の果実よりも芽吹く月桂樹の葉を摘む方が好ましかった。長きにわたる貧乏生活を楽しんで過ごしてきて、いつも自らの慈善箱の狭い隙間から中に入れるのと同じくらいゆっくりと不十分な金額を外に振り出していて、今や細い蠟燭から太い蠟燭に――細引きから靴下留めに――木製のスプーンからブリキのスプーンに――一籠の拾った薪から半尋の荷馬車の薪に飛び移ることになると、どうしていいかさっぱり分からなかった。最初はこの洪水で彼は麻痺した。しかし彼の母はドレスデンの宮廷の臨時女中として先の宮廷のかつての栄光を新たにしたかったし、それにドロッタは主婦として小さくよりは大きく、例えばコーヒーをロートよりはまるごとポンドで買いたかったので、それに主に彼の人間全体には貪食家やけちん坊の淋巴管や金亡者や電気石[3]の埃は少しも見られなかったので、これは、綜合文をより容易にまとめるために、もっと強力に注[*1]で説明することにするが、それにそもそも彼は生きた愛想の良さそのものであったので、かくて彼は容易にこのような光輝と要求を受けて、コーフェント［弱いビール］の代わりにビールを飲み、毎週一度以上肉を食べて、牧師のほぼ半分ほどの大きさの贅沢を行った。彼の財産の評判はキリスト教徒のユダにまで届かなかっただろうか、諸章のそのユダヤ［の地］から私自身この二十一章を得ているのであるが。そしてこの新しいキリスト教徒は利子なしの周知の前貸したフラシテンのズボンの購入代を、単に現在の財力で決めて、自ら徴収しなかっただろうか。

しかし彼に更にスッラの得ていた添え名、幸福者を与えたのは、スッラのように首切りによって得たのではなく、頭の啓発によって得た名声であった。国の君主とその諸国によって尊敬され——通り過ぎるＡＢＣの新入生によって、彼らのそれぞれが彼の子孫のさまよう記念碑であり、運ばれてきたローマ人の先祖の肖像であるが——混乱した猟区監督官によって、それでも監督官は、本人の言によれば、いつもはどこに兎がいるか知っているのであるが——フランス人によって、彼は侯爵の許での偉大な接見以来フィーベルの靴の踵の釘にまで身を高める勇気がほとんどなくなったのであるが——そしてすべての者によって尊敬された。ペルッはガラス工場でのようにパイプを火にかけて、それから液体の透明なフィーベルを大きな男、巨人の形に膨らませて、飛ばした。彼がこのようにして、侯爵を、料理人が鳩に対してするように、膨らませて、鳩と同じくより良くむしろうとする廷臣達に似ていたとすれば、また一方彼にとって有利なことに多くの亡き侯爵達の葬儀の説教者とは異なっていた。この説教者はエジプト人同様に死んだ鰐をミイラ化するもので、それで国中で最大の最も類似した嘘が言われる午前の時が正確に分かるのであるが、それは例えば以前もっと普通に見られた神学的嘘、家臣の罪のせいで侯爵の死が生じたとする嘘である、家臣はその罪でひょっとしたら時々侯爵の生を助けたかもしれないからである。要するにペルッはヘルフをできるかぎり膨らませた、そして全体十分上手に膨らませた。ただ外面的にはヘルフは十分に膨らんでいるように見えようとしなかった。長いこと待っていた名声であったが、これは周囲の皆に対する彼の自負の冷たさよりも謙虚な温かさを一層大きくした。あたかも家の者皆が自分と一緒に上昇したかのように、そして自分はこの村全体の中でこれまで生まれ、育ってきたのであるから、村民の半分に対して感謝しなければならないかのように思われた。

彼は自分によって幸せになった周りの小世界、大世界に対する最も穏やかな者、謙虚な者であり、仕事に没頭する者であり、母と妻に対するより熱い恋慕者であった。
しかし内面的には膨らみは一層ましなものになっていった。彼は日ごとに自分は誰を目の前にしているか、つまり自分を目の前にしていることを察知した、そして自分を子供のときから、将来手でつかめるような偉大な男、同時に背の高い［不朽の］男と見なしていたことがいかにも正しかったこと、この二つのことが立派に生じたことを察知した。いやはや、突然大した者になった人間は何と多くの弁解を有することか。人間はいつのまにか、そしてびっくりして、自分が偉大なものに、ロンドンの周りの村々がロンドンに引き込まれるように引き込まれているのを感ずる。そして人間はその区別を知らず、自らを先の村の代わりに首都の生粋の路地と見なす。
しかしフィーベルは自分の名声がたった一小巻ほどの小本よりもほぼ大きなものであることを長く考えるにつれ、そして同程度の偉大な名声を索引付きの一ダースの豚革の二つ折判でもほとんど得られない他の学者達と自分をもっと比較するにつれ、もっと何か余分なことをすることを義務と見なすようになった。つまり彼は競売で表題紙に著者名のないすべての巻や専門のイディオムの本を購入した。これらの紙に彼は器用に自分の名前を印刷した、それでその作品は十分に彼の手になる作品と見なされることになった。かくて今ようやく私の序言と、私がキリスト教徒のユダの本の競売からすでに序言で言及した作品を購入したときの私の驚きとに遅まきながら明るい光が当てられることになる。例えば、
フィーベル作『現在のヨーロッパの平穏、ユトレヒトの和平から一七二六年までの最新のヨーロッパの講和条約締結を収集して記述』、コーブルク、一七二六年。――あるいは
フィーベル作『悪魔の歴史』[4]、アムステルダム、一七二九年――等々。というのは私はまだ多くを引用していなかったからである、例えば、
フィーベル作『ボルゲーゼ公園』、八、ローマ、一七〇〇年。あるいは珍しい作品、フィーベル作『桶物語』[5]、ロンドン、一七〇〇年、あるいはフィーベル作『宗教についての自由思想』[6]、ハーグ、一七二三年――それに彼が知

らずに養子にした極めて神を蔑ろにした不道徳な内容の他の拾い子である。どんな難しい作品でも彼は、ペルツに何の言語で記述されているか尋ねさえすれば、「フィーベル作」という刷り込むべき語を言語に応じて表現して出版できた、例えばdiとかautore［作者］とかあるいはdeやfrom等々で。しかし彼がかつて二つ折判を書いたという魅力にはなはだ誘惑されて、著者としての自分の名前を自分の誕生する数十年前に生まれた作品に記したのは人間的弱さとして隠されるべきことであろう。その表題はこうである。ゴットヘルフ・フィーベル作『ドイツ修道会とそれから帝国都市ニュルンベルクの市長と参事会の間での事柄の文書、聖エリーザベトと聖ヤーコプでの宗教活動に関して』、ニュルンベルク、一六二一年。――

ちなみにすべての公平な者はこう言っている。ほとんど我々すべての者がフィーベルのようにはせず、はるかに劣悪に行っている。我々は、彼のように、単に個々人の匿名の思想に対してではなく、何千人ものの、全時代と図書の無数の思想に対して、「我々の学的教養」の表題の下に我々の名前を記して、その上剽窃者から盗んだり、剽窃者その人を盗んだりしているのであるから、と。

しかし一人の生きた敵をこの穏やかな人間はハイリゲングート全体の中で有していた。生きた敵とは。静かな心に対して何と熱い逆鉤で一杯の言葉であろうか。憎しみからではなく、弱さからでもなく、愛の慣習から温かい魂は憎むものを考えただけで、更にはその者の現存でいたく傷を受ける。

このフィーベルの敵はフレグラーと言った。周知の学校教師で、フィーベルのABCを導入するよう命じた宗教局の指令文書の後、彼は数日間スープを正しく消化できず、ましてや指令文書は更に消化できなかった。

すでに第二十一のユダの章がなくても考えられることであるが、かくも長く教室に定住している学校教師には、自分に鳥刺しの息子が法を定めて、古いABC本の最後の頁で爪に棒を持っている、描かれた入門書の雄鶏をそれから追い出すという胡桃割り［厄介事］はダイヤモンドをかみ割ることと等しく思われたことであろう。すべての記録に従えば、彼はそのことで黄色になって、それで体に、いつもは破産者が浮かべなければならない色を浮かべることになった。彼は全く雄鶏の付いた自分のABCを守りたいと思った。それ故この雄鶏はこのときになってもフィーベルに対する闘いの雄鶏あるいはペトロの雄鶏として入門書〔フィーベル〕雄鶏という名を有するのである。十冊の献本、豪華本が彼から贈り主の著者にはなはだ忌々しげに送り返された。居酒屋で彼は公然とその作品をからかって言った、かやつは正書法さえ知らず、竜〔Trache〕、針鼠〔Ygel〕、ほおずき〔Yüdenkirschen〕と書く。それに揺れが見られて、例えばユダヤ人をJudenと書いたりYüdenと書いたりしている、と。いや、フレグラーは、単に絵は素人なのに、フィーベルの絵の展覧にも攻撃して、多くが描き損ないであるとした、例えば雄牛の尾は長すぎると、驢馬の尾は細すぎると。そして彼はかつてABC本以外に緑の穴熊や赤い猫を見た者がいるであろうかと百姓達に尋ねた。その上――これは大変悲しいことであったが――ABCの少年達の教卓でもこの厳しい判決を下して、教室の入門書に実害を与えた。要するにアッティラが民衆の鞭であったように、フレグラーはフィーベルの鞭(7)であった。

私はここでどこかの悲しげなエレミアがこう言うのを、記述することと同様に確実なことと前もって分かっている。「いつもすべての偉大な著者や偉大な新参者の運命は、不滅の神殿への参入に際して、すべてのホッテントットが成人や結婚や名誉職への参入の際に経験する儀式を甘受しなければならないということ、つまりホッテントットの風習に従って彼らに司祭が――小便をかけるということであろうか」。

その通りと私は喜んで答える、それが我々皆の運命である、と。しかしこの件の立派な結果は、我々の文学的教皇庁裁判所によって車裂きの刑に遭う巨人によって評価されているであろうか。つまり我々皆に謙虚さをもたらすのは、かの不当な批評ではなかろうか、正当な批評では容易にその謙虚さは失われるのであるが、というものである。まことに愚かな悪魔の書評の恥辱の小板は、塔の屋根屋がしかと手に持って目の前におき、それを見つめながら、自分の下の数百フィートの余りに大きな深さのせいで、自分の高さに眩暈がすることのないようにするまさにあの小板ではなかろうか。いやはや、何としばしば現筆者でさえも、筆者の正当な自負心を断ち切ってしまい、かくて十分謙虚な者になるようにする粗野で単純な芸術批評家達に感謝の念を表してきたことか。――真に偉大な作家は誰でも自分のことを、まことにカルタゴ（フレグラーがそうである）を必要とするローマ（フィーベルがそうである）と見なすがいい、そしてローマは（スキピオ達が正しく予言したように）常に敵に接して、自分の偉大さを鍛え、維持するようにするがいい。阿呆は誰でも自分のことを、ローマに対するカルタゴと見なすがいい。

＊1　彼はつまり以前から運を天にまかせて、その日暮らしをしていた、つまりABCの本にかまけていた。私がこう書くと、一つの格言である。大抵の人間は人生の夏に前もって準備して、人生の――冬のためにまことに多くの貯氷庫や氷窟を一杯にしようとする。しかし老年や墓はそのものが一つの氷窟である。そして老年ではひょっとしたら豊かに味わった喜びの思い出の方が現在の喜びの存在よりも、より静かな胸に高鳴るかもしれない。というのは老人は後ろを見て、若者は前を見て暮らすからであり、両者の逢引はいつも現在以外の或る世界であるからである。

第二十二　仕立屋の型紙

伝記のアカデミー

幼い仕立屋の少年達自身が私とそれに――私よりも大きな――世間のためにこの二十二章を持ってきた、これは彼らの父親が鋏で大きな四十巻のフィーベルの伝記からほぼ六フィートの或る男性のための素敵な長い紙の寸法として切り取ったものであった。まさにあたかもそれで背の高いフィーベル自身の礼装のための寸法を測ろうとしたかのようである。私にとっても彼にとっても細長い紙は勲章の綬であった。さながらこの人生の地球をくっつけ合わせる細長い紙であった。その語るところはこうである。

学士のペルッツは、部数の過剰で最後には自分の過剰になるであろう、自分は路銀の他に金の見込みはないと見抜くのに教会暦年や国家暦年を必要としなかった。勿論、フィーベルは誰か人間を、乞食であれ罷免することはできないと考えると幾分元気になった（偶然喜捨することに対する罰金刑という現在の誤った刑罰法規は彼自身を喜捨基金へと投げ入れたことだろう）。いやある靴屋の親方は彼に毎日新たな魚の目を指先から孵化させる中国式長靴を供したことがあった。彼はそれを返さず、それを履いて、その圧力に満足して耐えた。それに彼はすべての自足した人間同様に秩序を好み、すべての事柄の変わらないことを好んだ。彼から三人の馴染みの仕事の頭脳の一つを奪うことは、彼にとって地獄の番犬から一つの頭を切り取ることであった。

しかし――これはペルッにとって慰めではなかったが――ドロッタが立っていて、彼女の腕とそれに彼女の指を伸ばして、ペルッにドアを示しかねなかった。女性の漸次性は男性の突然性と同様に恐ろしい。それ故、彼は何事かを思いついた。フィーベルのように諸国や侯爵の信用を得ている男達は自分を一廉の者とみなすことに慣れている。実際フィーベルの名前は二十四の赤く照らし出された活字と共に凱旋門に燃えていた、ちょうど――比喩を出張して水路で取り寄せると――ロンドンでゴールドスミスの墓[(1)*1]が、近隣の熱烈な者によって一つの熔融へと溶けた印刷活字で輝かしく覆われたようなものである。それだけに一層容易にペルッは子羊のように敬虔なＡＢＣ本の親方に対して親方自身の太鼓の皮でその勝利と賛美歌を叩いて、彼に自分は何とも大した男であるとまさに理解させることができた。普通はこうした追従は氷砂糖と同じく甘さばかりでなく、また氷のような［見え透いた］透明さも有するものであるが。

牧師自身の誕生日という珍しい日のことで、その日は同職の者達や黒い教会の奴隷達の偉大な接見の日で、煙出しは食事時間後二時間してもまだ煙が出て、焼くときの湯気は最も遠くの家々まで達し、フロックコート［焼肉コート］の代わりに、スープをすする貧乏人の上着へしみた。この日ペルッとヘルフは山上の伐採された切り株の上に座って、牧師の香煙を覗き込み、人間が地上で有する栄誉を考えていた。「私が牧師だったとします」とペルッは始めた、「貴方のような方を私は招待したことでしょう」。――「学士殿、皆すでに立派な弔辞録を出版された牧師の方々だ。先に自分の短い履歴と自分へのラテン語での称賛の詩を付けて」。

今やペルッは彼の水門を引き上げることができた。「そうですとも。多くの諸国で有名であって何の甲斐がありましょう、この国々でしばしば最も些細なことまで、咳やいびき、くしゃみに至るまで知られていないならば。まことに偉大な男性については（さもないと私は阿呆です）どの足踏みであれ、歯並びや櫛で欠けているどの歯であれ、世間には古い文書の何らかの欠落同様に知られているべきでしょう、殊に本人は新しい文書を出すのですから。一五四一年には十七の説教(2)がなされ、出版されました、単にルターの履歴を述べるためでした。……貴方は何か自分について印刷させるべきです」。

「ＡＢＣの他に何があろう」とフィーベルは言った。

「何もありません」――とペルツは答えた。――「しかし私ども他の者がします。――フィーベル殿、考えてみて下さい、私が貴方の人生を遡って書き、すべての貴方の人となりを書き、私ども三人がそれを毎週印刷し、巻が次々に出るとします」――

「できるだろうか」とフィーベルは尋ねて、そして習慣で喜びの余りズボンのボタンを回した。――

「そして」――とペルツは続けた――「私がフーアマンとポンピエに、私に毎週貴方についてのどんな些細な伝記的事柄をも私に伝えるよう頼み、私自身貴方に密着するとします」――

「貴方ら三人が私を切り取り、全く生き写しに私が印刷され――私の名誉のために大掛かりなことになって――貴方らが私については何でもかぎつけることになったら」。……感動して彼はボタンをねじ切り、遠く山の下に投げた。――

「つまり特に言いたいことは」――とペルツは続けた――「私が偉大な伝記作家の例にならって、あるいはパラビッチーニの『有名な男達についての逸話』［一七一三年］を刺繍の下絵としたり、あるいは自伝作家のモンテーニュを、あるいは、すべての偉大な学者に関して、その学者は本人であれ、他人であれ、その最も些細なこと、外面、便通（モンテーニュのように）、靴先、手稿、呪い、誓い、悪ふざけを印刷して世に出した数百の他の者達を下絵としたらどうかということです」――

「万事がそんなにすごいことになれば、どうなとなれだ」（とヘルフは言って、第二のズボンのボタンを投げ下ろした)「私の立派な父も、そのときにはきちんと評価されて欲しいものだ」——

「勿論です。祖父や曾祖父さえも情報が得られるかぎりは遡ります。さて、ようやく続けて言いますが、この件が大事《おおごと》になって、フーアマンとポンピエと私が毎日曜日いわばフィーベル工房での伝記アカデミーを形成し、貴方が会議に列席し、私が収集したものを朗読し、それからその週のうちに印刷されるということになりますと」——

「素敵だ、ペルツ学士」(とフィーベルはボタンを回しながら、そして投げながら言った)「今自分がどこにいるのか分からない、勿論顔を出すよ、その件では。……素晴らしい」。

「ただ申したいことは」——とペルツは続けた——「私どもがさてこうしたこと一切を分別をもって工夫し、印刷し、それで全く私どもの伝記アカデミーでは、これまではまさにどのアカデミーでも単に亡くなった会員に対してのみ演説がなされてきて、ちょうど昔のローマの皇帝が単につい先に亡くなった皇帝に、あるいは教皇がつい最近亡くなったカトリックの国王達に賛辞を緑の土くれのように投げ与えていたような具合でありましたので、申しましたように、私どもが次のように、つまり私どもが、つまりは私が貴方を亡き会員として、あるいはもっと正しくアカデミーの亡き創始者として見なして、語りかけ、そうしてただ数百ものこと、いつもは貴方の謙虚さの妨げとなってしまう数百ものことを私が申し上げられるように手配するとしますれば」——

「勿論私は生きていて、その件に立会い、耳を傾けることだろうが、ただそんなふうには見えないだろう、しかし問題ないだろう」——とヘルフはすでに分別なく言った。

——「勿論です。さて私があの生意気で哀れなフレグラーを、私どもに毎日曜日の午後居酒屋で攻撃してくるかやつをフィーベル工房で滑稽な姿にして世間にさらし、かやつがその抜けた批判の歯、犬歯の代わりにサムソンの顎の骨(3)を見せざるをえないようにし、そしてそれを月曜日か火曜日に文明化された世間全体の前で印刷し——かやつをここからフォークトラントのホーフの郊外に至るまで滑稽千万なものにしたら——他面では私どもが敵を有することは結構なことでして、敵がなければ伝記で必要な学的論争に欠けることになりますので、——かくてこうしたことすべてが立派に行われれば」――

――ここでヘルフは喜びと感謝の念の余り、ペルッの太腿に強力な一撃をお見舞いして言った。「そうしたら実際酒場全体が分別を取り戻すことになろう。しかし後生だから、学士殿、行われれば、何ということになるのだい」

「それだけのことです」（と彼は言った）「すべてが仕上がることでしょうから。つまり貴方の知るかぎりで最も著名な文士の一人の誕生です。私が毎週貴方についての週ごとの情報を、最も劣等な情報であれ、もたらさなければ、私は罰が当たればいいのです。さて私ども二人が、私と貴方が、貴方の生活を十分長く互いに続けていけば、貴方の生ける生涯はファスマン(4)の四つ折判の『死者の国の会話』並みの大きさになり、貴方の『フィーベルの生涯集成』は『ブリタニカの伝記』〔初版一七四七―六六年〕同様に多くの巻を有することになりましょう、もっともこれは何人もの生涯から成り立っていますが」。

「ペルッ、すごい」（とフィーベルは眩暈を感じながら答えた、手には引き抜かれた若木を持っていた）「それはこの村の鳥刺しの息子の私にはもったいない名誉だ。しかし私は謙虚に振る舞い、神様の目に死すべき肉体と映るようにしよう、貴方が上述の巻を仕上げ、私のことを晴れがましく記述してくれたら。貴方のような男から褒められると、得意に思ってしまう、大事な人よ」。

帰路彼は苦労して、（愚かなことに彼は相変わらず引き抜いた若木を手にしていた）、前方の三個のねじ切られた従僕のボタンを（この三個が全体を保っていた、当時は贅沢ではなくて、現今の流行のボタンの数、五つの玉のビリヤードや五人の愚かな乙女の数が欠けていたからである、ちょうどタヒチや奥スイスで同じように贅沢や盗みが欠けていて、小屋に南京錠がないようなものである）――フィーベルは苦労して五本の指で行方不明の三個をカバーしていたが、遂には若木を投げ放って、かくて十本の指を十戒の覆いのように差し出すことができて、将来の伝記アカデミーの立つ村に冷静に帰ってきた。運命が彼に村で、徴募者の指令で逃げないように同じところのボタンを切り落とされている、また捕まった新兵と出くわすように仕向けたのは運命の陽気な思いつきと言えたであろう。

運命は、御覧、不死への二人の新兵が同じ服の格好で月桂冠の道を目指して、互いに通り過ぎていくと言いたげである。

＊1　一八〇二年の『大胆録』。

第二十三　ランタンの章

会議の開催

家の女性達にはまだその件のことが頭に入らないうちにもう次の日曜日にはすべての伝記の学者協会（伝記のアカデミー）はフィーベルと共にフィーベル工房で最初の会議を開いた。――しかし我々が協会に倣って第一歩を踏み出す前に、前もって私は述べておかなくてはならないが、それは勿論、私が手にしたペルツのアカデミーでの講義はここでお目にかけているものより全く別の、ただ当時においてはまだ古くないドイツ語で書かれていたということである。しかし私が昔のフランケン的文体の代わりに輝かしい古典的文体で書き、先の言語の強張った蛹から現在の軽快な蝶の形姿を孵化し、それで全体が一層光輝を帯びるようにするよう世間は私に期待しているように思われたので、全体にこの光輝を付与することにした。

次の箇所で後世にとって、人々が後世そのものをフィーベルに直に予言して、彼が生前にすでに多くの称賛を受ける羽目になっていることが気に入らないというのであれば、私はこの後世にお尋ねしたい、もっと偉い人々もその名声の神殿への同じ生きながらの閉じ込めやその煙る犠牲の祭壇の下への生きながらの埋葬を甘受せざるを得なかったのではないか、と。いやはや、何と多くの称賛を善良な侯爵達は、いや最も弱い侯爵達でさえ、受けなければならないことか。にもかかわらず彼らはけなげにそれに耐えてきたし、全団体が侯爵達に面と向かって、オリエントの君主達が自らを称えるように、強く称え、そして侯爵達をガルガンチュア［巨人］として王座のチンボラッソ山に据え、カール禿頭王に髪の成長を、ジョン失地王にヨーロッパの占領を賛美するとしてもご機嫌斜めになることはなかったのである。

勿論過剰な称賛は、侯爵が単に弱い称賛に値するときには、まことに立派で適切なものである。ギリシア人達はオリンピアの競技者に実物通りに象った肖像の彫像を、三つの勝利を収めたときに初めて許可した。これに対してただ一つの勝利の後では、実際よりも単に大きく、高貴に模写されるのを許した。しかし廷臣や新聞記者が、ほとんど一度も勝利していない卑小な英雄の侯爵について真実を超えた高貴化された描写をするのは、まさに彼らの美しいギリシア的心情を証明するものであろうし、この侯爵自ら、十分にギリシア的に考えて、単なる美化を承諾しているのであろう。しかし三度やそれ以上に勝利している英雄の侯爵は——その勝利が戦場であれ、執務室であれ、その他であれ、——多分に単なる忠実な（肖像的）自分の模写を要求することが許され、誇張しがちな宮廷や新聞での報告者に怒ってこう述べることが十分に許されるであろう。「何だって。余に追従をするのか、あたかも余が何もしなかったかのように。出て行け。おまえ達は舐めても、癩病のラザロの傷を癒さず、よだれを垂らして狂犬病の傷を舐め回すだけだ」。——しかし相変わらず、肖像的描写への要求にこだわる代わりに、巨大な、自身の精神的実像を超える描写に満足する、より穏やかな王座の英雄達も見られるであろう、粉飾のマスクを引き剝がす、より公正な後世を信頼して。さて英雄というにはほど遠い我らのフィーベルは、自分が大層なものにされることに何の抵抗ができようか。

日曜日の昼食の後、即ち、アカデミーの全員はフィーベル工房に赴いた。学士は活字箱を前にして立って（それは教壇の代わりのはずであった）、二人のアカデミー会員、フーアマンとポンピエは彼の向かい側に座っていた。至福の［亡き］会員のフィーベルは彼らに背を向けるよう配慮して座った。背中は何か亡き人の代わりというわけであり、また壁に顔を向けていると生前での尋常ならざる称賛に際して謙虚さをより良く保てるからであった。

尊敬する学者クラブ一同

私どもの結社の目的は、我らの亡き会員にして会長の生涯を漸次収集して、それを世間に印刷して贈るというものであります。彼の週ごとの生活の逸話は何であれ、それで彼の晴れの日の描写を取り繕えないほどに劣等なものということはないでありましょう。

しかしその生涯そのものに踏み込む前に故人を前もって少々一般的に称えることは結構なことでしょう、さもなければ私どもは何の益もない人生を供するという阿呆になりましょうから。ただ彼が今死んでいるからといって、死者については良きことのみ述べよという格言はありますが、それだけでは賛辞を述べる理由とはなりません。すべての歴史はこの虚ろな格言の対蹠人でありまして、悪魔の弁護士としてまさに数百年後にはこの上なく称えられた侯爵や英雄、学者を、聖人ではなく悪漢と決めつけています。歴史家が何千人もの者に対して行っているように、ある人が褒められる代わりに非難されるようになり始めるに当たっては、どれほどの期間死んでいる必要がありましょうか。といいますのは、死者は自ら弁護できないからといって、このような死者への処罰を禁ずる口実は、最近の死者よりはかなり以前の死者に対してもっと強く妥当するでありましょうから。次のような意味で先の格言は妥当するものでありましょう。「汝、故人の親しき者、証人よ、故人について汝のみが存知している悪しきことは言うなかれ。汝は一人の証人にすぎず、汝には他人の証言が欠けているのだから」。

しかし我らには、我らの故人を大いに持ち上げるに、死よりもより良い理由があります。称賛をけちることはつとに次のようなことを読んだ者達にはそもそも滑稽に思えましょう、すなわち、この上なく卑俗な事柄に対してさえ、称賛が[1]、大根に対して（マルキアヌスによって）――足痛風に対して（ピルヒハイメルスによって）――糞に対して（マヨラギウスによって）――尻に対して（コエリウス・カルカグニヌスによって）――地獄と悪魔に対して（地獄はムサによって、悪魔はブルーノによって）書かれてきたということです。以前から口頭でさえ称賛ははなはだ行われており、文書でマヨアが嘘を、あるいはドルナウィウスが嫉妬を称賛したように、口頭でこの両者は廷臣達の間で見られると称賛されており、アルヒプスのように驢馬の影が称賛されていなくても、廷臣達に重宝な影を投げかける強権者は称賛されます。

しかしこうしたことを語る必要がありましょうか。ここに我らの前にいるのは全く別な男で、我らに（我らがではなくて）名声をもたらしている、我らのアカデミーの周知の会員です。もし彼が最も偉大な男達の一人でなければ、それは単に彼自身のせいと言えましょう。しかしこの点大丈夫です。

彼はＡＢＣの本を作りました。

文字とはいかなるもので、それを発明したカドモス[2]は不滅なものとなったということを考えたことがある者ならば――フィーベルは周知のように文字を存続させ、教えており、保持は第二の創造でありまして、――取るに足りない人間でも現存する文字に更に若干付け加えただけで後世に残る者になったということを読んだことがある者ならば、例えばエヴァンダーはギリシア語から[*1]ローマ人にｈｒｑｘｙｚを導入しておりますが、我らのフィーベルは更に残りの十八を導入しております――それにかてて加えて、この二十四人［ルイ十四世のオーケストラ］にはどんな学者であれ言語であれ越えることはできず、これはすべての知識学の真の知識学であり、本来の、長いこと求められて、遂に見いだされた一般的言語であり、これから現実のすべての言語が理解されるばかりでなく、更に数千もの全く未知の言語も理解される、一方この二十四の文字は1391724288887252999425128493402200回置換[*2]されると考えてみる者ならば――そしてこうしたことすべてから、何故この二十四人同盟[*3]は以前からかくも価値を有していて、それで（タルムードによれば）神は最初の安息日の直前の金曜日の夕方のうちにこれらをバラムの驢馬の口同様に創り、かくてこれらは口とはそれ故同期生としていつも特別な友好関係にあると容易に説明できる者ならば――そして商人でさえ、この数字がピタゴラスにとってよりも大事に思える算術の動物でさえ、それでも数字を文字ほどには信用していなくて、数字の合計の後にいつも文字での合計を保険として添えるということまで考える者ならば——申し上げるが、さてこうしたこと一切を熟慮し、合計する男ならば、次のような問いを自分に禁じ得ないことでしょう、フィーベルよりも偉大な者は誰だろう、と。

しかし私はこの問いに我を忘れている男に対してこう答えることができましょう。フィーベル本人がもっと偉大である、と。というのは至高のものに彼は一つ、あるいは二、三の破風を据える術を心得ていたからで、この男は同じＡＢＣ本の中で一度に数百のことをこなしています。単に散文家でなく、詩人であり、単に詩人ではなく、造型家であり、着色家であり、自然科学者であり、その他の者であるということ以外に他にどのようにして故人はザクセンやフランケン、フォークトラントからかくも多くの記念碑を得ることができましょうか。

故人は、偉大な叙事詩人同様にその仕事の詩的部分を二十四の歌あるいは二十四の韻文に分割しました、これは文字の数のせいで他に仕様のないことでありましたが。*4 しかし叙事詩人のトリフィオドルス、彼はいわばオデュッセイアを二十四の書にして、それぞれの書を二十四の文字の一つにちなんで名付けていますが、しかしまさにこの命名の文字をその書の中で文学的綱渡りとして使うことはなく、例えば第一の書ではＡを、第二の書ではＢを使うことはないのですが、——この彼とは我らの叙事詩人は異なり、はなはだ勝っていて、彼はまさにそれぞれの歌の中で、ちなんで名付けた文字を、例えば最初のＡでは、猿［Affe］は全く滑稽である等々と二回用いているばかりでなく、それ以上に用いているのです。いやはや、ここに洗練された人文学者がおれば（専門家の必要がありますが）我らの詩人があちこち走りながら変更している様々な詩の種類を批判的に鋭く分類し、選び出してくれる我らのための男となりましょう。といいますのは、あるときは彼はＸで喜劇的に作詩しています、クサンティッペは性悪な娼婦、十掛け十はただの百（第二の韻文は娼［婦］の定義(5)で百をはるかに超える教皇の法に対する立派な皮となっています）——あるときはＭで教訓的なものに移っています、例えば、僧侶は祈る義務がある、決してナイフで刺してはいけない——Ｔでは悲歌的です、神よ竜から我らを守り給え、楽にさせておくれ背負い枠。——Ｙでは叙情的です、例えば、針鼠の肌は針だらけ、私はほおずきが欲しい。——しかしながら大抵の歌は単に叙事的です。古代人が何故厚い巻のホメロスにすべての学問の百科辞典を見いだしたのか、ここでほど納得のいくことはありますまい、かくも薄い作品の中でそれに劣らぬ思いをするわけで、あるときは地理学が生じたり、例えばポーランドの地理学とか（野生の熊は何と獰猛なことか、蜂蜜の木から来たときには）、あるいはアラビアの地理学とか（らくだは大きな荷を運ぶ）、あるいはMでイタリアの地理学（決してナイフで刺してはいけない）が見られ、――あるときはDで兵法が（剣を持つのは兵士）――あるときはLで神秘学が[6]（子羊は辛抱強い、蠟燭は明るい光をもたらす）――あるときはOで目的論（耳は聞くためにある）が生じています。

私は、作品の詩的部分としてのフィーベルの百科辞典から選び出したわずかなもので人文学者達にとっての手本となりたい、そもそもすべての古典作家は、特に古代の作家は、彼らの裡に探しているものを、つまり一切を見いだせるという具合に扱えるということの手本になりたいと存じます。立派な人文学者ならまことにこう言えなければならないでしょう。「どこかの古い惨めなくすんだ古典的駄本を、全く養分のない、小麦粉のない、単なる虫食いの小麦粉を寄越すがいい、私はその中にあるものをお見せしよう、それはホメロス以前のものでなければ、ホメロス以後のものであって、さもなければ私は古典の教授とは言えないだろう」。

更に手短に我らの故人の最後の功績について触れます。ABC本のスケッチと着色です。ラファエロの「ヴァチカンの」間や聖母に似て（私は想像できます）ひょっとしたら最初フィーベルの絵の印象は薄いかもしれません。いやラファエロ同様にフィーベルの場合も、一人の男が、通人と見なされようと、一目見ただけで夢中になった振りをしたら、それは単に気取った芸術の高みの印かもしれません。しかしこの芸術作品を研究して、それから評価し、味わうとなれば、それは別で、私の場合はこれです。

私がこれまで述べてきたことのすべては、伝記の学者クラブの一同には単に、故人が彼の名声の神殿のパンテオンの上部に、さながらABCの絵からモザイク的に合成されて、投射した頭像、胸像の大いなる天井画の気の抜けたシルエットと考えて頂きたい。勿論今日の私の言葉は頭飾としての単に二、三のむしり取られた尾羽にすぎず、駝鳥の鳥の全体像はわずかしか伝えないものです。ただ伝記の学者クラブの一同の寄与に支えられてのみ、伝記が仮にも通常以上の興味を引き起こすべきなのであれば、私はこれからの会議で伝記に臨めます。

さて次からの諸会議では、最も偉大な伝記作者達の足跡を辿って、世間がフィーベルの伝記作者達になすすべての質問に正確に答えることが極めて大事なことになり、我々にとって影響力のあるものとなっています――つまり、

主人公の誕生と両親について[7]

その文通について

そのラテン語風、ギリシア風、ヘブライ風について――

その好みの人間と好みの食事について――

その文書と文書の改訂について――

主人公を単に引用している他の文書について――

主人公の知っている他の学者について、これについてはスキオピウス[8]が自分のに関する完全なリストをナポリの王立図書館の手稿に残しています――

彼の学的論争、礼遇、滑稽さ、その他について――

まだ確定していない彼の命日について――

――このようにひょっとしたら故人は満足してアブラハムの〔安楽な〕膝から下界の我々の伝記のフィーベル工房を見下ろしていて、上で我々のために尽力されるかもしれません。

その後会議は満場一致で終了し、至福の〔故〕フィーベルは向き直って、ヘラクレス[9]が冥界から帰ったように、家に帰り、ここで夕食を食べた。

＊1　イージドール、1・I『語源[3]』C・4。
＊2　ダランベール[4]による。
＊3　バールトの将来の二十人同盟に対する当てこすり。
＊4　付録参照。

第二十四　薬包の章

会議の継続

分別をもって行わないと、私はここでは非常に容易に滑稽な目に遭いかねない。つまり私がペルツの会議を記せば、そこで選び出された生涯を二度目に記すことになり、本の真ん中でまた生涯の始まりから始めることになる。会議を省略すれば、講義で述べられるフィーベルの生涯の部分をまさに欠くことになって、そうなれば作品全体が残骸となってしまう。

そこで銃身から残っていた、この章の紙の薬包［パトローネ］を私の本にとっての陸路と海路のパトロンにするために、私は確かにフィーベルの現在の生活の会議では葡萄摘みを行うが、しかしフィーベルの早期の生活についての会議では単に落ち穂拾いをすることが必要となる、そうすると、私は期待するが、皆が満足することになり、誰も口笛を吹いたり、罵ったりはしないだろう。

第二の会議では伝記はフィーベルの神統記あるいはその先祖の前衛で始められなければならなかった。しかしペルツは、確かに伝記では幸い始祖のアダムまで跳躍できるが、しかし帰路は主人公の後の先祖を伝って下ってくることができず、これは気に入らぬことだと会議でははなはだ嘆いた。すでにどんなありふれた伝記作者もその主人公にその父や祖父、曾祖父の生涯を短縮して前面に記している。しかしより高次の伝記作者ははるか昔に遡っているが、その目標はできればノアの洪水以降からすぐに始めて、ノアの方舟をその主人公の系統樹の樹皮末の温床箱としたり、あるいはその先祖のミイラ箱とすることであろう。その男がこれをなし得れば、きっと何巻もの作品となろう。――しかしはるかにいいのは、伝記作者が主人公から下ってその孫達に行くことであろう。ここではメモの地層は無尽蔵である、そして血族関係は孵化しさえすればいい新鮮な伝記の虫の巣である。それ故、私にとって不思議でならないのは、著名な男の伝記作者は単に彼の死ぬところまで追いかけて、孫や曾孫はめったにしか追いかけないことである。本来伝記は終わりがない、というのはその中で述べられた主人公の子供達は新たな子供達を生み、それが続き、すべてが主人公に関連するからである。残念ながらただ伝記作者のみが数世紀全体続いていく伝記の子供達を体験できず、すでに孫のところでペンを置く。それだけに私や我々すべてにとって思いがけないのは、リチャードソン[1]や他の英国の長編作家達がそのロマンチックな人物達の生涯に対して、後で単に、彼らの長編小説の最後に生まれた子供達等々に関する乏しい情報を書き添え、我々に短いロベスピエールの尻尾[2]の食事を供していることである、というのは彼らは詩人として、創作された生涯に、裏書で一杯の手形に対するように、次々と手形の付箋を付けて、曾孫達のロマンチックな行列して進む青虫をはなはだ長々と続かせて、それですべての生き物の連鎖が詩人の命の糸そのものが切れるときにしか切れないようにする能力を有していたからである。それ自体取るに足りない英国の詩人ダイアについてジョンソン[*1]はこう語っている――イギリス人は後に容易に卑小な詩人を忘れるが、それはドイツ人が偉大な詩人を忘れるのと同じようなもので、――つまり彼はある女性、その祖母がシェークスピアの兄弟の実のシェークスピア家の娘であった女性と結婚したことを自慢していたというものである。ダイアはかくて少なくとも彼の時代に至るまでのシェークスピアの後世の記述に立派な寄与をなしている。

　さて世間はまたフィーベルとペルツと第二回会議に戻るとよかろう。ペルツは大いに、自分のなすべきことをした、そして乏しい情報にもかかわらず、フィーベルの先祖をできるだけ遡ろうとした、あたかもフィーベルが襤褸や白い下着、撚り糸、あまなずな、たまなずなの長い累代の先祖を示す反古であるかのような具合であった。ペルツによって紹介されたフィーベルの先祖は「創世記」の第十章第二十六節から二十九節にも記載されている。「ヨクタンは、アルモダデ、シャレフ、ハザルマウラ、エラ、〔二十七〕ハドラム、ウザル、デクラ、〔二十八〕オバル、アビマエル、シバ、〔二十九〕オフル、ハビラ、およびヨバブを生めり、是等は皆ヨクタンの子なり」。フィーベルの先祖は確かに聖書のとは違う、しかし読者は実際一方の場合も他方の場合同様に考えるであろう。系統樹というのは、オイラーやシュルツ[*2]によれば数による計算ではなく、ゼロによる計算である微分と積分の計算であるからである。こうしたゼロは系統樹に銅版画として彫り付けられて掛かっている。

フィーベルの孫や曾孫にペルツは余り触れなかった[3]、第一にある天才的な軍司令官のこうした部屋の遅参者は次の点で先祖の前衛よりも重要でないからである、つまり時々小さい頭脳が大きな頭脳を生み、散文家が詩人を（羽のない油虫が羽のある油虫を生むように）、比喩的な水成論者が火成論者[4]を生むことは、逆に大きな頭脳が同等の頭脳[*3]を生むことと同様であるからである。第二に彼がフィーベルの孫等々について容易に避けたのは、フィーベルには子供などいなかったからである。

偉大な伝記作者達は普通、主人公の子供時代、あるいは球根から将来のチューリップの全体像をむいてみせることや、子供らしい類型学から救世主《メシア》を引き出す試みに熱中するものである――とペルツは見ていた、それで後々の男性的戴冠式の服は以前の子供っぽい襁褓にすぎず、主人公のカルタの家はすでに将来の教養のモデルルーム、戴冠式の間、バビロンの塔等々を示すと見ているわけであった。ペルツにとって、フィーベルの現在の偉大さと関連付けたいと思わないような、十分に惨めな子供時代の特徴は一つもないと思われたということは偉大な伝記作者達の研究をよく示している。我々皆が読んだように大学総長が顕微鏡の楽しみのために彼の頭から取り上げた虱からペルツは多くのことを引き出し、虱をさながら、あの例の蚤が工芸品の小さな馬車を引いたように、フィーベルの凱旋車の先引きの馬として据えた。つまりペルツは、大学登録で一杯の前学長の手が、若者の頭から虱を取ったとき同時に蚤をその耳に置いた「あだな望みを抱かせた」と記したとき正しかったのである。もっとましな言葉で言えば、若者は、ある著名な男の指が自分に触れ、電気うなぎのように電気的に震撼させると、それで無関心でいられるかということである。――私自身率直に保証するが、もし私が若い頃ゲーテと一緒にビリヤードの部屋にいて、たまたま立ち去る際、彼の丸い帽子を自分のと思って持ち去るという幸運に出合ったら、私は保証するが、その帽子を私がほんの数日被っても（帽子の裏地で私は彼の名前に気付く必要があろうが）、それは私の頭に対して影響を残して、私はちょっとしたものになったであろう。

さてABC本のほとんど半分をペルッは子供時代の蕾から引き出すことができた。

私がユダの章［むしろ第十三凧］で、第十八番の歌の不均衡な対置、
猪は汚物の中をはなはだころがる、
王笏は名声と栄誉をもたらす。

これを容易に、フィーベルがSの許に叙事詩風に取り掛かって歌っているとき、ちょうど村を騎行していった侯爵の猪狩りの一行から説明しようとしたことはよく知られている。そこではフィーベルが豚よりも猪に賛同したことは私にとって有利なことである。しかし私の学的同僚ペルッはここで別な意見であり、（第十の会議で）第十八番目の歌の最初の芽は（彼の展開のシステムによれば）飲食店の食卓に見いだせるそうであり、そこで幼いフィーベルはドイツ式カルタの遊びの間、猪が規則的に王を刺したり、あるいは勝ったりするのをしばしば目撃していると思っている。その際ペルッは更に疑問を呈しており（私はそれを半ば冗談と取らざるを得ないが）、フィーベルはここで何人かのフランスの側室に征服された王達、例えば当時のルイ十四世を遠まわしに刺しているのではないか、殊に王笏は（絵では）エステル[5]に対するようにその動物に、Sで主要な像となっている動物に向かっているのだから、と。「彼はSにチェスの王、射撃大会の王、蛇の王を選び、王笏の代わりに猪狩り用槍を対の絵に選ぶことができたのではないか」とペルッは尋ね、後世に判断を委ねようとしている。私は確かに後世の者であり、そのような者として判断できよう。しかし私は決定をまた私より更に後の後世に任せることにする。

私の尊敬するプルタークの連れ、ペルッは若いときの史実について別の会議を持ち、そこから、すでに子供時代に明らかな現在の偉人を示すために、阿呆［のタッチ］のすべての特徴を収集しようとしていて、これで（ラファエロ的神のタッチの先駆けとして）彼を同じような特徴をもってデビューした偉人達の列に加えることに成功している。これは後にジャン・ジャックが『エミール』[6]の中で、天才は子供時代しばしば愚鈍さを通じて顕れると気付いているのと同じ考えで、同様に（と私と経験とが付言するが）時期尚早の精神の成熟は、果実が少なくなるにつれ

一層多くの花を咲かせる木々に似ているのである。それ故ペルッは次のようなことを挙げている、フィーベルは十四歳になっても右と左とを十分に区別しなければならないとき、いつも若干の猶予の時を有しなければならなかった（鏡では決してできなかった）――彼は時々干草熊手の歯に足を下ろして、それでその柄で額を打った――そして彼は二本の蠟燭に同時に火を点せば、一本のときよりも長く燃えるに違いないと長く信じていた、一方が他方の明かりの加勢をするであろうからと。いやこの伝記作者は母親を次の事実の証人として立てていないか、つまりこの幸せ者［故人］はあるとき雨の中を真新しい帽子を被って、草臥《くたび》れきった帽子の一つを被った仲間とでかけたが、彼は（自分の新しいのを大事にしようと思って）仲間にその草臥れたのを自分が被るよう貸して欲しい、その代わり良い方を被って欲しいと頼んだ、と。――フィーベルが思慮を失っているこのような証明された諸例から、ペルッは各人に何と彼が偉大であるか、自ら察して欲しいと頼んでいる。

ここで私の意見を挟むと、私は彼と同意見である。この件は学者の歴史を見ると更に強く証明され、愚かさはもっと高い年齢にまで引き上げられる。鋭利な分析力のトマス・アクィナスが単に子供時代雄牛と呼ばれていたこと、同様にブルータスが幾らか後年に愚か者［brutus］と呼ばれていたことはまだ大したことではない。かなり後年になってもライプニッツはライプツィヒで、オックスフォードのスウィフト同様に、学士［マギステル］になることができなかったのではないか。何年間を数学者のシュミット[(7)]はすべての学問に、自分の数学の学問にさえ、取り掛かるのに要したことか。まさしく四十になるまでで、――これはそもそも特別な年月で、いわば四十日間の天才の断食（四旬節、四十日間）であり、この後はじめてルソー[*4]もクロムウェル[*5]も、マホメット[(8)*6]も飛翔し、自らの全体を示したのである。

しかし学者達は、この命題にはもっと深く隠されていると考えて欲しい。かくて次のことが全く明らかにならないだろうか、つまりひょっとしたらこの地上には八十歳（倍の四旬節）になるまで、即ち死ぬときまで、他の者が四十までそうであるように、阿呆で愚鈍なままでいて、それでやっと後年に、即ち死後に花の蕾を、ちょうどアロエが三十年の春秋を経てそうするように、開き、目もあやに咲き誇り、かくて世界に――第二の世界に、本来の自分を見せる天才がいるかもしれない、と。

私はこの命題をこれ以上長く考える気はない、さもないとこの命題にますますはまっていくであろう。というのは、実証済みの先の経験を逆転させると早熟な子供は老年時には大したものにならなくて、我らの八十年のこの世での存在は永遠の太陽の神殿に至るための単なる陰気な子供部屋に過ぎないのであれば、残念ながら、この世の地上の天才達は、例えばヘルダーやゲーテは第二世界にとっては早熟な天才として（さながら天国のバラティエ[9]というわけで）、まさに開花した青年が姿を現すはずの第二世界、第三、第四世界では、地上で抱かれた期待を単に劣悪にしか実現しないのではないか、一方あちらではこの地での彼らの批評家の多くが、この地で分別と呼ばれるものの一端を見せることが幸いにして少ないほど一層幅を利かすのではないかと案じられるからである。私のように取るに足りない者でさえ、天国では往生させられて、故人達の前で大人しくしているのではないか保証の限りでない。

フィーベルはペルツのこうしたほとんどいぶかしく思われる観点や出征のすべてを快く受け入れた、そのどれも彼のＡＢＣの本性に襲いかかっていなかったからである。ただ、幾つかの会議を不審気に聞いていた猟区監督官夫人だけは、秘密をかぎつけようと思い、ペルツは自分の夫をからかい、利用しようとしていると推測しようとした。しかし姑は更に考えをめぐらして、ドレスデンの学者的親戚を持ち出して彼女にヒントを与えた、こうした人達の分別は理解しがたいものがあったと彼女は言った。

読者はすでに数全紙前から、学士ペルツは立派な伝記作者の義務をすべて会議で果たし、主人公の過去を入念に取り扱ったと御存じであろう——というのは先の章を捏造する気がないのであれば、他に私はそれをどこから入手したらよかったであろうか。——それにどの会員もペルツに自分なりのやり方で伝記的助成金、自由意志租税をもたらした、例えばポンピエは結婚と老ジークヴァルトの辺境伯との接見について多くを——これに対してフーアマンはもっと堅牢な項目を、例えばジークヴァルトの死を——ペルツ自身は多くのもっと滑稽なことをもたらした。——先の段落は大して嬉しくない。というのは私はますますもって伝記作者の伝記作者となって、いつのまにか諸会議によって、すでに記述した章に投げ返されているのに気付くからである。しかし続行されなければならない。

他の約束された伝記上の項目をペルッはもっと簡潔に済ませている。つまり「故人のラテン語風、ギリシア風、ヘブライ風、アラブ風」の項目では彼はフィーベルのラテン語、ギリシア語、ヘブライ語のアルファベットの知識と記述を引き、同様の主の祈りを引用している、しかしこれも忌々しいことにはるか以前の章で語ったことである。

約束された項目「主人公に対する侯爵の恩寵」これも残念ながらすでにある。

約束された項目「学者が記述した主要作」。勿論ペルッはABCの本のことを思っている。しかしこれは哀れな読者達にとって未知のことであろうか。

約束された項目、「故人の名前の記載されている他の作品」、周知のようにこれは表題紙にフィーベルが惨めなことに自分の名前を紛れ込ませた匿名の作品で、これをペルッはすべて二つ折判、四つ折判、十六折判のまま会議室に運び込ませて、もとより著名な作家を知らずに、無名の作家については覚束ない愚かで大胆なポンピエと愚かで内気なフーアマンに表題紙を読ませて、フィーベルがこれらをものにしたと思うに至らせたのであった。――しかし汝らすべての聖人達よ、それに汝ら読者本人を証人に呼ぶが、私はこうしたこと一切をすでに述べていないだろうか、序言でこれについて多くを、それに第二十一のユダの章で残りを述べていないだろうか。――それとも無邪気な私は相変わらず遡って書くべきであろうか。しかし神様が新しい章を下さるであろう。

＊1　『イギリスの詩人の生活』ダイア。
＊2　シュルツの『最も重要な数学理論のはなはだ容易にして簡潔な発展』一八〇三。
＊3　ただ貴族的騎士的血がまた同じ血を生む。それ故、同じ原理でエスキモー達によれば船長でさえまた船長を生むそうであり、エスキモー達は船長を得るために、船長の許に自分達の妻を送るのである。
＊4　『告白』。
＊5　ヒューム。
＊6　ギボン。

第二十五と二十六　ユダの章

学的論争——あるいは反批判的会議

かくて二つの章が一度に来た。忌々しい伝記上の過去は過ぎてしまい、ちゃんとした生活が始まる。将来私が語るべきものとしては、ただ一度所定の章で語るものしか生じない、そして生ずることの一切はまだ善良な読者方に語っていないもので、真に新しいものである。将来の章ではまだ多くのことが生じなければならないだろう、フィーベル、母親、妻、それに皆がまだ生きているからで、将来の章でようやく埋葬されることになる。

かくてこの作品の罪のない著者である私は、伝記的に逆行する星として、最大の惑星、木星に似ているという非難をかわすことになる。我らの太陽系のこの最大の惑星に似ているという私の名声は、私が木星同様に逆行するように見えた後、進歩の美しい弧をきれいに描くという点にあることが分かるであろう。

学的論争という精神的、酸っぱい発酵なしには、我々図書館司書がそう呼び、汲み出してくる例の、三月や十月のビール、あるいは復活祭や聖ミカエルの市の本で一杯の得がたい岩石中酒蔵や酢部屋は手に入らないであろう。ヤヌスの神殿は名誉の神殿に至る異教徒禁制の前庭である。私は何度か学的つかみ合いという表現を弁護してきたが、それは立派な黒い論争のインクを、パリで厭わしい毛をすべて除去する際に用いる真の脱毛水、しばしば批評家が知恵の髭を一切なくしてしまう基となる脱毛水と呼ぶことによって弁護したのであった。私は論争のインクによるこの撥ね掛けや汚れ以外に、我々が炎を発し、まさにヴェスヴィオのように噴火し噴出することによってますます高く燃え上がる例の論争文書や反批判へと我々を以前から誘うものがあったろうかと尋ねたい。すでに記述する敵のお蔭だけで何という謙虚さを一面では得ることになるか、そして他面では何という自己敬意と博識を得ることになるか、ほとんど計れない。それで私は、トルコの執筆者達に似て、筆記道具と共に剣を有する多くの批評家の肩を強く叩いて、言ったものである。「書いて、刺していいとも。私を銅版に彫る［刺す］ことになるからね。おぬしのインクの金属腐食剤は私にとって聖香油だ」。

それ故、最近アルント[1]は『友人宛の書簡』を出しているが、そこでの分別と真実の欠如を、ために立派な判断ができないでいるこの欠如を、立派な判断を忍ばせた豊かな作品で少しでも是正していたならば、私についての生意気な判断でも私に対して影響を及ぼすこと大であったかもしれない。しかし彼は本心からはそれを欲せず、空虚な本を書いて、それで勿論彼の判断は、仮にその十倍も生意気なものであったとしても、二ペニヒに値する改善をも私に対して働きかけることができなかった。損害は私だけが蒙っている、そのことで私の強情が募っているからである。その他の面では作品は以前のシュレーゲル的インク注入の自然発生として十分に結構なもので、上層部では力が好まれない時代に見合ったものである。つまり軟弱な利己主義者や善意の口先巨人（口先キリスト教徒に倣って）の一同が印刷紙上で結集したもので、情感主義の涙を一掃しようとし、もっと力について話すべきであると語っている。しかし、このいかがわしく見える力人間達はその名前を立金花［バター花］同様に有していて、この花からは決してバターはできない（雌牛が食べないからで）、そして単に黄色の色彩のせいでそう呼ばれているのであるということは、すべての大臣達にどんなに度々証明してみせても十分でないであろう。この者達は、ちょうどマルツィアールやリプシウス、ベール[*1]に倣って、少しも不道徳に暮らしていないけれども、はなはだ不道徳に書くことができるように、同様に罪がなく、力の言葉を生活に害を及ぼさないように語るそのような善良な、行動のない者達である。イギリス人がフランス語をフランスの志操なしに語るようなものである。勿論結局多くの者が自分を、単に雷車［雷神の馬車］の驢馬にすぎないのに、雷車の馬と見なしている。善良なアルントも自分の周りのほとんどすべてを、自分の偉大な生活と比べて、卑小、卑俗と思っている。この偉大な生活というのは、彼の本に従えば、今や、彼がライン地方やイタリアで夜の半ばを良き友人達と散歩し、飲んだとき、偉大な騎士の時代やローマ人の時代を思い出したという自分の青春時代を思い出すということで成り立っているのである。

フィーベルに戻ると、文芸新聞の間でさえ、罪のない邪悪さと素朴さとで作家達を良き論争文書へと刺激する新聞は今ではほとんどない。文学的全教会の公会議の大学の四人君主、ハイデルベルク、ハレ、イエナ、ライプツィヒ[2]にかの賛辞を与えることができないのは残念である（せいぜい彼らのインクは時に薬局用の消毒液［四盗賊酢］である）。しかし上部ドイツの五番目の文芸新聞については（ほどほどに車裂きにする素敵な五番目の車輪）、敵でさえ、この新聞の水は低地ドイツの下に立っている頭にとってはかの崇高なピス・ヴァッシュ［ヴァリスの滝、雌牛の小便の意］であり、まことに灌水浴として途中飛び散りながら、ほとんど降りかからないと主張している。

ようやくペルツの反批判の会議に列するときである。学校教師のフレグラーは居酒屋で日曜日ごとに夕べの教会の後や会議の時間の後に学的批判をやってのけた。彼は勿論、棒を持つＡＢＣの雄鶏の紋章の盾を有する長いこと有名な学校教師である自分が、自らフィーベルを教え、殴ったことのある自分が、今や自分の若い弟子から教科書を手に受けざるを得なくなって、がっかりした顔をすることが許された。居酒屋での彼の雄鶏の叫び声は少なくとも否認するペトロを後悔へと導くはずのものであった。ペルツは教師の叱責と闘鶏とで一つ以上の会議を開くことができたので、礼拝の後、好んで居酒屋でグラスを傾け、反駁精神からさながらサイフォンをもってするように学校教師の中のフィーベルに対するすべての苦々しい思いを汲み上げて、それを次の会議で俎上に載せて、十分に甘くすることにした。

私は彼のフィーベルの学的攻撃を、書評の適正な形式にまとめ、彼の言葉を摘み、上品な書評にふさわしい範囲に限って俗語を受け入れるとしても、私は学校教師に損害を与えているとは思わない。

上部ドイツ文芸新聞

No. 0000001[3]

教育学

A［飾り文字］A abcdefgh 等々（ゴットヘルフ・フィーベル氏著）刊行地なし（ハイリゲングートの著者の許）。（八つ折判一全紙）

厭わしく長い表題を書き写すことは、嫌悪の余り不可能であった。この教科書となる予定の本の著者は（若者と思えるが）まずもって学校に、教師としてではなく、生徒として行き、少なくとも正書法を習うべきであろう。斧［Beil］の代わりにPeil、竜［Drache］の代わりにTrache（draco 由来のもの）、ほおずき［Judenkirschen］の代わりにYüdenkirschen、林檎［Apfel］の代わりにAppfel と書いては実際、殊に教科書では、プリスキアヌスやアーデルング[4]に対する違反で、この違反は少なくとも我々の講義室や教室では、まだ書き方を知らないＡＢＣの新入生に対して大目に見てはならないものであろう。学校の鞭は著者氏の手の中によりは手の上にふさわしい。この駄作そのものは（評論はしないが）極めて周知の、ありきたりのものから継ぎ合わされていて、ＡＢＣと複母音（著者はそれぞれの頁の上の行で永遠に反復しているが）[*2]――周知の音節、剽窃者が聖書から文字通り書き写した主の祈り、並びに十戒、第七の戒律さえもあるが――すでにルターの時代に教理問答に載っていたキリスト教の信仰から成り立っている。

しかし今この本の独創的部分を話題にすると、これは（強調しておきたいが）詩的な行間の直訳を伴う絵の展示部分である。フィーベル氏が美術の分野でなしたことに少しばかり照明を当てたい。まず彩色、並びに着色に関することでは、ヴェチェルリオ・ティツィアーノ[5]（フリアウル出身、一五七六年死亡）の最も劣等な作品でさえフィーベル氏の画廊の最良のものの千倍ましであると白状したい。我らの偉大な彩色家はすべてを三色で、黄、緑、赤で片付けているからである。この三色の記章では特に赤が彼の好みの色である、化粧としてであれ、他に不必要とは言えない赤面としてであれ、好みであろうが、しかしまた怒りと酩酊も赤くする。十分に我らの赤注入者、鞣皮工は赤い熊や赤い狼、赤い猫を我らの目の前に駆り立てている。他の家畜、らくだや驢馬、子羊等々の後ろや前にもいつも幾らか赤を塗っている。しかしこうしたトルコの糸染めで若者達がごく卑近な家畜であれ、その色の真の理解ができるものか、読者は判断して欲しい。

素描に関しては、このささやかなパノラマは二十頭の動物の絵と五人の人間の絵を提示している。それは構わない。芸術通は素材を問題とせず、形式を問題とする、批評家にとっては立派な雄牛はその横に立っている劣等な福音史家のルカよりも好ましい。しかし我々は、全く我らのネーデルランド派、ネーデルランド紀行を忘れてしまいたくなければ、この描かれた家畜小屋に対してこう質問するのを禁じ得ない。ここではどこにダーヴィッド・テニール（父と息子、父は一六四九年死亡、息子は一六七四年死亡）――ポッター――シュトゥブ――ヤーコプ・ロイスダール（ハールレム出身、一六八一年死亡）はいるか、と。勿論子羊はいる、しかしこれをニコラウス・ベールヘム（アムステルダム出身、一六八三年死亡）と比べてみるがいい。勿論駄馬はいる、しかしこれをフィリップ・ウォウフェルマン（ハールレム出身、一六六八年死亡）と比べてみるがいい。かくて素晴らしい画家の列すべてを通り過ぎることになろうが、しかしいつだってかくかくの者はいるかと空しく尋ねる仕儀となろう。――この著者は花の絵でヘイサム[6]といった人に並びたい、いや上回りたいと欲するだろうが（花作りの行、「花輪は婚礼の客を飾る。大根からは泥をこすり落とす。私はほおずきが欲しい」ではそう見える）、この生き腐れの植物標本はほんの遠くからでも不滅のヘイサムといった人の多年生植物標本の域に達していると我々が言おうものなら、誰もが我々を真の絵画の中傷者、誤認者と見なすことだろう。

すでに述べたように五人の人間の絵が残っている。（1）ナイフが向けられている一人の僧侶がいる。これは僧侶は王達を刺した[7]ということだろうか、それとも僧侶は刺されるべきであるということだろうか。（2）尼僧がいる。しかしウルビノ・ラファエロ（一五二〇年死亡）の『小椅子の聖母』を見た人ならば、この二つの絵を比べ、好きな方を選ぶがいい。――三番目の人間の絵はユダヤ人、いや小袋を持ったユダで、その下には行間の直訳が記されている、ユダヤ人は貧しい人々を苦しめる。それ自体このユダヤ人は帽子を被り、右手を胃部に、左手を小袋に置いて、全く立派であり、ひょっとしたらこの総ての画廊の中で最良のものかもしれない。しかし素描や姿勢、苦しめるという語句に対して全ユダヤ人が名誉毀損の告訴をしないものか、今キリスト教徒がますますユダヤ人化

していると き、まさしく神殿と教会の接近と共同とが、いわば旧約聖書の新約聖書への組み込みがこのことによって助長されるよりは妨害されるのではないか、と声高に問われなければならないであろう。ほおずき［ユダヤ人の桜桃］でも我々の予想に反して後にまたユダヤ人が登場し、著者はそれを欲しがっている。これをどう考えたらいいのか。著者はきっと誠実で、ユダヤ人に対して青春の扇動で復讐しているのではないであろう（殊に著者は大学に行っておらず、借用の必要がないのであるから）。この本からは、他に著者がユダヤ人との別の厭わしい家族的事情を有していた[*3]と推測することはできない。それだけにこの攻撃は人目を引く。

第四の人間の絵は鳥刺しである。これについては我々は何も言わない。息子は父に対して、息子が父によってすべての永遠の生命を得たように、以前父から受けたほどの不滅性を返すことはできない。

第五の人間の絵はクサンティッペである。彼女の後ろになびく髪と前進の様を見ても、一度でも所謂地獄のピーテル・ブリューゲル（一六四二年死亡）の復讐の女神像を見たことのある識者なら、このクサンティッペを（ABCのTの文字の）竜同様にうまく描かれた真実味のあるものと思うほどに騙され、籠絡されることはないであろう。結局書評子は、この駄作に目を通さなければならなかったすべての読者と並びに自分とを気の毒に思うものである。しかしこのような頼りない綿屑の織物を学校の建物［体系］の迷宮の導きの糸として毎日手にとって、それで子供達を案内しなければならない哀れな学校教師の嘆きこそはまずいかばかりのものであろうか。不滅の神々よ。

R. F.

この書評の下に編集部は次のような注を付け加えている。

嬉しいことに、きっと読者も喜ぶであろうが、更に偉大な美学家にして歴史家［ジャン・パウル］の第二の書評が舞い込んだ、その終わりの部分だけをここに座興に供する。

――この著者は外国語の形式を扱い、青少年に示すときのやり方で、全く独自の注目を引き寄せている。これらはq、x、y、zである。著者はこう書いている。

Q q雌牛——Q q凝乳チーズ
何という不思議なこと。とても赤い雌牛が、
白い牛乳をもたらす、それに凝乳チーズを。

他の人ならば短長格の凝乳チーズを非難するかもしれない（これは明らかに長々格である）。我々は学校教師のために、生徒が凝乳［Quark］をKuarkのように読んで欲しくないのであれば、Q qではなく、Qu quとしなければならないとだけ述べておく。それでも凝乳の後にチーズが来ているが、しかしどこのチーズ部屋であれ、チーズ状の凝乳の他に凝乳があるか（勿論比喩上の凝乳は少々違うが）という問いが更に生じよう。——ちなみにこの著名な著者の崇拝者にとって遺憾なことであるが、著者はこの節では次の表現で、「とても赤い雌牛」、更には「白い（?）牛乳をもたらす、それに凝乳チーズを」（あたかも雌牛はチーズを乳房からもたらすかのように）、あら捜し屋の餌食になっている。それにフィーベルの詩文の多くの崇拝者は「とても赤い雌牛と白い牛乳」のほとんど強引な対比は願い下げであろう、いつもはフィーベルのあらゆる対句的な機知によって浄化された趣味を高く評価しているだけに、一層そうであろう。

さて更に進むが、残念ながら意地悪な点に達する（というのは実直な芸術批評家は何も気にかけないからである）。ここで次のような節を見いだす。

X x クサンティッペ——X掛けX
クサンティッペは性悪な娼婦、
十掛け十はただの百。

この記憶用の詩は若いドイツの民衆にローマ数字の十はドイツ語のXと同じであるという錯覚を植え付けるばか

りでなく、まだねぐらにいる子供達に娼婦という最初の学的おやつを与えて毒している。著者は最後の審判の日、クサンティッペと共に神々しくなって蘇ったら、彼女に麦藁冠[8]を被せて彼女を公然と晒し部屋に押し込め、閉じ込めたことの責任を負えるだろうか。もし彼女が——何人かの者が推測しているように、より高次の身分の者であれば[*4]——これに反論するのは少なくともせいぜい、彼女は上手に家事を切り盛りしたというソクラテスの請け合いぐらいのものであるが、——このようなＡＢＣ本の中での不適切な形容詞はまことの名誉毀損であり、考えられないことである。いや、たとえ——多くの者がしているように——こう仮定しようとしても、——つまりレディーは最高の優美さ、徳操、取り澄ましで武装していて、どんな些細な中傷にも憤然となるけれども、最大の中傷に対しては防御の術を知らず、まことにアレッポの玄関[*5]に似ている、これは泥棒にそなえて鉄のブリキでできているけれども、単に木製の錠を有するだけなのであるが、まことにこのようなものと例に引こうとしても、また他面ではクサンティッペの徳操のためにこう述べておきたい、彼女はとても口やかましく、家事好きで、その点オールドミスに近いところがあった、と。この口やかましさと家での武力迫害[9]も歴史的につとに弁解されている。というのはソクラテスは彼女がいなければソクラテスになれなかったように、クサンティッペも彼がいなければクサンティッペになれなかったからである、彼がもっと口げんかしていたならば、彼女自身はその必要はなかったということである。沈黙はちょうど罵っている最良の夫人をも憤慨させる。いやソクラテスのように静かな海に対してはどんなに野蛮な女性でさえ十分ではない。何度善良なクサンティッペは、拍車をかけられた馬のように物静かにしているソクラテスに我慢できなくなって、女友達に対して嘆いたことだろう。「ねえ、あなた、このような夫、のらくら者に許される限りのことすべてを、非難や、テーブル投げ、言葉の追加をしても、相変わらず、あの人はあの人のまま。——殴っても、殺しても駄目なの——どうしてこんな氷塊、砕氷柱と暮らしたらいいか教えて。それを考えただけで私はまた荒れ狂い、凶暴になるわ」。——我々の時代においては、勿論、クサンティッペのような女性は（この女性に対しては公平なソクラテス自身が立派な主婦、子供達の母親という称賛を与えており、彼女は獄中の彼のことを思ってはなはだ泣いたのであった）、夫にとってありきたりの贈り物ではなく、クサンティッペという添え名は、よく見られるように追従から多くの女性に濫用すべきではない。

Yに移る。

Y　y 針鼠――Y　y ほおずき［ユダヤ人の桜桃］

針鼠の肌は針だらけ、私はほおずきが欲しい。

ユダヤ人と針鼠はその最初の文字をギリシアから、ギリシア語のIから取ってこなくてはならない。先の小袋を持つユダヤ人の場合ははるかにより丁寧であり、正書法にかなっていた。そもそも著者は終わりの方の三つの外国の文字x、y、zでは極めて困窮しており、それで数学者がx、y、zで行うように、強引な（自分にとって）未知数を表している。というのはZでも次のような具合であるからである。

Z　z 山羊――Z　z 勘定板
山羊は二ショックのチーズをもたらす、
1　2　3　4　5　　6　7
勘定 板 を 雄 山羊［仕立屋］ が 支える。

第二行は本の十字架に掛かっている著者の最後の七つの言葉を含んでいる。それ故、虫の息の者には所謂分別は見いだせないし、期待できない。最初の格言も意味がない、時の規定がなければ山羊は百ショックも半ショックも同様にもたらすからである。書評子はチーズが三回小品に出てくること、ここと Q（凝乳チーズ）に出てくることに微笑を禁じ得ない。しかし真面目に書評子は華奢な子供達に曖昧な傷物、不純物を通って、つまり第六の戒律のポンティーネ沼沢地を通って行かせるという不注意を咎めるものである、子供達の前では堕落以前のアダムとイヴにすらいちじくの葉を当てて描いている昔の画家に倣うべきであろうからである。今一度クサンティッペに関して二頭の動物、雌山羊と雄山羊の結婚詩歌、あるいは結婚証明書が我々の注目を引く、これらはいずれにせよ秘密の結婚生活を送っているのではなく、これらの一方の伴侶は他の伴侶を、所謂ユダヤ人の贖罪の山羊[11]を世間に広めたのである。――しかし我々はここで哀れな子供達を危険や毒にさらすことに用心するよう警告したい。というのは、著者が子供達のためになるというよりは、ためにならないよう記しているのは意図的なものではなく、不用心に、我知らずしたものであると喜んで我々は認めるものであるからである。――

I. P. [Jean Paul]

ペルッは、他人の攻撃に対する己の勝利を幾層倍にもするために多くのフレグラー式嫌味を自ら考案したのかもしれない。しかしフィーベルはそれに対して何をしたか。子羊であった。彼は自分が公平で平静でなければ、数百倍粗野で敵対的であると信じた。彼の胆汁は胎児の胆汁に似て、ただ甘いものであった。それ故、彼は、自分がフレグラーの窓の前を通り過ぎず、せいぜい彼がいないときとか暗闇のときに通り過ぎたら、フレグラーに対して重大な復讐をしている気になった。白昼振り返って、窓辺の皆に挨拶しないとはなはだし過ぎる侮辱と思ったからである。公正な人は誰でも、いつもは善良な男のこのような穴だらけの胆嚢あるいは怒りの抑制の弁明を、反感の世紀を前にして、この世紀の英雄詩においては、ヴォルテールの『アンリアーデ』[12]同様エリス［諍いの女神］が機械仕掛けの女神であって――文学的にして好戦的な季節で、北方人やアラブ人、ペルシア人の許では剣に名前があるように、剣で名を上げようとする季節であるが――公正な人は誰でもこのように大人しいことの弁明を知りたいと思うに違いない。しかしフィーベルの弁明はこうであった、つまりフレグラーは彼の読書の最初の教師であり――彼自身それ以上習わなかったので――最後の教師であったということである。最初の恋の消えがたさは教師に対する最初の敬意、賛嘆にも妥当する。いや子供は最初の倫理的教師よりも最初の学問的教師に感嘆する、第一に倫理的教師、例えば父親はいつも正しい道と誤った道の間で入れ替わるし、その上一つの良心しか知らない子供の良心が加わるからであり、第二に子供は心の裁判官であるが、頭脳の裁判官ではないからである。

両書評が、そう見えるように、すべての真の書評のいわば手本であるとすれば、ペルツがその後に読み上げた反批評は、いかにすべての立派な反批評はまとめられるべきであるかの見本である。というのは彼はフレグラーの異議に少しも触れず、この件に不必要に介入して論争をわざと難しくすることをせずに、学校教師をただ笑い者にし、かくてただ一般的に上手に彼を苛め抜き、追い返しており、それでまさにどの反批判者もこの反批判を文字通りすべての批判的攻撃に備えて書き写し、常備の答えとして自分自身のために利用すればいいほどのものになっている。彼はつまり次のようなことを短い文で言った。

筆者大学学士としては書評に答えるだけで故人を侮辱することになろうと思われる――このような攻撃はいずれにせよどの作家も覚悟しているものである――きっと時が裁きを下そう――どの本であれ、自己弁護の必要はある――そもそも何らかの人間の仕事で完全なものがあろうか。輝ク所ガ多クアレバ、瑕疵ハ気ニカケナイ[13]――それに以下の点でも、敵対氏に返事することは徒労と思われる、それは確かに教会の歴史では殉教者が異教徒の死刑執行人を改宗させた例はあるけれども、しかし学者の歴史においては、ある作家がその批評家を反批評で改心させた例はないということである――更になおのことこのことは、ここでのように風評の女神のトランペットと見なされる額の上の角笛を嫉妬と年齢とが一致して吹いているような場合に当てはまる。我らの敵対者は――これを単に我々はアベツェーダリウス博士と、偶像破壊論者のアンドレアス・ボーデンシュタイン・カールシュタットを頭文字のせいでそう呼んだように、呼びたいと思うが――新しいABC本の偶像破壊論者である。彼の入門書［フィーベル］雄鶏だけがそれ以来籠の雄鶏［大事にされている］というわけにいかなくなったからである。勿論老齢の教師にとっては、自分の生徒が自分の肩を登って、一人の男分高くなって、今一度多くのものを見、その際自分の胼胝《たこ》を踏んで、自分の頭に尻を向けられては面白くない。しかしこのような目には我々皆が遭うのである、フィーベルといえどもいつか数世紀後には凌駕されて、生徒が両肩の上に王座を構えるのである。――しかしある種の灰白色の頭はホップの入らない白ビールのように決して淡黄色に澄むことはない。この者達は自分の頭と呼ぶものを下にして逆立ちすると、満杯のワインの瓶に似ていると思う、これらは逆さにされるとより長く持つのである。――時に私はミューズの馬の騎士に対するこのような嫉妬者を犬どもに喩えるのを好んだが、この犬どもは馬が素早く路地を飛びすぎるにつれ、馬に一層激しく追いすがり、後から吠えるのである。しかしまことに彼らの挑戦状は何ら妨害物ではない。――そしてどの批評家もアベッツェーダリウス氏のようにその攻撃する作品を使い古し、擦り減らして、こう考えざるを得ない。「私の非難は公平だ、しかし本はすぐれている、私が否認しているのは単に今の世での本の不滅性であって、後世のそれではない」。

筆者大学学士がここで、アベッツェーダリウスは自身の領主が声高に認め、高く評価している作品をより低く見たら、学的な不敬罪に当たるのではないかと軽く尋ねてみても、当てこすりを含めているわけではない。アベッツェーダリウスは勿論大目に見る必要はなく、すべての人格の剝奪に値しよう、彼自身故人を毎分この剝奪で攻撃し、闘鶏として翼の羽根、あるいは羽根ペンで武装しているばかりでなく、イギリスの闘鶏のように拍車にペンナイフで、つまり当てこすりで武装している。その一例として大学学士は三重のチーズと山羊の非難を挙げたい。フィーベルの生涯と家政とをより詳しく知っている男なら、これが全体どのようなもので、伝記作家となるとある作家のごく微妙な特徴をもその生涯からいかに容易に説明するものであるか弁える必要があろう。フィーベルにとって、自分と自分の先祖が神ジュピター、皇太子としてなお山羊に養われたジュピターに似ていることは何ら恥辱とはならないであろう。さてこの山羊の「ジュピターの」アマルテアは短いやつで、これは短い家畜小屋に入らない長い雌牛と比較しての話であるが、それで以前から牧畜で暮らしている貧しい民はその家畜をまさにこの愚かな跳ねる動物に限って、このフランシスコ会修道士の乳汁スープ、ラムファッド(14)の乳汁スープによって養われてきたのである。それだけに一層学者達は高貴な故人が、両親の息子として印刷された山羊をその脳丘に遊ばせていることを称えるべきであろう。

大学学士としてはカールシュタット博士氏のすべての学的(原文のまま)反論にただ単純な質問をして答えたい。人格に対して、さながら不道徳な狙撃兵に対するように攻撃してくるこのような学的戦争から何が引き出せるだろうか。そしてこのような人格は自身の人格以外のどこから来たものであろうか、というのも彼は、これまで卵を産む、入門書雄鶏の小作代の雌鶏、税金の燻製雌鶏で賄われてきていて、この雄鶏の尾から羽毛をむしり取り、それを帽子に差し、それをこの悪魔は先から頭上の記章、風切羽として持ち運んでいるからである。人格の応答がすでに悪ければ、人格の始まりはいかにそれ以上に悪いものであろう。ちなみに大学学士としては、批判的アベッェーダリウス氏に（本来は反アベッェーダリウスであるが）名誉にかけてこう請け合うという喜びを有するものであるが、つまりこの良き男が反駁しているABCのx＋y＋zの箇所は、（ことによると苦労したせいで）、故人においてはまさにいつも称賛を受けてきた箇所であるということである。というのは、かの著者が、[*6]執筆者にとって起草のとき最も気に入って、意にかなった箇所こそまさに読者にも最も気に入るであろうもので、一方自分が非とするものは、他人も非としかねないと述べていることが正しいならば、ABCの終点、デザートワインに対する故人の満足はその適切さの最も強い証明となるものであろう、この証明に対しては批判は消えうせるものである。

キケロはあらゆる称賛を受け、大事にされているけれども、「私は他のすべての人にとってはともかく、自分自身にとっては十分に気に入らない」と白状せざるを得ないとすれば、自分について、自分は他人にも自分にも同等にはなはだ気に入られていると実際述べている作家に対してはより高い敬意を払うべきであろう。他人の非難ばかりでなく自らの非難にも打ち勝っていると思う得がたい幸運、功績である、なぜなら誰もが最も頻繁にいるのは自分の許であり、従って自分をよく知っており、自分の勝利のあらゆる困難性について熟知しているからである。

これは、アベッェーダリウス博士に反論すべく捧げたいと思うわずかなことである。彼が将来判断する前に、自ら同様なあるいは同等なABC本を書くよう勧めたい。この助言は実行するに難しいと思われるので、我々は勿論我らの隣人エンドレス[*7]にむしろより簡単な助言を与えたい、彼は自分の先祖カールシュタット同様にいっぱしの百姓となり、市場に行って、カールシュタット同様当地の居酒屋で新人として先輩の百姓達にビールを注いだらいい、と。

かくて大学学士としては隣人エンドレスに十分反駁し、彼の異議の空虚さを単に冷徹な根拠を挙げて明るみに出したと信ずる。聴衆はしかし両方の根拠を吟味するがいい。いずれにせよ大学学士としては自分は人格ではなく、事柄を駁したと満足して思っている。この思いがあればこそ、この反批判が自らの欠点となるのではなく、他の反批判とはひょっとしたら異なるかもしれないと思われるのである。以上、終わり。

満足し、納得して会議はフィーベル工房から散会となった、殊にフィーベルとフーアマン、ポンピエはそうであった。

＊1　『歴史的批判的辞典』、ヴェルギリウスの項。
＊2　付録参照。
＊3　書評家はひょっとしたらユダの宝石の噤下とフィーベル家との両替の仕事をほのめかしているのかもしれない。しかしフィーベルは気立てが良くて、個々の人間に復讐の企てをすることはなく、柔和さから、脱皮期の柔らかい鋏の蟹と同じくつねることは少なかった。
＊4　ヴィーラント(10)も後にこのような推測を述べている。
＊5　ラッセルのアレッポについての記述。
＊6　ガルヴェも後に同じことを主張した。
＊7　そう偶像破壊者のカールシュタット博士は呼ばれた、彼は博士として百姓の身分に降下したからであり、すべての百姓の仕事をしたからである。ベルンハルトの『秘話』等。

第二十七　ユダの章

小さなプルターク

ペルッは過去を汲み尽くしたけれども、毎週また新たな過去が沈澱した。そしてその岸辺は日々増大した。彼はフィーベル工房で、プルタークが微小の点からさながら点描法のようにある男の銅版画を提供する最上の例を示しているという立派な原則を定めた。そこで主人公を伝記の三層甲板の艦船が週のすべてどこでも取り囲み、何かを日曜日のために釣り上げようとし、艦船は史実の列に何らかの豊かな筆致を加えようとした。かくてペルッも次の諸会議で、様々な観察を混ぜて、主人公を更に幅広く描くことができた。フィーベルは膝を曲げて歩くのを好む、人々が膝を曲げて騎行するように、とか——彼は町の時計に従う男ではなく、秒針の時計に従う男[1]である、とか——彼はいつも上着をたたんで、内側を外に出して、釘にかける、とか——彼自身は獣脂蠟燭の下の太い先の方にいつも点火するが、獣脂が流れて下の細い先が太ってくることになるという利点を自分の家の女性達に教え込むことができないでいる、とか——彼の整頓好きには更にペンナイフや鵞ペン、あらゆる色彩のインクの倉庫の尋常ならざる丁寧さや、並びにペンを浸すときや記述するときの規則、規定があって、それで彼は書いた後（残念ながら多くの者が怠ることだが）ペンを、そうしないとペンの割れ目がふさがってしまうというので、拭き取り、またインク瓶に埃が付かないよう蓋をした、とか述べられた。

伝記の現執筆協力者でさえ、つとにフィーベルの気立ての良さについて承知していた高度の概念をはなはだ次のような些細なペルッの筆致で補強されたものである。善良な主人公は雛に餌を与えている鳥をみたらいつも迂回した。絹毛のスピッツにあだな期待を抱かせないよう細心に注意して、それで、この犬はすべての食物から自分のパン屑や肉の十分の一税を徴収していたので、食欲の生じないもの、例えば自分の食べている果物の匂いをかがせて、スピッツが何ら空しい期待を抱かないようにさせた。これに対して欺瞞が犬の幸せになる場合、例えばフィーベルが服を着ると、一緒に出掛けられると犬が予期する場合には、大いにその希望を抱かせて、ただ出掛けるときに、戻れと言って、各人に説明した、何故動物に短い喜びを恵まないのか、と。同じ温かい心の源泉から、最良のものをも味わわずに一度に食道に入れるスピッツに、より微妙な生の享受に至るようにと、例えば肉片を、屑片に砕いて、部屋の一面にばらまいて、犬が幾つかの小さな希望ばかりでなく、一口食事をも真に味わってむさぼるように強いた。

彼の信心深ささえも強く偲ばれた、これは立派に記述された作品ではいわば過分ノ善行であるけれども。記述される立派な作品には実行される善行、一日に、本を半分仕上げるよりも容易に二十なし得る善行を免除すべきであろう、特に説教や、道徳等々の著者には免除すべきであろう。シェークスピアは神々しい作品の執筆で不滅の者となった。彼は俳優としてその作品の遂行では単に凡庸な者、ハムレットでは単に幽霊にしか達せず、この霊を肉体の背後ではなく、兜と甲冑の背後で演ずることになったけれども。同様に倫理的作家に対しては、彼らが自分達の領分をなし、至純の倫理学を紙に記した後は、これを卑俗な生活でも実践するよう要求するべきではなかろう（それだけに一層読者の義務ではある）。

ある男はそれに必要な人間を周りに有するとき、自分を偉大な男と見なすことほど容易なことはない。侯爵達はこうした容易な錯覚を互いに正しく責め合う。勿論人はいつのまにか偉大な者に変わるが、それは例えばロンドンの周りで次第に村々が首都の路地に紛れ込み、副木を当ててもらい、田舎の人がこっそりと都会人に変身するようなものである。しかし学生のフィーベルは伝記の宮廷で自分の背丈ほどに（周知のように六フィートあった）偉大に思うよう強いられたけれども、自分の悟性の偉大さを単に肉体的大きさ同様に神の贈り物と見なした、この贈り物で彼を最も喜ばせたのは、自分がそれで更に聖書のより早期な読書（ＡＢＣ本によって）と母と妻と父の遺産の動物の立派な扶養の一助にすることができたということだった。

いや結局彼にとって三人の伝記の国家審問官のこうした尾行、記述はうんざりしたものになって、それで、人生の記録簿へくしゃみが記入されずにはくしゃみできない、三人の固定された生きた歩数計を後ろに従えなくては一歩も歩けないということになると――（彼らはテーブルやベッドから離れないでいたら、彼のルター風[2]のテーブルやベッドでの話を喜んで待ち伏せしていたことだろう）――それで、申し上げるが、彼はアカデミーに特別な好意を願い出て、一ヵ月のうち一週間は全く自由に我がものとしてよく、その週には何も抽出されず、記入されず、あたかも本当にこの人生の週を自己のものと所有しているかのように、素直に自由に飛び回ることができるようにした――しかし彼はこのことをその他の週もしていて、自ら週から週へと暮らしているのではないか。

そもそも何という風変わりな聖者にして至福の者か。別人ならば、自分が人生の三人の福音史家を、全くのところ私を加えれば、四人の福音史家を得ていること、このうちの三人は（すでにカントやシラーの伝記作家[3]が証明しているように）どんなに主人公の間近に住んでも近すぎることはないということに対して神に感謝するところであろう。いや決して単に一つの屋根の下に主人公と共に主人公の賛美者は住むべきではなく、一つの頭蓋の下に住むべきで、そうすると、その下には一人分の席しかないので、当然主人公と賛美者は合体して、互いに自叙伝、自伝、告白等々と呼ばれるものを出版することになろう。しかしそこには何という利点があろう、自己記述者のみが最も秘された名誉の行為、不名誉の行為を知っていて、自分に関してそれらをごく細やかに経験するのである。

然り。フィーベルは、自分達の主人公を温かく取り上げ、実に克明に蠟に象り、かくて自分を剝製のように後世に伝えてくれる人々を自分の周りに有することの幸運をもっと評価してよかったであろう。ルイ十四世は自分の二人の史家、ボワローとラシーヌに、出征のときでさえ――一方はデモクリトス[4]的諷刺の対象として、他方はヘラクレイトス的悲劇の対象として――付いて来させ、彼ら自身が永遠化すべき不滅なものを目撃し、会戦の血から酒精分を蒸留し、そこに君主を保存して吊るすようにさせた。――いつもヴィッテンベルクでは一人か数人の学生が偉大なルターの踵に接していて、彼がもらすべてを後世のために捉えようとメモ帳を用意していたのではないか。

——こうした配慮はしかしながら、偉大な男達がまだ存命のときには忘れがちである。それで、例えば——世の最も細くて、短い小さな明かり、つまり私のことを話せば——いつでも私を伝記執筆の者がどこへでも追いかけて、私の家、寝室に至ることができよう、いやこの虚ろな人間は自らを馬丁、写字生として申し出てきて、私の後を追って、公私を問わずどの部屋にも入り、そうして私が逝ったとき、ただ何事かを供せられるようにすることができよう、そして実際このようにして（というのは彼は私のどの発声、筆致、反古をも拾い上げるからで）大抵の薬味や塩を集めることができて、それで学的世界の鯨を大変幸運にもマリネにすることになり、それで死すべき定めの著者本人が不滅の著者の許で、例えばオックスフォード卿[5]がスウィフトの許でそうなったように共に永遠化されるのである。——これが、申し上げるが、生前に可能であろう。しかしまだ誰も名乗りを上げず、私は何年も空しく生きていて、バイロイトで会話をし、附属の行状を送っているが、一匹の犬も筆を取って、特徴的面影を秘かにこのような回想のために拾い上げることをせず、私は（他人がいないので）自ら残念ながら将来まとめるしかない。

（しかし我々はそもそも、同業の学者諸兄よ、時の奔流の中に、パリの警察がセーヌ川にするように、時々網を投げ込み、広げて、無名の学者の仮死体を拾い上げ、彼らに人生と名前とを再び与えるべきではなかろうか。何というすでに半ば腐った仮死体が両『大胆録』[6]、『一般ドイツ文庫』、その他の今なお栄えている施設で働いていたことだろう、彼らは全く忘れられているが、しかし名付ければ、容易に生き返って、晒し台に晒すことができよう。——）

　我々のペルツの許に戻ることにする。彼は伝記的不作の年からなる多くの不作の週を体験しなければならなかった。彼は故人を、会議や印刷に使えそうな幾つかのささやかな特徴を有する性格へと刺激しなければならなかった。かくて彼はフィーベルに若干学者的にぼんやりするよう勧めた。「最も偉大な学者達は[7]」と彼は言った、「その伝記の中で放心の最大の例を見せています——あるときは彼らはロンドンで女性の親指を煙草の充填具と思っており、あるときはパリで他人住まいを自分の住まいと思っており、あるときはパリで聖書の周知の著者達を知らずに、バルク書[8]を読んだかと夢中になって尋ねています——お尋ね申すが、知っていることを同様に知らないでいることはできませんかね――居酒屋で一匹の犬を買って、途中その名前を忘れて、それで、犬も批評家同様決して名前を言わないので、とても困ってしまい、また命名するまでは犬と飛び跳ねられないということはできませんか。――私ペルッはこのような学者を考えつきます、何日も自分がしたいことを分からないでいる学者とか――四分の五だけ高く、ライプツィヒの馬市で馬を買うような学者とか――自分は白状しますと、印刷に付される自身の生涯のために必要とあらば、重要な放心を見せる用意があります」。

「いやはや」と熱く燃えてペルッは叫んだ、「私が貴方の立場でありさえすれば、まことに貴方や羊よりも数千倍単純であるところを見せたいことでしょう――しばしば途方にくれてみたいし、しばしばちょっと変にみせたい、そして父親や子供の姓が全く分からなくなってみたいし、これはいつもはより高い身分の人物のみが無視していいことなのです」。

しかしどんな動機付けでもフィーベルの放心は格別進歩しなかった。彼が時に忘れるべきはずのことを思い出すにつれ、一層それらは記憶に残った。

ある程度の放心として評価できることは、彼が数回本の競売のとき、二回目の競売で二回目の他を超える額を申し出た後、三回目の、全品彼が落札したというかけ声がかかったのに、三回目の、最高の自分自身が申し出た金額を超える額を添えたことであった。これはひょっとしたらちょっとしたことであろう。

更に大してうまくいかなかったのは、惨めな筆跡の偉大な学者達を真似て、ほとんど読めないような字で少なくとも書くようペルッが彼にその義務を吹き込んだときであった。しかし読めないよう書くことは、彼には難しいことだった。速記によってもそうなることはまずなかった。どうしていいか分からなくなり、遂には飾り文字の昔からの甘い渦巻模様や遊びに戻った――するとまさにこれが幸いようやく読みにくいものとなった。

次第に日曜日の収穫のための週の播種は蒔かれることが少なくなり、それで最後に会議では家のすべての誕生祝い、故人のあらゆる道具、襤褸が、後世が遺品、聖遺物に関心を寄せる場合に備えて、詳細に説明された。いやペルッは協会にフィーベルの幼児の頃の子供用文房具、女性服、その他のがらくたを呈示した。そして自分は故人の執筆の手の骨、頭蓋が手に入りさえすれば、多くの金を出すだろうと付け加えた。これは惨めな欠如である、というのはしばしば通常の聖人達についてはすべての腕や頭が、その上重複品となって、いや何重もの版となって得られるからである。いや単に日曜日の聖書抜抄(9)［ペリコーペ］を得るために、ペルツは自ら書簡のテキストにかかり、それを通じて、またフィーベルへの弔辞と関連する若干のことを述べた。まさに私は、伝記執筆者と主人公とのこうした混和、財産共同制を少しばかり笑いものにする傾向があったが、私も伝記の共同報告者として、すでに序言で顔を出したこと、それにその後、村へ自ら伝記を執筆しながら姿を現したことを思い出した。――従ってここで笑うべきものは何もない。

しかし一週間するとペルツにとって日照りと乾燥ははなはだしく進み、日曜日にはアカデミーがもたらしたり、引き出したりしている総てのアカデミーの有益性についてそもそも短い講演をするしかなかった。

第二十八　ユダの章

アカデミーの有益性

素材の燃え尽きたペルツにとって割礼の祝日となったのは、まさに村の炎の日曜日［四旬祭第一日曜日］であった――ちなみに、この祭日は我々が十分ユダヤ的、象徴的なことに我らの割礼の世紀の新年の日の福音としているものであるが――彼は会議をこう述べて始めた、一度偉大な諸アカデミーを、自分がこれまで小アカデミーに対して実践によって若干の名誉をもたらしたのであれば、理論によっても称えたいと思い、ただこの日を待っていた、と。彼はまず第一に学問の諸アカデミーの軽視者達に面と向かって、彼らの古くさい反論、あたかも協会によってはいつも最低のことがなされ、ただ個人によってのみいつも最高のことがなされるかのような反論を自分は喜んで受け入れる、いやそれどころか更に進めて、こう主張する、国家が個別の金のない、機知の豊かな頭脳を支援するために捜し出し、更に生きた会員の代わりに、むしろ死んだ道具、物理学的化学的道具等々を増やすならば、大抵のアカデミーの講義よりも全く立派な作品を得ることになるだろう、と。

ペルッは快く、以前から大きな教会の会議、大きな参事官会議は大した効果がないように、学者の公会議もそうであると認めた（ちょうど、私自身付け加えると、ラーヴァーターが、何人かの男達の影絵を、一つの顔にまとめて抜粋すると、一人の阿呆の影絵になると述べているようなものである）。――詩人達や哲学者達は、一つのアカデミーにまとめられると、いずれにせよ一人のましな詩人や哲学者をもはや産出しない、通常詩人や哲学者の集合は時間的にも空間的にも、最後の詩人が多くの者から最良の詩人となるよう働くに相違ないからである。――いや彼はアカデミーの反対論者に自発的に応じて、様々なクラスの学者達は何と惨めに、例えば化学の講義をしなければならない歴史家とか、歴史の講義を聴いて解釈しなければならない化学者等々は、早速反吐をもたらし、反吐を手にするものであることとか自分にはよく分かっている、それはちょうどキケロの時代[*1]に、行儀のいい客人は、食前に催吐剤を飲み、食後また催吐剤を飲む習慣であったようなものであると述べ、かくてペルッは比喩的に、大学人は自分に縁のない講義の前後にはある種の、何も残さない反吐を感ずるとただ言おうとした。

しかし今や、彼は良きアカデミーに対する敵対的鞭打ちにすべて公正なものを認めてやったかと思うと、それをかなりぶっきらぼうに、ただ軽い問いを発して打ち倒した。つまり、アカデミーは大きな広間とその中に最も偉大な男達の胸像を、アカデミーに存命の活躍中の会員や名誉会員と共に有するが、それを何と低く評価していることかと問うた。いつでも書き付けているアカデミーの事務局を、更には誕生祝いや記念祭を、余所者の聴講者を、無益なもの、冗談と見ているのではないか。アカデミーはいつでも、たとえ講義は総じて余り大したものにならなくても、それについての重要な記録を残すので、余所者でさえ古い意見に固執できないのではないか。アカデミーは極めて珍しい難しい懸賞問題を卑俗な易しい答えの代わりに引き出して、そして自らを戴冠させる代わりに他人を戴冠させているのではないか。――「アカデミーを取り去ってしまえば」とペルッは言った、「突然アカデミーのすべての記録は壊れ、なくなり、広間や従僕、名誉会員、構成員の様々な区別もなくなります。それともこうしたことすべては何でもないことでしょうか。いや時に（前代未聞のことではないが）どこかの立派な大学人が全く豊かな素晴らしい小論文を読み上げるとすると、その小品は剰余の利益を生み出して、これは余分な剰余作品としてはなはだ評価すべきものとなります。更に私は特に大きなアカデミーの建物と広い広間について述べることができましょう、ニュートンに従えば空間は神性の識覚であるならば、これらの諸空間は学的下々の神々の識覚でありましょう。いや私は安んじてこう質問できましょう、ガルス・ウィビウスのような人は、弁論術の教師として生徒達に狂人の身振りや言葉を余りに頻繁に手本としてみせようとしたので、遂には自ら狂人となったのであれば、何故人は、と私は申したい、更にもっともなことにこう期待できないか、と。つまり逆のもっと素敵な場合があって、真面目さ、品位、重々しさ、言葉遣い、要するにすべての大学人に要求され、見られる大いなる賢人の外面すべては結局内面においても、会議で外面的に取り繕っているものへとこの者達自身を変換してしまう、と。――大学人達の素晴らしい特徴は更に、彼らがすべての会員に嫉妬することなく賛辞を送っていることで、それもその死後でさえもそうで、この死は後の名声が長く続くことになる後世へと会員を引き渡すものです。しかもそれは自分のことを立派に断念していて、称賛者は自分はそのようなことをしても自らの称賛者とはならず、直に忘れられてしまうと、[*2]すでに承知しています。――もっと同様なことを更にアカデミーの講義の利点のために挙げることができましょう。しかし私自身の講義が若干の価値がありさえすれば、すでにこのことから、もっと偉いアカデミーの偉大な講義はいかなるものに違いないか判断できましょう」。

　伝記の共同執筆者の私はそれでもペルッによるアカデミーのまことに真正な推奨を率直なものと思うが、つまり国家はアカデミーにより貴族や、貴族でない民衆や、商売人の前でいつもは痩せた孤独の中で黒ずんでいる学問の崇拝者を、即ちそれと同時に学問そのものをこうした外部からの公の育成と戴冠により、自分の傍らの目に見えない副次的王座に据えるという推奨であり、この王座では容易にすべての外部の王座は単に内部の王座に至る段と見なされるのである。

＊1　マイナース『ローマ人の風習の堕落の歴史』。

＊2　このような冷たい、しかし溶けてしまう、巨大な人物描写は、廷臣や大学人が日々なしている素敵な雪の賛辞である。ちょうど今パリで芸術家が古代のローマの皇帝の胸像を巨大な雪で見せているようなもの、あるいは貧民達がルイ十六世に一七八四年の厳しい冬の薪の贈り物に対して雪のオベリスク（カンペの『旅行記』八巻）を建てたようなものである。しかしひょっとしたらこうしたオベリスクは歴史では石のオベリスクほど急速に溶けることはないかもしれない。

ユダの章ではなく、ジャン・パウルの章

ただの小章

うんざりして、ほとんど憤慨して私は数字のない章を上書きした。というのは数週間前から村の少年達からは何も手に入らず、私は本と村の中に手ぶらで座っていて、きちんとした出口が見えないでいるのである。しかし終わりを書かなければ、私の本全体が舵取り役の尾のない惨めな魚、あるいは鳥の全身がそれを中心にして回転する輝く輪となる尾のない孔雀になってしまう。私を叱りつけ、私にこう尋ねない読者は世に存在しないだろう。「一体フィーベルは最後にどうなったのですかな」。例えばアキレスの予告されていた死のことを歌い終えていないホメロスと比較し、正当化しようとしても、それは好まれないだろうし、採用されないだろう。当世ではまさにホメロスよりも多くのことをなすべきであり（そう要求されている）。

若干のことは試みたのである。そのことをここで伝える。つまりより深い歴史研究家にはよく知られたことに違

いないが、かつてイエズス会士は、スペインの国王フェリペ二世の国家機密の文書を得ようとして、金と策略とで国王の寝室用便器を毎日引き渡す契約を結んだ、その便器から抽籤日ごとに王の多くの引きちぎられた有用の国家文書と、この精神的な目に見えない女性（Femme invisible）の腹案の背景に至るために、引き当てたいと願ったからである。彼らの次のような推測は全く正しかった。寝室用便器は国王の諸計画の屏風〔スペインの壁〕から我らの正規のダルジャンソン(1)の開封局となろう、あるいは受動的な告解席、あるいはこのドイツ語化の難しい国王の行間の直訳、要するに我らのイエズス会総会長の大使となろう。というのは我々がこの大使にすべてを伝えると、と彼らは結んでいる、この寝室用便器は我々が立派な織物のために若干の絹を紡ぐ職工の椅子、絹の椅子となるからである。

この逸話に大いに啓発されたのかもしれないが、私は流通する紙〔幣〕の欠如に際して、この欠如は金のない国家の知らないことだが、こう思いつくに至った、つまり機会の女神は（というのは機会という語にはいくつかのドイツの州では周知の匿名の地〔雪隠〕の意味があるからで、それ故ひょっとしたら機会詩〔即興詩〕もここから来ているかもしれない）、村のすべての少年よりも私に多くのことをもたらすかもしれない、と。というのは少なくともかなり重要な人物達がフランス人達によって引き裂かれ、散逸していたフィーベルの情報を印刷物として子供達に拾い集めさせ、それから好きなようにそれらを利用していることが推測されたからである。そこで私は村の通常の名士三役、牧師と学長（最近の学校教師はこう呼ばれる、都市では学長はまた教授であるが）、それに郡長に必要な訪問を行った、これらは止めると礼儀知らずと思われたであろう。満足して、豊かに、私はそれぞれの名士の立派な社交を楽しみ、それを欠いては訪問は物乞いとなってしまう然るべき会話を行った。そして談話が要求するように、戦争や和平の経過について、新しい本について、そして万般について我々の様々な意見を喜んで交換した。その後私はたまたま――私はずっとそのことを考えていたが――ちょっと用便をして、この寄り道で私の本のためにひょっとして何か収穫がないか試してみた。――まさしくあたかもそれぞれの化粧室が単により深い秘密の部屋の控えの間であるかのように（政治的にもそうであるように）自ら欲して私は自分を人間の懺悔の椅子（アレクサンダー大王[2]の意見による）やフェリペ二世の王座の台座へと判決を下し、申したように、私の本をすでに私が詩人として世間で得ている立派な評判で終えようとした。さて私は以前から一種のかなり上品な習慣を守ってきていたが、それは上述の命名された無名の場所［雪隠］では他ならぬ印刷されたものを読むということで、決して手書きのものは、大きい方の場合であろうと、小さい方の場合であろうと、これは他人は覗くべきではなく、読まなかった。かくて私は繰り返した。——しかし地上のまれなる正直さが一度は報われることがあるかに見えた。即ち私は実際フィーベルの印刷された伝記の切り屑を見つけて、それを、機会《トイレ》による盗み［出来心の盗み］というわけで、一片の良心の呵責も覚えずに、自分のものにした。三番目の名士の許で私は最後の伝記のクローバーの［紙］葉を見つけたが、私は勿論初めて喜んで歓声を上げた。このような伝記の三倍賞金の二倍の獲得は半ば前代未聞である。ペルツにポンピエ、フーアマン、それから牧師に学長、郡長。六人すべてがただ一人の生涯に関して働いており、天王星《ウラヌス》*1フィーベルの周りを回る伝記執筆の衛星六重奏である。この際私は含まない、さもないとそれは七つの衛星を持つ土星となってしまうであろう。私はこれについて、この伝記的作品群について何と言ったらいいか分からない。——しかし今は、これについて言うべきことは少ないと分かっている、私がこの接見の（午後の）日、雪隠日、抽籤日に引き出したものすべては、短い行で終わるもので、これを終了、退出の小章として活字に組み、提示することは、大方の、多くの全紙によって緊張させられた世の好奇心をかなり静めるより良い方策があるならば、恥ずかしく思えることだろう。しかし次のような小章を書くしかない。

第一小章

息子の誕生祝いの後すぐに善良な母親エンゲルトルートは亡くなった、そしてドレスデンの宮廷とか大学総長、我らの主といった崇高な事柄についてうわごとを言った。彼女の有名な息子は普通の葬儀のときよりも数日間長く彼女を埋葬せずにいた、この期間を経て、彼はようやく、有名な学者として、法外な涙よりは儀礼にかなった涙を流して亡骸の後を付いて行くという落ち着きを幾らか取り戻せると思ったからである。

第二小章

有名なフランス人伝記作家ポンピエは年の不足というよりは年の過剰で当地で亡くなった、そして自分の名前の活字と共に埋葬された。しかし彼の命の糸を断ち切った者は、……（ここでこの小章の末尾は断ち切られていた）。

第三小章

正直なフーアマンはすべてを断念し、自ら存命のうちに立ち去った。フィーベル氏の立派な妻は、彼女については、贔屓目に見なくても、多くの美点が言われるべきであろうが、彼に、立派な無償の通行手形と見なされるあれこれの言葉をかけてやった。

第四小章

学生フィーベル氏の心の中での強力な変化と発心――フィーベル工房全体が半ば休止になった。……（ここですべてが欠けている）。

第五、あるいは退去と出発の章

まさにたった一人で最後に残った学士ペルッが伝記の最後の章を植字し、印刷する。我らの善良なフィーベル氏は高齢であるが、元気である。伝記の学者結社のこれまでの編集者ペルッもやはり去っていくが、その前にただそののことを印刷する。もはや村には偉大なフィーベルの生涯を続けていける者は、彼本人が生き続けることを除けば、誰も残らない。ひょっとしたら後の時代に立派な伝記作家が現れて、我々の籾殻を小麦へと篩にかけることだろう（私J・P・リヒターはこの退去の箇所は私について良いアイデアを与えたと包み隠さず告白する）。天国あるいはその他の罰として定められた地で、というのは天国はただ無限の者のみが一人浄福であるからで――私は私の伝記対象者とまた会いたい。タダ神ニノミ栄光アレ。第四十巻あるいは最終巻。

† † †

カクテ（と私は付け加える）世ノ栄光ハ移ロイユク。

＊1　天の天王星も六個の衛星を有する、土星が七個有するように。

補遺の章

最新の展望

今出来した多くのことは思いがけないもので、私自身、私がそれを自ら語っているのでなければ、信じないであろう。頭の中で何かを探しているときほど（ちょうど私がここで品のいい終わりを探しているように）、あるいは頭の上に何かを載せて、例えば肉屋や左官や洗濯女が桶をそうするように、運ぶときほど、頭のことを考えることはない。王冠を戴いている者は、反論として弱すぎる。

その件はこうである。つまりフィーベルの話のこれまでの川がさながらローヌ川の消滅[1]のように大地へと消えてしまった後、私はどこでこの話あるいは川がまた生ずるか調べざるを得ず、それ故すべての世間に問い合わせた。世間はこう答えた。恐らくビーネンローダ[2]の年老いたお祖父ちゃんほど情報を与えてくれる者はいないだろう、百二十五歳を超える全く長命な人で、村から数マイルのところに住んでいて、間違いなく、若かりし頃、フィーベルの身に起こった類のことをすべて知っていることだろう、と。

——（信じて欲しいが）、神託でホメロスの生活状況を問い合わせたハドリアヌスである（つまり年老いたお祖父ちゃんにＡＢＣ制作者に関して問い合わせる点で）、という評判ではなく、遂に長年の願いの後、地上の最年長の男性を存命のまま手中にするという間近な見込みが私を有頂天にさせた。しかし最年長といっても九百六十九歳のメトセラよりも、テメシュヴァールのバナットの百八十五歳のペーター・ツォルテンのことを私は考えている、今や我々の感情、習慣、確信にとってはユダヤ人よりもハンガリー人の方が年上に思えるからである。「現世紀のうちに」と私は言った、「全く過ぎ去った世紀を生きたままコンパクトに眼前に有することは、独自の感覚、いや新しい感覚を呼び起こすに違いない。――それはつまり太古の（ノアの洪水以前の）時代の人間を直に手で摑むことで、その者の顔にはすべての生き物の多くの青春の朝と老年の夕べとが移り過ぎており、誰もその者と比べれば結局のところ若くもなく老いてもいないことになるのであって――また一人の外国人の、時代を越えた、ほとんど不気味な人間の精神を聞くことであり、この精神は自分一人、すでに生き延びた老齢の真っ白な髪の眠れる千人の殉教者[3]や知人の中で生き残っており、今や昔の故人達の番人としてはなはだ冷たく、いぶかしげに人生のおどけた新奇なことを覗いており、現在の中に生来の精神の渇きに対する癒しを見いだせず、もはや魅惑の昨日も魅惑の翌日もなく、ただ青春の一昨日と死の明後日とを有するのである」。――そしてかくてこの余りに年老いた男が、考えられるように、いつも単に自分の先の過去、今や自分の最も長い一日の最も長い夕べに実際夕焼けの赤と共に真夜中へ移る曙光の赤について語るとなれば、すでに人は、自分の死の太陽が遅い真夜中に昇るこの老いすぎた老人が死なないうちでありさえすれば、前もってロマンチックな気分になり、ロマンチックに感じざるを得ないだろう。

それでも他面では私のような人間は、上述のビーネンローダの男がそうだとされるこのような時間の百万長者の傍らでは格別若返りはせず、その際不死性よりははるかに無常さを感ずるに違いない。老人はそれを墓よりも強く思い出させ、老人は年取るにつれ一層死を映し出す、墓は古いほど、一層大きく、昔に遡る次々に枯れ落ちた青春を映し出す、そして沈んだ墓は時に乙女をかくまっているが、しかし老齢の、朽ちた体は単に押しつぶされた精神を宿している。

――この年老いたお祖父ちゃんへの私の憧れは、彼が単にビーネンローダ人と称していると聞いて――誰でも自ずとビエンロートのＡＢＣの本を思い浮かべることだろう、――はなはだ募り、それで私は最初の機会を捉えて、かくて次の補遺の章では村への旅という次第になった。

第二　補遺の章

私の到着

旅の機会というのは辺境伯の帰りの六頭の馬車で、これにお抱え御者が快く私を乗せてくれた、私は辺境伯に、次いで御者に紹介されていたのだった。——私は村に着く以前に、まず次の逸話を話す謂れがある。

A－a伯爵は自分の重要な推薦状をB－b大臣に渡さなければならなくなったが、よんどころない事情で夕方遅くに徒歩でその家を探すことになった、しかしこの家も自分の居場所もしかと分からなかった、どの家も二重に見えて、周りの対象も自分本人よりも強く回転していたのである。幸い、多量を超えて飲みすぎることになった些少の事情のために、彼は横の側溝に身を置くことになった。その下にはすでに別な紳士の心臓と胸が見いだされた、この紳士も同じような理由で落下する物体の法則に従っていたのであった。下の紳士は自分の上で横になった洗練されていない人間に対してものすごい呪いを発した。自分がB－b大臣を目の前にしているのを知らないのか、と彼は伯爵に尋ねた。「それは素敵なことだ」——と伯爵は大臣が下に準備されているのを知って喜んで叫んだ——「私はA－a伯爵で、閣下を一時間前から至る所探していたのです」。この後、両人はすでにいずれにせよ互いに胸と胸とを合わせていたので、まず新たに抱擁することはせず、互いに丁重に、しかし骨折って立ち上がり、抜け出して、できるかぎり上手に歩行し、腕と腕とを組んで、大臣の家へ行き、そこでその晩またしばしば話し続けられるかぎり互いに両者の転倒を話した。——

この逸話のことは、私が思い出さないかぎり、忘れていて欲しいと願う(1)、我々はもっと重大なことについて言及しなければならないからである。ビーネンローダに着く以前に御者は鞭で、歌声で一杯の果樹の小森を指して言った。「あそこにお祖父ちゃんが座っている、側には小さな動物がいる」。私は侯爵〔領主〕の馬車から飛び出して、所謂ビーネンローダ人を目指して行った。私の六頭の辺境伯の馬が私を老お祖父ちゃんに対して身分のある人間として紹介するに相違なかったし（そう私は期待してよかった）――私の簡素、質素な衣服はいうまでもなく、こうした服でいつも侯爵や英雄はその金鍍金のお供からすると目立つのであり、――それでこのお祖父ちゃんが、むく犬の吠えるのを止めさせず、しばらくずっと自分の兎と遊んでから、おもむろに――あたかも辺境伯は自分にとって日常のパンであるかのように――蠟布の帽子を髪で一杯の頭から取ったのは、私には少し意外であった。ボタンを留めた外套を着て――私は彼のチョッキをそう見た、――下から上に対のタイツを履いて――それは彼の巨大な靴下であった――スカーフ（ネクタイ）を着けて、しかしこれは胃のところまで垂れていた。老人は十分流行にかなった服を着ているように見えた。更に奇妙な具合に、彼の年を取り過ぎた体は合成されていた。目の地は全く白かった、それは幼年時代黒であったものである――加齢よりも背の高さのために彼は猫背になっているように見えた――上の方を向いた顎の先のために彼の話は反芻の外観を呈した。――しかしその際、彼の顔立ちは生気があり、目は澄んで、顎は白い歯が、頭はブロンドの髪が一杯であった。

　私はようやく始めた。自分はただ彼のために馬を利用したのであって、日の下ではきっと新しいことはほとんど存在しないと思っているであろう方、その人自身が日の下では何か新しいものである方にお会いするためなのだ、と。彼がフィーベルについて話すよう仕向けるために、私は続けた。「本来貴方は二十五歳の男性として男盛りの年です。百歳以降は全く新たな計算になりますから。それ故、高齢の、再び一から数える年齢の人物は、例えばヴェルデュ夫人、[*1] あるいはレヒンゲンの老人は歯と髪とすべての若返りをまた得ているわけで、同様に私は貴方自身の髪と歯列にそれを推測しています。ハンガリー人のペーター・ツォルテンといった八十代の男性は別で、この人は勿論世の移ろいの後、八十五歳のときには（殊に彼はすでにその前に百年を閲していたのだから）その年齢時に生ずること、つまり死しか期待できなかったのです。ちなみに私は惨めな哲学の『不思議なものの博物館』、ライプツィヒのバウムゲルトナー社出版（巻七の五）でカステネダが、ベンガルではある男が三百七十歳になって、四度新しい髪と歯列を得て、ちなみに七十人の妻を娶ったと請け合っていること、従って人間は、この話でも他の話同様に半分だけを真実と見なしていいとしても、少なくとも百八十五歳までは生きられることをよく承知しています。厳密に考えれば、閏日のことを考慮にいれますと、貴方はいずれにせよ、現実の貴方より幾らか年上に考えておられます。といいますのは、四年ごとに六時間の四倍の時間が挿入されますが、しかしこれは、精密に考えれば間違いであって、厳密な計算では各年に欠けるのは六時間ではなく、単に五時間と四十八分四十五秒三十テルツィエですから。それで貴方には、例えば一八〇〇年のように閏日を外しても、更に時間の前払い分がありますし、それをまだ生きなければなりません」。

私の話は錯綜してしまい――天文学的追従はまたたくうちに生彩を失っていったので、――勿論このビーネンローダ人は何を言ったものかほとんど分からず、それで彼は何も言わなかった。

「私といたしましては、白状しますと」と私はまた話の糸をつないだ、「一度自分が一世紀の目標を越えたら、あるいは百年の教会墓地の壁を越えたら、自分が何歳となるのか、あるいは自分がその年なのか少しも分からなくなり、元気に自由になって、世界史が時々千年紀の最中にするように、再び一年次[2]から数え始めることでしょう。何故、人間はまだ立っている多くのインドの巨大な樹同様に古くなっていけないことがありましょう。ちなみにすべての超老人から、ベルリンの枢密顧問官フーフェラント[3]もいないのに枢密顧問官自身できないほどに、顧問官は単に八十歳から九十歳まで引き受けているだけであり、自分の寿命を延ばせたその秘策を聞き取り、記録に留めるべきです。どう思いますか、お祖父ちゃんは、長い鼻というだけでは、私思いますに」（とお祖父ちゃんの沈黙に若干怒って結んだ）、「長い寿命をひねり出すことは難しいでしょう、フランス人はそう主張していますが」[*2]。

「何人かの者はこう思っていることだろう」、――とお祖父ちゃんは穏やかに答えた――「私がいつも陽気であって、決シテ陽気ではなく、イツモ悲しんでいること[*3]を信条としてきたからだと。しかし私は全く愛する神様の思し召しだと思う。ここの周りの動物どもも実際決シテ陽気ではなく、少なくとも大抵は陽気だ、それでいて人間のように目標を大いに越えて生きていない、人間は永遠の神の似姿を長い間には考えてしまうから」。この男は黙った。神についてのこのような言葉は百二十五歳の舌にかかると多くの重みと慰めを得る。――そして私は最初はなはだ引き付けられた。しかし動物のことを述べると、このビーネンローダ人は再び自分の動物達を思い出し――あたかも六頭馬車で来た男はどうでもいいかのように――再び全家畜、兎、むく犬、絹毛のスピッツ、椋鳥、膝の上の雉鳩と戯れ始めた。果樹の小森の陽気な養蜂舎も、彼は口笛を使い分けて、蜂を出したり、入れたりしたが、彼を宮廷の人々のように取り巻く家畜群に属していた。全体はこう考える他に説明が付かなかった。年老いた人間や古い樹木は粗い、引っ掻くような樹皮を有するが、若いのはとても滑らかな、柔らかい樹皮を有する、と。

彼はようやく言った。「年取ってしまった男、実際すべてを忘れて、愛する神様の他には誰からも知られず、好かれていない男は、ただ好きな家畜と付き合うしかないことを誰も不思議に思わないだろう。年取った祖父ちゃんは誰の役に立つだろうか。村々を歩いても、赤の他人だらけの町を行くようなものだ。子供達を見ると、子供達は私の遠い子供時代のように思える。老人達を見ると、老人達は過ぎ去った私の老年時代のように見える。私は自分が今どこに属するかよく分からない、そして天と地の間に吊り下がっている。しかし神は私をいつも明るく愛をこめて見つめて下さる、その両の目、太陽と月とでな。動物達は罪へは導かず、敬虔さへと導く。私の雉鳩が雛を温め、雛に食物を与えているのを見るとまさに神そのものが大いに働いているように思われる、雉鳩は神から雛に対する愛と技とを授かっているのだから」。――

突然老人は長いこと黙り込むと、まことに憂わしげにぼんやり眺めていた。ビーネンローダの子供洗礼の小鐘が庭の小森まで響いてきた。最後に彼は少しばかり泣いた。私は何故、先の彼の素敵な言葉の後、その涙の滴を単に老いた弱った目の印とのみ考える愚に陥ったのか分からない。「私にはいつも」と彼は言った、「高齢のためよく聞こえないので、遠くのハイリゲングートから子供洗礼の小鐘の音が弱く響いてくるかのように思われる。百年の子供時代が昔の深い時代から蘇って、私を不思議そうに見つめる。そして私と百年の時は、泣いたらいいのか、微笑んだらいいのか分からないのだ。いやはや」。――その後彼は付け加えた。「こちらへおいで、アラートヒェン(4)」。

彼は絹毛のスピッツに呼びかけていた。

このとき彼自身が私の旅の目的への道へと私を導いた。「ビーネンローダの方」、と私は始めた、「貴方がよく御存じのこのハイリゲングートで私はちょうどかの有名なＡＢＣの本を作った故ゴットヘルフ・フィーベル氏の生涯を仕上げ、完成させました、ただ彼の死去の場面が欠けています」（ここでお祖父ちゃんは微笑んで、はなはだ深くうなずいた）。「貴方の他に彼の死をよく知る人はいますまい。そもそも貴方は、彼の子供時代の珍しい特徴を御存じで周旋して下さる唯一の方です、殊に子供時代脳に刻まれた話は、かぼちゃに刻印された名前のように、時と共に亀の甲文字にまで大きく成長するのですから、後に引っかかれたものは直に消えてしまいます。後生ですから故人について御存じのことをすべて教えて下さい。一八一一年の聖ミカエル祭の市のとき彼の生涯はニュルンベルクのシュラーク社から出るのです」。

彼は答えた。「優秀な天才――文学者――英才――文人――最も著名な作家、……」。老人は私のことを指していると思ったので、私は断ろうとした。しかし彼はやめなかった、自分自身のことを言っていたのである。「述べたように」（と彼は続けた）「私はかって自分はこうした者すべてであり、それ故自分が諳んじている幾つかのきらびやかな称号の者であると信じていた、私が上述の、ほぼ凡庸なＡＢＣの本を書いて出版したときのまだ目のくらんだ虚栄心の強いフィーベルだった頃に」。……

老お祖父ちゃんは故フィーベルなのだ。――――百二十五のいや千八百十一の感嘆符を背後に続けて置いたら、私の感嘆がただ弱く描かれることになろうが、それはより強い感嘆があるからで、これは今この紙上で文学者のすべての冷静で真面目な一同が長いこと閉ざされていた瓶のコルクのように高く跳ねて、この件の次第に途方もなく喜んで両手をすり合わせている点に見られるものである。――すんでのところで、私は歓喜の嵐の最初の愚に陥って、彼の現在のドイツ語に大いなる喜びを示し、フィーベルのような男が、私はその生涯を編集したばかりであるが、上手に話すことをいぶかしく思うところだった。しかし私は直に正気に戻って、フィーベルを称えた。「今世紀で」と私は答えた、「私にとって伝記のまさしく生きた主人公本人の出現ほどに喜ばしいもの、有利なものはありません、この伝記に急いで更に多くのことが追記できます、シュレーク氏が秋にはもう出版することになっていますから。これで容易に一つ以上の間違いを根こぎにできます、例えば今となればはっきりすることですが、ヴェルニゲローデの副校長ビエン・ロートとかが貴方の作品を書いたという間違いです」。

「私も知りたいところだ」（とお祖父ちゃんは答えた）――「しかし私は立派なラテン語の名前フィーベルを、これは実際聖書〔ビーベル〕と綺麗に韻が合っているが、望んで或る村全体のドイツ語の名前と替えて、単にビーネンローダの者と称することにした。私の中の虚栄の悪魔の一本や二本の角や脚を折るためだ、残念ながら世間のすべてが、先のフィーベルを見るために乗り付けてきて、私の謙虚さの邪魔となるものだから。ラテン語名のドイツ語名へのこうした翻訳は、ドイツ語名のラテン語名への翻訳、たとえば黒土《くろつち》からメランヒトンへのように、しばしば虚栄心から作られたものとは逆であると願っておる」。――

「全く同様な虚栄心から」――と私自身、私の些少な知識を披露した――「実際ノイマン〔新しい男〕はネアンダー――シュミット〔鍛冶〕はファーバー――ホルン〔角〕はケラティヌス――ヘルプスト〔秋〕はオポリヌスに――そして十分よく承知している多くのものが翻訳されています。同様に私自身[*4]、しかしこれは勿論初心者の作家として、つまり謙虚さからフランス風にドイツ語化しています。――ちなみに貴方は勿論はなはだ著名で、フォークトラントやロイセンの最大の町々は貴方の作品に倣っています――貴方のＡＢＣの後継者、つまり剽窃者を貴方は夙に信じられないほど沢山有しています――貴方のＡＢＣの絵本でさえベルトゥーフ氏が[5]（私同様公使館参事官ですが）後継者となっていて、この人のことを恥ずかしく思うことはありません、ベルトゥーフは貴方の作品をその絵本の中で、何の詩文もありませんが、貴方の精神の点で受け継いでいます。はるかに費用のかさむもの、厚い巻のものになっていますが、ただ分冊されて出ていますのでそれと分かりにくいのです。――ことほど左様に重要な男性の生涯を私はペルツの四十人からの四十巻本から抜粋しました、先の戦争でその断片が入手できる範囲内でありましたが」。

「七年戦争だったな」と老人は言った、彼は全く、晩年の弱ったピュッター[6]同様先のフランスとの戦争を七年戦争と取り違えていた。

「大体そうです」――と私は答えた、――「しかしそれだけに主人公本人の口からの些少の補遺が一層大事になります、殊に私には幾つかの晩年が、然るべく聖ミカエル祭の市に完結するために必要です。いやはや何と多くの作家がしばしばたった一冊の本を大きく保育するために不可欠であることでしょう、殊に大きな本の場合には、これはジュピターにとって山羊や蜂や雌熊が乳母として必要だとか、私にとってペルツやポンピエやフーアマンが必要というのとは違って、要するに何と多くの作家がしばしば一人の作家にとって必要でしょうか、これについてはどんな作家も一家言ありましょう」。

――「ほとんど」――とフィーベルは、言いようもなく穏やかに始めた――「私は貴方を、公使館参事官殿、ペルツ二世と見なしてしまうところだ、それほど好ましく見え、話される。しかしただ先のペルツのみが私を強く称えて丸め込んだのだった。構わないとも。今私には地上の多くのことがどうでもよくなっている、その上の天を除けば。今となれば、自分がかつて自分の才能にどんなに虚栄心を抱いていたか、分かりすぎるほどに分かる。地上に対して死んだ者は――これは世界のことではない、そこには幾つかの生命が、一つの永遠性とまでは言わなくても、属しているのだから。いや永遠の者自らは万有に対して死ぬことはない、ことによると永遠の者は万有に対して永遠に根源的に先に生まれているかもしれないから。……老いた頭では何か別なことを言いたかったのだが――」。

この最後の言葉の後、私は先のみすぼらしいフィーベルがこうした輝かしいお祖父ちゃんに金属の化体、あるいはパンの化体をしたことの説明を更に聞きたくなった、そしてこの新しい性格へ移行した経緯を説明し、動機付けて欲しいと頼んだ。勿論彼にとっては性格の動機付けはどうでもよかったのかもしれない、すでにその性格を得ていたのだから、しかしそれを私から知ろうと思っている読者にとってはどうでもよくない。フィーベルは答えた。後で喜んで説明しよう、しかし今はもう遅い、と。

彼は小さな園亭に入った――私は彼に従った。――彼は口笛を一つ吹いた。早速黒い栗鼠が樹からやって来た、栗鼠は樹の上に食事よりは気晴らしのために登っていた――幾つかの小鳥、小夜啼鳥、つぐみ、椋鳥(鳥のむく犬)

が梢から開いた窓に飛んで戻ってきた――年のせいで赤から黒の鳥へと曇った鷽《うそ》がその小部屋でばたばたした、自分自身説明できないおどけた音色を出しながら――兎が後脚で立って前脚を叩いて夕方を知らせた――喜んで、人好きな様子で飛び込んでこないような子犬は小屋にいなかった、私はすべての犬を挙げる代わりにアラートヒェンだけを挙げる。しかし最も喜んで入ってきたのは多分むく犬で、これは何故鐘が鳴ったかすでに知っていて、つまり今や蓋付きのブリキ缶を首に付けてもらい、それにはビーネンローダの飲食店から取って来なければならない夕食の料理のメモが入っていると知っているのだった。この犬はフィーベルの台所の代理人、炊事車――フィーベルの季節の神、野戦郵便――ビーネンローダの大使、それに小森の大使の紹介者（吠えることによって公使館参事官としての私の紹介者）であった。――フィーベルのその他の奉仕の兄弟、姉妹は、あちこち走る子供達だけであった。

彼はこう述べてからようやく、「つまり人はできるだけ偏狭な動物達にも躾の手助けをしなくてはいけない、人は動物達の神に当たるのだから、そして動物達は死後も生き続けるだろうから、動物達をよき慣習へと調教すべきだ。神と家畜はいつも善良なるものだが、しかし人間はそうではない」と述べてから――私を思い出したことによって自分も思い出すに至った。老人達は、すべて物体的なものをそうするように、精神的なものも、半分をこぼしてしまう震える手で渡す。しかしながら私は次のことをこぼさずに得た。彼はおよそ百歳になった頃であろうか、自分の生命を再び生み出す夜、新たに歯が生えてきて、痛みの最中に荒々しい展開の夢を体験した。真夜中前に彼の亡くなった妻が現れて、彼に言った、自分は彼のために死者達から蘇ったのであって、彼を叱り、ペルッは嘲笑者であったこと、彼本人は鷽「お人好し」であったことを知らせるために来た、と。それから彼は真夜中過ぎに夢を見た。彼は広い篩を手にしていて、その編み細工を広げなければならないのであった。固く編みこまれた篩と木の縁のため彼は言いようもなく不安になって、彼は夢の中で自分自身の他には何も引き裂けず、逆に突然篩の代わりに大きな明るい太陽全体を手にすることになって、それがまぶしく彼の顔に輝いた。――彼は新たに生まれて目覚め、そして浪打つチューリップの上にいるようにまた眠り込んだ。そのとき夢を見たが、それは自分は百歳の後、一歳であり――罪を知らない一歳の子供として地上の悲しみも地上の罪も知らずに死に、そしてかなたに自分の両親を見いだすというもので、両親は一群の彼の子供達、単に明るい天使のように見えたので地上では目に見えていなかった子供達を彼の許に連れて来ていたのだった。

彼はベッドから降りたとき、間近に新しい歯を得ていたばかりでなく、新しい観念も得ていた。昔のフィーベルは焼け落ちた、正真正銘のフェニックスがいて、色彩の翼を日に晒していた。彼は他ならぬ肉体そのものという墓から神々しく蘇った。世間は後ろへ退いた、天が沈んで来た。

彼はこの件を私に話すと、仕事をしているむく犬を待たずに、すぐさまお休みと言うと、祈りのために組んだ両手で私に道を示した。私は去った、しかし長いこと果樹の小森をさまよった、果樹の小森は単に彼が埋めた種から生長したのだった。つまり彼は桜桃を食べるときは、種を――百姓達がうんざりしたことに、彼らは畦に高いものを欲しなかったのであるが――こっそりと地中に変容のために埋めることが常であった。「私は」と彼は言った、「一つの種も死なせたくない。たとえ後に百姓が若木を引き抜いても、その若木はほんの少し生きたわけで、子供として死んだことになる」。

小森で私は夕べの賛美歌のオルガンと歌を聞いた。――私はただ戻ってフィーベルの小窓のところまで近寄りさえすれば、彼が中で手回しオルガンをゆっくりと回しているのが見えた。オルガンに彼は穏やかな夕べの賛美歌の歌声で合わせていた。単調な孤独さと切れ切れの声とで、この声はフォーグラー[7]の簡素なオルガンよりも更に彼の家庭での敬虔さにかなっていた。私は真似て歌いながら家に帰った。

＊1　シゴー・ド・ラフォンの『自然の驚異の辞書』第一巻。オーバープファルツのレヒンゲンの百二十歳の老人は死の四年前に新しい歯を得て、それは半年後にまた新たな位置を占めた、云々。フーフェラントの『長命術』、それに更に、老齢時の多くの若返りがある。

＊2　どこかで私は実際あるフランス人からこの意見を聞いたか、読んだかした。これにはしかし多くの生理学的根拠があるのかもしれない。

＊3　彼は単にその逆のことを言いたかったのである。
＊4　現著者は元来ヨーハン・パウル・フリードリヒ・リヒターと言う。

第三　補遺の章

二日目

私は朝また来るとき、その途中ですでに、彼が私のことを半ば忘れているだろうと少しばかり覚悟していた。老齢の夜の霜のときには、老齢時には（ほとんど現在はなく）単に過去と未来とで暮らしていて、このようなことは当然見られることである。老年の人生の砂時計では上ではすべてがますます多く空になっていくが、下では、墓か過去と名付けてよい塚は一段と高くなる。——勿論私はこう期待できたであろう、彼は若干重要な男、実際フィーベルの生涯を記述しているこの男のことをより熱を込めて気にかけることだろう——主に彼はこの男が言語と学問の点で何をしたか調べるだろう——こやつは詩文の世界で生きた黄金時代なのか、ささやかな千年王国なのか——そして彼のことを何も知らない未知の島がまだあるのか、と。——こうした私についてのすべての問いの中で、この問いに答えることは実際きっと彼の名声につながることに違いなかったが、彼がしたものは一つもなかった、凡庸な問いかけ一つを例外にして、つまり私はその文書の中で、彼の愛しい両親について、まことに尊敬の念をもって偲んでいるかどうか、心からそうであって欲しいと願っているのであるがと彼は尋ねた。彼は付け加えた。「両親は余りに知られていない、ハイリゲングートの中でも外でも。それどころか息子の方がはるかに知られている」。私は両人について最も素晴らしいことを述べたと二つの誓いをした。しかし私は敬虔な息子から様々なこの最も素晴らしいことを引き出して、それを挿入した。

果樹の小森の朝は綺麗であった。老齢の霜が溶けて、単に朝の露として動きやすくなってフィーベルの遅咲きの花園でほのかに光っているように見えた。子供達のように、自分たちを慈しんでくれる者を察しているように見える動物達の彼に対する愛さえもが、果樹の小森の朝を一層綺麗にしていた、果樹の小森のそれぞれの若木は彼の味わった果実を母胎としていた。動物界は彼の両親からの遺産であった、ただ当然なことにそれは両親のそれの曾孫や玄孫等々に当たっていた。小森全体にはさえずる鳥や抱卵する鳥が見られた、しかし彼はわずかな口笛で父の声楽校のこれらのすべての馴れた子孫を梢から肩に呼び寄せることができた。彼が速やかに優しく取り巻かれる様を眺めるのは心をさわやかにした。太陽の輝きが見られるところではどこでも、彼は実に老幼児の子供っぽい満足感から多彩なガラス球を棒に刺したり、若木に吊るしたりして、そして銀の輝き、金の輝き、宝石の輝きのこの色彩の楽器(1)を言いようもなく満足して眺めた。私は彼にはなはだ共感を抱くが、この多彩な陽光の球は、十以上の色彩の炎で緑の野に光を放つガラス化されたチューリップの花壇であった——いや多くの赤いものが、あたかも熟した林檎の実のように小枝に見られた。——しかしこの老人が最もさわやかな気分になったのは、この小さな地球に移ろう風景を目にするときで、さながら動く景色を染め直す縮小鏡の按配であった。「いや実に」と彼は言った、「神が暗い世界に与えられたこれらの色彩、神がいつも太陽を必要とされるこれらの色彩を眺めると、自分は死んで、もう神の許にいるかのような思いがする。しかし神は我々の中にいるので、いつも我々は神の許だ」。

ここで私はようやく長いこと心にかかっていた問いを発して、どうして彼はその年で、ほとんど最新の執筆者も語れないような上手なドイツ語を話すのかと聞いた。「自分がおよそまた二歳になった頃であろうか」と彼は答えた（先の百年は自明であった）、「自分は幾つかの季節にわたって日曜日ごとにある神聖な聖職者の話を聞きに行った、この方はドイツ語を立派な天使の舌で話されて、それでいつか壇上で倒れて、天国に召されても、それ以上立派な舌は必要ないほどだった」。——この説教者と町を彼は私に説明することはできなかったが、しかしほぼその説教の流儀はできて、いかに彼が過剰な言葉や表情や動作なしに語ったか——いかに彼が最も素晴らしいこと、最も力強いことを穏やかな調子で話したか――いかにその男は、天の間近に憩いながら世間に語りかけるヨハネに似て、両手を静かに説教壇上や説教壇の袖に置いたか――いかにそれぞれの調子が一つの心であり、それぞれの眼差しが一つの祝福であったか――いかにこのキリストの弟子は力を愛の中にくるんでいたか、ちょうど硬いダイヤモンド[*1]が柔らかい金の中に見つかるようなもので、この金はダイヤモンドを後に人間の許でも囲むものである――そしていかに説教壇は彼にとって、自身と聴衆者とを神々しくするタボルの山となったか――いかに彼がすべての聖職者の中で、威厳に満ちた祈りをするという最も難しいことを最も上手にできたか説明した。……

一度ならず私は、彼が聞いたのはかの偉大な聖職者[2]で、その名前を私は最高の至福と最大の損失の思い出なしには語れないし、その墓には教会が記念碑としてそびえている方であると信じようとした。しかし事情があって、必ずしもこの喜ばしき信心を証することができない。

ますます温かく私はこの太古の男に心を寄せていった、そして彼からは、子供からと同様に一杯の愛のお返しを期待しなかった。最後に私は自ら辞去を申し出、彼の晩年の日々の平安を世俗的なことで邪魔しないようにした。彼には人間がさながら極地にいるように暮らす、かの崇高な老齢の姿勢を平静に保って欲しかった。星は一つも消えず、昇らないし、空一面広がり、輝き、そして第二世界の北極星が動かずにちょうど頭上にほのかに光るのである。――そこで私は夕方また伺いたい、辞去したいと言った。彼は驚いたことにこう答えた。自分自身ひょっとしたら世間全体から別れるかもしれないので、死去を邪魔されたくない。今晩自分はヨハネ黙示録を読み終える、だから軽く自分はお陀仏かもしれない、と。――即ちもっと早く語っておくべきことであったが、彼は最初から最後まで聖書を読むことの他は一切せず、その際こう固く信じていた――それ故、最後の巻を一層速く読んだのであるが、――自分はヨハネ黙示録の第二十二章の第二十節と二十一節〔聖書の最後〕、「これらの事を証する者言い給う、『然り、われ速やかに到らん』アーメン、主イエスよ、来りたまえ。願わくは主イエスの恩恵なんじら凡ての者と共に在らんことを」の所で死去する、と。

私は彼の長い遅れ咲きの後のこの速やかな枯れ死をほとんど信じなかったけれども、それでも彼の想像の遺言を執行し――もっとも我々は人間の良き決意のたびに、それは遺言ではないかと思っていいわけであるが――村への遺産の件があれば、私に委託して欲しいと言って別れた。それは、夙に万事手配されていて、子供達が知っている、と言った。彼は幼年時代から保たれているクリスマスツリーから一枝を切ると、それを私に勿忘草として授けた。

私は自分の懐疑に間違いはないと思っていたものの、その晩ビーネンローダで若干の不安を抱いて過ごした。夕方彼の賄い方のむく犬が夕食を取りに来た、絹毛のスピッツ、アラートに伴われて。まさしく彼から一匹の犬を譲り受けたいかのように、私はこのスピッツ、毛並みと心の見本のこの動物を取り押さえて、せめて何かを老お祖父ちゃんから獲得しようとした。それでも私はむく犬に自己逮捕状としてこの動物剽窃の知らせを結び付けた。この盗まれた犬は私の周りをさかんに、そして可愛くじゃれている。――スピッツとむく犬の、つまり蛇と鳩の教会共同使用として、この犬はその種族で能う限り古典的なものであった。

その夏の夜、私は結局抑え切れなくなって、果樹の小森へ、そして小さな家へ忍んで近付いていった、私の善良なお祖父ちゃんが聖書と人生とを同時に終えていないことに確信を抱くためであった。途中私は引き裂かれた黒い封印の封筒を見つけた、そして私の上ではすでに白いこうのとり達が暖かい国々への帰行を始めていた。そこでいろいろなことが思い浮かんだ。私は彼の小森からすべての鳥がさえずるのを聞いたとき、それは鳥の先祖達が彼の父の死去のときもそうしたのであって、私ははなはだ臆した。私の近視の眼前には直立の群雲が遅い夕焼けを一杯に受けて一つの横たわる、長く花咲く見知らぬ風景として広がっていた、そしてなぜこれまでこの見知らぬ赤くほのかに光る国を見過ごしてきたのか分からなかった。それだけに容易にこう思った。あれは神が疲れた人間を導いていく、神の東洋だと。いや私には一切が混乱していたので、赤い豆の花を落下した夕焼けの雲の一片だと思う始末であった。――ようやく私は小森で一人の人間が歌い、オルガンが回るのを耳にした。要するに老人が死なずにいて夕方の賛美歌(3)を弾いていたのであった。「主よ、またしても私の生涯の一日が過ぎていった」。こちらへ、彼の歌に合わせて、部屋の中と遠くの小枝の上の鳥の歌が届いた。生暖かい夏の夜、菩提樹の萼にもぐり込んでいる蜂のざわめきですら、私の歓喜の炎を更に高く吹き上げた。

彼は生きていた。——しかし私は彼の聖なる夕べを邪魔しなかった。彼は、彼への供物と歳月と共に彼を取り囲んでいるものの許にいるのだ、そしてここの下の人間のことは特別考えていない、と私は言った。私は彼の歌を最後の節まで聞き終えて、更に一層彼自らの存命を確信すると、私はゆっくりと離れていき、そして嬉しいことに永遠に若い自然の中に彼の古びた自然への美しい関連を更に見いだした。草原の泉、この永遠の波から始まって、新たな蜜蜂の群れに至るもので、この群れは（多分午前二時以前で）菩提樹の若木に落ち着いて、さながら彼はそれらをかくまうことによって養蜂家[4]となり、長寿となる定めであるかのようであった。——そしてそれぞれの星が私に希望の目配せをした。

それでも私のベッドの中では夢が、あるときはこう、別なときはこうと彼を殺し、埋葬したが、いつも十分に美しいものだった。あるときは夢の中で老人は春の夜死に——あるときはまた新年の日で——時折彼は父譲りの果樹の若木に寄りかかっていて、そして稲妻がただ天から一閃して、彼を天へ引きさらっていった——あるときは彼の棺を大きな巨人の子供達が運んできて、運ぶ途中に小さな赤く栄える花輪で飾られた老人達になった。——別な夢の中では彼は息絶えながら自ら目を閉ざして、言った。「もはや何も見たくない、イエス・キリストが私の傍らにいる」。——別な夢の中では彼は悲痛な思いで彼の母の墓へ深く身をかがめ、ただそこの花を顔に押し当てて、一つの花も折らなかった。突然母親が墓から出てきて、彼と共に雲の上を越えて一番近い星まで行った。——様々な夢の中で私はただ馴染みのない臨終の歌の最初の行を耳にした。例えば、永遠の許では最も長い時も散っていく——より長い人生、より短い永遠——神は無から空しいものは創らなかった——死者の塵は花粉となる、そして人は諸霊魂を担う。

このように眠りは人間と戯れる、人間が目覚めと戯れるように。

＊1　つまりマケドニアのもの。

第四　補遺の章

最後の日

私はこれを最後にこの話の主人公の許に行ったとき、すでにその途次、ここで書くことにしている箇所のことを考えていた、つまりこの補遺の章の後、文学者の旅団全体が、フィーベルがどこに生きているか知ることになって、老いたお祖父ちゃんを見るために、馬に乗ったり、馬車に乗ったりする（多くの者は徒《かち》で行こうとまでする）であろうということである。——そうなれば私は哀れな学校の女王蜂の灰色の頭の上にその晩年の日々、蜂の群れの袋を開けて注ぐことになろう。——文学者よ、文学者よ、汝らは同語反復や首句反復の形容によって、これは冒頭の同じ語を二回強調して繰り返すことだが、彼の許への学的旅を思いとどまることができないのか。私が結句反復を利用して、これは最後の同じ語を繰り返すことだが、そしてこう叫ぼうとも、最後の憩の直前にある男に最後の前の憩を恵みたまえ、と——それでも汝らは一向に構わないのか。

私は夜、彼のアラートを私の許においていた、この犬は奇妙なことに、私の許にいるのを好み、私と一緒に出掛け、あたかもこの絹毛のスピッツは私を『犬の郵便日』の郵便のスピッツ(1)の称賛者として知っていて、評価しているかに見えたが、しかしこれは読書に対する犬の冷淡さを思うと考えられないことであった。私は早速この場でこう知らせることにするが——これは多分後になると忘れてしまいそうで——つまりビーネンローダの方は、彼がこの最高級の動物の忠誠を見ると、この動物を私への立派な贈り物としたということで、周知のようにこれはまだ生きている。犬のアラートは多分謝礼、謝犬、あるいは記念牌——あるいは福音史家の紋章の動物（ルカは自分の背後に雄牛を有し、マタイは天使を有するように）――あるいは預言の紋章の動物（周知のように預言者のバラムと(2)マホメットはそれぞれの驢馬を有しているので）――あるいはそもそも単に一部は私のペルシア風清潔さを、一部は私のペルシアの出自をほのめかすもの（我々ドイツ人はペルシア人、清潔さと犬の最も偉大なこの友人に由来しているので）――といったところであったのであろう、――あるいはお祖父ちゃんはこの件を単に愛情からなそうとしたのであろう、要するに私は犬を得て、本日この犬は生きていて私の書斎のソファーで身体を掻いている。このことについてもっと納得したい読者がいて、私に訪問の栄を賜るなら、この犬はよろこんでどの読者の脚にも向かって行こう。この犬がいつか現世よりもより良き世界のためにお陀仏になったら――現世ではこの犬は、長く延ばして尾として天に向け動かすただの聖なる脚［仙骨］の他には何ら聖なるものを有しないが、――私は彼の体に植物性のものを詰めることにする、この植物を今この犬は嫌っているが、この植物は胃がなくなったときこの犬にとって婆羅門同様に気に入るであろうものである。

しかし閑話休題――私の悲しい夢はすでに私に悲しい目覚めをもたらさず、その一切を消していた。そうでなければ続く頁でアラートについてかくも楽しく話せたであろうか。――私はまことに早く小森へ行って、老人がまだ眠り、死のこの古い前奏、冷たい死のこの温かい夢の中にいるのを見ようとした。しかし彼はすでに大きな活字の聖書のノアの洪水のはるか先を炎の朝焼けの助けをかりて読んでいた、これは銅版画から判断してのことである。

彼の孤独を長くは邪魔しないことを私は自分の義務と考えていたので、私は彼に、自分は去る、別れの言葉の代わりに単に短い別れの手紙を渡すことにすると言った――これは多分誰の目に触れることもないであろう小紙片であったが、――すると彼は温かい目をそれに這わせて、それで私は私の最初のささやかな草稿が彼にもたらした印象について純然たる喜びを感じたが、最後に彼は親しげに、もっとこの天上的な――インクの吸い取り砂を持っていないか尋ねた。つまり彼は、私が私の小紙片の星輝く考えをそのエーテルに撒き散らしていたとりわけ青いインクの吸い取り砂に感じ入っていたのであった。彼は私に率直に私の撒き砂入れが欲しいと言った。「というのは私はまだ誰かに書くかもしれない、ひょっとしたら神自身に書くかもしれないから」と彼は言った。その際彼はまことに雄弁に、青という言葉にはいつでも特に感動してきた——例えばアメリカの旅行記の青い山並みには憧憬を感ずるほどであったし、——以前から亜麻の花や矢車菊、青い大きなガラス鉢を高く評価してきたと語った。「それに亡き私の母は棺の中でも生き生きとした青い目をしていた」と彼は付け加えた。

私ははなはだ感動して、しかし打ち解けずに別れた。それは友人や若者、老人から別れるときの感動ではなく、地球と太陽の間にある高く冷たい雲越しにかろうじて我々を覗く見知らぬ遠くの生き物から別れるときの感動であった、氷の海や高い山々の上での物体の静寂に似た魂の静寂がある。語る物音はどれも、繊細この上ないアダージョのときの物音のように、余りに散文的に硬い妨害となる。「最後に」という言葉も老人はすでにとうの昔に発していた。

犬の他に更に彼は私に急いで、香りと色合いのロマンチックな私の好きな花、植木鉢の青いスペインの青刈空豆を贈ってくれた、あるいは遺贈した。この花の蝶は容易に静かに消え、その香りの後、枯れてしまうだけに一層好ましかった。彼は私に、死期の夕べを生き延びた後、いつもの朝の賛美歌をまだ歌い始めていないので、同伴できないし、見送ることすらできない、いずれにせよよく見えないのだが、悪しからず了承して欲しいと頼んだ。その後、彼はほとんど感動したように言った。「ご機嫌よう、友の方、私の亡き縁者達も、それに名前を忘れてしまった偉大な説教師も居合わせるであろうところで、また相見んことを、さようなら」。

早速彼は全く落ち着いて手回しオルガンに近寄った。私は彼から一つの生命から離れるように離れた。彼はオルガンを木の下で弾いていて、顔を私の方に向けていたけれども、私の姿は彼の衰えた目には直に動かない霧となるに違いないと知っていた。それで私は彼が朝の賛美歌（老ネアンダー[3]作のもの）を始めたとき、ずっと立ったままでいた。

主はまだ私を生かして下さる
喜ばしい気持ちで

主を称えに、私は急ぐ。
主は朝の歌に耳を傾けられる。

歌の間、彼の周りに彼の鳥達が飛んだ。犬達も音楽には馴れているように見え、黙っていた、そして音楽は蜂の群れをも彼の小さな家へと誘い入れた。彼は私の遠くにいて、年齢のため墓の方に背が曲がっていたけれども、しかし遠くからではその背の高さのせいで十分真っ直ぐであるように見えた。

そのとき私の道の通じている西の方で朝の太陽がすべての色彩を持つ一つの虹を早朝に出現させた、そして東の方は唯一の赤色でなお輝いていた。東と西、最初と結末、時と永遠の色彩の門が互いに開かれて立っていた、そして両者はただ天から天へと導いていた。私は、老人が朝の賛美歌の最後の（第十二番目の）節を歌い終えるまで、ずっと立っていた。

神よ、御身の合図で
人生を終えたいもの
良心に迷いはなく、
そのように死なんことを。

それから私は私の道をゆっくりと進んで行った。

付録①

最良の師イエスさま、
我が学びは祝福されてあれ、
我が業のすべてが御身の恵みで
有益なもの上首尾なものとならんことを、アーメン

我らの聖なる父［主の祈り］

天にいます我らの父よ、願わくば御名の崇められん事を。御国の来らんことを。御心の天のごとく、地にも行なわれん事を。我らの日用《にちよう》の糧《かて》を今日もあたえ給え。我らに負債《おいめ》ある者を我らの免《ゆる》したるごとく、我らの負債《おいめ》をも免《ゆる》し給え。我らを試みに遇せず、悪より救い出し給え。御国と力と荘厳さとは永遠に御身のものなればなり、アーメン。

［聖書関係のものは原本では分綴記号が挿入されているが訳では割愛した「第十三凧」の章では試みにダッシュを入れている。］

聖なるキリスト教の信仰

我は父なる神、天と地の全能なる創造者を信じ奉る。

そしてイエス・キリストを、その生来の御子、我らの主を、聖霊によって受胎せし者、聖なる乙女マリアより生まれし者、ポンティオ・ピラトの下に苦しみし者、十字架にかけられて死し、埋葬され、地獄に堕ちて、三日目にまた死者達から蘇りし者、天に昇りて、全能の父なる神の右手に座し給う者を信じ奉る。

我は聖霊を、聖なるキリスト教の教会を、聖人達の共同体を、罪の赦しを、肉の蘇りを、そして永遠の生命を信じ奉る、アーメン。

神の聖なる十戒

第一の戒律

我は主、汝の神なり、汝は我の他に何ものをも神とすべからず。

第二の戒律

汝は主にして汝の神の名前を妄《みだり》に口にあぐべからず、主はおのれの名を妄《みだり》に口にあぐる者を罰せではおかざるべし。

第三の戒律

安息日を憶えて、これを清くすべし。

第四の戒律

汝の父母を敬え。是《こ》は主にして汝の神が汝にたまう所の地に汝の生命の長からんためなり。

第五の戒律

汝殺すなかれ。

第六の戒律

汝姦淫するなかれ。

第七の戒律
汝盗むなかれ。

第八の戒律
汝その隣人に対して虚妄の証拠《あかし》をたつるなかれ。

第九の戒律
汝、その隣人《となり》の家を貪《むさぼ》るなかれ。

第十の戒律
汝の隣人の妻、およびその僕《しもべ》、婢《しもめ》、牛、ろば、ならびにすべての汝の隣人の所有《もちもの》を貪《むさぼ》るなかれ。

＊

洗礼の聖なる秘蹟
主イエスは弟子達に言われた、あらゆる世界に出掛け、あらゆる民衆に教ゆべし、そして父と子と聖霊の御名において、彼らを洗礼すべし。かくて信仰し、洗礼を受ける者は、浄福とならん、しかし信仰せざる者は、劫罰を受けん。

小格言
キリストを愛することは、すべての智にまさる、アーメン。

朝の祈り

汝は、朝ベッドから起きるや、聖なる十字架と共に十字を切り、こう言うべし。

神よ、父と子と聖霊よ、御心のままに、アーメン。

その後跪くか立ちながら信仰の祈りと主の祈りを唱え、次にその気があれば次の小さな祈りを唱えるがいい。

我は、御身に、天上の父よ、御身の愛する子、イエス・キリストを通じて、昨夜あらゆる損害、危害から我を守られしことに感謝し、今日の一日もすべての罪や悪から守り給い、我の行うすべての業の御心にかなわんことを願い奉る。我は我が体と魂、すべてのものを御身の手にゆだねし者なればなり。御身の聖なる天使が我と共にあり、邪悪な敵の我に力を及ぼすことの一切なからんことを、アーメン。

それから喜びと共に、汝の務めに取りかかり、十戒あるいはその他の敬虔な祈りの類の歌を唱えるべし。

夕べの祈り

汝は夕方ベッドに就くとき、聖なる十字架と共に十字を切り、こう言うべし。

神よ、父と子と聖霊よ、御心のままに、アーメン。

その後跪くか立ちながら信仰の祈りと主の祈りを唱え、次にその気があれば次の小さな祈りを唱えるがいい。

我は、御身に、天上の父よ、御身の愛する子、イエス・キリストを通じて、今日恵み深く我を守り給いしことに感謝し、すべての我が罪、我がなせし邪まなことを赦し給い、今晩も恵み深く守り給わんことを願い奉る。我は我が体と魂、すべてのものを御身の手にゆだねし者なればなり。御身の聖なる天使が我と共にあり、邪悪な敵の我に力を及ぼすことの一切なからんことを、アーメン。

それからすみやかに喜んで眠り込むべし。

A　猿　林檎
猿は全く滑稽である、
殊に林檎をかじるとき。

B　熊　木
野生の熊は何と獰猛《どうもう》なことか、
蜂蜜の木から来たときには。

C　らくだ　花輪
らくだは大きな荷を運ぶ、
花輪は婚礼の客を飾る。

D　穴熊　剣
穴の中の穴熊は犬をかむ、

剣を持つのは兵士。

E　ろば　エレ尺
ろばは重い袋を運ぶ、
小売商はエレ尺で計る。

F　蛙　からざお
蛙は昼も夜もぐわっと鳴く、
からざおは大変疲れる。

G　鵞鳥　フォーク
鵞鳥の肉はとてもおいしい、
フォークで肉を取り分けることになる。

H　兎　ハンマー
焼かれた兎は意地悪ではない、
ハンマーの打撃はとても強い。

J　ユダヤ人　狩猟用角笛
ユダヤ人は貧しい人々を苦しめる、
狩猟用角笛は陽気で楽しい。

K　猫　櫛
抜け目ない猫は鼠を食べる、
櫛を下におろすと虱が出る。

L　子羊　蠟燭
子羊は辛抱強い、
蠟燭は明るい光をもたらす。

M　僧侶　ナイフ
僧侶は祈る義務がある、
決してナイフで刺してはいけない。

N　尼僧　［針穴用］錐
尼僧は懺悔をしようとする、
錐は一つ必要だ。

O　雄牛　耳
雄牛がどすんと突いている、
耳は聞くためにある。

P　馬　斧

馬は騎士に似合う、
大工は斧を使う。

Q　雌牛　凝乳チーズ
何と不思議なこと。とても赤い雌牛が、
白い牛乳をもたらす、それに凝乳チーズを。

R　からす　大根
からすの歌は、墓、墓、墓。
大根からは泥をこすり落とす。

S　猪　王笏
猪は汚物の中をはなはだころがる。
王笏は名声と栄誉をもたらす。

T　竜　背負い枠
神よ竜から我らを守り給え。
楽にさせておくれ背負い枠。

V　捕鳥者　U　時計
捕鳥者は朝早く起きる、

彼は時計の進行を気にしない。

W　狼　　曲尺《かねじゃく》
狼は小羊を憎々しげに食べる。
指物師は曲尺を必要とする。

X　クサンティッペ　　XXXXXXXXX
クサンティッペは性悪な娼婦、
十掛け十はただの百。

Y　針鼠　　ほおずき
針鼠の肌は針だらけ、
私はほおずきが欲しい。

Z　山羊　　勘定板
山羊は二ショックのチーズをもたらす、
勘定板を雄山羊［仕立屋］が支える。

A a b c d e f ff g h i k ck l ll m n o p q r ꝛ
s ſ ſſ ß ſt t u v w x y z tz.

A B C D E F G H I K L M N O P Q R
S T U V W X Y Z.

a b c d e f ff g h ch i j k ck l ll m n o p q
r ꝛ s ſ ſſ ß ſt t u v w x y z tz.

A B C D E F G H I K L M N O P
Q R S T U V W X Y Z.

Die ſelbſt=lau=ten=den Buch=ſta=ben

a e i o u y.

Die ſtum=men Buch=ſta=ben

b c d f g h k l m n p q r ſ t w x z.

Die dop=pelt ſelbſt=lau=ten=den Buch=ſta=ben

ä	ö	ü	au	eu	ei	ey	ie
Käß	Götz	Thür	Staub	Eul	Pfeil	Bley	Sieg

A a b c d e f ff g h i k ck l ll m n o p q r ꝛ s ſ ſſ ß ſt t u v w x y z tz

Ab	eb	ib	ob	ub
Ba	be	bi	bo	bu
Ca	ce	ci	co	cu
Da	de	di	do	du
Fa	fe	fi	fo	fu
Ga	ge	gi	go	gu
Ha	he	hi	ho	hu
Ja	je	ji	jo	ju
Ka	ke	ki	ko	ku
La	le	li	lo	lu
Ma	me	mi	mo	mu
Na	ne	ni	no	nu
Pa	pe	pi	po	pu
Qua	que	qui	quo	quu
Ra	re	ri	ro	ru
Sa	ſe	ſi	ſo	ſu
Ta	te	ti	to	tu
Va	ve	vi	vo	vu
Wa	we	wi	wo	wu
Xa	xe	xi	xo	xu
Za	ze	zi	zo	zu

*

Du beſter Lehrer Jeſulein,
Mein Lernen laß geſegnet ſeyn,
Daß all mein Thun durch deine Gnad
Erſprieslich werd und wohlgerath, Amen.

*

A a b c d e f ff g h i k ck l ll m n o p q r r s ſ ſſ ß ſt t u v w x y z tz

---

Das Zäh=len

1. 2. 3. 4. 5. 6. 7. 8. 9. 10. 20. 30. 40. 50. 60. 70. 80. 90. 100. 1000. 10000. 100000.

*

Das hei=li=ge Va=ter Un=ſer

Va=ter Un=ſer, der Du biſt im Him=mel. Ge=hei=li=get wer=de Dein Na=me. Zu=kom=me Dein Reich. Dein Wil=le ge=ſche=he wie im Him=mel, al=ſo auch auf Er=den. Un=ſer täg=lich Brod gieb uns heut. Und ver=gieb uns un=ſe=re Schuld, als wir ver=ge=ben un=ſern Schul=di=gern. Und füh=re uns nicht in Ver=ſu=chung. Son=dern er=lö=ſe uns vom Ui=bel. Denn Dein iſt das Reich, und die Kraft, und die Herr=lich=keit in E=wig=keit, A=men!

*

Der hei=li=ge Chriſt=li=che Glau=be

Ich glau=be an GOTT den Va=ter, All=mäch=ti=gen Schöp=fer Him=mels und der Er=den.

Und an JE=ſum Chri=ſtum, Sei=nen ein=ge=bohr=nen Sohn, un=ſern HErrn, der em=pfan=gen iſt von dem Hei=li=gen Geiſt, ge=boh=ren von der Jung=frau=en Ma=ri=a, ge=lit=ten hat un=ter Pon=ti=o Pi=la=to, ge=creu=tzi=get ge=ſtor=ben und be=gra=ben, nie=der=ge=fah=ren zur Höl=len, am drit=ten Ta=ge wie=der auf=er=ſtan=den von den To=den, auf=ge=fah=ren gen Him=mel, ſit=zet zur Rech=ten GOt=tes, des all=mäch=ti=gen Va=ters. Von dan=nen Er kom=men wird zu rich=ten die Le=ben=di=gen und die To=den.

Ich glau=be an den Hei=li=gen Geiſt, ei=ne hei=li=ge Chriſt=li=che Kir=che, Ge=mein=ſchaft der Hei=li=gen, Ver=ge=bung der Sün=den, Auf=er=ſte=hung des Flei=ſches, und ein e=wi=ges Le=ben, A=men.

A a b c d e f ff g h i k ck l ll m n o p q r ꝛ s ſ ſſ ß ſt t u v w x y z tz

---

Die hei-li-gen ze-hen Ge-bo-te Got-tes

Das er-ſte Ge-bot

Ich bin der HERR dein GOtt, du ſolt nicht an-de-re Göt-ter ne-ben mir ha-ben.

Das an-de-re Ge-bot

Du ſolt den Na-men des HErrn dei-nes GOt-tes nicht ver-geb-lich füh-ren, denn der HErr wird den nicht un-ſchul-dig hal-ten, der Sei-nen Na-men ver-geb-lich füh-ret.

Das drit-te Ge-bot

Ge-den-ke des Sab-baths, daß du ihn hei-li-geſt.

Das vier-te Ge-bot

Du ſolt dei-nen Va-ter und dei-ne Mut-ter eh-ren, auf daß du lan-ge le-beſt im Lan-de, das dir der HERR dein GOTT ge-ben wird.

Das fünf-te Ge-bot

Du ſolt nicht töd-ten.

Das ſech-ſte Ge-bot

Du ſolt nicht e-he-bre-chen.

Das ſie-ben-de Ge-bot

Du ſolt nicht ſteh-len.

Das ach-te Ge-bot

Du ſolt nicht fal-ſche Zeug-niß ge-ben wi-der dei-nen Näch-ſten.

A a b c d e f ff g h i k ck l ll m n o p q r ꝛ s ſ ſſ ß ſt t u v w x y z tz

---

Das neun-te Ge-bot

Du ſolt nicht be-geh-ren dei-nes Näch-ſten Haus.

Das ze-hen-te Ge-bot

Du ſolt dich nicht laſ-ſen ge-lü-ſten dei-nes Näch-ſten Weibs, noch ſei-nes Knechts, noch ſei-ner Magd, noch ſei-nes Och-ſen, noch ſei-nes E-ſels, noch al-les was dein Näch-ſter hat.

*

Das hei-li-ge Sa-cra-ment der Tau-fe

Der HERR JE-ſus ſprach zu ſei-nen Jün-gern: Ge-het hin in al-le Welt, und leh-ret al-le Völ-ker, und tau-fet ſie, im Na-men des Va-ters, und des Soh-nes, und des Hei-li-gen Gei-ſtes. Wer da gläu-bet, und ge-tau-fet wird, der wird ſe-lig. Wer a-ber nicht glau-bet, der wird ver-dam-met.

*

Sprüchlein

Chriſtum lieb haben, iſt beſſer, denn alles Wiſſen, Amen!

*

Der Mor-gen See-gen

Des Mor-gens, ſo du aus dem Bet-te fäh-reſt, ſolt du dich ſeg-nen mit dem hei-li-gen Creu-tze, und ſa-gen:

Das walt GOtt † Va-ter, † Sohn, und Hei-li-ger † Geiſt, A-men!

A a b c d e f ff g h i k ck l ll m n o p q r ꝛ s ſ ſſ ß ſt t u v w x y z tz

---

Dar-auf denn kni-end o-der ste-hend den Glau-ben und Va-ter Un-ser, wilt du, so magst du dieß Ge-bet-lein dar-zu spre-chen:

Ich dan-cke dir, mein himm-li-scher Va-ter, durch JE-sum Chri-stum, dei-nen lie-ben Sohn, daß du mich die-se Nacht für al-lem Scha-den und Ge-fahr be-hü-tet hast; und bit-te dich, du wol-lest mich die-sen Tag auch be-hü-ten, für Sün-den und al-lem Ue-bel, daß dir al-le mein Thun und Le-ben ge-fal-le. Denn ich be-feh-le dir mein Leib und See-le, und al-les in dei-ne Hän-de, dein hei-li-ger En-gel sei mit mir, daß der bö-se Feind kei-ne Macht an mir fin-de, Amen.

Und als-denn mit Freu-den an dein Werk ge-gan-gen und et-wa ein Lied ge-sun-gen, als die Ze-hen Ge-bot, o-der was sonst dei-ne An-dacht gie-bet.

*

Der A-bend See-gen

Des A-bends, wenn du zu Bet-te ge-hest, solt du dich seg-nen mit dem hei-li-gen Creu-tze, und sa-gen:

Das walt GOtt † Va-ter, † Sohn, und Hei-li-ger † Geist, A-men.

Dar-auf denn kni-end o-der ste-hend den Glau-ben und Va-ter Un-ser, wilt du, so magst du dies Ge-bet-lein da-zu spre-chen:

Ich dan-cke dir, mein himm-li-scher Va-ter, durch JE-sum Chri-stum dei-nen lie-ben Sohn, daß du mich die-sen Tag gnä-dig-lich be-hü-tet hast, und bit-te dich, du wol-lest mir ver-ge-ben al-le mei-ne Sün-de, wo ich un-recht ge-than ha-be, und mich die-se Nacht auch gnä-dig-lich be-hü-ten. Denn ich be-feh-le dir mein Leib und See-le, und al-les in dei-ne Hän-de, dein hei-li-ger En-gel sei mit mir, daß der bö-se Feind kei-ne Macht an mir fin-de, A-men.

Und als-dann flugs und frö-lich ein-ge-schla-fen.

A a Affe. A a Apfel.

Ein Affe gar possirlich ist,
Zumal wenn er vom Appfel frißt.

B b Bär. B b Baum.

Wie grausam ist der wilde Bär,
Wenn er vom Honigbaum kömmt her.

C c Camel. C c Cranz.

Camele tragen große Last,
Das Cränzlein ziert den Hochzeitgast.

D d Dachs.

D d Degen.

Der Dachs im Loche beißt den Hund,
Soldaten macht der Degen kund.

E e Esel.

E e Elle.

Der Esel träget schwere Säck,
Mit Ellen mißt der Kramer weg.

F f Frosch.

F f Flegel.

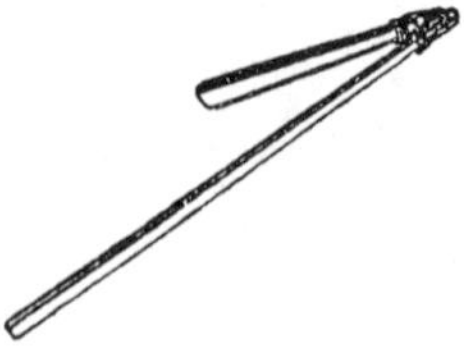

Der Frosch Coax schreit Tag und Nacht,
Der Flegel gar sehr müde macht.

G g Gans.　　　　G g Gabel.

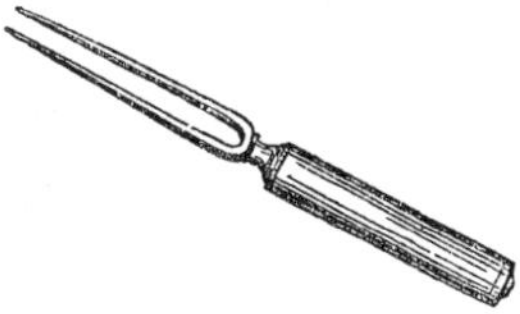

Das Fleisch der Gänse schmecket wohl,
Die Gabel es vorlegen soll.

H h Haase.　　　　H h Hammer.

Gebratne Haasen sind nicht bös,
Der Hammer giebt gar harte Stöß.

J i Jüde.　　　　J i Jägerhorn.

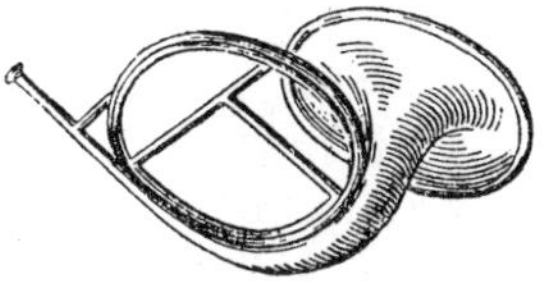

Der Jüde schindet arme Leut,
Das Jägerhorn macht Lust und Freud.

K k Katze.

K k Kamm.

Die schlaue Katze frißt die Mäus,
Der Kamm herunter bringt die Läus.

L l Lamm.

L l Licht.

Geduldig ist das Lämmelein,
Das Licht giebt einen hellen Schein.

M m Münch.

M m Messer.

Zum Beten ist der Münch verpflicht,
Mit Messern stich bei Leibe nicht.

N n Nonne. N n Nagelbohr.

Die Kloſternonne will thun Bus,
Ein Nagelbohr man haben muß.

O o Ochs. O o Ohr.

Ein Ochſe ſtöſſet, daß es kracht,
Das Ohr zu hören iſt gemacht.

P p Pferd. P p Peil.

Ein Pferd dem Reuter ſtehet an,
Das Peil gebraucht der Zimmermann.

Q q Kuh. Q q Quarkkäs.

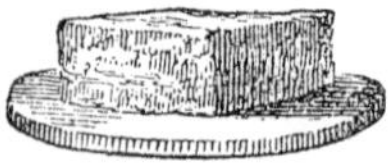

Was Wunder? die sehr rothe Kuh,
Giebt weiße Milch, Quarkkäs dazu.

R r Rab. R r Rettig.

Der Raben Lied ist: Grab, Grab, Grab.
Vom Rettig man den Koth schabt ab.

S s Sau. S s Scepter.

Die Sau im Koth sich wälzet sehr.
Das Scepter bringet Ruhm und Ehr.

T t Trache.

T t Trage.

Vorm Trachen uns bewahre GOtt.
Die Trage uns aus aller Noth.

V v Vogelsteller.

U u Uhr.

Der Vogelsteller früh aufsteht,
Er fragt nicht, ob die Uhr recht geht.

W w Wolf.

W w Winkelmaas.

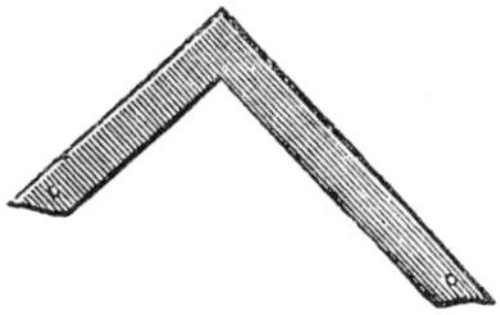

Der Wolf das Schäfgen frißt mit Haß.
Der Tischer braucht sein Winkelmaas.

X x Xanthippa. XXXXXXXXXX.

X
XX
XXX
XXXX

Xanthippa war eine arge Hur,
Die X mal X macht hundert nur.

Y y Ygel. Y y Yüdenkirschen.

Des Ygels Haut voll Stachel ist,
Nach Yüdenkirschen mich gelüst.

Z z Ziege. Z z Zählbret.

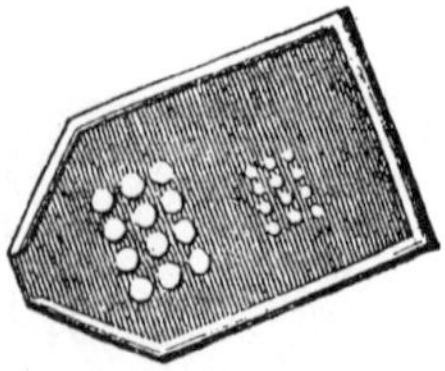

Die Ziege Käse giebt zwey Schock,
Das Zählbret hält der Ziegenbock.

カンパンの谷あるいは魂の不死について
並びに教理問答の十戒の下の木版画の説明

前置き

人間は二つの部分、冗談と真面目からできている。――それ故、人間の至福はより高い喜びと低い喜びから成り立っている。人間は寓話の双頭の鷲に似ている、これは一方の頭を垂れて食べているとき、別な頭では見回し、監視しているのである。

それ故、立派な著者は英国人同様に、二世界の教会共同使用で暮らしているこうした不合理というよりは二重の意味を持つ生き物のために二つの性質、神々しい性質と人間的性質を有しなければならない。一人の著者なら、自身人間であり、読者の一人であるので、それは一層容易である。

これが、何故現下の本は、以前の兄弟の本すべてがそうであるように、二項式の根あるいはむしろ両性花を、つまり以下の二つの類似しない話の部分を有するのかの理由である。

I　カンパンの谷　あるいはそこでの我らの不死についての会話。我らの時代は、蜂の鞘を針と見なすように、肉体上の翅鞘を精神的翼と見なしているので、人間に対していつも人間の性質の風切羽と、この羽が人間を持ち上げている吊り庭とを見せなければならない。批判的哲学は毎朝、それに書籍市のたびに、我らはその哲学同様不死であると証明している。しかし誰もがその講壇の十分間近にいて、そのかすかな証明が聞き取れるわけではない。私はこの哲学が私の証明に対して非難するとしたら、それはただ着衣《いいまわし》の違いだけであって欲しいと願う。しかし詩文は哲学の電気的コンデンサーであり、詩文はまず哲学の電気的蜘蛛の巣や列福[1]を、揺さぶり癒す稲妻へと濃縮する。人間は漸次にある確信から対極の確信へと――憎しみから愛へ――愛から憎しみへ――悪徳から有徳へ移ることはなく、一気に移る。ただ雷光だけが磁気の極を変えるのである。

不死についての会話ではしばしば、すでに以前の私の作品に見られる最も重要な証明が欠けている。それに会話は単に汲み出すばかりでなく、汲み尽くすべきであったと思われる。会話は私自身の感情によれば、こうした状態では、然るべき学的証人尋問を有し、検視や主要宣誓や書面の記録や、二分の一、四分の一、八分の一、十六分の一等の証明による必要な証明を有するきちんとした完全な論文というよりは——一つの会話に終わっているという非難を十分にかわし得ていない。

Ⅱ　この建物の第二の翼《よく》全体を私は木版画の陳列室にした、そしてこれを観客に平日ずっと公開することにする。周知のようにバイロイトとアンスバッハの侯国は、十戒が載っていて、それぞれの戒律ごとに立派な木版画の食卓飾りや模造料理を見せるささやかな新教徒の教理問答書を有する。この木版画はまだ美術鑑賞家にはよく知られていない。私の目にした芸術家辞典にはこの画家の名も作品も記載されていない。この本の後奏曲は世間に十の木版画についての完全な注釈ばかりでなく、十の版画そのものも提供する予定である。最初私は別なふうにしようとしていて、——作品を十のカットの新しい複写で高くしないよう——冊子ごとに同時に、ほとんど値のしないルターの小さな教理問答書そのものが出版社から出版される予定であった——リヒテンベルクの注釈にホガースの画集[2]が添えられたようなものである。しかし私の友人達は私に、世の人々は教理問答書に腹を立てて、これと関わるよりは、木版画と注釈書なしですませるであろうと語った。それ故、私は古い版木の高くつく写しを認めることになった。実際ドイツ人も、イギリスが『ファッションのギャラリー』[3]やその他の、今や買収で浪費するも同然な豪華本に金を費やすように、木版画で一杯の盛装本にようやく財布の紐をゆるめることがあって何故悪いだろうか。私はドイツ国民が私のこのような作品を単に金が高いからと——これがたとえ一皇帝グロッシェンに——これはルイ金貨五ターラーのときおよそ九と五分の三ペニヒするが、上がろうとも——ほとんど買い取らないということがあって欲しくない。ドイツ人はこのような些事によくその立派な頭を燃やすものである。そもそも何故ドイツ人は［古代アテネの］アレオパゴス法院の裁判官や競技者[*1]に似て美［人］を見てはならないのだろう。何故ドイツはアブデラ人〔俗物〕のように、ピウス六世やフランスのフィリップのように美しい者という添え名を得られないのだろう。——ドイツ人は、戒律によれば安息日に周知の匿名の場〔雪隠〕[*2]に座っているとき、美しい絵や美しい家々や事柄を考えなければならないユダヤ人と肩を並べられないのだろうか。

勿論筆者は快く認めるが——しかしこの欠点は気付くのが遅過ぎたが、——著者は時にこの十の教理問答書の木版画の美しさを実際よりも過大に思い、評価している。しかしこうした状況には、長いこと同一の画家を研究している者ならば、誰でも陥るであろう。技巧を凝らした芸術作品は遂には技巧を凝らした芸術感覚を生む。ちなみに芸術批評家は、注釈の喜劇的なアラベスク、唐草模様をこのような時代には余りに厳密に考えて欲しくない、つまり〔ライン河の〕一方の岸辺では多くの人間が血を流し、他方の岸辺では多くの者が泣いていて、かくていつもより我々の希望ばかりでなく（不滅への信仰によって）、また我々の陽気さをも（気散じによって）救い出さなければならない時代のことである。

我々の土台となっていて、死後は人々が顎の下に今の忌々しい咽頭のネクタイの代わりに置いてくれる土くれは、将来の生命の樹を担い、育てる力を十分に有するばかりでなく、その朦気は現世でも鋤の背後の消耗患者や大地浴中の神経衰弱者を強壮にするのである。

フォークトラントのホーフにて、一七九七年四月二日

ジャン・パウル・Fr. リヒター

＊1　バシリウス『説教』五二。
＊2　週刊雑誌『ユダヤ人』第一巻B。

カンパンの谷

私はしばしば円蓋を通じての蒸留で地球の［冷淡な］粘液質を沈澱させた。極地の不毛の地、氷の海、ロシアの砂漠、氷の山、犬の洞窟[1]である。そしてその残りから素敵な副地球、副小衛星を抽出した。古い地球の魅力を抜粋し、整理すると、とても可愛い、しかし小さく溶けた地球を合成できよう。その細密画の地球、同様の地球の洞窟にはアンティパロス[2]の洞窟やバウマンの洞窟[3]を――平原にはライン地方を――山々にはヒュブラ[4]やタボル、モンブランを――島々にはフレンドリー諸島や浄福の島々[5]、ポプラの島[6]を――森にはウェントワース公園[7]やダフネの森[8]、パポスの森[9]からの若干の隅の木を――立派な谷にはザイファースドルフの谷[10]やカンパンの谷[11]を取り上げればいい。そうすればこの砂漠の汚れた世界の傍らに、最も綺麗な添加世界、後世界、重要なデザート用食器一揃い、煉獄の間の天国の前庭を有することになろう。――

私は意図的にカンパンの谷を私のエキス、煎薬の中に投じた。私はここより他に目覚めたり、死んだり、愛したりしたい谷を知らないからである。私は、話さなければならないとしたら、この谷を決して［ギリシアの牧歌的］テンペの谷や［ライプツィヒ近郊の］薔薇の谷、オリンポスと言い間違うことはなく、せいぜいユートピアと言い間違うくらいであろう。読者の方々にはこの谷はすでに十分その地理学の学校の授業やアーサー・ヤングの旅行から承知であろう、ヤングは私よりも更に強く称えている[*1]のであるが。

それ故――こう仮定せざるを得ないが――一七九六年七月幸運の女神はその球から我らの球に昇り、そして私の手を――その采邑や寡婦分［夫の死後妻の受け取るべき食料品その他］、黄金の子牛、金の羊毛をもってする代わりに――ただ自分自身の手でもって私を案内し――それで私は女神と分かったが――カンパンの谷に導いた。……まことに人間はただ覗いて見さえすればいい、すると人間は（私同様に）、悪魔[12]がキリストやルイ十四世に提示し、教皇達に与えたものよりも多くのものを得ている。

享楽の試金はその思い出である――ただ空想の楽園だけが快く空想となり、決して失われることなく、常に獲得される――ただ詩文だけが過去と未来を和解させ、この二つの押し砕く岩に対して止まるよう命ずる[*2]オルフェウスの七弦琴である。

周知のように、私はカールゾン氏と共に――というのは美的聴衆には実際本当の姓名は重要であるまいからで、聴衆は文芸上の刑事裁判所、死罪裁判所として本当の名前をいつも創作された名前を基準に扱うものであるが、しかし実在する登場人物本人にとっては、少なくとも重要な人物にとっては、読者方や批判的裁判所から傷付くほどしごかれないことが大事かもしれない――周知のように、と申し上げるが、私は九六年に友人のカールゾンと一緒に（彼は＊＊＊侯の下の名誉騎兵大尉であり）フランスを通ってすばやい旅行をした。ほとんど里程標石から里程標石ごとに私は友人のヴィクトル⑬に最良の書簡の記録表を仕上げた。私が彼に次に記載の谷の絵を送ると、彼は私に長いこと迫り、それで私は自然のこの彩色の模刻を書状複写機だけにではなく、印刷機や製本機にもかけることを約束する羽目になった。それを私はしている。私は夙に承知しているが、親愛なるヴィクトルは、我らの時代には貧しい人間の青虫にとって蚕小屋への緑の枝はもはや恵まれないこと、敵の潜水夫が死者の海に投げ下ろされる錨索を引きちぎろうとしていることを見てとっている。それ故、彼は不死についての会話の方をその会話の行われた谷の描写よりも大いに評価している。このことは彼が私をクロード・ロラン⑭の反対と呼んでいることから分かるのである、ロランは風景だけを自分で描き、その中の人間は他の人に描かせたのであった。まことにこのような谷では、自分の自我の代わりに墓の行き詰まる空気の中に真理の坑内用安全燈や安息日の明かりを下ろして、自我がこのような深みの中でまだ呼吸できるか調べてみる価値があろう。

しかし私は学的世界にお願いするが、この手紙の贈り物を、私が更にフランスについての他の私の手紙も披露することの保証と見なさないで頂きたい。私がそこで真の静力学的地理学的建築用材として保管しているものは、すでに「地理学者の」ファブリ⑮氏の手に渡っており、彼に供給者の名を明かさずに素材として使うよう明白に頼んでいる。

私は冗談でヴィクトル宛の手紙を宿場に分割した。五百の宿場は当然ながら公表しない、そして私が谷に登場する五〇一番目から始める。

＊1　第一巻七六頁。ドイツ語の翻訳本。ちなみにこの谷そのものは上部ピレネー地方にあることを誰にも語る必要はないであろう。
＊2　周知のように二つのシュンプレガデスの岩［黒海の入口両岸］はいつも両側から動いてきて、通り抜けようとする船があるたびに、それを砕いてきたが、オルフェウスの音色がようやくそれらを落ち着かせた［『アルゴス号乗組員の物語』参照］。

五〇一番宿場

人生の多様――恋文としての弔詩――洞窟――驚き

カンパン、七月二十三日

――一昨日から生き返っている。地獄行きや浄罪火の試練、子供達や父祖の煉獄《リンボ》の通過の後ようやく人間は天国に入る。――しかし私は君に一昨々日の宿からの出で立ちについて語らなければならない。頭が厳しく置かれるのは、頭を両手で持つとき――即ち頬杖をつくときを措いてないであろう。私とカールゾンが一昨々日そうなったのは他ならぬ次のことのせいで、我らの部屋の隣りの広間では結婚式の踊りが行われ、平土間ではホテルの主人の末の娘が、コルデ[1]という名前ばかりでなく、コルデの魅力も有する娘が、頬に二本の白い薔薇を置かれ、巻き毛には二本の赤い薔薇を挿して――棺に収められて、青白い顔と重たい心を持った人々が、花と咲き、幸せな人々の給仕をしているのだった。運命が同時に霊魂プシュケの轅に慶祝馬と哀悼馬[2]をつなぐとき、いつも哀悼馬が先に来る、――つまり笑うミューズと泣くミューズが同じ時間に一つの舞台で共存して演ずるとき、人間はギャリック[3][*1]のようには笑うミューズの側には立たず、その中間に位置することさえなく、泣くミューズの方を取る。かくて我々はいつでもミルトン(4)のように失われた楽園の方を再び得られた楽園よりも熱く描くし、ダンテのように地獄の方を天国よりも上手に描くことになる。——要するに物言わぬ亡骸は我々両人を踊り手達の陽気な温かい印象に対して冷淡にさせた。しかし、ヴィクトルよ、私のような男がよく知っていることと言えば、ただ地球は時間ごとに同時に朝焼けと夕方の雲を分配し、こちらでは青い月曜日が始まり、あちらでは灰の水曜日が始まるということであり、また、従って、同じ時に人類の広い国民劇場では踊りの音楽、夜の音楽と同時に葬列が演じられるということにほとんど悲しみを感じないようなこのような男が、それでもこの二重の音楽を一度に片隅の舞台で耳にすると頭を垂れることになるということは、まことに興味深いことではないか。これはこの男のその他の行い同様に面白いことではないか。

カールゾンの目にも若干こうした塵埃の雲が飛来してきた、彼の場合はしかしそれは一つの骨壺から吹き飛ばされてきた灰から成り立っていた。彼はどのような痛みにも耐えることができた——その思い出を別にして。——年の経過を彼は国々で代用していた、それで通り過ぎた空間は彼にとって閲してきた時間に勘案された。しかし彼が上がってきて、私にこう語ったとき、このとき深遠な確固たる若者は青ざめていた、つまり青白いコルデの恋人は彼女の組んだ手を振り解くと跪いたまま荒々しい口へと引きさらった、と。

彼は鏡で自分の顔色が変わったことに気付くと、そのことを説明するために、さながら自分の人生のロビンソン行為譚からの最後の深奥の頁を語った。この若者は何という不透明な宝石か御存じであろう、彼は自分の率直な旅の同伴者に友人達との関係について一つの継ぎ目や節穴を開けて見せることさえしないで、友人達を追ってフランス中を旅してきたのである。今初めて、殊にカンパンの谷の近付いていることに感動して、鍵穴から鍵を抜いた、鍵穴は君にとってプロンプターの穴となろう。

彼がヴィルヘルミ男爵とその許婚のジョーネ、それに妹のナディーネと共にローザンヌまで旅してきたこと、それは一緒にカンパンの谷まで行き、そこでアルカディアでの結婚パーティーを行うためであったこと——このことは君はすでに承知している。彼がローザンヌで突然彼らから離れ、シャフハウゼンのラインの滝へ戻ったこと——

これも君は承知している。しかしその理由は知らない。このことが今や彼と私によって君に語られよう。カールゾンは毎日近くにいるうちに、とうとう、近しい、大きく確固と描かれたジョーネの性格の上に、その上この性格は許婚らしい愛で魔術的に着色されていたが、投げかけられた密なベールの中を覗き見ることになった。カールゾンは多分他人よりは自分によって心の動きが分かることははるかに遅かったであろう。彼の心は、水の中の所謂オパールのように、最初輝いているが、それから色合いを変えて、それから霧となり、最後に透明となった。美しい関係を曇らさないために、彼は自分の関心の疑わしい部分を妹のナディーネに向けた。彼は、ジョーネに対して美しい真実を奪ったが故に、ナディーネを美しい錯誤に導いたのではないかという点は私にははっきり語らなかった。

　こうした劇の結び目［葛藤］のすべてを死の大鎌は断ち切ろうとしているかに見えた。ジョーネ、この健康な平静な女性を、突然神経の禍が襲った。ある晩ヴィルヘルミが詩人的激しさで泣きながらカールゾンの部屋に入って来て、ただ抱擁しながら吃って言った。「彼女は逝った」。

　カールゾンは一言も言わなかった、しかし彼はその夜のうちに他人や自らの悲しみの混乱の中でシャフハウゼンへ旅立った。そして愛してくれる女性と愛された女性から、つまりナディーネとジョーネ双方から同時にひょっとしたら逃れたのかもしれない。ライン河の永遠の竜巻、この絶えず落下する溶けた大雪崩、このほの白く輝く、垂直な銀河の前で彼の魂は次第に回復した。しかしその前に彼は長いこと刺すような痛みの陰鬱な冷たい蛇の洞窟に閉じ込められていた、その痛みは彼の心まで這いまわり、巻きついた。というのは彼は自分を育ててくれた大抵の世間の人々同様に――それにひょっとしたら自分の好みの学問、化学によって――余りに物体的な見解、見込みに慣れていて、――我らの最後の眠りは消失であると信じていたからである、ちょうど叙事詩[5]の中で最初の人間が最初のまどろみを最初の死と見なしたようなものである。

　彼はヴィルヘルミに単に自分の滞在の知らせと一篇の詩を送った。「慰めのない嘆き」で、自分の不信仰を表題にしたものであった。彼は食べると不死を約束すると言われるアンブロシア［不老不死］のパンを割ったことがなかったからである。しかしまさにこのことが彼の衰弱していた心を強め、ミューズの女神達は彼をヒポクレーネ［詩的霊感の泉］の健康な泉へ導いた。

男爵は彼に返事を寄越した。自分は彼の故人の女性、不死の女性への素敵な弔詩を読み上げた、と。しかしただ長い失神のために苦痛の錯覚が生じたのだった。男爵とジョーネはすぐさま戻って来るよう衷心から頼んでいた。しかしカールゾンは答えた。「運命が今や自分をアルプスの壁で彼らの素晴らしい祝祭と隔てている。花嫁の谷のようにカンパンはその春をいつでも新たにするであろうから、自分が遅れてもただ時間が失われるだけであると願っている」と。

要するに今やその上別世界がその現世を超えた光をジョーネの顔に投げかけたのであった、彼は今や彼女をはなはだ愛していて、彼女を失う祝祭を手伝うことはできなかった。彼女については話を聞いている間に生じた推測を君に語ることにしよう。

自分の背後での称賛や愛情を聞くだけで我々は感動する。この二つが別れの接吻として地球から飛び去った後に投げかけられれば、更にいかほど感動することか。それ故、私にとっては、私の多彩に豊かに金具を打ちつけられた樹皮末温床、玉葱箱、遺物箱の背後での将来の葬列を考えると、服薬への刺激となるばかりでなく（というのは年取ると容易に滅しやすいからで）赦しへの刺激ともなるのである。君自身、君は我々すべてを刺し貫いたり、悪魔の許に追いはらったりしようとすることはめったにないけれども、つまり怒りの雷雨が君の胸の樽を酸っぱいものにするのは極めてまれであるけれども、君自身君の内部の液体を甘美なものにするにはこう考える他に白い白墨のより良い小袋、より良いカリウムカルボナート*2は有しないだろう、つまりいかに我々皆が君の臨終の枕元で青ざめ、君の塚の周りで押し黙り、いかに誰もが君のことを忘れないことかと考えることである。――死が棺の潜水器に引き下ろしたとき、その人を低頭の者や赤い目の者が見送らないような者が一人でもいるとは私には信じられない。それ故誰もが、自分をいつかは泣いて悼んでくれるであろう者を少なくとも愛することができるのである。

さて外皮をむかれて傷付いた心の快癒しつつあるジョーネを考えると、その心はまさに死の沈んだ雷雲の重苦しい電気的雰囲気の中で新たな感受性を得たのであったが、しかし君にカールゾンの弔詩についての彼女の柔和さを滴に従って露度計、湿度計で測ってみせるとか、彼女の愛を磁気計で測ってみせる必要はなかろう。――ヴィルヘルミの輝かしい財産とか同様に輝かしい彼の振る舞いのせいではなく、――以前から選んでいたこと、以前から約束していたことのために、彼女はダイヤモンドの秤を――ただ手に取ることができなかったのである。

カールゾンは私にこのことの一切を語り終えると、ジョーネの指輪の絵を――ブランベルク[6]のもののように可愛く描かれていて――指の上部に回し薬指［指輪指］の硬い岩礁に湿った目を据え、最後に飾られた手をこっそりと唇の接吻へと持っていった。彼が痛みを恥じらっている様は私をはなはだ感動させたので、谷よりも別な進行ルートを次のような口実で提案した、「谷についての夢想で現実に楽しもうという気は失せたからであり、それに多分新婚の者達は、おそらく生温かい、当地でのより遅い春を待っていたはずで、最初の薔薇のシロップの一週間を我々は邪魔することになるだろうから」と。彼は私の察しを察した。しかし明日行くという彼の言葉は彼を束縛した。――衷心から私は新しい春に満ちた楽園を見ないで済ませて、私の友人の足許からヤコブの梯子［「創世記」第二十八章十二］を、この梯子の上で彼は以前の喜びの天を夢に見ることを許されたが、登ることは許されなかったのであるが、引き抜きたいところであった。しかし他面では彼の堅固な、約束を守る性格が私には嬉しかった、この性格は彼の聡明な力と共に棘の侵入や苦しみの船食虫に対抗するものである。ちょうど月光の増加と共に雷雨が減少するように。こっそりと私は今やジョーネを（彼ばかりでなく）稀な人間の名簿に登録したが、これらの人間はラファエロやプラトンの作品同様まず眺めているうちに明らかになるのであって、両者同様北斗七星に似ている。七星は短絡的には最初ただ七つの恒星に見えるのだが、しかし長い望遠鏡では四十以上に見えるのである。――――

従って我々は一昨々日出発した。途中私は余りに頻繁に、と思う、彼の素敵な、誠実な、天上的エーテルに似て同時に深く、開放的で、青い目に見入った。私は彼の胸中に下りて行って、教会の絆が高貴なジョーネを永遠に、彼の純粋な、女神達よりはミューズによって温められた心の奥底から引き抜く日の場面をその胸中に探した。私は君に告白するが、私は運命が兄弟の接吻、投げキス、ブライトコプフの愛の国[7]、フィラデルフィア、ヴォークリューズの泉[8]を一度に、私の友人のただ一人の女性の心の中へ贈る忘れがたい日の他にこの友人がより大きな愛と感動に包まれる日を考えることができない。——

一昨日の夜の十時に我々はヴィルヘルミのアルカディアのカルトゥジオ会修道院に着いた、それは藁の屋根を緑の大理石の壁に押し付けていた。カールゾンはそれを容易に見付けることができたが、それが自分がかつて石筍を折ったことのある有名なカンパンの洞窟の近くにあったからである。空は雲と多彩な影とに覆われていて、まどろんだ子供で一杯の長い緑の揺り籠の上には夜の覆いがピレネー山脈に固く懸かっていて、幾つかの銀の小さな星が添えられていた。ヴィルヘルミの庵からは早速数人の黒服の人間達が瀝青の松明を持って現れた、彼らは我々を待ち伏せていたように見えた、そして言った。男爵様は洞窟にいる、と。誓って、このような状況下では、最も素敵で大きな洞窟よりは最も狭い洞窟を推測する方がたやすい。

黒服の者達は松明を先に持って、樫の梢から梢へ移ろう金箔を見せて、かがんでカタコンベの門を通って我々を案内した。しかし何と荘重に、高く広い洞窟[*3]はその水晶の化粧漆喰細工でアーチを高々と描いていたことか、さながら着色された氷のルーブル、輝く下界の蒼穹であった。ヴィルヘルミは一握りの折り取られた剝《へ》げ石を投げ棄てると、夢中になって自分の友人の許に飛んできた。ジョーネは妹と一緒に互いに接ぎ木された鍾乳石や石筍の背後から現れた、松明の明かりはただ定かならぬ人影を彼女に示しただけであった——しかしヴィルヘルミは彼女にようやく彼を連れてきて、言った。「僕らの友人が着いた」。彼は深くかがんで、生き生きとした温かい手に接吻し、感動の余り黙っていた。しかしジョーネの強張った面影は、その真面目な顔の上で、これはただナディーネの若々しい柔らかな光沢が欠けていたが、彼がお返しをし、報いようとしても及ばないほどの、微笑んだより大きな歓喜へと溶けた。「長いことこの楽園でお待ちしていて、寂しく思っていました」と彼女は確固とした声で言った。彼女の澄んだ静かな目は豊かに造作された深い魂へのはるかな眺望をもたらしていた。「ようこそ」とナディーネは言った、「こちらの下界へいらっしゃいました。再会と楽土は夢ではありませんよね」。彼女は彼を冗談の使節団、春の女神フローラとで、あるいはグラッツィアであったろうか、これらは区別しがたいからで――迎えたが、しかしこの元気な躾の陽気さは満ち足りた不足のない心の陽気さとは異なるように見えた。

私の友人は私を然るべく紹介した、私がこの友情の団体の中で、外骨症、オードブルとならないようにとの計らいであった。

我々皆にとって――勿論私にとってもそうで、それは私の前でただ見たことのないものが銀色の反射の中に漂っていたからであるが、――現世は終わって、楽土が開かれ、分離して覆われた下界が反映と半陰影の間で、静められて至福の魂を揺すりながら動かしているかのように思われた。

こうした愛する三位一体がカールゾンの出現に対して示した歓喜の関与にはある種の活発さ、普段ならある目標までの最後の一歩の手前まで同伴する活発さが見られたが、しかしこの目標は隠されていた。ナディーネはそれでも私に何事かを伝えるために、私に打ち明けた。誰か自分の説に賛成か反対かを称えてくれれば喜ぶ批判的哲学者、論争家が一緒に来ている、つまり私礼拝堂牧師が一緒だ、と。

我々が稲光りするダイヤモンド坑、魔法の穴から濃い闇の夜へと出ると、冥府の主の外套が重く垂れた皺を作って垂れかかり、薄い稲光が夜の靄の中から湧き上がり、花々が閉ざされた蕚から息をし、より低く垂れ込めた雷雲の下で小夜啼鳥が一層声高に、さながら生きた雷雨警報のように、花咲く面会格子の背後でさえずった。ジョーネは突然カールゾンの腕にすがっていた歩調をゆるめると、温かく、しかしつかえることなく言った。「私はいつでも本当のことを愛しています。劇的効果を失ってもそうです。男爵様の名の下に告白せざるを得ませんが、私と男爵は明日永遠の契りを結びます。このお祝いは男爵のお友達の貴方なしにはお祝いとならないことをお許し下さい」。

今やカールゾンの心では冷えていた溶岩が再びどろどろとした輝くものになったと私は思う。昇る月の周りの一片の雲から突然、月光のように、一条の稲光が輝いて、それがこの夜にふさわしい数滴の雨粒をジョーネとカールゾンの目の中に照らし出した。ヴィルヘルミは愛想良く尋ねた。「許してくれないのかい」。しかしカールゾンは性急な温かさで彼を感謝の胸元に抱きしめた。友情のかくも崇高な信頼、信頼のかくも繊細な証明は彼の強められた魂をあらゆる願望の上に押し上げ、他人の徳操が彼の中で自己の徳操の気高い平静さを広げた。

我々は三つのタボルの小屋(9)に散った、レディー達は最初の小屋に、ヴィルヘルミは第二の小屋に、そこには批判的哲学者が一緒で、私とカールゾンは第三の、男爵が前もってそのために借りていた小屋に散った。旅とそれに感情そのものの疲れのために、我々の同盟と歓喜は一夜先送りされた。何と素敵に苦痛は私の友の顔の上で高揚へと席を譲り、何と悲しみは雲の断片のように天から落下し、広い青空を見せることになったか、君には伝えられそうにない。我々の恋人達の犠牲と徳操は、模倣できる者ならば少なくとも数え上げて、考慮すべき言いようもない歓喜に属している。

私と彼の目からは、聖なる歓喜に満ちた翌日への独自の楽土的気分あるいは調和のために涙が溢れた。ヴィクトルよ、民族や個々人は、自分たちが最も快活なときにのみ最良であり、自分達が天国を享受しているとき天国に値する。傷心の涙は単に第二の純度の真珠にすぎないが、歓喜の涙は第一の純度の真珠だ。それ故にまさに御身、父なる運命は歓喜の花々を乳母が百合をそうするように人生の子供部屋に置いて、怒りっぽい子供達がしっかりと眠るように計らうものだ。

哲学よ、そなたは我々の歓喜を曲解し、歓喜を神慮の設計図から削除しているけれども、何の権利があって熱い痛みは我らのもろい人生に侵入してくるのか言うがいい。我々は、我々が過去の聖痕で一杯である、傷で一杯であるが故に、まさにそれ故に温かく柔らかい羽根床への永遠の権利を有するのではないか――今は単に地中の最も深い敷布団のことだけを考えているのではない。

君はかつて私にこう言った。「若い時分、自分はストア派の哲学から次のような連結推理を働かせて身を引くことになった。第一に、歓喜の感受がストア派が言うように取るに足りないものならば、隣人を幸せにするよりは改宗させる方が利口となろう、説教壇や講壇に倫理の教師として登場することが、仕事部屋での倫理の実習生として登場することより利口となろう、歓喜の膨らんだ大理石紋理のしゃぼん玉の代わりに、隣人に倫理的クリニックのしゃぼんのピル、染み抜き石鹸を与える方が利口となろう、と。――次に第二に、至福が独自の永遠の内実を有しないならば、徳操は至福に一層ふさわしくなると主張することは、間違いということになろう、反対に次のように主張する羽目になろうからである、徳操は［つまらぬ］麦藁等の所有者に一層ふさわしいものになる、と」。

君はかつてこう言った。まだこれを信じているかい。私はまだこれを信じている。

＊1　レノルズの絵による、その絵ではギャリックは、二人のミューズに引かれているが、タレイア［喜劇の女神］に従っている。
＊2　その十滴で半ポンドの酸っぱいビールは即座に甘くなる。
＊3　高さ二十フィートで、入口は五フィートである。

五〇二番宿場

雷の朝――大旅行の後の小旅行――ソファーのクッション［必ずしも順番通りではない］

一晩中半ば消えた雷が鳴った、あたかも眠りの中で怒っているかのようであった。朝、日の出前に私とカールゾンは間近の雲で覆われた自然の花嫁の部屋へ出た。月は満月と沈降の二重の瞬間に向かっていた。深く、下のアメリカに、祭壇上にあるように燃えている太陽は歓喜の炎の雲の柱を赤く染めていた。しかしその上には朝の雷雨がざわめいていて、太陽にその稲光を放っていた。自然の鬱陶しい抱卵は小夜啼鳥からより熱い、より長い訴えを引き出し、長い花の沃野から浮遊する薬味を吸い出していた。厚く温かい滴が雲から搾り取られ、声高に葉と奔流を砕いていた。ただ南岳［ピック・ドゥ・ミディ］――ピレネーの尖峰――だけが朝の空に明るく澄んでそびえていた。とうとう沈降した満月が突風を輝く雷雲の中へ放ち、太陽が突然勝利を収めて、稲光りする凱旋門の下に出現した。

突風は空を青く吹き払い、雨を地球の裏へ押しやり、輝くダイヤモンドの太陽の周りにはただわずかに散った雲のひらひら舞う銀箔だけがあった。

ヴィクトルよ。何という新生の朝が今や地上にあり、素晴らしい谷に横たわっていたことか。小夜啼鳥や雲雀は歌いながら谷の周りを飛び、花潜《はなむぐり》は百合の花綵《はなづな》の周りでざわめき、鷲は至高の雲にあって、山から山へと谷を見回していた。──何とすべてはアルカディア風に、曲がりくねって、どの平地をも抱擁するアドゥール河に沿って上下に広がっていたことか。大理石の壁が──しかし人間の手で組み合わされたものではなく──より大きな花瓶のように花々の苗床を囲っていて、ピレネーはその峰々と共に散在する低い山岳放牧の小屋を見張っていた。静かなるテンペの谷よ、突風で汝のアドゥール河と汝の庭園を襲うなかれ。自然を穏やかに揺する突風、熱い卵と雛で一杯の梢を葉叢の揺り籠として揺り動かし、穂先の蜜から蜂を追い落とさず、ただ滝のごく広い水沫だけを岸辺の花々に吹き付ける突風、それよりも強い突風が汝の中を吹き抜けることのなからんことを。──

今私はすべての私の水彩絵の具入れを周りに並べて、君に技巧のない丸い谷を技法の正方形で描こうとしていると考えてはいけない。私は君に自然のこの絵入り聖書を、偶然が紙片を一枚ずつ開くように、少しずつ見物させるつもりだ。私の宿場は、この花盛りの時期の豊かな持参金が、王の娘のそれのように、展覧に供している様々な部屋を通って君を案内することになろう。しかし勿論、王侯の花嫁本人の許で一揃いの着用された装身具を見ることは、若干これとは異なるものである。

我々両人を、私礼拝堂牧師を探していた従者が空想から覚ました。我々は彼が、アドゥール河畔で捲り上げていたシャツの袖をまた延ばしている紳士に向かって走って行くのを見たのだった。それは雷雨の下、ざりがにを捕り、後に魚を釣っていた私礼拝堂牧師であった。私は彼がその若干毛むくじゃらの手で、鏝と漆喰、羽根ペンとインクとを批判哲学の一つの擁壁にと(それに自らの擁壁に)加工していたことを知っていたので、愛想良く彼に向かって行き、自分が執筆している事柄を彼に告げた。しかしこの粗野な反抗的な、それでいて臆病な左官は、彼の顔同様に冗漫な言葉で冷たく私にようこそと言った。彼は伝記作家を軽蔑しているように見えた。哲学的講堂の窓はとても高くて――全く上の屋根にある古代の神殿のそれのように、――それでその窓から現実の生活の路地は見えない、ちょうどヴィンケルマンによればローマの窓が建築学的意味で同様に高かったようなものである。ロチェスター卿(1)はかつて丸五年間絶えず飲み続けていた。しかしこのような牧師は丸十年間素面で居続けられるものである。このような人間は、すべての力強い真理や、経験や創作の芽を、蟻が運び入れた種子の芽をそうするように、噛み切るもので、これは芽がその蟻塚で発芽することなく、単に建築材として乾燥するようにするためである。

牧師が結婚の秘蹟の授与者として男爵の許に行くために、私の許を去ったとき、私は騎兵大尉［カールゾン］を再び見いだした、彼は近くの小滝の大理石の落下の水盤から跳ね返る霧雨の中に立っていた。その周りでは窓の所まで百姓の庵が緑の茎の畑に囲まれていた、枯れた藁の花輪で屋根を葺かれて、そして内部では家族の花が、外部では楡の花が咲いていた。彼は私に一枚の名刺を差し出した。今結婚前のジョーネから貰ったものだと彼は言った。しかしそれは冗談で、彼は裏返された名刺を単に小滝の側の苔の上で見つけたのであった。それはいつものようにローマの景色を表していた。今回はざわめく小滝の側でティヴォリの描かれた滝(2)を示していて、そして前景の石の上にジョーネの名前が記載されていた。このような無駄な些事、渡された愛しい名前の、その現世での喪失の時、直前での発見は好ましい諸関連の仕掛け、原動機と共に心全体を一杯に揺り動かすものである。

彼は祝典の所に行った。私は素晴らしい青空の下に留まり、すべてのカンパンの人々が空の色、青色の服を着ていることを喜んだ、それは私が昨日従者達は黒い服を着ていると思ってしまったものであった。

私は秘密にしようと思わないが、婚礼のとき多くの春の美しさの傍ら、同様に優しいナディーネの美しさに夢中になった。ナディーネは私にとっては未知のアフリカ奥地であったが、同様に彼女も熱い人であって欲しいと願った。

八ないし十の夢想の後、私はようやく美しい幾つかのカップルが私の悦楽の通りを交差するのを見た。私は向かって行った。何と浄福な気持ちで静かに我々は皆互いに、周りで翅鞘と共に、あるいは翅鞘なしに飛び回っている生きた小型ハープ、ツィター、鳥笛、フルート時計の春の喧騒の中に立っていたことか。カールゾンとジョーネは同じような運命に対する同じような感動をほとんど黙しているようであった。彗星のようにあるときは太陽の焦点にいて、あるときはその氷点にいるヴィルヘルミは他人の共に喜ぶ歓喜の他には何も必要としていなかった。しかしナディーネの明るい目には一粒の涙がしっかりと掛かっていて、それは微笑んで消すことも、眺めて消すこともできなかった。彼女の心は地球のようにかなりの深さまで冷たい表面で覆われているが、内部ではしかし隠された温かさが増大するように私には見えた。昨日は彼女の本性は笑いさざめく者に見えたというのに。——

女性の陽気さについてほど我々が大きな誤謬や過失を犯すものはあるまい。この優しい者達は、人知れず心貧しくなり、冗談を言いながら落胆し、からかいながら血を流す者がいかほどばかりいることか、彼女達は喜ばしい明るい目をして、隅の方へ、扇の背後に隠れるように急いで行き、搾り取られる涙を思う存分解き放ち、笑って過ごした日中を泣いて過ごす夜で償う。ちょうどとてつもなく透明な、明るい、霧のない大気が雨の天候を告げるようなものである。——ヴィクトルよ、美しいN. N.とそれに彼女の妹(3)を思い出して欲しい。

しかし日中の日差しでほとんど釣り合いがとれていたのは、ナディーネの目の下の魅力的な滴、この彼女の極めて輝かしい魅力の唯一の宝石とその半分ほどの大きさの疣であった。

ヴィルヘルミは全く喜びの計画で一杯の叙事的あるいは酒神賛歌的頭をしていた、夢中になった性急さで、一日の過ごし方について迅速な教会会議の結論を求めた。「その通り」——と私は急いで、早まってそれに答えた——「人生は今日秒針の速さで回っている、目覚まし時計のように過ぎていく。でも急いでいて計画が、良い計画があるだろうか」。——ナディーネが、彼女とは新郎がすでに前もって万事を然るべく画策していたのであったが、答えた。「私はこのような優美な日、このような愛らしい谷では何の計画も必要ないと思うわ。私どもは今日ただのんびりとアドゥール河にそって谷をずっと巡礼し、迷って行き、小屋ごとに、新しい花ごとに腰を下ろしましょう——そして夕方月光の下帰ってくるのです。——これが、このようなアルカディアではまことにアルカディア的で牧人的だと思うわ。皆様そうしましょう。——姉さんはきっとその気よね」——「いいわ」（とジョーネは言った）「そもそも私どもの多くはまだこの楽園の魅力を知らないと思うわ」。男爵はしばらく自分の判決を一見ためらっているようであったが、言った。「一日でレディー達が二マイルと四分の一[*1]進めるかどうかだ」。——私は喜んで素っ頓狂に叫んだ。「素晴らしい」。というのはこのようなゆっくりとした水平の昇天、歓喜の三和音によるこのようなメロディーの分散和音《アルペッジョ》はすでに私の最初の青春の昔から、確固として育っていた願望であったからである。私は私の歓喜を私礼拝堂牧師に放った、彼は心の中ではこの『絵で見る紀行』全体をキリスト受難の日の行列同様に嫌っていて、この天国への道よりはヘーファー[4][*2]のそれを一層好んでいただろう、彼はむしろ家に座っていて、読み続けるのを好んだし、そもそも自然の叙事詩を自然人のようには享受せず、また自然科学者のようにそれに抑揚をつけて読むこともなく、副校長のようにそれを合成の練習のために砕いて、移し変えたからである。私は無分別に言った。「我々両人は牧人となって、貴方が老ミュルティルの役、[5]私がフューラクスの役をしたら、立派なものです」。——君が最もよく承知していることだが、気まぐれというものは、女性の耳や教養人の耳の前では印刷用紙上の十分の一以下の大胆さでなければならない、そしてこのような人のために気まぐれを多くの吸い取り紙やフェルトの濾過帽子で濾過して、後に校正刷りの必要がないようにしなければならない。

谷の最後の借り上げられた家屋敷が建築上の天国であって、これでヴィルヘルミは自分の花嫁をこの植物学的天国でびっくりさせ、魅了しようと思っていた。しかしナディーネだけがこのことを知っていた。

白鳥が羽を広げて飛び立つ用意をするに必要なほどの数分で我々の旅支度はできた。私はある人間が、例えば試験とか死去に際して準備をするのをとがめない。ただ（近辺の）旅の場合は別である。長い予備の狩りは悦楽のすべての境界猟区の獣を追い散らしてしまう。私自身は旅立つことは——その途次の他には思いつかない。

ヴィルヘルミは花嫁のリュートを担い——カールゾンは携帯用の貯氷庫を（ホーフマンの雑誌からと私は思う）——レディー達は日傘を持ち、私と私礼拝堂牧師は何も持たなかった。私は手ぶらのフューラクスの耳元で言った——というのはこの議論好きの批判的ホソクビゴミムシはこう呼んで構わないし、私は老ミュルティルというわけであったからである。——「私礼拝堂牧師殿、私どもは手ぶらで付いていって、何も担わなければ、最上の作法に反することになりましょう」。——私は早速丁重にジョーネに対して、彼女のパラソルの荷馬、荷馬車、荷物運搬夫になろうと申し出た。しかしある陽気な守護神に命じられて私は、カールゾンの部屋に戻って、ソファーから二つのクッション、あるいは絹の転《ころ》を取ってきて、それらを双子のように両腕にかかえてまた戻ってきた。これ以上合理的なことはなかった、レディー達は途中千回も座ろうと欲するであろうし、その際、絹の肘を下の花々の植物性顔料に浸してはならなかったからである。フューラクスはうんざりしたことに一方の転《ころ》、柔らかい丸太を両腕に抱かなければならなかった。そして私は杖の紐をそうするように親指に一方の丸太を掛けた。

さて出発となり、歩き始めた。……

我々はピレネーに向かって行った——穀物畑——滝——山岳放牧の小屋——大理石坑——杜——洞窟が、多くの支流を持つアドゥール河の脈打つ血管組織で息づいていて、我々の前を輝かしく開放的に移りすぎた。我々はそれらを素晴らしい、夢の中へ変わっていった青春時代のように後にすることになった。……

ヴィクトルよ、旅だけが人生である、逆に人生が旅であるように。そしてたとえ私はある種の貝のように単に一つの足で進むことになろうと——あるいはイソギンチャクや女達のようにただの六ラインを十五分かけて進もうと——あるいは絹纏貝《きぬまといがい》のように前もって引っかけた吻を短縮させて胴部を引きずらなければならないとしても——あるいはフリッツ［フリードリヒ］二世、フリッツ一世（リュクルゴス）といった大旅行を禁じた両人の統治下にいようと、私は少なくともささやかな旅行をして、憔悴して死ぬことのないようにすることだろう、ちょうど泥鰌のようなもので、これは揺すられない容器の中ではいつも死んでしまうのである。進んで行くときには何と人は輝き、詩作し、哲学することか、ちょうどモンテーニュやルソー(6)やイソギンチャクは、動いているときにのみ光るようなものである。誓って、太陽が上の方で歩行者の後を緑の梢から梢へ追いかけるとき、水の中の色褪せた太陽が波の下で追って泳いでくるとき——情景や山々、丘、人間が交互に来て、去り、移り変わる楽園の全体に自由の風が吹くとき——我々が首枷と胸部コルセットを引き裂いて、狭い諸関係の輪止め鎖を砕いて軽やかに束縛もなく夢の中のように新たな諸舞台の上で飛んで行くとき——そのときには、人間が足を進めて、ますます遠くへ行こうとするのは不思議ではない。

というのは残念ながら人間とメロンの上のガラス鐘は、この二つは最初割れた瓶で覆われるのだが、次第に高く持ち上げられ、最後には取り除かれなければならないからである。最初人間は隣りの町へ行こうとする――それから大学へ――それから重要な首都の町へ――それから（ほんの二十四行書いたら）ヴァイマルへ――そして最後にはイタリアか天国へ行こうとする。というのは実際惑星が真珠の首飾りのように糸を通され、互いに近寄せられたら、あるいは光線が渡し舟や流氷となり、光の小球が平底船となったら、天王星で特別駅逓馬車が用意され、満ち足りることのない内部の人間は、まさに外部の人間がはなはだ満ち足りているが故に、ある惑星から別の惑星へと憧れ、赴くであろう。……

しかしその代わり、ヴィクトルよ、人間の自我ほどに多くの覆いの監禁室で囲まれているものはない。というのは我々のシュパンダウの刑務所はますます狭く組み合わされているからである。なぜなら私の自我と君の自我は宇宙に囚われているというよりは地上に囚われており――この王座裁判所ではまた市壁が控えており――市壁の中ではわが家が囲んでおり――わが家の中では安楽椅子あるいはベッドが囲み――この中ではシャツあるいは上着あるいは両者が囲み――最後には肉体というわけで――そして超厳密には（更にゼンメリングによれば）頭蓋の中では鴨の沼が囲んでいるからである。……一つの自我を取り巻く感化院の部屋のゆゆしい多くの皮の連続に驚くがいい。

――

軍隊の止まれ[*3]をフランス人はドイツ人から学んだ。しかし実際は、と君は私に対して言うだろう、美的、哲学的止まれを我々は彼らから学ぶべきである、と。私は君の誓いを誓う、実際そうなのだから。

＊1　つまりフランス式マイルである。谷全体はおよそ二ドイツ・マイルの長さである。
＊2　ヘーファーの『天国への道、あるいは二十四時間で浄福への道を学ぶ手引き』。
＊3　「止まれ（ハルト）」と「注意（アハトゥング）」は周知のように変更なくドイツ軍隊からフランスの軍隊へ移った数少ない二つの命令の言葉である、フランス軍はこれらを――我々の軍よりも必要としている。

五〇三番宿場

牧師に対する誹謗文――彼に対する賛辞――ダイヤモンド――不死に対する反論［五〇六番参照］――楽園の冗談

丸太運びの我々両人は後衛となった。私は議論をしたかった、しかしフューラクスは私を評価していなかった。せいぜい彼は私を単に感情を頼りとする浮薄な文芸愛好家と見なしていた――感情は大気の空気で一杯の海綿であり、これを高いパルナッソス山の詩人も深みの哲学的潜水夫も口に有しなければならないものであるというのに、そして詩文は自然の多くの薄暗い箇所に哲学よりも早く光を放つものだというのに、ちょうど陰気な新月が金星から明かりを得るような具合に。

しかし哲学者は詩人に対して、君がカント主義者に対して言っているよりももっと罪深い、君はカント主義者に彼らはほど良い書き方をすべきであると要求しているように見える。ヴィクトルよ、君が次のように述べるとき、それは思いつきではあっても根拠とはなっていない。つまり哲学はトルコのレディーのように啞の者、黒人、醜い者にかしずかれている。哲学的広場は愚者の広場[*1]［フォルム・モーリオーヌム］であり、美貌は哲学者にヘロット同様に禁じられており、美しいヘロットは殺されていた、と。というのは、ある種の野蛮な、非ドイツ的な、冗漫な言葉が哲学を損なうよりは飾っているのは多分明らかであるからである。神託は優美さを気にかけない。神ノ声ハ文法無視、つまりカント主義者は読まれるべきではなく、単に研究されるべきなのである。更に学問の代わりに言葉を豊かにするのは哲学者にふさわしくないことではない、新しい術語に対しては何らかの他人がその概念を、アンモン貝に対する動物のように探し出し、見つけ出すであろうからである。それ故ギリシア人達は言葉と理性とを同じ言い回しで言って、これが結局一つの神にまでなった。それ故、哲学者はいつも玄関に、「ここに歯科医が住んでいる」と書く代わりに歯通〔歯痛〕のために[*2]と書いているのである。これが、何故哲学者は、特にカント主義者は――フューラクスの例で分かるように――本も人間も経験も、哲学、植物学、芸術、博物学も知る必要がないのかについての第二の理由を別としての第一の理由である。この者は積極的なもの、リアルなもの、データ、未知のXを欠如したまま済ませられるし、済ませなければならない、この者は自分の術語を作って、時に子供達のように、――ために窒息することがあるが、――上にそり返った自らの舌を、あるいは生まれたばかりの馬の子のように、その臍をしゃぶる。

　連れの許に戻らなければならない、友よ。私礼拝堂牧師は私を全く無視してクッションの散歩杖、あるいはむしろ散歩樹を運んでいたので、私はカントを――犠牲にして或る褒め言葉で彼を釣ろうとした。「よく哲学者達が我慢していると驚きますが、カントは哲学者達と芸術家達の間に大変な違いを設けて、ただ芸術家達にのみ天才を認めています。彼は『判断力批判』の第四十七節でこう言っています。『学問の世界では最大の発案者も才能の劣等な模倣者、門弟とはただ段階的に異なるだけであるが、これに対して自然が芸術の才を授けた者とは質的に異なる』と。これは牧師殿うんざりです、いずれにせよこれは真実ではありません。何故カントはカント主義者だけを造れて、カントを造れないのでしょう。[*3]新しい体系が三段論法で発案されましょうか、その体系は三段論法で証明され、吟味されますが。新しい哲学的観念の古い観念との関連は、その受胎を、新しい詩的観念ならいずれも古い観念との間に有しなければならない同じ関連が、その観念の創造を媒介するよりも、一層上手に説明したり、容易なものにすることができましょうか。――私礼拝堂牧師殿、ここでカントは何に対して間違っていましょうか、真理に対してでしょうか――自らに対してでしょうか――それとも自分の立派な学派に対してでしょうか、私には分かりません。ライプニッツのモナド論、予定調和等はシェークスピアやホメロスの何らかの輝く形姿同様に天分の豊かな流出です。――そもそも、牧師殿、ライプニッツ[2]は哲学界の天才的、全能の造物主〔デミウルゴス〕であり、その最大の最初の世界周航者です。彼は、アルキメデスよりも幸運に、その天分で、自分の周りの哲学的宇宙を動かし、諸世界と戯れる観点を見いだしました――彼は唯一の精神で、地上に新たな足枷を投げかけましたが、彼本人は足枷は有しなかったのです。私礼拝堂牧師殿、貴方も同じような考えと存じます」。――彼は自分はそう思わないと答えた。批判的哲学は、超感覚的世界や、物それ自体、あるいは無限定なものに至る限定的列のそれまでの近似値を表現しようとするライプニッツの試みをどう考えたらいいか分かっている、同様に批判的哲学は天分を評価している、と。――――要するに私は彼を味方にするよりは怒らせてしまった。

カールゾンは、決してアモールの松明や目隠しによって哲学的松明に目がくらむことはなく、ジョーネの腕を取るのと同様に、耳が聞こえる限り戦闘にも関与した。――幸い我々皆は静かに立ち止まっていた。ナディーネの首飾りの切り子から扁豆大のダイヤモンドが落ちた。そして彼女は草むらに銀色の宝石の輝きを探した。不思議なことに人間はいつも紛失に気付いた場所でそれを探し出そうとする。隊商《キャラバン》は露の輝く沃野で失われた硬い露の滴を求めた。第一の純度の明るいダイヤモンドとしてそれは露の玉ととても紛らわしくて、私は、ナディーネの胸に挿した薔薇に一つの露がほのかに光っているのを見て、言った。「一面柔らかいダイヤモンドで一杯です。硬いダイヤモンドが見つかるでしょうか。胸に挿した薔薇の中の露が落ちた宝石のように美しく輝いていますよ」。彼女はその方を見た――薔薇の蕚に探していた真珠があった。皆は私がよくやったと思った。私は愚かな言い方をしたと腹を立てた――しかしだからといってナディーネが私に気を悪くすることはなくて、それが十分に発見者への報いとなった。

この多彩な小さな芝生、蜂の糖の畑の周りではアドゥール河は支流［腕］というよりは細流［指］ほどのうねりをしていたので、一行は蜂や花の下で腰を下ろした、そして転《ころ》運搬人は前もって転《ころ》を置いた。ナディーネは戯れるように言った。「花々に魂があるならば、蜂は、自分達がその乳母というわけで、愛らしい乳飲み子に思えることでしょう」。――「花々の魂は」、とカールゾンは言った、「凍った窓辺の花のようなもの、あるいは一度お見せしたプティの樹[*4]、あるいは硫酸塩の菱形、あるいは明礬のピラミッドのようなものでしょう」。――「貴方はいつもぶち壊してばかり、騎兵大尉さん」（とジョーネは言った）――「私とナディーネは本当に一度枯れた花の魂のために楽土を考えたのですよ」。――「私は」とヴィルヘルミは真面目に言った、「死後の花々の魂の中間の状態を仮定してみる。百合の魂は多分女性の額に、ヒアシンスと勿忘草の魂は女性の目に、薔薇の魂は唇に行く、と」。――私はこう言い添えた。「少女がかがんで薔薇を折ったり、薔薇の命を絶ったりするその時に、少女は出てくる魂のために目に見えて一層赤くなるという仮定にそれははなはだ合っています」。

それから我々は陽気に、愛しながら、素敵な旅をまた続けた。ただ私の運搬の同僚にだけは薊や橉木《りんぼく》の魂が侵入したように見えた。彼には観念の戯れと小競り合いの中での丁重さがうんざりであった。カールゾンだけが彼の気に入っていた。

牧師はとうとう私に言った。(3)「そもそも不死というのは倫理的生き物の不死しか立証されません、これらにあっては不死は実践理性の要請です、というのは倫理的法則への意志の完全な適切さというものは、公正な創造者が決して免ずることのできないものですが、有限な者には手に届かないので、それで無限に続く向上が、つまり永遠の持続が、この無限の列を眺める神の目の中で、この適切さを得て示されなければならないからです。それ故に我々の不死は必要なのです」。

カールゾンはジョーネの側にじっと立って、我々を近付かせて、言った。「批判的哲学者殿、お願いですが、この証明から大胆と見えるもの、素人には曖昧に見えるものを除いてください。いいですか、全体の展望［眺望］、つまり無限の、即ち終わることのない列の終わりというものは考えられましょうか。――それとも貴方はいかにして時の無限を倫理的要請の無限と一致させるつもりですか、どうして無限の時の列へ分断された聖なるものが、神的正義、この列のどの部分にもこの聖なるものを要求するに違いない正義を満足させ得ましょう。この純粋さへの人間の増大していく近似が証明されていますか。無限の列の中では有徳と共に過失が、より大きくならないまでも、より数多いものとならないでしょうか。神の展望の中では過失の無限の列は有徳のその列とどのように関連するのです。やめましょう。一体神的目の前では二つの異なった生き物、例えば熾天使と人間の倫理的純粋さが、あるいは二人の異なった人間、ソクラテスとロベスピエールの倫理的純粋さが、二つの同様に長い、つまり無限の時の列の中で同様に完成しているのでしょうか。展望の中で両者に違いが残るならば、いわゆる適切さは片方では達成されていません。――従って一方は死すべき定めということになります」。

私礼拝堂牧師は弁明した。「そもそもカント[4]はそれで不死を教えるつもりではないのです。彼自ら言っています、不死が我々に不確実なものとされているのは、純粋な意志がただ自らによって定められるように、そして永遠への利己的な見込みで定められることのないようにするためである、と」。――

「奇妙なことです」とカールゾンは言った。「この最終意図を取り出してみると、それはまさに間違いということになりそうです。それで哲学者達は私と同様に考えて、不死を有徳の利のために取り消さなければならないでしょう。ある命題の立証不能からその真理を推測するのは独自な循環となります。一方では不死は立証されます――すると貴方の命題の半分は正しくありません――他方では不死は立証されません。すると全体の命題が間違っています。その上に、不死への信仰が徳を利己的にするものならば、第二世界で不死を体験することはそれ以上に利己的になります。――それに不死を信仰したところで、卑俗な男が聴罪師が彼に禁じ、そして赦すものを控えるように脅されることになりましょうか。最初の卒中が起こっても呑み助が第二の卒中への道から引き離されないようなものです」。

*1　これは不具者が売りに出されていて、不恰好であるほど高くさばけるローマの広場であった。

*2　このようにパリの或る歯科医は玄関に書いた。

*3　同じ節の先の方でカントは言っている。「ニュートンがその不滅の作品『自然哲学の原理』の中で言っていることのすべては、これを発案するには大いなる頭脳が必要であるとはいえ、多分学ぶことができよう、しかし入念に詩文のための指示がすべて書かれていようと、詩文の見本がいかに立派なものであろうと、機知縦横の詩作を学ぶことはできない。その理由は、ニュートンは幾何学の最初の基本から自分の偉大な深い発案に至るまでの自分の踏まなければならないすべてのステップを自分自身にばかりでなく、どんな他人にも分かるように、後を追えるよう定めて例示できるが、しかしホメロスも、ヴィーラントも、いかにして自分の空想豊かな、それでいて思慮深い観念が自分の頭の中に出現し、集合するか示すことはできない、それは自分本人がそれを知らないし、従って他人に教えることができないからである、というものである」。――私は最初、自分はカントを――カントは自分より百万の三乗多い明察を有するので、まさに自分の精神的代理大使のように信頼できるであろうと期待していた。しかしこの箇所

で（それに後悔や、音楽や、倫理的悪の起源等の説明(1)でも）、私は自分自ら考察しなければならない、最初欲したように彼に追随してはならない、熟考しなければならないと気付いた。しかし閑話休題。勿論ニュートンの原理を「学ぶ」ことはできよう、つまり発案された原理を繰り返すことはできよう、しかし発案された詩もそうできよう。勿論詩の発案を学ぶことはできない、ニュートンの――原理の発案も同様である。新しい哲学的観念はその生誕の後では詩的観念よりも明瞭に先の芽や有機的分子に関連しているように見える。しかし何故その観念をまずニュートンが見いだしたのか。――彼もカントもシェークスピアやライプニッツ同様に、いかにして突然古い観念のある雲の中から新しい観念の稲光が生ずるか発見できない。できるのは古い観念とのその関連を示すことで（さもなければ人間的観念と言えないだろう）、古い観念からのその発生ではない。この二つのことは詩的なものについても言える。カントは我々に体系や真理を発案する術を教えるがいい（吟味することはいい、厳密に見ればこれは発案とは段階的に異なるだけであるが）、すると叙事詩を発案する術を教えて進ぜよう、私が約束する。思うに彼は、観念を形成する難しさを新しい観念を形成する下位の難しさと混同しており、移行の難しさを素材の説明し難さと混同している。私は人間がその観念の列を整理するときの、つまり創造するときの隠された全権に驚き、魂消《たまげ》ている。私は創造のより良い象徴として、我々の内部の観念創造の際の規則性、因果性の他には知らないが、この観念創造はどの意志も、どの分別も整理し、目標とすることのできないものである、このような秩序や意図は創造されていない観念を実際――前提とするであろうからである。こうした創造に我々の倫理的自由の崇高な謎が隠れている。

＊4　王水に溶かした黄金は、数ロートの水銀と混合されると、首長フラスコの中で葉のついた樹へと育つ。

五〇四番宿場

花の戯れ

カールゾンは他人の会話に割り込んだ、そしてフューラクスは勝利を得られず、せめてもの論駁もできず、憤慨しきっていた。彼は私にソクラテス的産婆術(1)を施そうとした、しかし彼は他の産婆のように前もって分娩道具を温めようとしなかった。彼のやり方は実に頑固で無愛想であった。私は彼に言った、自分は同じ理由からではないけれども彼と同じ意見である、後で一致団結して互いに騎兵大尉に対し出動し、攻撃をかけよう、と。

私は今や絹製の木槌を持ってナディーネのところに行った。彼女に薔薇の茂みで飛んでいる光のマグネット、夜の輝く鬼火、つまり茶色の蛍を見せるためであった。彼女は昼間の蛍を見たことがなかった。私はある箱を夜の生きた花火にしようと蛍で一杯にした。偶然緑の大理石の境界石の上で青い風鈴草の間に赤く光る薔薇の小枝がロマンチックに垂れ下がっていた――その葉はさながら炭化した蛍[*1]で黒く縫い取られていた――黄金虫が黄金の刺繍のようにかなり色褪せた盛りの薔薇に止まっていた――長い脚の玉虫色の蚊が茨の上を行った――花の潜水夫にして花蜜の宝捜し人の蜂が、薔薇の萼に新たな刺し傷を付けていた――そして蝶達が飛ぶ色彩のように、エピクロスの落葉[(2)]のように小枝の色とりどりの世界の周りを舞っていた。――――いかに野生の全体から可愛い部分に落とした視線が我々の心と広い自然とにより温かな生命を与えたことか、君には伝えられない。我々は生命の偉大な母親から、子供達がするように、手の代わりに指しか摑めずに、それに接吻した。神は創造によって人間となった――まさにそれによって天使にとって一人の天使となったように、――それは太陽に似ていて、太陽の途方もない輝きを画家達は穏やかに人間の顔の美しさへと細分化するのである[(3)]。

ヴィルヘルミは言った、自分はアルカディア、楽園に飛び込むためには、蝶の四枚の羽以上の翼は要らない、と――何という詩的な楽園的な存在か、蝶のように胃も空腹もなしに花々の間を舞うことは、冬を知らず、長い夜を知らず、ハリケーンを知らないことは、人生を第二の蝶を求めての優しい狩りで過ごすことは、あるいは花の色をした蜂鳥のようにレモンの花の間に巣を作り、盛りの蜜の周りを漂い、絹製の吊りベッドの中で揺れていることは、何という存在か。

我々は至福の気分で更に歩いていった、新たな歩調のたびに陶然とした血が温められた自我まで昇ってきた。私はかまわず牧師に言った。「自然の神殿は私にとってコンサートホールに変わりました――どの声楽も楽器の音楽へと――波立つアドゥール河は水オルガンへと――どの蛙の音もバイオリンの弓の毛どめ［蛙］へと――どの蟬も口琴へと――どの翅鞘も幅広い弦を張られたピアノへと――どの鳥の呼び声もチェンバロの鳥の羽根へと変わります」――フューラクスは、自分は物体の投げかける酒神賛歌的波についてどう考えたらいいか幾らか弁えていると答えた。

――ヴィクトルよ、哲学者や哲学は、照らすばかりでなく引きつけもする電気的物体に倣うべきではないだろうか。勿論いつも精神的ワインは物体の樽板の味がする。しかしフューラクスの魂はほとんどまだ十分にスピリット化していず、他人の魂に――体として役立ちそうには見えない。

*1　顔は黒い。

五〇五番宿場

蜻蛉――相対的推論について――生物の種の序列の長さに対する懐疑――［イボキリ］バッタ――治療

太陽と谷は一面の凹面鏡で我々を囲んだ――そもそも、少しばかり満ち足りるほどに座り、食べることは結構なことであった――ちょうど我々の向かい側に大理石坑が、そして鉄のような岩壁に密接して緑の顔料の牧場が、我々のそばには輝いて孤立した小さな家を取り巻く楡の木の群があったので、我々はそこで、舞うように満ち足りた五重奏［一行は六人］の必要とするかぎりの食料品を差し押さえた。――小さな家の夫人は一人っきりであった（夫は大抵のカンパンの者同様にスペインで働いていた）――四人の子供達が運んできた――うまくいった――我々の携帯の貯氷庫が開けられ、それと同時に魂は温められ、胃は冷やされた――空のアーチの白熱する要石はその炎と共に、ピレネーの冷たい山頂で眠っていた真昼の風を起こした。――

哀れなフューラクスにとっては少ししか、あるいは少しも美味しくなかった。彼にとっては自分が生き続けることを証明することが大事であった。幸いフランスワインがますます立派に、フランスの思想体系に対して彼を武装させた。そして彼は男爵に丁重に尋ねた。「私は騎兵大尉殿に不死についての多くの証明の借りがあると思います。それを述べてよろしいでしょうか」。——ヴィルヘルミはジョーネに尋ねるよう指示した。「彼女に訊いてください」。ジョーネは依頼を快く認めた。「不死の思い出が、私どもの喜びを装飾石棺がイギリス庭園を飾るように、同様に飾っていけないことがありましょうか」。——ナディーネはそれに質問を加えた。「男の人達が人間の希望について口論したら、女達に残されるものは何かしら」。——「女達の心と希望よ、ナディーネ」とジョーネは言った。「ミネルヴァの梟は」、と微笑みながらヴィルヘルミは言った、「屋根の上に飛んだら、他の梟同様に没落を意味するそうだ。これは何の意味もないと願うけれども」。私は付け加えた。「不死のオベリスクには我々のすべての愛しい者達の生命が、ラメッセスのには息子がそうされたように、結び付けられています、危険が力を倍増させるようにするためです、オベリスクが倒れると、愛しい者は砕けてしまいます」[*1]。

カールゾンはその間、間近の楡の木から一匹の固い蜻蛉を引き出していた、それは最後の外皮を、死の前に最後の上部身体を脱ぎ捨てるために木に入り込んでいたのであった。蜻蛉は我々の無常の象徴ではなく[*2]、我々の展開の象徴となろう、それは、すべての昆虫の習いとは異なり、今一度あらゆる変身の後、すでに羽根を持っているのに、更に死の前に脱皮するからである。彼はそれを差し出して、言った。「哲学的蜻蛉なら私見ではこう哲学するに違いない。何だって。私の地上でのすべての発展は無駄だったというのか。私を卵から幼虫に呼び寄せ、それから蛹に昇格させ、最後に飛ぶものとさせておいて、その羽は死の前に最後から二番目の覆い、ケースを剝ぎ取ることになるのだが、そうしたことに創造主は何の意図も有しなかったのか、精神的肉体的発展のこうした長い列にかかわらず、創造主は六時間の存在しか意図としては有しなかったのか、そして墓がこの長い軌跡に従属している目標なのであろうか、と」。

「貴方の例は」——と幸せそうに牧師は答えた——「単に——貴方への反証となるだけです。蜻蛉に無常性を前提とすることが、まさに不可欠の前提［論点先取り］となっていますから」。

私は君に告白するが、そもそも先の推論のような相対的推論には与しない、それは真理から遠ざかるものであると同時に雄弁を推し進めるものだから。というのはそれでもってまさに相対立する命題を立証できるからである。砂粒が目に入った者を私はこう言いくるめることができよう、彼は幸運である、だって地上には膀胱結石やその他の結石、地獄石に苦しむ者がいるのだから、それと同時にまた不幸である、だってサルタンの目を押し付けている硬いものは、チェルケス出身の［女奴隷の］睫毛とか薔薇色の両唇の他にはないのだから、と。かくて私は地球を大きくできるばかりでなく――おはじきや、麝香の球、毒入り砲弾、固形スープの球と比べて――また小さくもできよう、木星や太陽、銀河を持ち出せばいい。蜻蛉が生物の種の序列でその上の生物の輝かしい展開に背を向けて、その下の残りの序列のさえない展開を数えてみれば、蜻蛉はまた膨らむことだろう。要するに我々の雄弁な空想はいつでも多いか少ないかの違いを有か無かの違いと見なすのである。しかしどのような相対的違いにもその根底には何か積極的なものがあるに相違ないが、しかしこれは見通せない段階の長い列を測る無限の目のみが純粋に考量するものであろう。何か物体的な大きなものさえも存在するに違いない、それが結局この世のことであろうとも。というのはどの比較、どの計量も変わることのない尺度を前提としているからである。従って蜻蛉の発展も真実の発展であって、そこからの推論も熾天使の発展からの推論と全く同一である。段階の違いは対立する結論ではなく、単に相対的な結論を生むだけである。

――そしてここで私は単に手紙で――というのは私は印刷する勇気はないからで――ある疑念を告白したい。我々の頭の上の生物の種の序列の段をまだ見たものはいないし、我々の足の下のそれを数えた者もいない。これまで考えられていたよりも、先の段が小さくて、後の段が大きいものであれば、どうなるか。精霊達の天使から大天使への無限の身分の上昇は、要するに九つの哲学的位階は、まだ――主張されているにすぎず、証明されていない。精神的巨人達の山岳の連なりは、人間の無限の者に対する距離を埋めるに違いないという通常の立証は間違っている、その距離を何の連なりも縮めることはないし、いわんや埋めることはない。隔たりはいつも同じ広さを保っている

――そして熾天使は――つまり人間の言葉での最高の有限な生物は――私が私の下に考えるのと同様に多くの生物を、それ以上ではなくても、考えなければならないだろう。天文学――この恒星の播種機、この諸地球の造船所、実験室は――諸惑星や生物の多重化をそれらの崇高化とすり替えている。しかし空一面に懸かっているのは単に土くれであり、炎の塊であり、その中のすべては銀河から銀河にかけても、我々の胸の中の願望や成長よりも小さい。一体なぜ我々の地球だけが上昇中であって、他のすべての諸地球は上昇中でないのだろう、なぜ就任する永遠の前駆（生前の永遠）は我々よりも彼らにふさわしく彼らに与えられているのだろう。要するに、ヴィクトルよ、宇宙全体にはヴィクトルやジャン・パウル以外の知天使や王座があるかという議論になる。――私自身にもそれはほとんど信じられない。しかし昇華された生物へのメロディー的な前進は実際これまで単に――仮定されていたにすぎなかった。私は調和的な前進、永遠の上昇を信ずる、しかし創造された頂点は信じない。……

　私は、カールゾンが――熾天使についてではなく――蜻蛉について返事をしたいと思っていると推測したが、そのとき、彼から蜻蛉を借りていたナディーネが蜻蛉を余りにも目の近くに置いて、そのために我々のメンデルスゾーン的プラトン的コロキウム[1]は阻止され、妨害された。というのはベルリエ夫人[2]が――このように上品に我々の一時的な家の夫人、宿の女将は綴ったが、こう言ったからである。「痛いでしょう。（イボキリ）バッタを使わなくては。私は経験があります」。分かるかい。――こういうわけだ。いわゆるイボキリバッタは――褐色の斑点のあるバッタの一種であるが――疣を一回嚙み付くだけですぐに取り除くということだ。ベルリエ夫人は、彼女にとって、すべての南国の住人にとってそうであるように、美人は性別や自己愛よりも大きな力を及ぼすもので、ナディーネは蜻蛉で自分の魅力的姿の最後の染みを取ろうとしているという錯覚に陥っていた。――私礼拝堂牧師はイボキリ虫について若干耳にしたかと思うと、野原に飛び出して、イボキリバッタの前哨狩りにかかった。私は、夫人同様にその治療薬を知っていたのに、そのことを思い出さず、自分に腹を立てた。しかしその薬で思いついたのはみすぼらしい比喩で、決して有益な治療ではなかったであろう。彼は運がついていて、しばらくすると羽の付いたイボ執刀医と共に戻ってきた。彼は私の嫉妬を買った。彼がそれをナディーネの手に渡したとき、性急なフューラクスはその拳の手紙や書類の文鎮で、さながら立派な艶出し機を使うがごとく、茶色の作物カッターを間違って──押しつぶしてしまった。私は早速第二のイボキリバッタを求めて走り、このような跳ねるものを求めて跳ねた。ようやく私は羽のところをつまんで、ばたばたしている虫を運んできて、言った、私がこの小さな歯科医を、これが手術し、噛む間、疣の上に持っていましょう、と。行事の間、私は私の行為を褒めた。「偉大な行為はどれも」、と私は言った、「ただ心の中で決心の瞬間になされます──行為が外に出て、バッタを持っている肉体によって模倣されると、行為は無意味な小さな動き、数テルツィエ［六十分の一秒］に散ります──しかしそれがなされると、それはここでは一噛みですが、それはまた偉大になり、増大して時代の中を流れます。そのようにライン河は巨人のように山頂から身を投げ、霧に散り、雨として平原にやって来て、それから雲から成長して、国々を抜けて行き、虹の代わりに諸太陽を運びます」。

君に隠すまでもないことであるが、私は動揺していた、私は二つの明るく温かい、私に向けられた目をその網膜まで覗き込まなければならなかったし、それに巻き毛や唇や額や、頬のワーテルロー[3]の風景というその他の戦争の舞台全体は覚えてさえいないのである。茶色の藪医者の歯に対するナディーネの不安は更に一層彼女を魅力的なものにしていたし、私の状況の危険は更に一層大きなものになっていた。長いこと持って、私が手術はもう終わったと考えたとき、私は彼女からバッタはまだ噛んでいない、疣から三、四パリ・フィート離れたところに支えられているから、と言われた。まことに私は彼女の網膜に没頭していたのである。しかしまだほとんど述べられなかったことであるが、この治療は、私が右手の母指球を少しばかり彼女の頬に預けてくっつけて、イボキリバッタをもっとしっかりと疣の上に持ってこなければ、完成しないのであった。今やバッタは要求されていた疣を噛んで、持っているかぎりのかみ砕く腐食剤を注いだ。私は刺されることからくるナディーネの痛みを哲学の教えで人為的にそらした。「人間は」、と私は言った、「すべての痛みに対するストア派の慰めの根拠を真実なもの、強固なものと思います。しかしただ現在の痛みにかぎってはそう思いません。刺し傷から血が出ると、人間は挫傷なら治りやすいと思います。それで人間はストア派の授業への訪問をその十字架の学校が終わってしまうまで、延ばしてしまいます。しかしそのときになっても流れの側に立って待っていて、それが流れ去ってしまうまでは渡ろうとしません。これに対して真実の沈着さは好んでバッタの一噛みに耐えて、その試練を喜びます」。――

それから治療は幸いうまくいった、しかしこれは私にとって容易に一つの病に変わり得るものであった。きっと、彼女の間近の顔が私に、私がイボキリバッタでその顔に対してなしたよりも大きな傷を残したのであろう。私は、彼女にも私の顔が、同様に間近であったから、同様の害を引き起こしたのではないかと、ナディーネが――私はそのせいにするが――殊の他若くなければ、心配し、調べてみる気になるところであろう。若い少女の心は新しい盥や桶と同じで、これらが膨らんでしっかりと保つようになるまでは、最初すべてを滴らせてしまうのである。――

――

＊1　ラメッセスは息子をオベリスクの先端に吊るさせた、それを建てた者達が自らの命よりも大きな命を賭けるようにさせるためであった。

＊2　これは二年間以上生きるからである、羽化の後はすべての昆虫同様に長くは生きないけれども。そもそも自然はすべての昆虫に青春の薔薇の時期を養育の穴掘りの茨の時期の後にようやく与えている。

五〇六番宿場

不死に対する異議――外的人間と内的人間の平等遺産相続

我々は出発した。空に過ぎるものはただ高く薄い小片だけで、さながら太陽を隠すことのない、太陽の周りの解かれて飛ぶ毛髪のようであった。日中は一層蒸し暑い、押し黙ったものになった。しかし我々の小道は緑の屋根の下を進み、次々と小枝が広い葉から成る日傘を広げていた。

ジョーネが頼んだ。「歩きながら先の話を続けましょう」。君のクロティルデ[1]を彼女が知っていたらと願うよ。ジョーネは、魅力を除いて、彼女の魂を半分有する——ジョーネの外的、内的調和からは一つの調子が先んずることはなく、彼女の真面目で、温かい魂は椰子に似ていて、これは樹皮も枝も有しないが、しかし頂きには広い葉と長い花を有するのだ。「ジョーネ」とナディーネは言った、「議論しても確信を抱くより、混乱してしまうわ」。——「誰も」、と彼女は答えた、「まだ自分の意見を言い尽くしていないわ。いずれにせよ確固とした確信が必要よ。他人の確信と一致してこそより確かなものとなる筈だわ」——「ちょうど」、とミュルティル（私だが）が言い添えた、「水生植物が水の中にいても、雨が降ると陸の植物同様に元気になるようなものです」。

「我々の会話は」とヴィルヘルミは、我々がちょうど樫の木の陰と小滝とでひんやりとした洞窟の夏の夜の中へ入ったとき、言った、「皆既日蝕の下であれば一層ふさわしいだろう——そんな日蝕を体験したいものだ、月が立派に昼の太陽の前に懸かって、騒がしい昼が突然押し黙り、小夜啼鳥が鳴き、花々が閉じて、ぞっとするほどに霜が降り、霧となり、涼しくなるのだ」。

　フューラクスはそのとき、ソファーの幹、ないしはクッションをさらさらと湧く泉に落としてしまった。ナディーネはそれを見ていた。しかし彼が池のこの栓を引き上げるのを邪魔しないよう、魅力的な温かさを込めて、我々を先の会話へ戻した。ただ世慣れた調子が彼女に戯れるような軽快な、ますます陽気になる上辺を与えていた——ジョーネのスタイルはこれに対して、画家の表現に従えば、至高のギリシア風のスタイルで、幾らか痩せて、言葉が少ない、——それだけに客間は彼女を、衣服をマホガニーの戸棚がそうするように、一層快適なものにした。しかし彼女の外的魅力は内的魅力に矛盾したり、影を投げかけるものではなかった。

　そこで私はカールゾンに言った。「私どもに一度精神的無常を、この本来の、魂への霰弾射撃を証明してください」。——「騎兵大尉殿は」（と忌まわしい、アルカディア風のフューラクスは言った、彼は濡れた転《ころ》で腹を立てていた）「その必要は全くありません。ただ不死を肯定する者だけが証明しなければなりません」。

「分かりました、分かりました」と私は言った、「私はその証明を異議と呼びます、しかし実際私は二つしか挙げられません――第一にその証明あるいは異議は、肉体と自我の同時の落花、没落から生じます、第二に将来の生命の生命様式を探ること、あるいは私礼拝堂牧師殿の仰有らざるを得なかったように、感覚世界から超感覚世界を覗き見ること、このことの絶対的不可能性から生じます。今自ら、騎兵大尉殿、貴方の二つの反論の爆弾を最大の射程の角度、それはヘンネルトによれば四十度で、ベズーによればまずは四十三度となるそうですが、その角度に置いてください」。

彼は爆弾をうまく置いた。彼は、いかに精神的木の精が肉体的樹の皮と共に緑となり、破裂し、消え去るか――いかに最も高貴な動きが肉体の、土の鉛あるいは鉛の土で鋳造された弾み車に続いているか――いかに記憶や空想、狂気は単なる脳の卵黄だけを食い尽くすものか、いかに勇敢さと柔和さは血に対して水蛭[*1]とユダヤ人のように反対の関係にあるものか――いかに老齢となるにつれ内的人間、外的人間は墓にかがみ、互いに砂に埋もれ、石化し、共に金属鋳造と同様に次第に冷たくなり、最後には強張ってしまうものか示した。それからカールゾンは尋ねた、何故人は、すべての肉体的屈曲は精神的傷痕を刻むといつも経験しているのに、また肉体と魂のこの絶えざる並行関係を知悉しているのに、ただこの最後の裂け目、破損の後では魂に一切を、肉体では消えていくのを見届けた一切を再び与えようと欲するのか、と。彼はそれから、これは私もそうだと思うが、ボネの下着の小肉体も[2]、合併されたプラトナーの魂の緒の小肉体も[3]（「第二の魂の器官」）もこの問題の困難さを和らげることはないと言った。というのはこの二つの魂の下着あるいは夜具のズボン、胴着はいつも人生において粗雑な外套や拷問の上っ張りの良き運命や悪しき運命と一緒であるので、そしてまた我々二つのケースのイギリス時計にあっては、歯車装置と第一や第二の（ボネあるいはプラトナーの）ケースは常に一緒に苦しんだり喜んだりしているので、それで、将来の世界のイーリアスを、以前外的粗野な肉体と運命を共にしているのを見た再保険の小肉体の狭いはしばみの実に求めるのは滑稽なものとなるであろうから、というものであった。

それから私は、第二の反駁の爆弾を四十度にも置いて欲しいと頼んだ。「しかしその際には」と私は付け加えた、

「長い議会演説の認可を私は所望したと思ってください。ただ長い演説のみが生命力、再生力を有します、レーオミュールによれば、ただ長い動物のみが最も容易に、切られた後補完するようなものです」。勿論背の高い人間は、今ようやくウンツァーから私は思い出しているのであるが、背の低い人間より長く生きない。

しかしそのためには、つまり第二世界の不明の証明のためには、カールゾンはさほど時間や力を必要としなかった。墓地の塚の背後、死のペストの雲の背後の太陽の国は、十二インチのあるいは同様の数の聖なる夜の完全な闇の下に隠されている。彼ははっきりと示した、ある世界を望むこと、——つまり創ること、ある超越的な牧人世界を創ることはすべての地上的類推、経験からの何という無限の飛躍であることか、その世界については我々は模造も原像も知らないのであり、その世界には他ならぬ形姿、名前、地図、宇宙地図、世界周航者のヴェスプキウス・アメリクス(4)が欠けていて、その世界について化学も天文学も要素や大陸を教えようとしないし、それは葉の落ちて枯れた魂から新しい体が生まれるという靄の宇宙であり、つまり一つの無を肉化させる一つの無なのだ、と。

立派な私のカールゾンよ。どうして君の美しい魂は第二世界を、すでに現世で物体的世界に鉱化している第二世界を、氷河の中の明るい結晶のようなものを省くことができたのか、つまり我々の精神の中で輝いている徳と真美[*2]の太陽の世界のことで、その金鉱脈は目に見えぬやり方で感覚世界の暗く汚れた塊の中から輝きながら成長してくるのである。

さて私は返事をした。「私は貴方の二つの難点を和らげるつもりです、それから貴方に対する私の無数の難点を申し上げることにしましょう。貴方は物質主義者[*3]ではありません。従って貴方は、精神的活動と肉体的活動はただ互いに相伴し、互いに呼び起こしていると仮定しています。実際肉体はすべての鐘を通じて内的ハルモニカの鍵盤です。人々はこれまで単に肉体的伴奏音を感受として言い表してきました、例えば憧憬の際の膨らむ心臓とより緩慢な血流とか——怒りの際の胆汁の流出等々です。しかし内的人間と外的人間との間の編み細工、吻合はとても生き生きとした親密なもので、それでどんな像のときでも、どんな観念のときでも、一つの神経、一つの繊維がぴくつかざるを得ないのです。詩人的な、代数学的な、芸術的な、古銭学的な、解剖学的な観念の際にも肉体的な反響を観察し、それを言語の譜面に書くべきでしょう。しかし肉体の共鳴板は精神的音階でもなく、その調和でもありません。悲しみは涙と何の類似もなく、恥辱は頬で止められた血と、機知はシャンパンと、この谷についての表象は網膜上のその煙草入れの細密画といささかの類似もありません。内的人間は、彫像の中のこの隠された神は、彫像同様に石でできているわけではありません、石化した肢体の中で、未知の生存様式に従ってその生きた肢体が成長し、成熟するのです。我々は、内的人間が外的人間さえも制御し、形成する様に注意を払うことが余りに少なすぎます。例えば諸原則は、生理学によれば週から週に一層激しく燃えるに違いない怒りっぽい肉体をいかに次第に静め、消しているか、いかに驚きや怒りは肉体の引き裂かれ、別々に押しやられた織物を精神的クリップで止めてきたかという点に関してです。脳全体がさながら麻痺し、どの繊維もさびて、ふやけてしまい、精神が足枷を引きずることになっても、精神は欲しさえすればいいのです（これはいつでもできます）、一通の手紙、びっくりするような観念があればいいのです、すると肉体の助けはなくても、繊維の歯車装置と時鐘付き時計はまた作動するでしょう」。

ヴィルヘルミは言った、「精神はそれなら、自ら巻き上げる時計だ」。——「いずれにせよ何らかの永久機関がなくてはなりません、すべてはすでに永遠の前から動いているのですから」（と私は言った）「しかしこの件は、精神は決して止まらないか、あるいは時計製造職人であるか、です。本題に戻りましょう。

ソクラテスの第四脳室の壊れた動脈がその観念の国土をすべて殺戮［血の湯浴み］の下に置いたら、彼の観念や倫理的傾向はすべて血に覆われてしまうが、しかし破壊されることはありません、溺れた脳の小球が有徳で賢かったわけではなく、彼の自我がそうだったからであり、また埃等の点で時計装置がケースに依存していたのは、時計装置とケースの同一性や、時計はただケースから成るという命題を証するものではないからです。精神的活動は肉体的活動ではなく、単にその後になるか、前になるかであり、また精神的活動はすべて精神並びに肉体に痕跡を残すので、それで卒中や老齢が肉体的活動を消したとき、だからといって精神的活動も消えてしまうでしょうか。子供っぽい老人の精神は子供の精神と区別されないのでしょうか。ソクラテスの魂は、泥浴のようにボルジアの肉体に閉じ込められたからといって、倫理的力を失うでしょうか、そして突然その有徳な練達さを悪徳のそれと交換するでしょうか。――それとも、財産の共有はないけれども、体と精神の間での身分違いの結婚では、片割れの伴侶の方が得をするだけで、損をすることはないのでしょうか。接ぎ木された精神は単に花と咲く肉体だけを感じて、枯れていく肉体を感ずることはないのでしょうか。精神はそんな目に遭うのであれば、精神の周りに巻かれた土は、我々の地球の動きが他の上の惑星にそう見えるように、見かけの停止や退行を精神に与えざるを得なかったでしょう。我々はいつか莢を剝かれるのであれば、それは時のゆっくりとした手が、つまり奪い取る老齢がそうせざるを得なかったのでしょう。とにかく我々の競走路は一つの世界では終わらないのであれば、第二世界との割れ目はいつでも墓のように見えざるを得なかったでしょう。老齢による我々の歩行の短い中断であれ、死によるより長い中断であれ、この歩行を中止させることは、眠りによるより短い中断同様に、ほとんどできません。我々は胸苦しい気持ちで最初の人間同様にまどろみの皆既日蝕を死の夜と見なし、そしてこの死の夜を一つの世界の最後の審判の日と見なします」。

「私自身そう信ずるけれども、しかしこれはまさにまだ証明される必要があります」とフューラクスが答えた。

しかしこのとき新たな美しい事が私の返事と第五〇六番目の宿場を終わりにした。

追伸。今日耳にしたところでは、牧師は、自分はわざと一、二のことについて答えなかった、私の意見がいつか印刷されることを願っている、そのときには自分の意見を述べようと述べたそうである。しかしこの手紙が印刷されるのをこの善良な男が体験することはないだろう、彼は待機せざるを得ないだろう。

＊1　周知のように血を見れば、勇者は勇気を失う。同様によく知られているように、ユダヤ人は血を食しない。

＊2　先の関連における美とは、私はいつもシラー[5]がその美学的批判の中で関連付けている意味で使用している、これは美についての彼の天分の一つの懸賞論文であり、その天分はここでは、崇高についてのロンギヌス[6]同様に、画家であると同時に対象である。

＊3　しかし彼がそうであるとしたら、私は彼に『ヘスペルス』第三巻、二二四頁の第九閏日を読んで聞かせていたことだろう。

五〇七番宿場

土産の盗み――先の宿場への返事――死者達の他の惑星への移住――人間の中の三重の世界――慰めのない嘆き――不死の封印――離宮――モンゴルフィエ式熱気球[1]――歓喜

三時になって、散策する全教会の公会議が殊の他上機嫌で、少しばかり温まると、そして谷の先で湧く、より狭いアドゥール河が小さな岬の周りを回って、その河床の上で眠る月の上[*1]にその銀の紗を引いていくと――岬、この花咲く錨地、半ば河の絵で、半ば芝地である岬の周りに広い葉の楓のアーケードが目覚め、その下では小枝から芝生にすべり落ちてきた、陽光で金鍍金された夜景画が震え、この夜景画に、自然の本の上でのざわざわいう多彩な「インク乾かしの」蒔き砂、つまり昆虫達が刺繍を施すと――輝く大理石坑の中での槌の音や生き生きとしたアルプホルン、鳴き声を上げる牧場の家畜、それに波のざわめきが上の穂や梢にまで心臓を一杯に生命の香油で、頭を一杯に生気で注ぐと――そしてかくも多くの美しいものが見え、聞こえるとなると、歩いている美人達には準備がなされて、彼女達は岬で腰を下ろして、彼女達に仕えるクッション運搬人達は前もって腕用に下に敷くものを広げたのであった。

親愛なるヴィクトルよ、これらはすべて実行された。

座っていると歩いているときほど長い話はできないように見えた。それに会話は、すでにその前に目でこの岬を遊山のキャンプと選んでいた時から、幾らか不活発になっていた。私は岸辺の上で――靴はアドゥール河に掛かっていた――ナディーネの近くに腰を下ろした。彼女は今や影で沈黙した波の反映の中で素晴らしい薄赤色を（あたかも［深紅色の色素を出す］骨貝が頰で血を流したかのように）見せていた。歩行と赤い日傘が派手な彩色家を演出していた。

大兄よ、私は恋し始めていた。手術された疣は不快の隅石として、マイナスの電気として訴えてくるものが少なかった。疣にはいいところがあるのである。

ナディーネはひなげしと他の花を折った。私は空の装身具小箱をポケットから引き出した——それは九番目の選帝侯席[(2)]あるいはエリアの椅子[*2]あるいは孩所［煉獄］のように空であった——そしてあからさまに下に置いて、花をこの中に注ぎ入れ、押し込んで欲しい、そうすれば私は、いずれにせよ獣脂蠟燭のように鼻よりは目の為になる数少ないむかで類[*3]を得ることになるだろうからと頼んだ。我々はむかで類のヴォルムスの十三人僧会議員[(3)]一同を花の萼から小箱の中に閉じ込めた。

我々を互いに近付けた花遊びの間、私のシュナイダーの鼻粘膜[(4)]に或る縮小化された五月全体が入ってきた。私は花の気孔を求めて見回した。何も見いだせなかったが、やっとナディーネの左のポケットにモンペリエで良い香りの薬草を裏地にした土産物が顔を覗かせているのに気付いた。美人から盗むのは美人に贈り物をすることにしばしば劣るものではない。私はナディーネから香りのするメモ帳をこっそりと奪うのは、後でそれを香水瓶としたり冗談としたりするために便利だと思った。私は略奪の策を練って、ちょうど男爵が、私の忍ぶ手がこの小品をポケットから取り上げるとき、その手を見ているように計らった。「この土産物から」、と私は考えた、「一、二の場面を演出できよう。いずれにせよそれで香りをかぐことができる」。匂い袋の盗みの代わりに私は、むかで類を即座に彼女のポケットに忍び入れさせて、償いとした。男爵が証人であった。

我々が立ち上がると、ヴィルヘルミは言った。「夕方我々は馬車で別々になり、騒々しいことになる。まだ何か片付けなければならないことがあれば、……」

「何かだって」（とフューラクスは答えた）「すべてまだ片付けなくてはならない。貴方は今、J・P殿、まず第二の難点を除かなければなりません」。「除くですって」（と私は尋ねた）「将来の世界全体の覆いを除こうとしなければならないのでしょうか。私はそこに入って行くばかりで、そこから来たわけではありません。しかしまさに第二世界のこの非類似性、この測り得ない量が第二世界への大多数の背教者を作り上げています。死の際の我らの肉体的蛹の肌の破壊ではなく、現在の秋と我らの将来の春との距離が哀れな胸に多くの疑念を投げかけています。これは未開人を見ると分かります、彼らは第二の生を第二巻、旧約に対する新約聖書と見なしていて、両者の間に老年と青春の間の違いしか仮定していません。この者達は希望を容易に信じます。貴方の最初の難点、肉体の光沢剤の破裂と崩壊はそれでも未開人の希望、新たな花瓶の中でまた芽生えるという希望を奪うことがありません。しかし貴方の第二の難点、これと懐疑者は日ごとに増えています。というのは成長する化学と物理学の解体液や装置を通じて、第二世界はより良く沈澱したりあるいは揮発したりしているからです、この世界は化学的な炉の中にも、太陽の顕微鏡の下にも持ってくることはできません。そもそも肉体の実践ばかりでなく、肉体の理論もまた、それに肉体の快楽の応用測量学ばかりでなく、感覚世界の純粋幾何学も、外部世界のこちら側の内部世界への神聖な、自らに沈潜した視線を曇らせ、困難なものにせざるを得ません。ただ道徳家、心理学者、詩人、それに芸術家までも含めて、これらがより容易に内部世界を捉えます。しかし化学者、医師、幾何学者にはそのための望遠鏡や聴診器が欠けており、時と共に目や耳も欠けています。

全体に私は、第二の生を確定的に信ずる者、あるいは否認する者は考えられるよりもはるかに少ないと思います——それを否認する勇気のある者はごく少数です——現在の生がそうするとすべての統一、姿勢、円熟、希望を失ってしまうからです、——それを受け入れる者もごく少数です——自分自身の崇高化と、そして小さくなった現世の衰弱にびっくりしてしまうからです、——こうした姿勢ではなく、大抵の者は両意見の中間を交替する感情の一突きごとに詩人的にあちこち揺れています。

我々が悪魔を神々よりも容易に描くように、復讐の女神をヴィーナス・ウラニアよりも容易に、地獄を天国よりも容易に描くように、我々はまた容易に後者よりも前者を信じ、最大の幸福よりも最大の不幸を容易に信じます。我々の失敗や地上の鎖に慣れた精神はどうしてユートピアを疑念に思わずにおれましょう、このユートピアで地球は座礁し、そうして地球の百合はガーンジーの百合のように花咲くための岸辺を見いだしており、[*4]このユートピアが苦しめられた人間を救い、満足させ、高め、幸せにするのでありますが。

貴方の難点について話しましょう。思うに、ある者が墓を単に近しい諸地球の対話の堀と見なしているときでさえ、第二の地球についてこの者が知らなくても不思議ではありません、我々は我々が死せる海の深い水を見通せないからといって、人類の山並が死の海の中で続くことはないと結論付けてはなりません、すべての山の尾根が下の海の底でも続くようなものなのです。何ですって。大陸を予見できない人間が諸惑星を予見できましょうか。グリーンランド人は原像なしに黒人やウィーン人、デンマーク人、ギリシア人を脳室に焼き付けられましょうか。経験なしに政治的天才は詩的天才の内部韻文化を予言できましょうか、〔愚かな〕アブデラの市民は賢者の建築方法が言えましょうか。——我々は、人間の形姿をすべての動物に複製しながらも、それでも全部異なっている下々に続く擬人化のその動物の形姿のたった一つであれ、その一つを推測できましょうか。あるいは肉体のない自我が、すべての此岸の論理や形而上学と共に真空へと置かれて、その現在の具体化、人間化の血管をかつて思考で考案したことがありましょうか」——

「貴方は一体何を否認したり、あるいは肯定しているのです」とヴィルヘルミは言った。

「私が肯っているのはただ、我々が諸惑星の地図を作り、その住民の肖像画を描けないからといって、ある惑星上の第二の生を否定してはならないということだけです。しかし我々は惑星を必要としません」。男爵は言った。「いや、私はしばしば星々を通っての大旅行を魅力的なものと考えていました。生徒の或るクラスから別のクラスへの進級です——諸クラスがここでは諸惑星です」。

「これらのどの地球上であれ」と騎兵大尉は言った、「我らの地球上同様に、肉体なしに入り込もうとすれば拒絶されよう。どのような奇蹟で肉体を得るおつもりか」。

「反復された奇蹟です」(と私は言った)、「現在の肉体を我々が得たのも一つの奇蹟を通じてです。惑星移住の利点についてはこうも言えます。我々の目は諸惑星を画然と区別します、その一つひとつは単に、無限に関連する積分の一要素にすぎない。我々の上や周りの様々な諸地球や衛星は単により遠くの大陸にすぎない。月は単に、より小さな、より離れたアメリカにすぎず、エーテルは大洋である、と」。

「それはちょうど」、とナディーネは言った、「私が数日前にレモンの木の住民を考えたようなものだわ。葉の上の小さな虫は、自分は緑の大地の上にいるといったふうに考えるでしょうし、白い花の上の第二の虫は満月の上にいると思い、レモンの上の虫は太陽の上と思うでしょう」。

「それでも単に」と私は言った、「測りがたい生命の一本の樹にすぎません。地球の核の周りにより広い、より繊細な囲い、地球、海、大気圏、エーテルがあるように、世界の巨人にますます大きくなる一つの巨人がより長い腕で巻き付いています。より長い絆はより繊細なもので、光の物質や引力のようなものです、美しい絡み合いは鉄の輪から真珠の首飾りへ、更には花の輪や虹や銀河へと、より柔らかく広がっていきます」。

「また銀河から下って来ましょう」（とカールゾンは言った）、「我々は上へは行けないのですから。まさにこの宇宙の一般的統一というものが地球からの移民の群を排除します。どの惑星もその船乗員ですでに一杯です。より密な惑星、例えば水星は、真の水夫で一杯です」。

「全くカント[(5)]が推測しているような具合です」とフューラクスが言った。

「より繊細で、穏やかな惑星、例えば天王星は、極めて華奢な者で一杯でしょう、ひょっとしたら単に美人や優美の三女神達で、これらはいずれにせよ太陽を愛しません。いわゆる精神やスピリットを、ある惑星の火酒蒸留器から別の惑星へと移すことによって分離しようと思う者は、鉱滓となった水星からの精神は蒸留によって我々の地球に降下してもその分留を保持していると、要するに地球は水星や金星にとっての第二世界であると請け合うこともできましょう――いや極地からの故人は（それはレトルトでの蒸留と言えて）温暖な地へ行けましょう。どの惑星上にも結局のところ我々のようなより粗野な人間か、より繊細な人間[*5]かしかいないでしょうから」。

カールゾンは論駁、反対攻略を待っていた。しかし私は、彼の意見は全く私の意見と同じである、と言った。

「私は移住と」（と私は続けた）「諸惑星間の絵入り紀行に反対するもっと強力な根拠を有します。我々は胸中に星座で一杯の一つの天国を有し、閉じ込めているからです。この天国にとっては汚れた地球は何であれ十分に広く、純であるとは言えません。しかしこれについては少なくとも我々皆が小麦畑を通り過ぎるほどに長く話す必要があります」。

ヴィクトルよ、我々の散策の小道は今や魔法の庭を通る並木道となった。緑の穂の海を通っての歩行は両側とも一つの約束の地で囲まれ、伴われており、その地では個々の家がそれぞれの簇葉の杜の下に休らっていた、ちょうどイタリアで午後、昼寝の者達が木陰の沃野に散在しているようなものである。私は存分に話していいことになった。

「物体界の雲間から暖かい太陽のように射し込んでくる、私どもの心の中に懸かる内部の精神世界があります、徳と美と真の内部の宇宙のことで、三つの内的天国、世界であり、これらは外部世界の部分でもなければ、流出や若枝でもなく、コピーでもありません。これらの三つの超越的な天球[*6]の不可解な存在については、それらが常に我々の眼前にあるが故に、また我々がそれらを単に認識するだけなのに、我々はそれらを創造したと馬鹿げたことに思うが故に、不思議なことと余り思いません。どの手本に従って、どの造形的自然から、どこから我々は皆同一の精神世界を我々のうちに創造できるのでしょうか。例えば無神論者は、自分が否認するか具体化する神性の巨大な理想にどうして達したのか自問してみるといいのです。これは比較された量や段階から積み上げられたのではない概念です、これはすべての基準やすべての与えられた量の反対物ですから。――要するに無神論者は模造には原像[*7]がないと言います。――知覚が対象を作ると――対象が知覚を作る代わりに――信ずる外部世界の観念論者がいるように、存在を仮象から、響きを木霊から、存続を観察から演繹し、逆に仮象を存在から、我々の意識を意識の対象から説明することをしない、そうした内面世界のための観念論者がいます。我々は間違って、我々の内的世界の我々の化学を内的世界の胚子形成と見なします、つまり系図学者は自らを先祖や嫡男と混同するのです。

この内的宇宙は、外部世界よりも更に素晴らしく、賛嘆に値するもので、我々の上の天よりも別な天、太陽の下で暖められるよりもより高い世界を必要としています。それ故、正当にも第二の地上とか地球と言われず、第二の世界と言われるのです、つまり宇宙の彼方の別の世界であります」。

ジョーネは今や早速私を遮った。「有徳の人や賢者は誰でも同時にその人が永遠に生きることの証明でもあるわ」。

「それに」と急いでナディーネが付け加えた、「罪もないのに苦しむ人は誰でもそうよ」。

「そうです、それこそが」と私は感動して言った、「我々の生命線を長い時を通じて引き延ばすものです。徳と真と美の三和音は、これは天体のハルモニカと取られたものですが、私どもをこの息苦しい地球から呼び出して、私どもにメロディーの地球が近いことを知らせるものです。何のために、どこからこの世界の彼方の設計、願望は我々の中に置かれたのでしょうか、これらは単に飲み込まれたダイヤモンドのように我々の地上の外皮を次第に砕いていくものですが。何故この汚れた土くれの上に無用の明るい翼を持った人間が貼り付けられたのでしょうか、この人間がいつかそのエーテルの翼で離れて行くことなく、生誕の土くれに戻って朽ちる運命であるのであれば」。——

ヴィルヘルミは感動して言った。「私自身この人生の眠りの中で第二の人生の夢を見ることがある。しかし我々の立派な精神的諸力は今の人生の維持と享受のために付与されているのではないだろうか」。

「維持のためですって」(と私は言った)「それでは天使が肉体に閉じ込められているのは、——胃の啞の従者、火夫、給仕修道士、料理修道士、ドア番となるためなのでしょうか。動物の魂は、人間の体を果実の木や囮場に追い出すことができなかったでしょうか。エーテルの炎は、肉体という鉄暖炉、循環式暖炉を体温で、ただ然るべく燃え尽くし、焼き上げるだけでしょうか、それを石灰化し、解体するというのに。と申しますのは、どの認識の木も肉体の毒の木で、どの繊細化も漸次の杯による毒殺だからです。しかし逆に欲求は自由への鉄の鍵です——胃は肥料の塩の詰まった、民衆の花々の植木鉢です——様々な動物的衝動は単に我々の崇高化のギリシアの神殿へ至る地上の汚れた段階に過ぎません。

享受のためと更に貴方は仰有った——つまり我々は動物を養うために神の口と空腹を得た、と。我々の中の地上の部分、虫の輪となって這っている部分、これは勿論ミミズ同様に土くれで満たされ、肥やされます。仕事、肉体的痛み、諸欲求の熱い空腹、諸感覚の混乱は、民衆や身分ある者達の間では、人間性の精神的秋の花を圧迫し、窒息させます。地上的存在のかのすべての条件はまず処理されなければ、内的人間は自らの存在のための要求をなすことができません。それ故、まだ肉体の代理人に違いない不幸な者達にとっては、内的世界はすべて単に蜃気楼、蜘蛛の巣に思われます、ちょうど火花そのものの代わりに電気の場に陥った者は、目に見えない織物を通じて触っていると思うようなものです。しかし一度我々の必然的動物奉仕が過ぎて、吠える内的動物界に飼料が与えられて、動物の戦闘が片付けられれば、内的人間はその神酒と天国のパンを要求します、この人間は、ただ土くれだけを食べさせられると、自殺へと駆り立てる死の天使、地獄の神へと変わったり、すべての喜びを台無しにする[*8]毒殺者に変わったりします。というのは人間の中の永遠の空腹は、その心の満たされない思いは、より豊かな食事ではなく、別な食事を欲するからであり、餌の代わりにただ料理を欲するからであります。我らの飢えが単に段階に関連し、様式に関連しないのであれば、少なくとも空想がある満足の段階を描いてくれるに違いありません。しかし空想はどんな財宝を描いて積み上げても、それが真や徳、美以外のものであれば、我々を幸福にできません」。

「しかしより美しい魂ならどうかしら」とナディーネは言った。私は答えた、「我らの願望と我らの関係、心と地球との間のこのアンバランスは、我々が存続する限り謎に留まるでしょうし、我々が去るときには瀆神でありましょう。どうして美しい魂が幸福であり得ましょう。山頂で生まれた異邦人を、低地では癒しがたい郷愁が食いつくします――我々はより高い地にふさわしいものです、それ故に永遠の憧れがかみ砕くのです。音楽はどれも私どものスイスの牛飼い歌です。人生の朝方に我々は、胸の不安な願望を聞き届ける喜びが、我々から遠く離れて、後年からこちらにほの白く輝くのを目にします。そしてこの年月に達すると、我々は錯覚の場で向きを変え、我々の背後で幸福が希望の力強い青春時代に花咲いているのを目にし、今や希望の代わりに希望の思い出を楽しみにします。かくて喜びはこの点でも虹に似ていて、それは朝方我々の前で西の方に輝いていて、夕方は東の方に弧を描くのです。――私どもの目は光ほどに届きます、しかし腕は短くて、単に大地の果実にしか届きません」。

――「で、その結論は」と牧師が尋ねた。

「我々は不幸であるというのではなくて、我々は不滅であり、我々の内部の第二世界は我々の外部の第二世界を要求し、示しているということです。第二の人生について、その始まりはすでに、現在の人生でかくも明瞭であり、我々を奇妙に二重化しているというのに、何も言えないということがありましょうか。何故、徳は崇高すぎて、我々本人を――それにもっと大事なことであるが――他人を（感覚的に）幸福にできないのでしょう。何故、性格は一種より上等の純粋性を有すると、地上に、言うなれば、利益をもたらす能力が減少するのでしょうか、ちょうどヘルシェル[7]によれば、惑星を持たない恒星が存在するように。――何故、我々の胸はある無限な対象に対するある無限な愛のゆっくりした熱い炎のために乾燥し、窪み、ついには折れて、ただこの肺疾患は身体の肺疾患同様に死の冷たい氷で覆われ、片付けられるという希望でのみ和らげられるのでしょうか」。――

「いいえ」と声よりももっと動揺した目をしてジョーネは言った、「それは氷ではなく、稲光よ――心が犠牲として祭壇にあるとき、天から炎が降りて、それを砕くの、その犠牲が気に入ったことの印に」。

何故、彼女がまさしくこの落ち着き払った声で私の魂全体を――私の連結推理だけでなく――かくも痛々しく引き裂いたのか私には分からない。自らの思い出には打ち勝ったナディーネの目さえもが姉の思い出で濡れて、そして彼女は――いつもはジョーネよりも臆病で反吐を感じやすいのに――歩きながら、庭から突き出ていた一本のじゃがいもの茎に毛深い葉の下に止まっている大きな蛾を見つけて取り上げ、口をきりっと結んで、それを私どもに見せた。微笑みで和らいで欲しい口元であった。その蛾はいわゆる髑髏蛾であった。私は禿鷹に対するようにうなだれた羽を撫でて、言った。「これはエジプト産で、ミイラと墳墓の国からのものです。そして自らの背には死ヲ想エを着けており、嘆きの吻には悲シゲニ[8]と憐レミ給エが見られます」。

「それでもこれは蝶の一種で、蜜腺を受粉させる、これを我々昼の蝶も試みよう」と上手にヴィルヘルミは言った。しかしこれはまさに私の言おうとしていたことであった。

ジョーネの顔にはまた思慮深い平静さが浮かんだ。彼女は私にとってこの悲しみの静けさで無限に美しく、偉大になった。君はかつてこう言った。女性の霊「プシュケー」は、熱く刺し通されても、痙攣して翼をばたつかせてはいけない、さもないと、他の蝶同様に、羽の飾りを台無しにしてしまう、と。いかにも正しい言葉だ。――――

ナディーネの目が輝くときには、いつかは滴ることになる、愁わしい感動はいずれも長く彼女の心の中に留めておかれる、前もって長くそれに対して用心しているからである。彼女はそもそも泉に似ていたが、これは日中の気温とは反対の温度を示し、まさしく涼しい夕方には温かくなるのである。彼女は感動して私にこう言った（そして手で左のポケットを探した）。「あなたの仰有ることを証明している韻文をお見せします」。探しながら彼女とその案内者のヴィルヘルミは立ち止まった。彼は私より早く、彼女が土産物の中から何かを私に渡したいのだと察した。彼は早速、彼女が土産物の代わりに私のむかでの容器を取り出したとき、愛想良く語った。「私は盗みの手伝いを、両手ではないが、視線で致した。隠匿者としてお許しあれ」。真面目な声ではこの無分別の真面目な弁解の役に立ちそうになかった。私は言った。「大目に見られるよりは、大目玉に見られるような冗談をしたかったのです。でも私は、……」。彼女は私に最後まで語らせず、優しく変わらずに――咎める微笑と許しを与える微笑は別にして――芳香の本の中から紙片を取り出した、それは高貴なカールゾンの、気高いジョーネの滅亡に対する哀悼の詩を含むもので、私の散文的な記憶が覚えているかぎり、ここに君にその散文的な余韻を進んで伝えることにしよう。

慰めなき嘆き

「何という雲か、回帰線の雲のようにただ東から西に飛んで行き、それから沈んでいくものは。それは人類だ。これは、裂かれ砕けた船の釘で覆われた磁石山か。いや違う、それは瓦解し崩壊した人間の骨の散在する大いなる地球だ。

何故、私は愛してしまったのか。かくも多くを失わずにおれたものを。

ナディーネよ、私に君の痛みをおくれ。優しい希望がそこにはあるから。君は経帷子のヴェールの下で散っていく君の砕けた姉上の横に立っていて、瞬く星々を見上げて考える。愛しい人、あなたは向こうに住んでいらっしゃる、愛する心にまた会えるのは恒星の下、人生の小さな涙は逝ってしまった、と。

しかし私の涙は止まったままで、傷付いた目の中で燃え続ける。私の糸杉の並木は鬱蒼としていて、空を見せない。人間の血は大理石の棺に滴る形姿を描くが、それは人間と呼ばれる、ちょうど大理石板に油が流れて森を描くように。死は優しい人間を拭き取り、後に墓石を残す。ジョーネよ、君が単に私ども皆から離れて、雲の多い砂漠に投げ飛ばされたのであれば、あるいは地上の峡谷に、あるいは上のエーテルのこの上なく遠く離れた世界に飛ばされたのであれば、私には慰めとなろう――しかし君は逝ってしまった、君は消されてしまった。君の魂は亡くなった、それは単に君の外皮や君の人生ばかりではない。

ナディーネよ、こちらを御覧、ここの時の処刑場では霊界の死者の色をして砕かれた天使が横たわっている。私どものジョーネはすべての彼女の徳を失った、彼女の愛と辛抱を、彼女の強さと彼女の偉大な心全体と広い豊かな精神を失った。死の雷光はダイヤモンドを溶かし、肉体の蠟の像は今やゆっくりと大地の下で朽ちていく。

永遠の蛇よ、美しい外皮を急いで奪うがいい、この蛇は大きな蛇同様に、小さな人間に最初毒を与えて、仕舞いにはそれを飲み込むものだ。

でも私は、ジョーネよ、まだ強く、壊されない痛みを抱えて、壊されない魂と共に君の廃墟の下に立ち、泣きながら、自分が消えてしまうまで、君のことを偲ぶ。私の悲しみは気高く、深い、希望がないのだから。

太陽と共に、さながら新月*9に似て、目に見えぬ影の君の形姿は天へと、私の精神の中で昇るがいい。

そして時の汲み水車よ、無数の心と共に上がり、血で一杯の心を汲み上げ、それを墓場へ注ぎ出し、死なせる水車よ、私の心をただためらいがちに吐き出すがいい。私は長いこと君のために、失われし君よ、痛みを有していたいのだから」。

*

愛するヴィクトルよ、破壊する死の永遠の雪はいかに疎ましく、嫌なものに、死が覆おうとしていた高貴な形姿の側に立ってみると思えたことか、君には話せないほどだ。つまり、この決して幸せではなかった罪のない魂を、カールゾンが正しかったのであれば、その最後の日は地上での牢獄から地下への重苦しい牢獄へ導いていたかもしれない、と考えればいかに疎ましかったことか。人間は自分の錯誤を真理同様に、余りにしばしば言葉の概念だけで捉えて、自らの感情で捉えない。しかし破壊を信ずる者は、一度六十年の人生の代わりに六十分の人生を思い描いて、それからこう考えてみるといい、自分は愛する高貴な、あるいは賢い人間の姿を目的のない数時間の気象現象として、虚ろな薄い影として、光の後を舞って、光の中ですぐに溶けて、痕跡も道も目標もなく、しばらくたゆたった後、昔の夜の中に流れ去っていくものとして、このような姿として耐えることができようか、と。いやこの者にも不滅という前提がいつのまにか忍び寄っているのだ。さもないといつもこの者の魂の上には、マホメット[*10]の上の澄み切った空に懸かるように、黒い雲が懸かることになるだろう、そして地下ではいつも自分と共に、カインと一緒の場合のように、永遠の震えが生ずることだろう。

私は続けた、しかしすべての結論は今や感情に濃縮されていた。「いや、この地球のすべての森が遊山の杜になって、すべての谷がカンパンの谷に、すべての島が浄福の島に、すべての野原が楽土に、そしてすべての目が陽気になったら、そのときには――――いやそのときでも無限の者は我々の精神にこの浄福を通じてこれが続くという誓いをしたことでしょう――しかし今、神よ、多くの家々は喪中の家であり、多くの野原は戦場で、多くの顔は青ざめていて、それに私どもは多くの萎れた――赤い――引き裂かれた――閉ざされた目の前を通り過ぎており、今は墓、この救いの港がただ最後の飲み込む渦となるのでしょうか。そして遂に千年の千倍の後に私どもの地球がより一層近付いた太陽の烈火で死に絶え、地上のすべての生きた物音が埋葬されたら、不滅の精神は静かなこの球を見下ろして、空しい儀礼の車、霊柩車が通って行くのを御覧になり、こう言われることでしょう。『下では哀れな人類の墓地が太陽の噴火口へ去って行く――この火事場ではかつて多くの影、夢、蠟の形姿が泣き、血を流した、しかし今やそれらはすべてとうに溶け去り、揮発した――黙した砂漠よ、汝の吸い込んだ涙と乾いた血と共に、汝をも溶かす太陽に去って行くがいい』。――いや刺し殺された虫は創造者に向かって高く縮んでこう言っていいのです。『御身は私を苦しめるために造ってはならなかった』」。

「誰が虫にそう要求する権利を与えているのです」、とカールゾンが尋ねた。

ジョーネは穏やかに言った。「全能の者本人です、この方が私どもに同情をお与えになり、私どもを落ち着かせるために、私ども皆の中で話しておられます、実際この方だけが、私どもの中にこの方への要求とこの方への希望を創られたのです」。

この美しい穏やかな言葉は、ヴィクトルよ、それでも私の動揺した魂のすべての波を静めることができなかった。遠くの家からは雉鳩が魂から引き出された嘆きの震えた声を送って寄越した。涙で一杯の私の内部の目の周りに、あらゆる形姿が集まったが、その心には咎がなく、喜びが見られなかった者達であり、此岸でただ一つの願いも達成できず、厄災の霜と吹雪の下にあって、凍えた人間のように、ただ眠り込むことに憧れる者達であり――そして余りにも愛し、余りにも多く失った者達すべてであり、その傷は死がその傷を拡大するまでは治らないのであり、それはちょうど裂けた鐘が、その裂け目を大きくされるまで鈍い響きを出すようなものである[*11]――それに私の隣りの間近な形姿と多くの他の女性の形姿の者達である。これらのより優しい女性の魂を運命はまさしく大抵拷問にかけており、ナルキッソス達を地獄の神に捧げているようなものである。それに君の真実の意見が加わる、つまり君は女性の前では苦痛と過去という言葉を、この二つの言葉に対するかすかな溜め息を苦しむ胸から耳にせずには話したことがないということだ、女性は自分達の計画の狭い余地の中で、自分達のより理想的な、自分の価値よりは他人の価値を基にした願望に関して、我々男性よりも何千回も失敗を数える羽目になるからである、と。

太陽はますます低く山脈に沈んだ、そして巨大な影が、夜の猛禽類のように、その永遠の雪から冷たく我々の許に降りてきた。私は熱い手でカールゾンの手を握り、潤んだ目で彼の男性的に美しい顔を見て、言った。「カールゾンよ、何という花咲く大きな世界に貴方は、時間によって押しのけられない、計り知れない墓石を置いたことでしょう。二つの難点は[*12]、これはその上単に人間の必然的な無知に基づいていますが、一つの信仰を、つまり千ものより大きな難点をそれだけで解決する信仰、これなくしては我々の存在は目標がなくなり、我々の苦しみは説明がつかず、我々の胸の中の神々しい三位一体は三人の苦情の女神、三つの恐ろしい矛盾になってしまう信仰を打ち負かすに十分なものでしょうか、――つかみどころのないミミズから輝かしい人間の顔に至るまで、最初の日の混沌の民族から現在の世紀に至るまで、目に見えない心臓の最初の屈曲から青年の満ち足りた大胆な鼓動に至るまで、介護する神の手が見られ、これが内部の人間を（外部の人間の乳飲み児を）案内し、養い、歩き方と話し方を教え、教育し、美化しています――これは何故でしょうか、これは人間が美しい半神として老化した肉体の神殿の廃墟の最中にあってさえ真っ直ぐに崇高に立っているとき、死の棍棒がこの半神を永遠に打ち砕くようにするためでしょうか。そうであれば、微小の滴の落下が測りがたい波紋を投げかける無限の海では、この海の上では、精神の生涯の上昇と精神の生涯の落下は同じ結果、つまり結果の終焉、破滅をもたらします。[*13] すると我々の精神と共に同一の原理に従って、すべての他の惑星の精神も落下し、死亡するに相違なく、経帷子のヴェールと喪服の長袖とで覆われた計りがたさの上には、永遠に播種するけれども決して刈り取ることのない孤独な世界精神だけが残り、一つの永遠が他の永遠の死を悼むのを見ることになり、かくて精神的宇宙の全体には何の目標も目的もなくなります、相次いで継承する蜻蛉から成る一つの宇宙に、死にゆく者達から成る不滅の兵団に砕かれ、分かれた発展の目的は、消えた蜻蛉にとっては目的とは言えず、せいぜい生ずることのない最後の蜻蛉にとって、そうでありましょうから。[*14] そしてすべての、こうしたすべての矛盾や謎を、これで創造のすべての諧音ばかりでなく、すべての弦も引き裂かれますが、貴方は、ただ単に二つの難点が、我々が無常であるとしても同様に解決し得ない難点が貴方の前に生ずるが故に、仮定しなければなりません。……カールゾンよ、貴方は我々の上ではなく、我々の隣りの宇宙のこのハルモニアに貴方の永遠に甲高い不協和音を持ち込もうとなさっています。御覧なさい、何と穏やかに感動的に一日は過ぎ、何と崇高に夜がやってくることでしょう――私どもの精神がいつか輝きながら灰で一杯の墓穴から昇ってくるであろうとお思いにならなかったですか、かつて穏やかな明るい月が大きくヴェスヴィオの噴火口から昇るのを御覧になったときに。……」

――太陽はすでに赤く山脈にあって、海へ落ち、新しい世界へ泳いで行こうとしていた。ナディーネはこの上なく感動して姉を抱擁して言った。「私どもは永遠にいつまでも愛し合いましょう、お姉様」。カールゾンは持っていたリュートの弦にたまたま触れた。ジョーネは一方の手でそれを受け取り、彼に別の手を与えて、言った。「私ども皆の中で貴方だけがこの物悲しい信仰に苦しめられています――貴方は素敵な信仰にふさわしい方なのに」。

愛を隠したこの言葉で彼の長いこと一杯になっていた心は瓦解して、二滴の熱い涙が眩惑された目から溢れ、太陽がこの純な涙を黄金に照らし、彼は山脈の方を見上げながら、言った。「私は自分の破滅にしか耐えられません――私の心全体は貴女と同じ意見です、私の頭はゆっくりと心に従うことでしょう」。

もはや私がしばしば非難した別な男のことは触れないことにしよう。

我々はちょうど或る宮殿の前に立っていた、そこでは、夕陽にもかかわらず、すべての窓が輪転花火で銀色に輝き、(もっと暗くなってから)金色に輝いた。宮殿の上のイタリア風屋上テラスでは二つのモンゴルフィエ式軽気球が、一つは西端に、もう一つは東端に、エーテルに浮かんで止められていた。さながら天の二つの素晴らしい球、月と太陽とが反復されているこれらの素敵な球がなければ、私はより高い情景の光輝に眩んで、これらの間近な情景に気付かなかったことだろう。

大事な友よ、何とこの場所、この時間は素敵だったことか。ピレネー山脈は、半ば夜、半ば昼の装いをして、我々の周りに偉大に休らっていて、老人のように時を前にして背をかがめていず、永遠に聳え立っていた。私は何故偉大な古代人は山脈を巨人と見なしたのか感じ取っていた。山の頂は雲からなる薔薇の花輪、鎖を被っていた。しかし星々が空の深いエーテルの海から浮かび出てきて、青い波から輝くにつれ、山脈の薔薇は色を失い、落下した。ただ南岳［ピック・ドゥ・ミディ］がより高い精霊のように長いこと低く孤独な太陽を見送り、うっとりと輝いた。花咲くレモンの木々からなる、より低い円形劇場は芳香を放って、覆われた大地へ我々を連れ戻し、そこに暗い楽園を作った。そしてジョーネは静かな歓喜に酔ってリュートの弦を弾き、ナディーネは滑奏の音に合わせて、小声で歌った。そして小夜啼鳥は水辺の薔薇の垣の中で目覚めて、その小さな心の音色で深く人間の大きな心へ入ってきた、そしてその周りをかすかに光る蛍が薔薇から薔薇へとさまよい、反射する水の中では黄色の花々の上をただ黄金の粒が飛びながら漂った。――しかし我々が天の方を見ると、すでにすべての星々がほの白く輝き、山脈は薔薇の鎖の代わりに散った虹を戴き、ピレネーの中の巨人は薔薇の代わりに星々の冠を被っていた。――――愛しい友よ、そのときには、歓喜の中の者は誰でも、重苦しい胸から地上の重荷が落ちたかのような、地球が我々をその母の腕から無限の守護神の父の腕へ成熟して渡すかのような――あるいは軽い人生が吹き飛ばされたかのような思いがしたに違いなかったのではなかろうか。――我々は我々が不死の者であるかのように、そしてより崇高に思われた、そして我々は空想した、不死について語ることは、我々の場合、かの二人の高貴な人間[*15]と同様に、我々の不死の始まりを意味していた、と。

突然我々は離宮の生の調べと共にざわめく調和的な大河の幾層もの支流［腕］に摑まれ、人生に呼び戻された。すべての部屋の音楽がジョーネに、この宮殿は誰のものか告げていた。彼女は穏やかに感謝の念でヴィルヘルミの手を握った、我々皆が感傷的になった、しかし皆幸せであった。

しかし新たな喜びの嵐は、我々が輝かしい部屋に入ったとき、古い喜びを吹き飛ばすことはできなかった。我々は周りの大いなる夜を欠かすことができず、屋上テラスへ出て、無限の王座の天蓋の下の創造のより高い王座へ至るためのこの小さな王座から更に一層詳しく見渡そうとした、感動した魂にとっては跪くことがより高い上昇であったかもしれないけれども。

向こうでは温床に、ジョーネの名前を花咲く色彩で書いた花大根［夜菫］があった。私は捕らえた蛍とむかでを思い出した。蛍を私は紛らわしい黄金の星座として下の薔薇の垣へと飛ばして、この注がれた蛍の光で私はジョーネの名前を美しく冷たく燃え上がらせた。

ジョーネは東側のモンゴルフィエ式熱気球を憧れの目で見上げた。ヴィルヘルミは彼女の心を察した。彼女の精神は大胆でかつ平静であり、すでに地上の多くの夢幻の洞窟やアルプスの尖峰を訪ねていた。彼女は軽気球と共に昇って、この素晴らしい夜、この素晴らしい一帯の上、天上に漂いたいのであった。しかし夜景を楽しむことだけが終《つい》の目標ではなかった。ヴィルヘルミは、誰がお伴したらいいか訪ねた。彼女はただ一人っきりでいたいと頼んだ。球の下の小船の幅と奥行き、それに中の椅子、球を上げたり、戻したりする綱がすべての危険を取り除いていた。

彼女は一人っきりで天女のように星々の下へ昇った——夜と高さとが昇る形姿に雲を投げかけていた——上空の風がこの花咲くオーロラを揺さぶり、星座は次々とこの揺れる女神で覆われた——突然彼女の遠くの、高みにある顔が明るいこの世ならぬ輝きの中で浮かび上がった。顔は、輝きながら天使の顔のように、闇の青色の中に星々に対して浮き彫りにされて現れた。ヴィルヘルミとカールゾンはいつもならぬ戦慄に襲われた。二人には、愛する者が再び、死の天使の翼に運ばれて、自分達の許を去っていくのを見ているかのように思われた。地球の背後の月は、その光をつとに星々の上の方に、下の地上の花々に対するよりも早く投げかけていたが、彼女をとても天上的に神々しくした。

彼女が再び我々の許に来たとき、彼女の目は静められた涙で赤くなっていた——彼女がまさに上昇していったのは、隠された時を利用して星々の間近で昔からの重苦しい涙を一人っきりで流すためであった。天女のような女性よ、彼女はこの生のまどろみの中で此岸の喜びよりもより高い喜びに格別に微笑んでいた、ちょうど眠っている子供が、天使を見たというので微笑んでいるようなものであった。

今や私は星々への私の憧れと乗船したいという私の願いを抑えることができなかった。私は好意から快く西側の軽気球を得た。ナディーネは、無事姉が帰還してきて、それに危険に臨む者がいることで、より大胆になって、いつもの燃え上がる熱意をもって船に乗り込み、渇く心を荘重な測りがたい夜で元気付けようとした。——

——さて我々を諸恒星が引き上げた。重苦しい地球は過去のように沈んでいった——翼が、幸せな夢の中で人間によって動かされるように、我々を上へ運んでいった——海の崇高な空虚さや静けさが我々の前で星々に至るまで休らっていた——我々が昇るにつれ、黒い森林は雷雲へ、積雪して輝く山脈は明るい雪雲に延びていった——上昇する軽気球は我々と共に月の物言わぬ光線の前へ飛んでいった。月は楽土のように下の天に懸かっていた、そして青色の荒地の中で我々はゆらめく突風によって、さながら月のより間近な、ほの白く輝く世界の中へ眩んで揺すられた。……すると重い大気の上、高く鼓動するより軽快な心には、あたかもエーテルの中に舞って、外皮を投げ返すことなく、大地から去ったかのように思われた。——

突然我々の飛行は止まった——我々は下の、深みと夜とで飲み込まれた谷を眺めた、ただ宮殿の明かりだけが一緒になって上へほの白く輝いた——西の雲は我々の前で白い霧峰の形で懸かっていた、そして一羽の黒い鷲が死の天使のように東から滑って行き、明るい雲の柱を過《よ》ぎって、自らの梢を探した——冷たい風が戯れながら我々を靄の島の方へ引いていった——夕焼けはすでに大地の下で北の方へ引き出されていて、愛するフランスの上で将来のオーロラに変わった。……何と内部の人間は星々の下で鼓舞されることか、何と心は大地の上で軽やかになることか。……

突然下のほの白く輝く宮殿から小さな和声が昇ってきた。我々の愛しい者達が我々を和らげられた木霊で呼び寄せた。……ナディーネは下を見ると、大事な人々への憧れの余り孤独な心が張り裂けた——そして彼女が長い銀色の谷、月の転がり込んできた谷を覗き込むと、そしてその舞う錫箔の下で震える滝がかすかに光り、奔流の流れる弧や青々とした大理石のトルソや楡と穂の間の白い小道や我々の今日の一日の夢幻的な通路全体が光ると、明るく輝く涙が穏やかな彼女の目からそのまま流れ出てきた。彼女はさながら大目に見て、黙っていて欲しいと頼むように私を見つめた、そして感動的な声で言った。「私どもは辛い大地からとても離れていますから」。

そして我々の小さな軽気球が虹色に光る沃野と、より明るい音色の許に戻ってきたとき、彼女は自分の目がまだ涙の痕跡を残しているか問うように私を見た。彼女は一層素早く涙を拭った、しかし無駄であった。我々は黙って下に降りた。私は彼女の熱い手を取って、彼女の泣き続ける目を見た。しかし私は何も言えなかった。……

——どうして今さら私が何か言えよう、愛しい友よ。——

＊1　水の下で和らげられた模造の太陽。
＊2　割礼の際にユダヤ人達は割礼を施す人のための椅子と、目には見えないが座る預言者エリアのための椅子を置く。
＊3　むかで類は夜光る。これらを花の萼から香りと共に脳内に引き込まないよう用心しなければならない。
＊4　日本からのガーンジーの百合はその名をガーンジー島から得ている。この島で、それを積んでいた船が座礁して、百合を放り出し、蒔くことになった。

＊5　というのは惑星の気候的な違いは確かに我々の地帯の気候的な差異同様に、黒人や［フェゴ島の］ペシェレ人、ギリシア人を生むに違いないが、彼らは人間であることに変わりはないからである。

＊6　それ故、精神世界と言わずに認識世界と言うべきであろう。

＊7　いずれにせよ、この言葉で、やはり一つの模造であるすべてのユートピアが実現すると言えよう。というのはすべての夢、セヴァランブ[6]諸島、ユートピア等の原像は実際に――一個ずつではあるが存在するからである。これに対して無限なものの原像は一個ずつは存在しない。

＊8　このことは大抵、より高い豊かな身分の者に妥当する、ここでは多くの者が五官の五つの駱駝の胃の飽満と魂の空腹のために、人生に対する嫌な反吐と厭わしい肉的な、より高い願望とより低い快楽との混合で終わることになる。野蛮人や乞食や小都市民ははるかに彼らに感覚の享受の面で勝っている。この場合は、ユダヤ人の家々と同じく（破壊されたエルサレムの記念のために）いつも何かが未完成のまま放って置かれなければならないからであり、まさに貧乏人は地上の人間の要求を満たすことが余りに少なくて、エーテル的な要求で突き倒されたり、苦しめたりすることがないからである。

＊9　新月はいつも太陽と共に昇る、目に見えず、影になっているけれども。

＊10　最初のはキリスト教の伝説で、もう一つはラビの伝説。

＊11　三種類の人間がいる。何人かの者にはこの人生で天国が与えられる、その次の者には、およそ喜びと悲しみが互いに釣り合っている孩所［煉獄］が与えられ、最後に何人かの者には悲嘆が勝る地獄が与えられる。二十年間肉体的痛み、時が精神的痛みのように和らげることのない痛みで一杯の病床にあった人間は、この者達はきっと幸福というよりは不幸であったろう、そして不死がなければ、至高の倫理的存在に対して永遠の非難をなすことだろう。そしてこのような不幸な者がいなくても、ある暴君は、医者や哲学者の立会いの下、病院の拷問台の上でこのような不幸な者を創り出すことができよう。少なくともこの者なら自分の苦しみに対するこの世の外での償いを求める権利を有しよう。永遠の者は、喜ぶよりは悲しむような者を出現させてはならないからである。

　その上に、無限な目の前では我々の痛みの対象は錯覚に見えても、痛みそのものは錯覚に見えないであろうという事情がある。それに人間の苦悩は本質的に動物の苦悩とは異なる。動物は傷を、例えば我々が眠っているときに感ずるように、感ずるが、しかしそれを目に見ることはない、その痛みは痛みの予期、追想、自覚で三倍に延ばされたり、鋭くされたりすることがない、それは刹那の一刺しでそれ以上ではない。それ故ただ我々の目だけが涙を有するのである。

＊12　つまり我々が肉体と結び付いていることについての無知と、第二世界と結び付いていることについての無知。

＊13　春の長いことと発展してきた美しい花の世界の年ごとの没落を持ち出して、異を唱えないで欲しい。というのは物体界では各部分のどの関係も他の関係同様にどうでもよく、完全であるからで、薔薇の灰は（有機的魂を顧慮しなければ）薔薇の花と同様なものである。美についての我々の感受の他に美しいものはなく、物体的対象が美しいのではない。――次のように反論しようとしても、つまり「そもそも自然は、すでに万端準備を整えていた発展のいかに多くを押しつぶすことか、何と多くの千もの卵を割り、何と多くの蕾を引きちぎることか、その盲目の歩みで何と多くの人間を人生のあらゆる段階で押しつぶすことか」と反論しようと、私

はこう言う。断たれた発展は遂行された発展への条件へと美化される。更に、諸物体にとってはその各部分の位置はどうでもいいのであり、精神的生物の外皮として、諸物体はまさに――精神的生物の償いの不滅性を証している、と。

＊14　思うに精神的な死すべき定めという妄想はこの面についての考察がまだ十分でないようである。生きた世界全体、あるいは精神的世界全体はそれ自体――というのは生命のない世界全体の目的は生きた世界全体の手段となる他に目的はないのだから――その各部分の達成する目標の他に達成するものはない、各自が一つの全体であるからであり、他の全体はいずれも単に総括する観念の中にのみあって、現実には存在しないからである。消えていく精神の列を通じて見られる完成ということの不当さを生き生きと考えるには、ある精神の生涯を縮めてみて、例えばこれがカントの批判の一頁のみを完成して、死ぬとしてみるがいい。二頁目には二番目の精神が生じて、そして新しい版のためにそもそも八八四の精神[9]が生ずることになる。かの錯覚が大抵の者に生ずるのはひょっとしたら、次々に永眠する世紀の上に次第に昇ってくる周知の啓蒙の増大する月明かりのせいかもしれない。しかしまさに代わりが必要であるということが不死を要求している。

＊15　ラファエロは「変容」を完成させたときに亡くなった。そして天才的なハーマンは「変容と脱肉体について」の論文を印刷中に亡くなった。

教理問答の十戒の下の木版画の説明（1）

史実的序文

将校達――洗礼盤の天使――桜桃の種――肖像

今日では誰もが何かを発明し、発見するので――唯一可能な証明とか――星雲とか――黒点とか――染み抜き石鹸とか――ジャコバン主義者――島々の全体――それに植物相と動物相――新しい気体――新理論――リヴィウスの作品――アフリカの土地――要するに一切を発明、発見するので、私は一人安楽椅子に座って、何も発見せず、肝蛭の新しい体の輪も、ましてや土星の輪も発見しないでいる状態をどうしたらいいか分からないでいた。――この嫌悪は去った。私はこの世紀の発見者達の真珠の一揃いに、まだ世紀が完結しないうちに、威勢よく加わることにする。

昨年の六月、私はザクセン[1]を旅した。私はヴィッテンベルクで旅行者として極めて珍しい珍品を見物し、町を通って流れる二つの小川――新鮮な小川と腐った小川という名のものを――それに七年戦争来の若干の崩壊した塵芥の山と頭のない洗礼盤の天使を観察した。それから私の行軍ルートに従ってブレーゼルン、つまりエルベ河畔の外堡へ行ったが、本来は単にその隣りの野原を目指していた、そこで私は年ごとの六月の競走を見物しようと思っていたのである。

ブレーゼルンへまだ若干の砲撃距離のあるところで、私は背後に二人の声を耳にした。「わしは少佐になってから少なくとも十足の靴下を編んだ」。――「こちとらは大尉になってから対の踵までのを半ダース仕上げたのではないか」。私は将校達の方を振り向いて見て、そして少佐が私の腕の二倍ほどの背丈で、大尉は私の散歩杖よりもほんの少し高いほどであるのに気付いた。私はこの青い服の後衛を近寄らせて、一緒に会話することにし、背の低いこの軍隊に印刷できそうなことをあれこれ問い質すことにした。

人はどこからよりも、どこへの方を丁重に尋ねるものである（哲学するときは自分に対してさえそうである）。両人ともブレーゼルンを目指していた、少佐は一緒に競走に加わるためであった。大尉は戦友として付いてきたのであった。両将校とも、どの連隊本部も、どの上官もそうであるように、穏やかで静かで、尊大さがなく、女性や敵に対する勝利についてほとんど話さず、私は心の中で健気な者達だとつぶやいた。

「どこからですか」と私は最後に尋ねた。「アンナブルクから」。私はレオンハルディ氏[*1]を前もって調べていたら、そして後からようやく調べるという実情でなければ、尋ねる必要はなかったであろう。両人は少年兵学校から来たのであった。――アンナブルクの者達よりも背の高い少佐や兵卒は願い下げであろう、彼らはどの人の皮膚も、制服も剝ぎ取ることはなく、むしろ編物針でどの人も足から着せてやり、確かに木製の脚に対して喜びを感じているが、しかしそれは靴下を履かせてみるためにすぎない。――このことは最も楽しい史実的序文では言及する必要があろう。戦争の禿鷹の爪が我々の地球の測径器となっており、地図集さえあれば戦争の地図となっていると我々は体験しているのだから。ちなみに私より他によく承知しているものはいないと思うが――ちょうどマルシュリンスの汎愛校では不作法に対して、不作法を続けるという罰が少年達に定められているように――そのように運命は人間に人間の先の野蛮な動物的戦い、獰猛な巨大な戦争に対して、それらを啓蒙の明るい日中にも続けるという悔悟の苦行を課しているのである。しかし十八世紀が先の諸世紀の贖罪の山羊として諸世紀の過失の継続を通じて野蛮の外観を呈しなければならないというのは苛酷なことではなかろうか。

私と将校達は早くブレーゼルンに着いたので、まだ十ほどの競走を行う余地がありそうであった。しかし最初の競走はすでに――なされていた、少佐が心から喜んだことに。というのは、彼の妹が、彼女の許に彼は私を案内したが、勝利を収めていたからである。ブレーゼルンやノイローデ、トゥレーブニッツ、ツュルスドルフの人々には馴染みのことであるが、飛脚走で一番の若者には縁のある羽根飾り付き帽子が、最も足の速い少女には数エレの絹が贈られるのである。しかし読者には十分に新しいことであろう。妹思いの少佐は自分の家族が――王侯の家族のように――男の勝者ではなくても女の勝者を出したことに満足していた。

　しかし読者にとってもっと大事に思えることは、これまでのことは単にその序文となるもので、つまり窓辺に木製の古い頭巾掛け［の頭部］があって、それに勝利の絹が巻き付けてあったということである。頭部は優しい造りで、額は広く、小さな鼻は幾分鷲鼻で、木製の髪は巻き毛ではなかったけれども、柔らかく耳に、グイード[2]の多くの天使のように、垂れていた。――最後に私はそれが実際天使の頭部であると知った。というのは偶然私は親指を、女性の頭のこの検閲官の頭部を持ち上げたとき、その喉に入れたのであるが、そのとき私は何かを繰り返しているかのようにぼんやりと思われたからである。勿論、勝利を収めた女性が自分の父親はヴィッテンベルクのレッフェル［匙］教会の聖物保管係であったと語ったとき、私は自分が当地の退役の首を切られた洗礼盤の天使の喉に親指を骨のように挿し入れていること、この頭巾の検査官あるいは頭巾掛け［の頭部］は、多分一七六〇年[3]の帝国軍の爆弾の破片が壊し、首を刎ねた天使の上に据えられていたものであると容易に気付いたのであった。かけっこの女性は私に言った。この頭部は家中に幸せをもたらします、駆けるときいつもこれを思い出していなかったら、一切れももらえなかったことでしょう。

　しかしこの司教冠を授与された頭部は直に念頭から去った、そして私はドレスデンに着いた。幕間の音楽、あるいは間奏曲はない。私は早速興味深いものに急ぎ、ドレスデンを回り、第八の部屋並びにツヴィンガー宮殿[*2]を見物したと語ることにする。第八の部屋はミニアチュアのエルドラドと黒いビロード上の宝石の採石場があったが、ドレスデン人が約束していたほどの感激を私にはもたらさなかったと言っていい。しかしこれはほとんど説明になっていない。この件は次のように考えると説明が付こう、つまり第五の部屋の隣りの陳列室のハーレキン［道化役］は、この体はただ一粒の真珠から作られているだけであるが、これとか宝石で作られたただ一本の鞭の柄は、二部屋にぽつんと置かれていて、大変に効果的であるが、しかし他方宝石の収集庫やポータブルのオフル[4]を目の前にすると、全体とのつながりでは単に鈍い、対象に対して冷淡な驚きしか生じないと考えるわけである。私はかつてカール金貨がどんなに擦り切れて、色褪せたものに思えたか言えないほどである――つまり私はこれを持ってライプツィヒのフレーゲ［銀行］に行き、四分の一ドゥカーテンと両替しようとしたが、――私はこの銀行で金を含む山ではなく、すべてが金からできている山を目にしたのであった。同様に修道女の僧院や尼僧院、フランクフルトの戴冠式の日には私は女性に対してより冷淡になるし、本に対して、より冷静になるのはゲッティンゲンの図書館を措いてない、ここのはカタログだけですでに八十巻となっており、誕生の後すぐに本に取り掛かり、読み始める人間がいても、その八十年の生涯の一年ごとに、そのカタログが自ずと一巻となるほどの作品に目を通さなければならないのである。

これに対してドレスデンのツヴィンガー宮殿では私の心ははるかに軽くなった。そこで何という桜桃の種に遭遇したか聞いて貰えれば、納得がいこう。地理学者で、ドレスデンのツヴィンガー宮殿が余所の者に見せている肖像画的桜桃の種を御存じでない方は少ないだろう、それには八十五の彫り込まれた顔の連なりが見られるのである。私にもその種は見せられた。その前に必要な集光レンズ、拡大鏡が手渡された、これなくしては誰もその跳ねる点や魚卵から八十五の人相を孵化することはできないであろう。しかし集光レンズの背後ではその模様のある種から苗床と家系の全体が芽生えてきた。

しかしそこで私にとって最も目を引いたのは七十番目の顔であった。私は親しく呼びかけられている気がした。私は見覚えがあると誓った。すでにレンズと種から数路地だけ離れたときにようやく思い付いたのは、七十番目の人相は、ブレーゼルンで射落とされた熾天使の頭部で私がすでに見た人相に他ならないということであった。ドレスデンへ行って、この数全紙の現在の話と、これから先の木版画の半身像とを頭に収めている読者なら、ツヴィンガー宮殿で種の七十番目の顔まで数え上げたとき、この件のことが容易に分かるだろう。これに付言することは次のことしかない、つまり最近ある者が『帝国新報』でルターの肖像画集成を売りに出したということで、これは即ち、ルターの顔について描いた五百七十五の様々な肖像画の収集で、半ダースのドレスデンの桜桃の種には載せられないほどの量である。しかし盲目の時代は偉大な男をいつも五百七十五回描いたり、描き損なったりし、この男は、後世に一面的に伝えられたくなかったら、少なくとも六つの種を必要とする。ある種の顔、ルター一世の顔、フリードリヒ二世の顔は決して的確に描けないし、また決して似ていないように描くこともできない。私はしばしば酒場で十八世紀のこの高貴な老王が、およそ乗れるかぎりの多彩な馬に騎乗しており、およそ考えられるかぎりの人相学的しみを帯びて描かれているのを目にした。

ドレスデンから私はヴァイマルに行った。そもそも旅の全道中で私はマーモットや光線とは共通点が少なかった、これらはいつも真っ直ぐに進むのである。ここはヴァイマルについて、この文学上の王の居城の町、領主の町について、かつて一つの星が東洋から導いたよりも偉大な賢人達の三位一体[5]がきらきら光る町、一度第二版を体験したサンチョ・パンサならば誰でも馬で乗り入れるこのバラタリア島[6]について、この聖なる町について次のことの他申し上げるのは、ここではふさわしくない——むしろ他がいいだろう——つまり私はいわゆるフランス風小宮殿に行って、公爵の図書館を見ることにしたのである。途中私は私の踏みしめて歩く舗石のそれぞれを古典的大地のモザイクと見なした。

図書館に立ってほどなくすると、親切な守護霊、偶発の霊のお蔭で私の頭にヒルシング[7]氏がその図書についての記述と共に思い出されたが、その記述の中で私は、この図書館にはマットシュテットの牧師、ビンダー学士からすべての教理問答の収集というある大市の贈り物がなされていると読んだのであった。私はビンダー学士の教理問答の収集のことを尋ね、そこへ案内された。

ちょうど現在の作品の高貴化を特に気にかけていた文学的共同体の大天使あるいは天使がいたに違いなく、これがあちこち詮索している私の両手にまさにバイロイトとアンスバッハのための最も古い小さなルター派の教理問答書を入手させたのであろう。この問答書には先の方に弱く膠付けされて一枚の製本用の用紙があったが、そこにブレーゼルンの洗礼盤の天使とドレスデンの桜桃の種の許で見付けた人相を再び見いだして大いにびっくりした。半身像はインクとペンで描かれていて、点でも線でも弧線でも描かれず、込み入った唐草模様で描かれていた。私はモイゼル[8]の『雑録』の二十番目の冊子を思い出した、その中で、ゼバスティアン・ザックスとかいう者が馬に乗った侯爵の肖像を聖書の名言で、つまり名言の文字で上手に描いていて、下には町を描いているが、その大地は九十番目と九十五番目の賛美歌が舗装し、描写している云々と紹介されているのであった。カイスラー(9)の『旅行記』から知らない人はいないだろうが、ミラノの図書館ではキリストの晩餐が巧みにペンで描かれていて、客人の顔や髪は単に受難や主の祈りや信仰をスケッチしているばかりでなく、また罪の告白の祈りや、主を畏るる者は幸いなり、主の僕たちはほめ讃えよ、マリア賛歌、それに詩篇からのかなりの作品をスケッチしているのである。

しかし肖像画は読めなかった。その紙はまだ私の眼前にある。たまたま若干の唐草模様が裏側ににじみ出ていて、従って十戒の石板の裏面[*3]のように読めた。「クレーンライン」とその濾過された模様は書かれていた。要するに、私をいつも追ってくる肖像は実際文字で描かれていたが、しかし銅板のように、ただ逆の鏡文字で描かれているのに私は気付いた。従って鏡の中でのみ読むことができた。このことが同時に、何故ビンダー学士は肖像画を遺贈する前に、それを文学のために何ら学的に利用しておらず、私が初めて利用するのかの謎を解き明かしてくれる。

私はゆっくりとペンのスケッチを尾羽のように教理問答から引き離した——私は容易にそれを盗むことができた、いずれにせよ、それをホーフの自分の部屋でもっと詳しく調べるために頼めば貸し出してくれたであろうと分かっていたからである。未だに図書館にはその紙が欠けている。しかし私はヴァイマル側が要求すれば、この像をビンダーのコレクションにまた返す用意がある。

さて今やヘラクレスのこの収奪品を検分し、学者間に分配するときである、あるいは別の比喩では、この天のパンの全塊を周りの空腹者の間で切り分けるときである。……しかし先に進む前に、しっかり立って、次の楽しい考察に耽っていいだろう、つまりいかに学者は次々に物事をより高く推し進め、古いものを読み、新しいことを書くことか——いかに我々は曲芸師に似て互いの肩に乗っては、人間でできたピラミッド状のバベルの塔を組み合わせて作ることか——いかに各人は学識のむかでに対して、あるときは右側に新しい脚を付け加え、あるときは左手にそうすることか——そしていかに我々は、我々が本を読んで体を一杯にしたり、再び軽くしたり、書き終えたりしたとき、我々はペンを排泄物の下に持っていき、ちょうど、かめのこはむしの幼虫[*4]が叉状の尾を肛門の下に有するようにして、排泄物を捉え、そしていかに我々は日傘と盾を持って我々の全作品集から、各人一杯になった叉状の尾と共にのろのろと歩いて行くことかと考察に耽っていいだろう。……私もその一員であるということは私を元気付けると告白したい、そして我々は皆、我々が絶えずますます多くのことを知り、ますます多く書くということに感謝の賛美歌を歌うべきであろう。

私は家でこのペンのスケッチを取り出して、更に通常の集光レンズと髭剃り鏡とを揃えて、それを調べてみたとき、胃の所まで降りてきたところでもう、自分はこの像について自分の考えを印刷することになるだろうと分かった。ここに掘出し物の劣等な目録がある。私は十戒のための十の木版画の造型家を得ていた——彼はローレンツ・クレーンラインという名前で——彼はザクセン国の塩の検査官であった——十の版画は聖書の話を何も表していなかった——すべては彼自身の話であった——版画は全く新しい説明を必要としている——これは彼の見取り図が教えてくれる——彼は自分の描かれた像を十頭身と十の版画に分割している——それぞれの戒律に一つの頭身である。……おやつに十分であろう。しかしこれは次の紙片でドイツ人達に料理と共に差し出そうと思っている献立表のわずかな少しばかりの一覧にすぎない。

いつでも木版画への私の案内人、案内書となる予定のこのペンの肖像画のお蔭で私は、これまでバイロイトとアンスバッハの両侯国で単に美術品として内容は顧慮されずに評価されてきたこれらの木版画に新しい説明を付けて新たな興味を喚起することができる。——すでに私の青春時代に、この十の木版画は（間違った解釈で）戒律の下の場面だけを表現しており、そこでは我々は戒律を踏み越えており、あたかも未払いの借用証書の中の恥辱の絵の按配であると思われていた。人間にとっては悪徳の名前や考えは極めて忌まわしく、殊に悪徳を犯した後はそうで、ちょうどある種の料理やチーズ、鰊の臭いは特に食べたばかりのときには、おぞましいものであるようなものである。しかし幸いこの古い説明はすり替えられたものであると同時に不名誉なものである——そこで真正な、より名誉ある説明に移ることにしよう。

＊1　レオンハルディの『ザクセンの地理学』第一部。この有益な学校では少年達は年功によってではなく、品位によって昇進する。
＊2　第八の部屋は緑の丸天井館の最も宝石の多い部屋である。ツヴィンガー宮殿は博物標本や美術品で一杯の卵形の宮殿である。
＊3　レッサーの岩石神学では、ラビのザーロモンは、十戒の文字は石板を透き通って輝いていたが、逆にはなっていないと主張していると書かれている。
＊4　ただ単にこの朝鮮薊に住む幼虫だけが肛門の下にある尾でその収集した糞を、背の上の漂う屋根として広げるばかりでなく、また、はなむぐりの幼虫も背の分泌物と口の分泌物とに、つまり糞とあぶくとに覆われる。

I

第一の戒律の木版画

職権者と職権代理人の間の特別な違い――将来のコンサートの序曲――僧侶達のための肥育施設

ここで散文的に書く代わり叙事詩的に書くのであれば、今数人のミューズに呼びかけをしなければならないところであろう、そしてこの呼笛の間に私の英雄詩の精髄や梗概を編み込まなければならなくて、こう私は言わざるを得ないことだろう、塩の検査官がこの身分から（実は彼の妻のお蔭で）ついにザクセンの［宮廷の］ベッド管理人になるまでの次第を私が歌うとき、必要なことを私に吹き込んで欲しい、と。というのはこれが私の寓話の設計図であるからである。結局散文でも、法律家のように、呼びかける［上訴する］ことができよう。成果は同じことで、つまり鼓吹である。というのはちょうど霊感が使徒達にその卑俗な言葉や言い間違い、ヘブライ語風を許して、その信憑性を高めているように、ミューズの女神による霊感も、女神が語る媒体の通常の詩人からその俗っぽい言葉や田舎言葉を取り上げずに、詩人がそれを書いたということをより信じやすくしているからである。

塩検査官のクレーンラインは――――しかしこれについてはもっと多くのことが必要で、私が話全体の基礎としているものをすぐ最初に鋭く明瞭に描いて読者に供しなければ、つまりクレーンラインの性格を供しなければ、結局私はまずいことになろう。それ故、私は読者の各人に第三の戒律の木版画を開いて、調べてみるよう要求したい。首席牧師の許のちょうど説教壇の下に我らの検査官は座っている。この真正な芸術家、（木版画のための）彫刻刀で永遠の名声を得て、長い年月を経て、伝記作者達が注釈することになる芸術家はそのような面影であった。私は説教壇の許の彼の静かな、没頭した、屈託ない顔をもっと詳しく観察するようお願いしたい。柔らかい髪は平たく滑らかに前頭部に伸びていて、このことを木版画は前髪を全体省略して簡単に表している。この人相には多くの子供らしさが見られ――話には更に多く見られるが――この人相は子供達に似てすぐに察するが、容易に騙されるもので、容易に許すが、簡単に怒り、悪漢達をやっつけるよりはより巧みに描き、屈しないとか、いわんや打ち負かすというよりはより容易に表現するものである。この芸術家的屈託のなさは尋常ではなく、私は彼の文字による肖像画の助けを借りて、彼の全く考えもしなかった事柄を彼の十枚の木版画から引き出して描いた、――これは彼にとって都合のいいことで、というのは彼の妻に関することであるからだが、それにこれは本当のことである。その上この自分の自我に沈潜した顔には何かとても夢想的なものがあり、私は最初、ヴァイマルに行く前は、これはかの夢想者達と仲間を作っている織工の親方であると考えたものである、彼らはえんまこおろぎ同様にただ熱さを求め、光を避けるもので、こうもりに似てただ蠟燭の獣脂を追い回すが、その光線を逃れるものである。しかしそれはクレーンラインではなかった。しかしこの罪のない顔と親しくなった読者なら、この人相にいつもザクセンの旅で出会い、ブレーゼルンの洗礼盤の天使とドレスデンの桜桃の種の上にこの人相を見いだした男の立場と知識欲とが容易に分かるであろう。

さて話を進めよう。クレーンラインは彫刻刀を愛したが、しかし検査官のペンは愛さなかった。彼にとっては上級塩管理人を象る方が――彼を満足させるよりも容易であった。すでに学校の新入生のとき、彼は窓枠や学校の長椅子を版木として使い、前もって素描を描かずに、それに彫り込んだ。それ故、彼は彫刻家としていつかアルブレヒト・デューラーと肩を並べるために、毎週――仕事をしないで、管理〔代理〕できるようなより良い官職を願った。彼はそれ故、もっと多く彫るために、検査官よりは管理人を務めたかったのであろう。というのは国家のすべてのポストは、王座から遠ざかるにつれて仕事量が増えるからで、支配の頭領は公務の頭領よりも千倍考えることが少なく、国の領主は町の領主よりも考えることが少ない。このように諸惑星も、怠惰な太陽から遠く離れるにつれ、一層熱心に自転することになり、遠くの肥満した土星は一日［太陽日］に四回回転するが、近くの素早く小さな金星は単に一回である。更に公職は小さくなるほど、一層職権者とその代理人は融合して、上級宮内官職と世襲職とは一人の人物で済むことになる。ロシアの皇帝がその後継の支配者を任命するように、立派な侯爵はその多くの共同摂政や、戦場での戦士や、地方でのその不在時の代理人や、政府の代理大使や、良い意味でのそのスメルデス[1]達を任命する、このスメルデス達は生前死者と称することはなく、生きている者と称するものである。それ以外にどうして国家を統治できよう。かくて多くの重要な文官職と武官職とで、我々の肉体においてもそうであるように、重要な部位は二重でなければならない。どの職権者にとっても、この職権者は公務の装置と共に公務の部屋を髪粉の部屋を通るように通っていき、十分に収入の金粉を振りまかれるが——ちょうど磁気を帯びた棒が単に持ち運ばれただけでやすり屑がくっつくようなもので、——こうした職権者には誰であれ（本人か国家によって）すべてを管理する職権代理人が添えられる必要があろう。それ故ローマ人達が高貴な公職者達には二重の椅子[*1]を公の場で準備し、本人とその職務の代理人が大きな椅子に一緒に座れるようにしたのは理由がないわけではなかったのである。——これに対してより小さな公務の低い職権者はその胸とその当番の、当直の、追加報告する、計算する、校閲する、コピーする、発送する腕とで仕事机に釘付けにされ、この書記の代わりに書いてくれる悪魔は一人もいない。

我らの塩検査官の許では、彼は自分の職務の年を［夫の死後未亡人が夫の給与を受ける］恩恵の年と見なして、未亡人に似て別の者に譲りたかったが、しかし共同検査官は見つからず、芸術と、最後に妻が苦しむことになった。彼女は［宮廷の］銀器管理人の娘で、自分の出自の宮廷に憧れていた。彼女は毎日、三百六十五日の外交団同様に嘘を付いた、そして一万の愚かなことを言い、為した、かくて彼女は自分と芸術家とを笑い飛ばし、五つの気まぐれを思いつき、検査官に（冗談から）平手打ちをくらわしたかと思うと、彼の首に抱きついた。すると彼は何もできなかった。彼は、怒っている最中にいつも彼女に接吻するよう彼女が強いるので腹を立てた。検査官自身はただ一つの過ちに気付かなかった、それは彼の知らないことであったが、彼の十枚の版画が記録していることで、つまり彼女は美しい男や、若い、年取った、陽気な男に対しては冷たかったが、しかし目前の男にはそうではなかったという過ちである。この男と彼女は冗談から不貞を働き、そして［版画］彫刻家に、これより醜い人はいないと誓った。ひょっとしたら彼女自身そう信じていたかもしれない。しかし甲斐はなかった。彼女は自分同様に簡単に他人を欺いた。――ちなみに彼女に対してクレーンラインは極めて奇妙な理由の一つからすべてを一年ごとに大目に見た。彼は自分が彼女を怒らせたら、ひょっとしたらその結果が九ヵ月後に明らかになるのではと期待した――しかし残念ながらいつも、怒りの結果をまた九ヵ月後に体験したいと期待する次第になった。彼らの結婚生活は実を結ばない花であった。

　ようやく注釈者と読者は長い異教徒のための前庭から第一の木版画の聖なるものに足を踏み入れることができよう。

　線で表された空気層で一杯の山の上で検査官は福音史家のルカ（画家達の守護聖人であるが、ペルシアではルカの主人、親方［つまりキリスト］は染物師の守護聖人である）に彼の二枚の版木を渡している、それは彼が第一の木版画と第二の木版画とを彫り込んだものである。彼はその版木には何も描いていない、というのは十枚の版木が最初の版木に縮小されて、つまり第一の版木には第一の縮小された版木を、かくて二枚の版木を版木に描くことの滑稽さを前もって予見したからで――これは二枚の互いに猿真似する鏡の交互の鏡の画廊のように無限にずっと続くものとなったろう。下ってくると、僧侶の領邦議会議員にぶつかる――少なくとも彼はこの称号でペンの肖像画の第一頭身部分に紹介されており、――彼は司教らしい杖と二股帽あるいは司教冠の二股を有していて、彼のことを注釈全体の中では近東の司教[2]と名付けざるを得ない。芸術家は哲学者よりも迷信に好意を寄せるものである、迷信は芸術世界を広げるし、芸術的信憑性は哲学的信憑性と見なされやすいからである。ローマに住む多くのルター派信者は副校長のヴィンケルマン[3]がそうであったように、神聖な聖母が嘘つきのバロニウス[4]やベラルミン[5]、トリエントの公会議よりもより深く独自に祝福を与える教会へ誘《いざな》う。クレーンラインは第一の木版画では秘密のカトリック教徒に見える。何故彼は、自分の妻が、この版画では跪いて僧侶議員の手に接吻をしているが、議員に祝福と妊娠と安寧とをお願いすることを許しているのだろう。銀器管理人の娘はレギーナと呼ばれる。近東の司教は杖を握った左手で柱の神の子羊を指して言っている。そのことは自分にではなく、子羊に請願するがいい、と。しかしレギーナのすべての請願のことを言っているのか私には分からない。また司教は下の教会の子羊に自分の手と視線と好意とを与え、模造された上の子羊には単に羊飼いの杖を与えている。レギーナの横の二番目の祈禱の女性には我々が注目する必要はない。明察の芸術家は彼女を単に検査官夫人の幻日、下敷き箔として彫っており、夫人が手の接吻と僧侶議員の視線との優遇を受けているところを見せている。

彼は柱のすぐ側に、自分の子羊の魂が反撥するこの世で唯一の人間を描いている。リュート奏者にして、コントラアルト奏者のラウペルトである。彼はラウペルトを自分のレギーナの猟師、鳥刺しと見なしている、これはこの善良な山鶉、ほろほろ鳥に対して仕掛け網や雪中網を広げるものである。そしてこの雌鶏が賢くて、不貞の網を逃れていることを彼は神に感謝している。私と読者はこのことをどう考えたらいいか分かっている。リュート奏者は子羊の台の背後で通信会員と共に（これは退職したズーレの鉱山産出高記録者である）夫婦に対する出征を共謀している。見ているよりももっと考える読者なら、容易に分かるだろうが、ラウペルトは喜んで検査官を故人達の居住地に追いやっており、検査官夫人の唇の上にこの天国をより美しく見いだそうとしている。チェス盤では女王が王を守る、地上では王が女王を守る、そしてここで見られるのは、しばしば国王を追い出して、女王を王手詰めにするという、かの試合の逆である。このようなゆゆしい木版画に従って、この哀れな彫刻家は将来の木版画と戒律ではいかなる目に遭遇するか考えると、悲しい先の時が思いやられるであろう。私自身僧侶議員のことは版画一枚分も信頼していない――私が柱の背後で製塩所と思ったのは、遊山のキャンプの本当のテントである――クレーンラインと神の子羊は両者とも高められており、司教は両者を祭壇で流血のないミサの犠牲に変えることができる――祈りは自らの美しさを増すばかりでなく（ニコライ[6]とヘルメス[7]による）、また他人の美しさへの愛をも増す（私による）――近東の司教達は山の支配者［キリスト教徒暗殺のアッサシン派の頭目］をただ痩身にして、心配のないものにしているが、この痩身はカシウス[8]が痩せたカエサルに心配をかけたものであった。

我らの司教はしかし台座よりも肉付きが良く、太っている――
私はかくて思いがけず、教会法にかなった脂肪のことを思いつき、ここに開けられた迷路を心地良く歩いていくことにする。私はカトリックの僧侶の教会の獣脂について述べる若干のことは我々の僧侶にも当てはまることを願っている。

スープの脂肪の玉の細胞組織へのかなり頻繁な分泌は周知のように修道院創立者達の意図である。彼らは魂のために肥育をめざして働いた。というのは脂肪はすでにヴォルテールが述べたように穏やかで愛らしいからで、ちょうどすべての油や脂身が海の波を静めるようなものである。しかし私はこれで僧侶の家禽肥育家のより小さな目的をも排除してしまうつもりはない――脂肪は喉頭を低音のバスへ押し下げる、バスはラテン語同様に僧侶が聖務日課で必要とするものである――脂肪は容色の最良の銀の裏箔であり、飾られた外面はカトリックの僧達に必要なものである――脂肪は霜に対する最良の毛皮の上着であり、毛皮の靴下であり、マフである、哀れな僧はこの霜に夜や冬の聖務日課の際に十分以上に悩まされるのである。修道院設立者がこの肥育を始めたのは、かつては人間の脂肪は薬局では医用であり、修道士達は看護人から遂には薬草や薬となる定めであったからであるというのは私の真面目な思いつきとは言えない。しかし次のことは好んで無駄口をたたいているわけではなく、脂肪は肉体的快適さの印であり所在なのである。ベラルミンによれば現世の幸福は真の教会の特徴の一つであるのであれば、教会の僧達にこの特徴が欠けることが少しもあってはならない。プラトンによれば有徳者は悪徳者の七百二十九倍幸せであるそうであるので、教会は身分と共に神聖さも、従って太鼓腹も増やすよう要求している。それ故、司教座聖堂参事会員は首席司祭やましてや司教座聖堂首席司祭より痩せていて構わないのであり、それ故高貴な聖職者には世の人々のすべての喜びが、禁じられた喜びでさえ好んで許され、強壮になり、消滅することのないよう配慮されるのである。

動脈から細胞組織へのこの分泌をルター派の僧侶もできるだけ考慮している。
こうした分泌を促進するような手段も「正しく」選ばれているか調べてみよう。これはそうされているように見える。情熱の平静さも僧侶達には課されている、これ以上によく肥育するものはないからで、忘れ難い首席司祭のスウィフト[9]を見るとよく分かる、彼は自分が狂気となって、遂には自分の願望や波が静まるまでは太ることがなかったのである。しかし肉体的平静は精神的平静よりも、ちょうど鵞鳥や犯罪者が証明[*2]しているように、より良く肥育するので、それで僧侶達が鵞鳥のように(同じ理由から)極めて狭い部屋を得ていたのは不合理なことではなかった、この部屋は本来(昔の修道院規則によれば)両の伸ばされた腕よりも広くてはならないのである。肥育の家禽は遮光されたり、覆い隠されたりする。このことも教会は無視することはなく、それ故、教会に仕える者達に垂れた頭巾、暗い独房、陰気な、一杯に絵を描かれたガラス板のせいで照明の薄い教会を定めている。コンヴェンツァル会士には肉食が禁じられている――医師達によればただ菜食だけが肥育するからであり――それに女達や思索が禁じられている。オリゲネス[10]は偉大なイタリアの音楽家達の方法［去勢］で太ろうとしたということを私は承知している。それ故、修道院規則は最も些細なことすらなおざりにはせず、いつも肥育を眼目に置いている。他人のパンが、と諺は言っている、最も良く養う、と。それ故、宗教家にはパンを稼いだり、所有することは許されていない――ウンツァーと他の病理学者によれば過食の後は非常に頻繁に唖が生ずる、それ故すでに僧侶達には先取りの唖が命じられている――それ故、教会法は彼らに誓約の代わりに聖餐を定めていて、絶えず彼らに食事を保証している。それ故、彼らはいつも我々のはかなさを思い出して、食べざるを得ない。というのはマルケーゼ・カラッチョリが、食事はどれも我々の無常を思い出させると主張しているからである。……もっと長く思いをめぐらそうとすれば、更に千もの理由が思い浮かぶことだろう。しかし私はこれまで、脱線をやめるすべを心得ているという称賛を得てきた。この称賛を今日になって初めて棒にふる気はない。

　そもそも若干知られてきたことだが、カトリックの教会の聖堂内陣は――その身廊ではないが――滑石［脂身石］で築かれているのである。――

　また木版画に戻ることにする。僧侶議員はほとんど(私の驚いたことに)柱頭までその背丈で届いている。柱は短いものでないので、このことは先の時代の人間達はもっと背丈があったということの新たな証明となるかもしれない。——

次のことを指摘して終わりにしよう、つまりこのような直接、最初の頭身から汲み上げた説明の後では従来の古い説明は単に軽侮の念をもって思い出されるということで、この説明では近東の司教はアロンで、クレーンラインはモーゼで梨の木の版は石板で、子羊は耳輪から作られた［黄金の］子牛である。実際今では子牛や家畜全体から耳飾りや指輪が鋳造される。しかしその逆はない。

第二の戒律に急ぐことにしよう。

＊1　二人用の名誉席で、これはローマの有名な男達にその二重の価値の印として置かれた。
＊2　犯罪者はそれ故水とパンしか与えられなくても、太って牢獄から出てくる。

II

第二の戒律の木版画

石の霰——聖なるロフスの棒

私は第一の木版画の教理問答の頁をめくって、現在の木版画に注釈を付けようとしながら、自問してみる。「読者がこう尋ねたらどう答えるつもりか、そなたはクレーンラインの版画に注釈を付けられるほど芸術的理論と実践を統合している男か、少なくともローマの幾つかの山から見下ろしたことのある男か」と。この点ではお粗末に見

える。私はまだ全く山を見たことがなく、イタリアに関しても検査官に関するのと同様にただ本と絵しか知らない。──しかし何人かの画廊の監督は、彼らのいる所で私は私の感情に従ってヴァチカンのラファエロの間について（つまりそのコピーについて）あれこれ意見を述べたことがあったが、引き続き、現在の十枚のクレーンラインの列柱廊に取り掛かるよう私を励ましてくれた。ちょうどエラスムスがギリシア文法の後、早速弟子達とホメロスを取り扱ったような按配である。実際これらの間は──かの間がラファエロの聖書と呼ばれるように──クレーンラインの教理問答と呼ばれても不当ではない。

しかしながら私は大いに努めたけれども、第一の戒律では天のことを忘れていた。幸い天はどの十枚の版画でも出現している。読者が投石死刑の上の方に目にするエーテルの下敷き罫紙は、天を表している、それも青空で、それは線が水平であるからで、紋章学ではいつもこうした線は青色を暗示しているのである。何と素敵に、この幸福の線から引かれた第一の天はさながら第三の天の最初の線のように我々の前で五線を引いていることか。

さて私はいよいよ照明弾を第二の木版画に投げる。ペンのスケッチの喉の窪みと髭は（というのは第二の頭身はその部分から成り立っているので）クレーンラインの幻灯の多彩なガラスは先の版画の山をまたこの版画にも持ち込んでいることを我々に語っている。すでに手の接吻の後、数日して、検査官は再び山々に登った、そこで若干の化石と石英を選び出すためであったと髭は知らせている。彫刻家というものは植物を彫り込むには花の絵や花壇に従うよりも化石の植物「フィトリート」に従う方がはるかに楽であると彼は告白している、そして読者に、読者は第二の版画の大地の上の三本の草を悪い出来ではないと思われるだろうが、自分はそれを立派な模樹石[1]に従って写したのだと密かに告げている。悪魔の悪戯で、検査官は折りしも多くの高価な石、更には砥石や赤い珪石、ユダヤ石、それに二個のケラトリートと一個のヒステロリート[*1]を山上で見つけることになって、それで彼はお祈りの鐘の後まで山上に残ることになった。暗くなったとき、ズーレ出身の罷免された鉱山産出高記録者とフライブルク出身の破産した砕鉱官吏が彼のところに集まってきた。芸術家はこれらの山の客人達から善意を何も期待すべきではなかったであろう。悪漢達は彼の選び出した石、鉱山株の運び手になることを申し出た。クレーンラインは以前から髭鷲を子羊と、頭脳明らかな者を心豊かな者と、無知な者を率直な者と見なしていた、というのはどんな人間も愚か過ぎて偽装ができないということはなくて、［うすのろの］羊の頭も羊の服をまとって歩き回るし、必ずしもライオンの皮をまとうわけではないからである。

彼は直に、私の言が正しいことが分かった。山を彼らと一緒に下っていくと、コントラアルト奏者に不意に出会ったのである。ラウペルトは携帯していた彼のリュートのケースを意図があって、先に述べた三本の草からなる草地の上に置いた。ここでは鋳型の押型［版木］にはほとんどケースは見えない。しかし私は好奇心の強い方々に印刷用黒インクでは伝播できなかったものすべてを平らな版画に表現しているこの梨の木の版木そのものを参照するように指示したい。目に見えないケースを脇に置いたことは、あたかもトルコ鐘を検査官に対して鳴らすようなもの、あるいは危急号砲、危急松明に点火したようなものであった。さて運命の女神の三重奏は暢気な芸術家に襲い掛かった。ここで我らの彫刻家は自らの版画の中にいて、陰謀の三重同盟が暗闇の中で砥石や化石の角、赤い珪石、ユダヤ石を自分の頭に投げて、この造化の戯れ［奇形］を用いてやっつけようとしているのを予期している。彼に最も間近な悪漢は砕鉱官吏で、右手に赤い珪石を持っているので分かる。その先に立っているのはユダヤ石を持った鉱山産出高記録者で（その石のことは版画では判別しがたい）、そしてすでに投げられた砥石を再度爆弾に利用しようとしているかがんだ狂信者は首謀者のラウペルト本人である。このように人間は人間に投石する、しかし博物標本収集家は最良のヨーロッパの段状の陳列室を投げつけられるのを好まない、ましてや珍しいものを投げつけられるのを好まないということを人間は考えない。

この三人の爆撃手の弁解となることは、彼らがこうした狼藉をはたらいたのは検査官に不正をはたらくよりは検査官夫人に好意を示したかったからであるということである。ラウペルトは、夫が寝て、その傷を包帯で巻いている間に、自分のハートの傷を治し、包帯製造人のアモールの包帯で静めようと期待していた。

しかしもっとましなことになった。この冬作の播種の最中、こうした石の刈入れ前の雨の最中に、運命は僧侶議員を送ってきた、彼はここではそのモーゼの曲柄杖[2]で荒々しい海に割って入り、その聖なるロフスの棒とリートゥ

[*2]イートとで他の飛び交う化石に中止を命じている。芸術家はこの版画のためにまさに最も実り豊かな[3]、さながら仔を孕んだ瞬間を捉え、選んでいる。というのは今や生きた投石器達は放り投げており、クレーンラインは防衛し、ラウペルトはかがんでおり、僧侶議員は死の恐怖の余り、長い側髪を花糸や茎の芽、電気の芒光のように逆立たせているからである——版画全体が煮え立ち、湧き上り、波打ち、あわを吹いている——私の知らない余所の男性の表情の凪、快適音律のキルンベルガー調律でさえあたかも和音のようにこの不協和音の芸術をはなはだ目立たせている。——ここで第二の戒律の版画への私の芸術的説明、解釈学は終わる。しかし第三の版画に私のペンの［鉱脈の］占い棒を当てる前にちょっと証言することを許して欲しい。……

　つまりドイツは版画芸術のこのような精華を教理問答書に、花を別な押し葉標本に挿むように挿んでいることに対する私の驚きのことである。夙にウンガーの父親[4]がベルリンで——息子が居合わせていて、必要な場合証言してくれよう——私にこう述べたことを私は思い出す。「自分はアルブレヒト・デューラーの版画を判断できると思う」（父親と息子は容易にこれができる、彼らは幸い彼に匹敵する力量である）、「しかし自分の見解ではデューラーはクレーンラインの版画に似たものを供したことがなかった」と。しかしドイツ人をかばうことになることを言えば、ローマ人自身ましであるとは言えないということである。ヴィンケルマンは、ローマでハドリアヌスの最も立派な青銅の記念牌を見つけたのは何と——騾馬の首のメダルあるいは鈴としてであったと我々に証言している。——私に対する反論は想像が付くが、それは、つまり宗教は芸術を頼りに——ギリシア時代、芸術が宗教を頼りにしたように——苦境を切り抜けるべきで、それ故、教理受講者の趣味をも加工し育成しようとしている宗教局は九全紙の教理問答代として一グロッシェン要求することを禁じてはならないというものである、これは途方もない小売価格で、この代があれば九枚の空のきれいな全紙ばかりでなく、十二全紙まで得られるであろう。しかし私はこう答える。最大の教育学的迷路の一つは、教育者が子供達に一度に二つか三つの目標を達成させようと考えることである。子供達はエスマルヒ編のスペッキウス文法書［一七七九年］から同時にラテン語と実物を習わされる。女性読者が新しい長編小説から古い歴史を習わされるようなものである。しかしここで忘れられているのは、大人でさえ同じ瞬間に、片方の目で前を、もう片方の目で後ろを見るカメレオンのようには、同時に背後の文体と眼前の真実を学びながら覚えることはできないということである。二重の注意力を強いられた子供は、結局単に術語とその内容の混乱した輪郭に親しむだけになろう。しかしこうした空疎な親しみでは、まさに将来そのために定められた勉学時間から新奇さの興味が失われることになる。

つまり教理受講者は宗教的な記憶の作品と芸術的な美の教育とを同じ時には融合できないのである。宗教の本を読書の機械にしては同じ害があるようなものである。

ただ読者が喜ぶように引用するが、これらの版画についてのすべての先行する注釈は第一の版画で塩検査官から軍司令官のモーゼを鍛え、型に流し込んでいたばかりでなく、第二の版画でも夜の襲撃から裁判の投石死刑(5)を(多分砕けた十戒の石版のかけらによるものを)同様に鍛え、型に流し込んでいた。ドイツではかなり高度な芸術作品をこのように扱うものである。

注の聖なるロフスの棒を今明らかにしよう。ボルドーのカルメル派教会は、まだ存続しているならば、内部に杖を有している。一年間その杖を有していた家はそのお蔭で立派に裕福になった。それでボルドー人はかつてその杖を借りる代金として年に二千リーブルまで払った。時と共にこの借用の杖はその神通力を失っていった。そして愛好家は二十年前はわずか十二リーブルしか借用代として払おうとしなくなった。私は彼らを称える。どの司教座聖堂もそれより十倍多い黄金を含む封土や造幣機を、つまりいわゆる曲柄杖や司教杖を有していないだろうか。この占い棒を持った聖職者の鉱脈探査人達は――司教帽はフォルトゥナトゥスの魔法の帽子というわけで――貧窮したことがあろうか、それとも彼らの隣りの棒を持たない者が成功し、栄えたためしがあろうか。私はしばしばザルツブルクの曲柄杖を所望して、この何倍にも増やすネーペルの棒［計算尺］で『貨幣の楽しみ』(6)を満喫しようとした。しかし司教は分別があって、毎年五十万枚の葉あるいはターラーの銀の木を育てるこの細い杖を手放さなかった。

＊1　彼がケラトリート（化石の角）とヒステロリート（ヴィーナス石）を収集し、結合させたと信ずることは私には難しい。しかし私

と読者はヴァイマルの教理問答の頁を信用しなければならない。
＊2　リートゥイートとは司教杖に似た蝸牛の化石である。聖なるロフスの棒については、テキストの説明を参照されたい。

Ⅲ

第三の戒律の木版画

衣服の宗派同権――悪女の愚行

そもそもペンのスケッチの胸――第三の頭身――よりも人間の胸からは多くのことが読み取れないのであれば、この件はまずいものとなり、話は中断してしまおう。しかし私は前もって読者を第三の頭身の情報局、至急便船へ案内して、それからやっと自ら話すことにしよう。

眼前の史実の絵画で我々は説教壇に立つ僧侶議員を目にする。彼はそこで口論している。私以前の解釈者は皆そのルター派のドレープから抜け出すことができなかった。特に折り襟の二つの遊び紙、この聖職者の首のひれ、双葉は、解釈団の一同の気を滅入らせている。私はまだ数年前に、この服装についてこの画家と仲たがいしたことを公に白状することを恥としない。画家は彼のすべての木版画でその常備軍に立派な服を着せており、彼らはどの民族、時代とも混同されることはない――このような風変わりな衣装、このような不変化の詩的な着衣、衣服はまさにどのような阿呆も知ってはいるが描けない高貴な理想的なものである。しかし何故まさにここに限って、衣服の画家は現実に身を投じて、ルター風なドレープにしているのか。彼は自分の違反よりももっと立派な美を描けるに違いないのである。そうでなければ考えられないことであろう。こう解釈する婉曲法の筆者は、この版画家は狐であり、好んで自分の秘かな教皇主義を隠しているのだと推測して、この芸術家の手掛かりを少しばかり得たと思っている。ここで彼は教皇主義を説教壇の板で隠している。つまり彼は境界の神や翼のある聖霊のように僧侶議員の下の半分を木製の説教壇に押し込めることによって、狂信者達を遠ざけている。つまりこの説教壇の鳩の熾天使［セラファン］[*1]でもって、さながらルター風に着せた上部の魂の力で一杯の人間世界でもってするように、狂信者達に食事をさせ［丸め込み］、彼らを送り出す一方、彼は司教の半ズボン［キュロット］と下部世界に大司教の肩衣［パリウム］を掛け、要するに好きなようにこの男の半分をカトリック風にする余地を残しているのである。いや彼は自分にそのことの弁明を求めようとする者に対して、その上馬鹿にすることができて、それならその危険な大司教の肩衣［パリウム］を指摘して欲しいと頼むことができよう。――これらは説教壇のせいでできないことである。――私が間違っているとしても、そこから導かれる倫理、ある種の昔の異端（マニ教の一派パテルニアーニ）[(2)]が次のように述べていた倫理を私から奪うことはできないであろう。つまり神が人間の上部を創り、悪魔が残りを創ったというものである。説教壇に隠されていた石筍は目に見える鍾乳石に向かって育ち、それを通じて高くなっていく。人間の最下部の地層が吐き出す霧は、落ちるよりもむしろ昇り、そして天を青くするよりもむしろ湿ったものにする。

私は前もって木版画の教会にいる人数を総計し、選別したい、これはペリシテ人が黄金の鼠[(3)]を得ただけの人数、五人である。近東の司教は説教壇でのあだ名や聖職者らしい罵倒をにやにやしている不快なコントラアルト奏者に放っており、ラーヴァーター[(4)]の対蹠人のように――ラーヴァーターは、彼の書によれば説教のときはいつも最良の顔を見晴らしとして見つめていたのであるが――最もひどい顔を眺めている。逆に子供に教義を教えるときは、ラーヴァーターはより分かりやすくなるようにいつも最も素朴な顔を眺めると書いている。このことは広めるべきことではなかろう、さもないと彼がしばしば子供に教義を教えるとき眺めたチューリヒ人は、彼を視覚的侮辱の廉で告訴するだろうし、そもそも彼に格別な顔を見せてくれないであろうからである。この紙の筆者は、それ故、筆者がチューリヒに来たとき、観相学的断篇の著者に、教理を授けるとき私を見つめないという好意を願い出るものである。——下の方で塩検査官の隣りで可愛く手を交差させて組み合わせている者は彼の妻である。何とうなだれ、考えに沈み、耳を傾けながら、虚ろな目で彼女は十字架の女、十字架を負う女として座っていることか。彼女が悪女であり、家の名誉から右手の隣人の助力を得て全く卑小な家の恥辱となりたいと思っている悪女であると見抜ける者がいようか。このことを検査官は気付いていない、彼は昼も夜も英国航海条例(5)の遵守を準備し、楽しみとしているもので、この条例で国家は夫に（イギリスがどの国民にもそうしているように）、ただ自らの国の産物をただ自らの船で運ぶようにと命じているのである。いやクレーンラインは神々しい種のこの甲高い碾き臼に五番目の操作をすえつけている、つまり説教壇の間近の女性像である。内気な自分の妻を一人っきりで男達で一杯の教会あるいは修道院へ座らせ、彫りこんだら、彼女に悪いと彼が思ったからである。娘達は絞殺される鶫《つぐみ》のようにいつもペアで家々に行くことになっているのである。

この芸術家は話の四季を見事に暗示していて、つまり春であり、春はその前にまず春の霜を前もって送っており、すぐりの実のアイス・クリームや薔薇や林檎のアイス・クリームの代わりに単に池の水生植物のアイスを食卓に供するものである。我らの版画家はそれを単にある樵を通じてなしており、観客は教会からこの者が遺骨堂の隣りの教会墓地で祭具室のための二本の硫黄発火棒を割っているのが見える。私は楽長が割っていると推測している。

さて一体五頭立ての教会の集合は何を計画しているのか説明し、推し量る時である。版画家本人はここで、会議の席のゲスナー(6)のように描いているように見え——それもホルバインのように左手でしている。しかし版画の代わりに私のインク壺の横にある昔の版木のでは、右手である(7)。——僧侶議員は自分の——免れたすべての罪に対して稲光と雷を発している。彼は嘲笑うラウペルトに第五と第六の戒律［殺害と姦淫］の隣り合わせを非難しており、夜の襲撃のことを言っている。ペンのスケッチの胸部はくだくだしく、いかにこの司教は哀れな人間の胸をポメルンの鵞鳥の胸のように扱っているか、これだけが鵞鳥の中で黒くされる、つまり燻製にされるのであるが、そのことを語っている。説教壇では聖職者達は、我々は有罪とする［dammamus］と言う、客間ではその聴衆者同様に我々は泳ぐ［飲む namus］[*2] とだけ言う。そして彼らはそこでは書評家に似て死者の頭［髑髏］以外の頭には月桂冠は被せない。そして午後の説教あるいは弔辞は午前の説教あるいは懺悔日の説教の反批判である。

戒律の説教家は法の槌、石工のハンマーでリュート奏者のラウペルトを攻撃して、婉曲に、悪魔の許に行くことになると言っている。しかしラウペルトはむしろ悪魔となりたいのである。牧師［魂の羊飼い］は教区民に、少なくともコントラアルト奏者に黒い悪徳や褐色の悪徳、色とりどりの悪徳を描いている。しかし私は前もって言うが、それは何の役にも立たない。次の木版画でそのことが示されよう。人間達はこう思っている、悪徳は真田虫のようなもので、これは誰もが腸に有しているもので、それが蔓延したときにのみ害となる、と。――この点では人間全体が推奨される。つまり職人達は、彼らに医者や運命がその手仕事のいくつかの医学的害毒を示しても、その手仕事を止めることはない、そうはしないで、ちょうど誰もがただパンを得、他人のために作り上げるために、喜んで必然的な有害物に身を任すような具合、例えば靴屋は便秘に――理髪師と粉屋は肺病に――鍛冶屋は盲目に――銅細工師は聾に――鉛細工師は杯による毒に身を任すような具合であるので、それでこう仮定できると思われる、つまり大抵の人間は、十分に強く、決然としていて、自分の生業から、それで不可避に倫理的病に陥っても、そのことが基で身を離すことはない、と。一体公使や秘書がその重要なポストから、それで自分が虚偽という鵞口瘡、口内海綿腫にさらされるからといって、退任することがあろうか。怒りの炎症熱、所有欲の消耗性疾患、偽善による便秘とか胸の癌のせいで勇敢な男がその天幕や小売店、説教壇から去ることがあろうか。

ちなみに版木に彫られた説教壇上の司教はかの繊細な感情の人々の一人で、彼らは説教や倫理の熟考に対して、倫理の実践よりも大いなる喜びを見いだす者で、それで実践を格別評価することはなく、行わない。私は彼らを、かの音楽通同様に評価するものである、この音楽通はモンボドウ[8]が語っているように、立派な総譜をただ眼前に静かに手に取って、黙って目で聞き取る者で、最高の交響曲をただ一つの楽器すら手を伸ばさなくても、ただ読むだけで理解できたのであった。

宮廷銀器管理人の娘は、上述したように、悪女、男性のハートの密漁の女であって、彼女のお蔭で、第三の戒律の版画での話は止まらないで済む。夫の肖像画家が実際そうであるように、何故この薔薇の娘[9]、茨の娘であるこの女が、かくも静かにしていて、コントラアルト奏者にそっぽを向いているが、しかしかくも近くに座っているのか、その危険を感づくことができないほどにぼんやりしている読者がいようか。明らかにこの教会の盗人女は（女性らしい遠隔操作術で）何かを長い首の男と語り、合図を送っており、この何かは次の版画でその結果が見られよう。これについては明らかとなろう。しかし私は我々皆を自分の寡婦分、婦人相続財産とするこのような剽窃女からはサビニ人の乙女略奪ではなくても、男達の略奪の予感がし、少しも良い予感がしない。——

いつもこの版画のキリスト教徒の中にユダヤ人を求める解釈者はこの版画でも何か割礼を受けたものを指摘して欲しいものである。それともこう彼らは仮定しようとしているのだろうか、つまり版画に彫られた日曜日の舞台はマイン河畔のフランクフルトであって、ここでは一七五六年二月二十三日の参事官規定[*3]ではユダヤ人は路上に現れてはならず、いやこの哀れな者達がその手紙を郵便局に渡す場合にはこうしなければならないのである、と。つまり「彼らはそれを持って」（私は法令の言い回しを遣う）「直線通りを家並みにそって上がり、本警備隊のそばを過ぎてボッケンハイマーの路地まで行き、それからヘッセン・カッセルの郵便馬車に着くまで、説教者達の背後通りをハイナー・ホーフの方へ進まなければならず、それ以外に右手にも左手にも逸れてはならない」。これは面白くはないか、つまり解釈のことである。——

＊1　リヒテンベルク[1]によればフランスでは鳩を横に不等分に二つに切るが、足の付いた部分は半ズボン［キュロット］と呼ばれ、別な部分は熾天使［セラファン］と呼ばれる。

＊2　ゼムラーは教会史からの彼の抜粋の第一巻（四九八頁）でこう語っている、ソワソンでアベラールと彼の三位一体の本についての公会議を開いた教父達は酔っ払ってしまい、我々は有罪とする［damnamus］ともはや言えず、我々は泳ぐ［飲む namus］としか言えなかった。上品な人々はいつでも namus とだけ言っている。しかしそれはもっと悪い。

＊3　一七五七年以前の新しい系統学的、概要的帝国と国家の便覧。

Ⅳ

第四の戒律の木版画

眠るキケロと千里眼――予定調和

いかにすでに私が第三の戒律で述べた予言がここ第四の戒律で実現しているか、考えさせられるが、これは珍しいことである。我々は次の木版画ではひょっとしたら多くの教会にいた人々に、自分達をまとめて説教壇の横に釘付けにしていた塗り込められた骨組み外で会うかもしれないと私が予告したことを思い出して頂けるだろう。――かくて今我々は幸いである。

私はここでは私の先行者達と長いこと関わらない、この者達は下の方で横たわっているヘラクレス、つまりリュート奏者を酔った［裸で隠しどころを見せた］太祖ノア(1)と、かがんだ小男のクレーンラインを諷刺的なハムと（ハムと彼のすべての遺産分、大陸が染色釜と煤精錬所に投げ込まれる前である）、そして僧侶議員と銀器管理人の娘を、この娘に議員は冷たい夜、愛の夜の外套、司教の外套をかけているのであるが、セムとヤペテと解してきたのである。真面目な男ならこのようなねじ回された夢解釈のやすり屑と付き合えるだろうか。

私と読者は、検査官の胃――つまり五番目の頭身を研究し、この部位を我らのディオニシウスの耳［洞窟］、プロンプターの穴と見なせば、我々の文学上の時間をより良く利用できよう。戦場あるいは平和の舞台はまた遊山のキャンプ場である。夜でかなり真っ暗闇である。レギーナとラウプレヒト*1はマルキーズで逢い引きをしていた。ある種

のレディー達は機械の天才アーンショウに似ている。彼は短時間に時計、オルガン、光学的道具、棺、衣服、ユークリッドの証明の作り方を学んだ。ただ一つだけ彼ができないことがあった——籠を編むことである。そのようにある種の女達はすべての美しい技や黒い技、最良の言語や風習を理解し、すべてを、お下げや、花束、網、縄、罠を結び、編みこむことができる——しかし籠［ひじ鉄］は思うにまかせない、しかも人々は彼女達の籠を心やフランス革命時のアッシニア紙幣で満たそうとする。——しかし抜け目のない銀器管理人の娘は木版画家が、その歩み方を彼女はよく知っていて、マルキーズの方へ進んで来るのを耳にした。彼女は逃げることも弁解もならなかった。彼女はただ贔屓の作家ラウペルトに——頼むしかなかった、眠っている振りをして、眠りながら話して欲しい、自分は身をかがめて、その夢に耳を傾けている振りをするつもりだ、と。

　彼は喜んでそうした。芸術家が近寄って来ると、妻は大きく腕の弧を描いて彼に合図して——暗いせいでこうした亀の甲文字の合図が必要であった、——こっそりとマルキーズに入って来させた、何か聞いて面白いものがある、と。善良で近視の雇用主、夫は足の親指で忍び寄ってきた。コントラアルト奏者のノアは——彼は実際若い時分ノアと呼ばれていたからで、それは聖書の学校劇の中でこの旧約聖書の役を演じきり、飲み尽くしたからであるが、多分このこともまた木版画の多くの解釈者達が道に迷うことになった一因であろうが——この太祖ノアはつまり、催眠療法の眠りのうわごとの中にあるかのような振りをして言った。「大兄、わしは検査官にはくたばって欲しいと思う。わしはやつの女を追っているのだ。しかしなかなかつかまらねぇ。老いぼれ野郎がいつも見張っているからな。——一昨日だって。——いや、それは違う。——それからか。——いや、大兄から先にやってくれ。あの野郎のことはよく知っているんだ、それに言っておくが、司教は食わせものだぜ、……」。

　いぶかしいことだが——言っておく必要があろう——今第四の男のように、そして三人の熱い暖炉の中に入ってきた天使[2]のようにこのコロキウムに加わった者は、僧侶議員本人であった。私が疑惑を抱く根拠は次の経過による。つまりレギーナは司教に静かにしているようにとの最も強い身振りの命令を無愛想に与えたのである——太祖ノアは突然僧侶議員を侮辱し始め、そしてすぐ後に小さな試補の娘のことを（この娘は先の日曜日、第三の版画で青白く、若く、説教壇の背後にいるのが見えたのであるが）はなはだ罵り始めた。しかもそれはとてつもない言い回しであったので、レギーナとそれに近東の司教本人も上品な逃走としては、テントから闇へ恥辱の逃走を、この悪漢の声が聞こえる間、敢行する以外になかった。このことや、報告するには時間のない多くの他のことを挙げると、十八世紀の読者に、十七世紀の夫に芽生えたよりも賢明な推測を喚起するのに十分ではなかろうか。この夫は、自分の聖母マリアが、この女は（彼によれば）トルコの女性[*2]に似て、雌鶏はともかく、雄鶏にはヴェールなしには餌を与えられないのであったが、僧侶議員と共にその二人寝られる毛皮の化粧着を被って去っていくのを見て神に感謝した。しかしパリやローマで暮らしたことのある読者はこれに何と言うだろうか。この者達には三重の悪行がここで織られ、紡がれていることが不明であろうか。――この方々には美しい活字でこう眼前に印刷するシュヴォルツ[*3]といったものがまず必要であろうか、つまり、リュート奏者は近東の司教によって利用された撚り糸製造機、紡績機械に他ならないことは明々白々であり、これで僧侶議員はその罠をレギーネの周りに紡ぎだし、仕掛けているのであり――しかしまたこのリュート奏者は、注文するように言われた借り上げ馬車に自ら乗ってくる従者達に似ており――即ち彼は今日銀器管理人の娘をマルキーズに誘い出す役目があって、しかし多分そのことを数十分前に早く行って、前もっての独自の行為で僧侶議員にはもはや模倣の名誉しか残らないようにしているということである。

この仮定は新しいペアが我々の眼前から去っていくので、それだけ一層信憑性が高まる。というのは管理人の娘とか教会の奉仕人は、きっと（品のない表現では）悪魔に駆られている人間であると仮定されるからである。聖ザビエルの縁なし帽は周知のように妻達を創っており――ヨハネ五世とペテロ二世の妻達はそのような帽子を被って――子宝、それも息子達に恵まれた。さて哀れなサラ[4]［サハラ］砂漠、レギーナは間近にある司教の帽子を手で被るしかなかった、これは（そう彼女は結論付けた）彼女にいい目をもたらすであろう。これは全くありえないことではない、私は日々司教達[5]がその司教冠、魔法の力の子孫を諷刺文さながらまず複製して、次に匿名で送りつけるのを見ているからである。ちなみに我らの銀器管理人の娘は通常の意味で上流婦人たるには――ただ君主の居城が欠けていた。しかし上流婦人にとっては決して長く一人の敵と闘わず、むしろ（勇気の利になるように）敵達を替えるべしというリュクルゴスの命令は目新しいことではない。――敵、司教は立派な紳士である。観念を（聖職者のそれを）彼は永遠に追い求めている。つまりヘムスターホイス[6]によれば、美とは、最大の数の観念をできるかぎり最小の時間に呼び起こすものであるので、聖職者は、司教座聖堂参事会員や、教皇大使、司教枢機卿、説教枢機卿は、諸々の美を求め、自分には時間が余りないので、充溢した観念を一度にもたらす諸対象を選び出さなければならない。

私はクレーンラインの胃の部分の記録から抜粋を続ける。リュート奏者は横になって話をする役目に疲れたか、あるいは僧侶議員に自分のその役目を恵まなくなった。要するに司教と聞き手をならず者と呼び始め、更には悪党、それからのろま、そして馬鹿とか間抜けとまで呼び始めた。この名前の索引は堅信礼を施された検査官と再洗礼派との間に或る認識をもたらしたが、この認識のためにこの芸術家は別個の版画、第五の戒律の版画を満たすのに不足はないと思うに至った。

＊1　このように将校のテントは呼ばれた。
＊2　『読書ジャーナル』nⅡ、一八七頁。
＊3　ゲーラ[3]は多くの古代研究者によればかつてシュヴォルツと言った、ソルビア人、あるいはシュヴォルツ人（黒い人）による。これらは黒海を渡って来たからである。しかしロンゴリウスはその『ロンゴリウスの仕事』で、そのことをいつか反駁すると言っている。

V

第五の戒律の木版画

現版画の説明——禁書の使命

悪魔が見える。塩検査官は怒っていて、恵みの棒[(1)]の代わりにリュートのケースを手にして、この戦槌、伐採印のハンマーで、寝言の男に対して木のように樹皮を削って印を付けようと振り上げている。それ故リュートがリュート奏者を横の振動で響かせることになる。長い顎の男は大地の野営用ベッドに、サンキュロット、あるいは長い上着のガリア人〔ガルス・トガートゥス〕[*1]として横たわっている、一方木版画家、闘鶏はズボン着用のガリア人〔ガルス・ブラッカートゥス〕の服装で、爆破砲材をすばやく後ろに振り上げ、それで一つのかがり火の煙は吹き付けられており、第二のかがり火の垂直な煙は——このヴィオロンチェロのリュートの弦が（版画上では心配いらないが）吹き降ろされたら、低く小さくなるところであろう。ちなみに我らの芸術家は、ケースは舞踏会の手袋と同じでただ一度だけ使用されるだけであり、ただ自ら壊れるだけであるとすでに承知している。かくて彼は自分の穏やかな、凪と若干の爆鳴気に支配された性格に魅力的な光を放っており、人々は彼に対する好意を失うことはない。

しかし私は決してクレーンラインの臍[*2]の部分を読んだことがなく、単純に、長い鍵盤を持った立派な検査官をカインへと、醜いアルト奏者をアベルへと改鋳している鈍感な解釈者についてどう考えたらいいだろうか。いや彼らは臍の部分の解剖報告や張り紙がなくても、優しく柔らかな触糸を持った受堅者〔堅信礼を受ける者〕や手習いの子

供達に写しの弟殺しの戦場を見せてはいけないと思いつくことができたであろうから、このような硬い、外皮で覆われた解釈者達についてどんな解釈をしたらいいだろうか。――私は何の解釈もしない。――蟻の油や蛙の油、キャビアや潰した膩脂虫から取った紅色のポンド、缶の蟻の卵について読んだだけでもう、我々のミクロコスモスを戦場の上に柔らかく寝かしつけるためには、いかに多くの小世界を我々の欲求は砕かなければならないか、更に考える気にもならなければ、議論する気にもならない私のような男には何の解釈も要求されないだろう。

以上が臍の部分である。――更に私が書くものは、本件には関係なく余談である。多くの読者を、殊に法学者を私は今このリュートの殴り合いという刑事裁判の後陣痛で不穏な気分にした。――実際この五番目の戦争画、木版画は将来のすべての画に関与してくる。しかしそれ故に私は意図的に不安な読者を、これから始める余談で元気付けることにする。

検査官は立派な将校となるはずであったと私が述べれば、このような余事、余談となるように私には思える。中隊将校の首座大司教にふさわしい立派な士官たる者として、私は卑劣な者を存分に叩きのめす忍耐と情熱を十分に有する者を考える。というのはこのような平時の演習からその戦時の演習が容易に推察される、つまり勝利の教会［天国の教会］から戦う教会［現世の教会］が推察されるからである。というのは領主の軽歩兵をすでにただの棒で打ち殺すような大尉は、敵の軽歩兵を刀で刺し殺すのに難渋しない男であろうからである――これ以外でも一切が同じであろう。――それ故まさに中隊将校には適度の懲罰が許されている、この懲罰は狩猟術の古来の原理に従っていて、以前にはまだ猟犬をおとなしい豚に猪にそなえてけしかけていたのである。

他に私は勿論、クレーンラインとラウペルトはこのグループの中で何か重要な同盟を結んでいると考えた。というのは私は練兵場や人間の水辺の囮場でしばしば、同盟者が互いに血を流すほどに殴り合って、昔の世界のある美しい風習に従っているのを目にしてきたからである。その風習では生涯の友情を結ぼうと思う人々は血管を切り裂いて、血を混ぜ合わせたものである。こうした混ぜ合わせを私は日々酒場で目にしている。もとより国家はこのような密《ひそか》な同盟を決して許さない、すでにローマ人が国家内での盟約を退けていたからであり、ドイツの皇帝でさえ

(例えばメーザーによればカール五世)まさにこの理由で火災保険会社もほとんど許そうとしなかったからである。

しかしこのことは芸術家のあの重い長柄鑢や接線を不安に思っていた読者にとっては十分に多彩な気散じの場、拡散の場となっていよう。――次の三頁を駆けて過ぎさえすれば、我々が第五の版画から第六の版画へ急ぐとしても早すぎることはなかろう。――この三頁にはただ、私が輝くことになる頁についての考察を置くことにする。その中では、私が十の戒律あるいは木版画をより明らかに説明してはいなくても、更にそれを広めることになる今のこの注釈を最も欠かすわけにいかないだろう。少なくとも私の注釈は十の戒律を王侯食卓列席者の太鼓腹――即ちそのチョッキの刺繍として、――扇や懐中暦に十二の月の銅版画として、絵入り時計に十二の新しい時計の像として浮き彫りにすることができるのであるが、それは差し当たり、検閲委員会が――これは当てにできない気もするが――上述の教理問答を発禁にするという明察を十分に有する以前の話にすぎない。しかし国家にとって最良の本に発禁という特権を与えず、全くもって惨めな害のある本にそれを認めるならば、すべての検閲団は何の役に立とう。図書発禁の究極の目的が――少なくとも期待されなければならないことであるが、――ひょっとしたら荷の多い読者が見過ごして行きかねない作品に対して発禁の非常太鼓で読書欲を誘うということであれば、そして立派な修正必要図書目録[2]は認識の木の果実を鳥がどんぐりをそうするように、隠せば早く芽が出るからというので土の下に埋めるのであれば――それ故、目録そのものすら、(ニコライによれば)実際幾つかの土地で生じているように発禁にされなければならないのであれば、――さすればこの重要な特権は、この学ある貴族、功労の勲章は主体の若干の選択と共に授けられる必要があろうと思われる。しかしウィーンの目録がそうしているように市のカタログ全体をひっくるめての禁止であってはならない、それはかつてテレジアがウィーンの商人層全体を貴族に叙そうとしたようなものである。全く劣等な、あるいは有害な作品は禁止される必要はなかろう、隠蔽あるいは仮面は、ローマの俳優の場合のように、声をただ大きくするからである。全くの傑作はそれが栄えるには検閲の恩恵、絞刑者の[魔法の]親指は必要ない。傑作を書き上げている隠顕インクは、読者の単なる体温で、検閲という火刑の炎がなくても、読めるものとなって浮かび出る。しかし大いに役立つが、しかし輝くことの少ない凡庸な作品、国家が月々国民のために書かせる作品や新聞、多くの説教本や救済の道、こうしたものには発禁という特権や称賛状を拒んではならないであろう。国家にとっては費用のかからないこのような大十字勲章、記念章は多くの文学的不具者を促進し、より良い社会に導く。かくて織物職工の屋台は黒い上着の布で覆われることになる。暗い影が美化するからである。最初のキリスト教徒の頃の秘蹟が今また必要ではなかろうか、これは単にその宗教の文書を巫女の文書のように隠したばかりでなく、その秘蹟から異教徒の秘儀[*3]をも作り出したのである。

＊1　ガリア・トガータは周知のように住民がローマ式の長い上着を着ているガリア地方のことであった。ガリア・ブラッカータは、古くからの風習を守ってズボンをはいているズボン着用のガリア地方のことであった。

＊2　人間の第五の頭身、変化の始まり。

＊3　特に教父達は聖餐式を、それに注目させるためにエレウシスの秘儀と称していた。そして沈黙と三つの段階、清浄と秘儀伝授、直感の類似性を作り出した。バロニウスの『教会史』に対するカサウボヌスの反論『聖なるものと教会についての様々な思索』［一六一四年］、第十六章、四十三。

Ⅵ

第六の戒律の木版画

聖木曜日の足洗い――浴室での歌――解釈者達、曖昧さ、テュンメルへの非難――レギーナ達［女王達］、不義、地球の称賛

単に身体的にばかりでなく、倫理的にもこれまでの版画では我らのローレンツにとってただ灰の水曜日、四旬節

の日曜日、受難の主日だけが見られたのであった。この第六の木版画でようやく彼は洗足木曜日を体験することになる、いや彼が我々に語るであろうように、まさにこうした洗足の［緑の］木曜日に彼はまた緑の小枝に達した［成功した］のである。我々は先の版画では国家における平静な地位への展望もない、休暇のベッドの展望もない、子供も、金もない、叩き出されたアルト奏者が裁判で彼を訴えたら、仲介者も保護者もいない状態の彼と別れてきた（というのは司教は彼の裁判上の避雷針というよりは彼の結婚生活の霜避けであって、楽手と共に一つホルンを吹いたからである）。我々のヨブは、受難の杯が溢れて、先の頁ではまだとても悲しげに見えた。今やその杯には穴が開いている。

検査官の右の太股[*1]が報ずるところによれば、ここの版画では夜だそうである、星座の小さな漏れる光ではよく分からないからである。ローレンツは先回りして、こう言っている、柘植の木の上で（これと次からの版画はこの柘植の木でできている）冥府あるいは十二インチの闇を示そうと思ったら、暗闇の中の人の姿は見えなくなったであろう、自分は大審問官の対蹠人として、人間よりは暗闇を犠牲にしている、と。

それは、と彼は続けている――私の典拠は右の太股である、――洗足木曜日の夜（というのは復活祭は夜遅くになるからで）のことで、何も考えないレギーナは冷たい足浴を、領主の屋上テラスからほど遠くないところ、城の濠で行おうと思った。この濠は世間の前で版画に浮き出ている。

私はしばしば十分にカトリックの宮廷や他の宮廷で侯爵達が洗足木曜日に十二人の貧乏人の足を洗うのを見ており、少なくとも次のことを報告できる。周知のように、そこでは――通常のように――十二人の使徒は十二人の貧乏人で代理されるばかりでなく――また更に一層通常見られるように――十二人の貧乏人は十二人の廷臣[*2]で代理される。宮廷人にとっては洗足の［緑の］、それに黄色の、枯れた木曜日に、殿下の前で（天国の）貧乏人やラザロを演ずることは慣れたことである。宮内大臣はそんなわけで他の乞食のように盲目を――第二の侍従は足萎えを――大臣は聾唖を（聾は部下に、唖は上司に対して）演じており――外国の大使は鼻がもげて（背のこぶは鼻とならずに）いる、宮廷が彼にこの両者のうちから彼の必要とするものを送っているけれども[(1)]――そして破産し、支払い不能の廷臣はいずれも領主の洗濯物の伝票の上で容易に貧者の役を演ずる。領主が彼らの足を洗った――つまり単に乾かした後に、これまで彼らは何度も領主の足を舐めてきたのであるが、そして彼らが、湿らす前に繕われる黒い洗濯物とは違って、湿らされた後に立派になるとすれば、万事はまた順調に進むことになり、貧乏人はまた、他の羊同様に洗った後きちんと刈り取られ、国家は、平らに潰される青虫同様に、そして商品同様にプレスされて、長持ちすることになる。更に聖職者の洗い手（金洗鉱夫）がいれば、彼らは全くエジプトの司祭の反対と言えて、このエジプト人は聖なる動物の肉をただ喰らうことは許されても、衣服とすることは許されず、ただ肉を取ってよく、皮はいけなかったのである。聖職者達は定住者を喰らうことはせず、ただ皮を剥ぐだけであり、単に髄を奪うだけで、この髄はなくても当世の経験によれば木々は立派に育つのであり、いや本来ただ血を奪うだけで、いや更に公正に判断しようとすれば、彼らは体からそのシャツを取るだけで、少なからぬ者が単に上着を取るだけである。

六番目の版画に戻ろう。レギーナが同時に貧乏人にして女王として自らに典礼の木曜日の洗足を行っているとき、上のイタリア式屋根では王冠を戴く者が竪琴を弾き始めた。右の太股の部分が竪琴弾きの肩書きや紋章についてかくも簡便でなければよかったのにと思われる。私はこの説明ではこの音楽監督、領主を単に殿下という幅のある名前で呼ばざるを得ず、時折（換えて）シルク[*3]という名で呼ぶことにする。――しかしシルクが上の方でそれと知らずに河の女神にセレナーデを贈ったとき――彼は彼女の姿を見ることができなかった、と検査官はその太股で述べている、――この悪女は一流の歌姫として小声で彼の交響曲に和した。シルクは我を忘れ、中休みし、（第六の版画の彼を見て欲しいが）びっくりして真っ直ぐ覗いている。レギーナは夜が、ダマスケヌスによれば最初のクリスマスの夜がそうであったようには明るくないことを本当に喜んだ、というのは暗闇はすでに異教徒によっても[*4]（今回もそうであるが）禁欲や、ネメシス［復讐の女神］、エウプロシュネー［優美の女神の一人］、同情それに友情を生み出すからである。暗闇にもかかわらずレギーナは浴衣を整え、同じように休んだ。殿下は若干の短調の和音を小型竪琴で単に漸次弱クで弾いて、下で歌っている者を引き出そうとした。女性の湯浴みの客は、（今一度言うが真っ暗闇であった）自分の顔を利用できれば有利だったはずであるが、この女性はその性やアブデラ同様に美しいという添え名を得ていたからで、しかし利用できずに、喉を使って歌い上げた。レギーナは暗闇の中でその心と口とを開けた（女性の何人かがそうするように、ちょうど私が子供時分、若鳥に餌をやるためにくちばしを開けさせるには、暗い隅に置きさえすればできたようなものである）、そして自分の検査官に対するより良いパンを求める歌の請願書を渡した。私は音楽を奏でるシルクの驚きがよく分かる。彼はソプラノ歌手に上の自分の許に来るよう合図した。……このように太股の部分に少なくとも記されている、このことは先の闇とはよく合わないように見えるけれども。銀器管理人の娘はためらうことなく行った。彼女は上でわがローレンツの幸せを作り出すことができたし、そこに自らの幸せを求めた。――多くの女性の心は単なる磁石ではなく、二百四十の人工的磁石からできた、途方もなく引き付け、運ぶナイトの磁石の倉庫である。偉大なムガール帝国の国王は周知のように添付の贈り物がない請願書は受け付けなかった。シルクは歌い上げられた請願状に贈り物が添えられることを欲したこと、[*5]ここで侯爵は、中国の領主のように同時に司教であったことは推察される。いや彼がレギーナに、ヘブライ人の間では接吻ということになっていた臣事を追加して求めることをしなかったか疑問が残る。――

　史実の太股の部分は残りについては短すぎるほどで、一般的に、竪琴弾きは彼の臣下の定住女性、銀器管理人の娘に彼女の夫のために、夫が夢想もしなかったような報いをすると誓って、彼女を離したと述べている。そのようなことのあらんことを。今や私と塩検査官は、散々殴られたコントラアルト奏者は一体何をしようとしているのか、待ち構えている。そして目下最大の革命が次の諸版画に差し迫っている。

　私は六番目の版画に掛かっている夜を取り除いた、少なくとも照らし出したと思っているので――もっとも分別をもって、ユダヤ人が復活祭の子羊を味わうのに必要とするだけの闇は残しておかなければならなかったが、ちょうどギリシア人達が夜に対して雄鶏を（キリスト教徒達が雌鶏を）犠牲にしたようなもので、――つまり私はこの版画に下手な影や照明を投げかけてはいないので、それでキリスト教徒の学者達が、私が今や済んだ仕事の後、観察の脱線あるいは脱線の観察に耽って楽しもうとしても、大騒ぎを始めるようなことはあるまいと期待していいであろう。これはより一般的なもので、第六の版画や意味の対象からはより一層外れたもので、全体に啓発的なものである、つまり私が今や三つのことを称賛し、三つのことを非難することを始めても、人々は大目に見るであろうということである。――称賛されたものは、(1)レギーナ、(2)不義――(3)地球であり、非難されたものは、(1)解釈者達――(2)曖昧さ、――そして(3)テュンメル氏である。

私は両親や人間達同様に非難から始める――

私以前の解釈者達を私はまず非難しなければならない。私が参照した、あるいは子供時分学校のベンチで聞いた人々は皆イタリア式屋上の夜の音楽家を詩篇作者のダビデと見なしており、湯浴みする請願の女性をバトセバと見なしている。なぜそうしているのか。この戯れでは彼らの単純さが勝っているのか、それとも悪計が勝っているのか。私は後者であると案ずる。単純さでは全然ない。彼らは読者同様、彫刻家は老ダビデをダビデの竪琴とその四ポンドの王冠と共に屋上に浮き彫りにして、彼が足を洗うマグダレーネに悔悛詩篇を下手にかき鳴らすようにしているのではないと良く分かっている。ラビ達は非常に繊細な感覚から、長いこと女性の衣装を見つめることを禁じている。上のバルコニーから下を覗いている王位の者には――衣装が見えないようになっている。こうした繊細な感覚は老ダビデに似つかわしいものであろうか、彼は残念ながら二つの隣接する戒律[2]に対して余りにしばしばスルタンの風を演じたというのに。――これに対してこれは当世のより優美な君主にふさわしく見える。しかし当世の統計的釈義者達が自分達のよく知っている一、二の後世のシルクをダビデとして利用しようと思うとき、版画のすべての表現法を通じて彼らの悪戯、悪ふざけが出現することになる。彼らは我々をこう説得したがっているのである、つまり殿下達は、詩篇作家同様に、そしてそもそもすべてのオリエントの王やモルダウの君主のように、自分達の王笏が及ぶものすべては、特に女達は自分達のものであることを当然視しており、それは絞首刑に処せられた者を片付ける者には、その刀の半径内にあるものすべてが自分のものになるようなものであるということであり、それ故、殿下達が自分達の役目を求めること、エクスの住民達が受難の悲劇が演じられるときかつて悪魔の役目を求めたようなものであるが、それは当地の慣習ではサタンを演ずる者は、自分の爪で捉えるものすべてを所有できた[*6]からであるということである。勿論教皇は侯爵達に第四主日には黄金の薔薇を捧げている。しかし最も美しい薔薇、女性という薔薇を老公はそのことによって汚すことになろう。侯爵達をダビデに貶めようとしている解釈者は、ひょっとしたら、王座は山々に似ていて、その上では以前から世の中の最良のものが見られたのであるということを考えたことがないのかもしれない、例えばそれらは（私は極めて別々のものを挙げるが）最も美しい花々であり——それから取れる最良の蜜——古い町——金属——有名な男達の墓——最良の羊の牧場——最良の畜産——身分あるローマ人——自由都市——それに日本では——結婚式である。

第二に私は曖昧さを厳しく扱わなくてはならない。汚れは確かに留め金［機知］やドゥカーテン金貨の重さを二、三アス［一アスは約〇・〇四八グラム］だけ増やす。しかし黄金を糞と見なす方が、糞を黄金とみなすよりはいい。私はすべての倫理的曖昧さを、それを考えだす方が避けるよりもはるかに容易だというので軽蔑している。我々の猥褻な世紀ではどの作家もこの愚に陥っている。私はかつてとても元気な紳士に、彼は美しい尻のヴィーナス(3)の他にはどんなヴィーナス・ウラニアも考えることのできない男であったが、私の部屋のすべての家具、小物の中から（私はすべて開けた）彼が何も考えないものを一つでも挙げるよう頼んだ。彼はそれを探したが、しかし何も見つけられなかった。

第三にテュンメル氏(4)について嘲る望みを得たい。しかし私はむしろ彼のことを称賛する約束をしておれば良かったと思う。なぜ悪意ある敵は画策して、貴兄、親愛なるTh氏よ、貴兄が到着して後、立派な［レーゲンスブルクの帝国議会の］会議室や［古代の］音楽堂やバイガング図書館(5)、文学的読者の機知のサロン(6)に、つまり皆が貴兄や貴兄の宝石、貴兄の指輪の輝き、貴兄の完成された教養に注目している所に入る前に、申し上げるがなぜ悪魔の働きで、まさに貴兄が堂々と博物館に入る直前に、下の玄関で——というのはかくもの長旅では道はベルギーの馬小屋のようには清潔であり得ないからであるが——一人の靴磨きも見つからなければ、呼び寄せることもできないという次第になったのか。——これは忌々しい悪戯である。というのは今や貴兄が貴兄の編上靴とそのパリの泥(7)と共に博物館を歩き回っても、およそ若干白い装いのレディーは——我々男性はそのことをやかましく言わないのであるが、——自分達を教えてくれると同時に楽しませてくれるこの男性に近づけないからである、この男性の中には気前のいい守護神が住んでいて多くの機知と調子、繊細極まる思いつきを、これらを楽しみ、更にはこれらを真似るにはドイツ人にとってはなお半世紀要するであろうが、豊かな感情や言葉、認識と結び付けているのである。——これは貴兄自身が厳しく当たったことのない女性にとって、厳しすぎることではなかろうか。

私の破産した検査官を見て頂きたい。彼は少なくとも数ペニヒを靴磨きに払っており、そのすべての十枚の版画にまことに清潔に現れている。最大の天才性は容易にその最大の神聖な利用と結び付けられており、我らのパルナッソス山の輝かしい難攻不落のモンブランたるゲーテ[8]は、彼は今やかつて創作していたもの、花々や光を解剖しているが、ライプツィヒのゲッシェンが出版するその全集の中で、私やルソーがその説教壇から聞き取ることを欲しないような言葉を一つも発したことはない。いや、明るく輝く機知のナフタの泉は最初に、かの過ちに導くけれども、しかしホガースの天才的な注釈者［リヒテンベルク］は——彼は言うなれば王妃アンナの全黄金時代のドイツの代表であるが——彼の軽薄な登場人物達の直説法よりは彼の自我の命令法に従っていると言えるであろう。

さて、約束していたように称賛することにしよう。

それも最初はレギーナ達［女王達］、つまり私のレギーナのように振る舞う女達である。立派な銀器管理人の娘は検査官をはなはだ愛していて、できることなら彼を手提げ袋のように携帯したいと思っている。しかしこれはできない、そこで彼女は彼を時計のように（スイスでは一つの時計しか許されていないが）二重に所有する手段と方法を考え、一人の代表者とその者の代理大使を求めた。すでにフランクリンが、ヨーロッパ人に夜はベッドを替えて、より良い夢を見るよう勧めている。この点ではいろいろなやり方でアメリカ人の気に入るよう暮らすことができよう。ハラー[9]は、人は怒るとしばしば二重にものが見えると述べている。[*7] しかし激しい恋は更に立派な方解石で夫をより容易に二重に見せる。それに神学者達によれば、[*8] 人は一度に三つの意志を、一つの実体的な意志と二つの生来の意志を有することができるので、一人の夫人は、生来の意志を十有しようとも、実体的意志を夫のために保持できることになる。しかし私は単に三つの意志を要求する、これは私の要求できる最少限のことである。というのは例えば十四世紀末に三人の教皇が一度に教会やキリストの花嫁［修道女］を、一人はローマで、一人はフランスで、そしてもう一人はスペインで支配したというのであれば、なぜより小さな家族内では、三人の最も聖なる父ではなくても、三人の最も幸せな父親がいて、列聖式よりは列福式に関与することがあって悪いことがあろうか分からないからである。

従って結婚生活のボール、心の二重化、反跳化は、第六の戒律の木版画についての解釈者が誰でも認めることができ、認めるであろうものより良いものでも悪いものでもない。私は女性達について言えることは、我々男性達についてもそれ以上に強く妥当して欲しいと願う。夫は妻が二重に見えるからと言って、それ故に落ちるものであろうか——一体最後にどこに落ちるだろうか、例えば妻を自分の博物館で見て、その後すぐに彼女の乳姉妹——共同女親方——商事女性社員——帝国女助任司祭を二番目の側面の桟敷やファルネーゼ宮(11)や大学の教会、あるいはその他どこであれ目にしようと、一体この二重化は落下の印であろうか、例えばハラーによれば、対象が二重になって見えるスレート屋根葺き職人は転げ落ちる心配をせざるを得ないそうであるが、そのようなものであろうか。——せいぜいこの二重化そのものが落下ではないか。

私は第二番目に不義を称賛する、双方の不義並びに片方の不義を称賛する責務があることを覚えている。しかし私は大胆不敵にこの約束を破る。

私はいずれにせよ更に地球を称えなければならない。地球について私の述べる多くの善はその不義にも役立つであろう。

私は従って私の三番目の約束を守ることにする。私は、我々皆が聖なる、貞潔な月と言うのは周知のことであると見なす。これはその白く純な光線、その冷たさ、ダイアナとの神話学的近縁にふさわしい形容である。さて私はしばしば新月のときの日中、上の天を見上げることがあった。新月が、目に見えないけれども太陽の近くにあるに相違ない時のことである。あるとき私は空想の跳ねる足で自ら月に飛び込むことさえした。私は勿論向こうで、私がすでにこの地上で天文学から知っていることのすべてが実証されていることに気付いたが、実際新月では私が上陸した側は夜であって、私が太陽の下、炎となっている地球を眺めたとき、私はこの暗い月から見た遠くの日中の明かりを、夢幻的な、月光に似た地球の明かりと受け取らざるを得なかった。私ははなはだ満足して魔術的な月の面をあちこち散歩した。というのは右手には最も素晴らしい月の山脈が眼前にあって――その最も低いのですらただ聖ゴットハルト山とかモンブランとかであって、――左手の花が咲き誇る平原では途方もない乾いた湾が、およそ全く汲み尽くされたラドガ湖のようなものがあって、私の頭上には崇高この上ない極めて深い青があったからである。私はそこの空がアルプスの空よりももっと崇高でもっと濃いと思った。そしてそのことをとても薄い山の空気、三片の銀色の夏の小雲さえも浮かべられない空気のせいにした（我々のはこれに比べれば亜麻の油である）。しかし蒼穹に、さながら青い肩帯にあるように最も輝いていたのは幅の広い銀色のベルト（刀帯）、我々のほの白く輝く地球であって、これは強固な糸巻き車の周囲を越えていないまでも、それに達していたかもしれない。私が純粋な白い丸い地球を楽しんでいると、ほどなくして一人の月の住人ともう一人の月の女住人とが（彼らは私が発つとすぐに一緒になった）湿って香る花々の中を渡って来た。彼は立派な牧歌的な詩人で、月の上で『永遠への展望』[*9]を出版していた、彼女は彼の読者であった。月の男と月の乙女はその山の大気のせいでスイス人と多くの類似点を有していたが、特に彼らは表情の、かの喜ばしい、屈託のない素直さを有していた、これは静かな生活と、徳と同じ数の喜びを前提としており、私の幸せな魂の前で、一度にすべての青春の歳月、青春の夢、アルカディア全体を開いて見せなければ私には決して見えるはずのないものであった。乙女は、愛と憧れとで幸せに感動して明るい丸い地球を眺めた。というのはこの世では第二の世界を必要としないような生命はないからで、すべての惑星上で硬い土からできた狭い胚膜と蒴果とが永遠の心を圧迫しているのである。青年は穏やかに彼女に言った。「どこに憧れているのかい」。――彼女は答えた。「私には分からないの――ねえ、私どもは死んだら美しく幸せな地球に蘇るというのは仰有るように本当かしら」。――牧歌的詩人は答えた。「そう、そのことは私が私の『永遠への展望』[12]の中で若干鋭く証明したことだ。だってここの噴火口で一杯のガラス化した月の上は、さながら前世の墓で一杯で、我らの故郷とは言えないからだ[*10]――向こうの純粋な貞潔な地球が我らの家だ。地球が飾りにして星々の間を行くときのあの銀色に輝くベルトを御覧、さながら白い薔薇の花輪で、地球に巻かれた小さな銀河だ。見事、見事。向こうの静かな地上、そこでは愛しい人よ、魂の不足の思いはやむ――そこでは純な心はただ穏やかに温められ、汚されることもなく、怒ることもない――そこでは徳操と歓喜と真実が三人の永遠の姉妹となり、いつも腕を組んで人間の許にやって来て、一緒になって人間の心にくずおれる」。……

月の住人達はこのとき背後の方で溜め息の声を聞いた。私がついたのであった。もはや私は隠れておれなかった。私はそこで取り乱した顔のまま牧歌的詩人の前に進み出て、言った。「目の前のこの人間そのものが地球人で、ちょうどドイツの大地から旅してきた、フォークトラントのホーフ出身の故人です。しかし立派な月の女住人の方、向こうの私どもの所では、一般に月で思われているよりもひどい状態です。盗人や――盗人の亭主――安息日を守らない者、平日を守らない者――破廉恥漢⑭――馬以下の人間⑮［ヤフーども］――長い腕で近視の王冠を被った手長猿――何もしない様々な者達――何も考えない何人かの者達――田夫野人、それに必ずしも自分達の書くものすべてを考えているわけではない書評家本人。……これらが地球が選び出した何人かの故人、亡き者達です。私どもの地球の周りの白い薔薇の花輪、御両人が先に述べられた星の帯は、雲とにわか雨の滴が結び付いたものです。私どもの目にする多くの地球の斑点*11は、月の斑点⑯のようには偉大な学者達の名前を有せず、大悪党の名前を有しています。私どもは地上の斑点を私どもの内的人間の肝斑、雀斑《そばかす》としていて、上述の斑点を、人間か品物か、生命を奪うことになる水上の橇で進んで行きます、それ故私どもは本当に奴隷船、海賊船、軍艦という分割を有するのです。最良の牧歌的詩人の方、最良の牧歌的女流詩人の方、最後に純な貞潔な地球に関しましては、そこに住んでいる者達が実際の状況を最もよく知っています。多くの貴族にとっては約束を破るより不義を働く方が難しいことになっています。しかし私どもにも、脱線不節制してしまうほどに脱線を憎む偉大なものが欠けていません――つまり動物の象のことです。御両人が一度本当に死後、私どもの天上のシオンにお出でになるなら、そこにはすでに私どもはシオンの守備兵を有していますが、そのときには、……」。

それから私は自らシオンに戻った。郵便配達夫が私にツヴァイブリュックの新聞を持ってきたからである。しかし新聞は今回いつもに反して格別面白くなく、単に（私の記憶が正しければ）ギロチンにかけられた者達と分割されたポーランド[17]の地方についての不毛な術語を載せていた。——

＊1　六番目の頭身。
＊2　王冠を戴く洗い手の感覚にとって現実の乞食や不具者の光景や処置を免除するための計らいである。
＊3　シルクとアトナーハは周知のようにヘブライ訛りでの二人の皇帝［ツァーリ］である。それから四人の四分割領主［テトラルヒ］、それから六人の宮中伯（委員）、七人の将軍、七分割領主［ヘプタルヒ］が来ている。彼らの部下の数は彼らと同じで、七人である。かくて文法では小さな国同様に部下の数がしばしば将校の数となっている。
＊4　『衛生学』序文、一頁。
＊5　1. Sa. X. 1. Ps. II. 12. ヴァルネクロの『ヘブライの古代』。
＊6　ピタヴァルによる『精神を楽しませながら精神を飾る方法』I.P.
＊7　ハラー編『実用医学宝典』第一巻[10]。
＊8　つまり何人かのキリスト単意論者による。別の単意論者はこれに対して、人間的意志と神的意志とが確かにあるが、しかし一致して作用すると述べており、——更に別の者は両意志は一つのものになったと述べている。モースハイムの『教会史』第三部。
＊9　最古の哲学者や最近の北アメリカの未開人によれば、どの事物も、二回存在する、第一の例は地上であり、第二は天である。それ故、地上のラーヴァーターは月のラーヴァーターを前提としている、そして彼らの展望は観点の相違に過ぎない。
＊10　デュカルラは、太陽はその天頂を過ぎていくすべての国々の上で、幅二百マイルの雨雲の帯を棚引く、これが太陽を、土星の輪のように、常に移動しながら取り巻いていることを証明した。リヒテンベルクの『紀要』第三冊[13]。
＊11　月からは地球の海はそう見える。

VII
第七の戒律の木版画
何重もの幸運――盗人達の百人隊と部門――民衆の貧しさの欠点

ヴァイマルの肖像画の右の長靴の部分は、これまで反吐のでる吐薬入りの杯か、唇の下でワインを消してしまう手品師の二重底の杯かであった我々の検査官の歓喜の杯がとうとう立派な人生の歓迎に、アルコールを含む深鉢に変わったと私に教えてくれる。これは第六の版画の屋上同盟以来生じたことであった。ここ第七の版画[1]では彼は、これまで渉禽に燃えやすい大気の旋風全体を加えてきた自分のポンティナ〔ローマの東南方にかつてあった〕の泥沼人生の乾燥を巧みに見せようとしている。読者がここで目にしている大きなテントの背後には――長靴の部分が報じているように――無数のより大きな領主のテントがあり、これらは目に見えず、狭い版木では単に半分だけ（目には見えないが）前面のテントの背後に張られなければならなかった。目に見えるテントの背後で生じていることに我々の注意は向けられる。版画のプラウエンの谷の中を遊山のキャンプ全体が広々と広がっていて輝いている――宮廷は君主と版画に栄誉を与えようと目立っている――何という、テントのフッガー長屋や、テント仕立屋や駆け回る侍従の従僕、お抱え射手、砂糖搗き係、副料理人、それに音楽隊の隊員の混雑を芸術家は、手を裏返せないような狭い版画の一区画、前面のテントの背後にまとめ上げていることか。――私はそれをきちんと見てみたいと思うし、テントが篩布のように、籠目細工のカフスのように薄かったらいいのにと思う。カーテンの背後の若干の場

面は実際カーテンから濾されており、篩にかけられている——黒い点や多くの線を観察してみるといい、——私が説明するために眼前に有する版木そのものの上では宮廷の眺めから更に多くのことが濾されてくる。いや検査官が版画を彫るときの手本のスケッチ、幸い私の時代にまで残っているスケッチはテントのセットの背後の頭部をいくつかあらわにしており、少しばかり背景の盲門を開いている。版画とスケッチと長靴の部分のこの幸福な一致で、勿論、その恩恵を受ける注釈者は他の者が全く見ることのできない事柄について、版画に関し、証明を当て、解明することができる。

さて、ここで版画が明らかにしている砦に接しているこの隠された安息所の中で検査官は他ならぬ——殿下本人の前に進み出ている。いかに人間的にシルクは一人の惨めな臣下を迎え入れ、扱ったか、そのことを長靴の部分はどんなに称えても十分ではない。彼を生きたまま杭で突き刺すとか、死の不安に耐えさせるとか、単に鞭打たせるということは全くなくて、むしろ殿下はこの弱々しい下僕の手を自ら握ってはっきりと微笑み——更に君主は十分に聞き取れる声で話し、最後には——クレーンラインは自分が嬉しさの余りその場で息絶えてしまわなかったのが不思議であったが、はなはだ好意を示して、自らの舌で千人の偉い紳士達の前でこの半ば死んだ国家の下僕にその名前、身分、体のことを詳しく尋ねた。検査官は更に下の長靴の部分でこう誓っている、自分はここでさながら皮の代わりに長靴用に使っている言葉がすべて、純粋に真の真実でないならば、幸せになりたいとは思いたくない、と。彼はそれから上述の長靴の踵の部分でこう宣誓している、殿下は自ら下々の許まで降りてこられて、自分に対して自分の家庭内での些事、部屋のこととか、食事、睡眠の時間、眠りについて（それが深いものであるか）、それに小ベッドの健康な状態について尋問された、と。

しかしここで検査官はもはや自分を制しきれず、熱くなって、長靴の部分をますます長く書き、靴底をつけて、遂には嘴状靴［クラコー］や巨大な足となって、こう上部ザクセンの州に質問している。このような熱を込めて最も小さな臣民の国の歴史、家族の歴史を聞き出すこうした君主が、敬虔な隣人愛の君主でないとしたら、自分本人（塩検査官）がおかしいのに違いない、自分は州を蔑視する、と。

彼は更に上の左の太股の部分に移って、こう知らせている、この慈悲深い君主は自分に対して、とりわけ汝のことを配慮し、もっと間近に汝を置くために宮殿での落ち着いたポストを与えたいと請け合って下さった。君主は言われた、このような造型の才（版画における）を国家は従前以上にもっと利用し、推奨しなければならない。そしてここで中央塩金庫からささやかな献金箱、基金、あるいは建築助成金を版木用の立派な柘植の木の購入のために、また象りナイフの後を彫る小さな鑿を鋭く研ぐために前払いされる必要があろう、と。――そしてこう話している最中にもう中央塩金庫係に支払うよう命令が下された。――「私はそれをズボンのポケットに収めきれなかった。何という国主様か」と浄福の男はまさに上述のポケットの部分に書いている。

私はここで、この木版画がテントの堡籃の背後に保管している地下の宝の最も興味深いものを掘り出したかもしれない。

版画がここで目に見せているものは、それよりもつまらないことである。私は版画の目に見えない部分に入念に光を当てたので、目に見える部分は単にあっさり触れるだけで構わないかもしれない。

これは君主の私的金庫から芸術家のための聖職禄を取り出している中央金庫係とテントにすぎない。金庫は彼の肘の長さから推定するに、単に手仕事のように黄金の底を持つ［芸は身を助ける］ばかりでなく、錠のところまで一杯の黄金の滴を有している。重要な国庫はきづたの木から作られた海綿状の杯に似ていて、これはかつてゆっくりした濾過帽として使われていたもので、三日で自ずと空になるものであった。同様に大きな国庫は自ずと使い果たされるものである。中央塩金庫係は支払いを急いで不機嫌そうにしているので、あたかも盗んでいるかのように見える。それ故、私以前の大抵の解釈者も木版画の表題を金庫係と関連付けて、あたかも彼が国庫を自分自身のための非常用資金、目録としているかのように解している。しかしこの役人は正直である。私は、たとえ彼がその際数巻を自分用に着服するとしても、あるいはそれを革紐でしばって下の小包の中に入れたとしても、彼は盗んでいるとは言えないと思う。少なくともこの表現は以下の原則と合わないであろう。

イギリスの盗人は、アルヘンホルツ(2)が報じているところによれば、アーデルング(3)が文体の種類を区別しているように、混同されることを欲していない。馬に乗る盗賊は歩兵の盗賊とは、正直者と同様に区別される、歩いて行く者はまた家に侵入する者か、ポケットに手を出すものか等で区別される。悪漢のパイプオルガンは様々の音栓を有するのである。名誉ある盗賊は例えば掏りの誹謗を甘受しない。こうした海賊の民は——国家の収穫組合の模倣——しかし禁じられた模倣である。例えば森の番人は確かに枯れ枝、藪の枝、間伐材という合法的名目で一棚の薪を徴収できる。しかし領主の穀物の数シェッフェルを自分のものにしようとするならば、一人でこのような獲得されたシェッフェルを消えたものとして自分の帳簿に記入できる管理人の職務を妨げることになろう。伯爵は自分の伯爵領のすべての真珠湾を、絞首台を立てて王権のものと宣言することができ、そうすべきであるが、しかし宮廷の女官のどんなみすぼらしい真珠の首飾りも奪えないし、その若干を真珠採りとしてポケットに収めることもできない。最も偉大な君主といえども個人から一グルデンも取り上げられないが、しかしすべての個人から一度に十分特別税という名目で徴収できる。かくて我々の各人は（私は秩序ある国家について話している）自分の取っていいその特別な海賊配当金を指示され、それに制限されている——他人の配当金に手を出せば、盗むことになる。——従って、中央塩金庫係が国家歳入の前金、金属的な法律上の恩典、あるいは転出税を取り出すときの柄は、取っ手と呼んではいいだろうが、盗みの手と呼んではならない。というのは金庫はまさに彼の金融事務所であり、彼の盗賊の巣窟であるからである。手工業組合との類似がこれをはるかに良く説明するだろう。鍛冶屋は単に蹄鉄やすりや大目やすりで削ったり、引いたりしていいだけであり、金具師はもっと細いやすりでそうしていい。織物職人は毛織物を片面櫛で梳くが、両面櫛ではただ縫製工のみが許される等々。

　私が私の親愛なる柘植の木のメダル製作者のことを、なぜ彼が後世に一枚の版画全体の中で金庫係以上に重要なものを残さなかったのかの理由を要求する千人もの消息通に対してかばい、救い出すまでは終わりにできないだろう。

　私はそのためには以前に遡って、詳しく話さなければならない。

金を有する者は少ない、まさにこの少ない者達を除いて。教父のアウグスティヌスは貧乏人のことを自分の子供達と呼んだ。国父［君主］達はこれを逆にして国民［国の子供達］を自分の貧乏人と呼んだら一層良いであろう。私はここで自分のことや詩人達のことは話していない。当の私は家の外では金を余り持たないようにしている、自然科学の原理からで、こうすると稲光を――いずれにせよ追従者を――避けることができると知っているからで、家の中でも同じ配慮をしている。このような物理学的理由から夙に詩人達は身を安全にしてきた、しばしば十もの雷雲が、殊に債権者の雷雲が何日も頭上に居座り、動こうとしなかったからである。しかし私は我らの卑俗な無読者について話したい、彼らは播種と収穫は許されても、パンを焼くことは許されず、彼らにとって国家はエルサレムの神殿であり、この神殿の中ではユダヤ人は（ライトフットによれば）びた一文携帯してはならなかったのであり、また彼らはさながら修道院長に修道院規則に従って現金を手渡す国の僧侶という按配である。なぜ国家はこうした善意の貧乏化を見守っているのかの理由は、私がここで世間に約束している己の作品の中でほとんど嫌になりそうな冗長さで説明するに値するであろう。国家はその際住民を除去しようという意図を余り有していない――もとより民衆や雌鶏は換羽期にはまさしく一つも卵を産まないけれども、――住民を悪化させようという意図は更に少ない――もとよりまさに空腹の者や素面の者は真っ先に流行病に罹ってしまうけれども――そうではなくて国家は国民からやむを得ず奪うことによって国民が豊かになるのを目指しているのである、ちょうど髭が早く伸びるように先に剃って貰うようなものであり、また蜂は空の巣箱に運び入れるほど熱心に豊かに運び入れることはなく、それで巣箱を二重にしたり、巣房を切るようなものである。それ故、国家が養魚池のような具合になっているのは特別な幸運である、養魚池ではいつもかわかますが上の方を泳いでいて、（かわかますがつっく）鯉は下の泥の中を泳いでいるのである。

もっと話させて欲しい。従ってこのような状況下では、誰もが持っていたり知っていたりする身近な慈善基金といえば――町の金庫とか帝国軍用資金とか寡婦基金とか救世主基金といったものではなく――他ならぬ剰余基金であるということほど自然で必然的なことはない。この基金は誰も有しない。誰も十分に有することはなく、いわんや十分過ぎることはない。従って誰もこの世では何かを贈ることはできず、自ら必需品を欠いたまますませる。男爵もこの点では自作農同様に不如意である。そして最も隣人愛に満ちた百万長者といえども貧民のために財布の中に有するものは、心嚢の中に有するものだけで、つまり心だけであり、硬いもの、確かなものではない。……

今や読者も、突然君主に中央塩金庫係を通じて黄金を握らされたラザロの驚きを思い浮かべて欲しい。——ラザロは我を忘れた。彼は自らと一切を忘れ、——第七の版画と支払う会計係を版画に描く他何もできなかった。

——かくて私は多くの者に対して検査官を守った（と私は思う）。——

しかし立派な木版画の最も喜ばしい注釈の最中でも、国家が外的人間を飢えさせて内的人間に加える倫理的複雑骨折や外傷に注目すべきであろう。というのは一クロイツァーの小銭のやりくりで暮らしている我々の諸国家の何百もの屋内乞食は、例えばオーストリアの十五万人の紡績工は、彼らはいつも穏やかな音色を保つにはその不協和音の生活の中でまず百二十の毛糸の弦を紡がなければならないが——ちょうどハ音のためにコントラバスでは十二頭の去勢雄羊からのそれだけの腸の糸を取るようなもので、その雄羊の毛を彼らは紡ぎ尽くしており、——いかにしてこれらの貧乏人は一日中目指して働いている惨めな一グロッシェンを軽視できようかと言えるからである。胃によって国家の飢餓の塔の中で駆り立てられ、再びまた次の食い物を目がけて行く魂はいかに殴り合い、いがみ合わなければならないことか。どこから楽しく暮らすギリシア人的な人文主義、より自由な、運命から解放された人間の倫理性が、疲れた精神、糸車の円環の他にはより大きな観念の円環を知らない、糸巻き枠の半径の他には半径を知らない、食欲の他には喜びを知らない精神に生ずるだろうか。——それ故、今なお国家の一階が休憩ベンチのない仕事部屋で一杯のアムステルダムの懲役監獄であり続けるかぎり——これは国家の最上階が、入れ替わりはあるけれども去ることのない花嫁とグレイアムの「不妊治療の」天上的ベッドでしかない限り続くものであるが、——私は国民の文化のためや、千もの他のことのためには、老婆が一日に紡いで稼ぐ分しか出したくない。

第七の戒律を去る前に、なお手短に千人の者が見過ごしているこの芸術家の繊細な特徴を指摘しておきたい。これはこの芸術家にとっては、殿下とのゲレルトやツィンマーマンの会話[4]全体を隠すことによって贖っているほどに十分大事なことである。つまり我らの検査官のヨブの嘆きが減少しているように、彼はまた版画上での俳優の数を消している。戒律から戒律に移るにつれ英国風社交ダンスのように一人ずつ去っている。第一の戒律ではまだ一杯の北斗七星であり——第二の戒律では絵は単に六頭立ての馬車で進み、——第三のでは五頭立て馬車で（というのは小さな樵はシンメトリーのせいで第五のに勘定されるからである）——第四では四頭立ての郵便馬車になって進み——第五のでは繰り越された樵と共に三声のコーラスを数える——第六の戒律ではいつものように一人少なくなっており——第七のでは同じくいつものように一人の独奏者、［密室教皇選挙の］枢機卿の随員でできている。第八のは我々はまだ全く目にしていない。それ故これに取り掛かることにしよう。

Ⅷ

第八の戒律の木版画

名誉毀損裁判の文書抜粋、殴り合いに関して——近東の僧侶議員達
——プロシアの官房書記の詩的精神

勿論いつかは——国家同様に人物達の切断や漸次弱クは終わる、その第四の戒律の貴族政治は、第五や第六の戒律の寡頭政治の迂回を経て、第七の戒律の君主政治から再び第八の戒律で戻ってきている——さてここでクレーンラインは世に何を見せているか。(1)

これは私の言を聞けば分かるであろう。——前もって言っておかねばならないが、彼はその描かれた告白や回想の十頭身へのきれいな分割を諦めて、止めている、というのは他に仕様がないからで、素描家の頭身ではただ片方ずつが勘定されている太股や脚は二重に有するからである、一人の男ならやはり有する両腕の方は全く等閑に付さ

れているけれども。第八の版画の釈義的説明を彼はそれほど大きくない巻き靴下と、ずっと後ろに引かれた左の太股や脚の部分のうち見えているわずかな部分で行っている。何人かの芸術通や若干の歴史家が、私がペンのスケッチをまたフランス式小宮殿に返却したら、ヴァイマルへの文学的芸術的旅を一緒に行って、ただクレーンラインの肖像画を自ら研究し、その後その成果を発表しようとするならば、そもそも文学的に得られるものがあるであろう。ただこのような立派な男達のヴァイマルの判じ絵の研究のための同盟(2)を経てのみ、ひょっとしたら思案するにペンの戯れと木版画に対する納得のいく説明が生ずることになるかもしれない。そしてこうした同盟の四言語聖書、六言語聖書、八言語聖書の後では、私ほど満足して自分の一座席用の表現法と共に退くものはいないであろう。

ドイツ人というものは本来すべてを調べ、掘り尽くすべきである。――黄金時代の一金塊からドイツ人は製本工の折り畳む三百の金箔を打ち出す。それからその一枚の金箔をインクの王水に溶かして、その金の溶液で再び紙について三百頁記述する。――そしてインク壺が書き尽くされ、小売にされると、我らの国民の立派なマルトレリ*1に当たる人が壺の前に座って上述の壺についての見解や透視図を幾つかの四つ折り判にまとめることになる。――

――

検査官の幸運あるいは［籤の］五度当たり［クヴィンテルネ］――コロキウム――は野営に知られた。ラウペルトの耳にも達した。嫉妬の悪魔が、これは本来人間を生前にではなく、ただ死後にのみ悩ますはずのものであるが、アルト奏者の心に巣くって、そして［本の害虫の］白粉虫がカンシュタインの聖書(3)を喰い破るように彼の心を喰い破った。芸術家が最近自分を殴りつけたという事情だけでもリュート奏者は不愉快であった。しかしそれ以上にクレーンラインの痩せた人生における新たな花の飾り縁は不快であった。満足してこの和声論者は画家の生命の糸、脳の繊維、対の神経、動脈組織をこすり落とし、取り去り、ねじ上げ、乾燥させて、華奢な弦として自分のリュートの上に張りたかったことであろう。彼は画家をまず悪魔がするように憎み、次に悪魔に対するように憎んだ。――私はほとんど靴下の部分のそのままの言葉を遣っている。

ラウペルトはそれ故裁判所に赴いた、裁判所はまさに僧侶議員が司っていて、ラウペルトは検査官を、口頭ではなく腕力で殴りつけた名誉毀損の廉で告訴した。版画はここで一同を描いている。決闘の受け手（リュート奏者）は罵っている（版木では更に強い口調である）、そして裁判官の手に人差し指を向けており、頭は発射されるカノン砲のように少しばかり後退している。まだ締め金を開けていない背嚢には砕けたリュートの残骸を、裁判所に自らの骨片の代わりに見せようと持参してきている。決闘の挑発者（クレーンライン）は、彼はモーゼ[4]のように、この岩に語りかける代わりに、打ちかかったのであるが、全くおずおずと立っている、これは良心の呵責からではなく、身分の高い僧職の紳士に対する丁重さからであり、そして帽子カバーを前に持ち、これには彼の不安の汗がかかって、それで水車のように回っている。彼の相手は偉大なスキピオ[5]のように頻繁に告訴され、釈放されてきたことが分かる。しかし哀れな検査官はまだ一度もない。それでも少なくとも自分の両手がアキレスの回る楯の背後にあって安全であることが彼を励ましている。古い裁判所の辞令[*2]にはこう書かれている。「裁判官は裁判官席に不機嫌なライオンのように座って、右足を左足の上に組まなければならない」。このような不機嫌なライオンの前ではしばしば裁判室の猟獣は帽子を回すことになるが、ちょうど本当のライオンを馬車の車輪の回転で追い払うようなものである。

　裁判官、僧侶議員は髭を剃らずに、目覚めの帽子、ナイトキャップを被り、その周りには素敵な絹のリボンを巻いて、裁判官席に座っている。それでも彼は国家の酒旗（ここでは彼から下がっている十字勲章）をたたんでいない。この勲章の十字架、総主教の十字架は心臓のところにかかっており、昔の聖書のように口から十字架が飛び出ることはない、この十字架の姿で悪魔[6]がゲラセネ人から出て行ったのであるが。

　さて我々は傍聴者として告訴の審判の全経過を見守り、法の審理を判断することにしよう。決闘の受け手は大空の下、肘の下に帽子をはさんで、立派な、ターバン並びに天蓋に覆われた裁判官に自分の窮状を、つまり自分の胼胝を訴え、決闘の挑発者が鋼のように青くしたとされる自分の体のザクセンの青[7]のことを述べている。彼に決闘の挑発者あるいは侮辱者は何と答えているか。私としては、自分が彼の弁護人に指定されていたら、いろいろなことを証明していたことだろう。まず第一にそれは実際の侮辱ではなく――第二に口頭の侮辱でもなく――第三に殴ったのは単に相手の好意を求めてのことであったというものである。従って私は法学的優美な者、つまり優美な法学者として、早速尋常ならざる違い、攻撃と打擲との間の違いを指摘していたに違いない。打擲というのは、打撃で単に名誉ばかりでなく、皮膚をも傷つけ、名誉毀損料と慰謝料とを同時に負うときに初めてそうと言えるのである。しかしこれは薄く削られたリュートの箱では彫刻家にはできないことであった。それ故、彼は単に攻撃しただけである、即ちケースとの接触はアルト奏者の名誉を当てこすろうとしていたのである。ケースの接触はそれ自体、仮に侮辱する意図がないのであれば、誰をも誹謗するものではない（さもなければ、その結果、それに触れる者は自らを誹謗することになろう）、この侮辱の意図を否認するには、私はリュート奏者が先に咎めていたと述べればいいであろう。それ故クレーンラインは、その咎めに応ずることが許されていなかったので――ザクセンでは復讐は禁止である――侮辱者を改善するしかなかった。これには法律が一つ以上の手段を与えている。つまり口頭での侮辱である。ヘルムシュタットの裁判官は説教家達に、仕立屋や粉屋、織工、要するに手工業界全体を公然と悪漢と呼ぶことを許している。[*3] いやライザーやカルプツォフは組合の告訴そのものを説教者に対する名誉毀損と見なしている。ちょうど教皇の法が、僧が女性に対して敢えて行う不適切な接触を赦免の印と見なすべきであると定めているようなものである。かくて私は、クレーンラインはこの説教者の雄弁を相手に向けて行ったのだと相手が認めてくれれば有り難いと思う。検査官は更に別な手段を（促進剤として）これに結び付けた、しかしそれは穏やかな手段であった。というのは厳しい手段というものは、中傷者にシチリアのカロンダス[8]が行ったように、汚名の藁の冠を被せることや――あるいはイギリスのエドガーのようにその舌を抜くことや――あるいはフランクフルト人[*4]がかつてそうしていたように目まで抜くことや――あるいはカヌート王のように何とその皮膚を剥ぎ取ってしまうことであったろうからである。しかし皮膚を単に楽器、それも最も穏やかなものと見なされるもの、リュートのケースで軽くこすることは穏やかな人間であることを告げていよう。テーデンは全く正当に述べている。偉大な外科医はすでにその道具で分かる、と。すでに打撃そのものが評価できる、これは中国の大官達や某将軍達が頻繁に得ているものである――偉大なルターはある日の午前の学校の授業で十五回殴られた――いやルソーは打撃をランベルシェ嬢の最高の愛の印とまで見なしている。すでに外部の人間の喉に何か固いものが刺さって、それが出てこずに詰まったときには、人はそのへこんだ背中を優しく打つものである。それ故いつの時でも内部の人間から固いものを取り出すために、外部の人間がぱちっと打たれる。ちょうど［悪魔によって替えられたとされる］奇形児が鏡に映され、悪魔がこれをさらい、真の子供を持ってくるようにされるようなものである。――最後に私は弁護を次のような大胆な考えを述べて締め括ることができよう、つまり彫刻家はこのような意図や原則の許であれば、コントラアルト奏者を殴り殺していても責任はないと言えたであろう、この者はドラーコ同様に苦情を訴えられなかった筈だからで、つまりドラーコは、人々が（スイダスによれば）歌声による彼の法の布告の際に喜んで賛同しながらこの立法家に多くの帽子や上着を投げ込んだために窒息死してしまったのである。

しかし私の依頼人クレーンラインは第八の版画で何を論難したり、証明しているか――何もしていない。彼は一切を告白し、単に言い添えた、自分はラウペルトがかくもひどく僧侶議員のことを罵らなかったら、決してこれほど我を忘れることはなかったろう、と。

これが裁判に思いがけない飛躍をもたらした。

司教に対する誹謗が詳述された。

司教は妙なことになった、彼は二つの拷問椅子の間に座ることになった。誹謗を許せば、自分がいかがわしくなり、ラウペルトとの分割条約を知らしめることになった。誹謗を罰すればアルト奏者との仲が悪くなった。――彼はこの二つの道の間でどう選んだか。――高貴な聖職者のように、両方を取った。第一に、と彼は言った、自分は衷心よりすべての不忠を許す、と。彼は愛と憎しみとを同じ微笑を浮かべた表情で表す人間達の一人であった、ちょうどフランスの活字箱では同一の線で分離記号と結合記号を表すようなものである。高い世俗性と高い聖職性とはいつでも倫理的流行病の邪悪な醜い影響を感知する、ただ顔は違って――これは魅力的なままで、――ちょうど疥癬や粟粒疹はカエサル(9)がポンペイウスの兵士に攻撃させた体の部分、つまり顔には移らないようなものである。――第二に名誉を重んじて、醜くはない司教は付け加えた。自分が個人的に関与しているので、敵に対する愛と、自分の良心に対する愛により最終判断全体を殿下に委ねることにする、自分は報酬には慣れているが、処罰には慣れていない、そのことを変えるつもりはない、と。何という穏やかさ、優しさであろう。シルクがこれに貢献していた。というのは徳操の例はいつでもどのような夕べの祈りや、懺悔の歌、教会音楽よりも利き目があって、侯爵が単にどこかの人間に許しと愛の例を見せると、宮廷全体がその例に倣うのである、ちょうど（逆の）身体的場合に、足痛風の主人の靴下を脱がす従僕が足痛風を買い入れ、拾い上げるようなものである。

その件が侯爵の許まで来たとき、侯爵はこう決めた――私は靴下と脚の部分に基づいている、――自分は近東の司教が望んでいることをすべてかなえるようにしたい。ちなみに自分はこの音楽家を自分の礼拝堂ではもはや目にしたくない、と。僧侶議員はすべてを拒んだ――というのは靴下の部分を我々は信じなければならないからで――そして一つの恩恵を示していいという恩恵だけを請願した。つまり彼は鉱石の山（靴下はその名を示すことができたであろうが）に可愛い酪農場（彼の教皇領）をその付随的な牧羊業の収入と共に有していたのである。彼は殿下に面と向かって言った、自分は自分のせいで一人の市民が不幸になり、破産するのを黙視できない。それ故、自分は不幸なリュート奏者を農夫としてそこに移転させることを許して頂きたい、敵の心を善行でつかむためであり、牧羊業という恩で仇に報い、恥じ入らせるためである、と。このことは上司から認められた。

今や大司教は厄介な恋敵をその補佐司祭の帽子と共に上品に追い払うことに成功した。

更に私が追加して述べなければならないわずかなことはただ以下のことである。

第一に近東司教達の正体が分かったこと――第二に殿下の――第三に裁判所の正体が分かったことである。

1　近東司教達の正体。――というのは司教達――即ち大司教、修道院長、司教に任じられた僧院長、上級聴罪師、ロザリオ祈禱師（ウィーンの宮廷での聖職者の職）――はいつも時代に、即ち世間に順応するからである。彼は神に神のものを与え、悪魔に悪魔のものを与え、両者のどれとも衝突することがない。この者の魂の二重の指針は同時に一世紀と十八世紀とを指している、ちょうど王侯お抱えの時計工クレマイヤー氏が（シュルツ氏の『文学と科学の王立アカデミーの新しい紀要』一七八二年の提案によって）二重の指針の時計、一方は中間の時間、他方は真の時間を示す時計を作ったようなものである。――こうした二重の指針は当然、誰が一体、いつも素人を免罪にするこうした高貴な聖職者本人を許すのか、どこに、すべての罪人や殺人者に自由な土地や自由な町を建ててやり指示する彼ら本人は出向くのかという疑問を生じさせる。――いやピタヴァル*5は次のような報告までしている、あるときイタリアの殺人者が追ってくる警官の前で、ある聖職者の――肩に飛び乗った。その上で彼は隠れて座った。このアララト山、ユダヤ人の自由都市のように、より容易に見つかるよう意図的に高いところにある山の上で、この被告人にはほとんど手を出すことができなかった、と。――――まさにこのことが上述の質問にまことに良く答えている。同じ教会法にかなった両肩に乗れば、この上では殺人を犯した素人でさえ飛び乗って猶予と領収書を得られるわけで、両肩を有する本人は更に容易に自らを救い出すことになる。ちょうど大使の家がその部下や外国人にとって避難所となるばかりでなく、本人にもそうであるようなものである。その逆は罪であり、考えられないことであろう。いやまさに自由市民は、自分がいつでも有益に携帯している己の自由都市であるので、それにこの市民は迫害の時には両肩の山に逃げることができるので、二股〔肩〕かけるという美しい表現が生じている。

2　殿下の正体。これについては第二のところで述べよう。お分かりかな。

3　裁判所〔発見の裁判籍〕の正体――これには更に住所の裁判籍と不法行為の裁判籍とが考慮されなければならないが――それが分かるのも当然である。なぜクレーンラインに対するラウペルトの件が万事スムーズに迅速に進んだのかの謎が解ける人は少ない。いや私はこのことについて二つの理由を知っていて、言うことのできる人は一人の芸術批評家、町の裁判官しかいないと思う。私本人である。最初の理由はこうである。司法家達は全体に十分に抒情的、酒神賛歌的、叙事的に急いで処理する、そもそも司法共同団体が多くの詩的なものを示すようなものである。すでに早くからアリストテレスはその『問題集〔十五〕』ですべての古代の民はその法に歌の形式を与えていたと気付いている。それ故今でもドイツ語では節は法と呼ばれる。最新のプロシアの司法界はこの件を更に推し進めようと考えて、世のために最良の詩的放血法を行おうとしている。少なくとも、司法界がすべての書記官達に文書や法令さえも朗読するようにさせていること――それぞれの頁に二十四行を要求し、それぞれの行に十二シラブルを要求している――そして、かくして法律問題代理人達を朗詠と二十四の短長格の詩行の教訓的詩（それぞれの行が十二シラブルで、つまり少なくとも六脚である）へと要請し強制していることは良い結果をもたらさずにはいない。法典によって定められている韻律は多くの詩的自由の形式を取っており、官房書記を悩ますことはない。それ故私自身、永遠のシラブル勘定は官房書記や記録係、監査官から遂には立派な文学アカデミー、(10)プロシア法典が目指す、かのツェーゼンの花結社(11)を形成するだろうと思う。――かくも多くの法曹界の詩人達の間では一人の芸術家ならばいとも容易に戯れることができ、この者達は彼に対してさながら血縁者の愛を感じ、いや自分達本人に対するよりも大きな愛を抱くことだろう。というのはレッシング(12)によれば、ポープはクネラー(13)を得がたいアディソン(14)よりも強く、一層好ましい者として愛し、称えたそうであるからである。

第二に侯爵自身が貧しい家臣のことを案じて、救いに来たということほどクレーンライン(15)の道を合法的に滑らかにし、花に満ちた、真っ直ぐなものにするものはなかった。侯爵達はしばしばイサクのように祝福が盗み取られる――そして批評家達はしばしばバラム(16)のように祝福が強奪される。――しかし殿下のような方には何も信じ込ませることはできない。彼はいつでも自ら見ようとし、竪琴を持って屋上に上がり、それから自分がまず決定する。――

＊1　周知のようにP・マルトレリは古代のインク壺について二冊の四つ折り判をまとめた。
＊2　ホンメル［法学者、一七二二－八一］『観察』五四六。
＊3　ライザー　sp.548.『学説彙纂省察』七。
＊4　マイナースの『中世等の比較』第一巻、六〇五頁。
＊5　『精神を楽しませながら精神を飾る方法』P.I.

IX 第九の戒律の木版画

司法のライオン ―― 検査官の弱点

フランクフルトの市の人々が私にこう語った、ある時帝国都市の劇場でライオンが、この実物にはフランクフルトではお目にかかれないものであるが、はなはだ上手に、錯覚するほどに二人の若者によって演じられ、真似られた、この若者達はライオンの皮の中に入って、そのうちの一人は真似るライオンの前足を、もう一人は後足を演じ、躍動させたのであった、と。こうした詰め物、帝国助任司祭職で舞台のライオンはできあがる。しかし司法の王侯のライオンを動かし息づかせるよう中に乗り込ませるには、何という一群の代理人、枢機卿随員が大きな動物の皮の中に集まって、然るべく叫び、尾を振り、吠えるようにならなければならないことだろう。私はこの件をしばしば数時間にわたって計算してみるが、最後には以前同様分からなくなる。私はここでライオンの三つの魂、三審理の名前でより良く知られている彫塑的魂、感受性の魂、理性的魂に関与しない。私は思索家達の注目を単に、猛獣や哺乳動物の様々な肢体の中で働いている後見人達の一団に向けさせる。――その尾には特別な委員会が住みつき、動かさなければならない――胃は会計局一同が占めて、胃液や蠕動運動の配慮をする――何と多くの政府参事官が四本の足に入ることか、歯のための無数のペンナイフや鳥の羽茎も含まれる――それでもこの陸棲動物には、雄弁の姉妹、指導的人物として夫人が（例えば弁護士夫人、参事会員夫人、会長夫人が）皮の中に這い入り――命令し

なければ、喉が欠けることになろう。

これは先の版画の場合であった。レギーナが喉となった。

今更に、ピットがいかにしてイギリスのライオンを剝製にして、それから金属やアルコールを注いだか説明しようとすれば、これは余りにも遠くへ、少なくとも第九の版画から脱線することになろう。

それ故、ここでは我らの芸術家はいつになく私を満足させることが少ないということを隠す必要があろうか。読者と銅版画の結社[1]が決めることであろう——つまりクレーンラインは一切の予想に反して、彼が後世に残ろうと思うその劇的人生のシェークスピアの記念館[2]に、去勢された雄羊と一緒のリュート奏者を彫って見せるしかない一場面を収めることができたのである。この版画[3]はつまり、右腕の陳述によれば——私の右腕ではなく肖像画のクレーンラインの右腕の部分のことであるが——単に、鉱石の山の牧羊業の贖罪の牧師区にいるアルト奏者を描いており、そこで彼は同時に自分のリュートやシルクの礼拝堂のためばかりでなく、またシルクの小型竪琴のためにも腸弦のねじりを行っているとされる。全陪審員の数の去勢雄羊（つまり十二のこのような家長）がその腸をチェロの弦のために醵金しなければならない。ここで彼は撚り合わす前の腸弦のために餌をやり、育てている。立姿、膝関節、ジャケットの反りにいつものようにアルカディアの老いた悪漢が窺われる——クレーンラインは、第二の生の中でこの版画についての説明を求められると、こう答えることだろう。「優しい司教にただ驚いて、羊飼いとその去勢雄羊に版画での場を与えたのです。なぜ僧侶議員はその中傷者に、本来は中傷者が議員に与えなければならなかったもの、つまり堆肥用熊手[*1]を与えたのか、その理由は隣人愛に他ならないと私は考えました。しかし永遠の世界にいると分かりました、赦しは単により隠された復讐であり、恩恵は奪うことであることが」。このことは彼が単に一教会暦年の間、悪漢達と付き合う習慣があったならば、すでに地上でも分かっていたことであろう。

しかしこのような芸術家が倒れるのであれば、より小さな芸術家はいかに立とうとしたらいいか。検査官は、芸術の永遠の一薬草［冬の緑］の中に個人的生活の薬味用野菜を混ぜてしまって、足を滑らせた。偉大な芸術家は自分がモーゼの覆い[4]を取り除き、山上で芸術の永遠の掟を受け取る時間にはそのより低い生活や享受、苦しみを忘れなければならない。天へ上がることによって、自分の下では地球がその小さな諸帝国と共に縮んで、最後の雲の下で消えなければならない。

しかし私が、それでもどのように観察してもこの木版画に残っている様々な美について黙っているならば、『文芸［美しい学問］の文庫』(5)とラムドール氏(6)が私に弁明を求めるに違いない。アリストテレス『詩学』二十四章」は叙事詩人に、語法のすべての宝石箱を不活発な麻痺した寓話の部分に降り注ぎ、そうして萎えた肢体を飾るよう命じている。クレーンラインもここでは変わらない。思うに私ほど『文芸の文庫』やラムドール氏によってこう指摘される必要のない者もいないだろうが、つまりドイツはここの、折られた板チョコや固形ブイヨン板で覆えるほどの空間に他ならぬ、（1）ロイスダール、（2）ヴィルヘルム・ヴァン・デア・ヴェルデ、（3）ヴァン・デア・メール、それに（4）ザハトレーベンを一堂に集めている、と。私が時々この風景の諸部分を個別にコピーし、識者に見せたところ、大抵花崗岩からの滝は第一番（ロイスダール）に帰せられ――静かな水は第二番に――去勢雄羊は第三番に――アルプスは最後の番号に帰せられた。しかし私は心の中で微笑み、こう言った。「九七年の復活祭ではひょっとしたらシュヴァルツでこの画家の若干のメモとその諸作品が印刷され、同時にそれはただ一人が作ったことが証明されることでしょう」――それから識者達に九番目の版木を見せた。

以上がその注釈である。――批評の試金石はインドの紫水晶に似ていて、これは普段宴会の際に素面でいられるように携帯されるけれども、しかし批評はアルコール飲料に対する我々の口蓋や味蕾を奪うべきではなかろう。いかなる権利があって汝は、かつて自ら一枚も版画を彫ったことがないのに、芸術作品の案内者、ラムドールを気取っているのかと尋ねる人には、軽蔑してコレッジオの返事を与えるしかない。「私も――彫刻家だ」と。――私は勿論彫刻刀では造型しないが、しかしペンナイフで造型しており、この注釈が私の作品である。

自分達の作品の前面や背後で、それに対して適用された何ともいえない批評について、つまり自分達の模造宝石用ガラスの溶塊やボヘミアのガラスの背後で、自分達のダイヤモンド港や砥石車について話す芸術家や詩人達に関しては、世間はこれらの者をいつも蝿と比較している、この蝿は頭をもぎ取られても相変わらず前足を突き出して、目を洗おうとするのである。

＊1　ザクセンの日雇いにはかつて自分に対して加えられた侮辱に関し、二枚の毛織の手袋と堆肥用熊手を侮辱者から与えられた。デープラーの『体罰や死刑等の舞台』第一部、八二七頁。

X
第十の戒律の木版画

任命——認識

「ベッドと家具の執事殿」——そうすべての読者はこれまでの塩検査官のことを呼ばなければならないだろう、彼と彼の棺とがすでに全く朽ちているのでなければ。十の戒律の十番目の版画では、彼のすべての十の迫害は終わったかに見える。

彼の左腕の部分はすぐ上の肩のところでこう述べている、殿下は先の塩検査官をコロキウムの数日後に呼び寄せて、今は請願者に供せられるものとしては単に宮廷ベッド管理人の職しかないと打ち明けた。ベッド管理人職の歳入は勿論ポツダムのベッド金ほどに高く上がるものではなくて、このベッド金はちょっと全く別のもので、この名の下クアマルクとノイマルクでは毎年一万ターラーを国王に送っている。しかしそれでも官職全体は多くの休みと収穫があって——宮廷職であるから——先の検査官は掛けぶとんと敷きぶとんの丁付けをし、管理し、休みになっている（休みを与えないので）枕に封印をして、それから綿毛の詰め物がはみ出さないよう内側へ縫い入れさせるぐらいの仕事しかなかった。

「これらはすでに半ば女性でも」、とシルクあるいは竪琴弾きは言った、「管理できる仕事である。余には検査官夫人の賢さが見えていないわけではない。そもそもこのようなことは女性向きであり、この点の抜かりは男性より少ない。勿論女性の野鳥にとってベッドの羽毛は風切羽、鰭であり、さながら小さめの羽毛飾り、帽章であり、着用されるよりも実を結ぶものである。

しかしその代わり余は新しいベッド管理人がその芸術家的余暇を期待にたがわぬような芸術作品、ザクセンに栄光をもたらすような作品に向けるように願っている——特に余が期待しているのは、拙者にルター派の教理問答の林檎が木版画の黄金の鉢で捧げられるであろうことである」。——

——そしてこの暗示が十八世紀ドイツが大いに徳とする小さな偶然であり、お蔭で教理問答の版画と——私の下手な説明が生じている。

いつもは同じ勤勉さで軍事的命令の言葉は縮められ、裁判の言葉は延ばされる（法令等）。——しかしここ遊山のキャンプ場では請願状やその裏に書かれた指令は省略された、良いか［Ja?］と、はい［Ja!］であった。

さて史実のこの場にクレーンラインの左腕の部分はあって、我々に木製の腕［横木］のように十番目の版画への道を示している。

彼はベッド管理人になって嬉しかった。就任プログラムとして彼はここで世間に最良の就任の一つを贈っている。ベッドと家具の執事として任命後数日すると彼はすべての上級のベッドについて、それらがスピネットのようにまだ羽幹があるか、官庁式書体のように飾られているか調べた。彼は肖像画の肘の部分で（一般の期待を高めようとして）こう述べている、自分は自分が一切を負うている人物のパリの高等法院の王座、羽毛鉢の許で、つまり領主の許で、自らベッド管理人として家宅捜査を始めることを自分の義務と思っている、と。執事がこの至聖所の襞の多いカーテンを軽く左右に開くと、領主の頭のクッションの上に、彼が驚き魂消《たまげ》たことに——彼は誰も見当もつかない、思いつきもしないことだろうがと述べているが——自分の妻がいることに気付いた。「由々しい冗談で、ほとんど不謹慎なものであった」と彼は腕の先の脈所で述べている。ベッド［管理］の女性（彼のレギーナ）はつまり冗談から（と彼は報じている）領主の休み所に隠れて、自分自身のパートナー［夫］を子供っぽく驚かそうとしたのである。この古典的な聖なる綿毛の床にせいぜい自分の国母、総督夫人しか見いだせないベッド検査官は自らのレギーナを目にして、青ざめたものか赤くなったものか決められず飛び上がり、我を忘れて、少なくとも半死半生であった。この冗談の結果をようやく悟ったレギーナは彼の後を追った——版画はそれを示している——そして彼のドミノの仮装衣をつかみ、馬鹿なことをしないで、ベッドに上がればいい、殿下は死ぬほどお笑いになるだろう、それだけのことだと彼に注意した。しかし彼は両腕を上げて誓った、そのような悪徳を国父に対して始めたら、酔っ払っていたことになるに違いない、と、そして彼女に早速ベッド・メーキングをするように言った。彼は去り、彼女はベッドを新しくし、かくて終わった。

　この単なる市民階級の芝居で、ベッド管理人がここで一つの顔に二つの表情を浮かべていること、美しい生来の表情を、愛しながらベッド管理の女性に向け、厭わしげな荒々しい表情を右足に従ってそむけており、先の表情は左足に従っているという点に、批評は我慢できるか私には分からない。芸術顧問官のフライシュデルファー[1]は、彼はこの教理問答の全版画のキャビネットを所有しているが——つまり版画を収めている教理問答書を有するが、——私の意見を全く受け入れず、これは芸術家に癌を手術する代わりに癌を接種することであると主張している。この版画は明らかに次の場面を描いているそうである。「第六の戒律の高貴な屋上の竪琴弾きが多分仮装舞踏会から仮面を付けたまま休むために寝室に帰ってきたところで（というのは君主制ばかりが体制を保つためには休養が必要であるばかりでなく——共和制は不穏が必要であるが——レナルが言っているように、君主達も休養を必要としているからであると私は付け加える）——殿下が絹のカーテンを開けるとその奥に、我々皆がここで目にしているものを見て——そして死の不安に襲われ、逃げかかり、右手で（まだ見えるように彼はそれを上げている）仮面を右耳の上へ回し、かくて仮面で徳の方を見、素面で罪の方を見ている」。

この解釈から明察は奪われていないが、しかし真理は奪われている。というのは雲間から芸術家は我々に彼の左の腕の部分を差し出していて、各人を沼から救い出すからである。芸術家はいつでも消息通よりも早く、自分の欲するものを知っている。そもそも全くありそうもないことは銀器管理人の娘が女性の長所をはなはだ失念してしまって、彼女が――女性はハラーによれば我々男性よりも空腹に長いこと耐えるし、更にプルタークによれば、陶酔するのが難しいし、ウンツァーによれば長寿となるし、禿げることは全くなく、ドゥ・ラ・ポルトによれば船酔いに罹ることが少なく、アグリッパ[*1]によれば水の上を長く泳ぐし、プリニウス[*2]によればライオンに襲われることがよりまれで、そしてすべての経験によればいつも最初に生まれてくる子供であり、より良い看護人であるが――こうした長所にもかかわらず、ベッド管理人の妻が殿下の外套をつかむことは考えにくい。――しかし――容易に彼を期待していたことは考えられる。

この版画についての第三の意見をここで取り上げるのは単に読者が真面目な調査の疲れを微笑で取ってもらいたいからである。解釈者達は再び第三の意見を持ったが、それはつまり眼前のベッド管理人、あるいは（フライシュデルファーの仮定によれば）眼前の殿下はお堅いヨセフであり、ベッド［管理］の女性はポテパルの妻［ヨセフに横恋慕して断られるや彼を訴えた］である、というものである。……哀れな検査官よ、アルバーノ[2]が彼の妻をあるときはマグダレーナとして、あるときは聖母マリアとして自分の追従の絵に描いたように、汝も汝のレギーナをあるときはポテパル夫人として、あるときはバトセバ［ダビデと通じた］として汝の教理問答の版画に彫り込んだということになってしまう。――

豪華新床の王侯風鬘取りは解釈者達の聖書からの冗談を単に補強するだけであろう。――そこでなぜ私の同僚達は第一の版画の山上の検査官を立法家のモーゼと見なしたかの謎が私にも解けてくる。というのは周知のようにモーゼは角［寝取られ亭主］と共に描かれたからである。――

いやポッター[*3]やレッシングによればすでに古代人の間で単に聖なる木や祭壇、描かれた河ばかりでなく、王侯や英雄、神々も角で飾られたそうである、人々はそれを勝れた品位の印璽、象徴と見なしたからである。

──本来ここで第五幕が終わり、劇場のカーテンが床に降り、私の職はお仕舞いになるところである。しかしカーテンはまた上がり、後奏曲のより楽しい二幕を見せている。少なくとも私は、私の主人公の後を彼の家庭的歓喜の広間のバガテル宮[3]、安寧亭[4]へと私の注釈と共に追うことが私の義務であると思う。第六の戒律以来、彼は版木に高価な柘植の木を、最も重いヨーロッパの木を、自らの重みを知らせるために使用しており──そもそも絵入り教理問答書全体が自らの人生の縮小化された写しであり──例えばフランシスコ修道士のトーマス・ムルナー[5]が『カルタ遊びの論理学』と題する五十一枚の版画で論理学を教えたようなもので──それにこの方法は他の方法、高慢なルイ十四世の生涯を単に貨幣を基に描いたイエズス会士メヌストリエの方法よりもはるかに優しく美しいので──それに多くの王侯や、このルイ王の生涯は、人生に刻まれたものからよりも、言いふらされたもの、評価されたもの、間違ったものから抽出する方がより容易であるので、──それで私はクレーンラインの生涯から二枚の最も美しい版画を後世に伝えないことは盗みに等しいと思うことだろう。その他にヴァイマルの紙葉では平鑿と小さな司教は何の役に立つだろうか。

この二つは私が続けなければ、説明にならないであろう。……

＊1　アグリッパ・フォン・ネッタースハイム『女性の高貴と優位について』。
＊2　『博物誌』Ⅷ、十六。
＊3　彼の『ギリシアの考古学』ランバッハによる翻訳、第一巻、四六九頁。

XI

第一の歓喜の版画

版画の説明――ある紳士の手紙

ここでベッド管理人[1]は名声の最も素晴らしい神殿、そのウェストミュンスター寺院に立っている。彼は洗礼をして貰っている。右手の旦那さん、開いたコンパスの足をして、引っ張り上げた広袖のコートを着て耳をすましている者が子供の父親のクレーンラインである。この頭の毛皮コート、この禿のショール、つまり盛装の鬘の下では彼と分かりにくい。彼は名親、ある肥った高貴な男の背後に立っている。つまり彼は殿下本人に息子の洗礼立会人になって欲しいと頼んだのである――当時はこれは今よりもしばしば行われた、今ではほとんどタルムード学者の法に従っていて、王とチェス師は立会人になれないことになっている。――そこでシルクによって領国の大学の現養育官が副名親、代理名親として呼ばれたのである。大学の養育官達で眼前の養育官ほどにかくも優美にシベリア栗鼠の前置きの鬘を被って、可愛く肩衣を後ろに掛け、歩幅を適度に取っている者は少ない。必ずしもすべての養育官の顔にこのような脂性の両の眼が浮かぶことはなく、こうした牛乳と血とから上がってくる脂っぽい、観相の生クリーム、こうした獣脂を注入されて、ボタンの留められた服を下で短くしている、肉体の標本を見せている者も少ない。

洗礼湾の上の洗礼盤、あるいは洗礼の手洗い鉢には曲がった小葉捲蛾、酢鰻虫がいて、最初の香油を受けなけれ

ばならない。この哀れな曲がった徒長枝は数分後に養育官からゲルクの名前を得るであろう。私は将来のゲルクを洗礼水で一杯の花瓶の上のヒヤシンスと呼ぶこともできたであろう。先の時代には再生の沐浴は今のような灌水浴ではなく、潜水浴であった。沐浴、洗礼、香油塗りは当時は禿頭の下部でもう終わりということはなかった。あるイギリスの医師はこうした規範的な頭部沐浴の廃止がイギリス病[*1]〔くる病〕の増加をもたらしていると見ている。内部の人間も頭の先しかキリスト教徒とならないのであれば、類似の不具、二重の肢体を見せるようになる。

洗礼を授ける者、あるいはジュピター・プルヴィウス〔雨の神〕は誰かということはただ平鑿だけが言える。……しかし平鑿とは何か、これは私だけが言える。この名前は彫刻家の間では普段真っ直ぐな線を彫る鑿すべてが呼ばれている（他の線は丸鑿が丸くする）。しかしここではヴァイマルのクレーンラインの肖像画が左手に版木と共に有する模写された平鑿のことで、これがこの洗礼の版画の私の翻訳を手伝ってくれる。――鑿に従えばここでは僧侶議員が洗礼を行っている。彼ははなはだ無愛想な顔をしていて、頭の中では父親確認を行っており、ひょっとしたらこの小さな湯治客の代わりにベッドと家具の執事本人を一杯の手洗い鉢の上に持ちたかったかもしれない。悪魔祓いをする者はしばしば自ら悪魔祓いを必要とする。魂の医師達は、肉体の医師達と同じで、この肉体の医師達はフーフェラントによればすでにその手仕事のせいでその患者ほどには健康でいられないのである。

不機嫌な温泉場医の横には不吉な空虚な顔が控えており、これは多分産婆に編入されるものであろう（というのはこの点に関してはすべての解釈者が、平鑿さえも黙っているからである）。このような人生への花嫁介添えの女性はもっと頻繁に疲れた小人の鼻先で門を閉める帝国世襲門番の女となることがある。この大門番女は後には小さな若芽がまたくるまれる洗礼の布団をマフとしている。私はこのおしゃべりの薔薇の娘を多分すでに第三の版画で説教壇の隣りに見たことがあると思う。私は長く彼女を見つめ、記述するにつれ、一層ますます彼女に対し腹が立ってくる。彼女は私のよく知らない背後の影になっている従僕モール人との対照によってすら美化されることもない。このモール人はリュート奏者であろうか。それとも受洗の子供の蝸牛の殻、この壊れやすい家、聖櫃から追い出されて、この教区民の心の中の、まだ誰も引っ越していない、より大きな仕事部屋を待っている悪魔であろうか。

――悪魔でないとしたら、口やかましい義母といった者であろうか。――すべての解釈者、平鑿、それに版木がこれについては黙っている。

もう一人の黒人の上に掛かっているのは、白い鳩で、これはこのたび禿鷹の下ではなく、上を飛んでいるものである。これがもっと低く天水桶の上を飛べば、洗礼盤の天使となるところであろう。中世にはすべての高貴な女性は、鷹狩りには出かけないのに手に鶻《はいたか》を持って描かれていたように――それが今は逆に猛鳥が狩人の女性を追い立てているが、――どの説教壇の天蓋でも鳩が羽を司教達の上に広げているものである、鳩は司教達を孵しもしなければ、司教達に霊感を与えもしないけれども。

それ以上説明することはない。残りは教会である。――

教理問答書の中のクレーンラインの先祖の肖像画の下で、その騒々しいカタログを私はドイツの手に渡しているところであるが、この第十一の版画に来たとき、私はこう言ったものである。「これが最初の歓喜の版画だ、その他にはもはやない。小さなゲルクが揺り籠にいる今、ベッド管理人の女が最良のことをして、哀れな子をより安楽にしようとしないならば、……」。私はこの綜合文を完成させる必要はない。というのは一人の子供は（中産階級では）どんな最悪の女をも高貴なものにし、封鎖の十字架、逆茂木としてその女の迷路、もぐらの通路に立ちはだかるからである。かくて、皇帝の王冠の玉葱も、一度芽を出しさえすれば毒を出さなくなるというのも月並みな意見である。母の愛は数千の根を女性の心全体に張り巡らしていて、それがすべての血を、堕落した血をも自らに吸い寄せて、すべての別の植物よりも大きく育ち、圧倒して、遂にはそれのみが、包み込まれた大地の上に花咲く。女性の胸は、多くの母親に対してはなはだ憎しみを抱いていても、この母親達の子供を目にすると愛に突き動かされ、その小さな者達が、幼くて、つまり頼りなければ、それだけ一層愛情を抱いてどの女性もこの者達を胸に抱きしめ、より近くにいる子供達と取り違えるようになる。私はどの少女も、子供の最も小さい、しかし最も美しい唇に（私は不細工な唇の子供をまだ見たことがない）、とっさの短い接吻を贈り、びっくりさせて子守の前を通りすぎていくのをしばしば満足して目に留めている。ただより男性的に考える女性のみが、他人の子供に対して冷たく振る舞う。

私は告白するが、レギーナの母親としての心に対する信頼のみが、はなはだ多くの苦い水を洗礼水に注いでいるこの洗礼の間、再びクレーラインの人生の中の一、二の快活な明るい並木道を私に見せてくれた、そして私は、レギーナは将来罪をあがなうだろうと誓った。さもなければ盲の子供の父親は、殊にこのような父親は私には気の毒にすぎたであろう。つまり宮廷に暮らしていて、肩書きのベッド管理人職ではなく、現実のベッド管理人職を司っているけれども、純粋で素朴であって、威張ることも這いつくばることもなく、諸離宮の小路全体のために目がくらむことも、誘われることも、背をかがめることもないクレーンラインのことであり、このベッド管理人は才人の間でも辛抱強く、理性的であって、辛辣な者の間でも無防備なままであり、ちょうど塩水の海の上ではただ真水の露の滴、雨の滴が上昇するようなものである。しかしすべての人間の中で芸術家一人が自分が置かれている状況によって汚されることが最も少ない、その状況を必要とすることがより少なく、感ずることがより少ないからであるというのは本当である。

ちょうどフォークトラントの私を訪ねてきたある紳士（その宮廷は容易に彼のことを察するだろうが）、彼に私は別れ際、彼の豊かな絵のキャビネットにこのクレーンラインの『世界図絵[2]』を贈ったのであるが（私はただ十の教理問答の版画から十の戒律を切り取った、これらは身分ある男には合わない）、この芸術と悪魔の作品の繊細な消息通は私にこの小作品の最初の数全紙の印刷の後、返事を寄越した。

「十枚の手紙に対しては貴方の反論を望みます。十一番目の版画は立派なものです。構成、表現、装飾、すべてが称賛に値します。しかし芸術家は（ここだけの話ですが）ラフォンテーヌのように、あるいは我々の現在の天井画家のように、お人好しです。銀器管理人の娘は、すぐに分かるように、その紋章にヒルデスハイムが紋章に有しているのと同じ数の心を、つまり三人の心を（夫の心は含まれません）有しています。彼女の夫は何を考えているのか分かりません。世の中にはロンドンの有名な肖像画家クネラーに似ている人々がいます、クネラーは単にその芸術的像の表情の部分を自ら描くだけで、鬘はたまたま出会った下塗り画家に、上着は別の画家に、ボタンは第三の画家に、レースのカフスは第四の画家に描かせて自分の子供の肖像画としたのです。更に自分達が作ったものに服を着せるのを他人に任せるようなクネラー達もいます。貴方のベッド管理人は、――いや率直に言って、本当は私の周りのはるかに身近な、より高貴な人々のことですが、彼らは（もっとも報復権を取り逃がすことはしないけれども）自分達の家族にとっては他ならぬクロークの大親方に近かったもので、これは自分達の家族を、立派な哲学者達に従えば世界精神が世界をそうしているように、創造はせず、単に整理し、維持しただけなのです。かくて私はたびたび目撃していますが、体面を重んずる大使達は、信用状の向けられた宮廷から程遠からぬ所で、より輝かしく入場するために、沢山の人々を用意しているのですが、その人々のために必要な制服や衣装は自分達が携えて来ているのです。その違いは思っているよりも小さなものです。すでにボワローは詩の朗読の術を心得ている者を、詩を作った者のすぐ隣りに置いています、云々」。

天よ、見守り給え。私はなぜこの無心状、逮捕状をここに挿入したのか分からない。――第二の歓喜の版画にどんなに急いでも十分ではないだろう、これで小品は終わりになるけれども。……

＊1　つまり洗礼のときすっかりもぐらせることの廃止である。

XII

第二の、そして最後の歓喜の版画

夢と誕生日と命日と終幕の錬金術的近さ

殊のほか有名で機転の利く人々との会話ほど私を惨めな気分にし、疲れさせるものはない。ヴォルテールやフリードリヒ二世、レッシングと半時間コロキウムを行えば、私の胃は通常胃酸で満たされ、頭は鬱血で満たされることだろう。特に、私のベッドに訪れた有名な男性（私は夢の中での私の機知のサロンのことを言っているのである）の話を本当に聞くとなると厭わしい。私は先年毎日一層多くのみつがしわ（将来の片頭痛に対する最良の予防薬）を煮出して飲まなければならず、朝には寝床から起き出す元気がなかったと言っていいだろう、ただ単にH氏［ヘルダー］が毎晩あたかも私の枕が客間であるかのように私を訪れたからである。というのは自然が休もうとしている睡眠中に、会話で気を利かすために尋常ならず緊張しなければならなかったばかりでなく、H氏が私に語る言葉もすべて私がH氏に吹き込まなければならなかったからである。そしてこれは（殊にベッドでは）難しい仕事である。幸い彼が私に語ること、そして私が彼に吹き込むことは決して彼の耳に届かなかった。しかし私は彼と一度自分の頭の中で話すよりは、百万回彼の部屋で話す方を選ぶ、彼の部屋では私が知っていることを話しさえすればいいのに、頭の中ではそうはいかないからである。

これに対して検査官が現れたら、何とかなるであろう。昨夜彼は私のベッドの前に来て、他の夢と共に私の脳に這い入った。つまり私にはこのベッド管理人が酒精で一杯のフラスコの中の卵黄のように懸かっていて、（彼は胎児ほどの大きさであった）、私に酒精の中で話しかけ始めたように見えたのである。容易に気付かれることだが、私の空想は、一日中検査官を単に木版画上に小さな男の［一全紙］九十六頁判として、千草秤よりは宝石秤に置かれるような男として見ているので、はなはだ私の夢に影響を与え、ペドリロ[1]同様に細密画のサイズの男にしてしまった。ベッド管理の小男は言った、自分は私に対して、私が彼の記念柱の埋もれていた名前をまた引っ掻いて開け、掻き出し、飾って、傾いていた彼の像をまた真っ直ぐなものにしたこと——私がミネルヴァのベールの中に（彼は私の文章をほのめかした）アテネの風習に従って彼の名前を織り込んだことに感謝せずには酒精の中に安閑としておれない、と。この胎児は学があることが私には分かった。そして同様に学を見せようと思った。「親愛なるベッドと家具の執事殿」と私は言った、「貴方の作品は小さな教理問答書同様に永遠です。しかし貴方の征服された属州の絵が、ローマの凱旋同様に、真っ先に後世へと進み、ローマ同様、凱旋将軍は行進の最後となり、ようやく一七九七年に出ます。全作品の上演の後ようやく世の平土間席は叫ぶことでしょう、著者よ、前に、と」。——彼は更に、なぜ酒精の中で私の前に出現したのかその意図について話した、つまりただこう知らせたいのであった、私が秘密の衝動にかられて彼の汚れと教会の椅子とで塞がれた墓石を取り出し、死後の名声のパンテオンへ据えたのは、彼が私の親戚、それも母方の遠い遠い祖父に当たるからであるせいかもしれない、ヴィッテンベルクの教会の書から系譜を抽出して貰うことができよう、と。——私は酒精に浮かぶ者を中断させようと思った。しかし水の中の男は続けた。「自分が特に遠い遠い孫に期待していることは、この孫が十二番目の版画を特に熱中し、翻訳し、飾ることだ。というのはこの版画を自分はいつも最も愛してきたし、最も長くやすりをかけてきたからだ。それもこの版画が春分の日に当たる自分の三十四歳の誕生日の祝いを柘植の木の黙劇で表しているからなのだ。いやホーフのミヒャエリス教会の塔の球飾りにはこの版画の角の鋭い、まだ使われていない版木が古い貨幣の代わりに置かれ、保管されている、この版木から遠い遠い孫は世に広められるような数千のことを汲みだすことができよう」。——しかしこのとき私の遠い遠い祖父は燐光を発しながら酒精の中で——あたかも生きているかのように——溶けて、そして精留された酒精をその昇華された酒精で点火し、瓶全体が明るく燃え上がった。……
私は目覚めた、すると単に夜の徳用ランプがいつになく私の目の前でゆらゆらと燃えていた。
哲学はこの封をされた夢、この錬金術的な封印をされたフラスコをどのように開封するだろうか。——多くの点がここでは自然で説明がつく。ちょうど今日は私自身の誕生日[2]であるので、好んで置換し、移し変える夢の空想が、容易に私の遠い遠い祖父をその遠い遠い孫の代わりに置いたのであろう。更に玄孫［孫の孫］は楽しい一等の日の記念には、その日に行う仕事よりもすばらしいものはないと思っているので——それは同時に単なる、すぐに冷める感動というよりも、我々の壊れやすい存在への父親らしい保護に対する更に美しい感謝と見なされるものであるが、——それに私は、それ故まさに今日クレーンラインの生涯の十二番目の最も明るい階（十二番目の版画）を仕上げ、それに家具を備えようと思っているので、それで心理学者はこの点においても、私にまさにこの頭文字の日に酒精に保存された高祖父［祖父の祖父］が十二番目の人生の階の壁紙を張るように命じたのは何ら不思議なことではないと感ずるであろう。

しかし心理学者にとってより難しいのは夢のその他の場面を観念の個体新生説や結晶化から自然に説明することであろう。私にはできそうにない。私が早い時期にいつか、どこかで当地の教会の球飾りの中のクレーンラインの版木について、またヴィッテンベルクの教会記録簿で私の高祖父について何かしら捉え、摑んだということはあり得ることである。いずれにせよ、夢が子供の記憶からか説明しがたい霊感からか育ったにせよ、その夢は信じられるもので、棄てがたい。私個人としては私の本を借りたか買った十八世紀の読者全体に前もって言っておきたい、私は二度目にヴィッテンベルクに行ったら、レッフェル教会にも行かず、洗礼の天使の喉も見ずに、ただ教会記録簿を掘って、穿鑿し、母方の私の祖先について探ってみることにする、と。同様に、ホーフの教会の建物の検査官に対して、私の夢のせいでミヒャエリス教会の塔のウィルソン式避雷柱[3]、こぶを取り去り、開けて、その隙間を調べるよう説得できるのであれば、そうしよう。しかしそうはいかないだろう。——

しかしそれはどうであれ、私は、別の世紀ではあるが、今日私と一緒に三十五歳になった私の善良な高祖父の誕生日を、十二番目の版画にふさわしく最良の金色の色彩を用いて描き、後から彼の人生を祝うことにする。……それは玄孫の最後の名誉ある義務である。喜んで子供らしい愛と喜びを抱いて自分の祖先と祖先の骨董の文書室秘書官、古代調査官とならないような者はそもそも立派な人間とは言えない。タキトゥスに書かれている者にまで遡って私の先祖が喜んだり悲しんだりした家々に行き当たるのでありさえすれば、私は彼ら皆の許に、恩寵教会や聖母の家[4]やチューリヒの奇蹟者達の許に行くように、巡礼することだろう。いや私はそこで穏やかに愛を沸騰させながら私の冷たい先祖の影をその終えた人生の時打懐中時計や後奏曲へと強いて、彼らを次のような憂愁な願いと共に見守ることだろう。「御身達は最初の芝居の際に大して苦しまずにいて欲しい、時に御身達に愛しい曾［玄］孫の祈りが届いていていて欲しい」。――

しかし先に進もう。ダンツ[5]の『帝国裁判の原則』に目を通した者、あるいはもっと良いのは、ヴェッツラーに自ら赴いた者は、十分に御存じであろうが、新教の高等法院判事、主要公証人、検事官、抵当登記簿係、官房書記、それに騎乗の使者、徒の使者は、一人の新教の医師や一人の廷吏を含めてすべての祭日を帝国法通りに祝うが（つまり休暇にするが）、この祭日を旧教の高等法院判事や主要公証人、検事官等も旧教の医師や廷吏と共に行うのである。これらは新教の休暇に対応する。それに続く日さえも両宗派は一致して後祭日という名で祝っている。帝国はこうして宗教の宗派同権を守っている。しかしすべての宗教の最大の宗派同権、寛容が残っているのは宮廷である。ヨーロッパの宗教の祭日で行われないものはない。まずは裁判所と共に帝国法上の祭日を後祭日を含めて祝い、キリスト教徒と共に日曜日を、ユダヤ人と共に安息日を、トルコ人と共に金曜日を祝う。更に、どの聖なる日も前もってその前夜の徹夜の祈禱日や準備日を、後には後祭日と小安息日[*1]を必要とすることを付け加えれば、（時間をやりくりすれば）ちょうど一週間祭日は続くことになる、そして自由思想家は他の週でも新たな七日の不動の祭日のためにまた時間を持つ。このような広範な宗教演習はまことに、高さの点ばかりでなく、次の点でもアルプスに似ている国家のポストの者達のためでもある、つまりそこではどのような些細な動きもはなはだ疲れるのである。

しかし更に進もう。はじめてベッド管理人夫人が我々の芸術家の憩いとなった——彼の塩検査官職は彼にとって塩入りの家畜飼料であった——ここにおいてはじめて我々は彼が多くの迂回、曲折、歪み、曲柄杖の後、浄福者の席に着いているのを目にする。運命はイギリス式庭園の規則に従って、我々を曲がった並木道、坂道を通じて歓喜の別荘に導く。

ヴァイマルの紙では執事［ベッド管理人］は右手に自分の小さな息子を有する、この息子が、その文字の血管や他の部分から私にこの版画の最も不分明な箇所について松明の役目をしてくれた。すでに、自分の細密画の天国への道標、案内人として注釈者用に子供を置くという芸術家の考えが魅力的である。こうした縮小化された愛らしい端緒の人間はその目に見える蕾と柔らかな棘とで優しく我々の心の中へすべり込み、そこにその小さな両手と共にしっかりと収まるので、私はこの人生の書記見習い達の小形の靴と小人の靴下とを愛しく温かい感動を覚えずには見ていることができない。小さなゲルクよ、おまえの父親がこの第二の歓喜の版画で半ば行い、半ば描いていることを教えてくれ給え。——子供のいる所では、人間達は喜んで両親を大事にする。自然は次のことをすべての民族に述べている。つまりマラバルの追い剝ぎは上品な子供が付いている旅人には襲い掛からない。それに昔のモロシア人達は子供を腕に抱いて嘆願してひれ伏す者の願いを断らなかった。今でもイタリアでは貧乏人は、子供を前に置いて、ベールを被りながら、より上品に喜捨を求めるというものである。

私がその後裔である小さなゲルクは——彼は私の曾祖父で、——私の高祖父はここで食卓を前にして祈っており、ゲルク本人は食卓の側に立っている少年であり（両親はすでに座っている）、私はすでに述べたように、夢の洗礼証明によれば、その子孫であると知らせている。すでに子供時分、私はまだこの版画の伝説や縁の文字を暗記しなければならなかったが、私の空想は満足してこの描かれた部屋の中をあちこち歩き、その窓を開けた。その両開きの窓ガラスはイエナのそれのように外に向かって開くものである。こうしたコスモポリタン的空想、すべての人間を、私の名親、同胞、兄弟姉妹、宴会や美食の仲間、無料賄いの客人、同等権所有者に変える空想は、この誕生日に至るまでなお私と共に路地や村々を歩いて来ている。私は、運命や価値が同胞人間の果てしない円環から我々に切り取る薄く狭い、少しも大きくない弓形部分の愛しい人間達のみを頼りにし、彼らのみに満足するくらいなら死んだ方がましであろう。それとも人間の心はとても狭く、中には夫婦のベッドと揺り籠を一個の古い祖父の椅子と共に受け入れるしか余裕はないのであろうか。そして内部の人間の腕は外部の人間の腕よりも多くの人間を抱きしめてはいけないのだろうか。十億人の人間の豊かさにもかかわらず、我々の関係のため愛の関与を限定されている二十人か三十人かの委員会や部会を少なくともかなり増員するという可能性はないのであろうか。——私はそうは思わない。一体（それだってましなことである）路上で自分を、どの人に出会ってもその人の近い親戚、遠い親戚と称して、空想と共にその人の家の中、椅子の上、ベッドの所まで追いかけていくことはできないか。軍用パンを腋に抱えて糧秣パン屋から出てくる青や緑の制服の者達や、実入りのいい市の日に既に三時にすくい網に入った鯉を取ってくる織物職人や、苗床に新鮮なサラダ菜を期待して種をまく上品なナイトガウンの者と一緒に、招待されていないのに楽しく頭の中で食べ、共感を抱くことができないだろうか。——今日は段階、昇進のための平手打ちを貰いかねないものの、明日は立派な古典的徒弟としてお目にかかれるようなおめかしした見習いの前を、彼と一緒に（空想しながら）その幸せな夕べの宴会、行楽の一行に加わらずに通り過ぎることができようか。私は学校からざわざわと出てくる子供達と一緒に、長い座業から解放された最初の一時間を楽しみにするし——重々しい子供の父親と共に聖書外典の洗礼水で一杯の騒がしい夕べを——女中と共に赤ん坊をすべてより詳しく点検する教会のために教会から帰らなければならない洗礼のお供を——途方もない割り算例題を記す学校教師と共に、この例題は最後には数字で家や船、驢馬の大きさになるものであるが、この例題の発展を楽しみにする。——古物商や胡椒菓子の女性とは、彼女の徳用暖炉、ポータブルキッチン、小夕食はいつも一鍋なのであるが、行きずりに商事会社を設立し、（頭の中で）彼女の社員、商事会社員として、我らの商売で、私がこの女性から買い取るものから一ペニヒでも純益が残るならば、それだけで若干いい気分になる——かくて私にはどの路地でも歓喜の奔流、楽園の河川が押し寄せてくる——行楽の森、幸運の籤壺が私の前を踊っていく——ホーフの町は私の天上的エルサレムで、人類は内密の友、同僚となる。

ただこのような至福の者は、目や空想を貧窮の仕事部屋へ押し入る執行の捕吏や病気の拷問部屋へ入る医師に向けることがないように願いたい。……

しかし話を進めよう。ここでは、すでに述べたように、第二の歓喜の版画が読者の食卓に上がっており、版画では同様に食事の場面である。すべては、私の測鉛、私の照明弾――つまり小さな文字のゲルクの案内で――眺められ、記述されるべきであろう。食卓は二人寝用の所謂ベッド・テーブルである。このことを証しているのは下のテーブルの帳《とばり》ばかりでなく、素晴らしい襞飾り、ベッドの天蓋、あるいはカシミールの絹織物の帆具で、これは名親の殿下が私の高祖父に小さな贈り物として、同時にベッド管理人職への記念として――ひょっとしたら十番目の戒律の事件への記念として――下賜なさろうとされたものである。そのようにゲルクは語っている。ゲルク本人の背後に版画上で立っているのは彼の遊び友達の女の子で、惨めに押しつぶされた貧乏人で、慈父深い芸術家がこの良き日に息子の相伴者に呼んだのであった。彼女の空腹は彼女の敬神よりも大きく、彼女の心の動きは彼女の胃の蠕動運動ほどに熱くはない。より成熟して私の曾祖父となったゲルクは祈る両手を高すぎるほどに上げているが、敬虔の念からでも飾りの気持ちからでもなく、いつか、子供達によく見られるように、近東の司教となりたいからであり、それ故に日曜日ごとにこのベッド・テーブルに登って、そこから下に警告を発していたのである。そのため彼はクレーンラインの家中で単に小さな司教と呼ばれていた。

さて読者は私の高祖母、先の銀器管理人の娘を御覧になるがいい。レギーナよ、そなたがいつもそなたの好みの女王であって、誠実で善良であったならば、私の高祖父をこのような赦しを求めるような眼差しで、こうした天よりは彼の方を向いた頭で見つめる必要はなかったろうものを。何という誕生日の熱い願いか。「神様、私の年老いた正直なベッド管理人をこれから先長く生かしてください。奪うならローレンツよりもむしろ私にして下さい」。これを彼女はスープの丸鉢の前で祈っている。――先の諸版画上でよりも、より良く、千倍もより良くなっている。この版画の彼女はきっとそうだ。まずはとにかく――子供がいるからである。第二に私の小さな曾祖父とベッド・テーブルはとてもきれいに磨かれ、カーテンは清潔に埃を払われ、可愛く結び上げられており、部屋と食器全体が整理されているので、そのことで心の整理も証明されたも同然であるからである。女達は心室と寝室とを一緒に片付ける。第三に私の高祖父ははなはだ喜ばしげに見え、［高］祖母は懺悔するマグダラのマリアに見えるからである。彼女は夫に——これは彼女にとっては容易なことであったろうが、決して、みすぼらしい貧民、救貧院の女の子の他に自分の心の客人や客友を御馳走に呼ぶようにとか、せめて陽気な人間、居候を呼ぶようにと説得はしていない。この居候は他人の許に自分が腹一杯になるまで実直にくっつき、仕えるもので、ちょうど放血器が血を十分に吸うと自ずと落下するようなものである。このように私の高祖母が夫をここで見つめているように、彼女はますます高くかの女達を越え出ている、この女達にとっては婚礼の鐘はまさにカトリックの祭壇の小鐘の反対であって、婚礼の鐘はパンの雇い主への神の変化を告げるのに対し、カトリックの鐘は神へのパンの化体を告げるものである。

私は書評家達——特に女性の書評家達が——私を公然と非難するであろうと覚悟している。私は、レギーナが高祖母でなければ、——十二番目の版画で彼女を全く別様に評価することだろう、と。しかし私はその逆であると答える。

ベッド・テーブルでは対の子供達のために、二つの食器があるが、夫婦のためにはただ一つである。何と優しいことか。すでにリンネがそのスウェーデンの旅行記[*2]で、かつてショーネン地方では一つの皿を、食卓の側面の長さの分削り取って、それから——この延ばされた皿と槽《おけ》の間には格別違いは見られなかったが——食べる習慣であったと述べている。これよりももっと知られていて、もっと美しいのは、フランスの騎士制度の美しくエロチックな時代にはいつも恋人と騎士は一つ皿から食べたということである。——そして第二の歓喜の版画にその最新の場合が見える。私の高祖母には皿がない。供物そのものについては見えるのはただスープの丸鉢と、私にとってはスープの丸鉢のような食卓用大匙と眼鏡あるいは8の形の巻きパンだけである。

しかし今一度縮れ毛の、ベッドと家具の執事［管理人］の率直な幸せな顔を見て頂きたい、そしてこの本が終わったらその正直な姿を頭に留めて頂きたい、これはウィーンの銀行券のように外部には内部に記載されているものしかないのである。ここで彼は右手の縁なし帽と共に感謝の祈りを全く陽気に捧げている。彼はいつも、今度はもっとうまくやるぞと思っている、しかしそうはいかないと、まさに次回こそはと期待する。彼は人生や社交をトランプのホイストとは思っていない、これは裏返しのカードがあると配りなおさなければならない、そうではなくトランプのピケットと思っていて、これは裏返しのカードを静かに受け取って、ベストを尽くして遊ぶのである。彼にとっては孤独も社交も不都合ではない、いや決して大勢の中での孤独も感じない、普通大勢の中では社交は最も感じられないものであるが、海上で最も容易に喉が渇くようなものである。

私の立派な高祖父は食後、このような日に何をしたであろうか。多分この第二の歓喜の版画を彫ったのであろう。それから、推測するに、私の曾祖父と共にしばらく夕食前に少しばかり戸外の緑の野に出かけて、第二、第三の食欲を高め、そもそもこのような楽しい甘美な一日の砂糖をますます濃く煮詰めて精製しようとしたことだろう。彼が所謂キルヒベルク［教会山］へ（これと塔と教会の翼はまことによく第十二の版画で見える）二人の子供と共に巡礼に出かけたのに私は拍手を贈る。[*3] そこの山上で彼は太陽が、最初の春の日を案内し、荘厳にした太陽が、最も美しく、低い舞台にいるときよりももっと高い、気高い溜め息をつきながら、この舞台の背後に隠れるのを眺めることができた。さながらキルヒベルクによって沈む太陽の上へ運ばれながら、彼はより容易に、この劇場、我々の役割、五つの幕が本来何であるか熟考することができた、特に此岸の歓喜のすぐりの実のワインが何であるかについて熟考できたが、これは物体のワインがそうであるように、ワイン・ピペットや栓を通って流れるものではなく、狭い羽茎を通って流れ出るもので、これをまた人は肉体の仮面への人生の自由仮装舞踏会では羽茎で吸い上げて飲むのである。――後のことは私のような作家には更に妥当する、この作家にとっては常に羽茎だけが（自他のそれ）人生のパルマ・ワインやグリューワインの吸い上げ器、サイフォンであるからである。御身は、殊に日没後は、キルヒベルクで、現在の点へと縮んだ御身の過去の直径を測ることができた、そして御身の未来の広い霧全体を同様にこの点、この滴に凝縮させ、御身の自我をさながら固い永遠、そこでは時間が溶ける永遠と見なすことができた――いやはや、御身はこうしたことすべてをなしたのだろうか、つまり考えたのだろうか。御身は、我らの此岸の行為の現世の書物のタイトルページの飾り模様、最初の文字装飾、最後の飾り模様は直に砕けること、しかしそれを使っている精神、それらが反省している考えは決して砕けることがないこと、そして塵となった彫刻家の御身は、より高い存在の手にとっては自らが版木であることを考えたのであろうか。――沈んだ被造物の御身は、この日、この山で単に御身の今の平穏な大地の港に対してばかりでなく、その港の封鎖は御身の立派な守護神が粉みじんにしたのであるが、また隠されたタヒチ島、現世の嵐や大波が我々をそこへ吹き寄せるタヒチ島の黄金海岸にも楽しげな視線を投げかけたのであろうか。

しかし今や御身は四散し、あるいはむしろ御身の体の版木がそうなり――時間は御身を、私の夢同様に、その酒精の砂時計の中で溶かしてしまった――しかし今は私自身が御身の誕生日のことで私の誕生日を忘れ、読者は自分の誕生日を忘れたのではないだろうか。そして我々は、我々の歓喜や希望は皆、単に、死に向かう此岸の生の最中、我々の周りに流れる爽やかな調べであると思い出したことだろうか、それはちょうど、すべての感覚が失われた人間の周りをしばしば諧音が取り巻くようなもので、この諧音は単にこの臨終の者のみが聞くもので、この臨終の者の前で同時に大地と最後の諧音とが優しく結び付いて散っていくようにするためのものである、と。

＊1　ユダヤ人は安息日に小安息日を延長として追加して祝った。ティベリアのユダヤ人は安息日を早く始めた、谷のせいで太陽の昇るのが遅れたからである。山上の者達は安息日をより長く続けた、太陽がより長く留まったからである。Goodwin『モーゼとアロン』L.Ⅲ. c.3.

＊2　リンネの『自然史、芸術史、経済史の試み、若干のスウェーデン地方の旅行集成』。

＊3　しかし読者の中には――その数は少ないことを願うが――ヴァイマルの紙の描かれた内容を嘘と思うか、この紙の実在までも嘘と思う人がいるかもしれないので――殊に今この紙は公爵の図書館にないので――それでその人達のために述べておくが、ルターの教理問答書に版画を供した男は、何という名前の者であろうと、必ず生存していたに違いないのであるし、従ってたとえ彼がベッドと家具の執事でもなく、私の高祖父でもないとしても、私はいつも先のテキストでは空想物ではなく、自然の織物、現実の彫刻家、人間に語りかけているのである。

ジャン・パウルの手紙と
これから先の履歴

序言

すべての文通相手の代わりに、私のすべての手紙の封筒を糊付けするヴァイマルの私の製本工がただ証人として立ちさえすれば、いかに頻繁に私が文通相手のために封筒を満たしているかが分かるだろう。しかしまだ一通の私の手紙も印刷されていない。出版を私の死後に延ばしているように見える。発信者はこれでは儲からない。――それ故、すでにモールホーフ[1]が偉大な学者達の未刊の手紙の消滅や腐朽についてはなはだ苦情を述べなければならなかったのである。私が生前にすでに私の手紙を世に送り出したら、彼がまだ存命であれば、彼の心にかなったことだろう。誰もがそうすれば、小プリニウスのように他人の二通の手紙を自分のものとされることもなく、テルトゥリアーヌスのように[*1]自分のがそうでないとされることもないであろう。我々の世紀にはすべてが公開される、罪も手紙も。それ故、最良の政治家達はフランス人のように――このスイスのナポリ風厄災[3]［梅毒］のように――一般的公開の自由を自ら使用して、臣下が政府の秘密を知らしめているとき、臣下の手紙を開封し、再び自らの秘密を嗅ぎつけている。というのは彼らは精神的妊娠の秘匿に関しても肉体的妊娠の秘匿同様に熱心に防止しようとするからである。そもそも何故、文通している男は、ただ手紙からなる貸出図書館を建てないのであろう。都市でも宮廷でも、古代人同様に好んでこのような単なる草稿の読書から始めて、更に深化することだろう。

この本の私の手紙はその手始めである。これらはクーシュナッペルで朝食のダンス・パーティーの折とかグレームスへのピクニックの折に書かれた、そして六番目の手紙はこのピクニックについてのささやかな、しかし愛らしい一行の絵を描いている。

本書の最後の三分の一は読者に私の将来の生活の推定伝記を所謂詩的書簡で披露する。実際人間が自分よりも誰であれ他人を一層気にかけるのは結構なことである。――自分については人間は好きなことを言い、推定し、推測することができる。その秘密については誰もが口を閉ざさなければならないが、ただ本人は違う。それ故、私は――自分の人柄のミステリーを気取る情けない澄まし屋の狭小さは冷たくあしらって――まさしく（通常の私の伝記的虚構は交えずに）私の人生が本年から最終晩年に至るまでどんな具合か、世間に描いて見せた。

詩文は徳操同様にその勝利への途上で個人的諸状況や須臾の歓喜の衰微を軽視するものである。この戯れは害をもたらさない。しかし大人の他の戯れにおいては、子供達の戯れ同様に、木製のトランペットや鉛の兵隊は有害であり、揺り木馬や豆鉄砲は大いに危険である。

私は推定伝記では二重自我人物として自らを見、描き、モーゼ五書のモーゼ(4)同様に自らの死さえもそうした。死はいずれにせよ確実なものであろう。そして私の自我のこの史的長編小説が私の思っていたよりも早い巻で終わることになろうとも、私の頭は自らは失った推定能力を、また他人の能力で回復することであろう。ウィーンのガル博士は（ここで私は彼に頭蓋を遺贈するが）頭蓋からこの推定をなすに違いないのである。

今日は謝肉祭(5)で――仮装舞踏会で――仮面と断食敷布*2が一緒に掛けられている。私は擱筆していいであろう。しかし明日は灰の水曜日［懺悔の印に聖灰を額に塗る］である。そして私は当節のある著名な学者に宛ててこの小品にまことに良くかなったことを書き記した、それをここに（特にこの本は私の本世紀の最後の本なので）挿入したらいいだろうが、しかし今となっては、写しておかなかったためにわずかしか覚えていない。ここで著名な男性に、私が本当に次のことを手紙で述べているかどうか流行の新報等で証言して頂くよう要望しておく。

「悪魔が」（と私は書き記したと思う）「この世紀に放たれ、聖霊もまた同様に放たれています。厳しい時代が戸口に来ています、地滑りと同時に雪崩です。これから数十年間というもの――というのはそれ以上の年月を人間の不滅の心は耐えられないからで、――化学や物理学、地球生成史、哲学、政治学が共謀して静かで気高い神聖なイシスのヴェールをイシス本人と見なして、その背後のイシスを存在しないと見なすことでしょう。――より謙虚な、より敬虔な諸時代が育ててきた復讐の女神に従う心は厚かましい放埓な巨人達の時代、ただ行動と明察だけが支配し、精神的強者の権利が裁判席に座っている時代を前にして臆することでしょう。現在の時代は革命的影が巣くっていて、これはホメロスの影同様に、血を飲まずには威力や弁舌を有しないのです。多分人類は目覚めたのでしょう――ベッドの中か墓の中か知りませんが、――しかしまだ人類は、起こされた死体のように、逆さまに、うつ伏せに寝ていて、大地を見ています。

こうした倫理的革命（政治的革命は倫理的革命の母というよりは娘ですが）、こうした時代精神の驕りは批評家達にまで見られ、彼らは詩人に道徳を用心せよと言い、詩人がともかく素材を扱うときには、詩人がより小さな厄災を選び、倫理的素材よりは非倫理的素材に深すぎるほどに手を伸ばすことを好みます。汝ら破壊された破壊者よ、汝らは罪人を増やしても詩人を増やすことはあるまい。我々の詩人達が倫理的目的論にはなはだ苦しむことがありましょうか。この目的論で散文家になる者は、世の最も非倫理的な目的論によっても散文家であり続けることでしょう、フランス人がそれを示していますように。二人の偉大なギリシアの詩人、ホメロスとソフォクレスではヒポクレーネ［ミューズの泉］は神聖な聖水で、そのパルナッソスの山は復讐の女神の祭壇で、倫理的シナイ山の上にしっかりと築かれていないでしょうか。

しかしこの時代もその冬至［あるいは夏至］を迎えることでしょう。人間の心は朽ちても、その目標は朽ちません。自然科学者によれば、植物界、動物界の全体は人間界のための肥土、基礎として沈澱しなければならなかったように、より悪しき時代の灰はより良き時代の肥料となります。――各人はとりわけ時代の代わりにただ自らの自我を改善し、革命すべきです。すると万事よくなります、時代は自我から成り立っているのですから。各人は静かに額にランプを付けて自分の暗い地域、竪坑で働き続け、掘り続けるべきです、揚水機械の上げたり、下げたりの物音は気にせずに。そして坑内用安全燈で窒素ガスに引火して炎が生じ、自分が襲われても、しかし将来の鉱夫達にとっては空気が浄化されます。――――しかし私ども皆はこうです。私どもは喜んで宇宙の発展のために空間の果てのなさを認めます。しかし時間の果てのなさは、両者の間に関連がないかのように認めません。万物の千年王国が明日私どもの誕生日にちょうど陸揚げされて外の戸口の前に出現し、私どももそれで利を得られるよう、私どもに祝賀を述べて欲しいのです（それを私どもは望みます）」。――――
しかしすでに述べたように、ちょうどこのように著名な学者に宛てて述べたかどうか分からない。私はここでただ思い出して書いているのである。

ヴァイマル、一七九九年、謝肉祭の日　　ジャン・パウル・Fr.リヒター

＊1　周知のように、キリスト教徒についてのプリニウスの手紙で、ゼムラー[2]はこれらをテルトゥリアーヌスのものとしている。
＊2　聖書の物語の描かれた布で、教皇主義者達はこれを謝肉祭から聖金曜日［キリスト受難の日］まで掛けた。

最初の手紙　教区監督《シュペツィアル》＊1ツァイトマン夫人宛

朝食のダンス・パーティーへの招待――少女達の読書について
追伸、私の娘達への略式遺言

クーシュナッペルにて　六月二十二日

奥様、あなたは今、手に焼き兎潰し器を持って、砕き、分配なさっています。これを私は蜥蜴亭[1]から、長い、部屋の中に据えられた地上望遠鏡を通してまことにはっきりと見ています。今あなたは意地悪そうにフォークで空の

私の予言の水晶球を砕くようなことはしないで。

構いません。――私は確かに防戦し、雨を――あなたにとっては黄金の雨、私にとっては石の雨を――認め、説明して終えることができましょう、つまり今日は夏の始まりで、それにようやく金曜日[4]の朝方で、夕方にはあなたの海上権はきっと止むからですが、しかし私は遺言形式で女性のシュヴァーベン鑑[5]をここに提出することにします、

ベルヘム[2]風海洋画の方を指して、落ちてくる飛瀑を楽しんでいらっしゃる。今蜥蜴亭の方を御覧になって、実際私のことを笑っていらっしゃる――ただ私は同時に望遠鏡とペンを持つことができず、観察を口述筆記してくれるヘルシェル[3]の妹を有しません。そうでなければ私はあなたが教区監督殿に、この手紙の間、私の天気予報[*2]と勝ち取った賭けのことを述べているお姿を目撃していたことでしょう。

引き続きシュヴァーベン鑑について話す前に、その代わりに頂かなくてはならないものを言いましょう――この鑑は私が賭けで失ったものというよりプレゼントするものですから――つまり、教区監督殿とあなたの娘さんとあなたです。私と救貧院説教者のシュティーフェルは一緒に昨日こう考えました、私どもが連合してもグレームスへの大ピクニックにスープしか供することができないのであれば、それは全く乞食のラザロ風に見えることだろう。一方あなたや、他の同盟者、食卓仲間はひょっとしたら重たい糧食船と共に積み荷を下ろす食器というウインチの前に着岸されるかもしれない、と。いや――私どもは一緒にこの日の朝、朝食のダンス・パーティーと白日の下の花火を供します。クーシュナッペルでは朝食のダンス・パーティーは白い鳥で、名前さえ見慣れないものに違いありません。これは、御夫人、踊る朝食のことで、宮廷では踊り、音楽、通常の朝食を混ぜ合わせて味わうのです。これに私ども、シュティーフェルと私は、主にあなたとあなたの元気なマリエッタを招待いたします、マリエッタがいなければ、フォイト氏あるいはフィートあるいはファイト氏はダンスをリードすることも、一緒に踊ることもできないことでしょう。花火というざりがに漁の明かりはむしろ殿方を捕らえるためです。切にお願いしますが、ツァイトマン氏を説得し、強制して、連れ出してください。祭壇ではいと肯定したくない新郎の背後にはしばしば代わりに返事する寺男が置かれます。なぜ夫達の背後にこのような寺男が置かれないのでしょう。――実際ツァイ

トマン氏は軽い喜びに余りに多くの喜びを要求しています、小さな多彩なぶんぶんいう蜂鳥に、もったいぶった鵞鳥に対するように一ポンドのベッド用の羽毛を、あるいはポメルン地方の鵞鳥の胸を、あるいは駝鳥に対するように替え馬の力を要求します。蜜吸の鳥は空に浮かび、ぶんぶんいい、輝けばいいのです、それで十分です。――どの子供が煉瓦の小麦粉で褐色に塗られた、雪でできたカステラをオーブンで焼こうと思うでしょうか。――要するに、彼には来て欲しいのです。

その上七人の聖睡眠者の日には十分な根拠があって花火には最適の天候となります。あなたがその日をピクニックの開会日、郡会に選んだのは総じてまことに賢明です。私の脳の洞はここでまたデルフォイの洞となって予言します。いやまた賭けましょう。

しかし私は遺言を書いてあなたの意志に従います。しかしできる限り短くします――女性の心のための十六折り判です――個々の言葉のつぶやきの方にさらさら流れる説教の奔流よりも熱心に人は耳を傾けるものです――この小植物には、家庭教師や母親のナイルの川の水を注いではなりません、桜草のように、ただ濡れたはたきをかけなければなりません。しかし三分の二は『ヘスペルス』と『花の絵〔ジーベンケース〕』からのものです。[*3]――敬具

J. P.――

追伸。あなたのお茶器を朝食のダンス・パーティーには御持参下さるようお願いします。旅では家具がありませんし――家でも勿論ありません――それに救貧院の説教師は、レネッテの死以来朝食を受け皿から取っていて、身の周りにフェゴ島の住人同様ほとんど有しません。それで花火とダンスの御一行は私ども二人に私どもが供しようと思っているものほとんどすべてを供してくださらなくてはなりません。

ここで賭けで負けた遺言の話になります。奥様、娘に対する黄金の鑑[6]を鋳造するようにとのあなたの申し出は過分の名誉であると共に面倒であります。あなたのマリエッタは鑑を必要としません、自らが一つの鑑です。別な鏡はただ彼女自身を映すだけでしょう。しかしこれは別としても、このような鑑はニュルンベルクの女性達にとって

窓の外的鏡がそうであるように、ただ路上の他の人々を観察したり判断したりする役に立つだけです。それにしばしば本の糧は体の糧と同じ具合にいきます。医師達は、月の初めに食事で数ポンド重くなっても、月の終わりにまた同じ分軽くなれば、良い徴候であると主張します。同様に私は、ちょうどある読書を味わった後、更に体重が重くなった女性読者が、数週間後、また量ってみたところ、以前同様の軽さであったことを知っています、確固たる体質の最良の証明です。

私のすべての娘達に対する略式遺言

娘達よ、汝らは私が元気な時には私から益を受けることは少なかった、私が学者として一日中書見鞍に座っていて、執筆していたからである。はなはだ著者は惑星に似ている、これは足をそれに乗せている人々にとっては沼地の多い暗い地球であるが、遠くの惑星観察者には輝く星として自分の周りを回っているように見えるのである。それ故、私はここの臨終の褥の上で、汝らの最初の意志となるべきであり、なることのできる最後の意志［遺言］を述べる、殊に汝らは今、私の難聴は墓の下では汝らを解することはないと知っているので、私の言葉に逆らわないであろうからである。

汝らが今集まって、汝らのうちの誰に諷刺的父親がごく一般的な遺言の際に鋭い雀蜂の一刺しを加えようとしているのか、善良なズーゼか、フランツェリーナか、ザムエリーナか、フィデッサか、ラファエラか、エマヌエーラか決めようとしているとしても、後生だから考えて欲しい、汝らはまだ全く実在していないのであり、私が期待しているようには汝らのことを考えないとしても、それは単に私自身のせいなのであるということを。遺言者と相続人はすでにローマ法で一人の人物と見なされている。ましてやそれらがすべてまだ一つの頭蓋の下にいるときは、いかばかりであろう。

私は従ってまず第一に定めるが――しかし遺言を作る人間に汝らの手紙に見られる以上の秩序を要求しないで欲

しい――汝らは汝らの母親にならって、ある女性の天分、趣味に名誉を与え、この女性が日々改善し、磨くべき芸術作品としては――その娘を措いてないということを将来も信じて欲しいということである。父親には時間がない、父親は一日中、より小さな芸術作品、例えば娘達への遺言を磨いているからである。

私は更に定める、汝らはゆっくりと、小声で歩くと同時に(特に公的場所ではそうで、ただ当惑した女性のみが駆ける)話して欲しい、少女達とハルモニカにとってはアダージョだけが似合うからである。ホメロス風な高笑いもいけない、強く長い高笑いは美しい頭を台無しにするだけではなく、本当に酔わせるからである。女性はいつも中庸で、その薄く、振動する神経網は容易にすべての糸と共に揺れるから、激しい動きはすべて女性を満たし過ぎ、打ち負かしてしまう。我々から最良の白樺の樹液を搾り取る文化のナイフは、汝らのはじける撫子の芽を単にしっかりと発育するようにと切り開くだけである。

汝らの父親が臨終の床で言った言葉を永遠に覚えていて欲しい。何の罪もない愛撫も繰り返されると罪のものとなり得る。汝らが十五分のうちに、一回以上の接吻を受けないこと、この接吻は長く続くものであってはならないこと、これが私の遺言である。汝らは、なぜ男性が、男性は汝らの否で一杯の最初の頃の愛が後には諾で一杯になるという奇妙な対照に狼狽するのだが、素朴さから余りに冷たくなったりまた余りに温かくなったりするのか分かっていない。汝らの心を信用するがいい、しかし衰弱した神経を信用してはいけない。この上なく美しく高貴な感情にもかかわらず汝らの異父姉妹達は意志と健康の堅牢さがなくてメキシコ人のような具合になっている。彼らは単に柔らかな金を有するだけで、鉄を有しなかったので、スペイン人に征服されざるを得なかったのである。

美しい精神と美しい肉体とを(これはしばしば将校の服をまとって歩き回っている)、殊にこの両者がパートナーとなって、一個の作品を形成しているときには、娘達のいる家から追い出すべきである。一人の長編小説作家は十篇の長編小説よりも悪い。しかし伝記作者は来てよろしい。

更に私は汝らが私の死後、理由を採用するよう望み、定める。

私の元気な日々には汝らはすべてを、良き言葉すら好んで採用していた。そもそも女性は男性よりも意見を余り変えない、女性は意見を気持ちや直観に基づいて築き、男性はむしろ推論やしばしば他人の言葉に基づいて築くからである。それに男性の命題はよく単に養子であるのに対し、女性の命題は実子であるからである。汝らのは推論に屈することのない感情であり、単に時間に屈するか、最も短い間ならば、別な生き生きした感情に屈する感情である。その際汝らは支配的な感情にかまけて先の感情を忘れるという独自の才があり、かくて汝らは無謬性と不変性という立派な気持ちを得ている。私が知っている記憶の弱い人々のようなもので、彼らは記憶に決して気付かない、単に何かを記憶しなかったという場合を覚えることができなかったからである。

　良き娘達よ、先の遺言を私は遺言補足書で繰り返さなければならない、かくも重要で難しいものに私には思える。勿論汝らも、汝らが――これは単に汝らの父親ができることだが――モザイクの絵のように自らを切断し、二重化し、自らを自分の自我の双生児、乳姉妹として置き、眺めることができるならば、好んで根拠を採用することだろう。――しかし汝らはそれができない。汝らはすべての心を読み取る、しかし読んでいる自らの心はできない。しかし汝らのしないことを、人は自らを癒し、保つためには、まことに厳しく徹底して尋ねる必要がある。「汝は一体何を望んでいるのか」と。時に十もの気持ちが子供達のように次々と隠れていて、最後の気持ちは話そうとしない。――例を一つだけ挙げよう。まことに立派な娘が陶然と酔って（酔わせながら）月や星空や風景に絶えず夢中になりながら、――結婚生活の場合はそうではないという例を知らないだろうか。――まことに、私は実情を知っていて、気を悪くすることは少ない。しかしその心をデュッセルドルフ[*4]のヨハネ[7]と比較することが許されよう。かつて画廊にある可愛い水彩の風景がさほど評判とならずに掛かっていた。たまたま管理人の市長がこの世界図絵[8]の作品を一度掃除し、磨こうと思った。すると突然その下の第二の絵の袖が現れた――彼は更に剝いでいった――最後に風景画から油絵のヨハネ全体が浮かび出てきて、とても有名なものとなった。しかし多くの女性の心の中のクロード・ロラン[9]をより詳しく調べてみて、遂にみがき落としてしまうと、しばしば美しい自然の下に美しいヨハネが出てこないだろうか――あるいは美しいハンスやジャンやジャックが。話して御覧、汝ら健気な娘達よ。

　更に私の遺言を述べると、女友達を許すのがとても難しく、男友達を許すことがとても簡単であってはいけない。

男性の場合では自分達が許されないという確信ほど汝らを（男性達をも）侮辱から守ってくれるものはない。女友達との和解の際は単に時が両者の手を握らせるのではなく、衝動と大胆さが握らせるものでなくてはならない。たまたま接近していくのではなく、激しく、泣きながら、突然でなければならない。さもなければ温かさの中に長すぎる冷たさを持ち込むことになる。

政治の言葉を語ってはならない。人々はなんという余所の子牛と共に汝らは耕し、何という黄金の子牛の周りを汝らは踊っているのかよく弁えている。司教達に似て戦争の流血を避けるべし。雌だけが吸うという蚊とは反対である。フランスは自由になったと知っておれば十分であり、私以上によく知っていることになる。

臨終の時の汝らの父親を不安にさせることは、自分がその美しい諸作品によって汝らに台所も、子供部屋も、洗濯日もなく、ただ晴れた空と、毛髪が抜け落ちるまで長く跪き続ける立派な容姿の羊飼いを大地に有する人生のアルカディアを汝らの頭に植え付ける加勢をしたのではないかということである。遺言者は、汝らが詩的な花々を、熱病患者がベッドのカーテンの花々をそうするように、生きて動くものにしてしまっても責任は負えない。汝らは女性の機械的な仕事のことを嘆くが、男性の仕事もより美しい名目の下、同じようなものであることを見通していない。裁判室は洗濯室と、運送の部屋は台所と、学校の部屋は子供部屋と、汝らの方がましであるという点を除けば、何ら変わらない、男性の懲役監獄では頭が、女性のそれではただ手だけが仕事の鉄の輪に結び付けられているのだから。というのは、もし汝らの精神が単に肉体だけを刺繍枠、かまどの側に置き去りにしたとしても、精神が、ある空中楼閣の屋根から次の屋根に、あるダフネの森の梢から次の梢に跳び移り、そして遂には素晴らしい楽土の野原に落下するのを妨げる者があろうかと思われるからである。――汝らには一緒の喜びや美しい夢で一杯の乙女らしい安逸さの人生の五月が与えられていなかったか、一方我々男性には我々の春を学校の部屋、講義室で、病院、情報局、補習授業室、文体講義室で背を曲げて耕し、種を蒔かなければならなかったのである。汝らは花咲く畦を散策していなかったか。一方我々はその中の黒い溝の中で鋤と馬鍬を持って働いていたのである。

夫婦は、一緒に昇り、進む太陽と新月のようにその人生行路を描くべきである。というのは日輪は輝き、燃えて、月は世界に単に輝かない面を向けているけれども（しかし日輪には明るい面を向けている）、月は日輪よりも力強く引いているのであり、水を刺激し、天候、成長、豊作を定めているからである。――この比喩ではしぶしぶ私は我々男性を日輪に高めた。

私は今遺言人として直に枕に沈むが、しかしその前に略式遺言を終えなければならず、流れ込む素材のためにどこで止めたらいいか分からないので、いつでも止めていいに相違なく、そこでここでもいいであろう。勿論私は更に千もの遺言を残せるであろう――私は更にこう定めてもいい。汝らが女性を憎しみの酢母にしたくない、女性からの中傷の煙草腐食液を貫いたくないのであれば、金持ちの、立法的な背広を遠ざけることである。汝らの娘を下僕の会話から引き離すこと、これは少なくとも晩夏の散策の際の毬のように、スカートの飾縁からつまみ取るのに苦労するものである――女友達とは、男性が耳を傾けているかのように話すこと、そして青年とは、そばに女友達が立っているかのように話すこと――全く新しい着物を着て決して初めて公の場に現れないこと、新しい服という当惑あるいは気持ちが高慢な外観を与えてしまうからである――汝らの体をガラス箱の中の聖者の体と、汝らの魂と徳操の一部と見なすこと、そして自らを莢と種とが共に美味しい隠元豆と見なすこと、一方我々男性は所謂空豆に似ていて、その滋養のある種だけが深鍋と丸鉢の中で役立つのである――男達の会話の中で必ずしも黙ってばかりいないこと、そして女達の会話の中で永遠に話してばかりいないこと――熱く男性を称賛したり非難したりしないこと――自らの母親から使用人を断固とした態度によって支配するすべを学ぶこと等々。――すでに述べたように、こうしたことすべてと更に多くのことを私は遺言できよう。しかしそれでは終わりがなく、遺言は旧約や新約の聖書よりも長くなろう。この遺言が、ローマ人のすべての遺言がそうであるように法として通用せんことを。――私がこの地上を去るときのように楽しく暮らして欲しい。

ミッテルシュピッツ(10)、三月二十一日

ジャン・パウル・Fr. リヒター

ささやかな遺言補足書

理由を採用することである、汝ら黄金の娘達よ。

上述の通り。

＊1　ヴュルテンベルクと帝国市場町クーシュナッペルではシュペツィアルは教区監督の意味である。
＊2　私は夏の始まりに雨が降れば、「私の娘達への遺言」を、つまり彼女の娘達のために書くと賭けていた。
＊3　印刷の際に私は勿論また削除した。
＊4　シュトルベルクの『ドイツ、スイス、イタリア、シチリアへの旅』第一巻。

第二の手紙　マリエッタ・ツァイトマン宛

花を持つ唖——鉄の花園
追伸、日中の月

Kにて　六月二十三日

いつもは沈黙が花言葉である薔薇を哀れな唖の花売り[*1]が手に唖用の鈴として持っています。彼はその花言葉でスルタンの唖のように何かを得たいのです。——私もそうです、親愛なるマリエッタ。最初彼にはあなたの前で花籠をすっかり逆さにして篩い出し、その沈澱物、夜景画を取り出して欲しい。このすべてがあなたへの贈り物です、あなたが詩を作るからです。夜景画は、あなたが詩に入れて縁を付けてくださるように、そして六月の花は、私が花祭りのアカデミーならば、柔らかな菫や金盞花の代わりに、立派な銀製の硬いのを差し上げなければならないところでしょうから。そうなればもっと立派なものにしたいと思います。あなた方乙女は皆花の色彩を愛でます、私ども男性は香りです。そしてあなた方にとってすべての花は勿忘草で、花の女神はすべて絹製です。私に金があれば、イタリアやリヨンの［人造の］花売りを庭師の代わりに来させて、庭を愛す女性達のために針金と絹糸［フロレット］からなる正式な［西の果ての］ヘスペリス達の庭を作らせたことでしょう。何という考えでしょう。ちょっと見て貰うに値します。少なくとも庭の木戸からにわとこの髄でできた私の薔薇の一階を御覧頂きたい――単にあなただけが絹の服の花の女神としてではなく、すべてのあなたの国の娘達も――醜い霧月［ブリュメール］の最中の多年生の花月［フロレアル］(1)を――全く様々な季節の花々を、ドイツの詩の中にあるように、並び合って栄えている花々を御覧になり――更に植物採集してくださるならば、私はあなたに紙製のポール皇子[*2]を差し上げ、あなたの服に刺し止めることでしょう、一方ブーケにはこの皇子の周りに更にガラス製のマルクス・アウレリウス、陶器のアーガトン、それに羽毛のオウィディウスが結び付けられているのです。――

しかし今私はまた私の啞になりたいところです、殊に私は彼と違って花咲くものを何も差し上げられないのですから。実際今日では人間から啞の悪魔よりはおしゃべりの悪魔を追い出すべきでしょう。――ところで、グレームスでの花火とダンスの朝食は変更のない祝典です。私がここであなたのために尽力し、書き記したのは、ただあなたが、教区監督を説得するよう教区監督夫人を説得なさるようするためなのです。その必要があります。私と説教師は無駄な準備をしたくありません。さようなら。この夜景画は冗談の花の絵よりもあなたの優しい心にかなうことでしょう。――

J. P.

*

日中の月*3

土色の色あせた形姿と長い溜め息と共に月はその馬車で天空を駆け抜け花咲くアポロの炎の車輪の前を間近に過ぎて、絶えず兄の温かい笑顔を振り返って見て、兄を愛し、自らを慰めようとした。というのは自分の大事なエンデュミオンが朝日のために奪われたからである。彼の不滅の微睡の鎖は彼をその洞窟に縛りつけ、愛する月はかつての時に憧れたがむなしかった。かつて月は夜の覆いの下、花と咲く夢想者を上から眺め、彼を甘美に震えながら見守り、ますます慄きながらかがんで、その若い唇の永遠の薔薇の蕾からさっと接吻して別れたのであった。

「御覧なさい、お兄さん」（と彼女は日輪に言った、自分の優しい嘆きを隠しながら）、「下の私の菫は皆私にはその香りを寄越さず、私が消えてからようやく放ちます。でもあなたには数千の花々がその心を開きます」。

まことに重苦しい気持ちで月は煙柱と瀕死の影で一杯の熱く疲れた地球を眺めた。そのとき月は自分の夜の馬車の下にかつて見いだしたことのない二人の恋人達を地上に見つけた。恋人達はいつも日中の百眼の巨人［アルゴス］に監視されていた。――彼らは決して一緒に小夜啼鳥の声を聞いたことがなく、星々の微笑を見上げたことがなく、それからより甘美にすべてをまた失い、二人きりになるということもなかった。――ただ甲高い声の世間の硬い音色の下、彼らは愛のリュートの弦の音を聞いた。――そして月のように、素朴に、愛をこめて思いやりながらこれらの優しい心は日中にただ短い再会を欲し、握手とか最初の接吻を求めなかった。

青ざめ、兄によって見守られていた月は自分の胸中に他人の恋への優しい痛みと願いを感じた。愛は愛によって許され、敬される。「お兄様」と彼女［月］は請うて言った、「下のデロス島のあなたの花咲く恋人達、あなたの向日葵、あなたの月桂樹、ヒアシンス、糸杉、香煙の灌木を御覧なさい、何と乾き、かがんでいることでしょう。――これらの熱い小枝にさわやかな滴の露を振りまきましょう――炎の鼻を鳴らすあなたの馬に私の夜の外套を掛けるのを許してください」。

「ちょっと炎を覆うがいい」と彼は快く言った、妹の心の秘密の願いを嗅ぎつけたからである。するとさわやかな最も短い夜が夕方の雨のように大地と愛するカップルの上に落ちた。御身達幸せな者はどれほど驚いたことか、鋭い声のカナリアが鳴きやみ、雲雀が朗らかな声でより高く飛び上がり――花大根［夜菫］が花咲き、甘美な夕べの供物をもたらし――そして愛する孤独な者で一杯の深く覆われた大地の上ではただ火山だけが明るく光り、その汚れた雲柱は輝き出て炎の柱となり、星座に向かって燃え上がり――そして小夜啼鳥は眠たげな花々の間で目覚めて、溢れる胸から快い響きを出して、美しい嘆きの声に溶けたのであった――しかし御身達がびっくりしたのはほんのわずかで、心は心の方を向き、目は目の方を向いた。――御身達、浄福の者よ。いぶかしげに、しかし燃えるように、臆しながら、しかし小さな夜が露で濡らす周りの花々のように、すでに涙を浮かべて酔って、御身達は互いを見つめて、そして美しい闇が去るのをあせって恐れながら、しかし握手の最初の大胆さを恐れてためらっている。――しかし無垢の心の者達は、嬉しい暗闇に捉われ、麻痺して、夜で閉ざされたチューリップの牢に捕らわれた周りの蜂のように、最初の大胆さを忘れて、より甘美な大胆さに圧倒されて互いの胸に沈み込み、互いに接吻して、接吻の上に留まり、ただ遠くの木霊のように小夜啼鳥の声だけを聞いて、そして愛する心のダイヤモンドが輝き始めた、さながらダイヤモンドは吸い込んだ太陽の光輝ばかりでなく、喜びの光輝も吐き出しているかのようであった。

　すると月の目は憧れで湿って輝いた、月は急いで大胆に夢想的に照らされている地球上にエンデュミオンの洞窟を探した。月はラトムスの山[2]と恋人とを見つけた。目覚めた蛍が洞窟で彼の薔薇の頬の周りに戯れていた。びっくりし、涙に気付かずに、月は周りを見回した。すると月の兄の側で金星が微笑んでいるのが見えた。月は赤くなって、夜のヴェールを馬の炎から取り去った。すると昼がまたその広い光輝と共に地上全体の上に沈んだ。下の恋人達は朝が来たときのように目覚めた、しかし朝焼けは単にその頬に残っているだけであった。恋人達は幸せそうに明るい、若々しい、歌声の地上を眺め、起き上がった元気な花々の大地の露の輝きを眺めた。しかし月は憧れから緩慢に、すばやい若者の背後に退き、ますます遠くへ退き、遂には夜が月を追い越した。それからこの内気な月もまた幸せになった。

＊1　花を売って金を無心した一人の唖の貧しい少年。
＊2　そのように花愛好家は二重の赤いヒアシンスを呼ぶ。その他の名前もヒアシンスである。デラニィは紙から花を作り、シェーファーは逆に花から紙を作っている。
＊3　新月は太陽と共に昇るという注意をまず述べる必要のある女性読者は少ないであろう。つまり新月は太陽の前にくると、太陽を暗くするのであり、完全に覆ってしまうと、小夜啼鳥が鳴き、花々が花を閉じ、金星が空の真ん中に出現することになる等々のことである。

第三の手紙　ヴィクトル博士宛

通りの乞食と通り——私の新しい知り合い——帽子教団——高齢に対する今日の敬意——クーシュナッペルの社会——グレームスへのピクニックについてのより詳しい報告
追伸、ドイツの帽子同盟への請願書

Kにて　六月二十四日

大兄はユーバーリンゲンからの私の手紙を受け取ったことだろう。今私はすでにクーシュナッペルにいる。ここには多くの知り合いがいるので、数週間は過ごせそうだ。

恐ろしい汚れ、これは領国の車道を砂がライン河を飲み込むように飲み込んでいるが、この汚れがあると、自分はクーシュナッペルといった帝国都市、あるいは帝国小都市郊外に向かっているという希望をいつも抱ける。惨めな道、つまりその道の上にあるものは、自由な帝国のペーター達の最良の足跡であり、解答である。第二の特徴もあるが、それは、つまり自由帝国都市へはユダヤ人の自由都市とは違って、道は軽やかに真っ直ぐではなく、離宮への道のように素敵に曲がりくねっているということである。

糞の目的論を書いたパウリーニ[1]が、クーシュナッペル人達の所へ行かなかったのはまずい。この者達は燕に似ていて、夏の眠りは乾いた巣で過ごし、冬の眠りは湿った巣で過ごすのである。——しかし私は眠りの中で紅海や黒海を通る旅をしていたとしても、しかし帝国都市であることを示す第三の『帝国新報』がこの夢から覚ましていたことだろう、つまり乞食のことである。

乞食の数は数えられない、ユダヤ人の乞食と違って、まさに数えているうちに増えるからである。私は貧民のための慈善喜劇で役を強いられてデビューし、与えに与えた。マイナースはスイスから当地を通過したに違いない、彼は専制国家ほど金のある国はない——従って自由国家や、ましてや自由小国家に至っては乞食の貰う以外の金はないと述べているからである。まことに絵入り聖書は貧民のための聖書、プリニウスは貧民のための文庫[2]と呼ばれるように、このような町は貧民のためのユダヤ人路地である。

すでに他の伝記上の諸都市やそれにこの町でも経験したことだが、遠くからではその屋根のチェス盤の目にはまだ詩的照明が輝いていると見えたのに、後に門を通ってみると明かりが次々と消えていく。私は蜥蜴亭で降りた。私の『花の絵』の最終章から御存じのように、ジーベンケースがここで自分の過去の最後の痛み、冬の名残を見いだしたからである。私は早速学校参事官のシュティーフェルの許へ行った、その窓辺に（その住まいは旅館の向かい側である）私はすでに一時間も或る女人族《アマゾン》が三角帽を被ったまま動かずに覗いているのを目に留めていた。私は彼が熱心に『ドイツのプログラムの神々の使者』の編集にかかって、自分の住まいの息苦しい孤独に抗して夢中になっている姿に出会った。女人族は単に、彼がレネッテの頭巾掛けに置いた彼の帽子であった。彼は直に私の『再生』の誤謬を非難した。「自分は確かに」、と彼は言った、「まだ校長です。しかし今では救貧院説教師でもあります——できれば新しい版では訂正して頂きたい。このような史実的不正確さがそもそも『花の絵』等にはたくさん見られ、それでこれらは史実に忠実なものというよりは空想の作品と見なされかねません。自分は一度『文芸報知』等にこれについてのささやかな報知を載せたいと思っているところです」。そもそも彼は今やより大胆になって、大股で歩いた。長いこと批評家であった著者達はいつも何か決然としたもの、粗野なものを身に付けてしまうものである。彼らは学的肉体の排泄器官として単に駄目なものを吸い込み、吐き出すべきであるけれども、仕舞にはなはだ強固になって、立派なものにも取り掛かるようになる。鶏を(同じことで)大きすぎる卵の殻で養うと、鶏は最後には卵そのものをもつつくようになるものである。

彼は、私をクーシュナッペルの学者達と引き合わせたいと申し出た、そして今晩こうした同郷人達を招こうと欲した。私の方は学者のクーシュナッペルよりはむしろ瘋癲病院の方を見てみたいと思う――そこではるかに人間の性質について学べる。著者が人間をゲームの対象にする分野(例えば哲学、詩文、絵画では、それも天分が見られる場合にのみ)、私は喜んで人間を訪ねる。しかし著者が人間なしで凌げる分野(例えば言語学、法学、測量学、考古学)では、私は単に著者のみを、つまり本のみを求める。

勿論、学者を訪ねてもいい――私が実際教区監督のツァイトマンを訪ねるように、――しかしそのためには見てみたいような娘を有していなければならない。結婚していない者の場合はどうしようもない。「ツァイトマンは幸せな結婚生活を送っていますか」と私は尋ねた。――「思い通りのものです」――「その息子達はテューピンゲンとか他の大学で学んでいますか」――「息子はいません」――「それでは子供はいないのですか、可哀想に」。――「一人娘がいます」。――「もうあなたの学校に通っているのですか」。――「もう卒業して成年に達しています、クーシュナッペルのサッフォーというところです」。――「それは取るに足らぬことです。でも教区監督は共に学問的話をできる男であると保証して頂けますな。そうでなければ蜥蜴亭に留まっていたいものです」。シュティーフェルは保証した。

我々が出掛ける前に、彼は私に彼の家政、それに(彼が不思議に思ったことに)レネッテの摘み取られた遅れ咲き、それに衣装戸棚(私にとっては大学の建物)まで見せなければならなかった。我々両人が一致したことだが、ヴェールとかショール、殊に日常の服は、愛する女性を、筆跡の残る手紙のドーム全体や、その顔の画廊よりも、存命の場合はより一層魅力的に、眠っている場合はより一層悲しく、熱く、我々の心の中で、描いてくれるものである。

しかし私は止《や》めたくなかった。救貧院説教師が私と一緒にどこまでも歩いて行き、イギリスの並木道のように曲がりくねった木のすべての路地を通って――我々のジーベンケースが屈辱の境遇のとき慰めの未来の陣痛に耐え、こらえたすべてのオリーブ園まで行かなければならなかったとき、説教師はどう考えたか私には分からない。――しかし私はすべてを見たとき、メルビッツァー理髪師の家の彼の狭い小部屋――二個のカナリア孵化箱も置けないようなもっと狭い寝室を見――それに遠くに緑の野の絞首台と枢密顧問官の家――それに近くには彼の最後の、しかし幸いまだ空の人生のディオゲネスの大樽の上の彼の墓石と疲れたレネッテ、もはやかつてのように次の朝、泣くために開くことのない目を閉じたレネッテが横たわっている最後の寝台枠の上の多彩のベッドの天蓋を見たとき、現実はその夢魔の前足を固く、深く、私の胸に押しつけた。戯れの詩文では柔らかで、しなやかな若い苦しみの茨は、成熟する現在では突き刺すような、強張った黒いものとなる。同様に思い出の詩文によって照らされた青春の地は、忘れられていた現実の恐怖の仮面を再び本物の目の前に置く。しかし私はこれに長いことは耐えられない。詩文はまた直に私にその暗室を開ける、そこでは（光学の暗室のように）砕かれて半ば隠された太陽が明るい円盤全体へと丸くなるのである。

我々は遅くなってシュティーフェルの上司、牧師のヨハネの許、つまり教区監督の許に行った。数エレの長さの描写を期待しないで欲しい。要するにこの男は、食事のせいよりは年のせいで強壮であった、そして彼の内部の人間は生来の王冠を戴いてこの世に生まれていたが、彼はその上に司教叙階の冠を戴いていた。彼は肉体的に、倫理的に、精神的に少しばかりうぬぼれていた。しかし私と大兄は容易に自負を許す、特に哀れな奴の場合はそうであり、これが教区監督であった。共同体では、単に喜捨を節約するために、通常村で最も貧しい者を羊飼いとするように、同様に魂の羊飼い［牧師］もそうして選ぶ。ルター教徒はこの教会の徳用ランプから油をどんなに差し引いても十分ではない、それは肥った僧との対比でその教義の違いを鮮明にするためで、肥った僧侶は教会で油を芯としてではなく、梟として飲むのである。もっともルター教徒はカトリック教徒を、聖職者は何も有してはならないというカトリック教徒が掲げるだけで実行したことのない状況を遵守することで恥じ入らせようとしているとまでは言えないだろうが。

ツァイトマンは時代と共にラーベナー(3)の時代まで来ていた。しかし私のところまで来たのは妻と子供だけであった。両人は彼の博物館まで来た。急に何かを言い出す母親は気のいい人であるが、しかし彼女の心の戸は萎えていて――閉まらない。娘のマリエッタはクーシュナッペルの女性としては大胆すぎて、鋭いアクセントで話し、熱く、速く、しかし高貴に力強く話した。私は一全紙の彼女の詩を読んだが、しかし読みながら単に批評を和らげることだけを考えていた。彼女とか、そもそも女性の心はそれが書くものより詩的に生きている。女達は芸術家となるよりは芸術作品となるために生まれている。人間の薔薇である少女の詩を私はしばしば薔薇の木の五倍子と見なしている、これは薔薇同様に少女の場合もただ閉じ込められた他の卵によってのみ脹れるのである。薔薇の花びらがいつも薔薇の五倍子よりも愛らしい。少女達は水を飲み、その中につかる、彼女達の日輪が水を乾かし、水の精として留まる。しかし結婚生活となるとこうした優しい恋情は消える、向日葵はただ若い頃に日輪に従って向きを変えるようなものである。女性作家は男性作家、例えば私の半分も幸せではない。それでも女性作家には結婚しても残りの巻を印刷させるがいい、家庭的な主婦はできるかぎり自ら何でもするものである。髪飾り、背広、撚り糸、従ってまた――反古も作り出す。そしてこの際、彼女は更に紙に、陶工が鉢にそうするように、詩的な花や花瓶を添えて家の外の恋人のために美的価値を分け与える。

しかし私は何を欲しているのか。マリエッタは善良で、それで十分である。――さて我々は去った、そして翌日十二人のラザロ達がやって来て、喜捨人の私の前で貧乏人であることを誓った。私は十分彼らに与えた。私は以前、慈善箱、――これはドイツのどの旅館でも薬トシテ与エヨという警告の処方箋と共に用意されているのを目にするのだが――これを見て、ひょっとしたら数千人の旅行客のうち一人も三文銭をこの乞食の声門に投じていないのではないかと考えたことがあった。そんなわけで関与者が自ら喜捨を集めるのを理性的なことと思った、この哀れな者達は侯爵に似ているからで、侯爵は自ら姿を現したときにのみ、ある町でその税を徴収するのである。

しかし十時に私自身が喜捨を請う者となったと知れば大兄は何と言うだろうか。――つまり大巡査長が周知の地方裁判所書記のベルステル(4)を私のところに寄越して、こう伝えさせたのである、私が数週間当地に滞在したいならば、自分は病気になっても、余所者の病人を世話する聖ユダ救貧院の厄介にはなるつもりはないということについて二人の保証人と一通の証書を出さなければならない、と。私はこのことについて救貧院説教師宛に手紙を書いた。ようやく午後になって彼は私のところに、自分とそれにライプツィヒで私に会い、私のものを読んだことのある若い商人の息子が一緒に私のための保証人になることにしたという知らせを持ってやって来た。この息子の金持ちの父親、ポスハルトは最初そのことを許そうとしなかった。「どこの馬の骨とも知れないやつだ」と彼は言った。しかし母親が夫を説得し、多くの女達がそうであるように、強制はしないが導く星々に似ることになった。

若いファイトは（私の第二の保証人はそう呼ばれた）シュティーフェルを寄越して私を彼のクラブに案内させた。私はライプツィヒで彼のことを気のいい器用な人間、自分の商家にイタリアの取引先のすべてを調達した人間として知っていた。ただ彼は――ある小さな点で道化であるという欠点を持っていた、それで例えばありふれたファイトという名前をフォイトとかフィートと変えていた。

シュティーフェルは私を葡萄の葉の冠の付いた家〔酒場〕へ案内した。その冠に寄生する植物は月桂樹冠が好まれているものである。クーシュナッペル人の半ばの者がそこに座っていた。汲む下僕に変わり、港で互いにタールを塗っている按配であった。しかしそこはポスハルトの家であった。つまり帝国町にはワイン畑の山脈あるいは欄干が周囲にあるのであるが、しかしそのワインは劣等なもので、胃の周りの温かい湿布のために必要なほど外国へは売れない。そこで帝国町は二つの部分に分かれるが、その一つはワインの客人となり、もう一つはその客人にワインを注ぐワイン管理人となる。ワイン管理人は小売りし終わると、管理人は客となり、どこかの客が管理人となるのである。そしてこの交代を通じて――どの路地も他の路地の吸収する地質になるので――帝国市場町は全生産物を極めて有利な輸出貿易で自分達自身に売りさばき、一滴も無駄にされず、当地に残るのである。――大兄を本物のユーバーリンゲンへ連れ戻していることがお分かり頂けよう。

我々はファイトの部屋に案内された。そこには男性的な鷲鼻と親しげな、しかし鋭い目つきの大きな女性しかいなかったが、フィートの母親で、彼女は安楽椅子から保存の覆いを取り、石膏の像からは赤い紗の夏外套を取った。彼女は我々をクーシュナッペルでは珍しい、混乱のない自制し、落ち着いた様子で出迎えた。ようやくクラブと息子とが階段を登ってきた。

入って来た一団は一つ紐で縛られた抱き犬のように流行の刈られ方をしていた。抱き犬で毛のある部位、つまり頭部はある者はティート風、別の者はアルキビアデス風、第三の者はカラカラ風であったけれども。彼らは当世風にお辞儀をした、つまり真っ直ぐ母親のすぐ側に近寄り、何事かを肯定するかのように彼女の前で頷いた。ただ敏捷な息子が彼女の手に接吻した。あるベルン人、ハプスブルクの総督[*1]が夫人への膝かがめのお辞儀の後、帽子をまた被り、夫人が去ると、他の者達がその帽子で同じことをした。洗礼名ベニグナにふさわしい善良な母親は、一団にコーヒー店主や世襲居酒屋亭主、市役所地下食堂店員、料理人頭、糧秣長、スイス人パン職人を準備したので――つまりこうした人々の属性や贈り物を準備したので、――私は、この司教冠を戴いた集会を食事のとき帽子を被ったままでいるユダヤ人と見なすという奇妙な考えに襲われた。ベニグナは時折部屋の中を通って行った。すると一座の人々はまた無帽の犠牲を行ったが、それは古代人に似ていた、古代人は犠牲のときただ二つの神性、名誉とサトゥルヌス（髪にさえ頭皮剝ぎ取りナイフを当てる時間の神のことである）の前でのみ帽子を脱いだのである。

私はこの判じ絵を今の大兄同様に退屈なものと思ったが、帽子ギルドの新しい会員が加わって謎が解けた――会員はその場でそれと分かった、――つまりフィート氏のことである。こうである。若い人々は（何人かの者は大都市の大市の自由で甘やかされ、他の者はそれで誘われ）、帽子を絶えず脱ぐことを頭にとっては些細すぎると思い、帽子にとっては不利益すぎると思っていた。そこで彼らは先の、一七八八年の七月のモード誌[5]に描かれた帽子を被ったままのクラブの例に倣うことにし、互いに決して無帽で挨拶をせず、模倣例を示す約束をしたのであった。部屋がフリーメーソン支部集会所となり、フィートは同志となり、総督がその支部長であった。大都市から来ている者にとって小都市で道化にならないですむことほど難しいものはない。帽子を被った支部にとってはそれは難しすぎることであった。町についての私自身の本は町の晒し台へと変わった。若い一座は頭に髪を有する者や帽子を有しない者をすべて死刑に処した。

古代人はかつては古代人を好意的に「我らの敬虔な古代人」という添え名で引用している。しかし我々は古代人を皮肉に「善良な古代人」と呼ぶ。しかしこれは許したい。というのは少なくとも我らの世紀は他のどの世紀よりも古いからである。それ故、我々はより経験豊かな者として、死せる古代人に対して、本来古代人と見なされる、生きている年寄りに対するのとは別であるが。しかし我らの生意気な文学(6)では今や山岳の長老(7)ではなく、若造が家政を司っていて、この若造の間ではまさに年功によって先駆けることになっている。生きている年寄りに、これらにピタゴラス(8)はクロトンでは最後に説教したものだが、ミューズの山の信奉者は最初に教え、彼らに刑事的質問や拷問を始めている。溶解しにくい法律家が彼らに免除している質問であるが。この信奉者は勿論自分について法律家と共に意地悪さは年齢の代わりとなると仮定している。しかし意地悪さは心の硬化を予感させるものであれ、人間は十年ごとに十年前には得ていない分別を得るものである。自然の書の中には全く読めない筆跡で書かれた若干の頁があって、それは長いことその筆跡に馴染んだ者のみが読めるのである。

ただ帽子教団は許して欲しい。帝国都市や小都市においては、先の時代の欠点の最中にいては今の時代の長所を過大評価しないでいることは難しい。ただ私のような伝記的劇作家にとっては易しい。こうした者は即刻中身のつまった形姿を透明な詩的形姿に剝製にし、それからその善なるものと悪しきものとが混じり合わずに並んでいるのを見ることになる。

大兄は私が自ら帽子クラブの会員として入会したことを不思議に思われるであろう――私がそうしたのは、一週間後に退会する口実を得るためだったのだが。私はここに、昨日それ故教団に送った私の奇妙な退位文書(9)を同封する。

丁重なファイトは喜びの余り、新しい教団の同志は一緒にグレームスへのピクニックに行かなければならないと誓った。しかし救貧院説教師は決然と答えた。「自分はそれにスープを出したい、従って自分は他の者同様に客人を連れていけます――自分は貴方〔小生〕が一緒に行くものと勘定しています、貴方は以前自分の客人であったのですから」。私は彼と一緒にスープを我々の非常用資金から準備することで折り合いをつけて――私は砕いて入れるものを引き受け、彼は汁を引き受けた。

　グレームスは帝国都市クーシュナッペルに属する共有の市有財産、領地で、管理人を有していた。老ポスハルトは、六人裁判所の構成員で、領地をさながら不在中の管財人として監督していた。領地は市の財政に立派な池で利益を与えており、その漁業の際には大参事会と小参事会が出かけ、勘定と食事を自前にして貰っていた。いつもそこから多くの魚が取れたので、手に入れた魚代で参事会の食事が賄えて、その上来年のための鯉の腹子を残せたのである。

　さてそこから十五分ほどのところに桜桃の小森が（フランクフルト近郊のように）あって（同様の公共の市有財産であり）、その小森を市参事会は桜桃の実のなるちょうど七人の聖睡眠者の日にその日だけ、女性や子供達、その他の名士達に賃貸しするのであった。大抵の家族は一本の木を賃借りし、二、三本の木を賃借りする家もあった。七人の聖睡眠者の日にはすべての桜桃の小作人達がまず競い合いのピクニックを行い、それから徒歩で小森まで糧秣受領に行き、各人が桜桃を摘んだ。賃借料は単に友好的な関係によって見積もられていたので、多くの者がその木でどれほどの利益を受けるかは大兄も分かるであろう。

　ベニグナは――子供部屋とクラブ会員の部屋とに分割されていたが――子供部屋からまた出て来て、同盟者達の果物倉庫やワイン貯蔵庫の状態を視察した。そして夫が郵便日で見えないことを詫びた。六の字は、そう人々は彼のことを呼んだが、二人の学者のことを何とも思っていなかったのである。彼女は好意的にフィートから私のピクニックのためのスープの申し出を聞き取った。誓って。彼女は私同様に私の本を熱心に読むのである。夫人とは数時間すれば、乙女との数日よりも――夫人の方がもっと勇気があり、勇気を与えるので――より先に進む。乙女は若い胡桃の実で、その種からはまず緑の皮を、それから石のような皮を、最後に蜘蛛の巣の皮を剝がなければならない。より古い胡桃の実は開けさえすればいい。彼女は長い月桂樹のさし枝を私の髪に挿したが、その前にそれで強く私の執筆の指を叩いた、私が真面目と冗談を熱の高低のように急いで取り替えたのでこの罰金遊びの罰に遭ったのである。「誰が」と私は答えた、「このような心温まる願いを抱いていて切ったり突いたりできましょう。男性にとっては喜劇的なものは泣き笑いの喜劇とは全く反対のものです。しかし女性陣は本来喜劇を好みません。これに対し私のシュレーゲルはこれだけを欲しています。彼は女性陣の麝香鼠というところでしょう」。――そのことを彼女にはっきり説明するために、私はこう言った、シュレーゲルは（私と同じ洗礼名の方であれ、別の方であれ、あるいは両者であれ）[10]まさに私の作品の中の感傷的なもの、高貴なものを非難し、分離しており、麝香鼠あるいはシベット鼠が真珠貝を食べてから真珠を消化できずに真珠採りのためにまた体内から出すようなものである、と。

彼女は私に自分の直接閲覧図書を見せなければならなかったが、それはひょっとしたら最大の二つ折り判ほどの重さのもので、子供部屋にあった。彼女はマリエッタしか文学上の友を有しなかったが、マリエッタとはこっそりと会うか、教会の途次顔を合わせたり、声を聞いたりするだけであった。しかし詩がより早い夢として自分を深く星座の輝く天への梯子へと励ましてくれる夜の時間への期待が、日中の踏み開かれた山道での重い足取りの際、彼女を導き、高めた。彼女の息子は彼女とマリエッタにとって書籍商であり、貸し手であった、しかしマリエッタはその上更に彼を貸し手としていた。彼は彼女をとても愛しているということだった。少しばかり性急に私は、六の字のことを考えて――この階下の者にとっては自分の当座帳の方が更に大きな当座帳を作れる二人の学者よりも好ましかったのであるが――彼女は幸せであるかと質問した。「確かに幸せだわ――出来が良くてもいつも心配になる子供達のことを除けば」と彼女は答えた。

しかし私は翌日教えられた。私は友情の花粉を近しい花の蕚の間で媒介する風とか昆虫でありたいので、教区監督夫人に彼女のマリエッタに対するベニグナの愛を描いてみせた。「でもどうしようもないわ」と彼女は元気に答えた、「老ポスハルトが変わらないかぎり」――「ベニグナのような夫人が」と私は言った、「その側で幸せであるなら、夫はネロとか、死神とかモーロッホ［人身御供を捧げられたフェニキア人の神］であるはずはありません」。――

「私は」と彼女は続けた、「夫人のことを言っているのではなく、娘のことを言っているのです。でもポスハルト夫人が幸せですって。可哀想に。彼女は夫が目覚めているかぎり、本を読めないのよ。私とマリエッタのことを彼は女学者と呼んでいて、付き合うなと夫人に言っているわ。あなたは本をお書きになるから、家に入るよりは出て行ってもらいたかったのよ」。その通り、哀れな女性よ。しかし私が感動した愛の尊敬の大きな絵を解いて広げることをしないよう私を押し留めて欲しい、この尊敬の念は、辛抱し、その辛抱を隠すこの女性のような人、偉人のように、ただ暗闇の中で処刑を受ける人を見るたびに、私の心に生じて、私を感動させるものだ。——苦痛を黙っている様は他人の善良な胸にはどの胸にも聞こえるものだ。

　昨日一人の唖が私に花の購入を求めた、これは明らかにローマ人の遺産や贈り物の購入同様に単なる虚構であった。しかし私は何とこれに感動したことか。パリで戸口の前を通り過ぎ、時に赤貧の女達がその下に立っていて、一言も言わずにただ手だけを差し出したら、更にこれ以上に私の内面は動揺し、何ものかを差し出す羽目になることだろう。——突然今私の前で教会の鐘が今日の日の名前を呼んだ。善良なヴィクトルよ。私は大兄に夏至の日が大兄と諸国にもたらした長い集雲については何も語りたくない。聖ヨハネの日[11]［夏至］を思い出したとだけ言っておきたい。

　教区監督夫人は今や本題に入った、そしてほとんど女性に見られない率直さで情報で一杯の蒴を砕いた。両父親、ポスハルトとツァイトマンはお互いの自負心から避け合っている、前者は金塊の上に座し、後者は説教壇のオリンポス山に座している、そして両人は相手がそれ以上要求していると思わなければ、それ以上は要求しない、と。しかし何とこの怒りの草原の炎はフィートとマリエッタがその上で求め合っている愛の沃野を引き離し、あるいは稲妻が花々をそうするように、枯らすことまでしてしまうものか。

　グレームスでは本来愛餐となる予定のピクニックの際、多くの争いが生ずるであろう、私は最も風の強い人生の日々の一つを予期した。家族はその上現物の供給を競うだろう、特に六の字は教区監督と競うだろう。——大兄はすべてを次の手紙で読むことだろう。私はようやく何か気の利いたことを思いついたが、それを教区監督夫人に温かく伝えた――彼女の率直さは隠された詮索ではなく、彼女のメガホンは聴診器ではない、つまりパリでのように路上の触れ役がしばしば路上のスパイであるという具合ではないからである。――気の利いたことというのは、私がシュティーフェルと共に前もって朝食のダンス・パーティーを行うつもりであるという楽しいことで、若い人々が少なくとも何ものかを、つまりは互いを得られるようにするためである。

黙っているベニグナのために私は素晴らしいことをしたい。まずクーシュナッペルの女性達の中にいる優しく心豊かな明るい人を考えて欲しい、この女性達は上等のサラダ菜に似て、頭を形成する者は誰もいないのである、それに粗野な男性達の中にいるこの人を考えて欲しい、この男性達は酒精と硫酸塩から作られたエーテル以外のエーテルを求めないし、買わない、この男性達にとっては鹿の他に高貴なものはなく、猪[*2]の他に騎士的なものはないのである――哀れなベニグナよ――御機嫌よう。直にもっと詳しいことを書こう。今は彼女宛に書くことにする。

J. P.

ドイツ帽子同盟への請願書

尊敬する会員殿

ちょうど一週間前の土曜日、私は帽子を節約する結社に大公やクエーカー教徒の権利と共に不肖の会員として加入する幸せを得ました。私はまだ素晴らしい帽子同盟の夕べを覚えていますが、その夕べには、この夕べが過ぎ去って、早くも帽子を被って貴方達に会い、帽子を被ったままでおれる明るい朝がくることだけを願ったものです。いずれにせよヴィンケルマンは古い像の頭部からその像の様式の最も高貴である証明をしてみせたものです。旅館にいて、路地を見下ろしていたとき、その路地で、掛けられた啓蒙で一杯の街燈ではなくても、街燈を吊す柱となり、クーシュナッペルでも啓蒙を更に進めようと考えると微熱が体の中を走り、汗をかいたものです。しかし何と多量の頭部が、ティムールが塔を作ったときの七万の頭蓋骨よりも多くのものが、啓蒙の燈台のバベルの塔建設に使われたことでしょう。というのは、帽子同盟は、デウカリオン(12)のように覆ったまま立って、その上その石を、見回さずに投げつけて、そうして思いがけずもパリの自由の帽子協会と一緒のことをしているからです（と私は申しました）。

私が言っているのは、この固い縁なし帽子は薬用のピッチの帽子と同じで力ずくでしか剝ぎ取れないということとは全く何か別のことです。つまり当地の一般的な毛髪刈りのことであります。そもそもすでに数年前に私は我々の弁髪の漸次の衰退に気付き、この牛の尾の膿腫[*3]はさほど後を残さず、ロベスピエールの尻尾［残り少ない支持者］よりも少なくなるだろうとやがて推論しました。今や、私が正しく予見したように偉大な国民は剃髪し、女性達[*4]でさえ剃髪しましたが、それは四つのイエズス会士の誓いを守るためで、つまり従順と清貧、節制（いずれにせよ多くの者が恋人のための指輪に必要なほどの毛髪はもはや有しなかったので）、それに伝道の誓いであります。――こうした剃髪には千もの理由があると私に告げる必要はありません――つまり古代フランク族の国王の場合長い髪からなっていた最後の王冠を廃しようとしているのだとか――古代人は同様にして人間を冥府の神々に捧げていたのでそれは徴発の印であるとか――アレテウスや他の医師達は狂人の髪を刈っていたので、臨床的有益さがあるのだとか――きつい自由の帽子の下では、禿鷹と同じような禿頭だけが余裕を有するとか――つまりこうしたことはそれを知っていることをここで示している男に対して述べる必要はない、と申し上げます。

しかし閑話休題。今やパリで理髪師がその鋏を閉めているのであれば、十のドイツの州では弁髪が廃され、我々は毎週二人組が同時に、前方では髭剃り人が、後方では理髪師が理容する時代が来ると期待できましょう。尊敬する同志殿。今ほど、フェルト帽、この刈られた兎の毛の突起、入れ毛の突起を、このパリの鬣［鬘］を被ることが必要な時があったでしょうか。

これは土曜日の旅館での私の考えです。食後の日曜日は素晴らしい日で、シュヴァーベンの全同盟が歩き回っていて、全同盟に出くわして、私もその中にいて、誰も相手に敬礼をせず――私どもは至るところでぶつかりました、モルト［殺害］路地で、フィッシャー［漁師］路地で、エーレント［悲惨］路地で、ハーファー［燕麦］小路地で――そして私の行路の平面はすべて他の平面と交差して、一度は市場で［二個の天体の］衝、合、三分の一対座で立つことになりました――実際確たる帽子で強張って、二つの帽子を被って家に帰る市場の百姓のように通り過ぎることは立派な様でした。この楽しみの妨げとなったのは、私が緑色にラックを塗られた旅行帽を被っていて、それがしっかりと固定されていなかった点です。極めて上品なビーバー帽子ならば確と納まっていたことでしょう。

月曜日の午前私は中央の路地を若干遊撃しました、挨拶しないで済ませられる誰かにひょっとしたら偶然出会わないかと思ってのことです。長いことさまよい、最後に袋小路に入りました。しかし私は何の同盟者の利点も生かせず、帽子を持ち上げる必要がなかったのです、何にも出会わなかったものですから。そもそも硫酸のような歩行でした。というのは私の旅館から遠からぬところで私の前を一人の紳士が通り過ぎましたが、私はこの人を冗談で私を試している教団の同志と思ったからです。私は手で軽い合図をして、帽子を被ったままでいました。しかしそれは教区監督のツァイトマン氏だったのです、彼は私を粗野な奴と思ったことでしょう。

火曜日は郵便日でした――私は考えの詰まった私の手紙を郵便局に運びました――そして家に帰ったとき、この件を思い出して、同志を求めて窓辺を窺うことができたのにと思ったことでした。

水曜日には銀鍍金された丸薬［不快なこと］が次第に舌先で溶け始めて、私は不愉快になりました。私は何人かの同志に出会いましたが、しかし格別の満足を覚えず、支部で働きました。私は私どもの苦いアーモンドの実を覆っている氷砂糖を大部分なめ尽くしていて、最後には、いつも視線を先送って素早く歩行者の正しい司教区を分類して、固い殻なしに他人の殻に出入りする楊子魚ややどかりとして扱うべき者なのか、それとも殻が生来くっついているざりがにとして扱うべき者なのか決めなければならないことに嫌気がさしていました。

木曜日には復讐の女神が路上をぶらついているように見えました。というのは朝には俗人がすでに通りの角を曲がったときにようやく、私は俗人の挨拶を取り戻していたからです。午後には私と支部の親方は相手が自分の方へやって来て、司教冠を相手に向かってちょっと押し込んだだけでもう、早速指先を帽子の先に当てて、それで私どもはハムをゆるい皮を付けたまま給仕することになりました。――そして私が夕方とても蒸し暑くて涼しく帽子を取って歩いていたとき、会員達に出会うたびに、私は帽子を着用したままでいるために帽子を被り、彼らが去った後ようやく取ることになりました——これは実際逆の挨拶です。

金曜日、あるいは昨日、私はすでにベッドで言いました。喧嘩になって、結社が自分を吐き出せばいい、と。そして私は自分のより幸福な、帽子を浪費する、無帽の過去を振り返ってみると、堅苦しい鎖に全く腹が立ってきました。私は頭の地下牢、牢獄にいる自分を巨人オグ[13]と比べました、オグは落ちてきた山の中に頭がはさまって、頭を引き抜くことができずに、斧を持ったモーゼに飛び乗られ、とどめを刺されたのでした。「これ以上」と私は誓いました、「自らの［木製の］帽子型、司教冠所有者でいるくらいなら、むしろこの椅子カバーを被る方がましだ」。

そして私はコーヒーを飲みながら更に哲学的冷淡さに情熱的熱さを加えて、自らに、「残念ながら人間は帽子から脳を改造する、その逆のことはしないで。かくて多くの者が自分達の成分の対の要素に対して太い長柄やすりよりも、イギリスの硬貨整量やすりや、明暗やすりをかけて、引いたり、削ったりしている。しかしこれでは良くない」と言うと、私は癒えて飛び上がり、路上に行き、尊敬する会員の方々よ、貴方達の前で、躊躇することなく、はなはだ丁寧に帽子を取ったのでした。

今日私はこの請願状にとりかかりました、その内容は貴方達の前で帽子を取る認可を求めることに他なりません。

しかしいつか私が元気になって、長柄やすりを放り出してよく——つまり別な譬えでは、私がいつか私の四つの脳室、四つの心室を蜜を詰める前の蜜蜂の巣箱のように輝くようにこすり磨き、削り取って滑らかにし——あるいは第三の譬えでは、いつか私が情熱の猛鳥類からその風切羽を、あるいは頭部までも切り取ったら、まだ庇護の卵の殻の付いている這い出てきた魂の雛から喜んでこの殻を取り除き、また帽子同盟に加入することでしょう。それまでは、側を通り過ぎるとき、貴方達に敬意を表するために、私がこれまで以上に丁重な挨拶をするのを許して頂きたい。頓首

先の同志

J. P.

追伸、私どもは他の儀式の醜い世迷言に対してある団体を形成しても、私の原理に余り反するものとはいえないでしょう、つまりその規約は（私はその著作権を得たいのですが）、二人の会員は、習慣に反して互いにいつも右側を行くこととか、ドアの入口の前では他人を差し置いて各自先に行くことといった内容のものです。

＊1　大参事会、小参事会を真似るベルンの外的身分では、演習の際将軍を演ずる若者はこう呼ばれる。より新しい情報によれば、先のベルン人は何か全く別のものであるそうであるが、しかし常に良家の出である。
＊2　ヴァイトマンの『バビロン』では鹿は高貴な動物で、猪は騎士的な動物である。
＊3　家畜の病気で、尻尾の関節が次々と折れる。
＊4　ドイツの女性達よ、塩漬け鰊や徒刑囚にふさわしいこうした極めて醜い裸を真似ないで欲しい。お願いしたい。

第四の手紙　ベニグナ宛

少女達と夫人達の辛抱について
追伸、改心の二重の誓い――ある不幸な男の除夜

Kにて　六月二十四日

すんでのところで、奥様、私は今日の午前、あなたが下の方で上の私の方へ歌い上げていた救貧院教会で、下のあなたに手紙を差し上げるところでした。ある詩行があなたに似合っていたとき、私は大声でそれを歌いました。実際手紙は主要な賛美歌にふさわしいものだったことでしょう。きっと私はその中で、痛みの地震が私どもの心の中で上へと押し上げる魂の素晴らしい源泉、高台について語ったことでしょう――そして現世の異教徒の前庭で未

知の至聖所から多くの音色を陽気なざわめきの中でよりも容易に聞き入れることができる悲嘆の暗い静かさについて語ったことでしょう、それはちょうど口琴の旋律の秘かな夜の飛行の前からは明かりが片付けられるようなものです。――

私は教会での手紙ではきっと、人生の過重荷物を担うのに男と女ではどう違うかと二重の方法について説明していたことでしょう――男性は頭に、女性は胸に担います。男性は、迫り来るループレヒト達や［フリーメーソンの］恐怖の同志は、害を与えるよりは脅しを与える単なる変装した悪魔にすぎないと証明します。しかし女性はそれらを真の死の天使と見なして、目を閉ざして、恭順の様子で待ちます。男性はこう言えます――実際そうすべきでしょう――「汝が生まれる前にこの六時から八時半までの演劇の人生の夕べのために殴られて苦しむ役を自ら決めたのであれば、汝はきっとそれを満足して演じ切るであろう。しかし汝はいかなるときであれ運命を心で決めたことと見なせないのか――例えば牢獄を自宅と――亡命を旅行と――退屈な社交を蠟人形の陳列室と――雨を灌水浴と――悪天候を自ら選んだ気候と――空腹を断食療法と」。――

あなた達、立派な人間はこのような見方はできません。ある種のインドの樹のようにあなた達は運命の手の下であなた達の小枝を下の根の方、大地の中にまで降ろして、それから曲がった小枝が新しい梢として再び上がってきます。

しかし私は、尊敬する方よ、このことを書き付けていたとしたら、聖職者の教会席よりは参事官の教会席[*1]を見下ろしたことでしょう。少女達はこの点では夫人達のようではありません、殊にまさに善良で詩人的な少女の場合はそうです。最も明るい星々は、愛の星や水星でさえ、その日輪を過ぎるときには、黒い点となります。そしてそれらの若い人生の難題はいずれも、できの悪い長編小説の場合と同様に死が解決してくれることになります。これに対して結婚生活では女性は、生の願いは死の願いよりも難しく、価値あるものであること――第二世界はまず第一の世界で賄わなければならず、第一世界へただで来たようには第二世界へはただでは行けないこと、さもなければ第一世界は必要なかったことになるでありましょうから――そして無限の者が真理と心の偉大な帝国の傍らに虫ども現世の汚れた世界全体を創り、見守っているように、私どもはこの創造の継続を恥じてはならないこと――そして天に向けられた目は天体望遠鏡と同じで、それが一つではすべてが逆さまに地上では見えるけれども、対になるとあべこべにならない優れた地上望遠鏡になることを学びます。

そもそも彼女達は結婚生活で、教会で手紙を企てる人々がいること、そしてより良いことを思いついても、午後には退屈な抄録でそれを紹介し、忍耐の称賛の中に忍耐の試験となるものを混ぜる人々がいることを学びます。

しかし私があなたとあなたの家族の方々をすでに一度フィートを通じて招待しており、今自らが招待するあの祝典、朝食のダンス・パーティーは二番目の忍耐の試験となることのないように願っています。若い人々は実際何かを得る必要があります。桜桃や焼肉が何の役にたちましょうか。

すでに印刷に付された私の二つの論説、改心の誓いと除夜[*2]を私はあなたに約束していました、しかし私はそれらを送りません、代わりにこれらの論説を改作、改訂して、それで今や第二版のために装いも新たになっています。

――すべてはあなたの喜びとなって欲しいものです、追伸も、手紙も、それに花火付きの朝食のダンス・パーティーも。

J. P.

改心の二重の誓い

ハインリヒは十五歳の青年で、つまり、めったに守ることのない立派な計画と、日々後悔する失敗とに満ちていた。彼は自分の父親と教師を心から愛していたが、しかし自分の享楽をしばしばもっと強く愛していた。彼は喜んで人生を両人のために犠牲に供したいと思っていたが、しかし自分の意志はそうしたくなかった。彼の熱い魂は、自分の愛する人々から涙を絞り取るよりも自分自身から絞り取る方が多かった。かくて痛々しく彼の人生は悔いと罪の間をさまようことになった。そして遂には彼の立派な決意と堕落の基になる失敗との長い交代のために彼の友人達や彼すらも改心の望みを失ってしまった。

今や父親の伯爵の、余りにしばしば傷付けられた心からは、ハインリヒは大学や旅の途次、そこでは悪徳の迷路はますますあでやかな花を咲かせ傾斜が急になり、父親の引き戻す手や引き留める声はもはや届かず、弱さから弱さへと沈んでいき、遂には汚れて、衰弱した神経の魂と共に、その純な美しさと一切を失った、徳操の反映である後悔すら失った魂と共に帰って来かねないのではないかという心配が去ることはなかった。

伯爵は優しく、穏やかで、敬虔であったが、しかし病身で余りに柔和であった。彼の妻の墓がさながら彼の人生の床の下にあって、彼が花々を探すすべての花壇の下を虚ろにした。――今や彼は自分の誕生日に、殊によるとこの誕生日のせいで病気となった、それほどに麻痺した胸は、心臓がより一層強く鼓動することになる一日が耐えられなかった。彼が失神から失神へと沈んでいくので、悩んだ息子は、英国風の小森へでかけた、そこには彼の母の墓と父親が葬儀の悲しみの中で自分のために造らせた空の墓があった。ここでハインリヒは母親の霊に自分の短気と喜びへの激しい自分の飢えに対する戦いを誓った。父親の誕生日が実際彼にこう呼びかけたのであった。「おまえの父親を保ち、父親を母親の塵から分かっているこの薄い大地は直に崩れるだろう、ひょっとしたらそれは数日後かもしれない、そうしたら父親は嘆いたまま、希望もなく死ぬことになる、そしておまえの母親の許に行って、おまえが良くなったと知らせることができない」。そのとき彼は激しく泣いた、しかし不幸なハインリヒよ、汝が改心することがなければ、汝の感動と汝の流涕が何の役に立とう。

数日すると父親は再び起き上がって、病身で過度に感動し、希望を抱いて、後悔する若者を熱病の胸に抱きしめた。ハインリヒは治癒と接吻に喜んで陶然となり、――彼はより快活に、荒々しくなり――彼は飲み――更にすさんだ――彼の教師は、父親の病身の柔和さを力強い厳格さで償おうと試みて、歓喜の酩酊が膨れ上がるのを否定した――ハインリヒは熱くなって、父親の柔和さとは異なる命令に従わなかった――教師は確固として強固に、必然的にその命令を繰り返したので、ハインリヒは酩酊して厳格な友人の教師の心と名誉とを余りに深く傷つけた――

すると望みを抱く父親のしばしば射抜かれて病んだ心臓に、教師に対するこの反抗心が毒矢のように飛来してきて、父親は傷付いて横たわり、元の病いの床に沈んだ。

愛しい子供達よ、私は諸君にハインリヒの苦悩も過ちも描く気はない。しかし諸君が彼の過ちに下すに違いない厳しい判決の中に、ひょっとしたら自分達も犯したかもしれない過ちをもすべて含めるがいい。両親の死の床に歩み寄るときに、こう言う必要のない子供がいるであろうか。「親の命を数年私が縮めたのではなくても、数週間か数日は縮めていることだろう。――私が今和らげようと思っている痛みをひょっとしたら自ら与えたり、強めたりしたかもしれない。まだ一時間永らえてこの世を見ていたい愛しい目をただ私の過ちが先に閉ざしてしまうのだ」。――しかし狂気の「死すべき定めの」男は自分の罪を大胆に犯してしまう、単にその殺人的結果が見えないからである。――彼はその胸の中に閉じ込められていた獰猛な動物を解き放ち、夜、人間達の許に侵入させる、しかしこの解き放たれた怪獣が何人もの無実の者を襲い、絞め殺すことになるか分かっていない。

荒々しい人間は軽薄に自らの罪の燃える石炭を撒き散らす、そして墓場に横たわっているときはじめて、背後でその点火された炎で小屋が燃え上がり、その煙の柱は罪人の晒し柱として自分の墓の上にたなびき、永遠にそこに留まる。

ハインリヒは、治癒の望みが消えると、善良な父の崩れていく姿を苦悩の余りもはや見ておれなかった。彼は単に隣室に留まり、失神が父親の生命に広がっていく間に、犯罪者のように静かに跪き、目を閉じて、先のこと、臨終を告げる悲痛な叫び声を待っていた。

とうとう彼は、別れを告げ、赦しを貰うために病人の前に進み出なければならなかった。しかし父親は単に愛情を見せただけで、信頼を二度と与えず、こう言った。「更生しろ、しかし約束しなくていい」。

ハインリヒが恥ずかしさと悲しみのため打ちのめされて隣室に横たわっていたとき、彼は目を覚ます思いで、自分のかつての教師が、これは彼の父親の教師でもあったが、あたかも冷たい生の周りに最も長い夜が侵入したかのように父親を祝福している声を耳にした。「甘美にまどろんで逝くがいい」と彼は言った、「汝、有徳な人間よ、汝、忠実な弟子よ。汝が私に対して守ったすべての良き意図、汝に対するすべての汝の勝利、すべての汝の立派な行為は今や明るい夕焼けの雲のように汝の死の薄明の中を過っていくに違いない。この最期の時に汝の不幸なハインリヒに対して希望を抱き、微笑むがいい、私の声が聞こえ、潰れる思いの胸の中になお一つの歓喜があるならば」。

病人は重苦しい、自分の上に転がされた失神の氷の下で気丈になることはできず、その感覚は破れて、教師の声を息子の声と思って、吃って言った。「ハインリヒよ、私にはおまえの姿が見えない、しかしおまえの声は聞こえる。おまえの手を私の上に置いて、更生すると誓うことだ」。彼は誓うために突進していった。しかし教師が彼に合図して、手を冷たくなっていく心臓に置いて、小声で言った。「あなたの名前において誓います」。

しかし彼は突然心臓が絶え、人生の長い鼓動から休むのを感じた。「不幸者よ、去るがいい」と彼は言った、「希望もなく彼は亡くなった」。

ハインリヒは館から逃げた。どうして彼は自らが父親の友人達にもたらした悲しみを共に見つめ、分かち合うことができるだろう。彼は自分の教師に単に帰還の約束と時とを残しておいた。よろめきながら、大声で泣きながら、彼は英国風の小森へ行って、白い墓石が青ざめた骸骨のように緑の葉陰に点在しているのを見た。しかし彼は父親の空の将来の安住の地に触れる勇気がなかった。彼は単に、ある心、自分のせいで亡くなったのではない母親の心臓を、つとに長いこと崩れた胸の塵の中にある心臓を覆っている第二のピラミッドに寄りかかった。彼は泣くわけにいかず、誓約するわけにいかなかった。黙って、かがんで、重苦しく、彼は痛みに耐えていた。いたるところで喪失と咎の思い出に出合った——高く積み上げられた落ち穂を持った父親に駆け寄る子供のすべてが一つの思い出であった——鐘の音はすべて弔鐘であった——溝はすべて墓であった——指針はすべて、かの王侯の時計[*3]のように、単に最期の父親の時を示していた。

ハインリヒはやって来た。そして後悔と苦痛に満ちた暗い五日間の後では、彼は父親の友人の許に戻りたいと憧れ、初めての自分の変化で友人を慰めたいと願った。人間は愛しい人達に対して、自分の涙を流すときより他人の涙を乾かすときに、より美しい死者慰霊日を祝うことになる。大事な墓石に掛けることのできる最も美しい花冠、糸杉の冠は、立派な行為からなる花綵装飾である。

彼は夜になってようやく顔を赤面させながら喪の家へ入ろうと思った。彼が小森を通って行くと、父親の墓の白いピラミッドが生き生きとした枝群の間に不吉に立っていた、澄んだ青空に焼け落ちた村の灰色の煙の雲が浮かんでいる按配であった。彼は垂れる頭を硬く冷たい柱にもたせかけて、ただ低く、無言で泣いた、そしてその暗い、責苦に満ちた心の中には何の考えも浮かんで来なかった。ここに彼は打ち棄てられて立っていた。もはや泣くなという穏やかな声も聞こえなかった。――溶けて、おまえは十分に罰せられたと言う父親の心もなかった。梢のざわめきは一つの怒りに見え、暗さは一つの深淵に見えた。喪失のこうした二度と還らぬものが海のように広く彼の周りに横たわっていて、この海は決して動かず、決して落ちなかった。

とうとう彼は涙を一つ落とした後、天に一つの穏やかな星を見つけた、その星は天上的精神の目であるかのように優しく梢の間から覗いていた。するとより柔和な痛みが胸に湧いてきて、死が引き裂いた改心の誓いを思い出して、ゆっくりと彼は跪き、星を見上げて、言った。「父上、父上」。（そして憂愁の念が長いこと声を詰まらせた）「あなたの哀れな子供はこの墓に伏して、あなたに誓います――いや、純粋な敬虔なる精霊よ、私は改心致します、私をまた受け入れてください。――私の声を聞き届けたという印を頂けないものでしょうか」。

彼の周りで物音がした。――ゆっくりと一人の形姿が小枝を押し分けて来て――言った。「おまえの言葉を聞いた、また希望を抱くことにしよう」。彼の父であった。

死と眠りの中間のもの、死の姉妹、つまり失神が、健康な深いまどろみ同様に彼に再び生命を恵んだのであった。彼は再び死の手を逃れた。善良な父親よ。たとえ死が汝を第二世界の輝きの中に運び入れたとしても、汝の心は、汝のこの上なく鋭い痛みで変貌した息子が改善された心と共に汝の胸に身を投げ、汝に父親としてのこの上なく素敵な希望を再びもたらしたこの復活の時ほどに楽しく震え、甘美に溢れることはなかったであろう。――

しかしこの短い情景のカーテンが降りた今、私は、愛する若い読者の方々よ、君達に尋ねることにする。君達はまだ最上の素敵な希望を与えていない両親を有するのではないか。だったら私は良心のように君達に思い出させておきたい、いつか君達に何の慰めもなくなって、こう叫ぶ日が来るであろうことを。「嗚呼、両親は私を最も愛してくれた、それなのに私は両親を希望もなく死なせてしまった。私は両親の最後の痛みであった」と。――

ある不幸な男の除夜

「ある年取った男が新年を迎える真夜中、窓辺に立って、長い絶望の眼差しで、不動の、永遠に花咲く天を見上げて、そして今や自分の他には誰も、かくも喜びを奪われて、眠れない者はいない静かな純白な地上を見下ろしていた。彼の墓が彼の間近にあったからで、墓は単に老齢の雪で覆われていて、青春の緑では覆われていず、彼がこの豊かな人生全体から持ち出すものは、他ならぬ錯誤や罪、病気、荒れ果てた肉体、荒涼たる魂、毒に満ちた胸、悔恨に満ちた老齢だけであった。彼の美しい青春の日々が今日幽霊となって振り向き、彼を再び、父親が最初人生の岐路に立たせた明るい朝の前に連れ出した、その岐路の右手は有徳の太陽の道で光輝と収穫と天使に満ちた広い静かな国に導くもので、その左手は悪徳のもぐら道に、滴り落ちる毒に満ちた、狙う蛇と暗い、蒸し暑い蒸気で一杯の黒い洞窟に引きずり込むのであった。

蛇が彼の胸の周りに巻き付き、彼の舌には毒の滴がかかっていたのであった。彼は今や自分がどこにいるか分かっていた。

意味もなく、言いようもなく悲痛な思いで彼は天に向かって叫んだ。青春を返して欲しい。父上、私をまた岐路に立たせてください、別な方を選ぶように。

しかし父親と青春はとうに去っていた。彼は鬼火が沼地で踊り、墓地で消えるのを見た、そして言った。これらは私の馬鹿げた日々だ。――彼は一つの星が天から流れ、落下しながらほの白く輝き、大地に溶け去るのを見た。これが私だ、と彼の心は血を流しながら言った、そして後悔の蛇の歯がくいこみ心の傷をさらに広げた。

炎々と燃える空想が屋根の上を忍び歩く夢遊病者の姿を彼に見せ、風車は砕かんと脅かすようにその横木を上げて、空の死体安置所に残っていた仮面が次第に彼の風貌になっていった。

動揺の最中、突然新年のための音楽が塔から遠くの教会の賛美歌のように下のこちらへ流れてきた。彼の動揺はより穏やかになった――彼は地平線のあたり、遠くの地上を眺め、青春の友人達を思い出した。彼らは今や、彼よりも幸福で、善良なものになっていて、地上の教師、幸せな子供達の父親、祝福された人間となっていた。そして彼は言った。望みさえしていたら、君達と同様にこの最初の夜を、涙のない目でまどろむことができるだろうに――嗚呼、大事な両親よ、私が御身らの新年の願いと教えを実現していたならば、幸せになれただろうに。

自分の青春時代の熱に浮かされた思い出の中で、彼には仮面が自分の風貌となって死体安置所で起き上がるかのように思われた――遂に仮面は、新年を迎える夜には霊や未来を見るという迷信のために、カピトリヌス美術館の美しい若者の姿勢で棘を引き抜く[1]生きた若者となった、そして以前の彼の花と咲く形姿が苛酷にも映しだされた。彼はもはやそれを見ておれなかった――彼は目を覆った――千もの熱い涙が涸れんばかりに雪の中に流れ出た――彼はわずかに小声で、慰めもなく、意味もなく溜め息をついた。青春よ、戻ってきておくれ。戻ってきておくれ」。……

――すると青春が戻ってきた。というのは彼は新年を迎える夜にすさまじい夢を見ただけであったからである。――彼はまだ青年であった。ただ彼の過ちだけは夢ではなかった。しかし彼は、まだ若い自分が悪徳の汚れた道の中で引き返し、実りある純な国に通ずる太陽の道に戻ることができるのを神に感謝した。

彼と共に、若い読者よ、彼の迷いの道に立っているのであれば、引き返すがいい。この恐ろしい夢は将来汝の裁判官となろう。しかしいつか汝が、美しい青春よ戻ってきておくれと嘆いて叫ぶことになるならば――青春は戻ってくることはないであろう。

＊1　参事官の教会席に彼女はいて、聖職者の教会席にはマリエッタがいた。

＊2　それらは『若者のための懐中暦』、バイロイト、リューベックのエルベン社、一七九六年に載っている。子供達のためのものである。ただベニグナもそのために欲している。

＊3　ヴェルサイユの王宮にはかつて一個の時計があったが、それは王が存命の間止まっていて、先の王の臨終の時を示している、そしてまた王が亡くなったときにのみ進むのであった（ザンダースの『紀行』、第一巻参照）。何よりも素敵な死を想え［メメント・モリ］である。

第五の手紙　通信員フィッシュ宛[*1]

新聞を読むことについて

追伸、1　運行するオーロラ　2　夢見について

Kにて　六月二十五日

貴方に九七年のすべての新聞を未見のまま返送致します、互いに誤解していまして、私が読みたかったのは単に先の世紀の九七年の分だったのです。

フィッシュ殿、新聞と新聞読者の単なる収集人の貴方に新聞への攻撃はつまらないということはありますまい。私はこの攻撃を頻繁に強力になしていて、公の場では新聞を単により高次の町のニュース、男達のための騎士物語にすぎないとまで言っています。大抵の読者は、町の世間おしゃべりとして、出来事にも――その影響にも――その必然性にも――ほとんどその真実にも――興味はなく、本年に印刷されているという銘の方に興味を抱きます。古い新聞と債務は新しいものには負けます。そして遺産と同様に祖先は子供の後に置かれます。かくも多くの千の不毛な考えを、一年後には古い新聞は考えと見なされなくなり――試しに古い新聞を読んでみるといいのです――読んだ後、またこの不毛な考えは記憶から外されます、それでそれらを記憶の担保家畜小屋に引き入れる甲斐

があるでしょうか。――フィッシュ殿、祖国愛をそこから抽出することは余りできません（私どもは、イギリス人と違って、新聞では外交的案件の部門をまず押さえるからです）、しかし多分祖国に対する中立性はできましょう、私どもの新聞はイギリス風の正義の史実や不正の史実ではなく、単に事実の史実を供しなければならないからです。宗教裁判所的ヴェニス人が新聞を最初に書かなかったでしょうか。隷属的な北京では毎日七〇頁の新聞が出されていないでしょうか。このような、新聞の頁ではなく、巻が私どもにはふさわしいことでしょう。

大いに語ることは、とラ・ブリュイエール[1]は言っています、頭の弱い印であると。私はこれに二つ目の弱い頭を付け加えたいと思います、大いに語るのを傾聴する頭です。しかし結局両者は同一でありましょう、長く語る者は誰でも、その前は長く聴いている者に相違なかったはずですから。内部の人間の左右の脇腹を麻痺させるには、ニュースが、殊にまことにひどいニュースが立派ないらくさ鞭打ち［ウルティカツィオン］です――すべての怠惰な、萎えた、空ろな人間を見れば分かることで――人民にとっての処刑のようなもの、ごく若い女性読者達にとっての殺人の話のようなものです。しかし戦争場面よりももっと穏やかに、他の劇の場合同様に俳優達に対する批判は効き目があります。

フィッシュ殿、人間はジュピターの神官[2]同様に、射撃用意のできた軍を目にしてはなりません、単にそれは彼らが軍を批判しないようにするためです。勿論ツィンマーマン[3]は、将軍の天分は医師の天分と極めて近いと言っています――少なくとも将軍の天分は医師の天分を必要とします。――そして私と貴方はそこから喜んでこう結論付けることでしょう、タウプマンや諺に従えば、誰もが医師を真似るので、誰もがそれ故将軍に生まれついている、と。いやはや、どのむく犬でもささげ銃ができるのであれば、将軍の許には精神的乞食がすべて隠れているに違いありません、かつてヨーゼフ二世の肉体的乞食が連隊の許に隠れていたように。しかし一つ述べておく甲斐がありましょう、つまりテュレンヌ[4]の言葉で、最良の英雄でも三万五千人以上の兵はうまく指揮できないというものですが――しかしこれは、どの新聞の読者も日々普遍の総指揮官としてキューや煙草パイプの指揮棒をもって率いている連隊の数、というよりも軍や将軍の数に比べると何ほどのものでもありません。

各人は何でも読んでよろしい。ただ印刷された新聞のお茶の最中、女性達に、耳にした新聞の黒い時間を非難しないようにして欲しいものです。

勿論、フィッシュ殿、貴方のジャーナリズム界は、レッシング[5]が町のニュースに接するたびにドラマの素材を見いだしたように、世のニュースに接するたびにより高いドラマの素材を見いだす人々、そして世界史を永遠に過去の中に求めるのではなく、現在にも求める人々を有することでしょう。その考えは立派ですが――難しい。二万の小鱈から丸々一ポンドの真珠のエッセンス（模造真珠のためのもの）が取れます。しかし実際同様の数の新聞記者からは膀胱についての世界史的一巻の実用的抜粋を試みることは難しいものです。本来人は最新の歴史をも、古い歴史を嫌々ながらもそうせざるを得ないように、短時間で研究して、全体を混乱した状況や不揃いの距離から判断することのないようにする必要がありましょう。時間という空気遠近法やライン［尺度］遠近法なしにはすべては途方もなく積み上がったり、縮み上がったりします。現在のウラヌス［天王星］は最初、天のウラヌス同様に、太陽の役を演じ――それから彗星へと格下げされ――ようやく地球の姉妹として我々の許に止まります。フランスのウラヌスはすでに今や日輪の七弦琴の代わりに、彗星の剣を握っています。

このように宇宙の精霊はハリケーンのように猛威をふるって我々の上を越えて行きます。我々は精霊がざわめくのを耳にし、引きさらうのを目にしますが、しかしそれが浄化し、創造する様を見ません。そしてそれに気付くのはそれが去ってからです――ライプニッツのように運命は無限の計算を出し与えます、しかし運命は、ライプニッツがその証明を隠すように隠しています。――実際我々生きている者は、いつも震えていなければならない（恐怖からであれ、歓喜からであれ）三脚の上の望遠鏡の背後で、遠く離れた天にほとんど何も見いだせないことでしょう。――

しかし一六九七年の新聞のことは本気です、わが友よ。分冊で出るポルティッチのモード誌を研究したのはきっと賢者ではなく、単なる阿呆でしょう。しかし後年、例えば現在、それを研究するのは逆に賢者だけでしょう。同じく新聞の細部の些細なことも、これは時間の遠近法なしには混乱し、不分明なものとなりましょうが、この遠近法があれば世界劇場の一装飾となって、何事かを描きます。――かつては新聞は半年ごとに手にされていました。実際このことは賢者にとって常に参考になることです。この世紀の希望と依頼とを抱きながら、

敬具
貴方の　J. P.

追伸、次の付属物、オーロラと論文とを何らかの月刊誌に挿入して欲しいと貴方にお願いします、論文の方は哲学雑誌がいいでしょう、殊に現在は存在論的心理学にかまけて経験的心理学が全く忘れられていますから。世間は今雑誌を愛好しています――時間がないからで、私ども皆が、人間と本とが遁走する軍同様に駆けていて、ローマ軍のようにただ行軍しながら食べているからです、――それに私自身仄聞するところでは幾つかの雑誌に関与しているそうです、というのは忙しいこの世紀では自分のものを読むことはまれだからです。

貴方はすでに救貧院説教師のシュティーフェル氏から、私どもが七人の聖睡眠者の日に行う花火付きの朝食のダンス・パーティーに招待されていると存じます。それに私からの依頼も付け加えます。クーシュナッペルで身分のある大抵の方が私どもの朝食に彩りを添えてくださると期待ができますだけに、お願い致します。

運行するオーロラ

人間が照り輝く朝焼けを初めて天に見たとき、人間は朝焼けを太陽と思って、それに向かって叫んだ。「ようこそ、薔薇を振りまかれた日輪よ、高く燃え上がる御身の馬車の上にようこそ」――しかし直に太陽神が薔薇の茂みから出てきて、この朝日の長い光線の前でオーロラの早朝の薔薇は落下した。

見よ、夕方になり、アポロンの馬車は大洋に入り、波の下に消え、天にはまた薔薇で一杯のオーロラの馬車しか見られなかった。そこで人間は朝の間違いを逆にして、言った。「私には分かっている、空の素敵な春よ、汝はた

だ太陽を案内するだけで、汝は太陽とは違う」。――そして人間は太陽を期待して、宵の明星を明けの明星と、夕方の凪を朝の凪と見なした。

しかし人間の期待はむなしかった――愛の星［金星］はより高く昇ることはなく、雲から雲へと沈んでいった――薔薇の馬車は単に若干の淡黄色の蕾と共に大洋から浮かび、そして大地の下へ深く徒渉しながら、沈みつつ冷たい北の方へ去った――死のような冷たさがそこから吹き寄せた――「今、汝のことが分かった、死体を奪う者よ」[*2]と人間は言った、「汝は日輪、素敵な若者を汝の前から海の中や冥府に追いやるのだ」。そして人間は疲れて、おずおずと暗い目を閉ざした。

目覚めよ、二重の夢想者よ、そして花咲く朝の空にオーロラがまたその大きな薔薇園の中を歩いていくのを眺めるがいい、永遠の若者、アポロンは手を曙光で一杯にしてその後から歩み出てくるのだ。――そしてより深い夢想者よ、汝も目覚めよ、汝は人間の歴史のオーロラを西の方［フランス］に認めて、その夕焼けを最初朝焼けと見なし、太陽の昇るのを期待し――それから落胆した、太陽が覆われたまま北の方に迂回したからである。――目覚めよ、太陽はまた朝を迎えるのであり、そのたびに日はより長くなるのだから。

夢見について

これらについてのヴィクトル博士の論文に触発されて

ヴィクトル博士の仰有る通りである。哲学の［ルイ十四世の］二十四人オーケストラは我々に像の代わりに音色を与えている。この学部に、この学部自身が夢見る前に、ちょっとした鑑定を要求していたならば、つまり、何らかの理性的生物がどこかの惑星上に、例えば、月の上にいて、これらが、理性や感覚、記憶、自由を日々、ほとんどその気になったら、失ってしまい、それでも大声を上げて揺り動かすと即座に理性的になり、倫理的に自由になり、よく見、よく記憶している状態になるということがあり得るものであるかどうか鑑定書を頼んだならば、すべての哲学的補佐達はこのような問いには分別のある答えはできないと釈明していたことだろう、あるいは馬鹿にして、月の眠りの沼とか錯乱半島[*3]にはこのようなものがいると答えたかもしれない――――いやはや、こうした冗談半分の返事は実際真面目なものであろう。――しかし、論理的円を砂に描くときに妨害を受けたくないアルキメデス達、ストラボによればバビロン人達に似て、ただ建築用角石の乏しさから、体系的にアーチ状にする技術を進めているアルキメデス達が我々と何の関連があろう。奇妙なことは、ヴィクトル博士が、理性が戻ってくる（真の復活の奇蹟）別の不思議の方を喜ぶよりも、理性が消え去る不思議の方を悲しんでいる点である。ちなみに私の学ある友人は、とにかく肉体が我々の内部世界の衛星であるのであれば、両者は互いにどの瞬間にも引き合い、照らし合い、暗くし合っているに違いないということを十分に承知している。そしてこの合朔の新たな印については、古い最初の印、例えば二つの皮膚［瞼？］を下に引き下ろすとすべての色彩のある宇宙は覆い隠されてしまうという印ほどに我々を驚かせるものではない。しかし閑話休題。

アディソン[7]は自ら、夢想的に美しく夢を脳の月光と呼んでいる。月光はさて、私が証明するように、まさに肉による我々の衛星、月の投げかけるものである。心理学的説明は半分の説明にもならない。ではなぜ感覚の遮断と共に侵入してくる、場所と時間の関係についての忘却は夢の中で我々の理性や意識を奪うのであろうか、この同じ忘却が深い思索や詩作の中では理性と意識の両者を保っているというのに。夢はその上、間違ったものであるが、我々に別な時間や場所をもたらす、従っていつも個人的意識の条件となるものを携えている。

諸感受性の休止も、この奪う夢の心理学的理由とはならない。私の目や耳、口、鼻を閉ざして、私が立っている足裏が感ずるものしか残らないようにしてみるがいい。私はだからといって記憶や意識を失うだろうか。むしろ意識の光磁石はこの暗闇の中で一層明るくきらめかないだろうか。――夢の混乱も、生気あるがらくた部屋もほとんど解決とならない、仮に私が地上全体から、ごちゃごちゃと乱れ飛ぶ塵芥の山に囲まれるように囲い込まれるとしたら、私はぞっとするであろうが、しかし我を忘れて夢見ることはできないであろうからである。――

我々は一緒に夢を卵から始めるか、孵化し、夢を寝て考えることにしよう。『ヘスペルス』の中での私とヴィクトルの意見（第四巻、二一頁）は、眠りは魂の器官の強心剤、春の灌水であるが、肉体の器官のそれではないというものであるが、これは眠り込むときの恣意によって確証される。今私は眠り込むつもりであると言うことほど奇妙なものはなく――その上それを実行することほど奇妙なものはない、これはつまり今私はちょっとした指令で私の魂の力の一部を議会のように解散させるつもりであるということである。――では一体何を通じてか。――精神的な、つまり肉体的に照応する緊張を意図的に中止し、休めることを通じてである。しかし、すると様々な像が――つまり振動し続ける器官の構成物が――呼ばれもしないのに精神の前に出現するが、精神は、日中の反対として、今やただ見つめるだけで、創り出すことをせず、ここでのその活動は肉体的活動に、日中とは逆に、先んずるのではなく従っているように見える。夜の、より早い鼓動と活動的日中の摩擦によって掻き立てられた脳は自我の前に電気的諸像を、熱病のときや、憂鬱症、陶酔のときのように生じさせる。

ハラー[8]はすでに、我々は眠り込む前や眠り込む間に図の代わりに像を（より正確には、より青ざめた従順な像の代わりにより明るい自ら動く像を）見ると気付いている。それ故、遠くの恋人をより明るく見たい者は、枕元で、つまりすべての愛しい形姿のこの絵画陳列室、この絵画展覧会で見るといい。そこにはその半身像が描かれたばかりの、絵の具が乾いていない状態で眼前に掛かることになる。まさにそれ故に、殊に美しい形は、歪んだ形よりも、我々の内部を移ったり、飛んでいくことはまれなので、画家は眠り込む前に熱いイコノロジー的時間を――あるいはもっと良いのは、眠りを最も良く追い散らすプロシアの特別郵便馬車での時間を――理想的創出の最も実り豊かな逢瀬の時にすることができよう、そして魂のこの夕方の雲の中にマイヤーが空の雲に約束しているのと同じ数の習作を見いだすことができよう。実際私は寝室にラファエロの寝室[9][*4]をこしらえたいものである。

私は閉ざした瞼と不随意的な活発さとの数分間のこの奇妙な混合からこの日々の自殺のための補助手段に目を転ずる。これには水平な姿勢が必要である。それも自然な（我々にとってはもはや医用のものではないが）仰向けのもので、阿比や百姓達が選ぶものである。これは機械的な方法によるよりも我々を催眠術的なまどろみに近づける姿勢で、同時に（ツィンマーマンによれば）失神を終わらせるものでもある。私と他の者とは我々のベッドを磁針のように北の方へ、二十一度の西側への偏差と七十七度の傾角を有するように置いてみたらいいだろう、ひょっとしたら何か成果があるかもしれない。夏には夏に吹きつけられる炎にもかかわらず、私は花咲く大地に横になると眠たくなる。ヴィクトル博士はこのことを重たい大気のより豊かな寝床のせいにしていたけれども。

第二の補助手段は目をしっかりと閉ざすことである、目の領域は我々の内部世界では本来最大の大陸を形成している。それ故、我々の夢では覗き箱は、コンサートホールとかそれより小さな軽食堂なんかよりも大きいのである。盲人は、推測するに、眠りへは混乱した像よりも混乱した音色を通じて行くであろう。目を開けたまま眠る兎は、ひょっとしたら弱視かもしれない、兎は良い耳を持っているのだから。しかし優しい全能の母よ、御身は瞼を眠りで見えなくなった目の上にいたわるように下ろしてくださる。目が我々を、見つめる魂の死んだような外観で苦しめることのないようにするためで、この外観のために我々は蠟人形を見ると、トルコ人[*5]が彫像を見るときのように、生きているのではないかと不安になる、私やトーマス・アクィナスは言語機械や猿でさえそうした思いにさせられるのであるが。

私は一日が鳴り止むときの観念のどんちゃん騒ぎに戻ることにする。覚醒から眠りへの道は夢を通って行く。しかしこの前もっての夢は眠り込むのを妨害されたときにのみ気付かされる。

かくて眠りは二つの夢の間にある、市民階級の生活のように青春の詩人らしい子供らしい夢と老人の夢の間にある。就任の夢は荒々しく、短く、次第に不鮮明になる。思考器官の休む精神によってもはや突かれることのない振子は次第に揺れが小さくなって、遂には精神は重い振子をもはや自ら動かせなくなる。

しかし朝方には休耕していて、神経の露で新鮮になった脳は春の花を咲かせる、つまり外の朝と共に明るくなる朝の夢で、そのためこの夢はひょっとしたらギリシア人達にとって予言的であったのかもしれない。それ故まだ元気があって柔軟な脳は昼間眠る者にむしろ白昼夢やホメロスの眠り[(10)]を贈る。

さて私は夢のちょっとした聖杯略奪について触れる、これは私の学的友人、ヴィクトル博士が、夢の贈り物よりももっと不安げに、もっと正確に数え上げているものである。まず第一に夢は忘却に満ちている、目覚めへの記憶がなくて、ちょうど目覚めが忘却への記憶がないようなものである。ことによるとそれ故、レテの河は眠りの姉妹とされたのかもしれない。私はここで喜んでヴィクトルの素敵な嘆きと和する。「我々が人生の猿真似の反映の中で、つまり夢の中で、ようやく再びとうの昔に朽ちてしまっていた手を握り、再び温かい明るい目が眼窩から我々を見つめるとき、なぜ夢の意地悪な忘れやすさのために、それは亡き愛しい者達であるということが隠されてしまうのか。――なぜ渇いた胸から、この胸がようやく長いこと憧れていた心に出合うとき、それは冷たい過去のことだと嘘をつかれて、再会の歓喜と至高の愛の時とが奪われてしまうのか。――嗚呼、何と我々は星々の上で聖化された心、かつて自分達のものであった心の許で安らぎたいことであろう。気高いエマーヌエル『ヘスペルス』の隠者」よ、御身の姿が天から私の夢に下りてきたら、私はその姿の前で溶け去ることだろう」。――

夢の感動は深く心の髄にまで達するので、まさにそれ故、その感動が我々から墓での唯一の慰め、つまり静かに青ざめた優しい像を奪わないということ、そして夢が我々をむしろしばしば愛に対する過去の以前の罪を持ち出して恥じ入らせ、我々の現在をより温かいものにするということは結構なことである。

しかし夢の弱い記憶はどこから来るのか。――それはこうであろう。眠りは単により弱い神経の卒中であり、従って周期的な脳の麻痺、衰弱である。しかしすべての衰弱性の状態は記憶を消してしまう、例えば衰弱性のペスト、高齢、ヒステリー、卒中、失神、失血、不摂生等がそうであることによる。――他方この忘れやすさは高齢時と同様単に部分的であり、古い対象より新しい対象に関係する。想起と忘却の最も強い例が交互に見られる。まさに同じことが衰弱性の病気に見られる。ヴィクトル博士はニコライの病理学から[*6]――ニコライはハンベルガーの生理学から――卒中の音楽家を引いているが、彼は母語とＡＢＣを忘れたものの、しかし声楽と楽譜は記憶に留めていたのであった。ビーティ[(11)]は、ある司祭が卒中で単に最近の四年間の記憶を失ったものの、しかし別の年の記憶は失わなかった等のことを述べている。しかしまたこれがどこから来るのか説明するのは第一にこの場にふさわしくないし、第二に私自身説明できない、しかし記憶についての論文の中である説明を試みると約束しよう。

夢は、ヘルダー[12]の美しい見解によれば、いつも我々を青春の時に連れ戻す。——それも全く当然で、青春の天使は記憶の岩に最も深い足跡[13]を残すからであり、そしてそもそも遠い過去は遠い未来よりもすでに頻繁に、深く精神に銘記されるからである。かくて我々の存在の最初の飾り文字は修業証書に見られるように、文書のすべての四隅に飾るようにその長く美しい線を巻きつけるのである。

夢は様々の夢の他に容易に記憶に留めることがなく、我々人生の夢想者の象徴である。覚醒の日光の中ではこうした夜の光は、未開人や、未開人の下で育った子供達が文化のせいで先の時代のすべての記憶をすっかり忘れてしまうのと同じ理由で、人知れず燃えてしまわざるを得ない。それに夢の蜘蛛の巣では糸はこんがらがっていて、糸は容易に次々と刺激していく。いや多くの人間にとってある種の夢は巣留の卵であって、その周りに他の卵が集積する。一種比較的穏やかな狂気の固定観念である。それは現出せざるを得ない、ここでは重い、象眼細工を嵌められた脳は永遠に写し、創り出す自我として諸形姿を写し出すからである。——この自我の間欠的脈搏についての私の驚きを私はまた披露するが、それはある男が失神して始めた演説を失神の後もその綜合文の最中で続けたという話[14]をかつて聞いたとき感じたものである。というのは同様に夢の場合も幾夜も前の夢の続きを見ることがあるからである、その間に覚醒時の活動が入るけれども。

先のことから少し説明の付くことであるが、夢は、老齢の時と同様に、そのエレウシスの秘儀やキリスト受難日の宗教劇において、我々の神々の歴史や受難史から間近の過去よりも遠い過去を模倣することがより一般的である。一方未来に関してはその逆で、第二の視覚として遠くの未来ではなく、間近の未来を出現させる。というのは我々の面倒な出来事は——聖書の出来事が釈義者達によってそうされるように——いつも夢に変えられるからである。かくて私は孫を膝に抱く夢は決して見ないが、しかし筆者の開催する朝食のダンス・パーティーというものはこれまで三晩続けて見ることになった。筆者と悪魔と六人の偉大な批評家が夢の中でいつも一緒に祖父踊りをするのである。これは申し上げたように、夢を見ているのでなければ、誰が好んでこのようなものを見るだろうか。

パスカルは——より高い教団の聖人[15]であるが——ただ夢は中断するので夢に対して我々は平気でおれると言って

いる。しかし我々の覚醒も同じ中断をしばしば経験している。しかし我々が我々の先祖、ゲルマン人のように夜に従って、また我々の似姿、インディアンのように、眠りに従って日付を記入しようとするならば、この焦点のない月光は天の月光と同じような具合になることだろう、この月光についてラムベルトは諸満月が一面はめ込まれた天蓋をもってしても曇りの日の鈍い灰色の光にほとんど及ばないだろうと証明しているのである。真正な感覚、嗅覚、味覚、触覚は、夢の中ではその鋭敏さを失う、そして形姿そのものも単に影としてこの個人的冥府を移ろうだけである。それ故、夢の中では我々の驚き、例えば幽霊や落下についての驚きは単に軽いドラマ的なものである。そしていつも単に夢を見ているだけであるという朧な希望あるいは、恐怖が、夢見ている胸の熱病を和らげてくれる。そしてこの判じ絵の世界では観念論の同様な世界に対するヤコービの深い言葉[16]が妥当するように思われる。つまりどの夢も覚醒を前提としているという言葉である。

　意識や理性、この内的活動と外的作用とのより鋭い衝突から生ずる光を夢は消さざるを得ない、夢は重い麻痺した脳を自我の上に、巨人の上に転がすように転がし、かくて自我を同時に無力化し覆うからである。夢の内的朝の薄明かりや外的刺激なしに目覚めるときにしばしば見られる奇跡的な素早さは、肉体的障害が飛び散ること、停滞に勝利する分岐点を前提としている。夢の中で、あるいはそれ以上に悪夢の中で目覚めたり、肢体を動かしたりするときの最初力の入らない闘いは神経の卒中の麻痺を証明している。しかし意志による麻痺の治癒は（さながら電気療法によるもので）、ブールハーヴェ[17]の命題、つまりどの眠りも外的振動がなければ（例えば分泌による刺激がなければ）永遠の眠りとなるであろうという命題をぐらつかせている。

　思弁的な夢は、覚醒への（狂気への）移行をなす夢遊病者の実用的な夢同様に理性や記憶を奪った後に、それでもヴィクトルの言う有資格者を残している、つまり空想、機知、明察、それどころか悟性である。そしてこれによってこれらの諸力の順位表と肉体や動物達、子供達に対するそれらの関係を我々に明らかにしている。空想は夢の中で最も美しくその吊り庭を張ることができ、花盛りにできる、そして空想は夢の中へ特に大地の庭からしばしば追い出された女達を招き入れている。夢は知らず識らずの詩文である。そして詩人は他の人間よりも肉体の頭脳に関与していることを示している。なぜこれまで誰も、詩人が夢の即興劇の中ではシェークスピアのように演ずる役者達に独自の言葉を、その性質の最も鋭い特徴語を与えていること、あるいはむしろ詩人が役者達にではなく、役者達が詩人に台詞をつけていること、これらのことを不思議に思わなかったのであろう。真正の詩人は同様に執筆のとき単にその登場人物達の聞き手であって、言語教師ではない、即ち詩人は彼らの会話を人間知識の苦労して耳にした文体論に従って繕っているのではなく、詩人は夢の中のように登場人物達を生き生きと眺めており、それから彼らの言うことを耳にする。自分には夢の中での敵対者の方がしばしば実在の敵対者よりも厳しい批判をするというヴィクトルの意見は劇作家にも見られるもので、この劇作家は夢中になって一座の代弁者となることはなく、代わりに容易に一座のその配役の記述者になっている。夢の中の端役達が実際は我々が彼らにヒントを与えた返事をして我々をびっくりさせるというのは当然なことである。覚醒時にも観念はすべて、打ち合わされた火花のように突然生ずるが、これを我々は自分の努力のせいと思う。しかし夢の中では努力の意識は欠けている。そんなわけで我々は観念を、我々が努力を振り向けている眼前の形姿のせいにせざるを得ないのである。

夢を見ながらでもいかに明察を有するか、私はその一例を挙げよう。例えばかつて私は自分に、自分が街角を回って石のベンチの前に来たとき、言ったものである。「夢が単に汝の表象から成り立っているのであれば、石のベンチを見るためには、ここのこの路地でそれを思い浮かべさえすればいい」と。私はベンチを考えた、しかし何も見えなかった。私は再び角を回ってみた、しかしやはり空しかった。我々は何という戯れつつ、戯れられる生き物であることか。

ヴィクトル博士はヘムスターホイスとディオニシウスの意見に賛成して、人間は夢の中でその倫理的、非倫理的性質を明らかにすると言っている。スウィフトが狂気の夢について、セネカが陶酔の夢について主張しているようなものである。私は彼らすべてに賛同する、しかし最重要な条項を付ける。人間には二重の倫理性、生来の倫理性と――これについては現今の脱理性化の時代は多くの不毛な言葉とその習得した倫理性を浪費しているが――それとまさにこの習得した倫理性とがある。さてこの習得した倫理性、生来の倫理性と共にこれを設ける我々の理性の天上的娘は、残念ながらその神々しい母〔生来の倫理性〕と同時に退場する。英雄に生まれついていない、決意によってようやく育てられた人間は夢の中で逃走し、夢の中で、無神論者が夢の中でそうするように、幽霊を前にして震える。高貴なマルクス・アウレーリウスの理性によって馴致させられた怒りは、熱病の中では連結推理から身をもぎ離してしまう。――夢の中では理性はなく、従って自由もない。

これに対して生来の倫理性、内面の持参してきた宗教資金、償却資金は、別の言葉では衝動と傾向の広大な精神界は夢の十二番目の時間に昇ってきて、より密に具体化されて我々の前で戯れる。女性達の夢に関しては、女性達はかの精神界を我々がファウスト博士の哲学的外套や博士の指輪の魔法で支配する術を知っているほどには知ることが少ないので、それで私は私の夢やヴィクトルの夢よりもはるかに真面目に推し量る。我々のすべての指は博士の指輪がはめられているからである。ここは女性達のより美しい夢についての『再生』[18]からのある箇所がふさわしいであろう。――すさまじく深く夢は我々の中に造られたエピキュロスの馬屋、〔不潔な〕アウゲイアスの牛舎を照らし出す。そして我々は夜、日中は理性が鎖につないでいるすべての野生の墓場の動物や夕闇の狼が自由にさまよっているのを見る。

夢想者の中では、酩酊者や、詩人や衰弱性の病人（神経衰弱、失血、片頭痛による病人）の場合と同じく、受動的性質や多感な性質ほどに目覚め、強まるものはない。それ故、夢の中ではすべての感情がより大きな波を打ち寄せ、心全体が流動的である。それ故、夢の中では感動は、蛾が眠っている花に対してするように、より長い吸い込みの吻を有し、最も内奥の最も深い涙を吸い上げる。それ故、夢の中では青春時代と同じく、機知的コントラストに対する感覚がより一層鋭くなる。それ故、ブラウン[19]はただ夢の中の喜劇を笑ったし、ただ夢の中で衷心からの敬虔の念を抱いた、夢はアルノビウス[20]すらもキリスト教に改宗させたのである。それ故、優美の女神パシテア、眠りの妻は、夢の中で我々を見つけ、眺めるすべての御婦人方をはなはだ褒め称えるのである。そして夜、アモールの母は、夢見る心を比類のない愛で、つまり初恋で永遠に元気付ける。――――エンデュミオンよ、汝は三重の永遠、存在の永遠、青春の永遠、眠りの永遠を望んだが、実際は単に眠りの永遠を願いさえすればよかったのだ、眠りの永遠は他の永遠をすべて追加してくれたであろう。――

ヴィクトルは、タルティーニによって夢の中で作られた「悪魔のトリル」[*7]のことを考えたとき、耳の芸術作品が生ずる際の深淵に深い視線を投げかけている。音色は日中のすべての被造物の中で夢の共鳴板で失うものが最も少ない、耳が感受したものは他の感覚の感受したものよりもその思い出と区別されることが難しいからである、これは音楽が消える際に、最後の音色は太陽光に似ていて、陽光は反跳する平面鏡から集められても、集光レンズの背後で暖めるもので、思い出なのか感受されたものなのか遂には迷ってしまうことからも分かる。音色は我々の裡で像よりも長く生きる、音楽ホールは絵画の陳列室の余光よりも長い余韻を残す。さて音色は狂人や酩酊者、神経衰弱者を深く揺さぶり、それ故その代表者、夢想者を更にそれ以上に揺さぶるのであれば、そして夢想者は、神経の弱い少女や臨終の者と同じ理由で、より高次の、単にエーテルの中で響くメロディー、耳を通らず心を通るメロディーを浴びるのであれば、私にはよく分かる、なぜ大兄ヴィクトルと――それに私自身が、ただ残念ながら十分に頻繁にというわけではないが、大兄の言うこの「夜の音楽」によって高められ、溶かされ、点火されるのかが。いや実際我々は多分本当の天体の諧音をただ自分自身の裡で聞くだろう。そして我々の心の守護神は我々に、我々が小鳥に対してするように、諧音「ハルモニア」を、地球から成る我々の鳥籠を覆ったときにのみ教えてくれる。――さて十分であろう、私には十分ではないが。私は更に多くのことを言えよう。特に私は、なぜ夢を基に子供達や動物、狂人の、それに詩人や音楽家や女達までも[*8]含めて、彼らの知らず識らずの表象過程[*9]を研究するために夢を利用しないのか不思議でならない。私は夢をもっと機械的に扱うことができるだろう。しかしそもそも私の守護神がこう私に呼びかけてくれる。チェスの機械[22]同様に世界の機械も声高に歯車を回す、しかし機械的見せかけの背後に生きた人物が隠れているのだ、と。

ヴィクトルの言葉で終えるのが最も素晴らしいであろう。「理性と意識と自由は連れ添って増大し、凋落する、それらは人類の太陽を形成する、しかし毎晩それらは沈んでいく。しかし一面ではかの内部の太陽光が汝を動物の強いられた生を越えて高めているように（この動物も夢から一つの覚醒へと移るが、この覚醒はまた汝の夢と比べると一つの夢である)、そしてまた汝はこの位階の列で、いつかは汝の今の覚醒が一つの夢に見えるほどに自由になり、分別を持ちたいと願っているように、そのようにまた他面では汝の許では、アレクサンダー[23]のように眠りではなく、夢が、自らをスピノザ学派的な創造者とする思い上がりを打ち砕くがいい。一体どこに、ベッドに横たわっている神、自分の上に積まれた眠りの山脈の下に横たわっている神は、その自由、その倫理性、その計画、更にはその究極の愛や喜びといったものまで[*10]を見いだせよう。——否、無限なる父よ、御身の手を差し出し給え、御身は私にすべてをお与えになった、そしてまたすべてをお返しになるであろう、私は何も有しないのだから」。

＊1　彼はクーシュナッペルのジャーナリズム界(Journalistikum 三つの言語からなる変わった三枚舌の言葉)の読書の大家であり、更に世界を相手の通信員であり、その顔と思考と言葉と作品の平板で滑らかな日常性故に、馬の尾の下の薊と大蒜とが後ろの馬をそうさせるように私をはなはだ弱め、麻痺させる数少ない人間の一人である。

＊2　古代人は若者達の死をオーロラが連れ去ったせいにした。

＊3　ヘベリウス[6]がある月の斑点に与えた名前。

＊4　眠りと活発さへの傾向は奇妙なことに一時的に一致する。阿片とかワイン、熱に酔って燃えた人間は鈍重な人よりも眠りと精神的火花へ同時に近い。

＊5　トルコ人は彫像が我慢ならない(テヴェノによる)、人間は彫像に魂を与えられないからである、そして彫像を破壊する。

＊6　第五巻、三七五節参照。

＊7　この偉大なヴァイオリン奏者は夢の中で悪魔がソロを弾くのを聞いた、そして目覚めたときこれを「悪魔のトリル」という名前で書き記したが、これは彼の最良の作品であったにもかかわらず、彼には耳にしたソロより低級に見えて、彼は自分のヴァイオリンを永遠に叩き割ろうと思った。フォルクマンの『紀行』[21]、手紙32。

＊8　女性の場合、夢との類似性は、そのより優しい感情、機知やコントラスト、音色、形姿、感動に対するそのより強い、しばしば傷ついた敏感さ、その感情のより大きな支配力、そのより鋭さを欠く意識にある。

＊9　そのように、立派に書きたいと思っている理性的人間は誰でも数年間呼ぶことだろう、今やどんなことも一つの過程であるから。私は喜んで他人同様に人生を一つの人生過程、栄養を一つの栄養過程、組織化を一つの組織化過程と呼ぶ、新語は古い語が表していることをすっかり表しているからである。

＊10　夢ではまさに我々が結局最も愛し、願うものはまれにしか出現しないということに関連している。

第六の手紙　ヴィクトル博士宛

クーシュナッペル人の訪問の序曲――昼の花火――踊りの障害――嫉妬――じゃがいも――現今の文学の丁重さ――精神的骨髄穿刺針――クーシュナッペルの卓話――俳優――学校ドラマ――桜桃狩――天候と天気予報――聖書の人物――悲歌の終わり

追伸、私の長男ハンス・パウル宛の哲学についての書簡

Kにて　六月二十八日

友よ、七人の聖睡眠者の日は、これまで――殊に七人の聖睡眠者の日には――我々皆にとってそうであったように、大兄も案じられたことだろう。実際それ以上に面白い日はない。ここにすべての縁飾り、繊維に至るまで紹介する。――私は手紙を、パウロの手紙のように章立てでいくつもりだ。大兄に処方箋とか夕食のパン、貧乏証明書、ヒューブナーの辞典(1)を請い求める批評家がいつかたまたまこのことを話題にし、私が気取って章の代わりにいつもマニーペルとか扇形(2)等々書くからといって私を攻撃したら、ポケットからこの章を取り出し、三文文士の鼻先に突き付けて、ただ短くこう言うといいのだ。立派な男達に近付く前には、まずはより良く知らなければならない、と。

第一章

早朝、私と救貧院説教師のシュティーフェルはグレームスに向かって行進した。すでに上品に豪華な外皮をまとっていた。私はラファエロのゴブラン織り(3)として、胡椒とか塩と呼ばれる色彩［ごま塩模様］の立派な上着を着ていた。シュティーフェルはオランダ製の黒い上着で、これは彼が大都会でのみ着用するものであった。彼は少しばかり前

を行き、私は上着のすその襞のボタンがまだ紙にくるまれているのを見たので、私は紙の包みを解きながら、これらのカール・ペーパーが生前の彼のレネッテの手になるもので、彼女がアウクスブルクへの旅行のために巻いたものであることが分かった。彼は男やもめとなってしまって、包まれたボタンのまま歩き回っていたのだ。私は眠れる女性に小声の嘆声を上げながら、カール・ペーパーを懐中に仕舞った、私はその中の一つを大兄に贈ろうと思う。天候は穏やかで、空は濃青色で、私の予報は当たった。私の予報の連鎖推理はこうであった。「七人の聖睡眠者の日に雨が降れば、聖母マリアの祝日も雨になる。そうなれば、必然的にまた四十日間雨となる。何という天候か。考えられるであろうか」。

途中学校参事官［シュティーフェル］は重要なことをギリシア語で教えてくれた——花火師が後ろにいたからで——それで大兄も、教区監督と六の字が二人の敵対する坑道兵として互いに地中穿刺機を回して、それぞれがどこを掘っているか知るために管に耳を澄ましている事実の経緯がなるほどと分かろう。つまり参事会の多くの紳士達が、司祭の祭服を着た教区監督が法外に嗅ぎ煙草を嗅ぐことに気付いて、仕舞いにそのことを考えてみるようになったのだ。すでに参事会の二階席からも——容易に見てとれることであったが、——白長衣はこのようなナプキンの役割をしていると——ツァイトマンの嗅ぎ煙草入れはさながら空になる説教壇の時計のようなもので——どんな目に遭うか知れたものでなかった。参事会によって神殿の浄化に雇われた洗濯女は桶で聖衣をこすってすり切らせていたが、自らうんざりしていた。要するにこのカタリ派［純心者］の者達の何人かが六の字に、当時はまだ教区監督と仲の良かったこの男に、上手に彼を叱責して、至聖所の幕を引き裂くことのないように努めるようはっきりと頼んだのであった。ポスハルトは十分上手に事を運ばず、余りに拙劣な冗談で始めて——教区監督は嗅ぎ煙草入れを有する聖職者の腕に対する世俗的腕の介入に腹を立て、改善することなく——要するに嗅ぎ煙草を嗅ぎ続け、六の字に恨みを抱いた。——

我々がグレームスに着いたとき、六の字はすでに来ていた。

第二章

「各々方——私はすでに六時にはここに来て、忌々しい花鶏《あとり》達に当り散らして、嫌がらせをしてやった」と六の字は言った、小作人のことを言っていた。彼のことは短縮された円錐と考え——上品ではあるが、古風な衣服の鞘に押し込めて、弁髪鬘を被せて、その上に更に第二のより良い鬘を被せたらいいと考え——そして陽気な引き締まった頬の肉と落ち着いた目を与えてみるといい、その目は最も偉大な学者達の石膏の頭部を見ても石膏肥料しか思わず、彼らの紙の軟塊の胸像を見てもケースとしか思わないのである——そして彼のことを細い絵筆よりはぼかし筆、絵刷毛として考えてみるといい、すると細い絵筆で彼を描いたことになろう。六の字のような人々は笑っている最中に中断して、側の経済的過失者を呪って罰することができるのだ。婚礼日の偉大な学者のように、彼はこの祝日にも働き続けた。

とうとう家族の者達が、星の層に分かれて、露の中をやって来た、前は男性達の彗星〔髭星〕群が、それから女性達の北斗七星が、最後に乙女座の惑星系が、エレガントな衛星を挿んでやって来た——女性の部分は、鳥までがその中にいて、さながら剝製の孔雀であったが、それぞれが孔雀の尾を開いて、オーロラの涙のせいで高く裾を端折って、長靴の前駆の後を力強く歩いていた。

誰のことだと、大兄は第三章に尋ねることだろう。

その章

それは廷吏長のシュノルヘーメルとその妻、娘、従者、お馴染みの地方裁判所書記のベルステルであり——ハプスブルクの代官アレッサンドロであり——ベニグナと若い六の字のファイト——通信員のフィッシュとその妻と娘——森林監督官ヘダッシュ——それにその名前を私が覚えていない他の者達であった。

第四章

しかし馬車で来たのは単に教区監督とその附属であった。それ故一行はそのことについて独自の静かな考えを抱いた——それで私はここに章を設けた。

第五章

クーシュナッペル中で面白くないものはその最初の訪問の十五分間を措いてない。さながら彼らは皆、すべての国民が派遣者を送っているヘルンフート派の墓地の死者達の間から蘇って、各人が目の埃を払って、風変わりな隣りの者など全然思い出せないような風情で、馬鹿なハンスの十五分間、クーシュナッペル人達は全く余所余所しく並んで立っていて、隣人に関して全くいぶかしげに当惑していて、危険に対して針鼠のように丸まって構え、青虫のように死んだ振りをしている。時折誰かが、前奏のときの教会音楽家のように、調音のためにバイオリンを弾いたり、あちらではティンパニーを叩いたり、こちらではトランペットを吹いたりする。しかし女達が会話で酔ったり、男達が酔うことで酔ったりする前は、彼らは皆ペグアン人達に似ている。彼らは新しい家を最初の一月悪魔に誓約し、空にしておいて、その他の月すべての悪魔的所業から免れようとするのである。

今日はいずれにせよすべての女達が通常の自然の恐れの他に独自の先駆けの冬、リューマチをもたらす恨みを携えていた、どの女性も、ピクニックの一般的料理人学位取得に際して、君主相伴の等級の付いた食事で教授資格を得ようと思っていたからである。

さて何らかの不快感を気管に有する者は、それを人知れず発汗させる代わりに、今やすべてあからさまに発した。「今日のうちに」と六の字は言った、「ひどい土砂降りになるぞ、晴雨計から判断すると」。——「いやなことだ」（と森林監督官は付け加えた）「森がざわめいている」。私は何を賭ける気かと尋ねた——晴れのままだ——聖睡眠者の日だからと言った。「貴方の花火を賭ける」（と代官のアレッサンドロは皮肉に言った、彼は振り向いて花火の足場を探したが見つからなかったのである）「雨になったら、部屋の中でして貰おう」。――「いずれにせよ、部屋でします、それも今すぐに」と私は言った。

大兄を花火の前に更に近く案内する前に、私と一緒に、私とシュティーフェルが我々の朝食のダンス・パーティーをまさに気難しい俸給停止の、喪の額飾りの十五分の間に行う羽目になったことを考え、遺憾に思って欲しい。

さて私は花火師を呼んで、一行に、食堂へ付いて来て欲しいと頼んだ。女達は（ベニグナと教区監督夫人を除いて）花火の危険に対して抗った、花火が衣服に飛び跳ねかねないからである。しかし彼女達は数人の紳士達から上へと導かれた、彼らは窓から下の方へ誓ったのだった、広間には足場の一本の棒もないし、いわんや火薬は見られない、と。私は仕舞に自ら花火に興味が湧いてきた、すでに十回も楽しんでいたけれども。

我々は部屋に入って、安楽椅子に腰掛けた花火師を取り囲んだ。遠巻きの女達の多くは、彼がポケットから炎の隕石を上げるものと決め付けていた。とうとう彼は始めた、そして――これはすべての手品師の集うところ、パリではよく見られることであるが――口ではなはだ的確に花火を見せた[4]、つまり花火の音を出した――火の輪、打ち上げ花火、流星、城塞を攻撃する際の小さな銃火、これらすべてを彼は極めてはっきりと表現したので、本当に耳にしているように思われた。その上火花があって、何かが見えていたら、私はほとんどそれが分からなかったであろう。しかし一行には乾いた爆音は格別楽しく思われなかった。一行は何か温かいもの、見栄えのいいものを期待していて、聴覚の欺瞞よりは視覚の欺瞞を望んでいた。大抵の者がぱちぱち鳴らせる木材節約の花火師から離れていった――ポスハルトは小声で廷吏長に不平を言った。「けち」――廷吏長は政治的に答えた。「多分からかっているのでしょう」、そして何かを嗅ぎつけようとした――そしてまさに誰も家に放火をしようとしないそのことで、彼らは頭や顔が火照った。ただヘダッシュは機転の利く理性的な男で、口先キリスト教徒の口に手を入れて、その冷たい物音を何かで作り出しているのではないかと、口の中を探った。――女達はいつものように楽しさに満ちていて、またこのように短い楽しさを――すでに切り上げていた。同様に哀れな地方裁判所書記のベルステルについても、彼ははなはだそれに満足していて、びっくりする余り何をしたらいいか分からないと述べざるを得ない。

ねばねばした退屈の樅の樹脂が、グレームスのクラブが泳ごうとしていた楽園の河の上に次第に一つの皮膜を形成して、我々は酢の皮膜によって空気が遮断される酢鰻虫《すうなぎむし》のように（ゲーツェ(5)によれば）、気孔を保つためには、絶えず体を波動させなければならなかったというのは勿論大兄にとってはつまらぬ冗談ではなく、むしろ楽しい冗談であろう。

しかし書いている際には面白く思えるものでさえ、体験している際には少しも楽しくないものである。このように進行し、雨までもが降ったならば、悪魔が子供達の愛の間にも両親達の友情の間にも悪魔の壁を立派にはめ込んでいたということになろう。私とシュティーフェルは朝食を十分立派にふんだんに与えた、そして我々が最も見込んでいたお茶は半分も飲まれなかった。最後に我々は音楽を開始させた――――しかし新たな不幸。誰の踵も上がろうとしなかった。惚れたファイトはただマリエッタだけと跳び跳ねようと思っていたが、父親達の盲蜘蛛の目を気にして勇気がなかった――雌兎が口に有するほどの毛もその極地に有しない嘲笑的な代官は、格別酒精分のない娘達に対する意地悪さと冷淡さとから落ち着いて我らの不安げな男を見守っていたが、ヘダッシュと共に猪狩りについての迂遠に見える小競り合いに入っていった――それに他の若い紳士達はクーシュナッペル人であって、……いや、この者達については大都市にいる諸君は知らないが、しかし我々小都市の者は（例えば大兄の話を書いたときの私）、我々は、極上のダンス音楽が開始され、踊り手の女性達が準備できて、元気に安楽椅子に座っているのに、忌々しい阿呆の誰一人としてまずその件に取り掛かろうとせず、誰もが、絞首台を作る際の大工仲間のように、先導の羊を待っているときの、座り続ける素敵な世界が気管で堪えているヒステリー症の球(6)や窒息について一つの歌を歌うすべを心得ている――音楽と拷問が更に続いて、上述の悪漢達は、群れを形成できない蜂達のように並んでいて、希望を抱かせるものの、それでもじっとしていて、晩夏に暖かい地へ渡る鳥のように外に集まりながら一歩もヨーロッパから出ない雀のような按配であり――飾り付けられた踊り手の女性達のことを泣いたものか、それともやはり笑ったものか分からない、彼女達は親しげに、しかしより上気して、互いに横目で議論しながら、すでに塗られたラックやエナメルは乾いているのに周りに座っているのである――――友よ、私は確かにこの点に関して苦労をし尽くして苦闘を終えた者であるが、しかしかつてはこう尋ねたものである。なぜ自然はその条虫を、これらの虫がいたら最適で、有益であると思われるこれらの者の頭には置かず、むしろ羊達の頭蓋の下に置いていて、その上部に置かれた羊は回旋症を呈するのか、あるいは側面に置かれた羊は横に跳ねる症状を呈する次第になっているのか、と。警察は賞金を――最初の消火器を火災現場に引いてくる者に対して設けているように――最初の踊りを導く者に対して設けるべきではないか。勿論最終的には彼らは足許で燃える床によって、らくだが暖められた床でそうなるように、踊りへと導かれる。この踊りはひょっとしたら、黒人達が奴隷船の甲板上で鞭によって健康のために踊らさせる踊り(7)よりも元気なものかもしれない。

グレームスに話を戻そう。私とシュティーフェルは、すでに述べたように立っていた、私は彼よりも熱い渦となって煮えていた――マルケによるとどの人でもメヌエットの拍子を取るという脈搏は私の肘ではコティヨン［社交ダンス］の拍子となっていた――私は時計を取り出した、時が一日の長さになっていたために、単に何日か見るためであった――私は私の立場に対して、ことによると若干の思い上がりを示す私の胡椒と塩［ごま塩模様］の上着のために好ましくない対照をなしていた。――私自ら先導の踊りをなすべきであったと言わないで欲しい。私は、大兄と私の友人の何人かが私をドイツのヴェストリス［フランスの名舞踏家］といった者と呼びたがっていたのを承知している。しかし信じて欲しいが、誰でも自分のことは弁えている。私は実際パリで有名なバレエ『アモールとプシュケ』を千回踊ったとしても、後にただプシュケと呼ばれるようになった踊り子のようには自分の名前を失うこともなく、アモールとして回転し続けることもなかったであろう。

どうしてサンキュロットのアレッサンドロが、あしたかべに［毒茸］のように冷たく、森林監督官に、携帯していた所謂郭公のことを思い出させたのか分からない――とにかくヘダッシュは呼笛をポケットから取り出し、様々な野生の動物の鳴き声をそっくり摸した――それ自体模写は立派なものであったが、ただダンスの音楽は大雷鳥や野生の鶩鳥、狐、猪の伴奏音で迷惑を蒙ることになった――――そのとき正直な、放心していた男が、自分の郭公の不協和音で目覚めて、突然叫んだ。「若い者達よ、何で踊らないのか」。――同じときファイトは母親からうながす合図を受け取っていた――彼の選択を察した代官は、急いで自らその選択を行い、マリエッタの手を握って、かくて始まった。しかしこの代官は少女に対して粗野な付け合せ野菜を見せずには丁重に振る舞えなかった。彼は新しい、ウィーンのフォラーから買った懐中時計を取り出した、それは携帯して歩くと自ずと巻かれる時計で、それも一歩ごとに一歯車巻かれるのであって、彼は言った。「歯車の数だけのステップを踏もう。ただ時計を一層楽に巻くために踊るのだ」。――

第七章

ヴィクトルよ、ようやくダンスになった、しかしその中には意地悪な敵が踊りまわっていて、ステップごとに雑草を撒き散らした。テロリストあるいは不安仕掛人*1［死刑執行人］のアレッサンドロは哀れな丁重なフィートに詩的優雅な女性を返さなかった、第一に彼女は他のクーシュナッペルの女性よりも熱く、大胆に語るからであり――というのは歌で賛美する美人は歌で賛美される女性よりも大胆なことをするからで――第二に彼は嫉妬の欠如から嫉妬を好んで分け与えるからであり――第三に彼は生来のいかさま師であって悪徳に似ているからである、この悪徳は蛇の背に玉虫色の流れるように美しい線を有するけれども、しかし顎には毒の歯を有するのである。彼はかの女性の巻き毛盗人の一人で、これは前もって二十人の少女の操を奪うけれども、その後初めて一人だけを妻とする、ちょうど小さな野鼠が十本の穂を噛んで試した後、一本を巣穴に運ぶことによって最も大きな損害を与えるようなものである。

ファイトは廷吏長の娘、ツェフィリーネという洗礼名の、澄まして、黙した、白い、下を向いた、縮れ毛の娘、凍った牛乳のように見える娘で凌いだ。ファイトは最初黄身のないこの卵白とは一回しか踊らないつもりであったと私は承知している。しかし聞き給え。

先導の踊り手、種まき人のサタンによって舞踏場にまかれた雑草はこの暖かい天候で直に絡み合った藪に成長した。私は彼らが通り過ぎる際に、代官がマリエッタを大胆に、鋭く、叱り、非難して、彼女を熱くさせ、少なくともそれで彼が手を暖められるようにしているのを耳にした。要するにこの女流詩人は――この女性はそのような者として二人の女神を、一方では美の女神を、他方ではミューズを、その二つの心室で薫香をもって育てなければならないが――このフランスで武装した海賊との戦闘に突入することになった――彼は多くの金の延べ棒を積んでいた――彼は詩句や魅力について繊細な趣味を有していた――少女達は、自分の心は少なくとも注ぐという居酒屋営業免許を、泊めるという免許まではいかなくても有すると思うものである――彼女達は、古代の神々のように、自分達にとって厭わしい動物（我々）同様に、好ましい動物も犠牲に捧げて貰うという奇妙な生き物である――彼女はファイトを盗み見た――彼女はツェフィリーネとのフィートの踊りをより詳しく調べて罰する理由を有すると思った――要するに彼女は死刑執行人に四回目のダンスの約束を与え、穏やかなファイトが、復讐するといきまき、シュノルヘーメル令嬢との連邦制度に進むことになるよう強いた。

ファイトは前もって、死刑執行人とは全く別な人間として描かなければならないだろう――生きた渦巻き模様で、闘鶏ではなく、ライプツィヒで礼儀作法を学んだ珠鶏で、それも最も如才ない作法を学んでいて、これはただ香水を付けた生きたレディーの手袋が使えそうな作法で――しばしば幾らか髄がなく、舌に至るまで剪定鋏で枝が払われていて、しかし人が好くて、愛想があって、思いやりがあった――彼は絞首台の内側に甘草の根を張るであろう、そして地獄では、彼が悪魔ならば暖炉の熱避け衝立を用意するであろう――最も裕福な学者に対しては金を自慢するけれども、最も貧しい少女に対してはしない――巡回図書館で読書した人間で、女性の一面の球根の花の情熱的花卉栽培家で、女性の花をいたわりながら、世話しながら、水を与えながら、移植しながら暮らしていた――友よ、彼は前を行くレディーの後ろの影を、それを手にすることができるのであれば、後から運ぶことだろう。――

二人の嫉妬する恋人達について、各自が自分の罪を単に相手の罪への罰と見なしているとき、昔からの問いが生ずる。心臓が血管を、それとも血管が心臓を作ったのか、あるいは似た問いであるが、最初のペンチはどうしてできたのか、ペンチはペンチがあって初めて鍛えられるのに、それ故ラビ達はこれを創造させているのであろうが。フィートはそれ故ツェフィリーネをかの単にライプツィヒでのみまだフランス式愛の講座として残っていた楽しい諍い、痴話喧嘩に巻き込もうとした、これはすべての些細なことについて美人と戯れながら、数時間にわたって、如才なく、しばしば味気なく闘うものである。私はしばしばこの「武器を持っての」出陣踊り、松明踊りに他の者同様に松明をもって踊りに加わった。いや私はたびたび小さな雷兵団(8)であった。

シュノルヘーメル嬢が機知的四分の一旋回、半旋回とライプツィヒ娘達の戦術にさほど興味を示さなかったのは残念なことであった。ただこの王位継承戦争で彼女が思ったことは、自分がファイトにとってどうでもいい人間ではないということだった。これはしばしば他の点は何も予感しない娘がめったに見逃さない予感である、これは歯に似ているが、歯は物体の形姿や堅牢さを感ずることはできないけれども、物体の暖かさや冷たさは感ずるのである。——以上がこの章の次第。

第八章

この章では、何か言うべきことがあるとすれば、単に先の章の反省が述べられる、第九章でようやく美食に関係することになるからである。

一見して分かることだが、困難と混乱は太陽と共に昇ってくる。天候については何も言わない、大兄が笑うであろうから。深い青空を通じて雨の後のように陽光が和らげられることもなく鋭く磨かれて光ったのである。私は多年の天気予報の経験から、これをどう見たらいいか分かっていた、つまり良いことはほとんどなかった。私はそのことを一行に打ち明けていたかもしれない、さながら陽光の三ヵ月の取り消しである、しかし私はいつも最初の予報に固執する原則を有していた、どの予想が当たることになろうと、第二の、ひょっとしたらより正しい、反対の予想もきっと一度は外れるであろうからである。

二重に傷付けられたベニグナは大事な一人息子と自分と彼の愛しい人のこのわがままな逃亡、意地悪な放棄に満足できなかった。いや彼女は、いつでもせっかちな教区監督夫人が自分の息子の遠ざかりを母親の画策の手のせいにするであろうと、容易に察した。老六の字の判断ということにでもなれば、この金持ちのツェフィリーネはまさに搾油所への立派な水で、これについてはすでにモデルをその父親としての頭に思い描いていたのであった。しかし幸い彼や妻帯の男達は共同の町クーシュナッペルの森で運動をしていた。ただ余計な通信員のフィッシュがその平板な使い古しの顔と共に、それはあたかも一年間輪止めとしてエルツ山脈の郵便馬車車輪に締められていたかのような顔であったが、私の側にいて、私と同僚として啓発的な文学的会話を行うために、そこに留まっていた。

しかし私は傷付いたベニグナと彼女の気散じのために料理の会話を始めて、彼女がピクニックでは焼肉を供したので、私のために若干のじゃがいもを、このネーデルランド派の栗を添えてくれるよう約束を取り付けた。「私は髑髏蛾に」と私は言った、「単にその珍しさと、死を思わせる点で似ているばかりでなく、またこの作物を愛する点でも似ています」。

ようやくマリエッタは整列の休みをベニグナの母親の手への優しい寄り道として利用して、真心をこめて身を摺り寄せた、彼女はいつもより動揺しているように見えた。ベニグナはいつもの友として振る舞った。彼女はフランスの悲劇作家が殺害の場面をそうするように、傷を観客に見せるようなことを決してしなかった。それからまたマリエッタは、よりゆっくりとであったが、アレッサンドロの踊りの手袋の許に行った。

次第に北の方に妻帯の紳士達と胃が集まり、南からはエジプトの肉鍋［美食］と糧食の帆船とがやって来て、その後からようやくシュティーフェルとパウルの両スープも現れた、食事の存在論、知識学としてのスープなしには食事は全く始まらないのであった。私はなぜこの章を終わりとしてはいけないか、分からないところであろう。

第九章

機知のサロン(9)では、男性の嫉妬はピクニックでの女性の嫉妬ほどには見られないであろう。それはその上女性の魂と体にとって夕食の毒である。彼女達はしばしば数ヵ月にわたってまさしく競争相手の女性達の一等賞の料理や二等賞の料理を消化することになるからである。惨めな料理はより消化のいいものとして彼女達の胃に合う。嫉妬の火を付けるという不安がないわけではない気持ちで、私は、喜んで告白するが、我々の対のスープが運ばれるのを見ていた。救貧院説教師はオランダゼリのスープを、私はこれに対して、かなり著名な作家として、山岳スープと共に現れてもやり過ぎではないと思っていた。それは黒パンの円錐に、肉桂と砂糖をまぶしたものと大兄の記憶にあるだろうが、そこからこの名前は来ている。女性達は（ひょっとしたら男性ということで籠絡されて）我々のことを大目に見たのであろう、我々のスープは嫉妬を免れた。しかしこれが私の何の役に立ったか。聞いて欲しい。

立派な食卓では本来最良のものが――議席と発言権を有する。私は右手や左手の枠や縁から抜け出すと、私は崩れ、全く有り難いことになる。そこで私は故意に前もって宝石のようにマリエッタとベニグナの間に自分をはめ込んで、食卓の祈りの後――祈りの間代官は単に爪楊枝の小箱を開けて、それを使用していたが――ただ丁重に残って少しばかり着席を遅らせた、すると粗野な死刑執行人は他の紳士よりも早く、腰を下ろし、そこに着席した。私は彼のことを破廉恥と呼びたいが、この言葉をロンドンの人道協会と対立した――新しい非人道協会が今やはなはだ高尚なふうに遣おうとしていて、それでこの言葉はほとんどこの非人道者にはもはや合わなくなっていて、遣えない。しかし実際彼は粗野である。

次のことも同様に卑俗なことであろう。ヴィクトルよ、これが大兄宛の手紙でなければ、私はここで最新の人文主義者達や哲学者達の非愛国精神について号外を試みることだろう、この精神はミューズの愛兄［フィラデルフィア］を厭兄［ミザデルフィア］に変えているものである。これに対し、フィヒテやシェリング、フォス、ヤーコプ、ヴォルフ、両シュレーゲルの示している倫理的寛容の例はたいして役に立っていない、彼らは現今のクセーニエンの散文的遺腹［父の死後に生まれた子］の輩を改宗させるには、この追随者達に対して余りに無力であるか、あるいは余りに稀であるように見える。いやまさしくこの例示した男達は私や大兄よりももっと頻繁に次のような作品を読むよう強いられているのかもしれない、つまりカントの最終目的である人間が、ひどい手段のせいで――手段ほどにももはや穏やかに扱われていない作品であり――スウィフトやボナパルトのようにまず試しに人々を叱りつけている作品であり――人文主義者としてその名を得ているのはバター花［タンポポ等黄色の花］がその名を得ているのとほぼ変わらない作品であり、このバター花の前をバターを集めるイナゴとしての家畜は通り過ぎるだけであり、また長いトロヤ戦争について、より長い倫理的戦争(10)がなされる作品であり――あるいは哲学者として哲学、この古いソクラテス的な、情熱の支配者を哲学の静かな女中として奉公させ、賢者の星を青白い批判的なアステリスク［＊印］にしている作品である、これはちょうど、木材のカバラの六角が、かつては火事に対するお守りであったのが、今やビールの印として掛かっているようなものである。――我々の哲学者達は真理の舗装から石を剝ぎ取っているが、爆弾がそこに投げられるからというよりは、彼らが自らあれこれの頭や窓に投げ込まなければならないからである。

死刑執行人［不安仕掛人］に対してここで大いに述べることは、大して役に立たず、ほとんど党派的に見えることだろう、彼はただ私だけを私のローマの拷問の馬に乗せているのだから。史実に忠実であるためにこう埋め合わせをすれば十分であろう、彼はそこに座っていた――帽子を被り――右手を心臓部に、あるいはチョッキの中に置いて――皿も、ワインも差し出さずに――つまり少女に対して差し出さずに、そして彼は結婚したことのない人間であり、それ故もっと粗野に響く第二の弦で覆われていない弦である、と。――――しかし彼は私にとって、なぜかは知らないが余りにどうでもいい存在であり、今一度彼のためにペンを浸すことはないであろう。

私がベニスのガラスであれば、今度は鉛桟が、つまり教区監督のツァイトマンと通信員のフィッシュが私を縁取っていたことになろう。教区監督はまだましである、彼は単に上品な、赤い頰の政治的男で、トルコ人が神の九十九の名前のうち気位高い神という名を選ぶとすれば、彼も神の従者としてこの名にぱくつくことだろう。これに対してフィッシュときたら。――周知のように、大兄にとっても私にとってもある種の我々の背骨と骨格全体とを抜き取る平民の骨髄穿刺針というものがあって、これは我々の内部の人間の両腕をはなはだ麻痺させて、それで腕はもはや蝶も持てなくなる――いずれにせよ機知や情熱、天上的考えは消えてしまい――売り出されたライン左岸(11)全体のために私はエピグラムを、例えば右岸に対してエピグラムを仕上げられなくなるだろう――かくて私は刻々と一層色褪せ、弱々しくなって、遂にはこのような骨髄穿刺針の下で自ら沈んでしまうことだろう、この針がそうするのは頭が平板であるからではなく、心が平板であるからで、この心は何ものによっても熱くされ、高められないのである。

　フィッシュはこのような者、私の予想された衰弱症であった。不幸にして彼は私の横に、何か理性的なことあるいは本当に文学的なことを私から得ようと期待して座っていた。そして賢い教区監督さえもが単純で、最も賢明な考察を当てにしていた。……いつも私に降りかかる最も忌々しい期待の一つである。――真っ平御免だ。作家は書いているように生活すべきである、と私は承知している――いやほとんどもっと良いことは、私がここでなし得る美しい比喩に従えば、作家は自分の人生の先の日々の中へ、自分が夢の形姿に豊かな関連の中で一度に掛けている倫理的な宝石を徐々に本当に織り込んでいくべきであると思っている、ちょうどドレスデンの［ツヴィンガー宮殿の］緑のドームではすべての大きな宝石が、これらは最初ザクセン侯の王冠に贋の模造物として連なったまま呈示されているが、次にクッションの上に本物として散らばっているようなものである――私の言いたいのは作家は書くように生きるべきであるが、しかし誓って、書くように話すべきではない、ということである。ヴィクトルよ、画家のアカデミーのすべての生きたモデルは少なくとも祝日には足場を片付け、一日中見本とならずにすむという認可を得ている。それなのに我々哀れな騎士叙任者や他の本著述者は、何の遠慮も要らない祝日、ただ愚かなことをしさえすればいい祝日を一日も得られないのであろうか。永遠に私やラーヴァーター[12]、それにモイゼル[13]の『ドイツ人学者』は思案をこらし、両手で最も神々しい比喩や、感情、技巧を左右に撒き散らさなければならないのだろうか。我々の半年に及ぶ緊張の報酬は単に更に大きな瞬間ごとの緊張であるのだろうか。――古典的作家は閉口してしまおう。隣人や親戚にとっては羊であり、ようやく外国と後世の者にとって先を行く先導の羊、黄金の子牛、あるいは同時の耳飾り[*2]であれば、十分以上である。

ピクニックによる女性の胃病熱は最初はまだ穏やかな悪寒であった。満足して私は、すでに述べたように、人々がシュティーフェルのオランダゼリのスープと私の山岳スープを嫉妬なしに受け入れるのを見ていた――ヘダッシュは貧しい騎士によるホップと共にそのかわかますソーセージによって無事切り抜けた――教区監督夫人の盛り付けされた牛肉のパイはすでに弁護するのが一層難しくなっていた――しかしこのとき六の字の詰め物をされた七面鳥がじゃがいもと共に現れた。男性達ではなく、女性達がその内部の人間の七面鳥の翼と広げられた尾について感じたことの一切を今や広げ、引っ張り、開閉し、研ぎ、ざわめいた。――しかしそれは少しも詰め物をされた鶏のせいではなく、じゃがいもが来たからであった。

じゃがいもは一般にその他の現物供給へのエピグラム、パロディーと見なされた。豊かな、引きこもった、本を読んでいるベニグナに好意的な者は少なかった。「これは何のつもりだ、おい」と老ポスハルトは目を見張って尋ねた。「J・Pさんが」と彼女は言った、「私に頼んだんです、ただご自分用に」。不幸なことに私は骨髄穿刺針の隣りで盲いて鈍感になっていて、そのポテトのパンケーキを周りに差し出して言った。「これが楽園、キート「エクアドルの町」からの残り物であろうとも、私は、かつてフランスの国王の食卓に上がったものであるという理由だけで喜んで食します、この国王というのは、厨房に四四八人の人間を抱えていたのでありまして、この中には一六一名の司厨係の少年達は勘定に入れていないのです」。ポスハルトの質問、我々の了解、献呈、冗談は更にじゃがいもに諷刺的な毒弾、ピッチ弾[14]の外観を与えてしまった。私のような気のいい哀れな悪魔は、私の胆汁は人々の間では胎児の胆汁のように甘いのであるが、女性達が冗談を理解すること衣服に対するよりも少ない料理法について、冗談を言ってしまって良かったのであろうか。私に代わって大兄が話して欲しい。実際虫を刺すために人々が粉末のアンチモニーの先端を毛皮に蒔くように、たびたび自分の毛皮に同じような先端を付けて集合した害虫に備えるべきであろう。

今や明らかになっていることは、現に暮らしているクーシュナッペルの世代はもはやピクニックはしないということである——将来の世代はひょっとしたらこうした聖体に関する、あるいは秘蹟の諍いは忘れてしまうかもしれない。——

しかし私はすべてを後になって初めてベニグナから聞いた。つまり小都市では宮廷でよりも人々は内気で黙っている——人々は小声で話し、歩く、あたかも雪崩を避けてその下を通って旅するようなもので、雪崩を頭上に受けないようにするためである。——かくて我々は激しく辛い苦痛の下、単に黙っているために雑然と座っていた。ウンツァーは社交での煩わしい人為的な態度はその筋肉の鍛錬で健康に良いと主張しているので、静かな動作によって一般的な治癒にはまことに適っているように見えた。

若い人々は更に元気がないように見えた。代官は、我々よりも幸せに、目と耳をただマリエッタの許に据えて、彼女の目や耳を確保していた。——ファイトはツェフィリーネの許での復讐の役割に飽いて、ナプキンの下で彼の心は散っていて、遂には、澄ましたシュノルヘーメル嬢に無視されて、ただぼんやりと私の方を見ていて、くしゃみをしそうな、あるいは泣きそうな顔をしていた。このシュノルヘーメル嬢はちょっと小耳にはさんでいたのかもしれない、豊かな優しい王女達や侯爵令嬢達は食卓ではめったに嚙み付かず、単に若干の砂糖浸け棒の陽光を嚙み、それに空の大気で一杯の尖底杯を飲むだけである、と。それ故彼女は、多くの金を有するにもかかわらず、令嬢のように節制生活を送ろうとして、下に瞼を向けて、冷たく頭を振って、かわかますと詰め物の七面鳥を行き過ぎさせた——オランダゼリスープ並びに山岳スープをこの馬鹿は軽蔑してなめようとすらしなかった。

第十一章

人生は空と同じようになる。星座は一方の側で沈むと、他方の側で新しい星座が上がらざるを得ない。教区監督はピクニックの一同に、自分はすでに聖職者の職のために四十の試験を、教師職のために六つの試験を、十七の説教者会議を、四十七の牧師就任式を、十一の教会会議を行ったと語った。「しかし我々の人生は」と彼は付け加えた、「過ぎてしまえば、一つの霧となってしまいます――人生〔Leben〕を逆に綴ってみて下さい、霧〔Nebel〕が生じます」。言葉のこの帰り荷は老六の字をはなはだびっくりさせた。――「どうしてそんなことを思いつくのか知りたいものだ」と彼は言って、つぶやいた。人生、霧、霧、人生。「いや、霧を逆に読むと」と私は付け加えた、「また人生が出てきます」。――「全く当然なこと」とツァイトマンは言った。

ポスハルトは――インドの商人のように他人と握手するのは単に商いをするためであり、単にライプニッツが眠り込む基となったもの、つまり勘定で目覚めていたけれども、官職を帯びた学問、聖職者に対して宗教的敬意を抱かずにいることは難しかった。ツァイトマンは、テュービンゲンの修道院で給費生が食事中に説教をするように、これに類することを行ったので、ポスハルトはその威厳に圧倒され、彼の知識を称えた。ひょっとしたらフィートがマリエッタから別れていたため、彼はいつもより穏やかになっていたのかもしれない。

ツァイトマンは勇気付けられて、彼はハンブルクと多くの取り引きをしているが、アルトナの名前の由来を知っているか尋ねて、こう続けた。「ハンブルクの間近〔アルツーナ〕からだ」。一行は疑わしげに考えた。「ト〔to〕は英語で」と私は言った、「ツーの意です」――「アルトナ」と六の字は陽気な森林監督官に向かって言った、「おや私はハンブルクさんに間近すぎますかな」――「むしろ森林監督官のヘダッシュさんはハルバーシュタット〔半都市〕でしょう。ハルバーシュタットの名の由来は、半分だけ仕上げられていることですから」と教区監督は落ち着いた軽い説教師の微笑を浮かべて答えた。我々は皆大いに笑った、細いヘダッシュはまさに太い六の字の半分の大きさであったからである。

このように機知と学識は対のつぐみのように繋がって食卓をあちこち飛び交った。

ただ私には機知や当意即妙の答えは期待しないで欲しい、ト〔to〕についての単純な言語の注釈は別であるが。私はごま塩模様〔胡椒と塩〕を着ておずおずと兎のように座っていて、私の思考、判断、適合、画策、欲求、動機の諸力を（スコラ哲学の名称であるが、しかし古い名称(15)である）少しも発揮できずにいた。私は自分のことを最も長い、我を通そうとしている鰻と考えることが許されても、私には空しい、フィッシュが古い鉄として私の上に横たわっていて、これが最強の鰻をも疲れさせ、衰弱させるのである。彼はクーシュナッペルの学者に取り掛かっていて、ジーベンケースの生涯についてメモを欲しがっている。——彼は、すでに営々と十三年間匿名の作家のドイツ人学者〔辞典〕について収集し、汗をかいていると私に話した。しかし出版にまでこぎつけないらしい、いつもある大きさの巻にまでまとめるたびに、突然一つの見本市で、十人、二十人の匿名の作家が生ずるからで、残念ながら後から付け加えた分、いつも先では不足するからだそうである。

彼にとってはある作品を味わうことや、その価値よりも単に作品の存在が重要であるので、私の学的世界への次の贈り物は何かと私に尋ねてきた。「甦った十字架を負う者ヨブの予定」と私はフィッシュに答えた。

しかし先に行こう、先に。

第十二章

地方裁判所書記のベルステルは背を曲げて、そっくり返った太い廷吏長の前に進み出て、吃って言った。「一群れの喜劇役者達が外にいて、御慈悲を頂戴し、閣下からお許しを頂けるならば、町でその手品を披露したいと思っています。彼らは皆そのことを請い求めています」。——「いいかい、奴らにこう言うがいい、閣下は多分はっきりと断られるであろう——しかし待つ必要がある、まずは証明書や身分証明書が詳しく調べられるであろう——今は上司殿は食事中だ、と」。——「そう伝えることに致します、閣下」とベルステルは答えて、公告を背を曲げたまま運んでいったが、しかしまた急いで戻って来て、頭を振りながら言った。「彼らは外で派手に頼み、請うています——皆が言っています、後生だから伝えて欲しい、自分達は世俗的なものは全く持たず、宗教的聖書の話ばかりを演目にしていて、このようなものにかけては申し分ないのだ、と」——「私は今食事中だと言わなかったかな」とシュノルヘーメルは振り向いた。「連中には」、と書記は言った、「待ってもらいましょう。誰も受け付けないことにします」。——ベルステルは生来の屈《かが》みを運び出したが、この屈《かが》みはピサの塔の屈《かが》みに、この塔からと同様に彼からも測鉛を垂らしたならば、ことによると達していたかもしれない。というのは塔の先端は土台より外に十二フィート傾いていたからである。彼とクーシュナッペルの多くの役人は他のドイツ人よりも一五五九年の貨幣規定の第十一条[*3]が定める特権を享受しているが、それは支払いでは決して二十六フローリン以上の小銭を受け取る義務はないというものである。というのは彼らはそもそもそれほど多く受け取ることはないからである。

今や会話は演劇論となった。森林監督官は――食卓全体の中で最も理性的な、最も自由な、最も自然な男であったが――廷吏長の鼓腸に対してそれを減ずる散薬を服用させて語った、シュノルヘーメルは高校時代エリシヤや食われる子供達の学校ドラマ[17]のとき、大きさのせいでいつも踊り熊の役を一人で済ませた、いつもはその前足と後足に二人の三級生徒が必要であったけれども。その役以来彼はまだうなり声を続けている、と。剝製の熊は皮のない詰まった熊と対照をなしたが、後の熊は地球を廷吏長の王座の足場と見なしており、その自我はゼンマーリングの湿った脳の中で日々溺死者のように、あるいは酒飲みの鼠の胃の中の脂っぽい焼かれた海綿体のようにより強力に膨れるのであった。

これに対してポスハルトはこう話した、自分と教区監督とはアウクスブルクでの高校時代ローマ史を共演したが、そのとき自分はブルータス、ツァイトマンはカエサルの役であった。「私と教区監督殿は」と彼は続けた、「当時同級生でとても仲が良く、五級生から三級生へ一緒に進級していきました。しかしあのドラマときたら。――教区監督殿、貴方は私がまだ刺さないうちに、貴方の合図の台詞『お前もか、ブルータス』と言ってしまわれた。――誓って、私は突然恐くなった、私が貴方を刺したら、貴方をあてこすることになるかもしれない、と。奥さん、彼は実際綺麗に見えました。――当時私は軟弱な善意の奴でした――要するに私は太刀を落としてしまって、後で先生に思い切り叱られました。――私は今でもそのことを覚えています」。――

「私も」とツァイトマンは答えた、「それを全くよく覚えています。それにまた二人のイタリアの歌手の間の類似した話[*4]も覚えています、歌手の一方が相手を歌が素晴らしいと抱擁したのです。相手を殺す役回りだったと思います。――しかしこう言わざるを得ません。私が今我々の振る舞いを教育学的裁判官席の前に引き出すとすれば、私は先生を全く無罪放免にはできない、と。――私が彼の立場であれば、貴方が気付かせてくれた立派な倫理的志操を考慮したことでしょう」。

ここで堅い手を見て欲しい、この手で教区監督は、イギリスのペテロの鍵と共に、もしこれを有するならばであるが、多くの国王の歯の犬歯や知恵歯を砕くであろうものである。それに彼の威厳を見て欲しい、この威厳は温かさや富に逆らうものである（というのは彼はその教区民と一緒に、キリストは弟子達に二枚の上着を禁じたので、その弟子達のよりささやかな後継者として、弟子達に許された程のものも身に着けないからで）――そして六の字の方を見て欲しい、その陽気な思いやりのある諧謔は単に取り引きから、この悪魔のアマルガム工場から、合金を得ているのである――そしてありうるかもしれない和解の美しく彩られた朝焼けを見て欲しい、それから次の章を読んで欲しい。

第十三章

我々は皆すでに桜の木の下にいる――聖書の喜劇役者達は待たなければならない――すべての賃借り人達が梢に座っていて、その夫人達は根元に立っていて、前掛けを広げている、人々は大いに笑っている。

しかしこれは大兄の全く存知しないことがその原因である。つまり我々は食卓の祈りの後、窓辺に立っていたが、突然教区監督夫人が叫んだのであった。「おやまあ学校参事官殿、鼻をかまないで下さい、何を持っていらっしゃるの」。――シュティーフェルはただシャツを手に持っていた。この善良な説教師は、頭にはキュプセルスの箱(19)やミイラの箱、活字の箱を一杯に有するけれども、洗濯物箱を収める余地はなくて、白いハンカチの代わりに品良くたたんだシャツをポケットに入れていたのであった。不幸にして、あるいはむしろ幸いにして――というのはこのヴィーナスのハンカチのお蔭で諷刺的なじゃがいもの砒素的霧の話題は中止になったからであるが――ツァイトマン夫人は、彼が何か白いものを取り出して、広げ、それから二つの袖が垂れ、それがうまく手に収まらないでいる様を目撃することになった。「私は学者の放心の」と彼は幾らか赤くなって言った、「もっと顕著な例を私の乏しい読書から引き出すことができます」。しかしこのようなことは調子の狂ったサークルを明らかに陽気にするものである。

皆が騒いで、飲み込んだ。教区監督夫人もそうした、彼女は今や私から去っていた、私が彼女よりもベニグナの方を求めていたからで、ベニグナは最初私を避けていた、クーシュナッペルではすでに官職のないただの著作家というだけで——というのは官職のある著作家はいつもロビンというわけで、これは歌手の仕事の傍ら、蠅取り薬の仕事もしていて、蚊をつかまえるからで、——いやそれ以上にこのような著作家の女友達は嫌われるからである。私は告白するが、教区監督夫人のエコルシェ[*5]の服を着た内部の人間全体は、この監督夫人の娘の方は少なくとも対の半ネグリジェを更に着ているが、女性を蝸牛に喩える私の趣味に反している、つまり蝸牛では殻に閉ざされた蝸牛がより美味しいというものである。

ベニグナは風変わりな若い二人に打ちのめされていた。それももっともである。今日は何とも幸せにフィートとマリエッタはダンスや食事の時、それに木の下で、喜びの真珠の小川から釣りをし、舌鼓を打てたはずなのである。しかし我々は皆そうである。水を有するときには、セーヌ川にそうするように、数人の死体をつかまえるために網を投げ入れる、そしてチェルクニスコの湖のようにまた水が消えて、我々が座礁し、身動きが取れなくなったとき初めて、水音を立てて、帆走し、釣りをしたいと思う。何という花盛りのとき、何という二度と帰らぬ春をどの人もなおざりにしてしまったと嘆くことだろう。

ベニグナが我を忘れたファイトと共に若干の多分正当な言葉を交わすと、彼は教区監督夫人と娘に大いに核果を献じた。女性は男性の時計では、動きを調整する平衡輪である。ベニグナは一人丘に残った。「この丘はいつも好きよ」と彼女は言った、「十五歳のとき、私の父（教区監督の前任者）が神様に私の治癒を祈った致命的な病が癒えてから、ここで初めてまた沈む夕陽を桜桃の時期に見たの、力がなくてまた歩いて帰れなかったけれども。当時は」（と彼女は結んだ）「世間は全く別なふうに思えたものよ。何故神様は、これほど信仰を抱いているというのに私を連れ去って下さらなかったのでしょう。多くの辛い思いをしないですんだものを」。私は答えた。「いつも、より良き世界に生まれついた人々、この世の犠牲者がこの世から逃げ出したいと思うのであれば、結局この世の苦しめる精神のみがこの世に残ることになって、最もいいのは、地球の阿呆船[20]を退役させ、マストを取り去ることだということになりましょう」。

こうした慰めを口で言うのは難しいことだった。彼女の心の目のようなものを理解し、その心の目のようになるのは私のような者で――私は目を、ことに女性の目をより小さな天球と見なして、目の後宮を――乾いたものよりは濡れた目の後宮を持ちたがっているのである。特に運命が我々の大抵の者に対してそうするように、子供の教師の如く、美しく着色された世界地図の後、正確さの練習のために単なる色彩のない、黒と白の地図を与えた美しい女性の目許ではそうである。我々男性の中には何か醜いものがあって、これは穏やかな同情で、女性の痛みを、この痛みを分かち合おうとして、前もって増大させようとする。我々はしばしば涙を、外科医が開かれた血管の血に対してするように拭き取るが、これは単に血がもっと激しく流れるようにするためである。こうしたことには我々は健気に闘いたい。

第十四章

ここではまた私の浄福のカリュプソの島[21]は私の足許から引き抜かれてしまう。大兄も承知しているように、私は先に不吉な天気予報をした。集雲は時々ただ若干のにわか雨をもたらした。「これはまだ大したことはない」、(と私は実りの多い一行に叫んだ)、「でも夕方には何も保証できない、月が昇るときで、六時[22]のはずです」。――ヘダッシュは信ぜずにグレームスへ行軍した。「でも」と六の字が叫んだ、「その通りでなければ、貴方は悪魔に知恵を借りるがいい」。――小粒の真珠の代わりに、すでに溶けた柔らかい霰がいくつか降ってきた。私は更に若干の慰めの言葉を人の乗った木々にかけようと思ったが、そのとき雲の天水桶が頭上でひっくり返された――灌水浴は潜水浴に変わった――賃貸借の一致は河の神々と水の精に分けられた――我々一同は我々が溺死しなかったことにびっくりした。水腫症の雲は穴があけられ、散っていた。――我々が滴る雲の残りかすの下よりはむしろ滴る葉の下で沐浴したいと思う状態になったとき、私は各人が頼みとしている様々なフレーズを聞き逃さなかった。教区監督夫人は、マリエッタちゃん――マリエッタは、お母さん、お母さん。――教区監督は、神よ、お恵みを。――フィート、忌々しいサンドロめ。――アレッサンドロ、チェッ――六の字、本の虫の空気袋《ほらふき》め。――廷吏長、とんでもないごたごただ。――地方裁判所書記、南無三。――そして私、すぐに終わるさ。――

実際終わった。しかし暖かい太陽はその刺すような光線を、歩き進む彫像達の濡れた衣服に寄越した、彫像では乾いたものは思いつきの他にはなかった、例えばこの思いつきである。かくて受洗者達のノア的な会合は滴らせ続けながら別荘の広間に着いた、カタル性の不安を一杯に抱いて、乾いた下着への見込みもなかった。説教師のハンカチを除いて、誰も何か着るべきものを有しなかった。

このような受洗者達にはどのような帝国の善行よりも、かくも濡れた罨法の後では炎の洗礼が必要であったろう。このとき救援に来たのは次の章である。

第十五章

最初はどうしようもなかった、我々は我々の琳巴管と共に立っていて、太陽のように水を蒸発させていた。つまり我々男性のことである。女性達は賃借り人の妻とその娘達の皮むき〔脱衣〕工場にいて、その衣装戸棚で分け合って着用していたからである。しかし男性の一行は老賃借り人の紳士服店から揃えるのは難しかった、それは一本の釘にかかっているだけであったからである。

幸い聖書の喜劇役者達がまだ下にいて、彼らは陽光とシュノルヘーメルとを待っていた。「皆さん」と私は言った、「衣服が乾くまで、しばらく聖書の芝居衣装を着ていてはどうでしょう。賢人ソロモン、堕ちたアダム、ヨブとかレビになるのを恥ずかしく思う人がいるでしょうか。私なら喜んで何にでも着替えることでしょう、撲殺されたアベルであれ、その上着がない場合には、これを打ち殺したカインであれ」。

「滑稽な考えだ」と六の字は言った、「しかしとにかく、とんでもないことになった、この始末は付けなければならない。よろしい、私は乾いているなら悪魔でも、その祖母でも身に着けるぞ」――「はなはだいかがわしい取り引きです」と教区監督は言った。「確かに健康を損ねてはなりません。しかしいずれにせよ不快な思いは避けなければならない。衣服は確かに新約、旧約聖書風なものですか、パウルさん」。——「喜劇役者達は貸してくれるだろうか」と六の字は言った。「それは全く気の利かぬ質問です」——「奴らはそうしなきゃいけない」と廷吏長は言った、「私に任せて下さい」。——

偶然が即興で与えてくれた中世聖書劇についての我々若い者達の歓呼を思い浮かべて欲しい。——というのは手短に言うと、衣装箱は馬車から紳士達の部屋に運び上げられたからである。そこには各配役があった、つまり配役の衣装のことで、衣装は紐でくくられ名札が留めてあった。王侯やその他の声望ある劇の人物は箱の上部にあった。まずはいつも上辺を泳ぐ者達、王侯の層があった。——教区監督はダビデ王を取って、更衣室に行った——ポスハルトは息子、ソロモンを手にした。——廷吏長は胸甲のせいでどの観点からも東方の三博士よりも大司祭を選んだ。——三博士は格別輝かしくはなかった。しかし世間と同様、少なくともそれらの一人は黒人であって、その上ボタン穴に星形勲章を有していたので、フィートは正当にも現今の流行の世界国喪に接して、黒人を選び、着用した。——アレッサンドロは、フィートのパロディーをしたくて、それに流行から自らオーク材の桶屋、近侍のモール人になりたくて、酸っぱい林檎を噛んで、自分の内部の下に着た人間の上に、ノアの呪いを聞いている間に黒く着色したハムを被った。——シュティーフェルは、洗礼証書を眺めることさえせずに、アブサロムとして去った。——とても善良な、あるいはほどほどの登場人物達が匿名のクラブ会員の間を通って行った。というのは理解して頂けようが、私はすべての道化を紹介できないし、手にしているばねやぜんまいで我々のコンサート時計、郭公時計の互いにとても絡み合った歯車装置を動かすことはできないからである。——今やただ二人の男性の登場人物が箱に残っていた、堕落後のアダムと悪魔である。私は敢えてアダムの見本を着用した、これは格別肉体と見まがうような革のエコルシェではなかった、正確に言うと、喉仏まで達する一着の上ばきズボンと一対の革の腕で、これは毎日女性の腕から手袋の形で（本来は腕の編上げ靴、腕の食道であろうが）引き抜けるようなものである。悪魔の方は——比喩では害草の種をまく敵であるが——角を付けなければ、まあまあの空想的殻になっていて、本来良く縫い合わされた、外側に向けられた羊の毛皮で、その後ろには衣装のせいで針金で堅く伸ばされたマフの尻尾がおよそ御者の小パイプのように跳ね上がっていた。――

しかし悪魔は誰も欲しなかった――地方裁判所書記のベルステルに多くの者が勧めたが、しかし空しかった――彼の主要な心配事は、悪漢は冗談を解せず、生意気なことをすると、悪魔を壁に描いた場合のように、自らベッドの前に姿を現すというものだった――人々は彼に毛皮の胴着を取り上げ、薦骨、あるいは尻尾を握って、すでにすべてが着用のせいでどんなに擦り切れているか、従って邪悪な敵は、この敵にとってかつて服を着られて不快なことがあったならば、とうの昔に着用者に襲いかかっているはずだと見抜いて欲しいと言った。――すべては無駄であった、彼はこう言ったからである、その男は何しろ喜劇役者であり、単に職務なのである。これに対して自分がそのようなことをしたら生意気なことになろう。――要するに彼は角のある、あるいは尻尾のある胴着を着ようとしなかったが、気前のいいアレッサンドロが、いつもは悪魔は金をもたらすが、ここでは、こん畜生、もってけだ、と言い、私の友人シュティーフェルが救貧院説教師として、危険は自分が引き受けると請け合うに及び、着用した。

通信員のフィッシュはまだ滴っていて、ユダヤ人女性服しか頼るものがなくて、しかしこれを着る気がなかった。「このような際に」と彼は髄を抜きながら言った、「よって立つ立場というものは、いつもあれこれのことをもたらして、確かに他の者ならばそれを追放するでありましょうが、しかし私は極めて憂慮致しますし、そのことを私は隠しません」。――「これはしたり」（と賢いソロモンのポスハルトは言った、彼はすでに着替えて戻ってきていた）、「あなた一人が賢人ぶるつもりではないでしょうな。今日気の利いた人間で、頓馬な男でなければ、さっさと行って私のようにまた奇妙な恰好で帰ってくるものです」――「でもここに」と私は突然言った、「両性具有の逃げ道を有しています。ここの革は」（それは堕ちたイヴのものだった）「どのような分別のある男性であれ、どのような性別のものであれ、着用できます。これは舞台衣装というよりはケースです」。

このような具合に皆の帰路の輪廻は行われた。ただヘダッシュだけが、いつものように自らの物干し縄であり続けた。しかし彼は実際誰よりも早く、乾いて到着していた。

これが、ヴィクトルよ、大兄宛の手紙ではなく、世間宛の手紙ならば、このように役割と登場人物が入り混じっておれば、機知のすべての噴泉のコックがひねられて、幾つかの弧を描いて噴出させることができるであろう。しかし大兄にはただ、事の次第を語るだけである。

女性陣が来る前に、医学的多数決、あるいは郡長の結論が出されて——体が冷えたせいで、——何か飲まなければならないということになり、かくてワイングラスに酒瓶が注がれるという周知の事態になった。「舞台では」と私は言った、「男子部屋同様、いつも本物が飲まれます」。罪のない竜の尻尾を持った悪魔が我らのメフィストーフェレスであったが、丁重さから我らの魂に身を委ねていた。

さて魔法の百姓女達が入って来る様を見てみよう。——まずはシュノルヘーメル嬢である。彼女の借用した半喪服は（シャツの袖が白かったからであるが）不安と更衣とで軽く着色された、青ざめた顔の周りに素敵な半陰影として似合っていた。彼女自身新たな状況によって、少なくとももはや操り糸に従って動くのではなく、電気的火花に従って踊る人形であった。最初彼女はシャツの袖を恥ずかしく思っていた、これが肘までしかなく、一方脱いだ手袋は——肩甲骨まで届くものであったからである。私のものといえるベニグナを見てみよう、私は堕落するアダムとして彼女からむしろ禁じられた山林檎を受け取りたいと思う、私の革の伴侶、イヴ、つまりフィッシュから最良のヘスペリス達[23]のシュテティーンの林檎を受け取るよりも。包装は彼女に何物も付け加えず、奪うこともなかった。彼女はどの身分にもふさわしく、かつどれにも属していなかった。——勿論皆の中でマリエッタが、彼女の義母から最初の母親のフィッシュまで含めて、ヴィーナスであった。二、三の赤い真珠のオーロラが散っている生気ある顔には、確かに白い市民の頭巾と下の白いスカーフとが見えると確認し——というのは百姓女の教会での聖餐の礼服を着ていたからで、しかし特に雪のように白い額の上に長いレースの縁の付いた黒い王侯のような頭飾り紐が結ばれていると知った上で、この黒い枠の下の語りかけるような見つめるような花卉画を熱く覗いてみるといい。

私が額をかくもギリシア的に愛らしくほっそりと見えるようにし、穏やかにする漆黒の額包帯の流行を目に留めないことがあろうか。勿論フィッシュの場合はこのようなものは単に革の黒い杖の紐にすぎないであろう。

東方からの賢者ファイトは、他の賢者の星［勲章］を付けて、びっくりし、清められ、柔和になり、温かい気持ちになってこの感動的な、より謙虚なキリストの花嫁［修道女］に向かって駆け寄った、そして三人の国王の祈禱を善意で一杯にほのめかしていたが、そのとき東方からの別の賢者が、北方の賢者ソロモン[24]が、つまり自らの父親殿、国王が同じことをし、郡長の結論と額の喪の黒枠の効果を同時に感じて、陽気に尋ねたのであった。「御令嬢、私は賢者ソロモンに見えますかな」――「それに金持ちのソロモンにも[*6]」と教区監督夫人が言った。私は聖書の人物達を紹介した。「私ども両人は、最初の両親として、聖バルトロメオ同様に二重の肌を所有していますが、貴女にここで私どもの罪深い子孫を紹介しましょう――こちらは打ち倒されたハム、黒人の始祖です――こちらは詩篇作者のダビデの二人の息子で、そのうちのアブサロムは長い髪で（シュティーフェルは短い鬘を着けていた）それと分かり、もう一方は国王の父親殿へのより大きな愛でそれと分かります。司祭長は紛れもありません、ユダヤの法によれば何の欠点もなく、頭部に十一の特徴、目に十九の特徴云々を有しなければならないからです。――尻尾を有するものは悪魔で一族の者ではなく、単に雑草と禁じられた林檎の種を蒔き、最初の両親と最後の孫とをもはや食事に誘わず――飲酒に誘います」。――

同じ深淵、沼から這い上がってきた人間達は這い上がる間に互いに好意を抱く。女達は、鷹同様に、羽毛の抜け替わりによって記憶を（例えばじゃがいもの記憶を）忘れ、多くの分別を得ていた。そして平和の天使が大きなオリーブの枝を持って目に見えぬまま動き回り、女性の心からすべての顔面潮紅や虻を追い払っていた。

このような変装は、小規模な仮面舞踏会、乱痴気騒ぎとして、人々を自由にし、平和にする。私は平和の天使の手伝いをする、つまりハンマーを取り出して、鉄の棒がまだ熱いうちに、この棒を鍛え、はんだ付けすることにした。私は森林監督官の許に行き、言った。「ヘダッシュさん、貴方は真っ直ぐな、堅固な、明敏な方です――六の字と教区監督は今日いつになく近寄っています――彼らを互いに抱擁させなければなりません――手伝ってください」。――「それはキリスト教徒としての私の義務です」と彼は言って、私と一緒に先祖と子孫のペア、ダビデとソロモンの所に行った。

「仲良くしないと、国王達殿」とヘダッシュは叫んだ。「我々は戦いなんかしていません」、とツァイトマンは言った。――「誓って」（と私は割り込んだ）「すでに人生の朝方に一緒に旅立って、昼に休憩を取ったこのような対の男達は人生の夕べの礼拝の時に別れることはできません。学校と劇での演技がすでに貴方らを素敵なローマ人の名前で結び付けています、ポスハルトさん、貴方は貴方のブルータスの役割をとても思いやりのある心で演じられた――今日の変装は昔の変装を思い出させずにはいません。それにこの世のとてつもない偶然によって貴方らはまた父と息子を演じています」。――「とんでもないことだよ」（とポスハルトは言って、民衆の流儀に従って話を二度繰り返した）「私が刺すことができたとすれば、貴方は合図の台詞を言ってしまったのだから云々」。――「私は学長として」とツァイトマンは言った、「世界史を教え、心の中で我々の出来事を思い出すたびに、いつもその行為に感動してきたと言わずにはおれません」。――「それは」（と六の字は温かく言った）「貴方が昔の実直な同級生をすっかり忘れたわけではないということですな」――「いやはや」（とヘダッシュは言った）「何という成り行きでしょう」。――「単に同級生とか青春の友とは言いますが」（と私は付け加えた）「同業の友とか晩年の友とは言いません。まさにそれ故に早期に得た心は大事にしなければなりません。その後の晩年の尖った刈り株の上では何ら格別のものを見いだせないのですから」。――「それでは互いに」（と我がヘダッシュは結婚式の慣用語を茶化しながら言って、自ら執り行った）「右手を出して、はいと言ってください」。――「本気ですか、教区監督殿」（とポスハルトは言った）「私同様貴方も同じように相手のことを考えていますか」。――「六の字殿」（とツァイトマンは始めた、彼は冷淡さの装いを捨てた、この装いのためにこれまで倫理的司祭的品位を保ち、金とか自分の娘を気にかけているという邪推さえも生じさせていたのであった）「私はキリスト教徒で、司祭であり、貴方の昔からの友人です。そもそもこの霧の人生、人生の霧の中でどうしてそのようなことを尋ねる必要がありましょう」。――ここで彼の目は湿っぽく震え始めた、まことにそれは偽善からではなく、彼の詩的、雄弁な身分のせいで容易にすみやかに独自の感動に陥るからであった。「昔の同級生、老フリッツよ」(ツァイトマンのことであった)「昔からの愛はさびない、これが私の手です」とポスハルトは自然の二粒の大きな涙を浮かべて言った。「立派なお父さま」とマリエッタは愛情のこもった感動した眼差しで言った、彼女は最初我々の活発さを誤解して近寄って来ていたのだった。「いいんだ」と彼は、上品に上品に上品になろうとし、しかし好意的に陽気になろうとして言った、「もう行きなさい」。彼は自分が感動していることに気付いていなかった。

彼女は窓辺に立って、花と咲き、雨の滴で震える自然を優しく眺めた、この自然は陽光の許、露の降りたように輝いていた。そしてフィートが虚けた様で彼女に近寄ってくると、彼女はまことに愛想よく彼の目を見て、手を彼の手の上に置き、女性らしく和解を徐々に引き上げることはせず、女流詩人のように瞬時の飛躍をして言った。「仲直りしましょう、ファイト」。――すると胸の上と胸の中の愛の宵の明星［勲章］を付けたこの国王は仲良くなったばかりでなく、有頂天になり、我を忘れ、気が触れた。

ヴィクトルよ、いつも人間はこのように人間的であり、善良である。人間から、まちんの実［下剤］に対するように、若干の有毒な皮、あるいは小都市的、大都市的、身分的覆いを取り去る労を厭わないでおりさえすれば、目の前には食べられる種が出てくる。人間の主要な過ちは、多くの小さな過ちを有することである。そして副次的な過ちは、我々が年中、どの有限な人間にも若干の欠点は有り得ることとして大目に見るべきであるという真実を我々や他人には説いていながら、それでも個々人の許では欠陥を予期することは全くなくて、それに対して驚き、腹を立ててまったく我を忘れてしまう、殊に眼前の欠陥に対してはまさしく我を忘れてしまうということである。というのはそれ以外の欠陥ならばどれでも我々は衷心から喜んで許していたであろうからである。

かくて例えば私の心はまた歪もうとした、六の字が喜劇役者達への賠償についての我々の議論の際に、若干商人らしい軽減を遠くから見せたからであるが、私は自分に対してこう諷刺的に言った。「六の字を単に心から愛するために、おまえは理想像を造り出したのではないか、それで彼の心の中の盛んな商売精神に驚いている」。――このようにして、友よ、私は自分の内部の自由都市への道や橋を、現実の自由都市に対するユダヤ人のように、いつも幸い上手に見いだして、それを逃すことはほとんどない。

しかし終わりまで語ろう。唯一の黒人のハムは先の楽しみやこれからの楽しみに面白さを感じなかった。彼の喜びの居場所は本来いつも、結婚や愛の絆が緩み、ほつれた所で、はさみむしがいつも撫子のゆるい内皮の下を這い上がってこれるようなものである。しかし今や愛の絆はすべてきちんと締められたので、彼はシュノルヘーメル嬢で済ます他なかった。彼はまことに的確に機智的にそして頻繁に自分の黒人の役割について、あるいは我々の役割について喜んでほのめかしたかったことだろう。しかし彼はハムが誰か知らなかった。こうしたどうしようもない聖書についての無知は現今大抵の若いフランス人やドイツ人に仮定してみるといいが、若い神学者達の場合はそれでは済まされない。

今やますます素晴らしくなった、天気もそうであった。六時に近くなり、月の出も間近になった。そして私は一行に、六時に天候は変わるだろうという桜の木の下での私の予想を思い出させた。天候は幸い今まで悪かったので、当然良い方に変わる他ないのであった。その実現を間近に控えて、私は――例えばザカリヤといった最後の預言者達のように――数分後には天候と直面させられると十分に理解していたけれども、ますます明瞭に、確信を持って語った。

今やどちらの方向を見、その顔を大兄が見ようと思っても、大兄は楽しい表情に出合うことだろう。女達は話し始めて、家に残った者達について、憎しみは抱かずに、悪口を言わずにはおれなかった――ベニグナと教区監督夫人は自分達の夫と子供達の仲直りを喜んで、自分達の仲の良さを更にしっかりと固めた――ヘダッシュは彼の郭公［呼笛］を始めて、話しながら動物界を呼び寄せた――私の雇った者は椅子にまた座って、その冷たい花火を演じなければならなかったが、全く月桂冠に覆われてまた立ち上がり、大いに朝方とは異なっていた――男達は（つまり大抵の者は）雨量計からワインの計量竿、ダナイデスの桶[25]に変わっていて――広い空は、私が予想していたように輝かしい青空となった――若い人々は戸外に出て真珠を帯びた木々の側、自然のこの朝の楽しく誘う雲雀の下で日光を浴びていた。――

若いカップルに関しては、ヴィクトルよ、この紙面が手紙であって、私が好きなように描き、嘘をつける長編小説でないのは残念だ。それだったら私はただ善良なマリエッタのために若干の博愛主義者の森(26)を伴う楽園や牧人の世界を多く調達し、並べることができるだろうし、多くの人を連れて来て、その真ん中に子供を置くことだろう。というのは数年の帳場の立坑の人生の後で若いポスハルトは父のポスハルト同様に鉱化し、過度に固まって、金属的に硬くなり、（このことはベニグナもしばしばカップルの恋のエデンで思いつくことだろうが）終わりの見えない愛に終止符を打ちたくなるからである、ちょうどパリではいつまでも持つからという理由で針金の鬘が禁じられたようなものである。その間に若いこの商売人はきっと、鳥に対するハムスターのように、愛の詩的翼を噛み切ることだろう。

私は物語を終えた、再び入っていきたくはない。要するに、太陽が空に輝き、溶けると、我々は皆、再び非聖書的な登場人物に姿を変えて、仲良く出発し、そしてブラウンシュヴァイクのムンメ〔黒ビール〕のように、今日の歩行で何回か酸っぱくなりながらも、それでもこれと同じように甘くなって家に着いた。そして男達は、まさに彼らは小都市の住民であったので、互いにより温かく、より固く握手した――それでは御機嫌よう。――ニュルンベルクかエアランゲンからまた手紙を書くことにしよう。

同封の、私の息子ハンス・パウル宛の哲学的書簡は、大兄がイエナを経由して旅をする際に、ニートハンマーの哲学ジャーナルに渡して欲しい、掲載を拒否されることはなかろうと愚考する。

しかし上述のことは、クロティルデには一言も言わずに、うまく処理して頂きたい。この手紙を彼女に渡す前に、この箇所を切り取って欲しい。さようなら。

J. P.

哲学についての書簡

私の長男ハンス・パウル宛の、彼が大学で読むべき書簡[27]

善良なるハンス・パウルよ。私はおまえ宛にすでに十八世紀のうちに手紙を書かなければならない、私は十九世紀を迎えられるか、それともおまえの大学入学を体験するか、それともせめておまえの誕生を体験することになるのか分からないのだから。おまえを哲学的ユダヤ人街へ、それがおまえを回廊用に、あるいはアリストテレスの学園やアカデミー用に、あるいはエピクロスの庭園用に押し潰してしまうか頓着しないで、警告も与えず、無防備のまま放り投げていいだろうか。――というのは残念ながら若者にとっては、少なくとも幾分か自分の胸の多くの暗い問いに答えてくれる最初のシステムはいつも圧倒的であるからである。若者は最初のシステムから身を守るためには第二のシステムを携えていなければならないだろう。しかし哲学者は若い商人のようにまず運送業務で始めるとしても、結局両人は自らの商品に身を入れることになる。

私はおまえに、おまえが哲学の気球に乗り込む前に、次のような落下傘、あるいはル・ルの帽子を与えておきたい。

まず第一の落下傘だが、ハンスよしっかりと摑まえておくれ。あるシステムの論理的関連やこのシステムがまことに多くの現象に解答を与える際の軽快さは、それが正しいという印と思ってはならない、間違ったものもしばしば同じ印を帯びるからである。決して地質学者の様々な仮説、そのそれぞれが千もの事実と一致することになるものを――あるいはカトリックや正統派信仰の首尾一貫したシステムを――あるいはホメロスは単に一つのアレゴリーであるとするかの証明を――あるいは神話は単に隠された聖書の話であるとする古い証明を――あるいは神話は覆われた天文学であるとする当世の証明を――決して読んではならず、読むべきものは、おまえがおまえの父親から受け継ぐ冗談半分の論考で、そこではとんでもない嘘のためにすべての学問から支柱を借りてきて、自分でもびっくりする仕儀になっているのである。[*7] それから、あるシステムが単なる調和や類似を見せると、それは真理との予定調和であると早速結論付けてみるとよい。三重の世界——物質界、歴史界、精神界は——多くの線や輪郭に満ちており、各人が自分の文字をそこに読んでいると思わざるを得ない状況であり、また、からまりあった峨々たる形に満ちており、各人はそれらを、バウマン鍾乳洞[(29)]の石筍に対する巡礼者のように、あるいは自らの山々に対するギリシア人のように、自らの空想の被造物に仕立て上げるのである。すでに聖書とホメロスが二つの雲であって、それから各絵画的視線が別様の形を焼き上げてきたのであれば、宇宙の果てしない雲塊は更に多くの視覚的擬人化に、そのねじれの多様さと遠さを通じて素材と場とを提供せざるを得ないであろう。——ここで言っているのは懐疑主義のことではない。というのは、我々が歪んだ状態で再び見いだす形象は以前実在していたからである、覚醒はそのアナグラム、夢に先行していたようなものである。しかしそれでは一体何を頼りとしたらいいか、とおまえは尋ねるであろう。

ここでおまえに被せようと思う第二の保護帽のことになる。おまえはそれでも先に私の難じた自らとの調和および外部との調和を頼りとするといい、ただしかしこれはより大きな調和のことだ。

説明しよう。二つのはなはだ異なる哲学的頭脳があって、これを私は、カントが好んで積極的偉人と消極的偉人とを哲学に導入しているように、快く二つに分割しよう。この積極的な頭脳は——通常哲学的学校の長椅子の棟梁で——詩人同様に、外部世界と共に創り出された内部世界の父であり、詩人同様に一枚の変容の鏡をこしらえるが、この鏡の前ではいびつな紛糾した現実の部分は一つの軽快な丸い世界にまとまるのである。観念論、モナド論、予定調和、スピノザ主義の諸仮説は天才的瞬間から生ずるものであり、論理的労苦の木製の彫刻作品ではない。だからこうした子供の詩的創出を模範的教育と取り違えてはならない。従ってライプニッツ、プラトン、ヘルダー、ヤコービ等々の頭脳を私は積極的な頭脳と呼ぶことにする、彼らは積極的なものを求め、与えるからであり、彼らの内部世界は、他人の場合より水面より高いところにあり、自分達と、そしてそれによって我々とに、より多くの島々や国々を明らかにしてくれるからである。

消極的頭脳は、ハンスよ、我々両人よりも多くの明察を有しており、かくて積極的真理の代わりに、カントが錯誤と名付けている他の人々の消極的真理を見いだしている。このような頭脳は――例えばその最大の頭脳ベール[30]は――他人の発見を評価し、哲学的天才の批評家となり、形式よりは素材の裁判官となる。このような頭脳は、先の薄暗い観念の代わりに、明瞭な観念を与えるが、しかし新しい観念を与えるわけではない。まさにすでに薄暗がりの中に存在していたもののみが単に明るみに出されるからである。というのは明るみに引き出すどのような証明より先にそこに備わる真理とか嘘の独特な感情が先走るからである。微妙極まる美的欠点や魅力の感情がその批判的発展より先に見られるようなものである。それ故、私は卑俗な著者を読む際には三段論法的訴訟手続きには入らない、論理のかの最短要約、かの生来の信ですみやかに私は片付ける。[*8]

こうした消極的頭脳とは一瞬たりとも、愛する息子よ、おまえの頭に第二の保護帽を被らずに付き合ってはならない。私は勿論私の時代の消極的頭脳について、つまり批判的頭脳について語っている。しかし私は、イエナでおまえを聴講させることになる哲学史で、彼らのことについて何事かを、名前ではなくてもその数をおまえが聞き及ぶであろうと推測すべきであろう。ささやかな平価切下げ表ですらこの哲学史の教授には余り多くを要求できないであろう、この宗派はほとんど熔かされていないし、この手紙の時代にはまだ流通していたのだから。しかし私がまさに当惑することだが、このような芸術作品は、私の目にはギャリック[31]やプレヴィル[32]その他の喜劇役者の作品のように不滅に見えるのに、これらの劇場の作品同様に、単にそれらが生じている間しか続かない。しかし幾つかの傑作が必ずしも永続しないということはひどいことではない、これらの傑作は――羽化後の蜻蛉よりも長く生きない、つまり一晩しか生きないギャリックの作品よりは確固としていて――羽化前のこの蜻蛉のように容易に長く持つ、つまり数年は持つのである。

消極的賢人達の全小艦隊がカントの背後を、鯨の背後のシャチのように追いかけて泳いだということは、ある豊かさであるが、これは決して生誕の、つまり偶然の天分ではなく、これらの賢人はこの機会に自らを創り出したのであって、しかしまたそれだけでしかなかったのである。しばしば卑俗な魂にもある種の明察が具わることがある。

この明察は更に無限に、ある点を長く執拗に眺めることによって高められる（それどころか代用される）ことがある。そして［岩石に穴を開ける］絹纏貝《きぬまといがい》や船食虫のように彼らは何の鉄槌も使わずに、ただ絶え間なく小便をして石に加工する。おまえの父の存命の時にはこれらの人々はまだ合唱を通じて、［帝国議会の］集合室で何ほどかのことを仕上げたが、しかし彼らは個々人では、何十年も離れて蒔かれては、たいした成果を見せなかったであろう。こうしたことはビュフォン(33)がビーバー達に見いだしていて、これらは北アメリカのそのキンキナトゥスの社会では素晴らしい建築家的に熱心な工芸を見せているのだが、フランスでは孤立していて、格別の芸術の才のない動物として無職渡世しているのである。

しかし私の細かい予防法につきあって、私が現今の宗派から取り出す者達を、おまえの時代にその自由な宗教の修業を行う将来の党派に適用してみるといい。というのはどの時代の消極的頭脳もすべて——私は彼らをはなはだ幸運と呼ぶが、それは容易に電気的物体を思い出させるからで、その積極的なものは火花を与え、消極的なものは火花を受け取るからであるが——大体において一人の男に賛同していて、すべての積極的なものを嫌っており、これを彼らは即刻［骨をゼリーに変える］パパンの壺に投げ込むからである。衝動、感情、本能、すべての説明しがたいものを彼らは一度以上我慢しない、つまり彼らが連結推理を固定するホックとしての先のシステムにおいてしか我慢しない。対象は彼らにとって、ノルウェーの野鼠にとってそうであるように、嫌悪を催すが、それは自分達と野鼠の真っ直ぐな進行を阻むからである。彼らはそこでこうする。彼らは巨大な、後ろと前が開いた言葉を作り出す、その言葉にすべてが入り、彼らはすべてをその中に入れるのである。例えば私はヴォルフ主義者であるとする、すると私は魂の全体を、青虫を保存のために搾るように、例えば表象力といったものに鍍金し、平たくし、透明なものにしてしまうだろう。意志もまた表象であると私は言うだろう、ただ勿論より強力な、より内密な表象[*9]である——そして感覚は単に混乱した表象である——そしてすべて——欲望はまた単により内密な、より明確な意志である——そして我々の喜びや努力、痛みを単に、ズルツァー(35)のように観念に置き換えて、それからすべての霊界を放任するであろう。——同じように、同一の哲学的な充実ノ嫌悪から——これには現在美的な充実の恐怖が加えられるが——

故財務請負人のエルヴェシウス[36]は名誉心を――私はこれを倫理的衝動にも利己的衝動にも解体せず、それ自体で確立するが――それに倫理性や一切をあく抜きし、感覚の［フランス革命政府の］五つの執政職に変えている。同様に他の物理学者もすべての現象を運動に解体している――運動は表象力同様どこでも得られるというので、――従って光をエーテルの運動に、色彩を物体の弱い運動に、熱をより強い運動[*10]に解体している。

人間的性質の大方の解体は――こうなると、この性質が再び統合されたときには、決して以前の性質は再現されないと思われるが――巧みな手品師に倣っていて、この手品師は生きた鳥を臼の中で微塵に砕いて、その後この鳥をまた蘇らすのであるが、これは単に砕かれていない鳥を臼の二番目の底から取り出しているにすぎないのである。そもそも哲学者や、手品師、錬金術師にとって二重底は手仕事の本来の黄金の土台である。

パウルよ、おまえが現今の哲学の核を抜かれた空ろな言葉を行為への種子として遣いたいと思うなら、ひどいことになるであろう。何ら生気あるものは育たないのである。これらの許には血気盛んな衝動や、差し迫った誘惑に対する壁といったものをおまえは見いだすであろうが、これはシェークスピアに見られるような壁で――つまりわずかなモルタルと石というわけで、『真夏の夜の夢』の塀役の」トム・スナウトが持つものである。

しかし先に進めよう。この消極的頭脳は事柄を言葉へと薄めることができないとすれば、少なくとも言葉を事柄へと濃縮するのである。かくてその本来の生がようやく始まる。何らかの困難を名付けることはいつもその困難の説明と見なされる。例えば、そこでは人間が自由に行動する超感覚的世界と、必然的に行為する経験的世界の［教会の］共同使用を通じて、難しい問いが単に別様に名付けられることになるが、しかし以前と別な答えが返ってくるわけではない。しかしこれらの体系に重ねるとまた新しい体系が生ずる。しばしば使用された言葉は遂には確固たる事柄となり、あいまいな言葉は反復により明瞭な言葉となる。かくて先験的な空間の観照は先験的な密度や色彩の観照同様に一つの言葉と言える、場所を持たない物体は、密度や色彩のない物体同様に考えられないからである。

一般的で抽象的な術語は、まさにそれらがより定かでなく、広範囲であり、従って大きな帽子の中により容易に多くの頭脳を入れるので、ただいつも自ら経験してしか得られない積極的なものの明確な観照よりも多くの者には捉えやすい。それ故以前のスコラ学者は、さながら言葉だけをより大きな言葉に分解して、自らの世紀を捉えていた、ちょうど現今のスコラ学者が現今の世紀を捉えているようなものである。ところで、批判的スコラ学者は、神学的スコラ学者に、蒸留器、つまり言葉のこうした蒸留の点で似ているばかりでなく、後に神学で正しいと見なされるものを、哲学で間違いと見なす習慣の点でも、まことによく似ている。というのは当世のスコラ学者達は後に実践理性で真実と見なされたものをすべて、その理論的理性では前もって虚偽と見なしていたからである。

最大の明察といえども、自分に諸対象を創り上げ呈示する内的に豊かな精霊がなければ何の役にも立たず、精霊を持たない明察は発見者のいない立派な反射望遠鏡であり、とりとめなく覗くことになるのであれば、批判的な学士候補生達は、いずれにせよ精霊だけが達する内的世界ばかりでなく、外的、つまり学的世界もないままに済ましていることにおまえは驚くに違いない。頭の中に精神的なものを何も有せず、彼らは座り、そしてあめふらしのように無性生殖し、それから内部の辞書を世間に示す。真空のとき、軽くこすられると、美しい内部の光を発するガラス球のようなものである。彼らはケーニヒスベルクの彼らの聖なる父［カント］から純粋理性と一切を借りているが、しかしその学識は借りていない。むしろ彼らはすべての他の体系から汚されていないことを通じてより容易に批判的体系の方舟を沈まないようにできると信じている。ちょうどフランクリンの助言によれば、空の瓶は、栓をきちんと塞ぐと、沈む船を持ち上げてくれるようなものである。

おまえが次の保護帽を受け取ったら、残るのはあと一つである。形而上学的体系の背後の行列や存在の連鎖は、その体系を単に歌い上げるのに遂には疲れてしまうし、その体系を小さな分枝へと更に剪定したり、拡大したりすることはできないので、彼らはその体系をその体系の性質に反して、全く別の学問に密輸入する。するとまた元気になる。かくて彼らは批判的なものを、神学、物理学、詩学、財政学に引き入れる。しかしたとえ最も真実の形而上学であれ、形而上学のこの応用はすべて、あたかもある者がオイラーの色彩理論に従い、その言葉で染物の本や着色の規則をまとめようと欲するのと同様に、虚しく、混乱したものとなるに違いない。こうしたスコラ的な混乱をベーコンは物理学に見いだしている。おまえの父でさえこのような美学に従って自分の仕事を象るとしたら、例えばおまえ宛のこの手紙を象るとしたら、ハンスよおまえはどう思うか。

しかし元老院が一、二の護民官に命じて、単にグラックス兄弟に憎しみを向けさせるために、彼らの提案を拡大させたときのグラックス兄弟のように、ケーニヒスベルクの老人もそれに対して対処のしようがない。

ここに記すのが、私が光の高いロッジへ至る途上でいつも被る最後の保護帽だ。哲学では詩文とは違ってペガサスのあわ汗[37]は絵筆を投げつけることで描かれず、熱心なタッチで描かれる。真実に満ちた本を書いてくれた男でも、序言では、見本市のために余りに急いで書き飛ばして、間違いばかりを見せることがあり得る。というのは哲学的天才は真理の捕獲において結局、詩文の天才が美の捕獲において見せるような熟練を得られず、真理は確かに閏日によって案出されるが、閏年によってようやく吟味を受けるからである。（本は逆に鈍重なサトゥルヌスによって創られ、軽やかな季節の女神によって評価される）。体系には休暇はなく、副次的人物達にも主要な人物達と同様な緊張が必要である。そして錯誤は単なる疲れから生ずる。従って最大の哲学者といえども意に介さず、彼はここで助言を必要としているという前提の下でいつも読むといい、そして自分が見る者しか信用してはならない。

おまえの父はこの点、他の誰より大胆であろう。数日前私は両刃の明察を有する偉大な哲学者[38]、つまりその堅固な、古代ドイツ人に似て、鎖でつながれた密集方陣《ファランクス》でデモステネス風に攻めてくる哲学者が、次のような間違いを犯しているところをそれでも捕らえたが、この間違いはこの哲学者——フィヒテが犯したのでなければ、フィヒテがより厳しく処罰するであろうものである。彼は（別の言葉で言えば）三つの声調体系に従って、三つの素晴らしい和声をそれを作った和声家なしに仮定している。広大な感覚世界の和声と——倫理世界の和声——それにこの両者の間の第三のあらかじめ定められた和声であり、これに従えば例えば嘘が感覚世界で害を与えることはなくなる。しかし私がここで語っているのは、作曲家を欠いた三つの音楽的構成物の彼の体系内での首尾一貫した仮定についてではなく、第三の構成物の彼の証明についてである。「倫理的当為は」と彼は言っている、「全くその能力を前提としている」。確かにそうであるが、しかし単に倫理的能力、つまり自由を前提としているにすぎない。この自由は我々皆が有する、つまり例えば嘘をつかない自由で、たとえこのせいで世界が倒れてもそうである。しかしかの当為には世界が倒れないという経験的保険は何もない。彼に規則を通じてではないが、しかし例外を通じて反駁を加える経験については私はここでは挙げない。

十分であろう。かくも多くのマンブリーノの兜[39]の後ではおまえはミネルヴァの兜を、保護帽の代わりにヘルメスの有翼の帽子、巻き上げ機を必要としよう。——ここで受け取るがいい。どの学問、どの身分、どの年齢、どの世紀も人を一面的にし、宇宙の祭壇画を判じ絵に変えてしまう。従って、できるかぎり、すべてを、少なくとも混ぜ合わせて学び、試み、体験するがいい。——各体系の専制に対しておまえのより高い、詩的自由を、すべての体系や互いに似ていない諸学問の研究を通じて守るがいい。哲学的基準を、古代人やイギリスの巨人、ベーコンの許で学ぶがいい、ベーコンはロードスの巨像のように、その下を通過していく船々をその明かりで長く照らしてくれるものである。ソクラテス的自由と形式とをプラトンやヴィーラント、レッシング、ベールの許で学ぶがいい。素材はヘムスターホイス、ヤコービ、ライプニッツ、ベーコンから学ぶがいい。そして特に、物理学者や、歴史家、詩人といった王座の護衛を有せずに、哲学者達の許に行ってはならない。

殊に詩人達について述べよう。すべての学問や状態は、その至高のタボルの山々で詩的変容を見せるものである、すべての神々がマクロビウスによれば単にアポロンの仮装にすぎないようなものである。詩人達は頭脳を再び心と結び合わせる。詩人が欠ければ、おまえの哲学は、これは苦しみより喜びを論争によって取り除くもので、単なる明るい真昼となってしまう、この真昼には虹は見られないが、しかし最もひどい雷雨が生ずるかもしれないのである。

専ら行動することだ。行動には本よりも多くの気高い真理がある。行動は人間全体を内部から育てる、本や意見は単に胃の周りの温かい、養分のある湿布にすぎない。現今の、生気のない、愛想のない哲学者達が、さながら砕ける、太陽で煆焼された光磁石［暗闇で光るもの、ダイヤモンド等］のようにただ——聴衆だけを愛し、さながら猩紅熱にかかった子供のように、単に額だけが熱く、しかし冷たい手（行動のための手）をしているのに対し、行動すればおまえの許では認識の木が、生命の木と寄せ接ぎされて、立派に発芽し、実ることだろう。——そうなるとおまえにある神が信仰をお示しになることだろう、その信仰の根はおまえと共に生まれたもので、その信仰を人生の風が倒すことはなく、その信仰の枝の下では影と香りと果実とが見いだされることだろう。——

　私は擱筆したい、パウルよ。しかしひょっとしたら手紙を書き始める必要はほとんどなかったのかもしれない。というのはおまえはいつか一人の天才を読むであろうからで、この天才を理解することをおまえは青春時には夢中になってしまって失念するかもしれないが、しかしこの天才は後年には、かの預言の形姿[40]同様にすべて翼で覆われている肢体でおまえを言葉の英知の紙製の地球の彼方へ運んでくれるであろう方である。——パウルよ、おまえがいつかこの天才の高い世界に登ったら、この天才は一つの思想も、一つの知識も単独に有することはなく、すべての波の輪を回転星図にする方で——認識の木の個々の枝に果実採取機を置かず、地震のように自分の立脚する地面によって木を揺するのであるが——申しているように、おまえが彼の世界に登ったら、おまえはある山脈にいることになって、下の人々は一層間近になり[*11]、密接に感じられて、そして世紀が知っているよりもより高い忍耐をこの民族画家、時代画家はおまえの心に与えてくださり——彼のアルプス上でおまえの心は一層気高くなり、そして純粋な薄い山の空気はおまえに天と地とを近づけ、熱い星座の輝きと、人生の喧騒とを和らげることだろう——空想はそのモルガナの妖精〔蜃気楼〕を描き、その虹を環として懸けることだろう、[*12]——そして彼が祭壇を築くや、メロディーが流れ出ることだろう、彼のすべての建築用石材の上にはアポロンのリラが置かれていたのだから——息子よ、おまえが彼のお蔭でそのように幸せになったら、おまえの父親も彼のお蔭でとても幸せになったことを思い出し、そして私同様に、おまえが衷心から愛し、敬う人間に、他ならぬ——ヘルダーという名前を与えることだ。

J. P.

＊1　不安仕掛人はドイツの数箇所ではうまい具合に死刑執行人と呼ばれている。それで私は敢えてテロリストを訳してみる、スペイ

ンでは死刑執行人はすべての法律を公布するだけになおさらである。

＊2　黄金の子牛は周知のように耳飾りから鋳造された。

＊3　シュマウス、[16]『神聖ローマ帝国基本法』。

＊4　歌手のセネシーノ[18]は暴君として不幸な主人公ファリネリを、抱擁せずに、攻撃する役回りであった。

＊5　踊り子達に縫い付けられた肌色の衣服と裸のことはこう呼ばれる。

＊6　彼はカトリック教徒の間ではしばしば、手に自分のはがれた皮膚を持ち、しかもやはり自分の皮膚を身に有する様で描かれている。

＊7　例えば私の印刷された証明、「乞食はドイツの吟唱詩人である」とか他の印刷されていない証明、例えば「泥棒はカトリックの聖人である」には、それらが真面目な証明であるとの価値を得るには、しばしばただ私自身がそれらを真面目なものであると思う気持ちが欠けている。例えば冗談から神聖天文学[28]を作ることができたろうし、それだったら面白かったかもしれない。しかし現在そうではない、それが真面目なもので、著者自身がそれを信じているからである。

＊8　例えば文章はすべて即刻この感情によって裁かれ、否定されるか、肯定される。

＊9　ヒュームはこれに対してまさに意志と表象とのヴォルフ的差異を確信と単なる表象との差異と称している。しかし同様に間違いと思われる。第一に活発さと内密さは確信において表象同様に交替する、従って両者は区別されない。第二に彼は増大する活発さを、これによって内的像は遂には熱病のときと同様に外的像となり、従って信じられた現実の像となるが、観念へと転用したようにみえる。第三にカント[34]によれば、どの物もその実在によってそれが以前可能性と表象の中で有していた以上の賓辞は得ないように、同様に表象に対する——つまり私の外部にあるその素材の実在に対する——私の信仰も表象に関連せず、私と、表象に対する私の関係に関連する。

＊10　ちょうど私は優れたダーウィンの『ズーノミア』を読んでいるが、彼はどの頁でも同様なあく抜きで私を苦しめてくれる。例えば彼は鳥の巣造りや、年ごとの渡り、歌声等々を伝統による進歩と説明する。彼はすべてを学習させる、母胎内で、例えば、吸い込みや泳ぎを、あるいは母胎外で、例えば泣くこと、笑うこと、身震いすることを学ばせる。本能はこれらの人々を困らせるが、それは聖書の奇蹟が神学者を困らせるのと同じである。神学者は、一つあるいは二、三の奇蹟を釈義によって取り除くことができさえすれば満足する。残っている一つでも一万の奇蹟に等しいけれども。

＊11　山々ではより純粋な空気がすべて遠くのものを近づける。

＊12　アポロンが建築中にリラを置いた石材は、リラから鳴り響く能力を受け取った。パウサニアス『アッティカ』四十二。

推定伝記

第一の詩的書簡

私の小荘園ミッテルシュピッツ

ライプツィヒ、一七九八年ミカエルの大市の桶屋週〔九月二十三―二十九日〕

親愛なるオットー。今私は並木道や庭のどこでも、ある考えにつきまとわれているが、その考えがすでに私の頭のすべての壁を緑やヘスペリス達の花綵装飾で覆っている。――しかしこの考えがその沢山の小枝と共に屋外の観客の手の中へと大きく育つようにしたい。見ておくれ。私はこれから経験することになる自分の伝記を忠実に詩的書簡の形でまとめるつもりだ。この伝記を期待に反して体験することにならなくても、それでもその喜劇の下稽古、身振りする幽霊、パノラマを経験したことになるし、ヨーロッパの大半がその記述を手にすることになるのだ。――しかし私は何らでっち上げをしないようにするために――それに更に十倍ものより穏やかな理由から――商人が送るように、すべてを貴兄宛に印刷された手紙の形で伝えることにする、そもそもこれらの手紙のどの言葉も印刷されるに値するものである、どの言葉も一人以上の者に対する質札であるからである。

今の私の人生にとって結構なことは次の人生を記すことを措いてない。今十月に――ちょうど一年前はライプツィヒに越してきた月であるが――私は他のライプツィヒの雲雀と共に同じ本能にかられてまた翼を広げ、ヴァイマルへ飛んで行く。まことに人生のための蠟製の飛行装置、鵞ペン入れや鸚鵡のリング、翅鞘、餌壺、水壺を永遠に繰り返し荷造りしていると、渡り鳥としてはこう問わざるを得ない。自分が仕舞いこまれる前に何度仕舞わなければならないことか、と。仕舞いこまれるときには耳を余りにも間近に人生のざわめく飛翔、時の長い風切羽にそばだてることになる。――そもそも理性的男なら、今私がまたそうしているように十月に引っ越すべきではあるまい。春ならば自然によって元気付けられた心は数百もの願いを抱いて少なくともローマまで、どの郵便馬車のらっぱにもつられて行きたいと欲することだろう。しかし秋に、――冬のこの準備の日に、――すべての世間が穴熊の穴を掘って冬のねぐらに柔らかく裏付けするときに、家庭的心にとってこう自覚することは辛いことである。おまえは今人々が冬の薪を用意している暖かい暖炉の周りにいない、と。

親愛なるオットーよ、私は何かを言いたいと思っていて、逸れてしまった。というのは私自身は――他の者達が年月と人生の秋の中を羽が傷付いた蝶のようにさまよっているときに――冬を越した蝶のようにまさしく春に粗く短い羽でまた明るみに向かうからだ、私は多くの春分の日が私に約束したこと、誓ったこと、後に守ってくれたことを知っており、いかに青春とカレンダーの春の願いが煙柱に似て最初は真っ直ぐに上がるか、しかし生気のない大気の中では水平に、大地と平行に進むものか知っている。――秋はこれに対してただ一つの春以外に責任を負わず、良心的に春をもたらす。

かくて私は夢想の秋の時を携えて、ヤコブの石(1)の上に寝るつもりだ。まことに私の将来の人生行路はただ私の農業経営や家政、これは明確に記すつもりだが、それにまず花嫁として捜すことになる妻、それに家長としての私、それに私の最後の塗油と墓掘り人の場面から成り立つことになるので、どんな支障が生じて――最後のことは別にして――次の間で控えている将来の全体から何も生じないといったふうになるか知れたものではない。しかし私を最も安心させてくれるのは、しばしば運命に認められるからかいの傾向で、運命はいつも私が描く他人の話の情景計画に従って私自身の話を切り取りがちで、かくて他の人々が現実でその詩文に灌水しているときに、私の場合は詩文で現実はより一層素敵に甘美なものになりがちである。揺れ射的の際のように私はしばしば視覚的食糧の絵と同時に現実の固形スープ、火を通さない料理を狙っていた。

私の家の窓のカーテンを引き開けること、嘲笑の神モムスによって称えられた胸の窓を私が据えること、これは他人にあってはいつも盲窓なのであるが、それに私が私の人生の客演、ヴァイマルへの移住、結婚や死についてその数日前に路地角に喜劇のポスターを貼り、家々に配るという厚かましさに対してポケット版の狭い萎縮した心臓の持ち主達が上げる惨めな叫び声を静めずには、私はまだ始めることができない。――君達臆病な者達よ、いずれにせよ、私を私の死後――すでに生前に私を蠟の複製品に模写しなければならない多くの旅行記作者のことは考慮に入れなくても――その彫刻刀で捉え、過去帳的な蠟人形館に運び入れることは文学者の義務ではなかろうか、その際何人かの批評家は個々の肢体、脳膜、心嚢、胆嚢をその蠟や水銀で人為的に洗浄する仕事をするのである。――なぜ君達は惨め極まる放浪者の長編小説の主人公の人となりの方をその主人公の物語記述者、創造者本人よりも知りたがるのであろうか。――どの阿呆の史実にも簡潔な世界史が含まれているが、その逆はそうではないのではないか。

　私の将来の史実は本来世界史的なものとなるが、それはヴァイマルでではなく、私が私の小荘園を買う後年である。そこで今物語［史実］は始められなければならないだろう。年代記をきっと神は史実の中に含めることだろう。

　次の詩的書簡で貴兄は、なぜ私が小荘園に関して――それはミッテルシュピッツと言うが[*1]――ちょうど一月に、その上ごく内密に、借用契約の見せかけの下に、完全な売買契約を結ぶのかについての情報を得ることだろう。アントニン・ピカーテルは一四五五年強制競売に付されたマイヤー農場と引き換えに一人のリヴィウスを得た。私は逆にもっと容易に、なまりの多い多くのリヴィウス的年代記を書いて――荘園の代金を用意しなければならない。しかし貴兄が私か売却人の許に来さえすれば、どんな高価のものでも、それを一部か全体借用すれば、購入できるということの証明に、売買契約書、債務証明書を御披露致そう。

　多分パウロの改心の日（一月二十五日）、私の通過貨物、動産は最後の旅をし、税を払って、シュピッツで不動産に変わることだろう。それから私は安楽椅子に腰かけ、陽気にこう言う。「やっとおまえは落ち着いて、おまえの水銀は固定され、少なくとも赤道の晴雨計よりも強く上、下することはない」。運命は、鷹匠が鷲に対してするように、我々の尻や腹から何本かの羽毛をむしり取って、我々が余りに高く飛ぼうとしたとき、蒙ることになる冷気のためにまた我々が暖かい大地に戻ることになるようにする。

でも貴兄に頼むが、シュピッツでの私の横長の小さな仕事部屋から――というのは著者や綱作り職人、ほおじろは、紡いだりさえずったりするために長い鳥籠を有しなければならず、客人達はカナリアのように単に高い鳥籠があればいいからで――周囲を覗いて欲しい、その［食卓の］飾り台は勿論まだ雪のナプキンの下にある。周囲は美しい自然の本来の三つの次元を有する、谷と平野と山々だ。谷はそのヘルンフート派的な側面の小洞窟や、その葉陰や、波の反映から作られた薄明、その鳥や小川のもたらす子守唄を有して、ただ弱音器のついた歓喜、至福の時を生じさせており、この時には平和、つまり我々の内部の［画家］グイードが、あるいはまたアモールが我々の内部で描き、創り上げるのだ。クリスティアンよ、私は谷を然るべく利用する術を心得ていよう。平野、つまり魂が天国と地獄の間の中間状態に暮らしているときの目の最良の馬場を通って――私はちょうど私の輜重車と共に来た。しかし最も良いのは、平野が結局すべてのその村々を置き去りにして、東の地平線で長い山岳に昇り、そこで天に向かうことだ。誰も山岳、心のこの城塞を痛みが心に襲いかかろうとするとき、壊さないで欲しい。それに山岳は上昇しようとする心の説教壇の階段だ。そしてまた青空の日々、周囲を見渡す憧れにとって吊り庭でもある。貴兄に白状すると、私の周囲に山岳の盛り土がなければ、私の茎は倒れて、少しも育たない。しかし山上ではなく、山に面して住まなければならない、山上では――地図の下界しか有しないから。

人間は、いつ、どこへ引っ越しても、どこでもいつも三つの新たな季節をこれから体験すべく有するというのは素敵な仕掛けだ。従って私自身もこれらの季節をシュピッツで期待している、殊に私はちょうど一月に、つまり一年の最もやせた前菜のときに、食卓に着くことになるからである。「何だって」――と私は雪に覆われた山上で、下の谷の湾のこの銀色の岸辺で尋ねることだろう――「今すでに多くの華美なものを目にしているのに。花の月、収穫の月、ワインの月が三人の季節の女神のようにおまえの周りで踊ったら、一体どういうことになるだろう。全く別の、もっと素敵な珍しいことについてはわざとおまえには思い出させないでおこう」。――多分より素敵な珍しいことであろう。しかしこれは第二の書簡に属する、この書簡ではいずれにせよ（そうできるのだから）、なぜ私はシュピッツから絶えず町へ、そこから引っ越したばかりというのに、出かけることになるのか明らかにしなければならない。――それまでさようなら。――

Fr. リヒター

追伸、この書簡では大市に来た見知らぬ人々や大市の楽しみのせいでほとんど筆が進まない。しかしこの人生の過ぎ去った永遠部分はここで終わりとしなければならない。十月にかなり入ってようやく乗車することになろうとも。人生のこれから先の永遠部分についての現在の印刷に付されていない書簡は御覧のように、毎週貴兄宛に滞りなく送られる。しかしこの印刷されたものは一度に復活祭に貴兄の手許に届くことになる。

＊1　つまり虚構の名前である。

第二の詩的書簡

年輩の独身男達とのいさかい――電気的愛の告白――骨壺――ロジネッテへの封入物

Lにて　一七九八年桶屋週

ミッテルシュピッツは意味のない小荘園なんかではない。というのはそこには――さもなければ私は所有しないだろう――少なくとも［四頭立ての］郵便馬車程の家臣がいて、この家臣を私は下級裁判権で支配できるからである。オットーよ、私の単にペンに照準を合わせた執筆用の指はひょっとしたら王笏の柄を握れないのではないかと私に言う必要はない。勿論私は裁判領主よりも大皇帝に向いている、どの国でも、より広く、より長くなればなるほど、一層容易に支配できるからである。ギムナジウムの校長は総長代理よりも配慮しなければならないことが多く――村長は帝国都市行政官よりも――鍛工場主は領主よりも――仕事が多く――ただ一匹の猿は大きな国民よりも五執政官の手綱が必要であり――私はいつでもロシア皇帝になれても、奴隷の監督にはなれず――全地球すらも配下に治めている支配的惑星は何も遂行することはない。まさにそれ故どの領主も、その管轄区をより容易な、より甘美なものにするために、自分の領土をますます大きくしようとしている。かくて所謂強力な男は、自分の胸骨に置かれる鉄敷が一層重く、大きくなるにつれ、ますます容易に鍛冶職人に胸の上でハンマーを振るわせることになる。

しかし私は単に王座の天蓋を有するだけで、領主裁判所長が王座の煉獄を有する、所長が天蓋を担うアトラスとならなければならないからである。しかしこうしたこと一切は何のためか。開廷日や領主裁判所長を有し、善良な領主となり、臣下の者達から崇拝され、私や領主裁判所長の地方（大気圏）長官決定の下に、称えるべきリヒターの裁判官という署名を目にするという喜びを一体私は決して体験することはないのだろうか。

シュピッツの単なる惨めな年金生活の学者となることは私の死であろう。人は単にある土地で重要であるばかりでなく、ある土地にとっても重要でなければならない。耳にした称賛は目にした称賛や考えられた称賛よりも百倍ましであること、クーランジュ市に水をもたらし、灌漑された路地を、ただ月桂冠を投げかけられながら歩き回ることになったクプレー氏[*1]は、七つの町がその墓で出生証明を求めて争っているホメロスよりも、あるいは生きて凍えて家にうずくまっていて、すべてのロシア人やプロシア人の手紙を開封し、そこに広い凱旋門への乾いた設計図を見いだす別の者よりも、上位というパリスの林檎に対して、はるかに深く甘美に嚙み付いているのだということをいかほど我々は語ってきたことだろう。いやヨーロッパや後世はミッテルシュピッツの騎士領の所有者に対して、文学的三賢者の名声の［トルコ高官の］三つの馬の尾を渡すべきである。感謝してこの者は馬の尾を受け取り、身に付けるであろう。――しかし同様に確かにこの者は、シュピッツの郵便馬車が自分の前に引き出し、鐙を支えてくれる、一本の尾のパレード用馬、騎士の馬に騎乗し、毎日この馬に乗って一周か、二、三周することだろう。――

フランスでは荘園を借用する。私は私の荘園を借用荘園と——この文が出版されても害はないであろう——ある天上的女性がこの領主と小荘園の領主夫人となるまでこの女性の前で称することにする。この借用という嘘を述べるのは、単にこの女性を私と同名にする結婚の命名の日に、このいわば教皇領によって彼女にうれしい驚きをもたらすためであって、彼女がシュピッツの債務者、亭主、領主に対して、亭主の善良さよりも財産を選び、愛するかもしれないと案じてではない。私は棟梁や粉屋のようにいつも斧や鉞で武装して歩き回る者達を憎んでいる。何のためらいもなく善良な若者にいくつかの黄金海岸や真珠の岩礁、それに赤貧の孤児の花嫁を与えるがいい、黄金を有せずに、彼の帽子のボタンや自分の結婚指輪を金で覆えない花嫁を与えるがいい。この孤児はまだ感謝の念で体を暖めているからといって、富豪のとてつもない愛に対して愛を感ずることが少なくなるであろうか。どの愛も、創造者に対する愛や、徳操や学問のための愛は困窮の樹皮末の中に種を蒔かれ、利益の棒のつっかい棒をつけられないだろうか、しかしまさに一薬草のように支えを越えて伸び、それからようやくこれと同様にその美しい花々を咲かすのではないか。

私は完全な、私の目には笑止な証明書を全く必要としない、私は妻に夫婦財産契約としては他ならぬこの契約そのもの、若干の第二版、第三版とそれにシュピッツでは領主として保証されており、手付け金を払う基となったお金を差し出すからである。——

本来、私が承知しているように、私の抒情的ドラマはまだ少しも始まっていない。ただ劇場、場所、先験的観照が更に立派な観照のためにようやくできあがったところである。——しかしそれでも私は再び禿頭の、実りをもたらすことのほとんどない年配の独身者達の結社(1)に引き止められることだろう、この結社は私を一員に加えたがっていて、若い男が、古代ローマでは按察官《アエディリス》になれず、いわんや近世のローマでは教皇になどなれない年齢のときすでに至福の父となろうとすることに厭な顔を見せるのである。全体にこの結社は、この独身の布教聖省は、エジプト人のようにワインを嫌うけれども、葡萄の実をむさぼるような人々、あるいは蝙蝠のようなことをする人々から成り立っている。蝙蝠は点火された蠟燭には我慢ならないけれども、しかしベーコン貯蔵庫に忍び込んでは、蠟燭の脂身をかじるのである。

この世紀は良心に応えるものを多く有し、それに立派な綿毛に満ちた新婚の床での兵士らしい法螺話をも有する。この世紀はさながら先の世の硝酸、［すべてを熔かすとされる］アルカヘストであり、我々には結局腐食する溶剤とその中を泳ぐ滴虫類のような混沌の他には何も残らないであろう。人類のすべての教団、両親の教団、夫婦の教団、市民階級の教団の解散がこの［フランス革命時の］殺害の九月的世紀の思想、志向であり、この世紀はすべてを船から投げ出し、それ故船が必要で、そして船を容易に救い出している。哲学的世紀が光素を欲し、それが示し、その上にそれが固定されている対象を無視して、同時に色彩であり、面であり、視神経である一つの光線を欲しているように、実践的世紀は熱素を求めている、これは戸外を飛び回り、何にも依存しないもので、つまり実践的世紀は己に対する自我の倫理的、博愛主義的振る舞いを求めている。世紀が数年すると終わりになるというのは有り難いことである。——しかし協同の生活と協同の行動から成り立っている極めて人間的な愛から心を引き抜こうとしていることは、それでも辛いことに感じられることであろう。長いこと近くに一緒であった事物は燃え出すというのは、物理の世界だけではない。同じ工場、竪坑、生業の人間は、数人の気ままな同感的な阿呆達よりも互いに温かい抱擁をするのであり、この阿呆達は、単に宇宙の国喪と霊界の百年祭に参加しながら、世界の海を広く航行し、冷たく、鋭く、二つの氷原のように、相手の透明な抽象的な心の前を滑り去っていくのである。

しかし貴族の多くの未婚の一時［藁］男やもめは年を取ると別様なことをして、麦藁冠奉呈[2]の祝辞を受ける、それも——いずれにせよ政治的計算でいつも五十人に一人の男が国で結婚するので——五十歳代の男としてである。この男が空洞の樹皮の上でもまだ芽生える［樹頭を］刈り込まれた柳の状態で婚姻ベッドの冬の家へ配置されると、この病弱な悪漢にとって大事なことは、自分が途中で失ったすべての利点に対して、女性の有する利点の代償、模造宝石を求めることに相違なく、それでこの悪漢はオーストリア王家の求める要求に劣らない数、つまり四十四[*2]の要求をすることになるが、一方他の者達は三十三と少ない。この悪漢は怪蛇［バジリスク］のように決して自分の似姿を求めず、電気の陰極に似て、まさに陽極を求める。かくてマイナースは黒人は殊に白人と結婚するのを好むと気付いている。――

しかしなぜ私は、平和的な罪のない手紙の中で、怪蛇や黒人の話をするはめになったのか、この手紙は単に、なぜ私は彼らよりも百倍うまく行い結婚するのかということを快適に論ずる予定なのである。私は貴兄にこの説明の中では、ローマ人のように余所の神を次々と受け入れ、最後に神殿全体を一杯にしたとき、自分の担う積荷についても、自分の捧げる犠牲についても大いに歌い上げるつもりはない――それに何年間も女性の鋏の船隊の銃火の前に、花から成る彼女達の［照明用］瀝青の輪の前に、彼女達の扇の戦斧の下に、彼女達の目という投げられた照明弾の前に身をさらすという自分が経験する危険についても歌い上げるつもりはない。私はここでは戦争画家のルーゲンダス[3]になるつもりはない。しかし実際少しばかり女性の軍人階級の、男性の生産階級に対する継承戦争を考察し、考慮してみるならば――女性がアテネ人のように子羊*3を通じて行う宣戦布告から、すべての武器、連隊、化粧の砲術の現実の適用にまで考慮に入れるならば――ショールの［ローマの］十字軍旗、踊りの戦術、白粉の風鈴大根草散薬、手当たり次第のアリアのラ・マルセイエーズ――それに真正な戦略、このため彼女達はあるときはアーリア人のように、夜にのみ戦闘を行い、あるときはエチオピア人のように白い服を、あるときはキンメル人[4]のように黒い服を、あるときはスパルタ人のように［血を見ぬよう］赤い服を着て、そして北アメリカ人のように敵の前で青ざめないよう顔に紅白粉をつけているのであるが、こうしたこと一切を考え――それに彼女達が逃げ出すよりは名誉のベッドで死にたいと思うときの憤激を勘定に入れるならば、誓って、人は自分が十数年にわたって持ちこたえ、そして（胸壁の上で戦いながら）単にカレンダーの瀉血人体像の傷のみで救われてきたことを考えるとき、驚きを禁じ得ない。自分がまだ生きていることが信じられないほどである。――しかし私が貴兄に私の結婚生活について下絵を描いて見せる絵画の中では結婚生活に対するより良い、より真面目な理由が述べられることになる。今や話に戻るときだ。

ロジネッテは更に我がヘルミーネと呼ばれることになろう、彼女には姓名の結婚の贈り物と共に更に添え名の洗礼の贈り物がなされることになる。ロマンチックな名前は単にロマンチックな時間にふさわしい。毎時の粗い現実の中ではその刻印は惨めな響きに終わる。ロジネッテはそもそも、愛らしい子供が有していて、有すべきである快活な気分ととても調和している。娘というものはそもそも彼女達がその［笑いと涙の］対象とするもの（つまり我々男性）よりも容易に笑い、泣く。私は歴史の中では、全人生の中で数回しか笑わない異教徒の女性やトルコ人の女性は知らない。ただ失われた、傷付けられた愛の冬の日々にのみ、良き女性達の楽しげな活発さは硬直してしまうが、この楽しげな活発さがあれば最も立派にぬかるみの人生を飛び越せるのである。運命が時に、私とロジネッテが巣としている高い穀草を切り払って、私どもが冷たく、吹きさらしの野に留まることになったら、笑いながら山鶉のように飛び上がりたい。するとそれは克服される。ただ一つの冗談があれば、我々の内部の敵はしばしば、重装備の三段論法の格の行列の場合よりも素早くけちらかされる。薄い蜘蛛の巣が我々を捕らえ、不安に陥らせかねないのであれば、なぜ我々は外科医達のように、同じく蜘蛛の巣で傷口をふさぎ、いわれない涙にいわれない笑いを対置しようとしないのか。――しかし哲学はしばしば中国の刑吏のようには上手に我々の苦しみを隠さない、中国の刑吏は哀れな罪人の目の上に剝ぎ取った皮膚をかぶせて、罪人が自分の苦しみを目にすることのないようにするのである。*4

これに対して結婚前、ロジネッテは余りに真面目すぎることがあって欲しくない。陽気な愛は私の感情にとっては陽気な礼拝で、スターン的気まぐれに満ちたミルトン的楽園である。御承知のように、かつて私は、素敵な女性を絶縁体へ運び、天上のエーテルで充電するために、ひょっとしたらあれこれの電気的冗談を、例えば次のような本来の意味での電気的冗談を行うような機会に恵まれたものである。私は断固雷雨は恐れるに足りないと述べ、勿論電気的理由を挙げ、そして遂に即刻、殊に今天候は冷たく乾いているので、部屋の大きさの小型の雷雨に自ら変身してみせると言ったことだろう。大きな電気的機械と私の足場のための菓子型瀝青が運ばれたことだろう。私はこの菓子型に、手に充電器の鎖を持って登ったことだろう。貴兄はその際、私の充電の手伝いをしてくれたであろうと私は思う。このとき私は一同にすべての明かりを持ち去るよう頼んで、私が聖ヨハネや聖パウロのように頭に聖なる後光を発している姿を見られるようにしたことだろう、これはボーゼの列福と呼ばれているものである。この列聖式は列福式にどれほど先立って準備がなされたか、ここでは述べられないほどである。しかし私がこの小人の雷雨を更に進めて、はなはだ注意深いけれども、とても臆病なロジネッテに、さしあたり、遠くから、しかし若干近くで、私の金の縫い取りのチョッキの上で――というのはこれにには電気的仕掛けがしてあるからで――手を振り回すように、例えば私の心臓の周りを正方形に回すといったことを頼んだことだろう。そして当然光を放つ、ありべき環がチョッキの背後で燃えている心臓を象ったならば、これは一興であっただろう。しかし先に進もう。さて私の後光の輝きの下へさらに近寄るという彼女の強められた勇気の重要な印を見て、今や私が最も大胆なことができて、私の上唇から火花を取り出すよう主張し、このことを彼女が結局（あるいは疑わしいかもしれないが）せざるを得なくなったら、（私が後光の反映の中でも正確に目にすると仮定して）それは少しばかり赤面した、ほんの素早いアタランタ(5)の軽い接触であるけれども、そしてそれから私の唇が長い稲光と共に、最も短い接吻の一つを受けて、彼女の小指に落雷して、私が両義的意味のことを述べることになって、この炎の中では受け手と与え手はほとんど区別されず、その痛みすら区別されることはないと述べたら、――――再び明かりが点されて、立派な女性の頬がびっくりした余韻で燻し金に輝き、私自身の頬が二重の炎の充電、つまりロジネッテと貴兄の充電の水金で輝くことになったら、私がかの晩、すでに同じ殉教の分かち合いで始まった改宗と伝道館の中で、私の炎のような聖霊降臨祭の使徒の舌と唇とで更になすべき仕事があったなどと貴兄は思うだろうか。――

しかし貴兄がこれに返事する必要があろうか、私は今やこのような電気的手品以外のことを何でもするであろうから。高貴なロジネッテ・ヘルミーネよ、何も恐れることはない――いつかあなたの前に手紙が現れるだろうから、――大気の中で生ずるよりも気高い稲光や後光が炎を放って、二人の人間を溶かし、磁気的に引き付け合うようにするに違いない。相互の信頼に対する信頼、――すべての生き物に対する優しさ――隣人に対する絶えることのない温かさ――人生と自然の魔法の宮殿に対して開かれた目、墓の上にある満点の空へ高められた目――一つの目標、一つの幸福、一つの心、一つの神、こうしたものだけが我々のより温かい先祖を結び付けてきたのであり、その類似した子供達を結び合わせるべきなのである。――いや、私はある永遠の同盟のより美しい祭壇を思い浮かべることができる。ある英国庭園の中の骨壺――ある愛する心によって一人の愛されて亡くなった者のために作られたもの――静かな、純粋に川面に模写する水の隣にあって――さながら枝垂白樺の下の花々に滑り込むかのような低い夕陽の薔薇の光の中で優しく赤面しながら――二人の相似た人間が親しい兄弟の接吻をすることになるとき、このような時と所とが、より素敵に選ばれることだろう。――彼らは見知らぬ者の手によって骨壺に記述されている愛の悩みや、心の願い、人生についての溜め息を肩を並べて読むだろう――穏やかな気分の中で彼らは趣味の違いを許し、相手の感動を見て自らの感動を隠し、互いに言おうと思っていることを読み取ることだろう――そしてここの太陽の前、死と愛の前でひょっとしたら女性の心への感動と感激は、平静なときには隠されている感情を明るみに出すことだろう、ちょうど蛾が単に飛んでいるときにのみ触角を出すようなもので、これは休んでいるときには胸に収められているのである。それから至福の人間は沈黙するだろう、そして心全体にこの静けさは広がる、これは絶えることのない愛の播種の時間で、ちょうどアネモネの種はただ静かな夕方にのみ蒔かれるようなものである。

しかしまだこれらのことは何も生じていないので、ここに――クロプシュトックの未来の恋人宛の詩[6]の流儀に倣って――貴兄宛の手紙に彼女宛の手紙を同封したいという言いようもない欲求に駆られる。――実際そうすることにする。しかし先の第三の書簡では先行の二つの書簡に全く欠けている年代記的旅行の道筋と戦略とを真面目に約束しよう。私は、形式を整えるために追伸のフィクションを借りて手紙を紹介しなければならない。

R.

追伸、親愛なるロジネッテよ、私はあなたと、ロジーナという名前の私の大事な母親に対する愛からそう呼びかけることにする。結婚生活でも、殊に手紙の中では、あなたはしばしばロジネッテやヘルミーネと呼ばれることになる。あなたが、自分はフォスに倣ってルイーゼ[7]と、あるいはヴェルターに倣ってシャルロッテと、あるいはヘルマンに倣ってドローテアと、あるいはイドイーネと、この最後の名は『巨人』からの素敵な名であるが、自称するものであることを私が忘れてしまったのかとお尋ねになることになろうとも。——将来あなたは、ちょうど今日ミカエル祭の日、今午後の教会にいて何を考えていたか思い出さなければならないことになろう。私の方は近くのニコライ教会の歌声やオルガンを伴奏にして、自分の中でただ心の平和の歌と天使の音栓とを耳にして、穏やかに感動してあなた宛に手紙を書いているところなのだ。今あなたが窓辺に座って読んでいて、それもまさに『再生』の中のヘルミーナ宛の書簡を読んでいるのであれば、余り有りそうにはないけれども、しかし素晴らしい偶然といえるだろう。優しい人よ、それはあなた本人なのだ、その中のどの行も、どの場面もあなたに捧げられている。ただあなたの静かな心はそれに気付かず、子供のようにその親しげな鏡像を遊び仲間として、その鏡像に微笑みかけている。何と我々は皆大きな岩の背後にいて、厚い大地で隔てられ、互いに間近に見知らぬまま我々の竪坑の中で働いていることか。何という些細な偶然で明かりがそばを過ぎなければ、我々夜の使者、夜の巡礼が互いの顔を見て、挨拶できるという具合にならないことか、もっと冷たい運命のために優しい穏やかな形姿が永久に鉄の仮面(8)をはめられるとまではいかなくても。——

ひょっとしたら私はもうあなたに会ったことがあるのかもしれない、ただ私は確信を持てない。勿論あなたはいずれにせよ、銅版画の私を御存じであろう。しかし言っておかなければならないが、釘あるいは書物の扉にかかっている私の三種の肖像画(9)は、実物をまだ汲み尽くしていないので、私本人が身につけ、保持している五番目の顔を写してみたいと思いさえすれば、新たに四番目の顔は必要ないと。——

ミカエル祭は青天である、そして一層容易に私は信ずるが、あなたは外にいて、疲れた自然が、健気な子供のようにいそいそと就寝する様を眺めていよう。何と静かにこの自然はその歌い手の花弁のテントを畳むことか。何と秘かにその花の飾り、きらびやかな衣服を大地に収めることか。そして何と遠くに、人間達の不服従の無駄口から離れて、昆虫達のピグミーの国は冬の牢獄へ、大地の下へ移住することか、そして我々の頭上の空飛ぶ民族移動は平和裡に血を流すこともなく天を通って暖かい国へ急ぐことか。

あなたもこのように心静かになって欲しい。飛び去っていく夏の風や輝きはあなたに悲しい比較を思い出させて欲しくない。病葉が若い花壇のように若々しく輝くとき、あなたは溜め息を抑えることだろうか。あなたは重苦しい気持ちでさながら遠くの春の反響を耳にするのではないだろうか、春の目覚まし時計、つまり蛙が素晴らしい五月の夜のときにまた鳴き声を立てるときに。――もしそうなら、そして、愛しい方よ、あなたが何らかの失われた希望、断られた願いのために泣かざるを得ないとき――私はどんなに喜んであなたのヴェールを払いのけ、あなたの涙を拭き取りたいことだろう、それができなければ、どんなにか悲しいことだろう。

私はあなたの側にいたら、次のことを明らかにするだろうが――それは大体、金色の小口を持った本をめくりながら示すもので、――何故、我々の人生の本では単に読みすぎた頁と残りの頁にのみ幾らか金が貼り付いているように見えるけれども、ちょうど指に挟んでいる頁ではそのように見えないのかということである。……私はそもそもあなたの目の前で花壇を――ヒアシンスに対してするように――若干踏み固めて、歓喜の球根が芽生えるようにすることだろう。

しかしあなたは夢を抱くがいい。魂の祭日に――というのはあなたの諸誕生日はまた別の話で、今日がその一日であればいいと願うけれども――あるいは私どもが一緒に夜の空や夕陽、あるいは春を眺めるとき、私はあなたにあなたの詩的過去や、以前の希望について尋ねてみたい気がする。――なぜ私はあなたを月光や菫の香りで一杯の生暖かい人生の夏の夜で覆えないのだろう、そこでは目覚めていても夢を見ているときと同様に眩惑させるのである。そのときには私も言おう、かつて私はどのような思いでいて、どんなに長いことあなたを思っていたかを。――音楽が天使の舌で話すとき、音楽は秘かにあなたのことを語ってくれた――春がその広大な花園をまたもたらしたとき、私はそこにあなたを探した――そして春の真夜中、白い夕べと朝の間の空に花咲く薄赤の靄の山岳の背後に、あなたは月のように太陽の側に立っていて、そしてその穏やかな輝きがあなたを神々しくした――そして私を人生が蠟製の空ろな死体のように木製の目で見つめ、息をしなかったとき、あなたの姿は暖かい春のように私を迎えてくれた、そしてその形姿がヴェールをはねのけたとき、私は希望を目にした――自分が有するよりも気高い愛の春の月日を描くとき、そして心が詩文の開放的な至福の島の傍らでその憧れの窮乏を余りに強く感ずるとき、そのときの感激の中であなたの声が愛らしく遠くから聞こえてきて、私を慰めて、こう言わなかっただろうか。心静かにして信頼を抱くことです、私どもは互いを見いだすことでしょう、と。——そのとき冷たくある考えが私を過《よぎ》った——自分はここでは詩文の島の側を漂っていて、自分を慰めようとしてくれる遠くの声は、単に自分の胸から響いているにすぎないと——————いやその声を内部に作り出した者は、偽りの声を生じさせたはずはない。————

それまでは、まだ見ぬ方よ、あなた一人っきりの人生は軽やかに飛び去って欲しい、そして運命はあなたの時を嵐の警鐘でもなく、唖用の鐘でもなく、ハルモニカの鐘で演奏して欲しい。——そしてあなたにいつか私が続く書簡の中で生ずる創世記を読み上げたら、あなたの心は私にこう言わざるを得ないものであって欲しい。あなたの仰有る通りです、と。

Fr. R.

＊1　水不足から火事のときワインで消していたこの町に彼がようやく新しい源泉を教示したとき、鐘が鳴らされ、子供達は水浴びをし、盲人達は新しい水の中に浸かった。フォントネルによる『クプレー氏賛辞』。

＊2　グルーバーはその『外交の教義体系』（ウィーン、一七八三年）の中で、オーストリアが様々な強国に対して行う四十四の要求を数え上げている（ミュラー『侯爵同盟』参照）。——女性に対しては周知のように三十三の美点が要求される。

＊3　ポッターの『ギリシアの考古学』、ラムバッハによる翻訳。第一巻、三六九頁。

＊4　Essart の『歴史的法律辞典』。

第三の詩的書簡

私の婚約時代——結婚式前の聖なる夕べ

ライプツィヒ、一七九八年、大市の週(1)

私の窓の下ではすべてが何とも騒がしいけれども、貴兄に平穏さと国のことを書き記そう。私は確信しているが、市が五十三週続くならば、すべての人々は十九世紀のようにとても冷たく、海賊風になることだろう、この世紀は（商取引の途方もない増大のために）一つの大市の週となるしかなく、人々は大市へ来た外国人、地球は大市の宿で一杯のユダヤ人街という次第である。ベンゲル(2)は千年王国を十九世紀に置いている。少なくともこの世紀に増大せざるを得ない倫理的悪化は幾分かこのようなことを期待させよう。というのは人民のための倫理的衛生施設は鉱泉のような按配で、これについて医師達はこう述べているのである、これらの泉は最初、殊に尋常ならざる治癒力を有する場合には、健康人よりは病人を多く作り出すことになる、と。

閑話休題。ライプツィヒの大市には相変わらず結構なものがあって、夜サヴォワのオルガンが演奏されることだろう、私はそれを今日すでに一日中楽しみにしていたのである。

この書簡では貴兄は私をシュピッツの本当の荘園所有者、ロジネッテの公言された恋人と見なしてよい。しかし許嫁と小荘園の間をほとんど毎日往来することになる跳ねる噴水と縁の花々で金鍍金された長い歩道、この言いようもない喜びを測って欲しい。というのは町の人には、私が早速婚約者の軽い踊りのシューズを夫たる者の保温足袋、乗馬用長靴に代えるなどと考えて欲しくないからである。私はダフネの杜が伐採の印を付けられ、乾かされ、切断されて夫婦のベッドへと組み立てられる前に前もって花々と並木道とを楽しみたいのである。……許嫁の両親には私がこう述べると理解して頂けよう、つまりこの世では本に関しては第二版があるけれども、その他のものに関してはない。特に楽しい時、人生の時に関してはないということ――どの友情も、どの喜びの花も再び巡ってくる時には単に別の神酒や色彩、香りと一緒であること、しかし残念ながら人間は友人や時代に関しては単に共同のものだけを味わいつくそうとして、決して独自のものを味わいつくそうとしないこと、ある者はすべての花から薔薇のシロップを作ろうとする一方、別の者は単に自分の鍋の菫のシロップが煮詰まるのを見守っていること――それに私の義理の両親のこの義理の息子はより良い原則を有していることである。私が言いたいのはこうである。私が二月、空一面に赤く咲き誇っている薄明かりの側で、熱く飛ぶような思いで執筆しながら大地に座っているとき――それから最良の箇所で飛び上がって町へ、別な意味で最良の箇所を見いだす町へ行こうと思い――そしてそれから明るく白い雪の苗床へ踏み出し、その苗床は赤い太陽が傷付いたアドニス[3]のように滴った血から生まれた福寿草［アドニスの花］へと染めているもので――比較的長い如月の薄明かりが冬の心を照らし出し――内面の湧き立つ大地［粘土］が同時に外部の大地と共に膨らみ――そして最初の雲雀が、そのメロディー豊かな名前はすでにラテン語の単語集の中で（alauda）、私の少年の耳にとって雲雀の歌声であったが、最も早い合唱指揮者として千の花々や鳥で一杯に包まれた後追いの春に先駆けて羽ばたくとき、このことが過ぎ去ったとき、大地でこの復習教材、アンコールを与えてくれるものは誰だろうかということである。私はこう言ったのである。こうした時を二度有するのはどのような永遠かと。

それでもこれは端緒にすぎない。というのはその後私は恋人の許に達するからである、どのようにしてであろうか。より明るくなる日ごとに、そして余韻の残る胸の中での雲雀の後打音や春の前打音と共に――無限の願望は、これにはどの人も、太陽に対するすべての惑星同様に、引き付けられ、夢中に駆け寄るのであるが、今や禁じられることもなく、雲がかかることもない――私は彼女に私の心全体を捧げ、一つの夢も隠し立てしない――私どもは一緒に間近な楽園の年のカレンダーの銅版画をめくり、数千もの暗示がこの件に関して私どもを支えてくれる、私がポケットから出したハンカチでもぎ取る藁のような黄色の薔薇の花弁であれ、会うたびに不在の印、碑銘として新たな花ができあがっている彼女の編んだ花々であれ、それに窓の氷の花であれ、支えてくれる、この氷の花の透明な管には夕陽の神々の血が流れているのが見えるのである――こうした溶けてゆく雪の花は私どもの間近な薔薇の時期を印付け、露でうるおす――私は毎日新たな魅力を見いだす、新たな秘密とか（例えば一体この良き女性は母親の誕生日のために夜ごと何を縫っているのか）、あるいは新たな本とか、新たな仕事、それどころか新たな姿勢を見いだす、たとえこれが小さな弟や妹の鼻をかんでやるために跪くという可愛い姿勢にすぎなくても。私どもは話すことさえある（語らうことはまだほとんど話題にならない）。ただ残念ながら有頂天のカナリアには覆いでさえずりが禁じられてしまうように、私のさえずりにも覆いがかけられることだろう――私は、五大陸とドイツの学者界に関してはただ一人の心しか求めないし、知らない――――各人にお尋ねするが、決して帰ってこないこのようなヘスペリデスの時を私は短縮すべきであろうか――私自身としては、このような時が一度でも現れたら、この時を高く評価したい。

勿論、遂にはこの時期も去っていく。しかし私はこれが聖霊降臨祭に生ずるようにしたい。まことに私が私の義理の両親に、自分には根拠があって、自然同様に自分の伝記では薔薇の場面をいつも聖霊降臨祭[4]に置いていること――我々は皆このとき最初の聖餐、子供らしい不死のこの神々の食物を拝領すること――そしてこのときシュピッツの白樺は教会に立ってほのかに光り、香るということを示せば、きっと私の義理の両親は、聖霊降臨祭の三日目[5]に指輪と花輪を持って私が祭壇に進むのを邪魔立てしないであろう。

人生のこの確定的日は上手に描かれて次の書簡で掲げられることになるであろう。この書簡ではその前に祝日前日を画架に載せることにする。

世間は私が聖霊降臨祭の二日目［町に行かずに］家に留まっていることに不審を抱き、色々思いをめぐらせることだろう。しかしこれは単に明日の準備のためばかりでなく、家から飛び出して、陽が沈むまで開放的な山上に留まるためである。谷というものは私の内部の開かれた魂の翼にとっては窮屈な棺、地盤陥没地といったものであろう。

親愛なる友よ、山にいたらどんな気分か私にはよく分かっている。春になるたびに我々の精神は、葡萄園主のように、将来摘み取る、洗い流された葡萄畑に新鮮な土を運ぶもので、我々の胸の無限性全体をこの暖かい蒸すような四月の太陽は、計画や旅行や希望の千もの蕾で誘い出す。シュピッツの高台ではこうした我々の胸から生長する茨の茂みが、これは我々の内奥の血によってその花々に水をめぐらし、着色するのであるが、[*1]その枝を広げる、しかし私はそれを短く剪定することにする。豊かな春が私の前で平野を広げ、森や蝶、花々を膝に抱くとき――そしてどこでも下ってくる無限の生命からのようにさらさら流れ――創造の水力機械とその歯車が鉱山のように轟きながら上下して働くとき――そして広大な波打つ生命が青春や遠方、南国に向かって押し寄せ、極地の海が暑い地帯へ押し寄せるような具合であるとき、大波はまた人間の心を引きさらっていき、人間の心は遠方、未来を欲する、そして私は憧れながら遠くの暗い山々の方を、さながら未来に安らっている年月の方を眺めるように眺める――――しかしそのとき突然何かが私に呼びかける、目覚めよ、未来から訣別し、現在を愛せよ、と。

私は目覚め、大胆に別れることにしよう――我々が皆人生の中の将来を虚けて人生の後の将来と見なすことを私は承知しているからである。――しかしそうしてしまえば、そのより年嵩の青白い乳姉妹の過去が私にさらに近寄ってきて、いつもよりもっと多く微笑み、泣いて、こう言うことだろう。私が側にいる、と。――私は自分の胸を見下ろす、するとかの青白いパウリーナ[*2]が胸の中で、人生において不滅であるものをゆっくりと先導してくれよう、永遠に後々まで輝くすべての偉大な時を、決して忘れられることのないすべての美しい魂を、ことによると若干の痛みまで見せてくれよう、そして私はそれらを見送り、後ろからこう呼びかけよう。私はまだ昔と変わらない、と。――いや、友の女性の方々よ、あたかも私どもは互いに相手のことを忘れ、去ってしまうかのようにではなく、風の吹く夕方の前、思い出の風奏琴ではすべての弦が話しかけ、震えるので、私は別れを告げ、そして別れを告げられたときのように遠方を見ることにしよう、すると山々は湿った目の霧の前で夢幻的に揺れることだろう。「君達皆が達者でいて欲しい」と私は言わざるを得ないだろう、「いつも幸せな君達に再会したいものだ――私同様に過ごして欲しい、私どもは楽しい時を忘れることは決してないだろう」。

オットーよ、貴兄のことも思い出している、しかし、そうするとあたかももっと多く貴兄を有するかのようであり、貴兄と共に自分の過去と青春をより間近に、より堅固に有するかのようである。……今なんと路地のオルガンの音が私の心を捉えることか、さながら声高な過去と未来とで捉えるかのようである――しかし私は優しい余韻の中去っていく。

するとと太陽が春のように花咲きながら沈んだ、そして雲雀達が赤くその上を舞い、歌いながら下りてきた――夕方の風が香りのその柔らかな白熱の中へ吹き寄せたが、その薔薇の息吹を動かすことも散らすこともできなかった――静かな天がその物静かな形姿と共に動揺した地上に現れた――夜の蝶［蛾］達は、人間が過去の眠り込んだ喜びの花々からそうするように、閉じた花々から蜜を吸い上げた――私にはあたかも自分の周りを優しい物音が舞うかのように、あるいはエコーが地平線の周りにあるかのように思われた――そして大悲の神のすべての心に対してより高い愛を抱きながら、この罪のない一日を終え、そして町の方を甘美な涙で胸を一杯にして見、我がヘルミーナに憧れて、彼女の胸元で涙を流したかった。お休み。――

＊1　オルカ出身のスペイン人、ロクス・マルティヌスは椪木《りんぼく》を胸に飲み込んだ。これが内で生長し、春ごとに剪定しなければならなかった。教皇ウルバーン八世はその枝を一本有していた。［ハッペルの］『秘話』一八六頁［ベーレントによれば第一巻三六頁］。

＊2　セネカの妻は、死に臨んだ夫と共に流した出血のために青白い姿となった［ネロの命令で生き長らえた］。

第四の詩的書簡

イタリア風の一日

ライプツィヒ、一七九八年　大市の週

ここでは私は彼女と共に冷たい町の教会にいることになる。昨日の夕方はまだ輝きながら私の心の中に残っていたが、今日私は町へしっかりした花々の露を帯びた朝の蕾をかきわけて、夢想的な薄明かりの中を進んで行った、この薄明かりの時は一日に二回愛と青春とを思い出させるもので、空でヴィーナス［愛］の星がただこの両薄明の時にのみ現れて輝くようなものである。──侯爵達には指輪は黄金の皿に載せられて差し出される。しかし私はむしろ愛する人の手から貫いたい。私は私の手を、ソロモン(1)や教皇の印章指輪よりも奇蹟を起こす指輪を求めてロジネッテの方へ差し出す──この指輪は私の人生の土台である、私の指輪が彼女の人生の土台であるように。現世の卑小な時の陰気な土星を、二つのリングが明るくする、天の土星をそうするように。

貴兄以外の他の読者は今や婚礼の客の長い報告書、喜劇のポスターを待ち構えていよう、これらの客は若いカップルと共に長い車陣をなして荘園の方に向かうのだ。──これはまた当然銀婚式のときにも見られるもので、このときにはここで前もって乙女エウロペが新婦の介添えとして招待される。しかし金婚式やダイヤモンド婚式のときには見られないものだ。新郎がこの繊細な一日、百年に一度の記念祭のように二度と得られないし、愛の勿忘草として生長のために静かな谷を要求するこの一日を集光鏡の前に置いたり、あるいはこの一日をお祭り騒ぎでラッパの音やティンパニーの響きで驚かせたり、麻痺させようとしたら、この新郎は正常な五感を有していないに相違ないだろう。――すでに無関心な客人は、それどころか親密な客人すら、より柔和な愛にとっては妨害の回転木戸となる。しかし昔からの、数十年来の馴染みの人達ときたら、オットーよ、この人達は少なくとも貴兄のはなはだ感動した友を感極まらせることだろう。胸にはすべての四季が見られ、目にはこの上なく美しい涙が見られるこのような日が地上にあるだろうか。――私は私の目を、ロジネッテが自分の両親を初めて失うかのように、そして青春や愛のより軽やかな時から別れるかのように両親から引き離されるときの子供らしい泣きぬれた抱擁から強引にそらさないだろうか。ヘルミーネよ、余りに長く泣かないでおくれ、そしてこのような時にあなたの別れで、私にはもはや別れる両親がいないこと――息子の幸せに喜んで涙を流す善良な目はすでに固く閉ざされてしまっていることを私に余りに長く思い出させないでおくれ。地上では決して消えることのない傷、時が経っても癒えることはなく、より深く切り込む鉄の乙女[2]となってしまう傷に触れないでおくれ。

いずれにせよ私は野外での途上、愛しい人を次のように考えながらまじまじと見つめるのではなかろうか。彼女は今や一人の孤児だ、ただ一人の余所者の手で惨めになったり、楽しくなったりするのだ、と。――新婦は新郎よりもより高い、より大胆な信頼を抱いている、新郎はさながら幸運の広場に立ってなおも人生のすべての路地を眺めている。――ロジネッテの盛装すら彼女をより一層感動させ、未来の修道院のために神聖に彼女を包む。そして彼女を敬う精神にとっては、信頼を一杯に抱いている高貴なこの孤児を育てた両親に報い、両親の根から切り離された枝に土壌と養育を与えるという義務がより名誉なものに、より重要なものに思えてくる。

私がこの春ドレスデンの兵器庫、心にとってより良いこの緑のドームを散策し、王侯の婚礼の時以来使われずにいる鈴の覆いを掛けられたパレード用の馬を見て、数回、しっかりと掛けられた黙った婚礼の鐘を引いてその鈴の音を鳴らしたとき、私は感動してこう考えたものである、自分はかつて喜びにわく心の中に沈んでいったのと同じ音色を目覚めさせたのである、この軽やかな音は生き続けているが、この音を聞いた耳や、喜びや時代は深く眠り込んでいる、と。――いやヘルミーネよ、私はこのような空想を抱いて、微笑む希望で一杯のあなたの花と咲く姿を見つめたくない。

しかしこうした気分のとき、私の四人のシュピッツの家臣が数ロートの猟銃の火薬やバイオリンの弓のロジンを使おうとするならば、——そのための金を私は用意できるのであるが——そして私を彼らの四分領太守として太守夫人ともども銃声や音曲で出迎え、礼砲を放とうとするならば、私ども両人は新鮮な水を注がれるような思いがするであろう。ロジネッテはかくてまた馴染みの人達の許にいるという気分がするばかりでなく、私もそこですでに数ヵ月前から書簡で準備していた魔法を披露する機会を見つけるであろう、つまり借用の荘園は購入された荘園であると明らかにすることである。私は購入証を取り出して、彼女が余りに感動して驚くことがないよう、こう冗談を言いながらそれを渡すことだろう。「これらはあなたの四人の臣下、家来だ、それに私を五人目の家来に加えるといい、全部で五つの当たり籤だ」。——私はそのようにできると信じている。——

とうとう私どもは、私どもの後から歓迎し、奏でてくれる四重奏と共に可愛い東屋の形の離宮の中庭へ入っていく。私どもが居間で抱いた最初の敬虔な瞬間のことはそっとしておいて欲しい、私どもはこう考えるのである。「ここで私どもは初めて素晴らしい言葉〈私どもの〉を発するのだ。ここで私どもは一緒におり、私どもに楽しい日々をもたらそうとするか、あるいはそれらの日々を奪い返そうとする運命は、ここで私ども両人を見いだすのだ」。

それから私は最愛の人を、私の仕事部屋から台所に至るまで隅々まで案内する——私は彼女の持参の品一切合財を置いたまま、掛けたままにしてあるのを彼女に見せる。「すべてを好きなように配置するがいい」と私は言う——彼女は今日は何もしないことになっている——全くイタリア風に過ごすべき抒情的な一日なのだ——婚礼の食事が用意される、しかし私はこう言う。「食事はこのような日には苦手だ、飲む方がまだいい。でも将来はもっと食事のことを気にかけよう」。——

食後、枢要なこと、つまりイタリア風の一日が始まる。

この一日のことを他の人々が何と考えるか、私は知らない。私と貴兄と我々一同はノイハウスやホーフェック(3)の我らの日曜日からこの日のことは十分によく承知している。しかしその一日をここで描いてみよう。前もってこの一日については地理学的定義をすることもできて、こう言えるかもしれない。イタリア風の一日とはイタリアでの一日で、この日には二日目の展望は抱かずに堪能することになる、と。しかしドラマ的定義も同じく立派に見える。「ロジネッテよ」——と私はコーヒーの後で言う——「このような日に部屋にくすぶっていることはできない。外の素晴らしい空を見て御覧。——私どもの谷をお見せしよう」。私どもは（二時半と思うが）村全体を通って行く。私は大抵の家々を案内し、殊に四軒の、アーヘンの私の帝国にある四軒の家を紹介する。そして村を通って行く一歩ごとに、私の背後で私どもの幸運の神殿の柱が一層深く沈み、根付くのを私は感ずる。家に残った私の家臣達——つまり女性陣は、——総督夫人、皇太子夫人の案内を見送る。男性陣は隊商宿ですでに三日目の祭日を歓呼して迎えている。隊商宿の間近の水車小屋が水車のカタカタと回る音を、踊り手達のカタカタと舞う音で奇妙に物憂げに倍加させ、混ぜ合わせているのは素敵な偶然である。若干意図的にただ遠くの方から近隣の聖霊降臨祭の客人で一杯の新しい牧師館の前を私どもは通り過ぎる。いずれにせよ、すでに、白昼人々の中にいると、自分の館にいるときほどにはロジネッテを間近に有していないかのように思われて、私は絶えず最愛の人の居場所を確認することになる。いいかい、彼女は実直で、ドイツ人らしく、心そのものでないかい。——白状すると、牧師については庭で小さなフリッツが網で蝶を捉えようとしているのしか見えないのは私にとって好ましい。有り難や、私は網をもって走る必要はない。——私自身が蝶で、枯れることのない花の横にいるのだから。

外の村のとある小さなアルプスの牧舎のところで、その藁の屋根には絵画的に梯子が高く置かれているが、村の中央から牧人の単調なスイスホルンの音が牧歌的に響いてくる。牧人のために刈り込まれた羊を子羊と共に喜んで追い立てている子供達を私どもは目にする。ひょっとしたらその刈り込まれた静かな動物の素敵な、しかし可哀想な光景のせいで、当地の人々は踊って、おしゃべりしているのに、牧人は野外で孤独で気の毒であると思うのかもしれない。しかし夕方にはこの牧人は何に対しても時間があるのだ。

さて貴兄は、私どもがホーフェックへ向かうと思うことだろう（というのはホーフのホーフェック[*1]を記念して、谷の裏門にあるシュピッツの行楽地をそう呼びたいからである）。しかし私は驚くことになろう。その小土地自体は評価されるべきもので、正しくその目的にかなって作られている。誰もが楽しみのために間近な小村、ブランデンブルク・ハウス(4)［ロンドンのホテル］、ルイジウム［デッサウの宮殿］、プラーター［ウィーンの公園］を持ちたがっていて、これらに二種類のことを要求している、第一にそこで自分のコーヒーや――持参したものを――自分の家同様に摂取できることで、第二はそこまで行軍しなければならない、少なくとも十五分かかるということである。さてこのような王侯のバガテル宮(5)、このような真の別荘が両長所を有するならば、また家に帰ったとき、全く新たに染め上げられ、鋳直されていて、そして家で――午後数時間眠ったときのように――長い不在の後すべてを新鮮に思い、各人を見つめるのである。

私は、私が彼女と一緒にホーフェックへ行ったら、驚くことになろうと述べた――それもそのようなことをしたら最良のイタリア風の一日を滅ぼしかねないある目的を立てざるを得ないからである。どこかへ――次の支柱の所までであろうと――出かけようとしたり、あるいは何らかの事柄に向かって――恋人に向かってであろうと――進もうとしたら、自然を満喫することができない。眠る白鳥のように身を任せて波に揺られ、運ばれなければならない。なぜ人間は人生の中で人生を新たに始めるのか、そして単に未来だけが裕福で、現在は貧相であると思うのか。なぜ人間は、未来に対してその継続しか望まない時点を晩年に、未来が単に欠乏しているがために現在を糧とする晩年に押しやるのか。――

しかし私どもの豊かな薄明るい谷を覗くがいい、さながら春の引き延ばされた木陰道、花咲く地下道を覗くかのように。私どもは谷全体を通ってさざめく小川のほとりを行き、あるときは影に入ったり、あるときは光の中に入ったりして、陽光で金鍍金され、大気中で戦う軍勢の中、飛び交う歌声の中、さまよう歓喜の呼び声、誘いの声の中を進んで行った。例えば小川が自身のために丸い静かな滑らかな港を築いている最も美しいところで彼女は休む仕儀となる。私どもは座っていてもより容易に言葉を交わせるし、見詰め合うことができる。何と世間は喜ばしげな子供達の輪舞で私どもをかくも好意的に優しく取り囲んでいることか。

私どもはとても平静で、それで私は本を取り出す、これは読書とおしゃべりとを楽しく交互に行うために私が隠し持っていたのである。その本のタイトルは『ジャン・パウルの手紙』である。自分や他人の朗読が嫌いなので、私はロジネッテにその本を左右に折り曲げて、両厚表紙が接触する具合に持って欲しいと頼む、私は、私の方が速く読むので、彼女がまだ最初の頁を調べているときに、次の頁の下の方を読みたいからである。私は瞬時に読み終えて、それから手持ち無沙汰に、本の下へかがんで、彼女の半ば閉じて、伏せた目を見上げるが、彼女はその目を、すでに私のことをいくらか承知していて、とてつもなく愛らしく、時折空のように私に向かって見開いて、私を喜ばせる。それに本の中の魅力的な詩文、「日中の月」も実際彼女の心を捉えたのである。それから私はまた彼女と一緒に、彼女の左腕に寄りかかりながら、上の頁を読み、すぐにまた下に至る――手紙の立派な著者は私のこの軽薄な本性を許して欲しい。――それから休みの間、巻き毛越しに彼女を見、それから横から見、間近にある若く、華奢に描かれた頬に執心し、それに半分の蕾の口の繊細に合流する美曲線に執心する――彼女は、何も見ていないかのように読み続ける――私は少しばかり前方に乗り出し、微笑によって偽りの真面目さを試み、ふるい分ける――深紅の唇は内心の微笑に抗しているが、最後には素早く外面の微笑にはじける――彼女はその本を下に置き（その著者は可哀想である）そして恭しく好意的に私を見つめる、あたかもこう言っているかのようである、「では、道化屋さん、おふざけなさい」――しかし、私は、輝かしい愛に感動して、真面目にその敬虔な胸元にくずおれる。

しかしそれからは私どもは余りに感動していて、冗談を言ったり、読んだりはできない。何と世界は湿った目の前で輝いていることか。風は草と戯れる、草は起き上がりながら、ほのかに光る――明るい雲の影が一本の花の横に休らっていて動かない――そして花粉で一杯の甲虫が歓喜の最中にあるかのように、解かれた髪のように羽を大きく翅鞘の外に広げている。そして透明な明るい緑色の青虫が自分の糸に揺られながら吊り下がっている――尾根の葉の茂る山道には着飾った人々が友人達のところや祭りの慶事に向かってゆっくりと進んで行く――そして長い山の鬱蒼とした梢の上には微笑みながら太陽が休らっていて、その春を覗き込んでいる。――私どもは至福の地を離れ、それから静かに胸一杯になって谷の長い、花々で暗くなった迷路をさまよって行く。歓喜の弦楽は今や自ずと演奏の手なしに鳴り響いていて、蚊や西風がその上を飛ぶだけで、音が鳴る。もはや個々の美しさではなく、私どもの上の高い歌声や、餌を与えられた小鳥達や、風やぶんぶんという音や、遠くの人間の声のこうした不分明で寄り集まった混合物が、つまり様々の形姿の数千の声の自然全体が大きな夢の形で満たしながら胸の中に迫ってくる。

——

たまたま、道に迷って——ホーフェックに出たのは結構なことである。夢の強い色彩が和らげられた。ここで私は彼女に、私どもが何度も訪れることになる家や人々を紹介する。私どもは突然千もの素敵な午後が眼前に蕾の状態にあるのを見る。傾聴者達のせいで私はロジネッテの前であれこれの刺繍の雛形を広げて見せるが、それに従って将来の家政といったものが描かれ、刺繍されることになるものである。

とうとう私どもは香り高い庭園に腰を下ろすことになる。私が更に、この小さな丸い楽園にまことに似つかわしいものを、つまりロジネッテの記念帳をポケットに有していることは貴兄の気に入ることであろう。女性の記念帳は私にとって以前から倫理的意味でのアルバム、花弁のカタログ、優しい願望や夢の詞華集、乙女らしい青春の時間割の収穫記録といったものであった。この原稿を私は真面目に彼女と一緒に読み、愛情のこもった願望に心から感動し、しばしばその願望の実現に手を貸す人物にほとんど気後れした。その中の数少ない男性の願望はどれも私の気に入りそうになかったが、私自身が記入したものは別である。ここにその願望がある。これは当時まだ何も顧慮せず、希望を抱かずに書いたものであるが、しかしそれでも（男性皆がそうであるように）可能性は考えていた。

「女性の間違いは余りに柔和な愛から生ずる、そしてその染みは、月の斑点に似て、花の沃野である。男性の間違いは利己主義と頑固さから生ずる、それは太陽の黒点に似て、太陽の燃え尽きた部分、剝き出しの部分である。乙女は聖なる暗い杜に住んでいる、誰もその杜の枝を切ってはならないし、その杜はただ季節のせいで明るくなるだけである。杜ではその女神の上にさえもイシスの女神のようにヴェールが掛けられている。

忘れ難い女性よ。たとえこの動揺する地上で貴女がいかに幸せであろうと、いかに貴女の物静かな魂が満ち足りていようとも、私は常にこう言うことだろう。貴女の功績はもっと大きい、と。

一七九＊年五月二十九日

ジャン・パウル・Fr. リヒター」

私はこの希望が定かでないときに書かれたメッセージを庭で再び目にすると、謙虚に私のヘルミーネを見つめて、最後の行を繰り返した、そして彼女がどれほど思いやり深く、愛しているように見えようとも、私は最後の行と共に言った。「あなたの功績はもっと大きい」。

それから私どもは出発した。至福の心は余りに至福であった。――どの感情も王冠を戴いていた――移ろいやすい人生の最も小さな流星すらも星座となり、太陽圏［獣帯］として心に一層近寄ってきた――五月は私どもの前を（古代人の模写に従って）猛き鷹を有する騎乗の青年といった風情ではなく、大人しい鶯や小夜啼鳥で一杯の青年という風情で歩いて行った。――浄福の心で私どもは快活な午後の、露で濡れた先の小道を戻っていった、午後の時間はすでに遠い昔のことのように思われた。――様々な影が燃え尽きた鉱滓のように長い山腹に夕方の生き生きした金色を受けながら増えていった。私どもはまた小さな泉の入り江、本日の遊戯場、休憩地にやって来た、そこはすでに涼しい陰となっていて、ただ元気のいい金色の蝶だけがまだ、短い岸辺の花の上で輝いていた。梢の揺れる世界は休らっていて動かずに天を示していた。下に懸かる太陽は黄金の果実としてその葉陰で熟していた。私どもは絶えず穏やかな落下していく光輝の方を振り返って見た。「ヘルミーネよ」と私は言った、「地上と人生は愛して良い人間、愛される人間にとって何と愛らしく身近なものに思われることだろう。――何とこう考えると心は落ち着くことだろう、つまり、たとえいつか我々の花々をすべてむしり取り、長い春を薄い夢に変えてしまう冷たい時代がやって来ても、我々はそれで失うものは何もないし、案ずることもない、心の神殿の炎はすべての湿った風の多い年月を通じて燃え続けるからであり、我々の心は実際互いに決して別れることはないし、あなたの手は私の手の中にあり続けるからである、と」。――すると彼女はこう答える。「愛は希望を抱くたびに苦しみます、愛は希望を欲せず、ただ現在のみを求めます」。――

良き太陽よ、汝は突然また汝の光線を放って寄越す、汝が広い幹の間で溶けて山の花に大きな黄金の露の滴として横たわったからである――そして今や光を受けた小川から魚がはねて、黄金の波のしぶきを上げる――そして我々の古里の窓辺では徐々に消光する夕方が輝く――我々の家の上では謙虚に青白い雲の小片、月が休らっていて、輝きをずらす――私の貧しい、ただ一人っきりの歓喜と満たされぬ愛のみに慣れている魂は間近の別の人間と実現とに喜びながら驚くことになろう。「ヘルミーネよ」と私は言うだろう、「何と私は幸福なことか――あなたもそうではないかい――この天国の中で私どもは一層より良いものに、聖なるものになれるだろう。そして私は自分が一層より良いものになるにつれ、日ごとにもっとあなたを愛することだろう」。――しかし彼女の濡れた目が私を見つめていて、私は、彼女はこう言っているのだと察することだろう。「確かに私どもは一層より良いものになることでしょう、でも今以上に互いを愛せるでしょうか」。

＊1　ホーフ近郊の好ましい眺望と近隣を有する優美な行楽地。

第五の詩的書簡

私の家長ぶり――子供のコンサート

ライプツィヒ、一七九八年　支払週(1)

しかし支払週は私には何の関係もない、ほとんど書籍商の週としてしか関係ない。――神よ私どもの上のこの春の青空を、私がヴァイマルへ飛び去るまで保たれんことを。――親愛なるオットーよ、私は書簡に打ちこむことができない――私の肘の横の青いカップが、それから私は飲んでいるのだが、私の遊星の運行を混乱させている。夫と妹と一緒にやって来たアウグスタが[2](そのことは貴兄に書き送ったが)、この混乱させる小天体を私に贈ってくれた。穏やかな雲のない太陽の下、愛しい人よ、家路なり、人生行路なりを旅し給わんことを。

現在の書簡では私は人生行路の途中にある。貴兄は私ども新婚の両人が、世の中から自由になった最初の一年間を過ごしているのを目にするだろう――つまり現在のことで、その時になれば貴兄はいずれにせよ参上しよう、――そして私がこの一年にイタリア風の日々、午後、時間を編み込んでいる様を目にすることになろう。

私は私の借地人の数に従って妻に対する愛の季節を四つに分類する。最初の季節は婚約前の彼女への愛、あるいは春である――二番目は、より暑い季節で、つまり夏で、婚約の後になり、祭壇に進むときまで続く――第三の季節は、魔術的で夢想的な穏やかな晩夏で、他の者達は蜜の年、あるいは新婚の一年と呼んでおり(新婚の世紀ならばちょっとしたものであろう)、これを早速思い描いては、次の第四の季節に移ることになるが、これは友情の明るい純粋な家庭的冬で、この友情は同一の目的、つまり互いに余人をもって代えることのできない生活、人生と忍耐と歓喜の長い共同生活を通じて、二人の心のすべての根を互いにからませているので、時の手が哀れな、しばしば奪われてきた人間からまさに冷たい、治癒しがたい晩年に最も大きな傷を付けて、人間の胸から最良なもの、根付いた第二の心を痛々しく引き抜くということはしばしば私の心を痛ませる。

何の話か。しかし予告の悲劇と共に私の心に貼られる喜劇のポスターが私の心を深くかの心境に導いた。ヒュブラ[3]の蜜の年よ。――それを愛の千年王国と呼ぶことはできないのか私には分からない。自分で判断して欲しい。――私はビュフォン[4][*1]のように新しい下着を着て書斎に座し、最良の著作に取りかかっている。そして仕事熱心な女性は白い普段着を着て、ただ夫の邪魔をしないよう走りすぎようとする。しかし夫はインク壺の上にペンを置いて、彼女に手を差し出し、彼女を引き寄せる、彼女は夫が置いたばかりのものに向かって、読みながらかがみ込む――彼女にとって万事、創作も名誉も謝礼も順調なので、夫はより大きな熱意を抱いてペンをまたインクに浸し、最も素晴らしい情景の中で食事のことを考える。――というのは新婚の者の食事は、子供達と一緒の食事同様に唯一の真正な食事であるからである。隠者とか客人としての他の食事の際には私は歯や喉をポケットにしまいたくなる。彼女は自分の台所から、夫は自分の台所〔書斎〕から来ながら——両人とも相手のために仕事をして——極上の食事を求めて争わず、互いに相手に勧めて——午睡をせずにまことに長いこと一緒に座り、軽快に、満ち足りて、率直で、温かく、優しく、陽気である——何という婚礼の客人か。——若い夫はジーベンケースのように自分の執筆活動に対して冗談を言うことさえしないだろうか。考えてみると、夫は容易にこう言うかもしれない、自分の諷刺的脱線や番外篇に対する固定給を彼女の小遣銭として差し出そう——悲劇的なものに対する副収入は子供達のためにとっておくといい——物語代だけで食べて生活していける——哲学者や批評家に対する無味乾燥な論文で客人達をもてなすことができよう、と。

私はこの時期を、人生で有する最も新しい時期とみなす、というのはこの時期にはすべてが新しいからである、客人も、週も、希望もことごとく新しい。しかしこの時期の蜜は高く上まで茨のある花から取られたものである。この時期はある溜め息を養う、この溜め息はその時期に愛を果てしなく優美な、神聖なものにするが、同時にまた不安にするものである。すでに十年前から——というのは私はすでに十回考え、書いてきたことの認証謄本しか体験できないからであるが——私はある一日に対する不安を抱いている、この一日は大抵一年ごとに巡ってくるのであるが、しかし最初の年には愛する夫はこの日をいつもはなはだ軟弱になって思い浮かべざるを得ないもので、それで夫は、自分はかなたの広々とした地面に安全に座っているというのに、一人っきりで夫なしにアルプスの墓穴の間の狭く急な小道を進んで行かなければならない大事な可哀想な女性を衷心からの感動と愛情とを抱かずに見守っておれるか分からなくなる。

しかし私は善意の神が他人の未来を覆う聖なる雲には足を踏み入れたくない。いやその雲はその彩りともども次に続く歓喜の間も覆ったままでいるがいい、この歓喜は詩人には予感しがたく、ただ父親のみが感じ取るもので、詩人にして父親である者のみが描写できるものである。

私は段落の代わりに新たに書簡を書き始めるべきであろう、多くの山々や年月を越えて、一気に愛の後年の四番目の季節に私ども両人を案内するのだから。貴兄は私がその季節から取り出す聖アンデレの祝日を基にその季節を判断するがいい。家庭や結婚生活は北方の物理的冬、北風や湿った天候の際により大きな力を示すという点でも磁石に似ている。

貴兄は私が聖アンデレの日に起き上がるときには、現今のチョッキのどの一つもボタンをはめることができないと思うことだろう。その多くの作品同様に重たい堂々たる体型の五十代の男を考えてみ給え、その気があるなら真面目な男となれる男なのだ。しかしこの手品の人生が私に真面目な男を見ることはないであろう、この人生は我々を宇宙の星座の舞台で単なる脇役にしてしまうものだ、数少ない天才達は別だが、端役の者達はこの人生を従者の役割にしたり、あるいは自分達が殴られる役割にまでしたりしている。そもそも私は、心的精神的に快適ではあるけれども、いつも何か全く人生としっくり合わないかのような、その外の周りを漂っているかのような、人生は何かもっと堅牢なもの、凝縮したものでなければならないかのような思いがしている。それともひょっとしたら第二世界の彗星が――これは有り得る話で、この彗星が何年も前、十一月(5)にその引力と共に私のすぐ前を過ぎていったものだが――私を根こそぎ引き抜いて、私を、ヒヤシンスのように花咲いてはいるけれども、空中に吊り下げたのだろうか。しかしこの踏切板、跳板は一人の男を数多くの挟みつけるざりがにや有毒な靄と触れることのないよう上に素早く持ち上げてくれる――そして喜びはすべて、現世の大地から調合されたものを除いて、確保することになる。かくてむしろこれによってすべてのまぶしい喜びの前にイタリア風の透視画が置かれることになり、月光と共に描写されて、実にすべての豊かな沃野は浄化する月光を浴びて我々の周りに横たわる――そして最後には地平線上に、友ハイン［死］の頭が太陽として昇ってくる。

すでに冬に向かっていて、イタリア風の一日がかつて花咲いたカンパンの谷を苦労して進んで行かなければならないこのような聖アンドレの日を私は取り上げることにする。子供達は深い雪を喜んでいて、雪をためしにあちこち踏み固めて、凍え、その後で暖を取ろうとする。子供達は午後、名親殿が現れるのを待っている、これは――貴兄のことだ。つまり貴兄の有する洗礼名と姓名に関して、私は二回名親を依頼していて、一度は男子名用に、一度は女性名用に変化させて、それでこれらの名前は実に七名に達している。早くに食事は済まされ——多くのものが蠟で磨かれ——珍しいカップが、つまりペアのカップが余分に貴兄のために出される。というのはまさに最も綺麗なものを貯蔵のために使わずに貯蔵することほど情けないものはないと私は思うからである。よく想像することだが、私が大天使であって、この大天使にとっては宇宙のシステム全体が衛星の六十分の一秒針を持つダイヤモンドで飾られた一週間時計にすぎないのであれば、そして私がこの時計を有していたら、私はそれを旅とか至る所に持参するであろう。

貴兄は入ったばかりで、まだ雪を被っている。早速私は出発を話題にするが、これは今日はどうみても問題にならない。祭日はいずれも定かならない時間の長さを欲する、晩にかぎってそうである。やっと今私は貴兄が騒がしい同名の子供達と一言話せるようにする。クリスティアンとオットーは貴兄を喜ばせるだろう、ハンスも、これは私が手紙を送った哲学者であるが、年の割に物事に精通している。青白い静かなクリスティーネも見て欲しい、彼女は父親の手に取りすがって、恥ずかしげに、親しげに貴兄に青い小さな目を向けている、母親に生き写しだ。

夕方、子供達は名親のためにコンサートを開こうと考えている、父親はその際音楽監督というわけだ。

その前に我々両人は、極めて珍しいカップを使用した後、暖かい部屋で議論しながら行きつ戻りつする。妻は相変わらず家政上のホレブとシナイの山にいて、十戒を仕上げる。ただ薄明かりのときと夕方に、彼女は我々のために落ち着いた時間を取れる。この善良な女性は、私と共に愛するこの友を放っておいて、この友のためにもっと世話を焼こうとするのである。善良な女性達はこんなものである。これに対して天才的女性は我々男性のようなものである。私と貴兄とは話に決着が付かないが、しかし意見が分かれているわけではない——私は貴兄と共に、政治的事件のこと、学的事柄、互いの原稿の交換、町のこと、シュピッツの私の牧師について話さないだろうか——私はそれから貴兄に思い出させるが（ここでそのことを前もって述べる、貴兄は私の言葉を真に受けるといい）、私がこの本の序言で述べた予言はまさに当ったのである。*2 我々は互いに、利己的取り引き、より高次の種類の商業ごっこがますますはびこっていること、愛は今単にヘルメローテスとして表現される、英知はヘルマテーナ、力はヘルメラクラエとして表現されるということについて思いを巡らす。――このように熱を入れているとき、甲高い子供達の騒がしい夕べに耳を傾けることができようか、田舎の子供達にとっては客人はいつも陽気な花火を打ち上げる人で、客人は子供達に自由の木の可愛い枝を切り取って手渡してくれる存在である。

突然青白い頬で、青い目のクリスティーネが兄弟達に何事かを耳打ちする――察しない者がいようか、――すると兄弟達は飛び出す、偉大な哲学者のハンスは別で、彼は父親の哲学的執筆の指の許で共に駆け回る者で、すでに何かまっとうな者になりたいと思っている。私は貴兄に、子供達が計画していることをギリシア語で伝える。最後に腕白どもはドアを大きく開け放って（これは私の両親の許でも見られたものである。かくて私も信ずるのであるが、家庭生活の味わいはその甘美さの一部をそれと結び付いた、子供時代の、静かな反復から得ているのではないか）、そして今や我らの年取った樵が枝の沢山付いたかさばった白樺を、幹を前にして物音を立てて運び入れて、その後クリスティアンが更に細い接骨木を運んで来る。娘達は台所の供する最も熱い湯とそれに肥料としての灰汁を苦労して持ってくる。哲学者のハンスは家で最も大きな深鍋を運ぶ。かくて樹墻木は隅の方に紐で固定されて、この木ほどに美しい花や果実を隠している幹の木〔系統樹〕や自由の木は見られない。おまえ達、幸せな子供達よ、おまえ達はまだ花々の上のインドの神々、あるいは半ばその中に包まれて育ってくる天才達だ。おまえ達にとっては緑の葉はどれも花弁であるが、一方我々の花は、ポルトガルの或る木の花に似て、しばしば蠅のように見えるものだ。――おまえ達は現在を喜ぶために未来の喜びを必要としないし、過去の喜びを必要とすることは更に少ない。一方我々は花々の押し型を取って来るために深くおまえ達の時代まで掘り返さなければならない、物理的大地でも花々の化石はとりわけ最も深い所にあるように。

それから薄明かりの西の国が現れる、我々は腰を下ろして、子供達は我々の周りか我々の上に腰掛ける。私は貴兄が大空を渡って来る〔贈り物をする〕幼子イエスについて私同様上手に嘘をついて欲しいし、それに貴兄が雪の中で出合った多くの、イエスから落ちてくる金片について嘘をいい、そのうちの若干の金片を実際に見せて欲しい。私は単に空の若干の赤みにもっと注意を向けさせたいのだが、しかしそれが夕焼けのせいか、聖なるイエスの黄金の翼の反映のせいか、あるいはその赤いシュテティーンの林檎の反映のせいなのか議論したくない。貴兄が金片を見せている間に、私はこっそり木に飾り付けをする。ヘルミーネが入って来ると——彼女は私よりも信用があって、父の私はしばしば単に冗談を言うだけなので、——彼女は木に向かってこう言う段取りである。「一体これは何」。実際我々両人は、マルチパンのハートや、金色の林檎、銀色の胡桃、氷砂糖のマリア像が小さな蠟燭と共に掛かっていることに対して何と言ったものか分からない。私は子供達に尋ねる、これは思いがけないことだが、樵が木を持って来たときに、すでに前もって密かに掛けられていたのではないか、と。これらの匂いで皆が注意深くなる。この匂いはエーテル的なもの、遠くの春に由来するものと呼びたくなるであろう。

これらの子供達の神話の終わりにロジネッテは少しばかり我々の許に留まらなければならない。離れた小枝で点火された蠟製の恒星や、それにことによると室内の半ば以上に広がっている幅広の月光が打ち解けた黄昏を飾っている。分別を持って家政のことが話題になる、家政について私は理解できないが、立派な諸理由から私はその手助けをしている、というのは詩人は、支えを失ってしまうことがないようにするために、常に理想的あるいは詩的な人生を、何らかの市民階級的な人生と（官職であれ、手仕事であれ、家政であれ）混ぜ合わせなければならないからである、金の容器を銅と合金して。引き延ばされたり、曲げられたりすることが少なくなるようにするようなものである。それから我々は過去の夕焼けに目を向けて、多くのことを話す、ホーフについて——近隣の土地について——昔の日曜日について——そしてかつての薄明かりの時について話す、この時には我々の周りでは、我々が議論しながらあちこち歩いていたとき、真理の空にすべての星々が輝いていたものである、それにすでに二十もの春を閲してきている春について話す——二人の人間が互いに年取るのは何と素敵なことか、青春の友がまだ失われていないときには、青春は消えていない。——我々は更に私の結婚生活の最初の年月の頃について話す、その頃私は『巨人』を書き続けるという幸運に恵まれていて、私はしばしばこの上なく熱い愛の絵のギャラリーから抜け出して来ては、善良な妻の口許で（貴兄は彼女の右手を私は別な手を握らなければならず）私自身のために描写のモデルに容易になることができたものだ。私がその最初の頃すぐに、モード誌では私の下に赤線を引きそうになる私の上品な衣装棚を廃して、もはや平凡な外套しか身に着けず、その下には大したものを着用しなくなったことの次第が話される。それから私の力説することは、地上ではどんな共同生活でも頭脳は枯れてしまう、機知や空想、分別は枯渇するが、しかし良き心だけは、永遠の泉で決して枯れることはないというもので、我々が結婚生活でこの良き心をまず求めていないことを私は難ずる。貴兄にまた熱く語ることは、この良きヘルミーネは（もう一人の貴兄を除いて）、私が私の逝った両親のことを好きなだけ長く話し続けられる唯一の人物であるということで、私の方もまた彼女が自分の心の親戚について愛をこめて話すときには関心を寄せて傾聴することになる。

勿論どの作家も欠点を有する。この良き女性は貴兄には黙っているだろうが、私は語ろう、つまりその結婚相手の私はかつては（今ではほとんど見られないけれども）詩的情熱の最中では容易に惚れやすくて、その期間は（他の時は子羊同然であるが）かなり燃え上がったものだが、しかし今では大いに変わって、創造的大風のときには、実の大風のときの家父長のように、火やランタンにもっと注意を払うようになっている。スコラ学者達は、天にとっては独身時の人間の立ち居振る舞い、一切の瑣事は結婚した人物の最大の徳操よりも好ましいと述べている――実際夫というものは生身の天である。愛人が指輪のために自分に与える五本の髪の方を、妻が夫に対する配慮のために白髪で一杯になってしまう頭よりも夫は大事にするものである。――

最後に明かりが来る。子供が次々と自分のナプキン類を持って来て、最後に我々は腹ぺこのお喋り屋の北斗七星と共に食卓に着く。ただ子供達や愛しい者達のみが水平、垂直に張りめぐらされた根であって、この根で人は大地にしっかりと張り付いて養分を得る。このトリクリニウム［三方横臥食卓］、あるいは小夕食の際に、貴兄に私のヘルミーネの美しい心が静かな敬意と愛とを表現するときの温かく優しい心配りの一端を一つ以上見て欲しいと私は願う。聖アンデレの日にかなうことであれば、私はサラダ菜や野萵苣を取り寄せたい、私にとっては（特に二月には）この野菜を食するといつも春をフォークに有するような気になるからである。貴兄は肉を切って分配しなければならない。

さて、貴兄の腹が満ちて、陽気になったら、私どもは起立し、七人の小さい賢者達がしようと思うコンサートを始めることにしよう。楽長はピアノ奏者として古いチェンバロの前に座り、ある詠叙唱を弾く――少年達の一人が第一にして最後のヴァイオリン奏者で――哲学者のハンスは、彼の組合の全体がそうであるように幾分無器用で、そのオルフェウスの腕でただ低音部だけを弾く――残りの者は、美しい合唱指揮の女性、母親に導かれて、歌う。貴兄は年老いた善良な家父長が自分達が歌ったり弾いたりしているものをまだ感じていない無邪気な伴奏者達の輪の中にいるのを見たら――そして貴兄が穏やかで青い目のソプラノ歌手クリスティーネの手を握り、私のロジネッテが二、三のより小さな最上声部の娘達の手を握り――かくて多くの大事な小さな声が次第に私の心を取り巻き、引きだし、私の前で低音部に真面目に取り組んでいる演奏家さえもが私の心をそうしたら――そして私が絶えず憧れの目を丸まった薔薇色の顔の者達や貴兄や母親に向かって見開かなければならなくなり――そして直に我々はこの感動に圧倒されると気付き――潤んだ目が楽譜をほとんど見られなくなり、私はむしろ中断して、母親は間近な子供達に接吻し、貴兄は優しい小さな娘に接吻し――我々の目は濡れてきて、子供達が我々は一体どうしたのか分からなくなるということになったら――――オットーよ、心の結び合わされた三人の人間にとっては何という時間であろうか。善良なる神よ、御身の永遠の中にこの時間を有する御身は、この時間を我々に拒むだろうか。――

＊1　彼は執筆するために白く清潔な服を着た。
＊2　この立像はアモールと融合した商人達の神を表していた、二番目のはミネルヴァと融合した神を、三番目のはヘルクレスの頭部の下に神の胴体を表していた。Pitiscus と Schöttgen.

第六の詩的書簡

文学的記念祭の男として――そして老人としての筆者

ライプツィヒ、晩夏、九八年

私は執筆していくうちに、ライプツィヒからと、およびライプツィヒの横たわる地球からの二重の旅立ちにますます近付いていく。私はこの書簡ではすでに人生の十月にいて、貴兄の前に立っている、私の葉は色が変わったが、まだ付着している。押し黙った晩夏は地上に蜘蛛の網と霧を出現させ、上方に青いエーテルを見せている。私と一緒にこの秋の果実貯蔵庫を開けて、私がこの短い人生で書き上げたささやかな『一般ドイツ文庫』をその補遺と共に見て欲しい。

私は自分が印刷させた程々の連隊文庫の代わりにアレクサンドリアの文庫[1]並のものをものにしたかったと何千倍も思っていることを否認しない。しかしノアの洪水がそのことをどの作家にも不可能にしている。洪水は人間の人生を、わずかに残してくれる切り株を除いて、縮めてしまい、同様にまた人間の執筆も縮めている。このような人生の断片の作者がヴォルテールのように八十歳と八十巻を迎えたら、この作者は地上から追われ、両手にはまだ種子を一杯有するのに、影の国に飛び込むことになる。

不幸にしてドイツのレテの河では、一杯にしたいくつかの本棚に座って航行するのではない著者は浮かんだままでいることができない。一冊の小巻では（例えばペルシウスやウェルギリウスのような者は）一瞬にして水底に沈んでしまうだろう。材木のように鋸屑として底に沈む。それでもヨーロッパの読者は、著者が見本市のたびに店の前掛けをして立ち、新たな商船の荷を下ろし、売り出すと気に入らない。逆に著者が埋葬されると、読者は箒を持ってきて、その書斎を金細工師の部屋のように掃除し、散乱していた紙屑を集め、それでちょっとした小巻を作る。遺稿集である。貴兄はその理由が分かるだろう。というのは人間は（ヤコービによれば）模倣できないものだけを敬うからである。すべての独創的な本の第一部を見ると、一体第二部が可能であるようには見えない。しかしそれに続くものが現れるたびに、一層その作製の、つまり模倣の可能性が明白に見えることになる。それに対して墓は作品の絶縁体である。遮断する聖なる魔法の輪が永遠に作品を取り巻くことになる。――

しかし本題に帰ろう。私の年齢の記念の中ではひょっとしたら私の行う著者記念祭が最大の記念となるであろうと思う。私はそうすると決めている。学士や教皇、大学、学校、夫婦はしばしば記念祭を行う。なぜ著者達が行っていけないだろうか。――それに私は幸いすでに一七八二年、私が大学の二年生のときに『グリーンランド訴訟』を書き、八三年にそれらの文書をまとめたので、早くも六十九歳のときに私は――これは思うに体験するに難しいことではなく――記念祭の著者の資格を得ることになる。

従って一八三二年には文芸誌、文学報知紙に「記念祝祭老師の著者の記念祭」というタイトルで記念の手短な描写をいずれにせよ送付することになるだろう――すでに人間とか老人よりも何かましなものに私がなっていれば別の話になるのであるが。報知紙で私は読者を記念祭に招待しなかったのは、他でもなくそれが不可能なことだったからだと読者の前で詫びることになる。私は、たとえ私がノアの方舟を有するとしても、私の作品を全部読んだ人々やその従者、馬を――あるいはその作品を単に半分だけざっと読んだ人達まで含めて、どこに招き入れ、小屋に入れたらいいか聞きたい。それにたとえ私がこの流入してくる一群に対して、ドイツほどの大きさの空いた場所を有するとしても、巡回図書館で私を回し読みしている次に続く後世の者達のためにもっとはるかに大きな広い場所を借りなければならず、それで第一期の集合者全体のために土星のような外部の惑星を予約しなければならないだろう――実際死後には、後世を前世同様に知ることになって、この点大いになされるであろう。

しかし招待されるのは出版者達の他に私の書評家達で――どんな書評家であれそうで――それに何も言及しない

新聞の編集者達、それに新聞を聖書のように一人で書いている編集者のすべてである。聖書はスピノザによれば一人の著者が書いたものらしい。海賊版の出版者も招待するが、それは単に彼らが自らの財布から記念硬貨を人々に撒くようさせるためで――このことを悪漢達は、私がその代わり彼ら自身に対する鋭い諷刺を放って、その代価はいらないと約束し、それで海賊版を出すのと同じ按配になって、それも正当な権利があって出すという具合になれば、たちまち喜んでなすであろう。記念祭の著書では私はここでも述べられる記念祭のスピーチをそのまま出すことにする。この記念祭のスピーチでは私が「第六の詩的書簡」で私について述べた予言が奇妙に当たっていると述べることになる。私はしかしここでまず予言を述べなくてはならない。つまり私がここで予言することは、私はアルクイン同様に四十年間同一の筆で、つまり同一の文体で書くであろうということである。私が三十四年間、今日から記念祭まで再び何を読むことになるか、言い難い。残念なことに現今の著者達とは才能同様に次の点でもはなはだ似通っていない、つまり彼らは妊婦が肉体的ダイエットをするように、極めてつましい精神的ダイエットを行っていて、両者がそうするのは、痩せたままでいると子供を産むのがより容易になるからであるという点である。さて勿論年月や観念と共に――私は一日中結婚の祭壇の前で婚礼の式辞や松明と共に立ち、観念を結び付けることばかりしているので――上述の思念の間の兵士の結婚、司祭の結婚、御法度の結婚がはなはだしく増大し、それらが皆互いに同胞の契りを結んだり、孕んだりして、ヨーロッパの宮廷のような具合になり、それで頭全体の中で金を払っても離婚した観念の組み合わせは見られなくなり、私はひたすら比喩で話し、呪い、祈り、そして喧嘩する次第となる。――しかし著者たる者は自分の述べることを容易に知ることができるけれども、しかし初期の作品の中で述べたことは知ることができない、かくて私はしばしば多くの比喩を、エリュシクトン(2)がその変身した娘をそうしたように、一度以上市場に出すことになろう。私は一日中読み返すことはできないし、数百万の三乗の数の比喩を記憶していることはできないからである。私に対してこのような写本、部分的第二版を指摘してくれる読者は誰であれ、全面的第二版の際に私にははなはだ有り難く、私を改善してくれることになる。

人生の葡萄月［九月二十二日から十月二十二日］には更に自制心と共に冗談や皮肉、気まぐれも成長するに違いない、これらが初期の月日に種を播かれていればの話であるが。調子のいい文体も大いに見られるであろう、思索棒［ダッシュ］は自ずとペンから、長いこと考えずとも引かれよう。――しかし多くの他の点の花が枯れ、死に絶えることになる。震える手は含めなくても、筆跡からすでに多くのことがさっと書かれたことが窺えよう。某々[3]に関しては明らかに退歩が見られ、某は愚鈍で、かびてもいる。それに某はどうしてこのような具合になったのか。[*1]

私は再び文芸報知紙上の記念祭の文書に戻る。私は注意深く文書からは記念祭に当たって私に述べられたり、私が客人に述べたりする様々な栄誉を貴兄に引き出して見せないし――全くゲスナー[4]の牧歌風に乳が搾られ、酢が加えられる田舎風な食事のことも――私から盗まれたり、私に贈られたり、贈ってもいないのに私の作とされる諸作品[*2]の台座も披露しないし――更にささやかな様々な記念の祝典も披露しない、そうすれば数年前から私宛に来た手紙をひもでまとめて見せざるを得ないだろうし、それらには、ズルツァーが学者の肖像が貨幣に刻まれることを望んだとすれば、さながら著者にとってメダルのように押された封印が見られることになるであろうが――それに千もの他のことも披露しない。より重要なことに見えるのは、記念祭の者が書評家達に対してなす記念祭のスピーチで、それを私は記念祭の文書からそのまま引き出すことができる。白髪の記念祭の弁士は誤植や自分の全集の出版についての若干の立派な演説の後、そして全集についての契約について触れた後、偶然あるいは故意に、噴火口や説教壇のように積み重ねられた作品の許に向かって進み――実際それらは彼の Mezzovo[*3] であり、そしてこの弁士は即興で次のような短い別れの説教、収穫の説教を、自分を批評した客人達に対して行う。

「皆さん、誰ガ賢イカ定メルコトハ最モ賢イコトデアルヨウニ思エルとキケロ[5]は言っています、ドイツ語では、ある著者を称えて描く批評家は、自分をもそうしているということです。

勿論貴方達の何人かが往時のカント[*4]派的、フィヒテ派的観念論者であるというのであれば、この人達は自らのことを、真実を申せば、頭脳の第一人者と見なし、他の者達を全然そうではないと見なす根拠を有することになりましょう。立派な観念論者は、好きなだけ、多くの未知のXをUと称して構いませんが、常にポンプ胴を自らの裡に沈めて、万物を自らの中から汲み出します。物理的世界、それにまたその中でのみ肉体を得ている他の精神的世界も汲み出します。観念論者は自分の裡から目を育て、かくて目の見るすべてを育て、従って単に自分が夢想家のように読んでいると思うすべての本を発生させますが、しかしこれは実際自らが書いているのです。それ故、観念論者たる者が往時[*5]抱くことができた気位を私ははなはだ味わいましたので、それで私はこの点に関する旧友のライプゲーバーの発言を今なお是認し、述べることにします。『何だって。真の観念論者は自らすべてを創るので、天のすべての星、物体界、学的世界を創るので、それにこの論者は最良の作家達の作品を、ホメロスからゲーテまで創るので、まさにそのために自らが作った立派な行ばかりを称えたり、出版したり、翻訳したりすることになるので、この論者、つまりポータブルの学的世界、モイゼルのドイツ人名録で詰め物にされた自我、ミューズの地の中のミューズの地が、つまりマギステルの帽子を被らずに頭の中に有する者、頭をただ注入された知恵歯、哲学的髭や外套のごとくただ自らの裡に有する者が、もし仮にこの者が謙虚なやつであけすけに次のように述べるのでなければ、この神のごとき者は阿呆と申してよいだろう、即ち私が称え、学ぶものすべては、私が創造して、まさにそのことを通じて教えているのであり、私は私の隣に存在する者、いわんや側で輝く者があるか見てみたい、と』。

勿論このような普遍の男は（存在論的理由から）まさに自らが創り出している間違いだけを非難しているのであります。

鉱夫達はどんな具合か尋ねられると、おどけて、『皆が丁重です「鉱脈がある」』と答えます。この返事を編集者はその七十人の弟子について与えることはできません。既に青春はそれ自体粗野なものです。しかしそれ以上に人文主義的青春はそうで、晩年に至ってもそうです。それも詳しく言えば、第一に、古代人の精神はすべての力強い人間に対して、世の紳士であれ、芸術家であれ、単に物体を求める言語学者に対してよりも深く影響を及ぼすからであり、第二に、その言語学的研究はその小さな目を更に制限するからであり、第三に、少数の者しかできないことをなす人々は、その営みが小さなものであっても、それだけ一層決定を下し、得意に思うからであり、第四に、人間は思索の間違いよりは言語の間違いの方を、倫理的あるいは論理的間違いよりも文法的間違いの方を、並びに精神的間違いよりも肉体的間違いの方を選び取り、恥ずかしく思うからであります、それというのも先の種類の間違いは不随意的なものであるのに対し、後の方のは随意的で、従って容易に片付けることができるように見えるからです。それに第五に、以前から人文主義者の雄鶏ほど厳しく戦う雄鶏はいないからであります、ペンナイフ*6で武装していまして、スキオピウスやブルマン、クロッツ、それに両――スカーリゲル(6)といったわずかな近世の人物は別でありますが。――

　私はすでに老齢です。貴方らの大抵の者は不滅性を体験できます、これは貴方らが、単に沈黙*7を通じてであれ、私に認めてくださるものです。――というのはキリストの三日間の死は永遠の死と同等と見なされたように、現今の著者達の三日間の不滅性には最も長い不滅性が隠されているからです。勿論私は単に死ぬ運命の者達の間での不滅性について語っているにすぎません。不死の者達の間でのより長い不滅性は、臨終を迎えて、ようやく始まることになります。

　もう一言述べさせて下さい。この記念祭の年以降はあらゆる趣味を持って書きたいと思います。私が卒中になる決心をしていたり、あるいはフランスのルイ十三世が医師ブヴァールの命令でそうしたように一年に二一五の下剤を服用し、二一二の浣腸、四七の動脈切開を受けていたら、早くからそうできたかもしれません。そうなったら『帝国新報』の分別ある男のように、きちんと冷静に執筆できるようになったことでしょう。しかし老齢そのものが一つの病気であり、その上衰弱性の病気でもありますので、なお素敵な希望が生じ、失うものは少ないものです。私は次のような希望を得られるのではないでしょうか、つまり何人かの頭脳のように私もいつか幸運に恵まれて、実際の火山のように、炎と溶岩の後、最後は軽石を噴き出すことになる、これは軽くて磨く材料となったものであるという希望です。

　なぜ私は冗談を言っているのでしょう。永遠の海の近くでは人間は本当の河が海に注ぐときのように、贈り物で一杯の航行可能な諸支流で注ぎ込みたいと思います。私が数年前『J・Pの手紙等々』の中でこの記念祭のスピーチを書き、前もって夢についての論文を書きたいと思ったとき、今日のこの日の夢を夢見たのでした。――私はウィーン製のガラスの箱に聖なる遺体として運びこまれていました、この遺体はあるときは聖パウロとされたり、あるときは本や知識のパトロンである聖ラウレンツィアとされていました――それから私は（全く夢にふさわしく、乱暴な流儀で）自らの銅版画に変身し、その前には時間が立っていて、時間は背後のインク壺にペンを浸して、額に水平な線を数本、つまり皺を引きました――突然ある骸骨が覆いを掛けられた窓間鏡の前に立ったのですが、その鏡の前には覆いのない鏡が向かい合って掛かっていました――突然絹の覆いが取り除かれました――そして両鏡は互いに果てしなく遡及していく形姿の列を映しました、そしてそれぞれの無限が自らと相手の無限とを繰り返しました――この二つの薄暗い、消えていく列は後世と前世とを模しているように見えました――――これは何だったのでしょう。――夢でした。しかし存在の最も冷たい時間、今際の時に、御身達人間よ、御身達は私をしばしば誤解してきたけれども、私は自分の手を挙げて、こう誓えないでしょうか、自分は机の前では、自分の状況や諸力が許す範囲内で、善と美だけを捜し求めたと、そしてひょっとしたらしばしば迷ったかもしれないけれども、しかし罪を犯すことはめったになかったと。御身達は私のように貧しく無名の十年に及ぶ存在の苦痛に、全く生じない喝采に耐えてきたでしょうか、そして御身達は、忘却と寄る辺なさに直面しても、私のように、その代わりに見いだした美に忠誠を誓ってきたでしょうか」。

これ以上記念祭のスピーチが必要だろうか。私が言いたいのは、ただ一度だけ人間はこの無常の地球上をさまよい、速やかに人間の目は覆われ、二度と地球を目にすることはないということだ。何ということか、人間はこの貧しい、何度も略奪され、血を十分に流した地上に、自分の塵とかそれどころかばら撒かれた砒毒粉や傷付いた者達しか残さないのだろうか。――我々の中の一人が天の或る物静かな世界、穏やかな宵の明星や青白い月を通る一日の旅をすることが許されるならば、この者は、もし仮にその上遠くの溜め息の声を聞いたり、流された涙を見いだしたら、自分の慌ただしい飛行を周りに置かれた自動発射の仕掛銃や、撒き散らされた茨で印付けることだろう、そしてできることなら、むしろ何らかの湧き出る泉や、後に残った一本の花、あるいは何か喜ばしいもので印付けたいと思うことだろう。――穏やかな心が欲し、為したことはいつだって未来全体から忘れ去られても構わない。この心は行為の際こう言えさえすればいいのだ。長い長い年月が経って、すべてが変わり、私が永劫に飛び去り、あるいは沈められてしまったとき、ひょっとしたら時の手が、私が今捧げる小さな犠牲の種を私と私の塚から遠く離れたところに飛ばし、何らかの果実や花へと為すであろう、すると疲れた心がそれで元気になり、私のことは知らずとも感謝の念で満たされ胸を高鳴らせることだろう。——

私の記念祭は終わった。——しかしかの希望は本来正しいものである。——

*

私はこの書簡を、これは老年の描写をすでに老年のおしゃべりと結び付けているように見えるけれども、今日は早目に擱筆する。最後に（明日旅立つから）ライプツィヒの周りの英国風庭園を上天気の秋と朝の太陽の下、重苦しくとも幸せな気分で歩き回ってみたいからである。私は貴兄に、このライプツィヒの風景の夏の側、日の当たる側、住民の男女にとってのこの冬の別荘地、冷たい日々にも人々がいつも空気浴のために湯治客として集まって来るこの地をしばしば十分に描いてきた。そこを訪れたことのある読者はいずれにせよ御存じであろう。確かなことは、私はこの立派に計画された、諸庭園や、芝地、小森、明暗の場所で一杯の自然公園をさまようときには、この公園の創造者[*8]に対して記念硬貨を刻印せずには、つまりいつでも、まことに有り難うと言わずにはおれないということである。

——しかし老年の静物画の描写を、これはたった今やめたところであるが、歩いて行くうちに奇妙なことにまた続けることになる。私は樹を見るたびに描かずにはおれなかった。秋の太陽は低く懸かっていた——私は公園の人工の山に立っていた——それは私にとって天文台で、静かな空が下の大地に広がっていた——町の騒音や物音が静寂の中に響いてきた——私は下の方を梢からなる長い回廊と輝かしい生気付いた平野越しに、それに白鳥や通行する岸辺の住人を写し、模写されたより深い空の青を浮かべた優しい池越しに、色とりどりの橋（無常迅速の印）越しに、それに垂れた枝を有する枝垂柳越しに覗いた——そして私はすべてを初めて味わうことになった今年の春のことを、当時橋のそばの木々の上でさえずっていた小夜啼鳥のことを思い出した。するとまた春の朝が私の胸の中で五月祭を祝った。すると私は感動して、またしても過ぎたことだ、遠い昔のことに思われると考えたけれども、しかしこうも自分に言った。「おまえの思い出は年ごとに増える。かつては一日は数年も経過しなければ、神々しく見えなかったものだ。今では一滴の冷たく明るい露の雫から数歩遠ざかったかと思うと、振り返って見れば、その雫は素晴らしく多彩にその花の中で輝き続ける」。ようやく六十歳になった者の頭は何と思い出で、つまり我々の心の奉納画で一杯となるに違いないことか。――つまり、白髪の人間が或る春の日、野外に出ても、単にその年老いた体を暖め、動かすためで、冒険や諸国に満ちた見通しがたく花咲く未来へのかつての展望や意図は何も見られないという年齢になってしまったら、この冷たい、しかし平静な時がやって来たら、私は私の頭を単に逆向きに同じ魔術的な眺望、しかも私の出自である眺望に向けることにしよう、すると古い心は低い太陽で暖まるのだ。凍てつく風に向かって進む人間同様に老人の顔は青白く、根深く見える。しかし両者とも向きを変えれば、暖かく、また赤く花咲くのである。

プラトナー(7)は言っている、我々は単に喜びの記憶を有するのみで苦痛の記憶は有しない、と。私はこう言う。我々は両者に同じ記憶を有する――いや希望の失敗に対しては、心配事の失敗よりもより強い記憶を有する、――しかし同じ空想は有しない、と。この空想は和らげ、神々しくする、つまり苦痛の上に虹をかけるのである。

人間の肢体はすべて年老いていく、しかし心はそうならない。加齢と共に私は自分の心を一層若く、優しく書くことになろう。若者を見ると、現在薔薇祭の子供達を見るときのように私は元気付けられる、私は若者達にこう叫ぶだろう。「祭りを十分に祝うがいい、空に明けの明星が懸かるまで、しかし熱くなったり、冷たくなったりしないことだ」。――そして私と一緒に人生の同じ花園に住んだ、私の青春の友人達よ、すでに多くの者がその花壇の下に横たわっている庭園での冷たい季節で、私同様に時のために背が曲がった君達に会うたびに、決まって私の存在のこの取り残された春が心の奥深くまで私を照らし出し、暖めてくれるのではないだろうか。――そして春の日や誕生日には私はミイラの箱を開けて、古い手紙や私の返事を読み、私の心全体が若々しく満たされ、私は濡れた目をしてこう言うことだろう。私は目の前に愛するための永遠全体を有していないだろうか、と。

そしてハイドンのコンサートのように[*9]、奏者が次々と自分の明かりを消して、楽器を持って出て行き、私は最後に演奏するコントラバス奏者といったものになるとしても、いやむしろ私は先に私の明かりを消し、譜面を片付けるだろうが、そうであるとしても、我々は皆ハイドンの作品同様に我々の明かりと共に再登場するのだ。――――御機嫌よう。私は貴兄をこれまで穏やかな道連れとして選ぶことができたことを貴兄に感謝する。私はそろそろ、明日のために、荷をまとめて、愛する多くの魂から別れることになる。今は奇妙に現在と将来、旅と老齢とが入り混じって混乱している。――しかし外の夕方は辺り一帯にとても明るく、赤く輝いている。――愛する貴兄の周り一帯も同じ夕方であって欲しい。

＊1　私は私の卑小な地上の体のこうした逆行を明示しないのを賢明だと思う、さもなければ、ある粗雑な若者が私の将来の作品を読んで、後に次のような書評に気付いたら、この若者は驚くことになろうからである。つまり「その他の点では立派な作品であるが、すでに老齢が窺われる。著者は自分の有していた、かの素晴らしい才能を徐々に失っているように見える、云々」。

＊2　読者に対してではなく、購入者に言っておくべきことであるが、『ミイラ』『見えないロッジ』以来私の名の記されていない私の本はないし、これからもない。優しい書籍商の方々は、中世、商人が自分の商品の掲示板、新聞広告として連れて来た道化師の代わりに、通常の嘘の他に、私がその商品を書いたという嘘まで含む通告を行いたいと願っている。勿論彼らは、私の手になるものとしたり私に贈ったりする他人の著作によって、他人が私から盗んだ私自身のもの、それは人物全体であったり、個別の演説であったりするが、その私のものの代わりとしたいと思っている。しかし後の方がましである。この場合は人が私の罪を負うことになるが、前の場合は私が他人の罪を負うことになるからだ。

＊3　今ではパルナッソスはそう呼ばれる。

＊4　現今の。

＊5　現在。

＊6　イギリス人の喧嘩好きはこれで武装している。

＊7　ドイツには三つの読者層がある。第一は広範な、ほとんど無教養、無学の、巡回図書館の読者――第二は学的な、教授や聖職候補生、学生、批評家からなる読者――第三は、教育を受けた紳士や婦人や芸術家、より高いクラスからなる教養のある読者で、少なくとも交友や旅行で教養を身につけている（勿論しばしば三つの団体は交流している）。筆者は第三の読者に唯一御礼を述べたい。しかし第二の読者はいつも第一の読者同様に筆者を扱っている。それ故、筆者はいつか自らに対するすべての公の声高な判決

を善良なる静かな新聞の名前と共に集めて、それらを比較し、それらを後世に反省を添えて伝え、かくて学的ドイツはまだまだ真の学者に欠乏していないことを証明できたら、第二の読者に礼を述べることになろうかと思う。

＊8　市長のミュラー。

＊9　エスターハージー侯が彼の管弦楽団を解散させようと思ったとき、天才的なハイドンはある交響曲を作曲したが、そこでは演奏者は次々と譜面台の明かりを消し、退出し、最後にコントラバス奏者のみが残り、この奏者も同じことをするのであった。これを聞いた侯爵はいたく感動し、管弦楽団を復旧した。そこでハイドンはまたある交響曲を作曲したが、そこでは逆の順序で次々に奏者が現れるのであった。

第七の詩的書簡

終わり

途上にて　一七九八年

君達善良な読者よ、君達は眠り込もうとしている見知らぬ人間から引き続き話し続ける著者を受け継いでいるが、容易に私自身との私のささやかなチェスを最後の駒が倒れるまで御覧になるだろう。——私はこの書簡では先の書簡で呼び出した人々を思い出すことができないし、思い出したくない。——

私は今朝一人っきりで人気のない市場を通ってライプツィヒを旅立っていくが、町のその木製の屋台街は市の後で市場からすでに片付けられている。ある土地の活気ある場から出て行く人間は、活気ある場を去るのでなく（というのはこの場は退場に気付かないからで）、馴染みの生活圏を去るのであって、それを今や新しい圏と取り替えるのである。途中この人間は一人っきりで孤独であり、何ものでもない。町の中では私の馬車には——すでに別れたけれども——遠くから、私の心から愛する一人の良き若者[1]が付いて来てくれた。純な明るい人間よ、今の君のまま罪のない者であり続け給え、そして現在のようにいつもこの文を読み給え。——外では平坦な長い道路が両側の苗木畑を通ってさながら秋の青く冷たく静かな空に通じているかのごとくである——私は降りて、ゆっくり進む馬車の後をぶらぶら付いて行った——私は何度もこの道を、美しく輝かしい朝方や夕方に、穏やかな歓喜に向かって、そしてまたこの道を再びたどれるという希望に向かって進まなかっただろうか。——秋は大地の周りに輝かしく蒸気を発していた——私は振り返った、すると塔の間に煙の柱が色付いて、描く太陽の前で酔って、垂直な朝焼けのように町の上に立っていた——好意的な町よ、無事であって欲しい、そして愛しいヴァイセ(2)*1よ、君にとって君の人生の季節は今日の季節のように、そして君の心のように、温かく明るいものであって欲しい。

後にもっと人気のない遠方と、山々のない寂しい平野に来たとき、私はこの第七の詩的書簡の内容を考えた、しかし本当に喜んで考えた。なぜ人は青空の下、緑なす大地の上で、この大地は実際病人の椅子のように同時に我々の机、我々の居所、我々のベッドとなりうるものであるのだから、それに大自然の前で、垂れてくる瞼を閉じてはならないのだろう。子供が最も好んで眠り込むのは庇護する母親の横ではないだろうか。

すべての書簡の中で私の最後の書簡ほど記述された時刻が確かなものはない。いや他の書簡は嘘かもしれない、ただこれは違う。しかし例のような具合であると、つまり運命が私の牛乳壺を寓話のようにひっくり返すのであれば、少なくともそれが起こる前は壺と夢とを有していたことになる。そしてこれが起きた後は、実現よりもはるかに多いものを有することになる。私は汝、人生を知っている、いつでも汝を丸ごとつかまえている。汝はパリの一スウ銅貨の舞踏会であり、そこでは舞踏会全体の金を支払う必要はなく、数スゥ払って一つあるいは二つの踊り分にすればいい。——汝はバイエルンのクロイツァー喜劇であり、全部最後まで聞く必要はなく、いつだって続いているので、自分の払うクロイツァーの分の場面を選んでそれから去ることになる、その間他の者達が留まったり、やって来たりする。

私はその気になれば、あるいはそれが許されるならば、本来不滅性がもとで死ぬことになろう——私は書きながら更にただ（私の頭は、人がその中へ叫ぶ声を入れるグラスのようなもので、どの面も話しかける者により強く反響するし、それに私はいつもそこから始めたいと思う熱のこもった箇所でやめるので）――申し上げるが、ただ書き続けさえしたらいいだろう、単にある時代から別の時代へ、鉄の時代から青銅の時代へ、そして銀の時代へ、それから金の時代へ、そして最後に永遠へと書いていけばいいだろう。というのは私は死を知っているからで、死は早速――それは待ち構えている、――猟師が猛禽の翼から羽根を一本引き抜くとそれでその首を刺すように、私の翼から一本の羽根を取ると私を刺すであろう。しかし死は待つかもしれない。

しかし死は結局尋ねることなく侵入してくる。ただ死は、天文学者達のようにその仕事を、長い長い夜をかけて行って欲しくない。それでも――最も長い夜といえども、我々の許では十六時間と二分以上続くであろうか。夜が数回回れ右をするとしても、後には朝がやって来る、そしてそのオーロラは銀河から銀河へと燃える。何らかの困窮が長く続くことに呻いている死すべき定めの人間は、すでにまさにこの困窮に打ち勝って、始末をつけているのである、彼はまさにそれ故容易に長くなるよりは短くなる将来に臆しているに過ぎない。

老齢は、殊に健康な作家の老齢は、通常卒中で幕となる、この卒中は向日葵がそのすべての花を広げるときの急速な破裂に似ている。この世をあの世に変えるこの魔法の杖の一振りを立派なダーウィン[*2]は春分と秋分の日に置いているが、このときに二つの本の市も行われる。しかし私は自分の場合にも他人の場合にも秋分の日が冬至の日そのものより健康にいいと思ってきた。逆に春分の日は、復活祭の市同様にその一撃に遭いやすく、殊に厳しく明るい冬の後では友ハイン［死］の本来の抽籤日である。その頃多分死は私を引くだろう。殊に冬の日や余寒の日（例えば春分の日）格別晴れて冷たいときには、そしてそれでも晴雨計が下がるようなときにはそうであろう。筋力で耐えられている神経の仮死、これに現著者はしばしば冬の日に悩まされるが、これは立派にヴァイカルト[*3]やブラウン(3)の体系を証している。――

――今日の一日は何と天上的で、イタリア風に濃い青であることか。私は今、両親や子供達の愛が一杯のある家族(4)を感謝の念と共に思い出しながら、ロマンチックに木が生い茂ったザーレ河畔[*4]で休んでいて、馴染みの流れを眺めている、私はこの流れの側で育ち、夢見がちな子供の私はしばしばそのさらさら流れる微笑を長いこと見つめていたものだが、はるかに長い時が経ってから故郷を離れたここでこの流れに再会している。何と穏やかに優しくこの愛らしい波は流れることか、この波は実際すべてホーフの私の愛しい者達の前を、その散歩道の前を通り過ぎてきたのだ。憧れて、親しく私はそれぞれの流れて来る波を眺め、それから長いこと去って行く水の輪を見送り、そしてこの愛する河を飲み、私の胸に冷たくかけたいと思う。——波よ、これまで微笑む人の姿と赤い夕方とを、それに月夜の広い明かりを映し出してくれたものであって欲しい、そして涙が一緒に流れていくことのないように祈る。

　死が我々の覆いの体からただ魂を抜き取るだけで、体を壊すものでなければ、我々は皆死をもっと美しいものに思うことだろう——更には愛する他人の塚を見て味わう悲しみを、間違って我々の塚のイメージに当てはめなければ——更には我々が人生において、あたかも暖かい家庭的な慣れた巣[*5]に住みついたかのように、その巣から高く冷たい空に抜け出たくないというのでなければ——それに死が我々に拒まれているとしたら——結局我々は死を美化することだろう。私はかつて、スウィフト[(5)]に刺激されて、永遠に地上に繋がれた大いなる精神のことを夢見たことがある。

　この不滅の老人は不幸の五つの深い傷痕を有していた。この者は春に不幸であった、春は永遠に、地上の丸い墓地が実現するものよりも、より高い希望によって我々を喜ばせ、慰めるからである——この者は音楽のために不幸であった、音楽を通して心の無限全体が目覚めるからで、音楽に対してこう叫んだ。「サイレンよ、長い、長い人生の中で、私は汝が約束するものを何も見いだせなかった」——この者は高い愛の思い出のために不幸であった、その愛は現世では単に芽生えるばかりで、別な世でようやく花咲くことができるからであった——この者は星々の夜のために不幸であった、そのはるかにほの白く輝く広大無辺に向かって泣きながらこう嘆くのだった。「かくて私は永遠に汝と別れて暮らす。大きな太陽と地球の宇宙は私の上と下にあって、小さな地球の糞が私を縛っている」——この者は徳と真理と神のために不幸であった、地上の息子は非常に遠くからしかそれらに近付くことができないことを知っていたからである。

しかし我々の目の前ではガラス化した月の半球が花で一杯の別の半球抜きに現れるように、その前では常に精神界を持たない乾いた物質界だけが回転しているような人間、つまり成長する後世から永遠に見離された人間は存在しない。この丸い砂漠では物問いたげな胸に対して、死がいつか歩み寄って来て、返事を与えないということはない。

死よ、汝は私にいつか返事を与えなければならない。今世界は押し黙っている。――山や町が揺れて、投げ出された海が高い波となって押し上げられるとき、地震で掘り返されるときのように、そして大気の海や空は恐ろしいほど静かに収まっていて、喧騒の中に一陣の風も吹かないときのように、このかまびすしい人生の上、我々の溜息の上、荒れ狂う民族の上には精霊界が黙って、堅固に、覆われてあり、この孤独な精神と語らうものは、精神自身の他には何もない――しかし死は聾の体と厚い地球とを我々から遠くへ投げ出し、我々は自由に明るく、我々の心や我々の信仰、我々の愛の明るい世界の中にいる。――

人生の最後の守護神の汝が今や私の許にやって来たら、私は汝を、汝の美しい顔とその輝く翼は何度も私の書斎の机にはっきりと見えたものだが、まだ識別できるだろうと思う――そしてもはやそのことができないとしても、錯誤の時は短いものだろう、――そして私は言うことだろう、人生のこの軽い、透明な夏の夜の夢を持ち去るがいい、それ以上は何もないのだ、と。そしてそれから汝が、我々がより小規模の神秘劇のときするように、臨終の目にヴェールをかけ、そして空の魂の中にはあとわずかに二、三の夢のみが残っているとき、私はできることなら祝福しながら、御身達人間のことを考えよう――というのはきっと私は御身達を愛してきたのだから、――そして御身、哀れな、何度も傷付けられてきた人類がなおも流血の展開を克服しなければならないということを思って心を痛めることだろう。それから最後の雲が一層密に目の周りに懸かったら、来るがいい、汝ら青春の朝と六月の夜よ、私は汝らの手の中の若々しい薔薇をきっとそれと認識することだろう――そして御身ら死せる友人達よ、近寄って来給え、というのは私と御身らの間にはただ鼓動する心臓があるだけなのだから――そして多くの臨終の者達に運命が贈ってくれるもの、心の中の音色や響きが去りつつある精神の伴奏をしたら、この精神は永遠のこの優しい春*6

の上を、この最初の大地の上を泣きながらお漂うことだろう、そして願うことだろう。御機嫌よう、汝ら朝よ、汝ら夕方よ、汝ら豊かな谷や山よ、汝ら星々の夜よ、汝ら春よ、そして汝、愛しい地球全体よ。——それから私は地球を失ってしまうだろう。——まだ私の前で地球は輝いていて、沈む太陽をその心に抱えている——夕方は山々の上の雲の背後で燃えている——去って行く雲雀は将来の春に向かって鳴く——乾いた沃野からは春の新芽を有する丈の高い冬穀が萌え出て来る——私はまだ喜ばしい地球にいる——私はこの存在の前庭で衰弱した者として微力を尽くすつもりだ。

太陽は沈む——私の旅は終わる——そして数分後には私は愛しい大事な心の許にいる——それは御身不滅のヴィーラント(6)だ。

＊1　立派な『アマゾンの歌』や『子供達の友』等々の愛すべき著者のことである。
＊2　その『ズーノミア』第二巻。
＊3　その『紳士、淑女のための化粧室講義』は、表題と対照をなすシニシズムを除けば、養生法的にどんなに推奨しても十分とは言えない。
＊4　ヴァイセンフェルス近郊。周知のようにザーレ河はホーフの前も流れている。
＊5　人間は滅亡よりも存在の高次の在り方を恐れる。例えば死というものが、毎年一つの彗星が地球に低いところまで接近してきて、老人や病人を生きたまま引きさらい、高度な精霊の仲間に加えるというのであれば、大抵の官吏や森林官や他の役人は、下界では最良の御馳走の肉や茶話会や煙草を知っているけれども、彗星上でずっと天使的に過ごすことになることをどう考えたらいいか分からないであろう。
＊6　数人の天文学者達は、我々から見えない月の半分は沃野と一切を有すると仮定している。

訳注

『フィーベルの生涯』

序言

（1）ベーレントによるとラーベも同じようなことを述べている。「花は咲くとき物音を立てない。……美と真の幸福と本物の英雄は静かな足音でやってくる」（『古巣』）。

前史あるいは前章

（1）七つの最後の言葉　十字架のキリストの七つの最後の言葉をほのめかしている。
（2）バイロイト結社　バイロイトのハルモニーのことと思われる。無学な結社の類か。
（3）当時の著名な辞書編集者 Chr. Gottlieb Jöcher（一六九四－一七五八）は『一般学者辞典』を出版し、Karl Heinr. Jördens（一七五七－一八三五）は『ドイツの詩人と作家の辞典』を出版した。Joh. Georg Meusel（一七四三－一八二〇）は『学的ドイツあるいは存命のドイツ人作家の辞典』を出版した。
（4）『ビエンロートのABC本の象形文字の解明』　ルードルシュタットの官房書記の Karl Werlich の手になるもの。
（5）Georg Fr. Seiler（一七三三－一八〇七）　彼の編集した聖書はアンスバッハとバイロイトで教科書として採用された。ジャン・パウルはこの逸話を最初は Seiler の代わりに Gedike としており、この逸話はジャン・パウルの創作と思われる。
（6）Edward Jenner（一七四九－一八二三）　種痘の発見者。種痘を普及させるために、自らの結社を作った。
（7）Friedrich Nicolai（一七三三－一八一一）　啓蒙的な『一般ドイツ文庫』を編集した。知の総合を目指すために、ここでは半ばからかいの対象になっている。
（8）Chr. Gottlieb von Murr（一七三三－一八一一）　アウクスブルクの学的古本商。
（9）『文芸報知』　一七九六年来ライプツィヒで発行された雑誌で、ジャン・パウルの作品を否定的に評価した。
（10）ホーフ、ライプツィヒ、ヴァイマル、マイニンゲン、コーブルク、バイロイト　これにベルリンを加えれば、ジャン・パウル自身の滞在した地である。
（11）ベルギー人、イギリス人、ドイツ人　これらはジャン・パウルにとって特に散文的民族であった。
（12）すべての神的なものに一片の肉を　「ヨハネによる福音書」第一章十四、「そして言葉は肉体となり」参照。

（13）Fr. Leopold v. Stolberg（一七五〇―一八一九）『一七九一年と一七九二年のドイツ、スイス、イタリア、シチリア紀行』。
（14）次の諸作品は匿名ではあるが、すべて実在のもの。
（15）ベーレントによれば、Joh. Chr. Siede の『私が生まれる以前の話』に「母胎内での特別な運命」の章があるそうである。また第二十六のユダの章の原注にみられるベルンハルトの『秘話』に「母胎内での学者の運命」と称する章題があるそうである。
（16）一七八三年九月十九日のモンゴルフィエ兄弟の第二回気球乗りの際には気球に一匹の雄鶏、一羽の家鴨、一頭の去勢羊が積み込まれた。
（17）かの結社　(Highland Society)、一八〇七年マクファーソンが典拠とした『オシアン』の原典を出版した。
（18）一八〇八年六月七日　日付と署名は前章を序言と考えての勘違いと思われる。本来なら虚構上ハイリゲングートにて、一八一一年となるはずのものである。

第一　ユダの章

（1）ベーレントはヒッペルの作品『直系親の履歴』に似た箇所を見いだしている。「親愛なる若者よ、本の中に現れたいことだろう。入って来るがいい」。

第二　ユダの章

（1）母方の遠縁の男系親　後の箇所では母の祖父とされる。第四章、第六章参照。
（2）コルク細工　特にローマの彫刻家 Antonio Chigi がはやらせた。
（3）カナリアアトリに彩色　カナリアとアトリの交配は好まれたが、ここではカナリアに彩色を施しただけのものと思われる。
（4）動物は十五を　実際は十九。

第三　帽子型紙の章

（1）氷の宮殿　一七五六年の厳冬、ロシアのエカテリーナ皇后のためにある廷臣がペテルスブルクの湖上に氷の宮殿を建てた。
（2）すべてに諾を言って　これは妻が夫に対してすべてのことに諾を言う『トリストラム・シャンディー』の両親の逆。
（3）ヴィーラントの論文『アッティカの博物館』第三巻、一九九九年参照。
（4）面白くないときに Lillibullero と吹いた『トリストラム・シャンディー』のトービィ叔父の面影がある。
（5）以上の名前は J. M. Bechstein の『すべての種類の鳥を捕らえるための根本的指示』（一七九七年）三二四頁から採られている。
（6）クリスティアン・オットーの妹フリーデリケと結婚し、ぞんざいに扱ったかつての友、Fr. Wernlein をあてこすっている。その他の名前は Wiarda の本『ドイツ人の姓名』（一八〇〇年）から採られている。
（7）ペルシアのアルタクセルクセス一世は長手という添え名があった。

第四　胴部型紙

（1）宗教改革以来聖体の秘蹟に関して議論が度々生じた。

第五　鰊の紙

（1）『一般ドイツ文庫』　ニコライ（一七三三－一八一一）の編集した雑誌。若いジャン・パウル自身かつてこの文庫を博識の基礎とした。

（2）抱卵ターラーをもじったもの。このターラーは主人の財布の金を増やし、支出されても戻ってくるとされる。

（3）カント主義者のKarl Leonhard Reinhold（一七五八－一八二五）はカントを五回読んだ。

（4）Christoph Gottfried Bardili（一七六一－一八〇八）　カント派の哲学者、後に活発な批判者となった。

（5）博物学者のCharles Bonnet（一七二〇－九三）は『自然についての観想』の中ですべての生物は段階的に発展していくという考えを述べている。

第六　ユダの章

（1）ABC節の賛美歌　第一一九番の賛美歌、二十二の歌節はヘブライ語のアルファベットの二十二の文字で始まる。

（2）バラムの驢馬　「民数紀略」第二十二章二十二以下参照。

（3）William Derham（一六五七－一七三五）　イギリスの説教家。主著『天文神学』（一七一五年）の中で神の存在を天体の運行から証明している。

（4）有名無名の著者を混ぜ合わせての論証は分別の居場所についての老シャンディーの考証を思い出させる。『トリストラム・シャンディー』第二巻第二十章。

（5）スターン風な厳密な言い回し、ジャン・パウルではよく見られる。

（6）Peter Pinder　イギリスの諷刺家John Wolcot（一七三五－一八一九）の筆名。その『虱伝』（一七六八年）は長いこと傑作と見なされていた。

（7）母音の台座　ヘブライ語では母音の記号は子音の下に置かれる。

（8）啓蒙期の言語学者Joh. Chr. Adelung（一七三二－一八〇六）は一八〇六年最後の作品『ミトリダテースあるいはほぼ五百の言語、方言における素材としての主の祈りを有する一般言語学』を出版した。

第七　撚り糸巻き

（1）この話は第二十章に記される宝石研究家シュトッシュの逸話を基にしている。

（2）Joh. Jak. Engel（一七四一－一八〇二） 当時のよく知られた美学者で、一七八二年『身振り狂言への理念』を出版した。

第八 ユダの章

（1）トーマス・ピット、著名な政治家ピットの祖父が当時のフランスの摂政オルレアン公に一七一七年に売った大きなダイヤモンド。

（2）モンテーニュの『エセー』第三巻十三章（末尾）参照。

（3）陽気な若い領主 これは第二十章の「陽気な老君主」と合わない。執筆期間が長かったせいの不整合と思われる。

第九 胡椒袋

（1）『ジークヴァルト』 Joh. Martin Miller（一七五〇－一八一四）の多感な長編小説、一七七六年。

（2）迷信では棺の購入の際に値切ることは禁じられている。

（3）他の箇所 『ジーベンケース』第二十章。

（4）ザクセンの検閲官 特に厳格で時代遅れであった。

（5）窓ガラスの章 第一章はそう呼ばれる計画であった。

第十 ユダの章

（1）Moritz Aug. Thümmel（一七三八－一八一七）の長編小説『南フランスの地方への旅行』第六巻（一七九九年）、二一六頁。

（2）乞食ユダヤ人 これは第二十一章によれば、「前章」で述べたユダヤ人と同一である。従って二十五歳のフィーベル自身よりはるかに年上でなければならないことになる。

（3）Aug. Heinr. Julius Lafontaine（一七五八－一八三一）は一七九七年から一八〇四年にかけて十二巻の『家庭史』を出版した。

（4）『新たに開かれた騎士の席』 一七〇一年から一七〇四年にかけてハンブルクで出版された作品。一八〇一年にジャン・パウルは抜粋している。

（5）ジャン・パウルはウィーンの啓蒙的、浅薄な文学を軽侮していた。

（6）ナポレオンが一八〇六年イギリスに対して行った大陸封鎖のために、コーヒーの値が上がった。

第十一 ユダの章

（1）夕べの歌 Chr. Scriver（一六二九－九三）の作。

第十二　コーヒー袋

（1）オフルとペルー　ソロモンやスペインの王達が富を引き出した黄金に満ちた国々。

（2）雲そのものの中から一本の腕が　古い紋章にはよく見られた。

第十三　凧

（1）借景がよく見えるように考案された溝のことで、感嘆詞から Aha とか Haha と呼ばれた。

（2）トゥスクラヌム　トゥスクルム近郊のキケロの別荘。

（3）彼の死後　ジャン・パウルはフィーベルが存命であることを忘れているようである。

（4）代替物の十年　大陸封鎖の間に多くの嗜好品の代替物が作られた。

（5）Samuel Heinicke　本来は Heinecke（一七二七－九〇）、聾唖者施設の創始者。彼は従来の綴り方に対し、音声学を取り入れるように主張した。

（6）Thomas Robert Malthus（一七六六－一八三四）　イギリスの経済学者。『人口論』一七九八年。

（7）無神論者の辞典編纂者　Sylvain Maréchal のこと。『古今の無神論者辞典』一七九九年。

（8）ラファエロの絨毯　アムステルダムの工房から一五一六年ラファエロの考案したゴブラン織りで、システィナ礼拝堂のためのものであった。

（9）ゲッティンゲンの図書館　当時ドイツ最大の図書館。

（10）Fr. Justin Bertuch（一七四七－一八二二）　一七九〇年以降有名な『子供のための絵本』十二巻を出版した。

（11）ゲルヨン　三体を有する巨人でヘラクレスによって打ち殺された。

（12）この逸話は Susanne Necker（一七三九－九四）の『随筆集』（一七九八年）から採られた。

（13）吟遊詩人振りの継ぎ接ぎの音　ロマン派、特にティークの古代ドイツ風の詩作に対する当てこすり。

（14）ポリュクレイトス　前五世紀頃ギリシアで活躍した彫刻家。理想の人体比率（カノン）を考案した。

（15）ノヴァーリスの弟、Karl v. Hardenberg はロスドルフの筆名で一八〇七年にロマン派的抒情詩のアンソロジー『詩人の庭』を出版した。

第十六ではなく第十七の刑法の章

（1）国事勅令　特に一七一三年のカール六世の法令で、これで彼はオーストリアの王位継承を規則化した。

（2）このエジプトの伝説的国王は打ち負かした四人の領主に自分の黄金の馬車を引かせた。

（3）デカルトの渦　『哲学原理』第三巻第十九章のデカルトの教義によれば、液体の天の物質が太陽の周りを渦巻いている。

（4）Joseph Addison（一六七二－一七一九）　イギリスの啓蒙期の作家、美学的倫理的週刊誌 Spectator 誌を Steele（一六七一－

一七二九）と共に出版した。
（5）カサノヴァという名前の画家は二人いるが、彫刻家はいない。Canova のことかもしれない。
（6）十八世紀にはＡＢＣをより容易に覚えるための歌が沢山あった。

第十八　ユダの章
（1）文月　この後に原稿では一七〇四年とあった。校正のときジャン・パウルは時を厳密に定めたくなくて、消したと思われる。フィーベルが結婚したのは十七歳であるから、結末の一八一一年では百二十五歳［補遺の章］に達していないことになってしまう。
（2）印刷工　フィーベルが小型印刷機を買い上げたのは第十四章によれば書籍商である。
（3）Gnason　原稿は Geason。多分ベニスで活躍した印刷工 Nicolas Jenson（Gensonius）。
（4）雀の増加に対処するために、誰もが当時一定の数の雀の頭を税として出さなければならなかった。

第十九　ユダの章
（1）Alert van Everdingen（一六二一－七五）Jacob Ruysdael の師。十八世紀、特にその前景の処理で有名であった。
（2）アロンの杖「ヘブル人への書」第九章。
（3）Joh. Matth. Bechstein（一七五七－一八二二）自然科学者、林務官。

第二十　あるいは接ぎ枝［ペルツ］の章
（1）小ディオニシウスは罷免された後、コリントで学校教師をして生を終えた。
（2）偽りのネロ　ネロの死後多くの詐欺師が皇帝と称した。
（3）ブケファロス　アレクサンダー大王の馬。少年時、長い格闘の末この馬を調教した。
（4）経験心理学者　Karl Philipp Moritz の『経験心理学の雑誌』にちなんで呼ばれたもの。
（5）Georg Fr. Seiler（一七三三－一八〇七）バイロイトの宗教局評議員、エアランゲンの神学教授。彼の聖書はアンスバッハとバイロイトで教科書として採用された。
（6）骨董商の Philipp Stosch 男爵（一六九一－一七五七）。この逸話は季刊誌 Pözile（一八〇一年）第二号二〇二頁から得たもの。
（7）「黙示録」第十章十参照。
（8）デカルトの渦「第十六ではなく第十七の刑法の章」の注3参照。
（9）『上部ドイツの文芸新聞』（一七八八－一八一一年）発刊。『一般ドイツ文庫』と共にジャン・パウルの晩年の作品を否定的に評価した。

第二十一　ユダの章
（1）Chr. Gottfried Schütz（一七四七－一八三二）はジャン・パウルの評価した『イェナ一般文芸新聞』を発行した。
（2）このアッティカの劇場の創設者は舞台として機能する馬車上で演じた。
（3）電気石は熱せられると灰や埃を引き付ける。
（4）『悪魔の歴史』　デフォーの『悪魔の政治的歴史』（一七二六年）のフランス語訳のタイトル。
（5）『桶物語』。スウィフト作、しかし一七〇四年刊行。
（6）『宗教についての自由思想』。Bernard de Mandevilles（一六七〇－一七三三）の作品、一七二〇年。これのフランス語訳。
（7）フィーベルの鞭　ギリシアの雄弁家 Zoilus（前二七〇年頃）はホメロスの作品への否定的評価故にホメロスの鞭と呼ばれた。

第二十二　仕立屋の型紙
（1）Oliver Goldsmith（一七二八－七四）　イギリスの詩人、作家。逸話は注の『大胆録（Der Freimütige）』の一八〇三年三月十一日号（Nr.40）から採られている。
（2）十七の説教　Joh. Mathesius がヨアヒムスタールで一五六二年から六四年に行ったルターについての説教のこと、一五六六年刊。
（3）サムソンの顎の骨　「士師記」第十五章十五以下参照。
（4）David Faßmann（一六八三－一七四四）は一七一七年から四〇年にかけて何巻もの『死者の国の会話』を出版した。ジャン・パウルは若い頃好んで読んだ。

第二十三　ランタンの章
（1）次の様々な名前はベルンハルトの『学者の秘話』あるいはフレーゲルの『喜劇的文学史』から採られている。
（2）このテーベの創始者は古代、文字の発案者と見なされていた。
（3）『語源』　ベーレントによればこの章には「ローマ文字」についての言及はあるが、Evander についての言及はない。
（4）Karl Fr. Bahrdt（一七四一－九四）　悪評高い啓蒙期の神学者で、一七八〇年「ドイツ結社」、秘密の「二十二人の教団」を設立した。
（5）規範的法の解釈者達は、二万三千人以上の男達と肉体関係を持った人間を娼婦と定義している。
（6）神秘学　ベーレントは Spiritus Asper（つまりF. F. Hempel）一八〇九年作の『ABC本についての夜の想い』の中で、「神的神秘学すら散見される」と記されていると指摘している。
（7）主人公の誕生と両親について云々　一八〇四年匿名で出版されたカントの伝記に対するパロディー。同じような目次が見られる。
（8）Kaspar Scioppius（一五七六－一六四九）　鋭敏な論争的人文学者。

（9）ヘラクレスは冥界からアドメトスの妻アルケスティスを連れ戻した。

第二十四　薬包の章

（1）Samuel Richardson（一六八〇－一七六一）　英国の小説家。『パミラ』（一七四〇－四一年）、『クラリッサ・ハロー』（一七四七－四八年）等。

（2）ロベスピエールの尻尾　一七九四年ロベスピエールが倒された後も彼に忠実で、彼と共に処刑された信奉者達はこう呼ばれた。

（3）延々と議論して、最後にその議論を無効にするやり方はスターン流。『美学入門』第三十三節参照。

（4）地球生成の原因を水成論者は水に、火成論者は火に求めた。水成論は十八世紀にはとりわけ Abraham Gottlob Werner（一七一五－八七）の信奉者によって支持された。

（5）「エステル書」第五章二、第八章四参照。

（6）『エミール』（一七六一年）第二巻第一一三節。

（7）Nikolaus Ehrenreich Anton Schmidt（一七一七－八五）　機械学者、金細工師。

（8）マホメット　ギボンの『ローマ帝国衰亡史』第五十章参照。

（9）Joh. Philipp Baratier（一七二一－四〇）　有名な神童。

第二十五と二十六　ユダの章

（1）Ernst Moritz Arndt（一七六九－一八六〇）は『友人宛の書簡』（一八一〇年、一五〇頁）で以前評価していたジャン・パウルをドイツ文学の中での軟弱、有害な感情の例と酷評している。

（2）『ハイデルベルク年報』、『ハレ文芸新聞』、『イエナ文芸新聞』、『ライプツィヒ文芸新聞』。

（3）No.0000001　数字はこの新聞の最初の発行（一七八八年）を何年も遡るものであることを示している。

（4）プリスキアヌス（紀元五〇〇年頃）は『文法学』で文法術語の規範となった。同様に啓蒙期の言語学者 Joh. Christoph Adelung（一七三四－一八〇〇）は長いことドイツ文法の礎となった。

（5）書評子の無学を示すために、ティツィアーノ・ヴェチェルリオの順が違っている。他に先の頁でウルビノ・ラファエロが見られる。しかしその他 Titian とか Tennier の表記とか、息子 Teniers は一六七四年ではなく一六九〇年逝去、ロイスダール一六八二年逝去、ブリューゲル一六三七年逝去、またベールヘムはアムステルダム生まれではなく、ハールレム生まれであるという事実誤認はジャン・パウルのミスによるものと思われる。

（6）Jan van Huysum（一六八二－一七四九）　オランダの静物画家、花の絵で有名。

（7）僧侶は王達を刺した　フランスのアンリ三世は一五八八年僧のジャック・クレマンによって、アンリ四世は同様に以前僧侶であったラヴァイヤックによって殺害された。

（8）麦藁冠　かつて多くの地方で、堕落した娘は結婚式の日に恥辱の印に麦藁冠を被らなければならなかった。後には花嫁への冗談の儀礼となった。
（9）武力迫害（Dragonade）　フランスのルイ十四世が新教徒に対してなした竜騎兵による弾圧。
（10）ヴィーラント　第三章の注3参照。
（11）贖罪の山羊　「レビ記」第十六章二十一参照。
（12）『アンリアーデ』　ヴォルテールのアンリ四世に対する叙事詩、一七二七年出版。
（13）ホラティウスの『詩論』（v. 550）参照。
（14）Benjamin Rumford（一七五三―一八一四）　バイエルンに務めていたイギリスの政治家、スープを考案した。

第二十七　ユダの章
（1）秒針の時計に従う男　ヒッペルの喜劇『時計に従う男』の表題から来ている。
（2）周知のようにルターの友人達は彼の卓話の多くを記録していて、彼の死後出版した。
（3）カントの死後、故人の知人達、Borowski, Wasianski, Jachmann 等による日常の瑣末な言動を含む伝記が出版された。また翌年、シラーの死後の K. W. Demler や J. G. Gruber による伝記も同様で、ジャン・パウルのパロディ精神を刺激した。
（4）デモクリトスは古代、笑う哲学者、ヘラクレイトスは泣く哲学者と呼ばれていた。
（5）オックスフォード卿　スウィフトの友人 Robert Harley。オックスフォード伯爵（一六六一―一七二四）と Orrery 卿との混同。Orrery 卿は一七五一年『スウィフトの生涯と文書についての考察』を出版した。
（6）両『大胆録』　コッツェブーの雑誌、一八〇三年から一八〇六年まで。その後一八〇八年新たに刊行された。
（7）ニュートンはパーティーでぼんやりして女性の親指を煙草の充塡具と取り違えたと言われている。
（8）「バルク書」　旧約聖書の聖書外典の一つ。
（9）日曜日ごとに説教の基礎として引用される聖書の一節。

ユダの章ではなく、ジャン・パウルの章
（1）Marc René d'Argenson（一六五二―一七二一）　長年パリの警察の有能な長官であった。
（2）アレクサンダー大王　彼は自分の欲望、便通、睡眠から見て、自分も単なる人間にすぎないと言ったとされる。これはまたモンテーニュの意見を思い出させる、第八ユダの章の注2参照。

補遺の章
（1）ローヌ川の消滅　ベルガルド近郊の岩山の峡谷。ローヌ川はここで大地に浸透していく。

（2）ブラウンシュヴァイク近郊に Bienrode という村があり、モイゼルヴィッツ近郊にもある。
（3）眠れる千人の殉教者　眠れる七人の殉教者を模した造語。

第二補遺の章
（1）忘れていて欲しいと願う　ジャン・パウルは逸話の意図、つまり主人公の弱点（名声欲）は自分の弱点でもあるということを明示したくなくなって、逸話は脈絡のないものになっている。
（2）周知のようにフランス革命では王朝の崩壊と共に、新しい年号を導入した。
（3）Christoph Wilh. Hufeland（一七六二―一八三六）　イエナとベルリンの医師、教授。『長寿法あるいは寿命を延ばす方法』一七九六年。
（4）ジャン・パウル自身のシュピッツはアラートと言った。
（5）Bertuch　第十三章の注10参照。
（6）Joh. Stephan Pütter（一七二五―一八〇七）　ゲッティンゲンの憲法学者、教授。
（7）Georg Joseph Vogler（一七四九―一八一四）　著名なオルガン奏者。音量を強める音栓を除いた簡単なオルガンを作った。

第三補遺の章
（1）色彩の楽器　音楽が耳に対するように、色彩の変化で目に対して同様な効果を上げる楽器。
（2）偉大な聖職者　ヴァイマルの町の教会に埋葬されているヘルダー。
（3）夕方の賛美歌　Kaspar Neumann（一六四八―一七五〇）の作。
（4）養蜂家は特に長寿とされる。

第四補遺の章
（1）郵便のシュピッツ　ジャン・パウルの長編小説『ヘスペルスあるいは四十五の犬の郵便日』（一七九五年）では作者にシュピッツが章ごとの素材を運んでくることになっている。
（2）預言者バラム　「民数紀略」第二十二章二十二以下参照。
（3）朝の賛美歌は老 Joachim Neander の作ではなく、Christoph Fr. Neander（一七二三―一八〇二）作のもの。

付　録
（1）これはベーレント版、ハンザー版とも Spiritus Asper（つまり Hempel）作の『ABCの本に寄せる夜の想い』（一八〇九年）から得たもの。原文の絵は「十戒の木版画」風のもっと粗雑なものであったらしい。しかしベーレントは入手出来なかったと述べている。

『カンパンの谷』

前置き

（1）磁石の実験の際にできる電気的後光形成のことで、Georg Matthias Bose（一七一〇－六一）が最初に発見した。

（2）リヒテンベルクの注釈の初版には、ホガースの画集が E. Riepenhausen の摸刻で添えられていた。

（3）『ファッションのギャラリー』　イギリスで年ごとに発行されていたモード誌の表題。

導入部

（1）犬の洞窟　ナポリ近郊の所謂「犬の洞窟」から来ている。この洞窟は謎の酸欠で古来有名であった。最初は奴隷が、後には犬が投げ込まれ、窒息死させられた。

（2）アンティパロス　有名な洞窟のあるギリシアのキュクラデス諸島の島。

（3）バウマンの洞窟　一六七〇年に鉱夫のバウマンによって発見されたハルツ山地にある鍾乳石の洞窟。

（4）ヒュブラ　エトナ火山のこと、この南斜面にかつてシチリアの有名な町ヒュブラがあった。

（5）浄福の島々　古代ギリシアで死者が死後住むとされる極楽の島、ヘシオドスが『神統記』で触れている。

（6）ポプラの島　エルムノンヴィル公園の小さい島、ルソーが死後埋葬された。

（7）ウェントワース公園　ヨークシャーのウェントワース・ウッドハウス近郊の大きな公園。

（8）ダフネの森　古代シリアのアンティオキアの遊歩庭園。

（9）キプロスの町パポスには有名な森と共にアフロディテの聖地があった。

（10）ザイファースドルフの谷　ドレスデン一帯の森に恵まれた谷。

（11）カンパンの谷　ピレネーの北斜面に広がる谷。ジャン・パウルが描写の参考にしたのは、Arther Young の『一七八七年から九〇年のフランスとイタリアの一部を通っての旅』、更に一七九五年、Th. Fr. Ehrmann が出版した『フランスの史的、統計学的地誌的辞典』。

（12）まずは悪魔によるキリストの誘惑（「マタイによる福音書」第四章八－十参照）が暗示されている。次のルイ十四世では彼の侵略戦争、その次の教皇では教皇領と世俗の権力を得ようとする教皇の努力が暗示されている。

（13）ヴィクトル　ジャン・パウルの出世作『ヘスペルス』の主人公。

（14）Claude Gellée、Le Lorraine と呼ばれる（一六〇〇－八二）、十七世紀の最も重要な風景画家。いつも自分の絵の点景の人物像を Filippo Lauri や他の助手に描かせていた。

（15）Joh. Ernst Fabri（一七五五―一八二五）　エアランゲンの地理学の教授。

五〇一番宿場

（1）Charlotte d'Armant de Corday（一七六八―九三）　マラーの殺害者。ジャン・パウルは彼女を偲び、一八〇一年『シャルロット・コルデについて』の論考を書き、後に『カッツェンベルガーの湯治旅行』に収めている。
（2）慶祝馬と哀悼馬　侯爵の葬儀の際には一頭の黒い布を掛けられた馬が哀悼のために引かれるが、その後をきらびやかな騎士の乗った所謂慶祝馬が新しい支配者への国の喜びを示すために行く。この慣習をジャン・パウルはF. C. v. Moserの『ドイツの荘園法』（一七五四年）から知った。
（3）David Garrick（一七一六―七九）　イギリスの重要な俳優。フィールディングやホガースの友人。Joshua Reynold卿（一七二三―九二）の絵を基にした銅版画をジャン・パウルは当時貰っている。
（4）ミルトンは『失楽園』（一六六五年）の後、これには劣る作品『復楽園』（一六七一年）を書いた。
（5）画家ミュラーの『アダムの最初の目覚めと至福の数夜』（一七八六年）を指している。
（6）Louis Nicolas van Blarenberghe（一七一六―九四）のこと。彼の可愛い細密画は当時もてはやされていた。
（7）愛の国　新しい地図印刷の見本としてブライトコプフとヘルテルは一七七七年「愛の国」と題して美しい紙片を出版した。
（8）ヴォークリューズの泉　ペトラルカの滞在と描写で著名な地となった。
（9）三つのタボルの小屋　タボルはキリスト変容の地、「ルカによる福音書」第九章二十八参照。

五〇二番宿場

（1）John Wilmot、ロチェスター伯爵（一六四七―八〇）、イギリスのチャールズ二世の宮廷での諷刺家。リヒテンベルクの『ホガース解説』第二分冊（一七九五年）が出典と思われる。
（2）ティヴォリの描かれた滝　ティヴォリの別荘グレゴリアーナの岩の庭園にある。
（3）美しいN. N.とそれに彼女の妹　ベーレントの推測によればジャン・パウルの青春時代の友人、AmöneとKaroline HeroldあるいはBeateとWilhelmine von Spangenbergを指す。
（4）Joh. Cyriakus Höferの信心書『短いが、しかし正しい天国への道』（一六七二年）。
（5）貴方が老ミュルティルの役　特に典拠はない。後の箇所では牧師はフューラクスと呼ばれ、ジャン・パウルは老ミュルティルと称している。ここは書き間違いと思われる。
（6）モンテーニュやルソー　両者はジャン・パウル自身もそうであるが、散歩しながら文章を推敲する習慣であった。

五〇三番宿場
(1) 後悔については、カント『実践理性批判』第一部第二巻第三主要部、音楽については『判断力批判』第五十一－五十三節、悪の起源については『単なる理性の範囲内での宗教』(一七九四年)。
(2) アルキメデス　最初に人間内の重心の法則を認識した。
(3) 以下の牧師の言　これはカントの『実践理性批判』第一部第二巻第二主要部四、「純粋な実践的理性の要請としての魂の不死」による。
(4) 『実践理性批判』第一部末尾参照。

五〇四番宿場
(1) ソクラテス的産婆術　産婆の息子であったソクラテスはしばしば自分の教授法を母の技術に喩えた。
(2) エピクロスの落葉　エピクロスは万物はまた微小な部分に解体し、再び一つに集まって新たな物、生命になるまで空中に留まると説いた。
(3) ヘルダー宛の手紙に、「私は太陽が暦に人間の顔をして描かれているのを見ると、いつも心地良く思われました。この種の人間化は太陽の輝きを和らげ、人間に一層身近に思われるようにします」。

五〇五番宿場
(1) Moses Mendelssohn (一七二九－八六) は不死についての自分の考えを、自由に改作したプラトンの対話『パイドン』(一七六七年) の中で述べた。
(2) ベルリエ　Theophil de Berlier (一七六一－一八四〇)、フランス革命のときルイ十六世に対する裁判で重きをなした人物の名前をジャン・パウルは暗示している。
(3) Anthonie Waterloo (一六一〇－九〇)　オランダの銅版画家、風景画家。

五〇六番宿場
(1) クロティルデ　『ヘスペルス』の女主人公、ヴィクトルはこの長編小説の末尾で彼女と婚約する。
(2) ボネの下着の小肉体　Charles Bonnet (一七二〇－九三)『生物の未来の状態についての想念、あるいは哲学的再生』(一七六九年)、これは同年、J. K. Lavater によって『キリスト教界のための諸証明の哲学的調査』の表題で翻訳された。第二巻第十六章。それに Lavater の『永遠への展望』(一七六八－七八)、第一巻一七三頁以下参照。
(3) プラトナーの魂の緒の小肉体　E. Platner (一七四四－一八一八)、『人間学』(一七七二年) 第一巻第二〇八節以降、それに『哲学的警句』(一七九三年) 第二巻第五六三節以降参照。

（4）Vespucius Americus（一四五一－一五一二）　ジェノヴァの航海者。彼は四回と称する航海から、新大陸についての地図学的資料となるものを最初にもたらした。新大陸は後に彼にちなんで名付けられた。
（5）シラー『人間の美的教育についての書簡』（一七九五年）参照。
（6）Cassius Longinus（二一三－二七三）　彼は『崇高について』の著者とされるが、間違いである。ポープはロンギヌスについて『批評考』の中で、「彼自身彼の描く崇高そのものである」と言っていて、ジャン・パウルはこれを引用している。

五〇七番宿場
（1）モンゴルフィエ式熱気球　Jaques-Etienne と Joseph-Michel Montgolfier 兄弟は一七八三年最初の積載能力のある気球を作った。
（2）九つの選帝侯席があったのは、ハノーヴァーが選帝侯となった一六九二年から、バイエルンのヴィッテルバッハ家が絶えるまでの一七七七年までである。その後はハイデルベルク家の継承でバイエルンとプファルツの選帝侯席が再び一本化され、ハノーヴァーは八番目の最後の席となった。
（3）十三人の僧会議員からなり、ヴォルムスに集まっていたオーバーラインの州議会の幹部。
（4）シュナイダーの鼻粘膜　一六六〇年 Konrad Viktor Schneider にちなんで名付けられたもの。ここでは目の網膜のことと解される。
（5）カント『天界の一般自然史と理論』第三部参照。
（6）セヴァランブ諸島　Veira d'Allais によって書かれた『セヴァランブ物語』の中の架空の島々、そこには理想の国家が成立した。ドイツ語訳は一七八三年、J. Gotwerth Müller による。
（7）Friedr. Wilh. Herschel（一七三八－一八二二）　重要な天文学者。初めて天の川を銀河系と提唱した。
（8）原文は maestoso で「崇高に」、ジャン・パウルはこれをよく mesto「悲しげに」の意で用いる。
（9）八八四の精神『純粋理性批判』の第二版は八八四頁であった。

『教理問答の十戒の下の木版画の説明』
（1）タイトル　原本の目次では「十戒の下の十の木版画の説明あるいはクレーンラインの出世」となっていた。

史実的序文
（1）ザクセン　一七九六年六月ジャン・パウルは初めてヴァイマルに旅した。
（2）Guido Reni（一五七五－一六四二）　イタリアの画家。ゲーテが絶賛した。

（3）一七六〇年　ヴィッテンベルクの町は七年戦争の間、一七六〇年十月十日から十四日にかけてオーストリアと帝国軍に包囲され、激しい爆撃の後占領された。
（4）オフル　旧約聖書の中での黄金の豊かな伝説的な国、ダビデはその国の財宝を神殿建築の資金にした。
（5）三位一体　ゲーテ、ヘルダー、ヴィーラント。
（6）バラタリア島　『ドン・キホーテ』第二部第九の書第十五章、第十の書第十二章参照。
（7）F. C. Hirsching『ドイツの一見に値する図書館案内』四巻本、一七八六－九〇年。
（8）Joh. Georg Meusel（一七四三－一八二〇）　彼の『芸術に関する雑報』（第一から第三十分冊）は一七七九年から八七年にかけて出版された。
（9）Keyßler『旅行記』第一巻、一一七三頁参照。

第一の戒律の木版画
（1）スメルデス　彼はペルシア王カンビセスの兄弟で、カンビセスに邪推され殺害された。ある身分の高い魔術師が彼の死後故人と称して、大王への陰謀を企てた。
（2）近東の司教　一八八二年までエピスコパートの称号で教皇により与えられた司教職で、オスマン・トルコの侵入で失われた近東の昔からの司教職の一つを指す。
（3）一七四三年から四八年までゼーハウゼンのつましい副校長職であったヴィンケルマンは、一七五四年功利的理由からカトリックに改宗した。
（4）Cesare Baronio（一五三八－一六〇七）　ローマの枢機卿、教会史家。主著『教会史』（十二巻、一五八八－一六〇七年）は多くの誤謬と改竄のせいで議論の的となった。
（5）Robert Bellarmin（一五四二－一六二一）　イエズス会士の神学者。一五九九年以降枢機卿、教皇の権威のために宗教改革に抗して戦った。
（6）Christoph Fr. Nicolai（一七三三－一八一一）『一般ドイツ文庫』の編者としてベルリンの啓蒙主義を導いた。
（7）Joh. Timotheus Hermes（一七三八－一八二一）　新教の神学者、小説家。
（8）シェークスピアの『ジューリアス・シーザー』第一幕第二場参照。
（9）Jonathan Swift は晩年精神に変調をきたし、無感覚な状態にあった。
（10）オリゲネス　この東方教会の偉大な神学者（一八五－二五四）は青年時に禁欲を志すあまり、去勢した。

第二の戒律の木版画
（1）模樹石　石灰石に鉄とマンガンが沈澱して、植物の枝を思わせるもの。

（2）モーゼの曲柄杖　「出エジプト記」第十四章十六以下参照。
（3）レッシングの一時的な瞬間の理論を借りている。『ラオコーン』第三章参照。
（4）Joh. George Unger（一七一五－八八）と彼の息子、Friedr. Gottlieb Unger（一七五三－一八〇四）はベルリンの重要な宝石彫刻師、植字工であった。
（5）投石死刑　「レビ記」第二十四章十－十六参照。
（6）『貨幣の楽しみ』　J. J. Spießenの『ブランデンブルクの貨幣の楽しみ』は一七六八年から七四年にかけて五分冊で出版された。

第三の戒律の木版画

（1）リヒテンベルク『ホガース解説』第三分冊（一七九六年）二〇六頁参照。
（2）この一派は、人間は神と悪魔の二重の創造によってできたと考えた。
（3）黄金の鼠　「サムエル前書」第六章四参照。
（4）Lavater『観想学的断篇』第四巻四七六頁。
（5）英国航海条例　殊に一六五一年のクロムウェルによる条例、これによればイギリスの海上貿易はただイギリスの旗を揚げる船舶によって行うこととなった。
（6）Salomon Geßner（一七三〇－八八）　スイスの銅版画家、詩人。最初に牧歌のジャンルを切り開いた。
（7）右手と左手のこのような違いへの指摘はリヒテンベルクの『ホガース解説』によく見られる。例えば第一分冊の四〇頁以降。
（8）James Burnett、Monboddo卿（一七一四－九九）　スコットランドの法学者、言語学者。彼の主著『言語の起源と発展について』は一七八五年ドイツ語に翻訳され、これにヘルダーが序言を書いた。
（9）薔薇の娘　十八世紀末にはフランスに倣って、最も評判のいい最も美しい娘に薔薇の冠を贈る習慣があった。

第四の戒律の木版画

（1）「創世記」第九章十八－二十九参照。
（2）熱い暖炉の中に入ってきた天使　「ダニエル書」第三章四十九以下参照。
（3）出版者ヘニングの居場所をほのめかしているが、しかし表題紙の出版地はエアフルトとなっており、読者には分かりづらい。Paul Daniel Longolius（一七〇四－七九）、ホーフの歴史家の書にはこのような申し立ては見られないそうである。
（4）サハラ砂漠にはサラの響きがあるが、サラはアブラハムの妻である、しかし長いこと石女（生まず女）であった。
（5）司教達　この冗談は『ヘスペルス』の「第五の閏日」のNの項にも見られる。『ヘスペルス』の第二版ではこの箇所に手が入れられている。
（6）Franz Hemsterhuis（一七二一－九〇）　哲学者、美学者、重要なオランダの哲学者 Tiberius Hemsterhuis の息子。彼の『彫刻論』参照。

第五の戒律の木版画

（1）恵みの棒　「ゼカリア書」第十一章七―八参照。

（2）修正必要図書目録　修正してからのみカトリックのキリスト教徒が読書することを許された、ローマの教皇庁によって公表された図書目録。

第六の戒律の木版画

（1）ベーレントによれば、もげた鼻は梅毒を指し、こぶは不具者と見えるよう自分でこしらえたもの。宮廷が贈った鼻は叱責を指し、こぶは背を曲げるほどの労働を指すそうである。

（2）二つの隣接する戒律　第五の「汝殺すなかれ」と第六の「汝、汝の隣人の妻を欲するなかれ」。ダビデは周知のようにこの両戒律に違反しており、バテシバを誘惑し、その夫を戦死させた。「サムエル後書」第十一章二―二十七参照。

（3）美しい尻のヴィーナス　プラクシテレスの有名な彫像はこう呼ばれる。

（4）Aug. Wilh. v. Thümmel（一七三八―一八一七）『フランスの南部への旅行』（一七九一年以降）。同様な当てこすりは『見えないロッジ』第二十九扇形にも見られる。

（5）ライプツィヒの書籍商 Joh. Gottl. Beygang が当地に設立した図書館。

（6）機知［エスプリ］のサロン　十八世紀 de Tencin 夫人によって流行したサロンのことを人々は最初嘲笑的に、後には称賛してこう言った。

（7）下着の「パリの尻」や「パリの胸」を連想させる造語。

（8）ゲーテの最初の全集は一七九〇年十二巻本でゲッシェンから出た。

（9）Albrecht v. Haller（一七〇八―七七）　医師、自然科学者、政治家、詩人。

（10）キリスト単意論者　七世紀の、グノーシス派の影響を受けたキリスト教の一派。

（11）ファルネーゼ宮　すでにルネッサンスに設立されたファルネーゼ・コレクションは一七六八年来、主要作品はナポリに集められたが、十八世紀ローマで最も評判の高い美術館の一つであった。

（12）Lavater の『永遠への展望』（一七六八―七八）。

（13）第三冊　ベーレントは『紀要』第一巻第四部分（一七八三年）と訂正している。

（14）personae turpes、不名誉な人間、悪し様に言われる職業のため市民的権利を有しなかった人々。

（15）ガリバーが最後の旅で出合った、人間に似た獣。

（16）月の斑点　イタリアの天文学者 Giovanni Battista Riccioli（一五九八―一六七一）は月のクレーターを有名な天文学者にちな

んで名付け、それは今日でも使われている。

(17) 一七九五年の第三次ポーランド分割のこと。

第七の戒律の版画

(1) 第七の版画　これは本来アカンの盗みを表現している。「ヨシュア記」第七章参照。

(2) Joh. Wilh. v. Archenholz（一七四三―一八一二）『イギリスとイタリア』第一巻（一七八五年）三六七頁。

(3) Joh. Christoph Adelung（一七三二―一八〇六）啓蒙期の言語学者。

(4) フリードリヒ大王との Gellert と Zimmermann の会話　ゲレルトはこの会話についてシュトルベルク嬢宛の一七六〇年十二月十二日付けの手紙で報じており、ツィンマーマンは『フリードリヒ大王と大王との私の会話について』（一七八八年）の文書で報じている。

第八の戒律の木版画

(1) 世に何を見せているか　この絵は無実のスザンナに対する二人の老人の偽証を表している、「ダニエル書」第十三章。

(2) 同様にリヒテンベルクも『ホガース解説』の序言の中で多くの者の共同で十分な解釈がなされると述べている。

(3) Karl Hildebrand v. Canstein（一六六七―一七一九）によって一七一〇年設立されたハレの聖書研究所の出版した聖書、広く流布した。

(4) 「出エジプト記」第十七章一―七参照。

(5) コルネリウス・ネポス『大スキピオの伝記』第十七章。

(6) 「マタイによる福音書」第八章二十八―三十四、「ルカによる福音書」第八章二十六―三十九によれば、悪魔はゲラセネ人（ガダラ人）に憑いたが、豚の群れへ移っていった。

(7) ザクセンの青　「ベルリンの青」、有名な陶磁器の色に倣った造語。

(8) カロンダスは紀元前五世紀シチリアのカタネの支配者。エドガー大王（九七五年死亡）は最初にアングロ・サクソンの王国を統一した。クヌート王（一〇三五年死亡）はイギリス、デンマーク、スウェーデンの支配者であった。

(9) カエサルは内戦のとき、いつもポンペイウスの兵士の顔を狙うように命じたとされる。

(10) Academie des belles Lettres、一六八九年ルイ十四世によって設立された。

(11) Philipp v. Zesen（一六一九―八九）詩人、言語学者。一六四三年イタリアの Academia della crusca に倣って「ドイツ語を思う同盟」を設立した。同時にハルスデルファーの「花結社」の一員であった。

(12) レッシング『寓話』第一の書「小夜啼鳥と孔雀」、「クネラーとポープはポープとアディソンよりも仲が良かった」。

(13) Gottfried Kneller　ドイツ出身の肖像画家。一六八〇年以来ロンドンで活動し、ポープの友であった。

（14）Joseph Addison（一六七二―一七一九）　イギリス啓蒙期の作家。ポープのホメロス翻訳に関して彼と論争した。
（15）イサク　「創世記」第二十七章。
（16）バラム　「民数紀略」第二十二―第二十四章。

第九の戒律の木版画

（1）銅版画の結社　この結社は一七九五年 Fr. Moritz v. Brabeck によって設立され、一八〇六年まで続いた。
（2）十八世紀ロンドンで設立されたシェークスピアについての証言や思い出に関するコレクション。
（3）この版画はヤコブが皮をはいだ枝を家畜の水飲み場に置いて、自分の家畜の繁栄を図る場面（「創世記」第三十章三十七）を表しており、第九の戒律よりは第十の戒律にふさわしい。
（4）モーゼの覆い　モーゼがシナイ山から戻ってきたとき、彼の顔は輝いていて、誰も直視できず、語るとき彼は顔を覆わなければならなかった。「出エジプト記」第三十四章二十九―三十五。
（5）『文芸と自由な芸術の文庫』のこと、モーゼス・メンデルスゾーンとフリードリヒ・ニコライによって一七五七年から六五年にかけて出版された。その後『新文庫』として一八〇六年まで続いた。
（6）Fr. Wilh. Basilius Ramdohr（一七五七―一八二二）　法学者、美学者。一七九三年に出されたその著書『カリスあるいは模写芸術の美と美点について』は『一般ドイツ文庫』の称賛とシラー、ゲーテの非難を招いた。

第十の戒律の木版画

（1）ジャン・パウルの『巨人』に登場する芸術批評家。
（2）Francesco Albani（一五七八―一六六〇）　十八世紀に高く評価されていたローマ派の画家。
（3）バガテル宮　ブーローニュの森にルイ十六世の弟アルトワ伯爵が一七七五年に建築家ベランジェールに建てさせた離宮。
（4）Monrepos、ルートヴィヒスブルクの近郊の離宮。
（5）Thomas Murner（一四五七―一五三一）　神学者、諷刺家、作中の書は一五〇九年発行。

第一の歓喜の版画

（1）右手の　これはむしろ左手。ジャン・パウルは実際古い版木を手にしているものと思われる。
（2）『世界図絵』　Joh. Amos Comenius（一五九二―一六七〇）が一六五八年に出版した絵入り教科書。

第二の、そして最後の歓喜の版画

（1）ヴィーラントの『ドン・シルヴィオ』（一七七二年）第一巻第二章。

（2）一七九七年三月二十一日、ジャン・パウルは三十四歳の誕生日を迎えている。
（3）Benjamin Wilson（一七二一－八八） スコットランドの画家、物理学者。丸い避雷柱を作って、避雷針を勧めるフランクリンと一七五七年に激しい論争を行った。
（4）聖母マリアの生家は伝説によれば一二九五年天使達によってイタリアのロレートに運ばれた。
（5）Wilh. Aug. Fr. Danz（一七六二－一八〇三） 法学者。その『帝国裁判の原則』は一七九五年に出版された。

『手紙とこれから先の履歴』

序　言

（1）Daniel Georg Morhof（一六三九－九一） ドイツ人学者、詩人。彼の浩瀚な百科辞典『博学者』をジャン・パウルはしばしば抜き書きしている。
（2）Joh. Salomon Semler（一七二五－九一） ハレの新教の哲学者、教授。
（3）スイスのナポリ風厄災 フランス革命軍による一七九五年のスイス占領。
（4）「申命記」第三十三章一－八参照。
（5）謝肉祭 一七九九年二月五日。

最初の手紙

（1）蜥蜴亭 小説『ジーベンケース』の末尾で主人公のジーベンケースが泊まるクーシュナッペルの宿。長編の第二十五章参照。
（2）Nikolas Berghem（一六二四－八三） アントワープ出身のオランダの風景画家。しかし海洋画はほとんどない。
（3）Friedr. Wilh. Herschel（一七三八－一八二二） 重要な天文学者。研究の際、妹 Lukrezia Karolina の助けを借りた。
（4）一七九八年六月二十二日。
（5）シュヴァーベン鑑 ザクセン鑑に倣って十三世紀に書き留められたシュヴァーベンの古い普通法。
（6）ヴィーラントは一七七四年『黄金の鑑』と題する小説を書いた。
（7）この像はラファエロ後期の作と見なされていたが、現在ではローマ派の作とされ、ミュンヘンの「アルテ・ピナコテーク」にある。
（8）世界図絵 『カンパンの谷』の「第一の歓喜の版画」注2参照。
（9）クロード・ロラン 『カンパンの谷』（導入部）注14参照。
（10）ミッテルシュピッツ 架空のジャン・パウルの小荘園、『推定伝記』の「第一の詩的書簡」参照。また三月二十一日はジャン・パウルの誕生日。

第二の手紙
（1）ブリュメールはフランス革命暦で十月二十二日から十一月二十日、フロレアルは四月二十日から五月十九日。
（2）伝説によればミレトゥス近郊のカーリア地方にあるこの山で月［ルーナ］はエンデュミオンに接吻した。

第三の手紙
（1）多分Chr. Fr. Paullini『効能あらたかな汚物薬局』（一六九六年）のこと。
（2）プリニウスの数多くの作品から抜粋された博物誌の本は『貧民のための文庫』と呼ばれた。
（3）Gottfried W. Rabener（一七一七－七一）　よく読まれた諷刺詩人。ジャン・パウルの時代にはホラティウスと比較されるほどであったが、急速に忘れ去られた。
（4）ベルステル　『ジーベンケース』で公証人役として登場する人物、第二十章参照。
（5）一七八八年七月のモード誌に「南西ドイツの外面的儀礼」の題の下、「町で三百人が脱帽を廃止することに署名したが、しかし数週間後には旧来の挨拶に戻った、強制からの解放と考えられたもの自体が一つの強制となったからである」と報告されているそうである。
（6）年輩の作家ヴィーラントやクロプシュトックに対するロマン派の遠慮のなさを言っている。
（7）山岳の長老とはアッサシン派（十一世紀から十三世紀にかけてのイスラム教徒のテロ組織）の頭目。
（8）ピタゴラスは四十歳のときにクロトンへ移住し、大部分が高齢者からなる結社を作った。
（9）退位文書　特にフランスの継承を断念したスペインのフェリペ五世の宣言のこと。
（10）『アテネーウム』（一七九八年、第二篇）でジャン・パウルの作品を酷評したのはシュレーゲル兄弟のうちのどちらか、ジャン・パウルは分からないでいた。
（11）聖ヨハネの日　『ヘスペルス』の隠者エマーヌエルの逝去に関連する日、「第三十八の犬の郵便日」参照。
（12）デウカリオン　オウィディウスの『変身物語』第一巻二二五－四一五。
（13）巨人オグ　旧約聖書の巨人族の伝説的王（「民数紀略」第二十一章三十三、「申命記」第三章一参照）。伝説によればイスラエルとの戦いで彼は山を投げたが、しかし蟻が山塊に穴を開け、これが崩れて、彼は動けなくなった。彼はモーゼによって踝を斬られた。

第四の手紙
（1）カピトリヌス美術館に「棘を抜く人」と題する有名な彫像がある。

第五の手紙

（1）Jean de La Bruyère（一六四五－九六） フランスの作家、その『性格論』は十七世紀の古典の一つに数えられる。
（2）ジュピターの神官は武装した兵の前に現れてはならなかった。
（3）Joh. Georg Ritter v. Zimmermann（一七二八－九五） 医師。『孤独について』（決定稿一七八四年）で名声を得ていた。
（4）Henri de la Tour d'Auvergne、テュレンヌ伯爵（一六一一－七五）、ルイ十四世の最も重要な将軍。
（5）レッシング『演劇的遺稿』第一巻（一七八四）一五頁。
（6）Johannes Hevelius　本来は Hewelcke（一六一一－八七）、ドイツ人天文学者。一六四七年初めて詳しく月の表面について記述した。
（7）Joseph Addison（一六七二－一七一九） イギリスの啓蒙期の作家。友人 George Steele と共に美学的倫理的週刊誌 The Tatler, The Spectator を発行した。引用された見解は The Spectator, Nr. 597 に載っている。
（8）Haller『生理学の基礎』第五八〇節参照。
（9）ラファエロの生まれた寝室には今日でも彼の父の手になる聖母の像が描かれていて、幼きラファエロはそれを見ながら育ったとされる。
（10）ホラティウスの『詩論』（V、三五七以下）に「立派なホメロスが眠り込むと、私は同様にうんざりする」とある。
（11）James Beattie（一七三五－一八〇三） スコットランドの哲学者、美学者。
（12）ヘルダー『乱れ草紙』第一巻（一七八五年）二三六頁以下参照。
（13）ジャン・パウルによく見られる譬え。カイスラーの『ドイツ、ボヘミア、スイス、イタリアの最新の紀行』（一七九一年）に「ローマのサンタ・マリア・イン・アラコリエ教会の石には聖グレゴリオの前に現れた天使の足跡が残っている」と記されているそうである。
（14）この逸話をジャン・パウルは Sulzer の『哲学的雑録』（一七七三年）二〇五頁から知った。
（15）ジャン・パウルがパスカルを「フランスの神人」と形容したところ、検閲が許さず、「より高い教団の聖人」と直したと注釈される。
（16）Fr. G. Jacobi の『信仰についてのデイヴィッド・ヒュームあるいは観念論と現実論』（一七八七年）一三六頁以下参照。
（17）Herman Boerhaave（一六六八－一七三八） ライデンの医師、解剖学者。August v. Haller の師。近代生理学の創始者とされる。
（18）ジャン・パウル著『再生』、ハンザー版、第四巻七九八頁一八行以下参照。
（19）John Brown（一七一五－六六） イギリスの神学者にして詩人のことと思われる。
（20）Arnobius（紀元三〇〇年頃） ギリシアの雄弁家。夢に見たある顔のせいでキリスト教に帰依した。
（21）引用は間違っている。フォルクマンの『史実批判的情報』は手紙の形式ではない。ベーレントによると、この逸話は Carl Bernay の『フランス、イタリアの音楽旅行の日記』（一七七二年）から得たもの。

（22）ケンペレンのチェスの機械はその中に隠れた人間によって指されていた。

（23）アレクサンダー『フィーベルの生涯』の「ユダの章ではなくジャン・パウルの章」注2参照。

第六の手紙

（1）Joh. Hübner（一六六八－一七三一）の『詩のハンドブック』（一七一二年）。

（2）『ジーベンケース』初版の章は「マニーペル」といい、『見えないロッジ』の章は「扇形」という。

（3）ラファエロは一五一六年以降アムステルダムの織物工場のために一連のゴブラン織りの下絵を描いた。

（4）このような音の花火は『ヴィルヘルム・マイスターの修行時代』のゼルロも行っている。

（5）Joh. Ephr. Goeze（一七三一－九三）　神学者、自然科学者。『動物の内臓寄生虫の博物学の試み』（一七八二年）を出版した。

（6）球が気管をふさぐかのように感ずる強迫観念。

（7）I. E. Kolb による『黒人奴隷の風習と運命についての物語』（一七八九年）参照。

（8）大部分がキリスト教徒であるマルクス・アウレーリウスの兵団の名前。キリスト教徒の兵士達が大旱魃の際に雷雨を祈ったところ叶えられ、この奇蹟を見た皇帝はキリスト教に改宗した。

（9）de Tencin 夫人によって流行となったサロンの名前。

（10）Fr. Aug. Wolf の『ホメロス序論』（一七八五年）で引き起こされた論争のことを指している。ヴォルフは、『イリアス』と『オデュッセイア』は同一の作者によって作られたのではなく、複数の歌謡が後世編集されて成立したと主張した。

（11）ラシュタットの和平交渉ではちょうどライン左岸のフランスへの割譲が取り扱われていた。

（12）Joh. Kaspar Lavater（一七四一－一八〇一）　神学者、観相学の創始者。

（13）モイゼル『フィーベルの生涯』の「前史あるいは前章」の注3参照。

（14）ダニエルは旧約聖書でバビロンの竜の口にピッチ弾を投げ入れて殺した。「ダニエル書」第十四章二十三－二十七［外典］参照。

（15）新しい批判的スコラ哲学者はシュレーゲル兄弟のこと。

（16）Joh. Jak. Schmauß（一六九〇－一七三七）　法学者。『ゲルマン民法大全』（一七二二年）と『万民法大全』（一七三〇年）とを出版した。

（17）「列王紀略下」第二章二十三以下参照。

（18）実際はファリネリ（一七〇五－八二）を抱擁したのはセネシーノではなく、カファレリであった。

（19）後にコリントの支配者になったキュプセロスについて、ヘロドトスはこう語っている。彼は子供の頃、デルフォイの神託で警告を受けた親戚の者が彼を殺そうとしたとき、母によって技巧を凝らした箱に隠された。その箱は長いことコリントに保管されていたが、最後はデルフォイに奉納された、と。

（20）Sebastian Brant は一四九七年、諷刺的作品『阿呆船』を出版した。

(21)カリュプソの島は、オデュセウスが何年も魔女カリュプソの客人として過ごした島。浄福の島に関しては『カンパンの谷』(導入部)注5参照。
(22)月は一七九八年六月二十七日には夕方八時になってようやく昇った。
(23)ギリシアの伝説によれば、大洋の彼方にある庭でヘスペリス達が生命の黄金の林檎を守っている。
(24)ヴォルテールはフリードリヒ二世を「北方の賢者ソロモン」と呼んだ。
(25)ダナイデスは伝説によれば穴の開いた桶で水を汲まなければならなかった。
(26)デッサウに一七七四年、バーゼドーによって作られた博愛校に属する小さな森。
(27)Matthias Claudius は同年(一七九九年)息子ヨハネス宛の手紙を公表している。
(28)Chr. E. Wünsch の『ホロス』(一七八三年)に関係すると思われる。
(29)バウマン鍾乳洞 『カンパンの谷』(導入部)注3参照。
(30)Pierre Bayle(一六四七−一七〇六) フランスの哲学者。
(31)ギャリック 『カンパンの谷』「五〇一番宿場」注3参照。
(32)Pierre-Louis Dubus、通称プレヴィル(一七二一−九九)、著名なフランスの俳優。
(33)George Louis Leclerc、ビュフォン伯爵(一七〇七−八八)、フランスの自然科学者、Daubenton と共に浩瀚な『動物の自然史』(一七四九−八三年)二十四巻をまとめた。
(34)『純粋理性批判』における神の存在の本体論的証明へのカントの論駁を参照。
(35)Joh. Georg. Sulzer(一七二〇−七九) 美学者。
(36)フランスの哲学者 Helvetius(一七一五−七一)は一時フランス政府の財務請負人の仕事をしていた。
(37)あわ汗をかく馬を上手に描くことができずに、絵筆を投げ飛ばしたところ偶然うまくいった数人の画家のことが伝わっている。
(38)フィヒテのこと。ジャン・パウルはフィヒテの『神の世界支配に対する我々の信仰の基礎』(一七九八年)について考えている。
(39)有名な魔術師の魔法の兜。ドン・キホーテは床屋からその盥を奪い取って、この兜を得たと思う。第一部第三の書第七章。
(40)「エゼキエル書」第一章参照。

『推定伝記』

第一の詩的書簡

(1)ヤコブの石 「創世記」第二十八章十一参照。ヤコブは石を枕に寝て夢を見る。

第二の詩的書簡
（1）「実りをもたらす結社」、十七世紀の詩人の結社のもじり。
（2）麦藁冠奉呈『フィーベルの生涯』「第二十五と二十六のユダの章」注8参照。
（3）Georg Philipp Rugendas（一六六六－一七四二）アウクスブルク出身の戦争画家。
（4）キンメル人は古代人の考えによれば世界の果ての永遠の夜の中に暮らしていた。
（5）アルテミスの従者、アタランタの伝説をほのめかしている、彼女は競走で自分に打ち勝った男性を夫にすると言った。
（6）このしばしば模倣された頌詩は一七四八年に発表された。
（7）Voss の同名の牧歌『ルイーゼ』（一七八〇年）の主人公。
（8）ルイ十四世のバスティーユのこの囚人は謎に包まれている。ヴォルテールによるとルイ十四世の双子の兄弟とされる。
（9）一七九七年秋画家 Pfenninger はジャン・パウルの肖像画を描き、これを後に二種の銅版画にした。この肖像画はジャン・パウル自身の意見によれば余り似ていない。

第三の詩的書簡
（1）大市の週　一七九八年九月三十日から十月六日
（2）Joh. Albrecht Bengel（一六八七－一七五二）　新教の神学者。地球の終末について二冊の聖書を基にした予言の本を書いた。その中で千年王国は一八三六年に始まると説いた。
（3）アドニス　オウィディウス『変身物語』第十巻三四五以下参照。
（4）『ヘスペルス』第三十二－三十六の犬の郵便日参照。
（5）ジャン・パウルの本当の結婚式は四日目の聖霊降臨祭に行われた（一八〇一年五月二十七日）。

第四の詩的書簡
（1）ソロモン王が童話で精霊を支配したとされる指輪はその死後消えたと言われる。
（2）鉄の乙女　長いことニュルンベルクの拷問部屋に保管されていた中身が空の像。中には長い釘が備えられていて、それが囚人を突き通すことになっていた。
（3）ノイハウスやホーフェック　ホーフのすぐ近くの行楽地。
（4）ホーフにも「ブランデンブルク・ホーフ」という旅館があった。
（5）バガテル宮『カンパンの谷』「第十の戒律の木版画」注3参照。

第五の詩的書簡

（1）支払週　一七九八年十月八日—十四日。

（2）ベーレントによれば一七九八年秋 Adam von Moltke 伯爵が妻の Auguste と共にライプツィヒのジャン・パウルを訪ねたそうである。

（3）エトナ火山のこと、その南の山腹にかつて有名なシチリアの町ヒュブラがあった。

（4）「第六の手紙」注33参照。

（5）一七九〇年十一月十五日の死の幻視の思い出。

第六の詩的書簡

（1）アレクサンドリアの文庫　この図書館はシーザーによって破壊されるまでヘレニズムで最大の蔵書量を誇った。

（2）エリュシクトン　彼はデメテルの神聖な場所を荒らし、永遠の飢餓の罰を受けた。あらゆる姿に変身することができる娘メストラは父を養うために毎日奴隷に姿を変えて身を売ったが、夜になると自分自身の姿に戻った。

（3）下書きによるとジャン・パウルは人物像の造形力が衰えるのを怖れていた。

（4）『カンパンの谷』「第三の戒律の木版画」注6参照。

（5）キケロ『アカデミカ』第二巻の九章。

（6）シュレーゲルの名前が出てくると思われる箇所。

（7）『哲学的アフォリズム』第一〇七五節参照。

第七の詩的書簡

（1）ジャン・パウルの幼馴染み、Paul Ämil Thieriot。

（2）Chr. Felix Weiße（一七二六—一八〇一）劇作家。一七七五年から八二年にかけて『子供たちの友』という定期的雑誌を出版した。

（3）John Brown（一七三五—八八）イギリスの医師。

（4）ヴァイセンフェルスのハルデンベルク男爵、ノヴァーリスの父親の一家のこと。ジャン・パウルはライプツィヒからヴァイマルへの旅の途次、一七九八年十月二十四日、二十五日にハルデンベルク家に泊まった。

（5）『ガリヴァー旅行記』第三部第七章の Struldbrugs のこと。

（6）ジャン・パウルはヴァイマル旅行の最後の夜、老ヴィーラントをオスマンシュテットの彼の領地に訪ねた。ヴィーラント称賛は当時のロマン派のヴィーラント攻撃に対して故意に構えたもの。「哲学についての書簡」でのヘルダー称賛も同じ。

解題——版画とジャン・パウル——

恒吉法海

今回はジャン・パウルの作品のうち、長編小説はすでにあらかた紹介されているので、中短編のうち、まず挿絵のあるものを紹介することにしたい。『不思議の国のアリス』の中にあったと思うが、「絵のない本なんてどこが面白いのか」という表現が頭に残っていて、これまで文字だけの作品を訳して論じていて、満ち足りない思いがあった。それで『フィーベルの生涯』(一八一一年、奥付一八一二年)と『カンパンの谷』(一七九七年)を選ぶことにした。更に頁数の関係で、著名な推定伝記を含む『手紙とこれから先の履歴』(一七九九年)も訳出したが、この伝記については稿を改めて紹介したい。三十年以上ジャン・パウル研究家と称しているが、『フィーベルの生涯』については、ただの「ABCの本」を出版して、大作家と錯覚し、老人になってからその虚栄心を反省している主人公という大体の内容を把握していたのであるが、『カンパンの谷』についてはその冒頭の序言、「人間は二つの部分、冗談と真面目からできている。——それ故人間の至福はより高い喜びと低い喜びから成り立っている。人間は寓話の双頭の鷲に似ている、これは一方の頭を垂れて食べているとき、別な頭では見回し、監視しているのである」の言葉をコメレルのジャン・パウル論(S. 168)の中で覚えていただけで、特にその「冗談」とされる木版画の部分は何が書かれているのか皆目見当がつかない有様であった。今回徒然に翻訳してあらかた内容が把握でき、その関連文献も読むことができたので、どのような技法を主に用いてジャン・パウルは笑わせようとしているのか、明らかにしたい。もっともドイツ人の文学研究者でもジャン・パウルの文は一頁も理解できないと告白する者もいるらしいから、ある種の忍耐は必要となる。『カンパンの谷』の「真面目な」前半部分は、友人の許嫁の突然死(誤報)に接した若者の不死への想いを中心に、カントの不死概念を揶揄しながら、不壊の真善美への願望を会話体で描いたものであるが、本稿ではこの部分については触れない。

今回は上述したように絵に惹かれて訳してみたのであるが、この絵のある作品『フィーベルの生涯』と『カンパンの谷』の中の『教理問答の十戒の下の木版画の説明』（以下『木版画』と省略）は形式的にも内容的にも共通するものが見られるのでまずそれを紹介することにする。

まず形式面では作品の成立紹介の部分で「枠構造」がみられ、作者はある情報を基にそれを説明していると称していることである。内容面ではいずれもばかばかしいことを真面目を装って論評しているという点である。形式面では「天才の独創」への否定が見られるが、内容面ではなぜ真面目さを装うかというと「後世」への意識的、無意識的執着が見られ、これは形を変えた、パロディ化された「天才の独創」の肯定かもしれない。

まず形式面。『フィーベルの生涯』では作者は、ペルツ（フィーベルに知恵を授けてABCの本を領主に献本し、領国でその教科書が採用されるように計らい、後にはフィーベル工房を立ち上げて、フィーベルの存命中の自伝制作に関わる人物）の四十巻本の伝記のほとんど内容がばらばらになった本を見つける。これはフランスの略奪兵がばらばらにしたものであるが、作者は残りの部分を村の少年達を使って集めさせる。「かくて私は早速開始し、持参された紙の蛇腹飾りに従って、十分に章名を付けることができた。それで例えばすでに第三の帽子型紙の章と第四の胴部型紙の章が名付けられている」（Bd. 6, S. 376. 出典は以下ハンザー版）という次第である。後で欠落した部分が出てくるが、それはこの近隣に自ら出かけ、そこの名士の便所で紙切れを見付けて仕上げるという按配である。

他方『木版画』では作者はこの版画を説明する一枚の絵をヴァイマルの図書館で見つけたと主張している。この版画はクレーンラインという人物が自分の生涯、主に妻との生活、多情な妻のおかげで塩検査官から宮廷のベッド管理人に昇進する話を描いたものであるが、これを解く鍵はクレーンラインが自分の肖像画を鏡文字で描いており、その十頭身の部分がそれぞれの版画を説明していると称する。「私は家でこのペンのスケッチを取り出して、更に通常の集光レンズと髭剃り鏡とを揃えて、それを調べてみたとき、胃の所まで降りてきたところでもう、自分はこの像について自分の考えを印刷することになるだろうと分かった。ここに掘り出し物の劣等な目録がある。私は十戒のための十の木版画の造型家を得ていた――彼はローレンツ・クレーンラインという名前で――彼はザクセン国の塩の検査官であった――十の版画は聖書の話を何も表していなかった――すべては彼自身の話であった――版画は全く新しい説明を必要としている――これは彼の見取り図が教えてくれる――彼は自分の描かれた像を十頭身と十の版画に分割している——それぞれの戒律に一つの頭身である。……おやつに十分であろう。しかしこれは次の紙片でドイツ人達に料理と共に差し出そうと思っている献立表のわずかな少しばかりの一覧にすぎない」(Bd. 4, S. 635f.)。

これらはジャン・パウルではおなじみの仕掛けにすぎない。『ヘスペルス』では犬が運んでくる郵便物を作者が書き写す趣向であり、『巨人』ではスパイがもたらす情報を基に書き上げていると称する。犬がペガサスのパロディであるとすれば、こうした書き写す趣向は明瞭に密室での霊感による作品という概念を否定するものであろう。これはまた文学の営みを含めて現世の仕事をどうでもいいことと主張するジャン・パウルの理想の人物、高人概念とも共振するジャン・パウルの基本的気分である。今一度高人の定義をおさらいしておきたい。「そうではなくて、わたしの言わんとするのは、これらすべての長所を多かれ少なかれそなえているうえになお、この世ではきわめて稀なものを兼ねそなえている人間のことである——すなわち、地上を超越する高翔や、地上の営みはすべて取るにたりないという、またわたしたちの心とわたしたちのいる場所とのあいだには不均衡があるという感情や、この大地の入り乱れた藪や厭らしい好餌を超越してまっすぐ起こされた顔や、死への願望や、雲のかなたに向けられた眼差しを」(鈴木武樹訳『見えないロッジ』上、三五七頁)。『木版画』でクレーンラインの顔はドレスデンのツヴィンガー宮殿に見られる肖像画的桜桃の種に刻まれた八十五の人相のうち七十番目の顔にそっくりと主張するとき、「地上の営みはすべて取るにたりない」という気分が伝わってくる。饒舌は現世放棄を背景としている。

しかし作者にとって現世は本当にどうでもいいのか。『カンパンの谷』での退屈な真善美の追求はさておき、諧謔的な作品の中でも作者が真面目に向き合っていると思えるものがある。それは「後世[注1]」での評判である。以下はすべてではないが、『フィーベルの生涯』から抜き出したものである。

「これはすでに彼女が夕方には朝必要となり楽しむことになるもの、水、牛乳、ビールその他のすべてを準備したということから後世の者も推察できることであろう」(Bd. 6, S. 462)。

「粉飾のマスクを引き剝がす、より公正な後世を信頼して」(Bd. 6, S. 487)。

「取るに足りない人間でも現存する文字に更に若干付け加えただけで後世に残る者になったということを読んだことがある者ならば」(Bd. 6, S. 489)。

「いつもヴィッテンベルクでは一人か数人の学生が偉大なルターの踵に接していて、彼がもらすすべてを後世のために捉えようとメモ帳を用意していたのではないか」(Bd. 6, S. 516)。

「次第に日曜日の収穫のための週の播種は蒔かれることが少なくなり、それで最後に会議では家のすべての誕生祝い、故人のあらゆる道具、襤褸が、後世が遺品、聖遺物に関心を寄せる場合に備えて、詳細に説明された」(Bd. 6, S. 518)。


以下は『木版画』からの後世への言及である。


「この男は、後世に一面的に伝えられたくなかったら……」(Bd. 4, S. 633)。

「なぜ彼が後世に一枚の版画全体の中で金庫係以上に重要なものを残さなかったのかの理由を要求する千人もの消息通に対して……」(Bd. 4, S. 679)。

「つまりクレーンラインは一切の予想に反して、彼が後世に残ろうと思うその劇的人生のシェークスピアの記念館に、去勢された雄羊と一緒のリュート奏者を彫って見せるしかない一場面を収めることができたのである」(Bd. 4, S. 692)。

「それで私はクレーンラインの生涯から二枚の最も美しい版画を後世に伝えないことは盗みに等しいと思うことだろう」(Bd. 4, S. 699)。

「『貴方の作品は小さな教理問答書同様に永遠です。しかし貴方の征服された属州の絵が、ローマの凱旋同様に、真っ先に後世へと進み、ローマ同様、凱旋将軍は行進の最後となり、ようやく一七九七年に出ます。全作品の上演の後ようやく世の平土間席は叫ぶことでしょう、著者よ、前に、と』」(Bd. 4, S. 706)。


他の作品に言及するまでもなく、文学あるいは芸術、ひいては作者の価値判断として、後世の評価は「より公正」なものであり、もとより「取るに足りない」ものではない。この結果いかなることになるか。取るに足りない内容の作品を後世に残す芸が必要となろう。これはおよそジャン・パウルの作品すべてについて言えることであるが、殊に『フィーベルの生涯』と『木版画』はこの技法の図解に見えるものである。

そこで読者はこの観点の下に作品を読みさえすれば、ばかばかしさに立腹することなく芸を堪能できることになろう。ここではそのさわりだけを紹介しておこう。

『フィーベルの生涯』でこの芸の冴えが見られるのは特に「ABCの本」に対する書評とその反書評である。まず学校教師の批判が語られ、次にジャン・パウル自身の批判が掲載され、最後にペルツのそれらに対する反批判が記される。

三人の書評とも衒学的な点は共通している。学校教師の書評はそもそも対比するのも可笑しい巨匠達との対比である。素材を問題としないという点も古典派やロマン派を念頭において、また粗雑な絵を素材としているジャン・パウル自身を含めて考えても可笑しい。

「素描に関しては、このささやかなパノラマは二十頭の動物の絵と五人の人間の絵を提示している。それは構わない。芸術通は素材を問題とせず、形式を問題とする、批評家にとっては立派な雄牛はその横に立っている劣等な福音史家のルカよりも好ましい。しかし我々は、全く我らのネーデルランド派、ネーデルランド紀行を忘れてしまいたくなければ、この描かれた家畜小屋に対してこう質問するのを禁じ得ない。ここではどこにダーヴィッド・テニール（父と息子、父は一六四九年死亡、息子は一六七四年死亡）――ポッター――シュトゥブ――ヤーコプ・ロイスダール（ハールレム出身、一六八一年死亡）はいるか、と。勿論子羊はいる、しかしこれをニコラウス・ベールヘム（アムステルダム出身、一六八三年死亡）と比べてみるがいい。勿論駄馬はいる、しかしこれをフィリップ・ウォウフェルマン（ハールレム出身、一六六八年死亡）と比べてみるがいい。かくて素晴らしい画家の列すべてを通り過ぎることになろうが、しかしいつだってかくかくの者はいるかと空しく尋ねる仕儀となろう。――」(Bd. 6, S. 504)。

更に引き続きジャン・パウル自身が寄稿したとされる書評も記されている。数字への奇妙なこだわりや、性的なものの深読みが特徴である。

「Yy 針鼠――Yy ほおずき［ユダヤ人の桜桃］

針鼠の肌は針だらけ、
私はほおずきが欲しい。

ユダヤ人と針鼠はその最初の文字をギリシアから、ギリシア語のIから取ってこなくてはならない。先の小袋を持つユダヤ人の場合ははるかにより丁寧であり、正書法にかなっていた。そもそも著者は終わりの方の三つの外国の文字x、y、zでは極めて困窮しており、それで数学者がx、y、zで行うように、強引な（自分にとって）未知数を表している。というのはZでも次のような具合であるからである。

Zz 山羊――Zz 勘定板
山羊は二ショックのチーズをもたらす、
1　2　3　4　5　　　　6　7
勘定 板 を 雄 山羊［仕立屋］が 支える。

第二行は本の十字架に掛かっている著者の最後の七つの言葉（注2）を含んでいる。それ故、虫の息の者には所謂分別は見いだせないし、期待できない。最初の格言も意味がない、時の規定がなければ山羊は百ショックも半ショックも同様にもたらすからである。書評子はチーズが三回小品に出てくること、こことQ（凝乳チーズ）に出てくることに微笑を禁じ得ない。しかし真面目に書評子は華奢な子供達に曖昧な傷物、不純物を通って、つまり第六の戒律のポンティーネ沼沢地を通って行かせるという不注意を咎めるものである、子供達の前では堕落以前のアダムとイヴにすらいちじくの葉を当てて描いている昔の画家に倣うべきであろうからである。今一度クサンティッペに関して二頭の動物、雌山羊と雄山羊の結婚詩歌、あるいは結婚証明書が我々の注目を引く、これらはいずれにせよ秘密の結婚生活を送っているのではなく、これらの一方の伴侶は他の伴侶を、所謂ユダヤ人の贖罪の山羊を世間に広めたのである。――しかし我々はここで哀れな子供達を危険や毒にさらすことに用心するよう警告したい。というのは、著者が子供達のためになるというよりは、ためにならないよう記しているのは意図的なものではなく、不用心に、我知らずしたものであると喜んで我々は認めるものであるからである。――　――

I. P.［Jean Paul］」(Bd. 6, S. 508f.)

最後に悪知恵の働くペルツの書評に対する反論が記されている。これは言わば絶対の反論と言うべきもので、どのような批判を甘受しても、このような反論をすれば救われるという有り難いものである。「筆者大学学士としては書評に答えるだけで故人を侮辱することになろうと思われる――このような攻撃はいずれにせよどの作家も覚悟しているものである――きっと時が裁きを下そう――どの本であれ、自己弁護の必要はある――そもそも何らかの人間の仕事で完全なものがあろうか。輝ク所ガ多クアレバ、瑕疵ハ気ニカケナイ――それに以下の点でも、敵対氏に返事することは徒労と思われる、それは確かに教会の歴史では殉教者が異教徒の死刑執行人を改宗させた例はあるけれども、しかし学者の歴史においては、ある作家がその批評家を反批評で改心させた例はないということである――更になおのことこのことは、ここでのように風評の女神のトランペットと見なされる角笛を嫉妬と年齢とが一致して吹いているような場合に当てはまる」(Bd. 6, S. 510)。

『フィーベルの生涯』では晩年のフィーベルが描かれていて、彼が「神と家畜はいつも善良なるものだが、しかし人間はそうではない」(Bd. 6, S. 537) と述べており、これをコメレルが神秘的謙虚さが見られると論じて以来(『ジャン・パウル』S. 386)、晩年のフィーベルを特別視する見方がある。しかしまた論者によっては一向にフィーベルは深化していず、ジャン・パウルはロマン派やフィヒテ哲学に対するパロディを書いているのだとする見方もある。筆者は隠者フィーベルが木々にクリスマス・ツリーのようにガラス球を飾るのを、西洋の隠者は悪趣味なものだと思って読んだものだが、パロディと解すれば多少納得がいく。「太陽の輝きが見られるところではどこでも、彼は実に老幼児の子供っぽい満足感から多彩なガラス球を棒に刺したり、小木に吊るしたりして、そして銀の輝き、金の輝き、宝石の輝きのこの色彩の楽器を言いようもなく満足して眺めた。私は彼にはなはだ共感を抱くが、この多彩な陽光の球は、十以上の色彩の炎で緑の野に光を放つガラス化されたチューリップの花壇であった――いや多くの赤いものが、あたかも熟した林檎の実のように小枝に見られた」(Bd. 6, S. 539)。しかしよく読めばジャン・パウル自身「はなはだ共感を抱く」としてあり、本当にパロディか疑念もわく。『ヘスペルス』でも主人公はこのような球を見ながら逢引をしており(「色鮮やかなガラス球が果実の代わりに接木されている庭の大きな樫の木に」(Bd. 1, S. 1057))、わび、さびをジャン・パウルは知らないなと思ったものである。

『木版画』の技法では第三の戒律で説教壇で見えないところの服を述べたり、第七の戒律ではテントの背後の見えない部分での出来事を詳述する技法が人を食っている。衒学的な言及も随所に見られるが、その他に数字への奇妙な執着が見られ、第一から第七の戒律までは順次登場人物が減少している、と第七の戒律では述べられている。「第七の戒律を去る前に、なお手短に千人の者が見過ごしているこの芸術家の繊細な特徴を指摘しておきたい。これはこの芸術家にとっては、殿下とのゲレルトやツィンマーマンの会話全体を隠すことによって贖っているほどに十分大事なことである。つまり我らの検査官のヨブの嘆きが減少しているように、彼はまた版画上での俳優の数を消している。戒律から戒律に移るにつれ英国風社交ダンスのように一人ずつ去っている。第一の戒律ではまだ一杯の北斗七星であり——第二の戒律では絵は単に六頭立ての馬車で進み、——第三のでは五頭立て馬車で（というのは小さな樵はシンメトリーのせいで第五のに勘定されるからである）——第四では四頭立ての郵便馬車になって進み——第五のでは繰り越された樵と共に三声のコーラスを数える——第六の戒律ではいつものように一人少なくなっており——第七のでは同じくいつものように一人の独奏者、［密室教皇選挙の］枢機卿の随員でできている」（Bd. 4, S. 682）。

衒学的な言及の例では第十の戒律での女性の特徴を挙げておきたい。「女性はハラーによれば我々男性よりも空腹に長いこと耐えるし、更にプルタークによれば、陶酔するのが難しいし、ウンツァーによれば長寿となるし、禿ることは全くなく、ドゥ・ラ・ポルトによれば船酔いに罹ることが少なく、アグリッパによれば水の上を長く泳ぐし、プリニウスによればライオンに襲われることがより稀で、そしてすべての経験によればいつも最初に生まれてくる子供であり、より良い看護人である」（Bd. 4, S. 698）。

『木版画』については、ラーヴァーターの観相学や、リヒテンベルクの『ホガース解説』（一七九六年）との対比が欠かせないとのドイツ人学者の説があるので、その結論めいた部分を引用しておきたい（Monika Schmitz Emans の論説である、一九九五年『ジャン・パウル年報』）。

「ラーヴァーターは（彼によって像の言語と単純に同一化された）事物・言語の言葉への原理的翻訳可能性を信じている。〈意味〉は彼にとって何か同一的なもの、原則的に固定的なものである。しかし実際は彼のテキストの注釈は像の意味を解明していない。（中略）リヒテンベルクは〈意味されたもの〉が翻訳によって別の〈言語〉に置き換えられるときの変化を承知している。彼自らが一つの〈解釈〉を提供し、単なる情報解読を行っているのではないということを彼は弁えている。彼は像を記述する言語の固有の意味そのものを認めることによって、例えば自己テーマ化やそれと分かる文学的レトリック的言い回しでその固有の意味を引き出そうとしている。像の〈述べていること〉は言葉では汲み尽くされないかもしれない、しかしそれは事柄にかなった解釈の判断基準として重要なものである。ジャン・パウルはこのような解釈の原理をパロディ化している、しかしその際、上述したように、この原理を間接的には強化しているのである。言語がここでは明らかに、注釈される像の支配者となっている。しかし同時に読者は、言語も〈根拠がなく〉、〈基底がない〉かもしれないと気付かされる」(S. 149)。

また最後に作者が現れる点も『フィーベルの生涯』と『木版画』では共通している。『フィーベルの生涯』ではフィーベルとの対話の後、フィーベルと別れていき、『木版画』では作者はクレーンラインは高祖父であるという夢を見ている。いずれも作中の人物と同一化しながら、フィーベルは私である、あるいはクレーンラインは私である、と見せかけながら同一化できない余韻を同時に残す技法である。同一化とは勿論後世を頼む心性である。

『フィーベルの生涯』

彼は答えた。「優秀な天才――文学者――英才――文人――最も著名な作家、……」。老人は私のことを指していると思ったので、私は断ろうとした。しかし彼はやめなかった、自分自身のことを言っていたのである。「述べたように」（と彼は続けた）「私はかつて自分はこうした者すべてであり、それ故自分が諳んじている幾つかのきらびやかな称号の者であると信じていた、私が上述の、ほぼ凡庸なＡＢＣの本を書いて出版したときのまだ目のくらんだ虚栄心の強いフィーベルだった頃に」(Bd. 6, S. 533f.)。

『木版画』

彼は更に、なぜ酒精の中で私の前に出現したのかその意図について話した、つまりただこう知らせたいのであった、私が秘密の衝動にかられて彼の汚れと教会の椅子とで塞がれた墓石を取り出し、死後の名声のパンテオンへ据えたのは、彼が私の親戚、それも母方の遠い遠い祖父に当たるからであるせいかもしれない、ヴィッテンベルクの教会の書から系譜を抽出して貰うことができよう、と。――私は酒精に浮かぶ者を中断させようと思った。しかし水の中の男は続けた。「自分が特に遠い遠い孫に期待していることは、この孫が十二番目の版画を特に燃えて、翻訳し、飾ることだ。というのはこの版画を自分はいつも最も愛してきたし、最も長くやすりをかけてきたからだ。それもこの版画が春分の日に当たる自分の三十四歳の誕生日の祝いを柘植の木の黙劇で表しているからなのだ。いやホーフのミヒャエリス教会の塔の球飾りにはこの版画の角の鋭い、まだ使われていない版木が古い貨幣の代わりに置かれ、保管されている、この版木から遠い遠い孫は世に広められるような数千のことを汲みだすことができよう」。――しかしこのとき私の遠い遠い祖父は燐光を発しながら酒精の中で――あたかも生きているかのように――溶けて、そして精留された酒精をその昇華された酒精で点火し、瓶全体が明るく燃え上がった……（Bd. 4, S. 706f.）。

なお最後に筆者自身『木版画』の元来の意味がドイツ人と違って、明瞭でないため、ジャン・パウルの言や注釈を基に再構成したので、紹介しておきたい。パロディは本歌を知らなければ面白さが半減するのである。十戒の部分は『フィーベルの生涯』の付録のABCの教科書にあるので、それをそのまま借用した。

神の聖なる十戒

第一の戒律

我は主、汝の神なり、汝は我の他に何ものをも神とすべからず。

ジャン・パウルの言：「この［古い］説明では近東の司教はアロンで、クレーンラインはモーゼで、梨の木の版は石板で、子羊は耳輪から作られた［黄金の］子牛である」（Bd. 4, S. 644）。

「茲にエホバ、モーゼに言たまひけるは山に上りて我に来り其処にをれ我わが彼等を教へんために書きしるせる法律と誡命を載るところの石の板を汝に与へん」（「出エジプト記」第二十四章十二）。

「アロンかれらに言いけるは汝等の妻と息子息女等の耳にある金の輪をとりはづして我に持ちきたれと　是において民みなその耳にある金の環をとりはづしてアロンの許に持来りければ　アロンこれを彼等の手より取り鏨をもて之が形を造りて子牛を鋳なしたるに人々言ふイスラエルよ是は汝をエジプトの国より導きのぼりし汝の神なりと」（「出エジプト記」第三十二章三―四）。

第二の戒律

汝は主にして汝の神の名前を妄《みだり》に口にあぐべからず、主はおのれの名を妄《みだり》に口にあぐる者を罰せではおかざるべし。

ジャン・パウルの言：「第二の版画では夜の襲撃から裁判の投石死刑を」(Bd. 4, S. 649)。

「時にエホバ、モーセにつげて言たまはく　かの詛ふことをなせし者を営の外に曳きいだし之を聞たる者に皆その手を彼の首に按しめ全会衆をして彼を石にて撃しめよ」(「レビ記」第二十四章十三―十四)。

第三の戒律

安息日を憶えて、これを清くすべし。

特に注釈はないが、日曜日教会で説教を聞いている風景か。ジャン・パウルの描く下層民は日曜日を唯一の楽しみにして生きていて、「厳格なヘルツォーク［牧師］はイギリスやスイス同様に、日曜日のすべての裁縫や編み物を禁じていた」(拙訳『彗星』四五五頁)という文を思い出す。

第四の戒律

汝の父母を敬え。是《こ》は主にして汝の神が汝にたまう所の地に汝の生命の長からんためなり。

ジャン・パウルの言：「私はここでは私の先行者達と長いこと関わらない、この者達は下の方で横たわっているヘラクレス、つまりリュート奏者を酔った太祖ノアと、かがんだ小男のクレーンラインを諷刺的なハムと（ハムと彼のすべての遺産分、大陸が染色釜と煤精錬所に投げ込まれる前である)、そして僧侶議員と銀器管理人の娘を、この娘に議員は冷たい夜、愛の夜の外套、司教の外套をかけているのであるが、セムとヤペテと解してきたのである」(Bd. 4, S. 656)。

「ここにノア農夫となりて葡萄園を植《つく》ることを始めしが　葡萄酒を飲みて酔天幕の中にありて裸になれり　カナンの父ハム其父のかくし所を見て外にありし二人の兄弟に告たり　セムとヤペテすなわち衣を取て倶に其肩にかけ後向けに歩みゆきて其父の

裸体を覆へり彼等面を背にして其父の裸体を見ざりき　ノア酒さめて其若き子の己に為たる事を知れり　是に於て彼言けるはカナン詛はれよ彼は僕輩の僕となりて其兄弟に事《つか》へん」(「創世記」第九章二十―二十四)。

第五の戒律

汝殺すなかれ。

ジャン・パウルの言：「単純に、長い鍵盤を持った立派な検査官をカインへと、醜いアルト奏者をアベルへと改鋳している鈍感な解釈者」(Bd. 4, S. 661)。

「カイン其の弟アベルに語りぬ彼等野にをりける時カイン其弟アベルに起かかりて之を殺せり」(「創世記」第四章八)。

第六の戒律

汝姦淫するなかれ。

ジャン・パウルの言：「私が参照した、あるいは子供時分学校のベンチで聞いた人々は皆イタリア式屋上の夜の音楽家を詩篇作者のダビデと見なしており、湯浴みする請願の女性をバトセバと見なしている」(Bd. 4, S. 668)。

「ここに夕暮にダビデ其床より興きいでて王の家の屋根のうへに歩みしが屋根より一人の婦人の体をあらふを見たり其の婦は観るに甚だ美し　ダビデ人を遣はして婦人を探らしめしに或人いふこれはエリアムの娘バテシバにてヘテ人ウリヤの妻なるにあらずやと　ダビデ乃ち使者を遣はして其婦を取る婦彼に来りて彼婦と寝たりしかして婦其不潔を清めて家に帰りぬ」(「サムエル後書」第十一章二―四)。(ジャン・パウルでは、ダビデが手紙の持参人ウリヤを激戦の地に送るよう指示した「ウリヤの手紙」の比喩はよく用いられている。)

第七の戒律

汝盗むなかれ。

「アカン、ヨシユアに答えて言けるは實にわれはイスラエルの神エホバに対ひて罪をかし如此々々行へり　即ちわれ掠取物の中にバビロンの美しき衣服一枚に銀二百シケルと重量五十シケルの金の棒あるを見欲く思いて其を取れりそれはわが天幕の中に地に埋め匿してあり銀も下にありと」（「ヨシユア記」第七章二十―二十一）。

第八の戒律

汝その隣人に対して虚妄の証拠《あかし》をたつるなかれ。

ダニエル書補遺によると、スザンナという美しく敬虔な人妻に邪まな思いを抱いていた二人の長老は彼女が湯浴みする姿を覗き見て、自分達に身を任せるよう迫り、さもないと若い男と一緒にいたと証言すると言った。スザンナはこれを拒み、長老達の偽証で死罪となるところであったが、主がダニエルの中に宿り、ダニエルが長老達の偽証を暴いた。

第九の戒律

汝、その隣人《となり》の家を貪《むさぼ》るなかれ。

これは現代語訳ではヤコブの工夫となっている箇所で、文語訳では分かりにくいので現代語訳を引用する。「ヤコブは、ポプラとアーモンドとプラタナスの木の若枝を取って来て、皮をはぎ、枝に白い木肌の縞を作り、家畜の群れがやって来たときに群れの目につくように、皮をはいだ枝を家畜の水飲み場の水槽の中に入れた。そして、家畜の群れが水を飲みにやって来たとき、さかりがつくようにしたので、家畜の群れは、その枝の前で交尾して縞やぶちやまだらのものを産んだ。（中略）こうして、ヤコブはますます豊かになり、多くの家畜や男女の奴隷、それにらくだやろばなどを持つようになった」（「創世記」第三十章三十七―四十三）。（なお筆者の感想を述べると、このヤコブの工夫がなぜいけないのかよく分からない。他人を出し抜いてはならないという競争原理の否定であろうか。また黒いやぎは白いものを見るとまだらの子を産むという説そのものが不可解である。)

第十の戒律

汝の隣人の妻、およびその僕《しもべ》、婢《しもめ》、牛、ろば、ならびにすべての汝の隣人の所有《もちもの》を貪《むさぼ》るなかれ。

ジャン・パウルの言：「解釈者達は再び第三の意見を持ったが、それはつまり眼前のベッド管理人、あるいは（フライシュデルファーの仮定によれば）眼前の殿下はお堅いヨセフであり、ベッド［管理］の女性はポテパルの妻である、というものである」(Bd. 4, S. 698)。

「創世記」第三十九章によれば、顔も美しく体つきも立派なヨセフは主人ポテパルの妻に言い寄られたが、断っていた。ある日着物をつかまれて口説かれたが、着物を彼女の手に残したまま外に逃げた。しかし彼女はこの着物を楯に、ヨセフに言い寄られた証とし、自分が大声を上げたためヨセフは逃げたと言い、夫に処分を求めた。

なお最後に図と解釈の行き違いの身近な例を挙げておきたい。日本人は血液型のO型をオー型と言っているが、ドイツでは0型、ゼロ（ヌル）型と言っている。ジャン・パウルの意図的笑いを我々は無意識に行っているのである。

注

（1）「後世」について漱石は次のように述べている。この後世概念は日本に由来するものか、西洋に由来するものか判然としないが、作家に共通する概念として興味深い。「文藝に従事するものは此意味で後世に傳はらなくては、傳はる甲斐がないのであります。人名辞書に二行や三行かかれる事は傳はるのではない。自分が傳はるのではない。活版丈が傳はるのであります。自己が真の意味に於て一代に傳はり、後世に傳はって、始めて我々が文藝に従事する事の閑事業でない事を自覚するのであります。始めて自己が一個人でない、社会全体の精神の一部分であると云ふ事実を意識するのであります。始めて文藝が世道人心に至大の関係があるのを悟るのであります」（「文藝の哲学的基礎」）。

（2）七つのキリストの最後の言葉

これは七語からなるキリストの言葉と思っていたが、サーチエンジンで検索するとそうではなく、七種類のキリストの言葉のようである。

「父よ、彼らを赦し給へ。その為す所を知らざればなり」（「ルカ傳」第二十三章三十四）。

「をんなよ視よ、なんぢの子なり」「視よ、なんぢの母なり」（「ヨハネ傳」第十九章二十六、七）。

「われ渇く」（「ヨハネ傳」第十九章二十八）。

「われ誠に汝に告ぐ、今日なんぢは我と偕にパラダイスに在るべし」（「ルカ傳」第二十三章四十三）。

「エリ、エリ、レマ、サバクタニ」と言い給う。わが神、わが神なんぞ我を見棄て給ひしとの意なり（「マタイ傳」第二十七章四十六）。

「父よ、わが霊を御手にゆだぬ」（「ルカ傳」第二十三章四十六）。

「事畢りぬ」（「ヨハネ傳」第十九章三十）。

あとがき

現在ジャン・パウルの長編小説等はほとんど邦訳されており、日本語で読める状況です。残るのは中短編で、今回の刊行でこれらの登攀も時間の問題となっております。もっとも本場ドイツでは、遺稿のメモ類の整理や書簡集の完成を目指していて、これらを邦訳するとなると、溜め息が出そうです。

今回の翻訳でも多くの方のお世話になりました。まず『フィーベルの生涯』の原稿に目を通して頂いた岩本真理子さん、『十戒の木版画』と『ジャン・パウルの手紙とこれから先の履歴』の原稿をチェックして頂いた嶋﨑順子さんに御礼を申し上げます。また『カンパンの谷』のまさに「カンパンの谷」の部分は飯塚公夫氏の翻訳『ジャン・パウル三本立』の中にあって、原稿を訂正する際、参考にさせて頂きました。ラテン語については科学史家の高橋憲一氏の助言を仰ぎました。また編集校正では編集長の藤木雅幸氏をはじめ、九州大学出版会の方々（編集部の佐藤有希さん、尾石理恵さん）に丁寧な作業をして頂きました。九州大学出版会には一九九二年の『レヴァーナ』の翻訳出版以来十年以上に亘ってジャン・パウルの翻訳出版に理解を示して頂き、御礼の申し上げようもありません。

ジャン・パウルの翻訳にめどが付いて思うことは、『徒然草』の「高名の木のぼり」の言葉です。「あやまちは、やすき所になりて、必ず仕ることに候」。首尾《シブ》取るまでは（鹿児島弁）隠忍自重と思っております。

平成十七年七月

恒吉法海

訳者略歴

恒吉法海（つねよし・のりみ）
1947年生まれ。
1973年，東京大学大学院独語独文学修士課程修了
現在，九州大学大学院言語文化研究院教授

著書　『ジャン・パウル　ノート』（九州大学出版会）
　　　『続 ジャン・パウル　ノート』（九州大学出版会）
訳書　ジャン・パウル『レヴァーナ あるいは教育論』，同『ヘスペルス あるいは四十五の犬の郵便日』（第35回日本翻訳文化賞受賞），同『生意気盛り』，同『ジーベンケース』（共訳），同『彗星』，ギュンター・デ・ブロイン『ジャン・パウルの生涯』（共に九州大学出版会）

ジャン・パウル中短編集 I

2005年9月5日初版発行

著　者　ジャン・パウル
訳　者　恒　吉　法　海
発行者　谷　　隆　一　郎
発行所　（財）九州大学出版会
〒812-0053　福岡市東区箱崎7-1-146
九州大学構内
電話　092-641-0515（直通）
振替　01710-6-3677
印刷・製本／㈲レーザーメイト，研究社印刷㈱

ISBN 4-87378-875-7

池田紘一・今西祐一郎 編

文字をよむ

Ａ５判 三〇四頁 二、八〇〇円

日本各地の五大学の文学部が共同で行った「文学部の学部共通教育に関する研究・開発プロジェクト」の成果。本書では、さまざまな文字、およびそれに準ずる素材を取り上げ、よみ方の入門的修得とその文化的背景を概説する。

池田紘一・眞方忠道 編

ファンタジーの世界

Ａ５判 三四〇頁 二、八〇〇円

ファンタジーには心をいやすばかりではなく共同幻想を形づくる働きもあるのではないか。こうしたファンタジーの諸相に、文学部の各専門分野から切り込んでみたのが本書である。あわせて人文系諸学へのパノラマ的視野が開かれることを目指す。

清水孝純

ドストエフスキー・ノート

――『罪と罰』の世界――

四六判 四一六頁 四、五〇〇円

ドストエフスキー没後百年記念、『罪と罰』の本格的な新しい解読の試み。錯綜した世界の、さまざまな角度からする復元を通して、その深層の象徴構造を探る。問題への多面的アプローチによって、文学一般へのよき入門書でもある。

（第一回池田健太郎賞受賞）

清水孝純

『カラマーゾフの兄弟』を読む（全３巻）

Ⅰ **交響する群像**
四六判 三〇六頁 三、二〇〇円

Ⅱ **闇の王国・光の王国**
四六判 三四四頁 三、二〇〇円

Ⅲ **新たなる出発**
四六判 四〇二頁 三、四〇〇円

人間をその関係性においてとらえる、そこにドストエフスキーの文学の本領があるが、それが最高度に発揮されたのが、最晩年の大作『カラマーゾフの兄弟』である。現代的問題を豊かにかかえたこの鬱然たる人間の森を通して交響する、魂の光と闇の対話がここにある。